SOL E SOLIDÃO
EM COPACABANA

Volume 3 da trilogia

CB061424

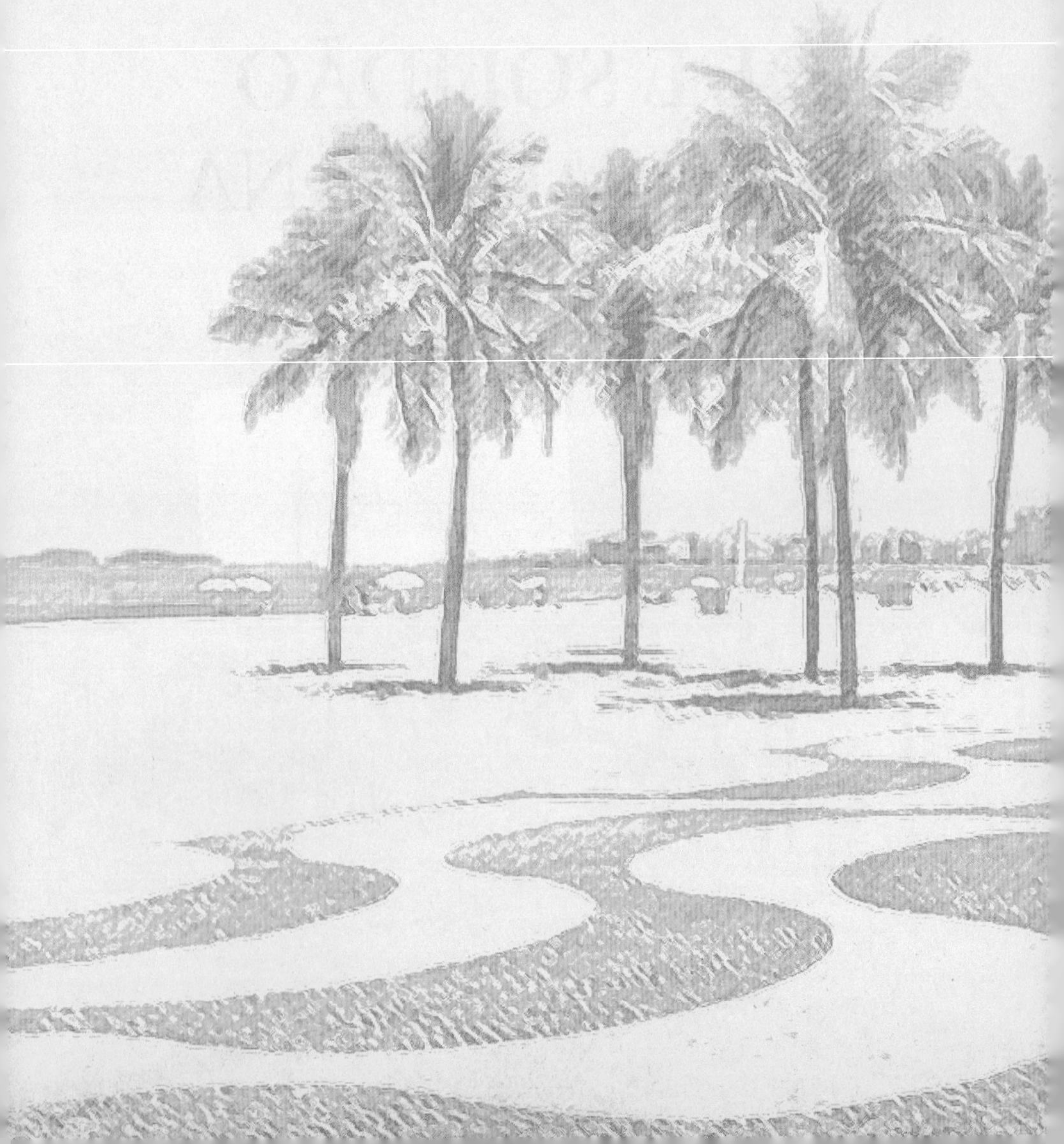

SOL E SOLIDÃO EM COPACABANA

Volume 3 da trilogia

Todos os direitos reservados
Copyright © 2023 by Editora Pandorga

Direção Editorial
Silvia Vasconcelos

Preparação e revisão
Equipe Editora Pandorga

Assistente Editorial
Flávio Alfonso Jr.

Projeto Gráfico e Diagramação
Célia Rosa

Composição de capa
Célia Rosa

Texto de acordo com as normas do Novo Acordo Ortográfico da Língua Portuguesa (Decreto Legislativo nº 54, de 1995)

Dados Internacionais de Catalogação na Publicação (CIP) de acordo com ISBD

P148s   Paione, Aliel
         Sol e Solidão em Copacabana / Aliel Paione. - Cotia: Pandorga, 2023.
         456 p. ; 16cm x 23cm.

         ISBN: 978-65-5579-225-6

         1. Literatura brasileira. 2. Ficção. I. Título.

2023-483   CDD 869.8992
                                                 CDU 821.134.3(81)

Elaborado por Vagner Rodolfo da Silva - CRB-8/9410

Índice para catálogo sistemático:
1. Literatura brasileira : Ficção 869.8992
2. Literatura brasileira : Ficção 821.134.3(81)

2023
IMPRESSO NO BRASIL
PRINTED IN BRAZIL
DIREITOS CEDIDOS PARA ESTA EDIÇÃO À EDITORA PANDORGA
Rodovia Raposo Tavares, km 22
CEP: 06709015 – Lageadinho – Cotia – SP
Tel. (11) 4612-6404
www.editorapandorga.com.br

À MINHA QUERIDÍSSIMA IRMÃ, MARIA.

Em memória do saudoso amigo, o professor Jair Carlos Mello, companheiro de trabalho no Departamento de Engenharia Nuclear da Universidade Federal de Minas Gerais (UFMG). À dona Nair, sua esposa, e aos seus filhos, Jorge, Cacale e Aninha (onde estão)?

Em minha cidade natal, Varginha, em Minas, havia um cinema magnífico, imenso, o inesquecível Cine Rio Branco. Era nele que vivíamos em tecnicolor o preto e o branco de nossas vidas. Ele perdura romanticamente em mim e, enquanto escrevo estas palavras, minha alma chora. Atualmente, onde havia luzes, sonhos e emoções de uma época, existem a sujeira e uma escuridão silenciosa, pois o querido Rio Branco está morto. Dedico a ele os momentos maravilhosos de minha geração, que assistia à tela ou curtia sobre as poltronas momentos memoráveis de suas vidas.

O aspecto que mais caracteriza e enaltece a cultura de um povo é a preservação de sua memória, cabe, portanto, aos conterrâneos a missão urgente de salvá-lo e impedir a sua ruína.

1

Fazenda San Genaro, 29 de setembro de 1941, próxima a Araguari, no Triângulo Mineiro. Apesar da hora, quase meio-dia, pairavam no ar o frescor matinal e uma sensação agradável. A temperatura elevara-se pouco durante a manhã, prenúncio de uma tarde amena. O céu, muito azul, mantinha-se ensolarado desde o alvorecer, embelezando aquele princípio de primavera. Havia muita suavidade em meio a um silêncio bucólico e acariciante. Em locais sombreados, sob as jabuticabeiras, próximas ao alpendre, observavam-se ainda resquícios sobre as plantas da umidade noturna. Os vasos, reunidos sob a majestosa mangueira, estavam também orvalhados e tinham suas cerâmicas escurecidas, bem como troncos e raízes que afloravam à superfície. Essas árvores, já velhas, situavam-se à direita da sede em meio a um pequeno jardim e emanavam qualquer coisa de longevos segredos, perdidos no tempo. A bonita manhã insinuava aos homens como tudo seria diferente se fossem semelhantes a ela. Porém, eles não são condescendentes, sábios e receptivos como o é a natureza. São ambiciosos, competitivos e reprimidos, até quanto é possível sê-los, e depois agressivos e violentos. Distante daquela tranquilidade matinal, havia perturbação e um sofrimento intenso. Naquele início de década, viviam-se tempos dramáticos, e a angústia espalhava-se entre os povos: o mundo estava em guerra. Armas poderosas disseminavam o terror, destruindo e matando com uma eficiência inédita e assustadora. Em 22 de junho de 1941, a Alemanha invadira a Rússia, deflagrando a Operação Barba Rossa, e nesta primavera a *Wehrmacht* avançava velozmente pelas estepes russas, dizimando o Exército Vermelho, mais um sucesso de sua terrível *blitzkrieg*. A continuar assim, diziam os analistas, os alemães passarão o Natal em Moscou, como passaram o verão anterior em Paris.

Nesta manhã, em San Genaro, João Antunes, o proprietário da fazenda, aguardava o almoço sentado em uma das cadeiras do amplo alpendre, frontal à casa. Reinava nos arredores a languidez da hora, tudo muito quieto e tranquilo, propício às reflexões melancólicas. Ele também destoava daquela bela manhã, mas a sua guerra era outra. A cena em que ancorava o seu olhar era o instrumento com o qual a vida lhe acossava naquele instante. Mirava distraidamente ao longe os novilhos pastando sobre a colina que havia em frente a casa. Seus sentimentos eram inquietos e precários. A cadeira em que se sentava compunha um conjunto de quatro, que rodeava uma mesinha metálica de tampo circular. João Antunes escorregara as nádegas à frente sobre o assento e apoiara os pés sobre uma outra cadeira, diante dele. Mantinha a cabeça encostada no espaldar, feito de lâminas curvas metálicas afastadas regularmente umas das outras — o assento acompanhava o feitio do espaldar e alargava-se discretamente até a borda dianteira. Nessa posição, quase deitado sobre as duas cadeiras, ele mantinha os cotovelos apoiados nos descansos e os dedos cruzados sobre o abdome. Seu corpo estava relaxado, imóvel, com a parte inferior das costas formando um arco entre o encosto e o assento. Os olhos, semicerrados, propiciavam uma luz mínima, como que procurando escapar dos seus sentimentos. Havia uma espécie de impotência resignada nessa sua postura. Manifestava-se nela certa mágoa silenciosa e inquisitiva, uma imobilidade inquieta que parecia aguardar resoluções que não vinham. Alguém que o visse nunca imaginaria quão enganosa era aquela calma e o quão receptiva ela estava a um novo impulso, a qualquer coisa que desfizesse aquele arco e o aprumasse rumo ao seu destino. João Antunes digladiava-se em reflexões tristes, ansiosas, perscrutando inutilmente o futuro ou submergindo no passado, em busca de soluções. Estava difícil espantar aquele instante e vislumbrar novas perspectivas, que pareciam esgotadas. Mantinha-se melancólico e pensativo, cogitando sobre um tempo inconsistente. Ele abandonava-se, refugiado naquela atitude, como que dobrado pelas circunstâncias de sua vida. João Antunes fitava os novilhos com um olhar fixo, distante, percebendo vagamente aquele cenário desolador no qual confrontava-se consigo mesmo e com a sua solidão. Nos últimos meses, ele tornara-se propenso a sentimentos tristonhos, semelhantes a esses, e atribuía isso ao seu isolamento, que começava a importuná-lo. Essa justificativa, ainda que suspeita, parecia-lhe válida e seguramente o era, porém ele permanecia conformado diante dessa quase certeza. Malgrado alguns resquícios de vigor que volta e meia cintilavam em seu espírito, João Antunes não se empenhava em adotar atitudes efetivas contra os seus sentimentos e acomodava-se às circunstâncias que o deixavam imerso naquela passividade letárgica.

Havia dez anos que vivia em companhia de Rita Rosa, a antiga empregada. Aos dois, juntava-se um papagaio ao qual ensinaram a dizer obscenidades, que João Antunes nomeara Boccaccio. O papagaio, que se tornara mal-educado, além de alegrá-los, transformara-se em uma espécie de instrumento de desafio entre João Antunes e Rita Rosa e provocava momentos cômicos entre eles; instantes fugazes naquelas existências vazias. Ele permanecia no poleiro do alpendre durante o dia e à noite era recolhido para a cozinha. João Antunes se divertia quando Rita se aproximava e Boccaccio, muito indiscreto, começava a xingá-la com expressões pornográficas. Contida e ruborizada, ela morria de rir. E Rita Rosa revidava, empenhando-se em ensiná-lo outras bobagens para confrontá-las com as do patrão. Boccaccio era o único a tirá-lo do sério com suas irreverências irrisórias, amenizando momentaneamente a vida. Porém, ultimamente, nem mesmo ele era capaz de alegrá-lo.

Momentos nostálgicos como essa manhã faziam-no relembrar o carinho que sua querida esposa Ester lhe dedicava. João Antunes tinha a certeza de que, se ela estivesse ao seu lado, esta manhã seria outra. Ester saberia reconfortá-lo, e sua ternura lhe adoçaria a alma. Porém, em 1931, ao descobrir o romance entre seu marido e Verônica, Ester deprimiu-se, adoeceu e veio a falecer, para o desespero de João Antunes. O espaço que Ester ocupava em seu coração então se expandira, porém fora preenchido pela saudade e pelo remorso intenso, que ainda doíam no peito e certamente eram a causa da resignação. Sempre que revalorizava a presença de Ester em sua vida, as lágrimas afloravam, e seu olhar buscava algum ponto que amenizasse a sua dor. Era nele que procurava consolo, que seria, porém, temporário e débil ou nunca viria. Hoje, eram os novilhos que pastavam languidamente ao longe, dias atrás fora um lindo pôr do sol, cuja beleza fora também ineficaz e só incrementara seu sofrimento. Momentos semelhantes a esses vinham lhe acontecendo com mais frequência, como se fossem um falso enlevo que permitisse escorrer momentaneamente para fora de si as amarguras do passado. Recordou novamente o pedido que Ester lhe fizera certa vez, época em que viviam uma imensa paixão: ela desejava ser enterrada no lugar em que se amavam, no topo da colina em Santos Reis. Ali, Ester lhe dissera que vivera o céu na Terra e desejava também vivê-lo sob ela. Mas João Antunes resolvera definitivamente não mais cogitar sobre isso. Queria mantê-la próxima de si para rezar em seu túmulo, conforme o hábito que adquirira. À época de sua morte, com o agravamento da doença, o doutor Valverde resolvera levá-la para o hospital em Uberaba, no qual falecera e fora enterrada, apesar dos esforços para salvá-la. Foram momentos de sofrimentos que o marcaram definitivamente. Seu velho amigo e sócio, Ambrozzini, irmão de Ester, aborrecido com as circunstâncias em que se dera a morte da irmã, vendeu sua parte a João Antunes e retornou ao Sul, em 1932, esfriando a longa amizade. Ambrozzini morava em uma casa que construíra próximo à sede. Desde a infância, quando ambos viviam em Santos Reis, até quando morava em San Genaro, Ambrozzini fora o seu irmão e confidente. Após o seu retorno ao Sul, João Antunes não tivera mais com quem conversar sobre negócios e se divertir, como se acostumaram a fazê-lo desde os tempos de criança. No início dos anos 1930, para agravar, houve as consequências da grande depressão, causada pela quebra da bolsa de Nova York, o que afetara seriamente a economia brasileira. Foram tempos difíceis, particularmente para João Antunes, que lhe doeram no bolso e na alma. Seus pensamentos voaram até o Rio Grande do Sul. Lembrava-se da última vez em que estivera em Santos Reis: fora durante a morte de sua mãe, Felinta, em 1934. Ela fora enterrada ao lado do marido, Antenor, sob a copa da velha laranjeira, atrás da casa em que moravam. João Antunes desejava transladá-los para o cemitério de São Borja, mas sempre adiava a sua ida ao Rio Grande. A lembrança da estância o machucava e jazia como um incômodo em sua memória. Dois anos após a morte da mãe, João Antunes fora a Porto Alegre assistir ao casamento da irmã Cecília, que ali morava, e não mais retornara ao Sul.

Súbito, aquele cenário em que suas recordações se ancoravam sofreu uma repentina mudança, e suas divagações foram interrompidas: João Antunes teve a atenção despertada por um novilho que se afastou correndo escoiceando o ar, desaparecendo em seguida atrás de uma suave depressão. Sua postura mudou imediatamente: ele ergueu o tronco, sentando-se na extremidade do assento, retesou o corpo e avançou o rosto à frente, como que desejando se aproximar da cena. Manifestava-se nele o hábito instintivo que se entranhara nele desde a infância, quando começara a sua vida de peão: quaisquer perturbações dos animais despertavam seu zelo imediato e adquiriam prioridade. Tornara-se uma reação natural. Sentiu-se intrigado, imaginando o motivo daquele comportamento. "Teria sido o novilho vítima de alguma cobra, picado por algum inseto ou sofrido outro incidente?", pensou. Sem dúvida que sim. Estava conjecturando sobre as razões quando o viu retornar ao rebanho após alguns segundos, ainda manifestando inquietação. João Antunes pegou seu binóculo, que tinha o hábito de manter sobre a mesinha ao lado, e apontou suas lentes rumo ao novilho, averiguando que mancava, constatou preocupado. *"Sim, alguma coisa o ferira"*, concluiu. Ele então observou-lhe as características, a fim de mandar trazê-lo até a sede. Correu os olhos pelas redondezas, buscando a presença de Osório, o seu capataz, mas não viu sinais dele. "Provavelmente está almoçando", conjeturou. Recolocou o binóculo sobre a mesa e voltou lentamente a mergulhar em suas memórias, esquecendo-se do novilho, um desleixo inusitado e não usual ao seu zelo com os animais. Havia, entretanto, sutilezas mais exigentes e instigantes que justificavam tal desleixo: dos recônditos mais secretos de sua mente, insinuava-se outra prioridade, embora ainda muito débil e ignota, algo semelhante à manifestação do desabrochar de uma semente sob a terra. Mas ela brotava forte, e dali a pouco se mostraria vigorosa e seria a gênese de uma nova vida. "Coisas de velho", zombou de si mesmo, referindo-se às lembranças tristes que atazanavam seu espírito, tornando-se companheiras inoportunas. A despeito da zombaria, essa fora, entretanto, uma reação saudável de seu humor, uma crítica positiva, desconhecida e desconectada com o que ainda viria, porém eficaz em vista das consequências, pois não seria coisa de velho, mas, sim, desejo de gente moça. Tratava-se das poderosas exigências que a vida impõe a si mesma como uma maneira de se perpetuar. Embora ignorando-as, de súbito, suas recordações tornaram-se propícias ao aparecimento de sentimentos novos, inesperados. Em seu espírito, ainda que debilmente, a vida voltava a pulsar com vigor. Tais emoções eram ainda sutis, sorrateiras, disfarçadas de reminiscências, mas começavam a se entranhar timidamente entre as dobras de sua mente e a adquirir força. João Antunes passou a refletir sobre o isolamento em que vivia e sentiu o peso da solidão adquirir bruscamente uma dimensão imprevista, nova, insólita, como que clamando por uma solução imediata. Contudo, ainda assim, fora meramente uma fagulha, apenas uma sutileza do inesperado. "Não posso continuar nessa solidão", refletiu João Antunes. Ele então passou a cogitar sobre uma possibilidade que nunca pensara desde que Ester falecera: casar-se novamente. Esse pensamento lhe foi surgindo relutante, cheio de hipóteses conflituosas, até consolidar-se em uma certeza: sim, precisava de uma nova companheira, alguém com quem partilhar a vida. Mas tal resolução, ainda assim, revelava-se um capricho, como que constituindo uma etapa anterior e necessária à manifestação de um segredo surpreendente. De qualquer modo, essa disposição fortaleceu-o e alegrou seu coração, pois era a primeira vez, após anos de luto, que João Antunes via uma luzinha brilhar em sua vida. Experimentou uma súbita alegria e saudou-a com um sorriso que emergira espontaneamente do seu âmago. Havia tempos que apenas seus lábios sorriam, enquanto sua alma permanecia circunspecta. Ele estava cansado de satisfazer-se com as prostitutas de Uberaba, para onde ia em busca de mulheres e de companhias. Tais alívios, porém, eram momentâneos e inexpressivos, e tão logo retornava à fazenda a solidão se reinstalava mais forte. Nessas ocasiões, após alguns dias de ausência, tão logo Boccaccio o revisse, começava a implicar: "Foi metê, patrão? Foi metê, patrão?", bobagem ensinada por Rita Rosa, o que minorava a decepção, tornando-se aparentemente o único consolo para o seu retorno à fazenda. Boccaccio, porém, além de lúdico e enxerido, era também sádico, pois isso somente incrementava o tédio com que se deparava novamente João Antunes, após retornar a San Genaro. A despeito dessas brincadeiras momentâneas, arena hilariante entre o patrão e Rita Rosa, João Antunes mantinha em seu rosto um ricto amargo, revelador dos caminhos que o tempo ia imprimindo em suas faces.

Lentamente, porém, o mistério continuava a se revelar nessa mesma manhã, ainda que receoso e tímido, como certas donzelas balzaquianas na alcova. Talvez, induzido pela cena a que assistia, seus novilhos impingiram-lhe a ideia de riqueza e, subitamente, arremataram-na com a lembrança de Riete, o desabrochar final da semente, irrompendo agora vigorosa sobre a terra. João Antunes, de acordo com um desígnio misteriosamente inelutável, passou a refletir sobre o sucesso empresarial da antiga amante, nos velhos tempos de Cavalcante, um pensamento que surgia como uma conclusão do que pensara minutos atrás: a necessidade de uma nova esposa. Embora ignorasse, esse arremate originou-se dos pensamentos sobre a riqueza de Riete. Ela já não era uma simples fazendeira, pois se tornara muito rica. Adquirira fazendas, possuía milhares de novilhos invernando, adquirira recentemente um frigorífico e tornara-se respeitada no meio empresarial do Rio de Janeiro. Atualmente, morava em um belo apartamento na Avenida Atlântica, em Copacabana, e muita gente já comentava sobre o seu talento empreendedor e sua ousadia nos negócios. João Antunes sabia que Riete circulava com desenvoltura nos meios políticos e empresariais da capital, "a linda filha do falecido senador Mendonça", como os jornais às vezes se referiam a ela. A primeira fazenda adquirida por Riete, logo após João Antunes instalar-se na San Genaro, era vizinha à sua, mas nos últimos anos ela raramente aparecia por lá. A fazenda era administrada pelo filho de Custódio, antigo administrador de Mendonça. João Antunes passou a recordar a ambição de Riete, manifestada ainda jovem, quando era sua amante em Cavalcante, e comprovava que ela realizara seus sonhos, a despeito de seu ceticismo de que ela jamais conseguisse realizá--los. Em 1918, quando conversavam sobre os futuros de suas vidas, metidos naquela casinha azul em Cavalcante, João Antunes a subestimara: julgara que Riete, devido aos seus problemas emocionais, seria incapaz de levar adiante seus projetos e que aquilo que ela imaginava jamais seria factível. Entretanto, malgrados os sofrimentos e a sua desilusão amorosa, Riete vencera e do modo como ela sonhara: enriquecera com a sua capacidade empresarial, embora com o auxílio das artimanhas que o senador Mendonça lhe ensinara e lhe possibilitara com sua influência. "Para Riete, tudo fora facilitado pelas vantagens que lhe proporcionara o senador Mendonça", refletia João Antunes. Antes de falecer, em 1919, e de acordo com a vontade da filha, Mendonça dedicou-se a apresentá-la a pessoas poderosas, influentes nos negócios do governo e nos meios empresariais. Após conhecê-los, Riete passara então a colocar em prática os métodos que aprendera com seu pai. Contudo, João Antunes reconhecia que, não obstante as facilidades, seriam necessárias inteligência e ousadia para vencer em um meio em que todos agiam como ela, agravado pela sua condição feminina. Mas Riete herdara a sagacidade do senador e ultrapassara os obstáculos com ousadia, dando-se bem naquela selva ardilosa em que todos se espreitam, dispostos a engolirem uns aos outros. "Minha riqueza não se compara à fortuna de Riete, não chega nem perto", pensava João Antunes, abrindo um constrangido sorriso, logo ele que a subestimara. Contudo, achava que também não poderia se queixar, justificava-se defendendo seu orgulho, pois conquistara um bom padrão de vida. Lembrava-se de que ele devia seus bens a Marcus. "Se não fosse a sua herança, em que pé eu estaria?", indagou-se intrigado, recordando o semblante de Marcus e a sua desilusão. "Mas fizera jus ao que recebera. Também, se não fosse o senador Mendonça, em que pé estaria Riete?", contra-argumentava, digladiando-se a favor de sua autoestima. E deslizava os pensamentos sobre seus próprios bens, aumentados com muito esforço e trabalho. A sede da fazenda, uma casa simples que construíra em 1919, logo após o casamento, fora reformada e ampliada dois anos antes de Ester falecer. João Antunes adquirira, em janeiro último, um belíssimo Ford Cupê duas portas, cor vinho, modelo 1941; automóvel do ano, puxado por um potente motor V-8 de 150 HP, uma maravilha para quem amava a velocidade e o conforto. Seus novilhos eram comercializados na época certa e embarcados em trens rumo aos mercados. Financeiramente, as coisas corriam bem: as dívidas, bem equacionadas e suavemente amortizadas, não o preocupavam. Em sua vida atual, só lhe faltava mesmo preencher esse vazio que pulsava insistentemente em seu espírito. João Antunes experimentou um sentimento que a princípio o aborreceu, tão logo descobriu a sua origem: uma súbita inveja do sucesso de Riete, de sua força de vontade e de sua capacidade para empreender. Admirou-a, sentindo-se inferiorizado psicologicamente, como no dia em que a conhecera em Goiás. Porém, essa sensação foi rapidamente evoluindo para um sentimento gostoso, como que para uma espécie de embriaguez espiritual. João

Antunes sabia que Riete ainda o amava; após a morte de Ester, ela aparecera duas vezes em San Genaro e lhe confessara isso pessoalmente, ocasiões em que lhe propusera viverem juntos. Havia quatro anos que a vira pela última vez. "Como ela estava serena, confiante e linda, tão diferente daquela jovem impulsiva e estabanada do passado", pensara João Antunes quando Riete abrira a porta do automóvel e lhe sorrira. Entretanto, àquela época, ele ainda sentia fortemente a perda de Ester e recusara a proposta. Lembrou-se também de sua resolução de anos atrás, quando concluíra que jamais poderia viver com Riete. Achava-a agressiva, de personalidade difícil e pouco generosa. Porém, o tempo passara, e o tempo nos leva a reavaliar o passado com outro olhar, quando nos deparamos geralmente com uma nova conjuntura. Assim, um julgamento rigoroso ocorrido anteriormente é suscetível a um outro mais condescendente e abrangente, enriquecido com possibilidades e detalhes antes ignorados. Ou também, frequentemente, sucede o contrário. Em seu caso, o presente lhe impunha circunstâncias que o impeliam a ponderações surpreendentes, como a que irrompia em seu espírito. Pois, eis que, daquela súbita admiração pelo sucesso financeiro de Riete, surgiu-lhe a lembrança vulcânica da paixão que viveram em Cavalcante, quando se amavam com a fúria de um Miúra. João Antunes relembrava aquele quarto pequenino impregnado de muita ternura, paixão e sexo. E sentiu-se excitado ao pensar no corpo delicioso de Riete, tornado ainda mais sensual quando as lembranças eram impostas pelos anos decorridos, incrementadas pela solidão em que vivia. Sim, Ester seria sempre um recanto encantado em seu espírito, sua ternura e meiguice estariam eternamente em seu coração, mas o presente se impunha forte e inelutável. De modo que, inesperadamente, aquele mistério revelou-se pujante, e o amor explodiu indômito em seu peito. Aquela tênue sementinha transformara-se em um botão de rosa que se desabrochou lindamente, perfumando sua vida. Não aquele terno amor que dedicava a Ester, mas o amor ardente, sensual, quase tirânico, como o era a personalidade de Riete, que na cama se manifestava com um ímpeto exuberante. Era ela que se insinuara sorrateira pelos caminhos tortuosos de seu coração e em quem, finalmente, pensava como possibilidade de uma nova esposa. Tudo isso veio à tona em um segundo de felicidade que irrompeu vigoroso, iluminando a manhã com uma luz estonteante.

 João Antunes ouviu o chamado de Rita Rosa avisando-lhe que o almoço estava servido e escutou as langorosas badaladas do meio-dia. Eram dadas por um antigo relógio alemão que lhe fora presenteado por Verônica, havia muitos anos. O mesmo que badalara tempos difíceis para ela quando Verônica morava em Campinas.

— Que cara boa! — exclamou Rita. — Hoje o patrão está feliz, o que aconteceu, seu João Antunes? — indagou-lhe, abrindo um sorriso maroto, observando-lhe uma felicidade genuína que lhe emergia da alma. Rita Rosa, após a morte de Ester, acostumara-se a vê-lo com aquele seu sorriso chocho, relutante em abrir-se, com a fisionomia perdida em lembranças. — Hoje sim, o patrão está contente! — reafirmou, sentindo-se também maliciosamente feliz.

— Sim, Rita, havia tempos que... — respondeu evasivo, reticente, meio encabulado, alargando o sorriso e a felicidade.

Muitas vezes, nos momentos de maior solidão, João Antunes conversava com ela, insinuando seus problemas. Porém, se Rita Rosa era uma pessoa boa, possuía uma credulidade ingênua e sempre repetia seus comentários lhe dizendo que Deus daria um jeito em sua vida. E agora constatava que realmente Ele dera.

João Antunes sentou-se à mesa e passou a almoçar com apetite, sentindo-se outro homem. Lembrou-se de que deveria viajar ao Rio a negócios na próxima segunda-feira, e os seus pensamentos voaram até Elisa, sua filha adorada, que estudava interna no Colégio Sion, em Petrópolis. Ela estava prestes a terminar o curso normal. João Antunes nunca deixava de entrar na cidade para vê-la antes de descer para o Rio e, se fosse possível, também na volta. Ele se acostumara a passar por lá aos sábados à tarde, dia em que as visitas às alunas eram permitidas. Elisa se tornara uma moça linda e inteligente, e João Antunes sempre se comovia ao revê-la, lembrando-se de Ester. Ela tinha a ternura e a meiguice da mãe e o mesmo coração generoso. Elisa desejava estudar direito na Universidade do Brasil e seguir os passos de Alzirinha Vargas, mulher moderna, independente, filha do presidente e sua secretária. Porém, eram aquelas lembranças de Riete que agora sugavam seus pensamentos. Ele percebeu que elas cresciam rapidamente, induzindo-o a querer reencontrá-la o mais breve possível. "Por que não antecipar a viagem ao Rio e procurá-la no final de semana? Assim, aproveito e vejo Elisa", refletiu João Antunes, sentindo algo insólito rodopiar em seu espírito e um arrepio deslizar gostosamente pelo corpo. Enquanto almoçava, as lembranças sucediam-se com rapidez espantosa e teve pressa em viajar. Sentia-se exultante, mas também surpreso consigo mesmo. "Afinal, como pode essa atração surgir tão de repente, parecendo vir do nada... Uma possibilidade em que jamais pensara", interrogava-se, atônito e satisfeito, enquanto Rita lhe servia a sobremesa. A empregada, observando-o, concluiu que uma luz voltara a brilhar na vida de seu patrão. Ela tinha mais argúcia que João Antunes imaginava.

Após o almoço, bem disposto, João Antunes levantou-se e ligou seu Telefunken, a última novidade alemã em tecnologia radiofônica, que comprara no Rio e chegara a San Genaro junto com o seu Ford. O rádio era grande, imponente, embutido em um cofre de madeira belamente envernizado. Seu grande *dial* circular, situado no centro da face, tinha as frequências gravadas com nitidez e era bem iluminado, adquirindo a cor verde quando aquecido; dois possantes autofalantes laterais possibilitavam-lhe um som forte. Nesses tempos de guerra, ainda não era complicado adquirir bens alemães, pois o Estado Novo, nessa época, flertava com Hitler. O Brasil negociava muito com a Alemanha; Dutra e Góes Monteiro eram grandes admiradores da máquina de guerra alemã e torciam por ela.

No início dos anos 1940, a Rádio Nacional do Rio de Janeiro, a PR-8, instalada nos últimos andares do edifício A Noite, na Praça Mauá, dominava o imaginário nacional. Nas próximas duas décadas, seus programas de auditório, suas novelas, artistas, locutores, cantores e cantoras se tornariam astros e emocionariam os corações brasileiros. As ondas potentes da Rádio Nacional atingiam cada recanto do Brasil e mesmo alhures. Em 28 de agosto de 1941, foi ao ar a primeira edição do Repórter Esso, na voz de Heron Domínguez, noticiário que rapidamente se tornou referência nacional. Seu *jingle*, aquela musiquinha que se tornaria familiar em horários definidos, ecoava desde os botecos suburbanos mais encardidos até os apartamentos mais chiques de Copacabana e se tornara um hábito brasileiro prestar atenção ao ouvi-la. Em tempos de guerra, era comum soar as edições extras, quando então se fazia silêncio, e rostos ansiosos aproximavam-se do rádio à espera das notícias, que viriam introduzidas de modo vibrante, rápidas, sempre assim: "Alô, Alô! Aqui fala o Repórter Esso! Testemunha ocular da História, em edição extraordinária!! E atenção, muita atenção!! Forças alemãs cruzaram a fronteira soviética durante esta madrugada e avançam rapidamente em território russo. Segundo a Rádio BBC de Londres...". Quando a notícia era excepcional, como essa o fora sobre a invasão da Rússia, ida ao ar quando os trabalhadores tomavam suas derradeiras cervejas noturnas nos botecos do Rio, a informação era passada e repetida, três, quatro vezes, e em outras edições, com a voz excitada e tonitruante de Heron Domínguez. Ao se despedir, ele prometia mais notícias assim que chegassem novas informações das agências internacionais. Durante esses momentos naquela década angustiosa, as pessoas aflitas, pensativas, afastavam-se do rádio ao final da edição, e ouvia-se novamente o *jingle* do Repórter Esso soar Brasil afora.

Portanto, após o almoço, João Antunes sentou-se na poltrona, ao lado do Telefunken, colocado sobre uma mesinha situada na sala de visitas, curvou seu rosto e ligou o aparelho, aguardando a edição das 13 horas. Enquanto esperava que as válvulas aquecessem, o que levava alguns segundos, ele bebericava o cafezinho, trazido por Rita Rosa. Mesmo desligado, o ponteiro permanecia fixo na frequência de 980kHz, da Rádio Nacional. Finalmente, as luzinhas verdes brilharam, iluminando o *dial*, acompanhadas por alguns ruídos de estática, e logo soou o *jingle,* claro, potente, e a voz grave e a entonação dramática de Heron passaram a transmitir novas vitórias alemãs nas três frentes russas: em direção a Leningrado, a Moscou e a Kiev. Havia muita tensão e expectativa de que os alemães fossem detidos, mas, como na campanha da França, a *Wehrmacht* parecia imbatível. Pausa, alívio na voz e notícias gerais sobre o governo Vargas... Soou o *jingle*, marcando o final. João Antunes desligou o aparelho, levantou-se, colocou o pires com a xícara sobre a mesa e saiu em busca de Osório; pediria a ele que lhe trouxesse o novilho que vira escoiceando o ar durante a manhã, mandando para longe o seu passado. Chateou-se por haver esquecido o incidente, pois certamente o novilho precisaria de ajuda naquele instante, mas ignorou os desígnios.

Dirigiu-se ao curral em busca do capataz e logo o avistou saindo da baia.

— Osório, tu me trazes um novilho que vi agora há pouco no pasto, parecia mancar após um incidente. Seu lado esquerdo é quase negro, com uma mancha branca quase circular próxima ao pescoço. Será fácil identificá-lo.

— Sim, sei qual é, patrão. Daqui a pouco estará aqui. — respondeu Osório.
— Ele saiu rapidamente em busca de seu cavalo e dirigiu-se ao rebanho.

João Antunes retornou à varanda, sentou-se e pôs-se novamente a pensar em Riete. "Sim, vou antecipar minha viagem ao Rio, porém, é melhor lhe telefonar antes e saber se ela está na cidade", refletiu, com seu olhar seguindo a cavalgada de Osório. Aqueles pensamentos surgidos antes do almoço, tão melancólicos, meditativos e descompromissados, induziam-no agora a uma resolução objetiva e enérgica: sentia pressa em se encontrar com Riete, como que desejando recuperar o tempo perdido. Ao ver Osório se aproximar dos novilhos, João Antunes pegou o binóculo e pôs-se a acompanhar suas ações. Assistiu ao capataz rodar o laço no ar e lançá-lo com perfeição, encaixando-o ao redor do pescoço do novilho. "Perfeito!", pensou João Antunes, que também era exímio nessa arte. O novilho esperneou, obrigando Osório a encurtar a corda e puxá-lo mais próximo ao cavalo. João Antunes observou que o ferimento se agravara, pois o novilho se submetera, mas agora mancava mais. Ele levantou-se, desceu o degrau que separava a varanda do amplo terreiro que havia em frente à sede e o aguardou. Havia um grosso mourão fincado nas proximidades do alpendre, com argolas de aço pendentes, destinadas à amarração.

— Prenda-o aqui, Osório — solicitou João Antunes, aproximando-se do novilho. Como se habituara, desde criança, aplicaria o seu método de exame: no início, correria os olhos pelas patas traseiras, mantendo a mão espalmada sobre o dorso do novilho, e depois ergueria seu olhar lentamente enquanto caminhava ao redor do animal, mas não fora necessário. Ele observou-lhe o tornozelo traseiro direito, trêmulo e ligeiramente erguido. João Antunes agachou-se, colocando-se de cócoras, segurou-lhe a pata, dobrou-lhe o tornozelo e viu o sangramento. Passou cuidadosamente seus dedos ao redor, tentando isolá-lo.

— Aqui está... um espinho, e dos grandes... — comentou em voz baixa. — Empresta-me o canivete, Osório, e segura-lhe a perna — solicitou ao capataz, enquanto mantinha suspensa a pata do animal. Osório segurou-a, João Antunes prensou o espinho entre a lâmina e seu polegar e o puxou cuidadosamente, retirando-o. O novilho fungou, agitou-se, mas logo se acalmou. — É difícil suportar um espinho como esse, bom que saiu inteiro... — comentou, rodando o espinho entre os dedos, examinando-o. — Osório, traga água, sabão, creolina e um pedaço de pano limpo — ordenou João Antunes, ainda agachado e segurando a pata do novilho, mantendo-a suspensa, enquanto afagava a perna. Dali a pouco, ajudado por Osório, efetuou a limpeza e fez o curativo. Acariciou o animal, soltou-o e retornou ao interior da casa.

João Antunes dirigiu-se ao seu quarto e começou a arrumar a mala. Parecia-lhe que sua vida adquiria repentinamente um novo ímpeto e tinha a sensação de que perdera muito tempo. Sentia-se um outro homem. Partiria para Uberaba na madrugada seguinte e de lá telefonaria para Henriette. "O meu próximo objetivo será puxar uma linha telefônica até a fazenda", refletiu, enquanto ajeitava suas roupas. Jogou sua caderneta de endereços dentro da mala, fechou-a e depois dirigiu-se à cozinha, comunicando para Rita que viajaria no dia seguinte. Ela ficou espantada, observando a animação de João Antunes. Rita Rosa voltou-se e o acompanhou enquanto ele saía, abrindo um sorriso malicioso, já pensando em alguma bobagem para ensinar a Boccaccio. João Antunes foi reencontrar Osório, passando-lhe as ordens a serem executadas durante a sua ausência. O restante do dia transcorreu devagar, com muita expectativa, deixando-o impaciente.

Ao amanhecer, ele entrou no cupê e acelerou para Uberaba. Iniciava-se uma era em que o automóvel começaria a distinguir socialmente as pessoas e dominaria o mundo. Durante a viagem, João Antunes repensava sua vida. Ao contrário da langorosa manhã anterior, ele agora refletia com a determinação de seu Ford e o acelerava contra o tempo, desejando recuperá-lo. Sentia que superara uma fase difícil de sua vida, com muitos remorsos e recriminações, mas era inevitável e natural que, após dez anos do falecimento de Ester, devesse continuar a viver.

Próximo às 11 horas, João Antunes estacionou em frente ao Hotel Uberaba, onde se hospedava havia quinze anos, nas ocasiões em que dormia na cidade. Ele era querido pelos funcionários, acostumados a receber boas gorjetas. Após se instalar, João Antunes solicitou uma ligação para o Rio de Janeiro. Nessa época, as ligações interurbanas demoravam geralmente o dia todo para serem realizadas. As conexões eram feitas mecanicamente pelas telefonistas entre os diversos trechos, de cidade em cidade, através de fios telefônicos que corriam presos em postes, geralmente fincados ao lado das estradas. Para completá--las, era necessário que todos os ramos exigidos estivessem livres. Contudo, as linhas invariavelmente estavam ocupadas em algum trecho, e consegui-las livres exigia paciência ou sorte. Era comum aguardar muitas horas e receber a comunicação da telefonista de que a ligação só poderia ser concluída no dia seguinte, segundo as prioridades de quem a solicitara. E foi o que aconteceu com João Antunes. Ele aguardou durante a tarde, sentado na recepção do hotel lendo jornais, e ficou irritado quando a telefonista retornou-lhe anunciando amavelmente a impossibilidade de completá-la. João Antunes subiu ao apartamento, banhou-se e à noite resolveu que iria descarregar sua contrariedade no cabaré da tia Zuleika, o mais famoso da cidade, conhecido em todo o triângulo e mesmo alhures. "Lá pelo menos eu me distraio", refletiu, antes de entrar no automóvel, muito empoeirado pela viagem.

Após alguns minutos, estacionou em frente ao *rendez-vous*. Chegara cedo, não havia ainda o movimento habitual de uma quinta-feira. Entrou no salão, envolto naquela atmosfera sombria e sensual, fracamente iluminado por lâmpadas avermelhadas. Algumas mulheres, quase indistintas, sentavam-se em torno de mesinhas afastadas, aguardando tristemente os clientes. João Antunes ocupou uma mesa isolada, solicitou e logo trouxeram-lhe o uísque. Em alguns minutos, tia Zuleika, a proprietária do bordel, veio recebê-lo com discrição, muito perfumada e bem-vestida. Eram antigos conhecidos. Clientes como João Antunes eram pessoalmente recebidos por ela. Com sua amabilidade profissional, indicou-lhe a beleza atual da casa: a moreninha Bibianca, 17 anos, a melhor bunda do Triângulo, garantiu. Bibianca normalmente não permanecia no salão, pois era uma espécie de joia valiosa que deveria permanecer no cofre e somente ser exibida a clientes especiais. Ela aguardava no quarto, situado no segundo andar do sobrado, muito elegante e sensual, com a certeza de que logo seria convocada. João Antunes conhecia aquelas vidas errantes: mulheres lindas que zanzavam pelos melhores cabarés do Brasil. Às vezes, vinham de longe, permaneciam um mês ou dois e depois sumiam, partindo para outras cidades longínquas, até mesmo para outros países. Já conhecera paraguaias, argentinas e francesas... Várias vezes se comovera com a solidão dessas vidas, que invariavelmente terminavam na miséria.

A tia mandou chamá-la, apresentou-a a João Antunes e logo subiram para o quarto. Durante duas horas, ela lhe prestou serviço. João Antunes saciou-se, deu-lhe um bom dinheiro extra e retornou ao salão, abraçado a Bibianca. Elogiou-a à tia Zuleika: "realmente maravilhosa", e Bibianca sorriu, enlaçando-o com ternura. João Antunes pagou oficialmente para a tia Zu um preço alto, mas compensador, sob o olhar distraído de Bibianca. Ele sentia o efeito das duas doses de uísque e resolveu retornar ao hotel. "Adeus, querida Bibi, a melhor bunda não só do Triângulo, mas de toda Minas"; despediu-se com um beijo, dando-lhe uma palmadinha no traseiro generoso, e se foi, seguido pelo lânguido olhar de Bibianca. Ele se relaxara, mas não tinha o hábito de beber. João Antunes resolvera que não mais telefonaria a Riete e que viajaria cedo no dia seguinte.

Na manhã de sexta-feira, ainda sentindo a cabeça latejar, ele entrou no Ford e vagarosamente buscou a estrada para Belo Horizonte. Estava acostumado a viajar ao Rio de trem, mas, após comprar o automóvel, passara a utilizá-lo.

No final da tarde, João Antunes chegou à capital mineira. O Sol se punha, tingindo lindamente o poente. Havia um ar de novidade em Belo Horizonte para quem viesse de fora. Alguém mais traquejado sentiria qualquer coisa de ingênuo e de provinciano em uma cidade que parecia ainda uma mocinha curiosa, espreitando a vida. Agregava-se a ela um certo aconchego poético que emanaria mineiridade. Ele estacionou seu cupê empoeirado sob a belíssima fileira de *ficus* que ladeava ambos os lados da Avenida Afonso Pena, ao longo de todo o seu percurso. Suas copas eram podadas em forma de cubos, que se emendavam, formando um belíssimo renque verde suspenso que ladeava toda a avenida. O seu perfume, a tépida atmosfera, as cores amareladas dos raios da tarde, todo aquele ambiente se harmonizava com suas novas disposições de espírito. João Antunes gostava de curtir aquele clima bucólico dos arredores. Estacionou próximo à Praça Sete de Setembro, no centro da cidade. Ele desceu para saborear um café e espairecer. Repetiu o cafezinho com pão de queijo observado por circunspectos senhores desconfiados, ciosos de sua intimidade e blindados a quaisquer tentativas indiscretas de aproximação. Comprou em frente ao bar o jornal *Estado de Minas,* que conquistara rapidamente os leitores, e foi passear pelas vizinhanças. Era noite quando entrou no Ford e dobrou à direita, estacionando-o dois quarteirões abaixo, diante do Hotel Sul-Americano, endereço elegante, frequentado pelos interioranos ricos que vinham a Belo Horizonte a negócios. Desde a sua inauguração, em 1934, João Antunes tornara-se um hóspede habitual. Após um banho revigorante, deitou-se e abriu o jornal. Terminou lendo uma matéria sobre declarações políticas de Benedito Valadares, o astuto interventor de Minas nomeado por Vargas, no poder havia onze anos. A entrevista era longa e demonstrava a arte de muito falar e não dizer nada ou dizer sempre a mesma coisa com outras palavras, característica dos políticos mineiros. João Antunes sorriu e meneou a cabeça, lembrando-se da cômica nomeação de Benedito Valadares para a interventoria.

Em 1933, com a morte de Olegário Maciel, houve uma disputa acirrada entre Flores da Cunha e Osvaldo Aranha pela indicação do novo mandatário de Minas. Osvaldo queria indicar seu amigo, Virgílio de Mello Franco, com quem conspirara na Revolução de 1930, e Flores desejava impor Gustavo Capanema. Getúlio Vargas jamais poderia contrariar dois dos seus principais aliados: o seu grande amigo Osvaldo Aranha e muito menos o estratégico Flores da Cunha, governador gaúcho, ambos peças fundamentais de seu tabuleiro político. Getúlio então alegou que o problema da sucessão era mineiro e deveria, portanto, ser resolvido pela bancada mineira e "que ela lhe trouxesse uma lista com doze nomes e ele escolheria o novo interventor". Feita a lista, uma comissão de numerosos deputados foi ansiosamente apresentá-la a Getúlio. Este correu os olhos sobre os nomes e indagou: "Mas vocês não incluíram o Valadares?". Todos se entreolharam surpresos e se perguntaram: "Ih, será o Benedito?", uma expressão que se incorporou ao vocabulário nacional como eufemismo de ansiosa decepção. E realmente Benedito Valadares seria escolhido o interventor de Minas. Depois, indagaram a Getúlio Vargas por que ele indicara Benedito Valadares, um inexpressivo deputado da bancada mineira. Ao que Getúlio retrucou: "Vocês estão enganados, Benedito só é burro por fora, mas por dentro é inteligentíssimo!". Realmente, Benedito não tinha nada de bobo, e Getúlio teria no astuto Valadares, durante anos, um aliado fiel. João Antunes sorriu ao relembrar o episódio, dobrou o jornal e caiu no sono.

Na madrugada seguinte, sábado, ele prosseguiu a viagem para o Rio de Janeiro. Deveria ir até Juiz de Fora percorrendo o mesmo percurso do antigo caminho novo, aberto no século XVIII. Na década de 1930, a estrada fora retificada e alcançou Belo Horizonte. De Juiz de Fora a Petrópolis, prosseguiria pela União e Indústria, rodovia pioneira no Brasil, inaugurada por Dom Pedro II. Finalmente, de Petrópolis ao Rio, João Antunes trafegaria na primeira rodovia pavimentada brasileira: a Washington Luís, construída e inaugurada por este presidente em 25 de agosto de 1928, considerada, na época, a mais moderna da América do Sul.

Enquanto dirigia, João Antunes ia relembrando seu passado, buscando em cada curva a direção de seu destino. "Poderia este ter sido diferente, até aquele momento?", indagava-se. Ele pensava agora em Verônica, de quem fora amante durante doze anos. Crispou seu olhar enquanto sua vida recuava, lá pelos idos de 1932, quando reencontrou Verônica pela primeira vez, após a morte de Ester. Dois meses haviam transcorrido desde o seu falecimento. Durante vários anos, João Antunes recordou aquele reencontro, refletindo se haveria outra alternativa que não fosse o fim de seu romance com Verônica, a quem adorava. Tal reencontro acontecera em uma tarde de sábado de carnaval, no Copacabana Palace, local onde se viam quando eram amantes. Ele comprimiu suas vistas, e sua memória mergulhou no passado.

Naquele sábado longínquo, já no finalzinho da tarde, fazia um calor intenso no Rio de Janeiro. Enquanto guiava, João Antunes relembrava perfeitamente os detalhes daquele último encontro, das emoções que viveram e das palavras que disseram. Naquele final de tarde, ele entrara no elevador do hotel, recalcitrante e muito pensativo. Verônica abriu-lhe a porta do apartamento e o recebeu esfuziante. Mas, imediatamente, tencionou seu rosto e lhe observou a tristeza estampada nas faces. João Antunes passava então a relembrar os diálogos com Verônica, os sentimentos vividos por ambos e mesmo suas reações, pois tudo ficara bem retido na memória.

— Ó, meu amor! Não tenho palavras para confortá-lo. Quando me avisou sobre o falecimento de Ester, eu já imaginava a sua dor... — dissera Verônica, com uma voz aflita e a expressão angustiada, após abrir-lhe a porta e estacar diante dele.

João Antunes permaneceu parado sob o portal, fitando-a com um olhar sofrido. Ela se aproximou dele e o abraçou, mas sentiu que a alma de João

Antunes estava morta. Ele irrompeu em um pranto doloroso, com o rosto colado ao ombro de Verônica e os braços descaídos rentes ao corpo amolecido. Verônica o apertava contra si enquanto o beijava seguidamente e lhe afagava os cabelos. Ela trancou a porta e adentraram alguns passos.

— Não posso mais, querida... amo-a, mas o nosso caso acabou. Ester morreu por minha culpa, devido ao nosso amor.

João Antunes afastou-se e sentou-se na beirada da cama, mantendo as mãos sobre os olhos enquanto chorava amargamente. Seus soluços eram profundos, doídos e inconsoláveis. Verônica permanecia em pé, olhando-o intensamente, incapaz de encontrar palavras para lhe amenizar a dor. Aquele hotel, aquele ambiente voluptuoso em que tantas vezes se evadiram deste mundo nas asas da paixão, impelia-o naquele instante em direção a Ester. João Antunes relembrava a doçura carinhosa que a esposa lhe dedicava, o seu companheirismo, o seu apoio incondicional incansável, e sentia o remorso lhe roer as entranhas.

— É a segunda pessoa que morre por me amar... por me amar demais e incondicionalmente... A primeira foi Marcus e agora Ester... pessoas que nunca mediram a generosidade e a ternura que me dedicavam... — dizia João Antunes a Verônica entre soluços profundos, com palavras doídas que lhe brotavam aos pedaços compulsivamente, dos recônditos de sua alma.

Verônica aproximou-se, sentou-se ao seu lado, pousou o braço sobre os ombros dele e nele recostou seu rosto. Não sabia como consolá-lo e sentiu sua vida cair em um vazio irrefutável. Ela não poderia viver sem o amor de João Antunes.

— Querido... eu não sei o que dizer... eu o compreendo... mas, e eu!? Como viverei sem você? — indagou, fitando-o com olhos penetrantes e receosos, sentindo-se mais angustiada.

João Antunes nada respondeu, permanecia cabisbaixo, com as mãos sobre o rosto, e caiu em um mutismo avassalador enquanto mirava o tapete sob os pés. Durante treze anos, desde que conhecera Verônica em Cavalcante, ele achava que tudo seria possível: manter sua paixão por ela e a pacata vida matrimonial com Ester. Lembrava-se dos argumentos de Verônica acerca da sinceridade amorosa, quando esta lhe dizia que existiam sentimentos legítimos em cada forma de senti-los e que ele seria sempre fiel a si mesmo. Eram palavras que procuravam justificar o amor que os unia e que acabaram por avalizar o romance entre ambos. João Antunes, até então, não pudera renunciar ao seu amor por Verônica, mas a morte de Ester, tal como a de Marcus, impôs-lhe um obstáculo emocional poderoso. A estranha e contraditória sensação que se apossava dele era de que, enquanto Ester vivera, ele pudera manter sua infidelidade conjugal, porém, com sua morte, ele adquirira a convicção de que estaria a traí-la se continuasse o seu romance. A lembrança de Ester impunha-lhe uma fidelidade que a existência física da esposa não fora capaz de sustentar, o que o impedia de continuar o relacionamento com Verônica. Era-lhe impossível transgredir seu remorso, embora traísse a confiança de Ester enquanto ela vivera. Eram essas emoções intensamente dolorosas, conflitantes e absurdas que o dominavam e que ele desejava agora confessar a Verônica, enquanto um silêncio angustiante preenchia aquele quarto, o mesmo ambiente lascivo em que tantas vezes extravasaram a libertina paixão que os unia. João Antunes calava-se, enquanto Verônica mantinha-se mortalmente pálida, com uma expressão sombria, desolada e com os olhos rasos d'água.

— Não posso acreditar que o nosso caso terminou, meu querido... venha... — disse ela, voltando-lhe o rosto, com um semblante tenso, agoniado e expectante.

Porém, João Antunes ergueu-se da cama e dirigiu-se vagarosamente ao janelão, que se abria para o mar de Copacabana. Apoiou os cotovelos sobre o parapeito, dando-lhe as costas, e dirigiu seus olhos intumescidos rumo ao horizonte. Verônica permaneceu sentada alguns segundos a fitá-lo por trás, depois ergueu-se da beirada da cama e juntou-se a ele, enlaçando-o com o braço, junto à cintura. Permaneceram silenciosos, contemplando aquele cenário paradisíaco inesquecível. Viam absortos as ondas quebrando mansamente e se arrastando indolentes sobre as areias. Àquela hora, final de tarde, aqueles sons repousantes poderiam induzir felicidade ou tristeza, sonhos de uma vida a dois ou a saudade de alguém que se fora para sempre. Sim, Copacabana tocava intensamente o coração dos homens, pois ninguém seria indiferente àquela vastidão de sentimentos inspirados pela sua beleza. O cenário incrementava emoções díspares em cada circunstância de quem o contemplasse. E o que anteriormente extasiava João Antunes e Verônica estava agora em dissonância com os momentos maravilhosos que ali viveram. Naquele entardecer, seus sonhos terminaram.

— Mas, querido — disse Verônica receosamente —, Jean-Jacques também morreu em decorrência de meu amor por ele... Ele veio ao Brasil para me rever e foi assassinado... E eu nunca me imaginei responsável pela sua morte... Não podemos nos culpar, pois desconhecemos o futuro. Não agimos propositalmente... Você me disse em Cavalcante que, se soubesse que Marcus se mataria por sua causa, você não teria viajado até lá, mas como poderia saber?

— argumentou Verônica. — Riete, a minha própria filha, foi cúmplice do assassinato de Jean-Jacques e eu a compreendi e a perdoei... A vida é assim, cheia de imprevistos lamentáveis e causadores de sofrimentos... Devemos compreendê-los e aceitá-los, pois é impossível corrigir o passado e antecipar o futuro, portanto é inútil... Você jamais poderia prever que Ester... — Verônica interrompeu-se, o seu rosto crispou-se, exprimindo algo dolorosamente triste e desolador, uma terrível angústia a oprimia. A claridade do dia agonizava no horizonte, enquanto João Antunes permanecia calado, olhando vagamente o mar escurecer.

— Existe algo sutil e misterioso nesta vida, Verônica, qualquer coisa muito delicada que perpassa a realidade e a nós mesmos — começou a dizer lentamente João Antunes, com uma inflexão de tristeza. — Ela rege nossas vidas, embora a ignoremos. Entranha-se na realidade, interpenetra as pessoas ligando suas emoções e, mesmo que sejamos indiferentes ao seu mistério, somos por ela afetados de várias maneiras. Trata-se de uma misteriosa sutileza que faz as pessoas interagirem, com mais ou menos sensibilidade, e que faz as suas consequências se instalarem em nosso espírito. Eu amei e me casei com Ester porque fui tocado por isso, e esse mesmo enigma agora me afasta de ti. Ele é misteriosamente exigente, pois, se violado, nos cobrará sempre. Comporta-se como uma delicada película invisível que entrelaça nossas emoções, formando uma teia única e, quando a rompemos, quebramos nossa harmonia... — João Antunes interrompeu-se, parecendo refletir melhor sobre o que dissera. — O que faz uma pessoa sentir imediatamente prazer em contato com outra, a quem nunca viu? Como se houvesse um repentino encaixe de emoções plenamente correspondidas? Ou, ao contrário, se sinta dela afastada por razões opostas? Afinal, o que transita entre as emoções pessoais? Eu a amo, Verônica, mas a morte de Ester ligou mais fortemente meu espírito ao dela e superou o meu amor por ti. Ela morreu por isso. Se continuássemos o nosso romance, eu estaria violando-a... e me violando. Quando rompemos esse enigmático vínculo, rompemos afetos que serão como pedaços individualmente rasgados, sobre cada um de nós... definitivamente separados. A morte de Marcus está associada à sincera renovação de meu amor por Ester, quando a reencontrei em Santos Reis, vindo de Cavalcante. Foi a compaixão de Ester diante do suicídio de Marcus que provocou o nosso casamento. Se não fosse isso, provavelmente não teríamos casado. Portanto, a morte de Ester a une à de Marcus e agora liga esses fatos ao fim de nosso relacionamento. Tudo isso é único e existe para manter a sensibilidade que conecta as pessoas que se amam... — João Antunes interrompeu-se, começando a chorar novamente.

Verônica olhou-o, sem compreender tais palavras. Mas, subitamente, ela entendeu-as e se deu conta da dor de João Antunes. Verônica intuiu claramente que existem convicções íntimas geradas por ocorrências que marcam tão profundamente uma pessoa e que só ela as conhece, tornando-se inauditas e memoráveis. Somente ela pode avaliá-las e permanecem invioláveis porque se enraizaram tão profundamente que, muitas vezes, a própria pessoa as receia. São forjadas pelas cicatrizes da alma e constituem seus recônditos misteriosos, mantidas pelos vínculos de emoções pessoais, mesmo que o outro não mais exista fisicamente. São esses fios que formam a delicada teia invisível que envolve a todos que se amam ou que é rompida quando deixam de se amar. Verônica lembrava-se quando estivera no quarto de Marcus a sós com João Antunes, desejando amá-lo sobre aquela cama, e que João Antunes rejeitara porque havia o invisível a espreitá-los. "Sim, havia aquele algo poderoso que, sem dúvida, nos afeta, embora o ignoremos, refletia Verônica. De fato, existe qualquer coisa de sutil que interpenetra a vida das pessoas e da própria realidade. *É* demasiadamente poderosa e essencial para ser transgredida, constituindo algo misteriosamente eterno, sombrio e delicado", refletiu. Verônica mantinha-se em silêncio ao lado de João Antunes refletindo sobre isso e sentiu algo insólito. "Quantas vezes, ao longo de sua vida, se debruçara sobre este mar e mirara este cenário instigante de sentimentos tão belos? Porém, quantas vezes sofrera também ao contemplá-lo?", indagava-se. Era esse mesmo cenário que a fazia compreender, naquele instante, que suas emoções se enobreciam, superavam os limites de seu sofrimento, mesquinho e egoísta, e que havia nelas qualquer coisa de sublime. Era aquele mar, que se encontrava com o firmamento em um horizonte longínquo, que lhe revelava essa nobreza, eram as areias e os voos langorosos das gaivotas que reequilibravam suas emoções, induzindo-a compreender o que João Antunes lhe dissera. Verônica sentiu-se triste, mas reconfortada, pois ela mesma dissera a Mendonça, certa vez, que a beleza é autêntica e nunca nos engana, em qualquer circunstância. E o que experimentava eram sensações sofridas, mas suavizadas e superadas por um profundo sentimento de aceitação.

— Está bem, querido, apesar de meu sofrimento, eu o compreendo. Segundo você, devemos respeitar os sentimentos alheios, como Marcus lhe ensinara... Portanto, o nosso caso acabou — disse Verônica, com os olhos marejados e a alma rasgada. Ela apertou-se contra João Antunes e permaneceu a chorar em seu ombro. Sua vida, como sempre, estava novamente à deriva.

— Mas não me esqueça nunca, querido... sejamos amigos e venha me rever quando quiser — pediu-lhe Verônica, reconfortada pelo infortúnio.

Conversaram ainda bastante, e já era noite quando se afastaram da janela. João Antunes retornou cabisbaixo e permaneceu em pé, pensativo, olhando vagamente o assoalho.

— Adeus, Verônica. Por favor, me dê notícias... quando puder, virei vê-la... — disse-lhe e dirigiu-se à porta. Abriu-a, retornou-lhe o olhar e saiu. Verônica, chorando muito, regressou ao janelão e o viu, lá embaixo, tomar um táxi, rumo ao fim. A noite caíra sobre Copacabana. João Antunes voltara a San Genaro com o coração despedaçado pela morte de Ester e pelo término de seu romance com Verônica, dilacerado por um conflito insolúvel. Sentia-se também transtornado.

Ao retornar ao presente, guiando o seu cupê rumo a Juiz de Fora, ele relembrou que sentira intensamente essa culpa durante anos, por não ter avaliado o quanto sua infidelidade magoaria a esposa. Mas, neste momento, sentia inexplicavelmente que havia também superado aquelas dores, sobrepujara aqueles remorsos da época em que rompera com Verônica. A trama que unia os homens se recompunha sobre ele, nunca lisa e perfeita como antes, mas cicatrizada pelo sofrimento, marcada por cicatrizes que perdurariam até sua morte. Ester estava definitivamente em seu coração, mas não iria mais carregar essa culpa. João Antunes verificou que acabara de ultrapassar Congonhas do Campo e lembrou-se dos Profetas do Aleijadinho, que já visitara. Lá estavam eles naquele adro perpetuando a sensibilidade de um homem talentoso, ligando-se a ele pela sua arte, por aquele sentimento comum e incompreensível que nascera no passado.

2

Naquele sábado de carnaval, em 1932, após assistir ao táxi que levava João Antunes rodar pela Avenida Atlântica e sumir entre as luzes, Verônica permaneceu pensativa, debruçada na janela, com os olhos absortos, fixos na escuridão do mar. Procurava nela uma nova esperança, algum sinal que a fizesse novamente sonhar. Mas tudo lhe parecia indiferente e triste, e Verônica relembrava que ninguém profetizara dessa vez, como madame Louise o fizera a Jacinta em seu leito de morte: "diga a Verônica que vá para Goiás e lá ela encontrará outro grande amor...", como realmente aconteceu. Não haveria mais isso, Verônica sentia que tudo se acabara. Ela olhou à direita, em direção ao Forte de Copacabana, e viu as luzes da avenida tremularem onde sua vida começara a brilhar, na euforia luxuriante do Mère Louise. No lugar do antigo cabaré, havia agora a solidez de um prédio, jazigo de uma época esplendorosa em que tudo parecia possível. Antes havia a esperança de que sua beleza lhe desse mais, enquanto aguardava as emoções que mantivessem a chama inquieta de seu destino. Ela sorriu consternada, mas reconfortada. Afastou-se da janela e caminhou pelo quarto imerso em sombras, até o interruptor, acendeu as luzes e depois abriu a porta do armário, decorada com frisos externos dourados. Lentamente, ela despiu-se perante o grande espelho, afixado sobre a parte interna do guarda-roupa, e admirou seu corpo nu. Deslizou vagarosamente seu olhar sobre ele pensando em quantos homens o haviam desejado e o quanto fizeram para tê-lo. Observava-se langorosamente e se excitava como se fosse um daqueles seus inúmeros simpatizantes. Admirava-se com os olhos deles. Recordava seus olhares lascivos, como nos velhos tempos do Mère Louise, quando seus semblantes concupiscentes devoravam-na de cima a baixo, e lembrava de suas palavras libertinas cochichadas sorrateiramente ao pé do ouvido. Olhava-se refletindo que, na beleza de seu corpo, habitara a imaginação daqueles homens. Verônica se acariciava suavemente, corria as mãos sobre seus mamilos endurecidos, descia-as sobre suas coxas e pressionava seu clitóris delicadamente, enquanto imaginava os prazeres de outrora. Ela estivera excitada, ansiosa e já lubrificada para amar João Antunes, que se fora há pouco, frustrando o seu desejo. Lembrava-se de Jean-Jacques, de João Antunes e dos instantes sensuais inesquecíveis que vivera com ambos. Recordava seus sexos dentro dela, que agora faziam-na cerrar seus olhos e gozar, com a imaginação nas delícias que seu corpo impingia aos homens. Ela continuava a se esfregar e a gemer baixinho pensando nos prazeres que desfrutara. Verônica tinha agora 48 anos, mas era ainda uma mulher lindíssima, e haveria pouquíssimas jovens no Rio capazes de ofuscá-la. O verão e o carnaval carioca aqueciam a noite e a sua imaginação. Verônica ofegava quando abriu os olhos e retornou ao presente. Sentia-se triste, mas uma estranha resignação a consolava, como se um término de uma vida aguardasse o início de uma outra, em que sua vida dupla não mais existiria. Tudo isso lhe tocava o coração com uma força desconhecida e reconfortante. Ela tomou um demorado banho, deixando correr seus pensamentos por entre as águas que lhe desciam sobre rosto. Enxugou-se e dirigiu-se novamente à janela. Espiou a noite, admirando a Avenida Atlântica, iluminada tal como um colar de pérolas que ornamentasse a escuridão do mar, e foi deitar-se. Verônica chorava, lembrando-se de João Antunes e imaginando as palavras de despedida que diria a Bertoldo, seu marido. Estava decidida a chegar em Santa Sofia e pedir a separação. Não mais haveria um amante a nutrir seu casamento, como se em uma simbiose necessária. Bertoldo sabia que Verônica era amante de João Antunes desde quando Riete tivera um filho, que supunham ser de João Antunes, mas cujo pai fora ele, Bertoldo. A identificação fora rápida e fácil: Bertoldo tinha nas costas uma grande mancha peculiar, pouco abaixo do ombro direito, em formato irregularmente triangular, e o bebê viera com a mesma marca.

Em 1919, época em que Riete e Verônica retornaram a Santa Sofia, vindas de Cavalcante, Riete começara seu tratamento em São Paulo. Nessas ocasiões, ela aproveitava as frequentes viagens de Bertoldo à capital, a negócios, e viajava com ele, enquanto Verônica permanecia em Santa Sofia. Nessas idas e vindas à capital paulista, ambos estreitaram os laços de amizade e se tornaram íntimos. Bertoldo, nessa época, andava deprimido com a viagem de Verônica, que lhe confessara ter ido ao Rio de Janeiro para rever Jean-Jacques e que de lá viajara a Cavalcante. Durante essas estadias em São Paulo, Bertoldo desafogava suas mágoas com Riete, que, aos poucos, foi evoluindo para um consolo que terminou sobre uma cama. Dessa relação, nascera o filho, registrado como Enrico Fortunatti de Mendonça, cuja paternidade foi assumida por Bertoldo. Verônica sentiu-se arrasada ao saber que o marido a traíra com a sua própria filha. Encolerizada, sentiu-se com autoridade para impor suas condições: muito enraivecida, ela confessou ao marido que tinha um amante com o qual se encontrava no Rio de Janeiro, havia um ano, e que ele resolvesse o que fazer. Bertoldo aceitara a infidelidade porque era apaixonado por Verônica, além disso, não tinha argumentos: também fora infiel à esposa, com a gravidade de haver cometido o adultério com Riete, a filha de Verônica. Ele sentiu-se incapaz de julgá-la e puni-la, muito menos de lhe exigir fidelidade. Bertoldo aceitou o adultério porque a amava e devido às aparências sociais, mas tornou-se definitivamente um homem entristecido e amargurado. Porém, Verônica estivera convencida de que, ao revelar a Bertoldo seu romance com João Antunes, o marido não a abandonaria e de que ele repetiria a mesma trajetória de Mendonça. Passaram a dormir em quartos separados e praticamente tinham vidas independentes. Bertoldo conformou-se ao infortúnio. Foi uma época difícil em que sofrera muito no início e passou a viver a experiência do senador Mendonça. Se Bertoldo enriquecera ao longo dos anos e aumentara seu prestígio empresarial, pessoalmente era um homem acabrunhado porque fora incapaz de conquistar o amor de Verônica. Como acontecera com o senador Mendonça, o conceito que Bertoldo tinha de seu sucesso se tornara muito aquém de suas carências, que só Verônica poderia supri-las. Verônica desfrutava o conforto de Santa Sofia, a esperar o dia em que reencontraria João Antunes no Rio. Porém, com a morte de Ester, ela perdera também seu amante; seus sonhos acabaram, e a sua vida se esvaziara tal qual um balão que perdera o gás e murchara. Naquela tarde em que rompera com João Antunes, Verônica tomou a resolução de oficializar a separação, tão logo chegasse a Santa Sofia, e pedir uma pensão a Bertoldo, pensando em morar definitivamente no Rio.

Na semana seguinte ao rompimento com João Antunes, já na fazenda, ela tivera uma conversa difícil com Bertoldo. Verônica aguardou o marido chegar de São Paulo, no sábado, e, nesse mesmo dia, à noite, conversaram demoradamente. Dirigiram-se a um dos recantos do imenso salão e sentaram-se nas mesmas poltronas em que Riete, anos atrás, mostrara aquele anel à Verônica. Muito resignada e tranquila, ela iniciou o que imaginara dizer ao marido:

— Bertoldo, terminei o meu romance com João Antunes e peço-lhe agora a nossa separação. Você foi um marido que me proporcionou tudo, mas não pretendo continuar nosso casamento, que não mais existe desde o nascimento de Enrico... — começou Verônica, de maneira categórica, observando com atenção a reação de Bertoldo. Este crispou o semblante, mirando-a profundamente, e respirou fundo, desviando seu rosto perturbado em direção à trama do tapete, sob seus pés.

Verônica lembrou-se da época em que o conhecera em São Paulo, rememorou a festa inesquecível da comemoração de seu noivado, dias em que Bertoldo esbanjava uma segurança incrível e sua vida transbordava uma felicidade exuberante. Seus negócios eram um sucesso e o faziam enriquecer rapidamente, e tudo isso seria coroado com o casamento. Verônica sabia que sua beleza ornamentaria a vaidade de Bertoldo nas altas rodas sociais de São Paulo, acrescentando, à admiração que tinham pelo sucesso empresarial do futuro marido, a cobiça causada pela sua presença. Seus pares sabiam que Bertoldo curtia a presunção de sua conquista amorosa. Nesse momento em que se dispunha a abandoná-lo, Verônica observava que essa decisão o feria profundamente, retalhava em mil pedaços aquela felicidade de outrora. Tais reminiscências e os pensamentos mais estranhos sucediam-se com uma rapidez e lucidez espantosas, enquanto fitava o semblante atônito de seu marido.

— Mas por que tomou essa súbita resolução depois de tanto tempo juntos, Verônica? Por que agora? — indagou Bertoldo, retornando-lhe o olhar. — Você disse que terminou o seu caso... podemos então continuar nosso casamento e eu me sentiria mais feliz sabendo... sabendo que você será só minha... — argumentou Bertoldo, franzindo a testa e avançando seu rosto, enquanto um sorriso doloroso insinuou-se entre seus lábios.

Bertoldo lembrou-se repentinamente do encontro que tivera com o senador Mendonça, no Senado, quando fora negociar com ele a compra da fazenda Santa Sofia, pouco antes de casar-se com Verônica. Naquela manhã causticante de fevereiro de 1915, ele sentia-se felicíssimo, seguro de si, e tinha a certeza de que faria o negócio, realizando o sonho de Verônica de morar em Santa Sofia. Bertoldo sabia que Mendonça adorava a ex-amante e tivera a perfeita intuição de que ele lhe venderia a fazenda se soubesse ser esse o desejo de Verônica. E foi o que misteriosamente aconteceu, o que o deixou vaidoso pelo seu correto discernimento. Porém, essa lembrança tornava-se agora dolorosa, e aumentou sua amargura ao rememorar o sofrimento de Mendonça, prova de seu amor incondicional. "Verônica fora infiel ao senador e a mim", pensava Bertoldo, "e aceitei sua infidelidade como a aceitara Mendonça, porque Verônica nos subjugou", constatava com uma expressão sombria e amargurada. E o sentimento impotente do marido enganado despontou magnânimo em sua dor. Dirigiu a Verônica um olhar cheio de ternura e paixão, misturado ao sofrimento. Segurou-lhe as mãos, sentindo suas ideias entorpecidas.

— Sua decisão é irrevogável, querida? Não consigo entendê-la... você dispõe de todo o conforto, nada lhe falta, dei-lhe tudo, inclusive a minha compreensão, e logo agora você quer me abandonar!? — indagou Bertoldo, com uma voz trêmula e afetuosa, enquanto seus olhos reluziam sob lágrimas. Levou ambas as mãos de Verônica aos seus lábios e as beijou com carinho, cerrando seus olhos, como a fugir de um instante infeliz. — Querida, me explique as razões de sua decisão... não consigo achar nenhum motivo razoável para isso... você me era infiel, eu a compreendi e aceitei, pois também tive um filho com Riete... — insistiu Bertoldo, correndo seu olhar agoniado pelo salão suntuoso, como se não compreendesse como aquele luxo era incapaz de retê-la.

Verônica, como em várias situações semelhantes ao longo de sua vida, teve pena ao presenciar a agonia de Bertoldo. Sentia algo incomum, experimentava o mesmo sentimento que tivera diante de Mendonça quando vira aquele homem tão poderoso implorar pelo seu amor, em diversas ocasiões. Lembrou-se da segurança absoluta de Bertoldo, que tanto lhe impressionara quando o conhecera, e a observava agora ruir fragorosamente ao ouvir suas palavras. Verônica ergueu-se, pôs de pé e começou a dar alguns passos imersa em pensamentos, mantendo-se cabisbaixa e com os indicadores unidos sobre os lábios. Ela parou um instante, como que chegando a uma conclusão, porém uma conclusão irrisória e destoante do momento em que viviam:

— Você me ama ou ama sua vaidade, exibindo-me à sociedade como um troféu? — indagou Verônica, voltando-se para Bertoldo com um sorriso desdenhoso, exibindo um estranho brilho em seu olhar. Porém, essa pergunta fora superficial e fortuita, pois não expressava os pensamentos mais incisivos que pretendia lhe dizer, como se desse mais alguns segundos para melhor elaborá-los. Bertoldo sentiu-se surpreendido, assombrado pela pergunta.

— Verônica, não posso lhe negar que sua presença ao meu lado afaga a minha vaidade. Eu estaria mentindo se lhe negasse esse fato, mas isso é secundário, é uma emoção sem importância se comparada ao meu amor por você... — respondeu Bertoldo, demonstrando sinceridade, fitando-a ansiosamente. Houve um silêncio momentâneo em que Bertoldo curvou sua cabeça, desejando manifestar uma ideia que lhe surgiu repentinamente, mas receava dizê-la para não a magoar, contudo, resolveu externá-la:

— E você, Verônica, também não se casou comigo pela sua vaidade, pelos seus caprichos sociais? Não quis comprar a Santa Sofia para reinar soberana aqui em Campinas? Não foi essa a condição que impôs para o nosso casamento? Não viveu com Mendonça pelos mesmos motivos? Você sempre soube que sua beleza tem um preço, Verônica... — Bertoldo arriscou-se a dizer tais palavras com uma voz suave, aveludada, isenta de qualquer agressividade, como a lhe pedir desculpas por ousar dizê-las. Ele era uma pessoa inteligente e sabia que, desde que a conhecera, ela só se casaria com ele se satisfizesse suas vontades. Bertoldo permaneceu olhando-a com um sorriso indulgente, como se desejasse o perdão pelo que dissera. Apesar da sagacidade, ele não captou que as palavras de Verônica foram apenas um subterfúgio para pensamentos mais profundos e sinceros. Ela desejava lhe dizer outra coisa. Verônica mirou-o com um sorriso triste, com uma expressão sombria e desolada, sentindo que a sua vida sempre fora uma corrida de obstáculos. Ela sabia que Bertoldo tinha razão no que dissera, mas o que ouvira dele não a incomodara, de forma alguma. Ele olhou-a com atenção e percebeu que Verônica fora indiferente aos seus comentários. Bertoldo sentiu-se como um homem acuado, aguardando o que ela lhe diria, impotente para descobrir suas intenções. Ele, que fora tão receoso temendo ofendê-la, percebia que Verônica se mantivera impassível.

— Você inicialmente perguntou-me o que me motivou a pedir a nossa separação — iniciou Verônica, mirando vagamente algum recanto do luxuoso salão, manifestando os seus pensamentos em voz alta, sem dirigir-se diretamente a ele. — Ao terminar o meu romance com João Antunes, tive uma profunda compreensão de mim mesma, um sentimento que me era desconhecido e aparentemente absurdo, mas que existe e que carreguei comigo ao longo da vida. — Verônica fazia pausas reflexivas, parecendo ainda procurar palavras para expressar melhor o que diria. — Eu sempre precisei de dois homens em minha vida, Bertoldo, um para eu ser apaixonada por ele, sonhando em tê-lo entre meus braços, e outro para contrapô-lo à minha paixão, que me chateasse e que me fizesse desejar a quem amava, mas que satisfizesse a minha vaidade, como você disse... Os dois únicos homens a quem amei foram Jean-Jacques e João Antunes, você e o senador Mendonça representaram o outro lado, o meu lado fútil e vazio, porém essencial. Eu tenho consciência, Bertoldo, de que minha beleza me deu esse prazer e me proporcionou a possibilidade de contentar essas duas faces de minha vida. Ambas me foram imprescindíveis porque sempre existiram em mim duas pessoas... e eu vivi para satisfazê-las — disse Verônica, pondo-se agora a caminhar lentamente, indo e vindo cabisbaixa diante de Bertoldo, com um ar contemplativo, como se não enxergasse nada. Às vezes, dirigia rápidos olhares a Bertoldo, reveladores da gravidade de seus pensamentos e de sua angústia, exibindo um semblante tenso e agoniado. — É difícil explicar sentimentos tão estranhos e contraditórios — prosseguiu Verônica —, porém, eles revelam a minha verdade. — Eu sentia emoções muitas vezes dolorosas quando transitava entre esses dois mundos que, entretanto, me faziam viver intensamente. Eu relembro os sábados em que, durante a minha juventude, me encontrava com Jean-Jacques na pensão do Pacheco e a felicidade que sentia. E o mesmo acontecia recentemente com João Antunes, no Rio de Janeiro. E, quando retornava ao convívio de vocês dois, ao senador Mendonça e a você, reinstalava-se em mim o meu lado enfadonho e triste... que me fazia sentir o contraditório da felicidade e me induzia novamente a procurá-la, necessariamente a procurá-la para sentir a exuberância de ser feliz. Vocês existiam como um estímulo para a minha felicidade — Verônica parou um instante e mirou Bertoldo com um brilho estranho no olhar, que tocou a alma de seu marido com uma força desconhecida. — Quando retornava a Campinas, vinda do Rio, onde sonhava com Jean-Jacques, eu adquiria certeza sobre o meu destino, que seria ao lado dele, e permanecia em Campinas esperando reencontrá-lo. Todavia, quando vinha do Rio e me reaproximava de São Paulo, essas certezas começavam a se dissipar juntas com os sonhos que imaginara... A riqueza paulista, o luxo exuberante que vocês me proporcionavam, anteriormente o senador e depois você, me impunham uma realidade tirânica da qual não conseguia me libertar e que apenas me induziam novamente a imaginar o meu amor. Porém, essa tirania me era fundamentalmente necessária para ser feliz. Eu retornava ansiosamente em busca dela para sentir outra vez a plenitude dessa vontade. A mediocridade de viver ao lado de Mendonça e de você tornava-se o combustível para eu viver intensamente. Vocês apenas me reabasteciam, realimentavam o meu desejo. Entende essa complexa dualidade, Bertoldo? Eu sempre vivi para satisfazê-la, para contentar as duas pessoas que existem em mim... uma fútil e outra romântica, correndo de lá para cá para alegrá-las, buscando sempre conhecer em qual delas me encontrava... sem nunca me achar em nenhuma, pois, na verdade, eu era ambas. Já tenho 48 anos, Bertoldo, e minha vida dupla acabou. Quero agora buscar-me em outro lugar, encontrar minha identidade de uma outra maneira... talvez possa descobri-la ou, quem sabe, nunca... — disse Verônica, com um semblante de imensa agonia. Ela parou de caminhar e sentou-se na poltrona em frente ao marido, mantendo-se cabisbaixa e pensativa. — É por isso que irei viver sozinha, Bertoldo... buscar na solidão o que nunca achei nas emoções que vivi... as paixões, o luxo e a vaidade me sufocaram... bem como a minha beleza... — Verônica calou-se, fitando tristemente Bertoldo.

— Querida, quanto às duas pessoas que disse existir em você, é comum havê-las em todos nós... sempre estamos tentando compreender ou satisfazer nossas contradições, ou nos escondendo delas... ou de nós mesmos... A vida é um grande palco, Verônica, no qual nos exibimos para uma plateia, que são os outros... e na qual também estamos incluídos... E o que exibimos a eles e a nós mesmos? Exibimos as várias personagens que esperamos possam agradá-los, entre as que habitam momentaneamente nosso espírito, em cada conjuntura... Agradá-los para sermos bem aceitos e nos sentirmos contentes conosco mesmos. Somos vários e nos exibimos de maneira ainda mais variada em cada situação... dentro de nosso único eu, que julgamos erradamente único. Eventualmente, a fantasia cai e o rei fica nu, mas porque não fomos bons atores... — disse Bertoldo vagarosamente, mirando-a com uma expressão estranha e dolorosa, mas revelando a filosofia de sua vida de empresário, que é agradar sempre.

— Sim, sei disso, essa é a realidade de nossas vidas, Bertoldo, todos somos assim, mas você não entendeu o que lhe disse: não representei para ninguém e muito menos por interesse ou com o intuito de agradar momentaneamente aos outros ou a mim mesma, em cada circunstância... Eu vivi realmente essa dualidade, fui de fato duas pessoas, assumi na prática os dois lados de minha existência. Sei que representamos sempre, inclusive eu, mas não se trata disso. A vida para mim não foi um palco em que simulei para uma plateia... A beleza me possibilitou isso. Fui, sim, duas personagens reais de mim mesma, que sempre procurou ansiosamente identificar-se com uma delas para saber qual era a verdadeira e assumi-la... a plateia, se houve, foi somente eu, que assisti às duas em cada circunstância em que vivia, sem nunca as entender... Não se trata de representar para os outros... porque fui eu mesma em cada uma delas, eu mesma com as idiossincrasias que cada pessoa carrega. Todavia, nunca me encarnei definitivamente em nenhuma, nunca pude assumir nenhum dos meus papéis, pois não eram papéis, mas minhas próprias vidas...

Bertoldo ouvia tais confissões estupefato, que contradiziam toda a lógica de sua mente objetiva cingida pelo sistema, sem possibilidade de transgredi-lo. Ele existia para uma única finalidade pragmática: ganhar dinheiro, e representava essa existência para os outros afim de satisfazer o que ele mesmo esperava de si. Bertoldo era inteligente, tudo que dissera a Verônica ele sabia ser verdadeiro e compreendia também que o que havia em seu espírito só poderia ser representado objetivamente e de maneira única, seu sucesso dependia disso. O casamento e o amor conjugal deveriam apenas se encaixar como uma emoção necessária nesse esquema rígido, lucrativo, somente para lhe ornamentar o espírito com emoções que aliviassem o peso de sua vida. E, para essa finalidade, Verônica fora a esposa perfeita: linda, ternamente carinhosa e meiga, e inflava como ninguém a sua vaidade de rico; não poderia viver sem ela. Bertoldo, entretanto, sentia agora o peso avassalador do amor sobre sua vida, tornando-o prioritário em relação à sua riqueza. Quanto mais esses sentimentos o aferroavam, mais ele se lembrava de Mendonça, que fora destruído pela sua paixão por Verônica. Bertoldo relembrava novamente a amargura e o tédio do senador naquela manhã calorenta, no gabinete do senado, quando fora comprar Santa Sofia. Ele sentia-se agoniado, pois percebia que iria perdê-la, e reavaliava o quão importante Verônica era em sua vida. Ambos se fitavam intensamente, perdidos naquele imenso salão, incapazes de conter a angústia daquele instante. Bertoldo indagou-lhe cautelosamente, utilizando toda a astúcia que empregava habilmente em seus negócios, quando nenhum interlocutor poderia descobri-las.

— Mas, Verônica, como poderá viver sozinha? Onde irá morar e como poderá se manter? Você sempre recebeu tudo...

Verônica já passara pela mesma situação com o senador Mendonça. Quando se julgava independente e vivia a passear no Rio, deu-se conta de que sua suposta liberdade não existia, pois vivia às custas de Mendonça. Naquela época, resolvera se tornar independente e rompeu com o senador, casando-se com ele, Bertoldo. Ao ouvir a indagação do marido, Verônica teve a súbita consciência de que sua pretensão se deparava com essa realidade, com a inviabilidade econômica. Ela tinha poucas economias, com as quais poderia alugar um pequeno apartamento, mas tudo seria precário e incerto. Verônica ficou perplexa, e seus olhos lacrimejaram. Bertoldo entendia muito bem essa situação, ele era um *expert* quando se deparava com a dificuldade econômica de alguém em sua presença, logo ele, que tinha dinheiro em abundância. Bertoldo sabia, por instinto, quando essa necessidade dominava o sentimento da pessoa com quem negociava e sabia explorá-la com habilidade. Já fizera excelentes negócios aproveitando-se disso. Ele sabia induzir o sujeito a revelar suas fragilidades, quaisquer que fossem, e tinha uma grande variedade de táticas e artimanhas para isso, obtidas com sua experiência. Por hábito, foi a pergunta que fizera a Verônica, não cheia de subterfúgios como procedia normalmente, mas isenta deles, pois Verônica era neófita em negócios.

— Você não precisa tomar essa atitude, querida. Desde que Enrico nasceu, dormimos em quartos separados e praticamente o nosso casamento há muito acabou... Continue aqui, Verônica, assim poderei vê-la e nada lhe faltará — disse Bertoldo, olhando-a de modo enternecido.

Verônica, tal qual procedera com o senador Mendonça, quando já raramente o via em Campinas, sentiu pena ao ver Bertoldo suplicando-lhe que ficasse. Como acontecera ao longo de sua vida, ela assistia novamente a um homem poderoso render-se aos seus encantos. Ela lembrou-se da difícil conversa que tivera com Mendonça em sua casa em Campinas, quando resolvera abandoná-lo.

— Bertoldo, por favor, eu quero viver... sozinha, e aqui estaremos sempre nos vendo e conversando. Acho que posso viver modestamente e me acostumar com isso... quero morar no Rio, onde nasci e passei os melhores anos de minha vida. Estou sofrendo uma desilusão amorosa... João Antunes me deixou e sou apaixonada por ele.

— Mas, afinal, por que ele terminou?

— Sua esposa, Ester, descobriu o nosso romance. Ela deprimiu-se, adoeceu e veio a falecer. João Antunes sentiu um grande remorso e se culpou pela sua morte; sentiu-se incapaz de continuar comigo. Ele a amava profundamente de maneira diferente, uma relação espiritualizada... Ester foi sua companheira em tudo, e João Antunes reconheceu que a infidelidade a matara. Apesar de meu sofrimento, eu compreendi sua dor e a aceitei resignada. — disse Verônica, com um ar absorto, enigmático.

— Não, querida, não permitirei que faça isso... comprarei então para você um apartamento no Rio e fará a experiência de viver só. Eu estarei esperando-a de braços abertos. Assim, Enrico poderá lhe fazer companhia, ele sempre vai ao Rio... Eu te adoro, meu amor... você sabe o quanto — disse Bertoldo, sentindo uma dor infinita.

— Bertoldo, você se lembra de quando ficamos noivos? Eu morava em uma casa de propriedade do senador, em Campinas. Ele me deixou morar lá, mesmo sabendo que iríamos nos casar. Ele me permitiu ficar em sua casa na esperança de que eu retornasse aos seus braços. Não quero que você proceda como ele, alimentando uma esperança vã, ou que uma propriedade sua se torne uma fantasia de seu desejo. Não quero repetir a mesma situação.

— Não, Verônica, não tenho mais ilusões quanto a isso. Eu a amo e não posso deixar que viva em desconforto. Vivi grandes felicidades ao seu lado, querida... e já tenho 66 anos. Eu a ajudarei sem desejar nada em troca...

quero apenas acalentar a esperança de voltar a viver ao seu lado, acalentar uma fantasia impossível, como você disse. Mas é a última coisa que me resta, agir como Mendonça. — completou, contraditoriamente, com um estranho sorriso. — Afinal, você é a avó de Enrico, meu filho, e ele lhe tem carinho...

Verônica permaneceu pensativa, mantendo aquele ar triste, sem compreender seus percalços dentro da realidade que tão bem manifestara. Sua vida sempre fora uma montanha russa emocional: às vezes, deslizava no alto, cheia de felicidade, e repentinamente mergulhava em um vale de sofrimentos. Nunca houve a desejada estabilidade, sua existência fora cheia de imprevistos. Quando João Antunes, desolado, avisara que Ester falecera, Verônica ficou consternada, pois imaginava a sua dor, mas, pensando sobre as consequências, ela julgara então que poderiam viver juntos e que seriam felizes. Mas eis que aconteceu o contrário: se a existência de Ester permitia o seu romance, mas impedia que vivessem juntos, a sua morte lhe impossibilitou as duas situações.

Bertoldo ergueu-se da poltrona e aproximou-se, segurando-lhe as mãos carinhosamente, ajoelhando-se diante dela, avassalado pelo amor.

— Sim, eu me lembro de quando ficamos noivos naquela casa do senador Mendonça, em Campinas. Um final de manhã lindo. Riete era ainda criança, e cheguei de São Paulo em um sábado aguardando a sua anuência ao meu pedido de noivado. Lembro-me de que lhes trazia muitos presentes. E, quando lhe perguntei qual era a sua decisão, você se mostrou indecisa. Disse-me que não me amava, embora me achasse simpático e visse qualidades em mim. Lembra-se? — indagou Bertoldo, afastando seu rosto e mirando-a com ternura, emanando uma paixão infinita.

— Sim, Bertoldo, como poderia me esquecer? — respondeu Verônica com um sorriso triste.

— Pois, então... eu lhe respondi que não estava preocupado com o fato de não me amar, pois eu a faria me amar, tal a minha segurança. Embora sem intenção, estava usando minha experiência de negócios em coisas do coração, que são diferentes... — disse Bertoldo, desviando rapidamente seu olhar rumo ao assoalho. — Diante de sua indecisão, lhe pedi que dissesse o que desejava para se casar comigo, e você respondeu de supetão: "pois eu quero a Santa Sofia"... foram literalmente as suas palavras. E eu a comprei para realizar sua vontade, e Mendonça vendeu-a pelo mesmo motivo. Nós dois agimos para fazê-la feliz, para satisfazermos o seu desejo... e aqui estamos neste imenso salão de Santa Sofia, Verônica, embrulhados dentro do presente que lhe demos... e nos separando, o que é muito triste. Sem você, não conseguirei viver aqui sozinho. Venderei a fazenda. Depois desses anos, querida, eu vejo que fracassei... não consegui o seu amor, e foi você que me fez amá-la, cada vez mais.

— Pois saiba, Bertoldo, que aquela resposta que lhe dei sobre Santa Sofia brotou espontaneamente naquele instante, ela não foi premeditada. Eu jamais havia pensado sobre isso. Talvez eu a tenha dado por julgá-la impossível de ser satisfeita ou por algum outro motivo que me é oculto, ou, quem sabe, como a necessidade de dar futilmente uma resposta... — disse Verônica, com um pensamento enigmático, para si mesma.

— Sim, não importa, isso já passou há muitos anos. Se eu tive uma relação amorosa com Riete, Verônica, foi por sua causa, pois estava sofrendo muito quando você me revelou que fora ao Rio para rever Jean-Jacques... foi um momento difícil de minha vida em que ela me consolou... como já lhe expliquei inúmeras vezes.

— Momento de fraqueza do qual provavelmente Riete se aproveitou... — disse Verônica, com os olhos marejados. — Infelizmente, Riete puxou ao pai... calculista quando as oportunidades aparecem... Mas também não falemos mais nisso, já conversamos muito a respeito e isso ocorreu há doze anos... — pediu-lhe Verônica, mostrando certa contrariedade ao relembrar o passado.

— Se comprar o apartamento, ponha-o em nome de Enrico, e ficarei lá enquanto viver... — disse Verônica, experimentando um sentimento de impotência perante o destino. — Reconheço que você e Mendonça me deram tudo... tudo para terem meus encantos e para que eu os fizesse felizes, mas, ao final, terminamos assim. Eu agora tentarei ser protagonista de mim mesma, de uma só pessoa, sem a possibilidade para voltar a sonhar.

— Verônica, querida, não se culpe por nada. Eu e o senador Mendonça tentamos conquistar seu amor e fracassamos... e sofremos por isso. Os anos em que ele e eu vivemos com você foram frustrantes porque não queríamos perdê-la, e estivemos a acalentar a esperança de que, algum dia, conquistaríamos seu coração. E, à medida que o tempo avançava, mais aumentava esse nosso querer, junto com a desilusão. Estou a proceder como o senador Mendonça e finalmente hoje senti na carne a sua decepção quando fui comprar a Santa Sofia. Naquela manhã, assisti a um homem poderoso, inteligentíssimo, ser derrotado pela vida, por coisas que o dinheiro não compra... O tédio e a tristeza que vi estampados no rosto do senador ele hoje poderia vê-las em mim, e não foi por falta de aviso. Mendonça me advertiu quando lhe disse que faria você me amar: "cuidado Bertoldo, eu estive imbuído dessa mesma certeza durante anos, e hoje o que me resta é a desilusão que tu vês estampada em mim", confessou-me, com um semblante deprimido. — Bertoldo dizia essas palavras com resignação. Ele era um empresário riquíssimo, prestigiado socialmente, mas as pessoas ignoravam que se tornara um mendicante a suplicar felicidade. Sua alma empobrecera, tornara-se um mendigo.

Houve um silêncio carregado de inquietação e de desassossego, uma espécie de tranquilidade excessiva em que ambos pareciam temer algo vago e misterioso, que eles mesmos ignoravam. O ar parecia embalsamado pelo mofo, que impunha o silêncio, como se propiciasse um aroma esquisito que sepultava o passado. Imagens incoerentes passavam pelo espírito de Verônica, enquanto Bertoldo apresentava um olhar elusivo, estranhamente distraído. Ele parecia isolado em seus pensamentos, procurando esperança em seu espírito, porém, parecia ter dificuldades em elaborar qualquer coisa que lhe desse algum alento. Ergueu seu olhar em direção a Verônica e encontrou o dela fitando-o com uma expressão ausente, com um ar pensativo, como se aguardasse com paciência o fim daquilo tudo.

— Verônica, minha querida, então me ame uma última vez... — proferiu Bertoldo com uma voz de um homem debilitado pela ternura, com inflexão súplice e um olhar pungente. Ele avançou seu corpo à frente, mirando-a intensamente. Verônica insinuou um sorriso instigante, fixando-lhe seus olhos verdes amendoados que injetavam nos homens uma sensualidade que, ao longo da vida, deixava-lhes um estonteante rastro de recordações inesquecíveis; fazia-o naturalmente, como era o seu jeito.

— Há muitos anos não nos amamos e quantas vezes, dormindo em um quarto próximo ao seu, eu a imaginei em meus braços...

Verônica pareceu despertar de suas divagações e o mirou com um ar fatigado, como se estivesse enfarada de aceitar desejos que não correspondiam aos seus. Durante alguns segundos, ela refletiu, absorvendo o olhar suplicante de Bertoldo, e teve pena daquele homem que se despojava de seu poder e lhe implorava, pedindo-lhe uma última vez. Um brilho luziu em seu olhar, um brilho cúmplice e lascivo enquanto cruzava as pernas de modo sensual, deixando suas coxas serem devoradas pela concupiscência de Bertoldo. Ela sorriu impudicamente, ergueu-se da poltrona e segurou a mão do marido, que a seguiu como uma criança indefesa, trêmula de desejo. Antes de entrarem no quarto de casal, o qual havia anos Verônica não mais frequentava, ela parou e voltou-se para ele. Bertoldo abraçou-a sôfrego, murmurando palavras há muito reprimidas que jorravam compulsivamente de sua alma apaixonada. Naquela tarde, após se amarem intensamente, Bertoldo voltou a sentir a mesma alegria de outrora, o mesmo entusiasmo em seus negócios, época em que seu sucesso diurno era rematado pela felicidade noturna. Mas ele usufruíra apenas um pequeno instante do seu passado, e, ao final, enquanto contemplava Verônica se vestir com languidez, ele teve a sensação de que as cortinas se fechavam definitivamente para ele, encerrando a beleza de um tempo encantado.

Bertoldo comprou um apartamento para Verônica na Rua Santa Clara, em Copacabana, e registrou-o em nome dela. Um bom imóvel, simples, porém em um prédio recém-construído, localizado na quadra que dava frente para a Avenida Atlântica. Verônica relutou em aceitar, mas Bertoldo insistiu, argumentando que ela o fizera feliz e era a grande paixão de sua vida. Tal como o senador Mendonça, anos atrás, Bertoldo não podia acreditar que seu sonho acabara, e aquele apartamento seria o lugar onde sua imaginação também habitaria, esperando, quem sabe, que nele voltasse a viver. Misteriosamente, aquele imóvel não seria apenas uma simbologia utópica, um desejo ilusório, mas também um lugar real que abrigaria a razão de seu viver.

Durante uma parte de suas vidas, Mendonça e Bertoldo tiveram a companhia de Verônica, ambos sequiosos do seu amor, que só Jean-Jacques e João Antunes receberam, vontades que prevaleceram apenas como desejos. Verônica era tragicamente assim. Foram esses acontecimentos que ela narrou a João Antunes, três anos após eles terem se separado, ao revê-la amigavelmente no Rio, certo dia.

Enquanto João Antunes se aproximava de Juiz de Fora, percorrendo as curvas das estradas de Minas, tão insinuantes como sua memória, havia dez anos que Verônica morava em Copacabana, triste e solitária, mergulhada nas lembranças do bairro em que vivera intensamente seus amores. Lugar rico de evocações, onde tudo ao seu redor lhe falava sobre sua vida esfuziante do passado.

3

O Ford foi envolvido pela poeira levantada por um caminhão que seguia à sua frente, o que interrompeu as lembranças de João Antunes. A rodovia estreitara e lhe dificultava a ultrapassagem. Ele olhou à esquerda, colocando o rosto para fora, o que o deixava mais irritado. Observou ao lado uma ribanceira íngreme, que se perdia em um grotão profundo e tenebroso. Refugou a ultrapassagem perigosa, pois poderia rolar ladeira abaixo. Após alguns segundos, impaciente, viu uma brecha e acelerou o cupê, que saiu derrapando lateralmente, mas ultrapassou o caminhão. Lembrou-se daquele novilho e do espinho doloroso encravado em sua pata. "Como estaria ele?", indagou-se, observando as montanhas e os vales de Minas, que não cessavam de induzi-lo a pensar. Novamente, surpreendeu-se questionando sobre o motivo de seu inesperado desejo de reaproximação com Riete, o que o motivara subitamente a viajar ao Rio. Em 1919, quando romperam no Hotel Londres, estava convicto de que jamais viveria com ela. Enquanto estivera casado, João Antunes só se lembrava casualmente de Riete quando lia alguma notícia sua em jornais ou pelo comentário de alguém, mas nunca pensara nela espontaneamente. Jamais tivera desejo de reencontrá-la, mesmo porque seu amor era Verônica. Então, por que procurá-la outra vez? Sim, a solidão lhe pesara. Em sua viuvez, João Antunes era cortejado por belas mulheres, em Araguari, Uberaba e mesmo alhures, herdeiras ricas e muitas vezes ousadas, mas nunca se interessara. Durante esses anos, a lembrança de Ester predominara. Às vezes, rememorava o velho umbuzeiro e os prazeres que vivera com ela à sua sombra e sorria da ingenuidade de ambos. "Por que então essa repentina atração por Riete?", tornava a se indagar. Ele agora efetuava uma reavaliação ponderada, procurava alguma justificativa mais convincente para a sua inesperada viagem ao Rio. João Antunes revirava os argumentos, mas não encontrava nenhuma explicação razoável para os seus sentimentos, a não ser o amor irracional que irrompera bruscamente em seu peito. E o que preponderava nessas reflexões, junto ao amor, eram os prazeres que tivera com Riete e que, sem dúvida, ela lhe proporcionaria outra vez. Isso subjugava quaisquer raciocínios lógicos.

Finalmente, aceitou, mas convenceu-se de que não sabia as causas da imprevista atração. "Sim, o amor por Riete surgiu de repente, mas não creio que seja só a solidão a causa disso", refletia ele, recordando algumas mulheres que conhecera e que poderiam lhe amenizar a solidão. Lembrou-se da última vez em que visitara Verônica para revê-la amigavelmente, havia cerca de três anos. Devotava-lhe apenas uma carinhosa amizade, e Verônica o respeitava, embora o amasse. Entretanto, continuava ele a refletir que o fato de vir ao Rio não o obrigaria a viver ao lado de Riete e a se casarem, bastaria passar alguns dias em sua companhia, aliviar o isolamento e retornar a São Genaro. Sentia, contudo, que essa possibilidade não o satisfazia, ao contrário, até o aborrecia. Queria tê-la sempre ao seu lado.

João Antunes passara por Juiz de Fora e trafegava agora na antiga estrada União e Indústria. Logo reencontraria sua queridíssima filha Elisa, seu tesouro e cópia de Ester. Ele moveu o *dial*, sintonizou a Rádio Nacional e passou a escutá-la, ao acaso; tratava-se do final de uma novela. Nesse instante, dois tiros se fizeram ouvir, seguidos por uma voz apavorada de mulher, pronunciada dramaticamente: "Ah!! Por que fizeste isso, minha paixão?! Eu que tanto te amei!?". E imediatamente irrompeu a música melodramática, evocando suspense, e soou a voz grave, quase sinistra do narrador, enquanto a música compunha o pano de fundo: "não percam o próximo capítulo de Amor Feito de Sangue. Laurinha foi de fato assassinada!? E, Calisto, seu amante, conseguiu fugir!?". João Antunes sorriu, lembrando-se de Rita Rosa, imaginando sua cara assustada e os olhos arregalados, que nesse momento certamente estariam cravados no rádio, desejando antecipar o amanhã, como o estariam milhões de brasileiros.

Elisa ignorava o romance entre seu pai e Verônica, assim como pouca coisa a respeito da estada de João Antunes em Cavalcante. Ela jamais ouvira muitas referências a esse passado. Quando Ester morreu, Elisa tinha 9 anos. Ela sofreu muito com a morte da mãe, o que induzira ainda mais João Antunes a romper com Verônica ao ver o sofrimento da filha, que também julgava culpa sua. Até no presente, Elisa chorava quando relembrava sua mamãe, o que consternava João Antunes. Entretanto, ao ir encontrar-se com Riete e imaginando que viessem a viver juntos, João Antunes começava a cogitar sobre o problema de como abordar seu passado e dizê-lo a Elisa, pois ela já era uma moça e seria necessário que soubesse ao menos parte dele. Deveria lhe dizer que conhecera Riete em Cavalcante, quando ali fora com o objetivo de trabalhar em mineração, e lhe revelar coisas que sempre omitira. Era isso que João Antunes começava a conjeturar quando se aproximava de Petrópolis, acalentado pelo frescor do clima serrano.

Na entrada da cidade, João Antunes reabasteceu e esguichou água sobre o Ford. Não mais haveria poeira. E prosseguiu lentamente apreciando a bucólica Petrópolis. Quando se aproximava o momento de rever a filha, ele sentia-se ansiosamente feliz, doido para estreitá-la em seus braços. Logo entrou na Rua Benjamin Constant e diminuiu a velocidade, até parar diante da imponente fachada do Colégio Notre Dame de Sion, afastado cerca de 40 metros do passeio; um vasto jardim estendia-se em frente ao prédio. No centro do gramado, sobre um pedestal, erguia-se a escultura em branco de Nossa Senhora. Atrás do prédio, compondo o cenário, despontavam as montanhas forradas pelo verde-musgo das matas, que esparramavam sua frescura pelos ares e propiciavam uma sensação agradabilíssima. Um lugar lindo, que induzia a meditar como as agitações da vida são inúteis e carentes de acepções. O Colégio Sion, inaugurado em 1889, era destinado a educar a elite fluminense: educação refinada, clássica, com a qual as meninas adquiriam os bons hábitos e recebiam ótimo ensino. As alunas conversavam em francês, o idioma de quem era cosmopolita e chique. E fora ali que João Antunes e Ester matricularam Elisa, tão logo ela completara nove anos, desejando o melhor para a filha.

Já passava das 16 horas naquele sábado, ainda no horário em que as alunas podiam receber visitas. João Antunes desligou o Ford, abriu a porta e finalmente retornou ao presente, abandonando suas lembranças. Respirou fundo, cruzou a entrada do jardim e penetrou no ambiente sombrio, silencioso e circunspecto do colégio, onde tudo emanava uma serena espiritualidade. Ao chegar à sala destinada às visitas, encontrou muitos pais congratulando-se alegremente com suas filhas em meio a um grande vozerio. Sentavam-se ao redor de pequenas mesas redondas espalhadas pelo salão, ou em alguns sofás, e expressavam ansiosamente as novidades, como se o tempo estivesse prestes a se esgotar. João Antunes dirigiu-se a uma freira ainda muito jovem, com a tez clara, olhos aveludados castanho-claros e um semblante suave, tranquilo, que emanava magnanimidade e indulgência. Possuía estatura média e um porte elegante. Delicada nos gestos, sorriso meigo, dela só se viam o rosto e as mãos; chamava-se Irmã Amandine. Era a primeira vez que João Antunes a via. Ela era a encarregada de receber os visitantes e chamar as alunas solicitadas. João

Antunes sentiu-se confortado ao notar tais emanações, demonstrando também simpatia. Ele apresentou-se, Amandine sorriu docemente, enrubesceu-se ao admirar seu semblante e foi em busca de Elisa. Após alguns minutos, a porta foi aberta, e Elisa correu radiante de felicidade para os braços de seu pai. João Antunes, como de hábito ao revê-la, emocionava-se a ponto de ter os olhos marejados, lembrando-se de Ester. Durante alguns segundos, permaneceram abraçados, trocando palavras carinhosas, entremeadas por beijos afetuosos.

Elisa era linda, 17 anos, na flor da idade. Seus cabelos eram morenos e os olhos azuis, como os do pai, o rosto delicado emanava meiguice. Seu corpo era perfeito e exuberante, na plenitude da rigidez juvenil. Elisa tinha boa estatura e a tez clara, como João Antunes e Ester; fisicamente era uma mistura bem dividida dos pais. Possuía uma alegria espontânea, muito viva e cativante, tinha excelente caráter, forte espírito de liderança e muita sinceridade, sendo muito querida pelas colegas e freiras. Apesar da meiguice, mostrava-se categórica em suas convicções e, às vezes, deixava sua indignação aflorar exaltada; talvez tivesse puxado ao avô Antenor Antunes, homem irredutível em sua honestidade. Ela sempre se destacava pelas opiniões contundentes contra as coisas que julgava injustas. Por causa dessas características, Elisa exercia uma liderança natural sobre as colegas, não só de sua classe, mas sobre as alunas do curso normal. Porém, ela tinha um coração generoso e um jeito simples de ser, delicado e indulgente, como sua mãe Ester, e eram essas características que emocionavam João Antunes.

— Mas não me avisou que viria, papai, que surpresa agradável! Venha, vamos nos assentar ali — convidou-o, radiante, dando-lhe a mão e acompanhando-o em direção a um sofá.

— Sim, minha querida, resolvi de última hora, na quarta-feira. Na quinta-feira, entrei no carro e vim — disse João Antunes, enquanto olhava encantado para o rosto de Elisa. — Como estás cada vez mais linda e parecida com tua mãe — acrescentou, com os olhos umedecidos.

— E como você também está cada vez mais bonito, papai — e novamente sapecou-lhe beijos nas bochechas envelhecidas.

— Como estão os preparativos para a formatura da futura normalista? Vou já encomendar o terno no Rio.

— Sim, papai, mas não vou exercer a profissão, ano que vem quero começar o preparatório para a Faculdade de Direito, na Universidade do Brasil — disse Elisa, esbanjando a alegria exuberante de uma jovem que já vivia o futuro.

— Sendo assim, devo procurar uma moradia... — disse João Antunes, pondo-se pensativo, olhando vagamente outras pessoas. — Onde se localiza a faculdade? — indagou, voltando-lhe o olhar.

— Na Praça da República, no centro — respondeu Elisa, sorridente, pousando o braço sobre os ombros de João Antunes. — Papai, como é bom estar com você, estava morta de saudades! E como estão as coisas na fazenda? A Rita Rosa? O Boccaccio... ainda dizendo muita bobagem? — indagou, aconchegando carinhosamente seu rosto junto ao braço do pai.

— Estão bem, a Rita segue naquele seu jeito, deseducando o Boccaccio, que está cada vez mais indiscreto... — respondeu João Antunes, abrindo um sorriso ao lembrar-se de ambos. — Após a formatura, iremos direto para a fazenda, passar o Natal e ano-novo.

O horário de visitas encerrava-se às 17h30. João Antunes e Elisa permaneceram conversando sobre suas vidas, sobre as novidades e sobre a guerra, assunto que preocupava a todos. Em 10 de novembro 1937, houve o golpe que instituiu o Estado Novo, e Getúlio governava agora como ditador. Discutia-se muito a simpatia que Dutra e Góis Monteiro manifestavam à Alemanha e a admiração que tinham pelo seu exército. Elisa era uma moça inteligente, politizada, e as alunas acompanhavam e discutiam a guerra no internato. As freiras francesas lamentavam a ocupação da França e rezavam pela libertação de seu país. João Antunes indagou-lhe sobre como ia o trabalho da costureira, com seu vestido para o baile de formatura, ao que Elisa respondeu feliz que tudo corria bem: "está ficando lindo". Ele pediu autorização à freira Amandine para que a filha o acompanhasse até o carro afim de lhe entregar doces, queijos e geleias que comprara para ela em Araguari. Elisa os adorava. Dirigiram-se até o passeio.

— Achei simpática e muito espiritualizada a freira responsável pelas visitas, como se chama? — indagou João Antunes, enquanto caminhavam.

— Amandine — respondeu Elisa. — Eu a adoro. É inteligente, muito culta e tem uma mente aberta, evoluída. Conversamos frequentemente sobre as políticas europeia e brasileira. Ela anda sofrendo muito com a ocupação da França e indignada com o governo colaboracionista de Vichy. Não compreende como o marechal Pétain pode trair seu país. Ela chegou há cinco anos e já fala bem o português. De fato, ela é muito sensível... Vou lhe dizer que você gostou de conhecê-la. Papai, você permanece no Rio até quando? — interrompeu-se Elisa, quando chegaram ao lado do carro.

João Antunes parou um instante, como que descendo à Terra, e refletiu sobre o provável encontro que teria com Riete. Mas não poderia e nem seria conveniente conversar agora com sua filha sobre isso, pois não dispunha de tempo e nem estava preparado para abordar o assunto, mas pressentiu novamente a dificuldade que teria em fazê-lo.

— O que foi, papai? — indagou Elisa, percebendo a preocupação de João Antunes.

— Nada filha, preocupações de negócios... Dependendo de como as coisas transcorrerem, talvez lá pelo meio da semana eu retorne. Depois, só nos encontraremos na formatura.

Permaneceram um instante em silêncio, até João Antunes lhe entregar o embrulho com as guloseimas. Elisa percebia que alguma coisa o preocupava e que ele evitava conversar a respeito.

— Papai, me diga por que está preocupado... — tornou a indagar Elisa, com um ar sério, olhando-o atentamente.

— Ora, minha filha, já estou com saudades de ti, e quem trabalha com negócios vive preocupado — respondeu com um sorriso vago, cabisbaixo, procurando encerrar o assunto. Colocou-lhe o braço sobre os ombros e a apertou contra si. João Antunes ergueu as vistas e comentou sobre a beleza dos arredores e os verdes das serras, o que não foi suficiente para dissipar as dúvidas de Elisa. Retornaram ao salão em silêncio. Quando chegaram, a freira Amandine gentilmente avisava a todos que o horário das visitas terminara. Começaram então as despedidas. Apesar da separação, prevalecia um clima de regozijo em meio ao intenso falatório.

— Venha até aqui, papai, conhecer rapidamente a Irmã Amandine — disse Elisa, ao vê-la nas proximidades, puxando-o pela mão, até próximo à freira.

— Irmã Amandine, papai te achou muito simpática — disse Elisa, apresentando-a a ele.

Amandine corou e sorriu intimidada, estendendo-lhe a mão. Cumprimentaram-se, enquanto João Antunes lhe reafirmava pessoalmente suas impressões.

— Pois, igualmente senhor Antunes... E está de parabéns... A sua filha é o tesouro do colégio — acrescentou, mirando-o ternamente, meio embaraçada.

— Então, adeus, minha querida, agora só te encontrarei provavelmente na formatura. E não te preocupes com nada, está tudo bem. Qualquer coisa que precisar, me escreva — repetiu, enquanto a freira se afastava para a porta de entrada do salão, que se comunicava interiormente com o colégio. — Chego dia 7 de dezembro e já vou começar a procurar um lugar para tu morares no Rio — despediu-se, João Antunes, pressionando os dois braços da filha à altura dos ombros, mirando-a fixamente. Elisa o abraçou e o beijou, esbanjando alegria e antecipando saudades.

— Adeus, papai. Se não o encontrar novamente, dê lembranças à Rita Rosa e ao Boccaccio — despediu-se Elisa, misturando-se às moças que se retiravam da sala. João Antunes permaneceu olhando-a até vê-la atravessar o vão da porta. Recebeu de volta o seu olhar e assistiu à freira Amandine começar a fechá-la. Antes de cerrá-la, ela lhe sorriu gentilmente. João Antunes enxugou seus olhos marejados e retirou-se cabisbaixo, pensativo. Ele observou os casais que vieram visitar as filhas. Notou que só ele estava só e imaginou o quanto Elisa estaria feliz se Ester estivesse ao seu lado.

João Antunes entrou no cupê e partiu para descer a serra, até o Rio. Enquanto serpenteava pelas curvas da Washington Luiz, o sol se escondia lindamente atrás dos morros e ele tornava a pensar no provável encontro que teria com Riete. Havia cerca de quatro anos que estivera com ela. Sentia-se curioso para saber como estaria atualmente; queria senti-la após Riete tornar-se uma empresária de sucesso.

À medida que se aproximava do Rio, João Antunes passou a refletir mais intensamente sobre o que o fizera antecipar a viagem para rever a antiga amante. Já refletira muito sobre isso, mas persistia intrigado com sua atitude intempestiva. "Sim, fora a solidão que o impelira", conclusão com a qual já aquiescera, contudo, tornava a repensar a origem da paixão fulminante que se apossara de si. Entretanto, o que predominava agora em seus pensamentos era o ímpeto amoroso de Riete, ocasiões em que ela misturava sexo com a imaginação da riqueza, prazeres tão intensos que os levavam ao delírio, na época de Cavalcante. Ao transformar avidamente sua ambição em volúpia, Riete tornava-se impulsiva no amor, seus desejos ficavam à flor da pele, convergindo fortemente para o sexo. Ao atingirem o orgasmo, ambos descarregavam toda a ansiedade e a energia acumulada em suas imaginações, como se o futuro retrocedesse instantaneamente àquele instante. Jamais João Antunes conseguira prazeres tão intensos, nem mesmo com Verônica, de quem fora amante durante dez anos. Entre ele e Riete houvera também muito amor, reconhecia João Antunes, porém, sem dúvida, buscava agora na antiga amante o fogo daqueles instantes. "Talvez fosse esse o feitiço que me fizera viajar ao Rio", refletia ele. Já conjeturara sobre isso várias vezes, mas, agora, que se aproximava de Riete, essa conclusão lhe parecia mais nítida e corroborada, como se a aproximação da antiga amante o induzisse à certeza. Porém, concomitantemente, João Antunes passou a se sentir intimidado, pois a personalidade imprevisível de Riete também crescia em sua imaginação. Lembrou-se de quando a conhecera na cidade de Goiás, em 1919, e de como, naquela ocasião, experimentou a insegurança semelhante à que sentia neste momento. Depois, recordou os dias em que a esperara em Cavalcante, ansioso para estreitá-la em seus braços, e lhe parecia que, no presente, estava a reviver situações análogas. Embora ignorando-a, João Antunes era afetado pela personalidade poderosa de Riete.

Pouco mais de uma hora após sair de Petrópolis, João Antunes trafegava em frente ao cais do porto. O cheiro forte da maresia despertou em si velhas recordações. Naqueles tempos, qualquer interiorano que viesse ao Rio para conhecê-lo inspiraria esse aroma, que lhe era certamente inédito e que se cravaria em sua memória como lembrança daquilo com que sonhara nos cafundós do Brasil. Estava na capital do país, a única cidade brasileira realmente cosmopolita. Era ali que poderia fruir prazeres originais e as novidades, inexistentes no interior, ainda muito provinciano e limitado, naqueles princípios da década de 1940. Logo, João Antunes cruzava a Praça Mauá, onde correu seus olhos sobre o edifício A Noite, sede da Rádio Nacional. Devido à proximidade, o som do rádio soava límpido e potente no vozeirão de Orlando Silva, que cantava "Lábios que beijei", um estrondoso sucesso de 1937. João Antunes sorriu ao ouvir os versos, pois era também o que seu coração cantava. Entrou na Avenida Rio Branco vagarosamente, observando o tranquilo movimento do entardecer de sábado. Ao passar em frente à Galeria Cruzeiro, situada sob o Hotel Avenida, um dos locais mais pujantes do Rio, desejou parar e juntar-se a uma daquelas mesinhas para um chope gelado. No bar da Brahma, famoso, havia um clima de animação, feérico, sugerindo que ali a vida deslizava com despreocupada doçura. Mas continuou a rodar pela orla... Flamengo, Botafogo... até chegar ao palco de sua vida: Copacabana.

Riete morava na Avenida Atlântica, próximo à esquina com a Rua Siqueira Campos. João Antunes sempre economizava algum dinheiro para hospedar-se no Copacabana Palace, mas dessa vez resolveu ir diretamente ao endereço, ansioso para confrontar suas expectativas. Eram quase 19 horas quando se aproximou da esquina da Rua Siqueira Campos com a Avenida Atlântica. Nessa esquina, dobrou à esquerda, achou uma vaga e parou rente ao meio-fio do calçadão da praia, em frente ao prédio luxuoso. Retirou a caderneta do bolso e conferiu o endereço que Verônica lhe passara há três anos, quando Riete comprara o apartamento, no prédio novíssimo. Olhou-o de cima a baixo, e seu receio aumentou, pensando se não se precipitara ao viajar afoitamente ao Rio para rever a antiga amante. Afinal, imaginava, mas não tinha certeza de como seria recebido, pois nem mesmo avisara que chegaria esta noite. Bateu a porta do carro, trancou-o e parou um instante, volvendo-se para a praia. Fruiu os aromas vindos do mar, os quais sempre lhe induziam sensações evocativas dos momentos inesquecíveis que passara nessa orla. Essas emoções eram embaladas pelo barulho das ondas quebrando e rolando sobre as areias, despertando lembranças imorredouras. João Antunes sorriu, sentindo premência de seguir adiante. Atravessou a avenida e chegou à portaria. Indagou ao porteiro se a senhora Henriette encontrava-se em casa. Todavia, ele acabara de assumir o turno e não soube lhe informar. Naqueles tempos, o cotidiano era tranquilo, confiável e bem informal. João Antunes prosseguiu, tomou o elevador e assinalou o sexto andar, todo ele ocupado pelo apartamento; rapidamente chegou. A porta pantográfica em metais dourados abriu-se ruidosamente; ele empurrou a sobreporta de madeira e saiu caminhando vagarosamente no interior iluminado de um *hall*, chiquíssimo, com o piso em mármore rosa decorado em tons *dégradés* mais escuros. Sobre o piso, três lustres clássicos, belíssimos, refletiam suas luzes, através de delicados cristais. João Antunes tocou a campainha e aguardou. Houve uma certa demora; olhou sob o vão da porta e não vislumbrou luzes. Insistiu novamente e pensou não haver ninguém no apartamento. Ficou chateado, culpando-se por não haver telefonado de Petrópolis. Quando se virou para retornar, observou a luz vazar timidamente sob a porta e ouviu os passos pararem em frente a ela. O pequeno postigo, protegido por uma pequena grade de ferro elegantemente encravada na madeira, foi aberto, e os olhos de uma senhora o examinaram atentamente.

— Quem é o senhor e o que deseja? — perguntou-lhe delicadamente, com sotaque português.

— Meu nome é João Antunes. A senhora Henriette se encontra?

— Ela o conhece? Ou o aguarda? — indagou-lhe, perscrutando-o com seus pequenos olhos azuis, que denotavam eficiência e vivacidade.

— Sim... Me conhece, mas não me aguarda... Se estiver, a senhora poderia anunciar-me? — solicitou João Antunes, sentindo um misto de satisfação e ansiedade ao pressentir que Riete encontrava-se no apartamento. A senhorita o examinou mais um segundo e lhe pediu que aguardasse um instante. Solicitou licença, fechou o postigo e desapareceu. João Antunes ouviu apenas seus dois primeiros passos afastando-se no interior e deduziu que, logo após a porta, ela pisasse sobre tapetes, pois os sons dos passos sumiram. Dali a pouco, ela retornou, João Antunes ouviu a chave girar e a porta ser aberta receptivamente. A senhora, uniformizada, sorriu-lhe com gentileza e o convidou a entrar e aguardar, informando-lhe que a senhora logo viria. Ela acendeu as luzes da sala, enquanto João Antunes entrava cautelosamente, admirado com o ambiente luxuoso. De fato, sua impressão se confirmou: havia um tapete na entrada, o que abafava os ruídos internos dos passos, próximos à porta.

— Assente-se, senhor Antunes. Deseja um café, uma água? — ofereceu gentilmente, abrindo um sorriso.

— Não, obrigado. Eu aguardo — e assentou-se em um amplo e confortável sofá.

— Com licença... — a senhora efetuou uma discreta mesura, retirando-se em seguida, mostrando elegância.

João Antunes aguardava com expectativa e nem mesmo conseguia admirar atentamente a beleza do apartamento. Cruzou os dedos e os comprimia nervosamente sobre os joelhos. Surpreendia-se com o seu comportamento, pois aguardava Riete como se ela fosse alguém que não conhecesse, quando já haviam desfrutado momentos de intensa intimidade em uma época em que ela implorava pelo seu amor. Mas isso acontecera em Cavalcante, há mais de vinte anos. O que mudou? Perguntava-se ansiosamente, admirando com distração detalhes da sala lindíssima. Enquanto ouvia as ondas do mar quebrarem-se serenamente, lembrou-se do sobrado de Marcus em Cavalcante. Os sons vindos da praia entravam pelos três amplos janelões frontais que se abriam para a Avenida Atlântica, acompanhados pela agradável brisa noturna. Súbito, ele ouviu uma porta interna ser batida e passos apressados soarem no que supôs ser um corredor; seu coração acelerou-se, e viu Riete surgir na entrada da sala. Ela lhe sorriu e estacou-se, fitando-o com uma expressão admirada, como se jamais imaginasse deparar-se com João Antunes em sua casa. Parecia-lhe a materialização de um sonho. Riete estava linda, e sua formosura era realçada pela expressão de surpresa em suas faces. Ela avançou lentamente com os olhos fixos no rosto dele, mantendo-se surpreendida.

— Você por aqui, João Antunes! Há quanto tempo!— saudou-o, aproximando-se dele. — Que surpresa agradável! — exclamou, abrindo um sorriso lindo e estendendo-lhe a mão com cerimônia. Ele imediatamente percebeu a falta de espontaneidade.

— Sim... eu devia vir ao Rio e resolvi passar aqui para revê-la... — respondeu João Antunes, erguendo-se e apertando-lhe a mão, fitando-a intensamente.

João Antunes sentiu esmorecer aqueles seus impulsos arrebatadores que o moveram a entrar no carro e viajar precipitadamente ao Rio para reencontrar o antigo amor. E lamentou quão inúteis tinham sido aquelas previsões que fizera a respeito do que o aguardava, quando tudo se revelava repentinamente seco e decepcionante. Ele percebeu que havia qualquer coisa de solene que agregava cerimoniosa importância à pessoa de Riete, bem diferente daquela jovem que tinha na memória. Aquela moça simples, inexperiente e arrebatada dera lugar a um formalismo que contrastava fortemente com suas lembranças do passado, vivido em Cavalcante. Riete emanava um visível distanciamento, certamente imposto pelo respeito que adquirira perante seus pares e pelos ambientes que frequentava, que acabaram por se incorporar à sua pessoa. Aquela sua espontânea simplicidade não mais existia. João Antunes lembrou-se outra vez de suas irreverentes atitudes em Cavalcante, quando Riete atirava-se sobre ele sem nenhum pudor, em busca de prazeres. Naquela época, não havia barreiras e constrangimentos, mas muita intimidade e imaginação sobre o futuro, interlúdios entre momentos inesquecíveis. Era assim que se amavam naquele modesto quarto da casinha azul em Cavalcante. Ele recordava novamente os pensamentos que tivera havia pouco, quando chegava ao Rio, e que foram um estímulo para a felicidade que imaginava. Aquela Riete não mais existia, constatava ele, dela restava somente aquele imponente anel que reluzia em seu dedo, o anel das elites brasileiras, conforme Jean-Jacques o ironizara como metáfora da prepotência e do atraso.

— Chegou hoje, João Antunes? — indagou Riete, sentando-se em uma poltrona ao lado, demonstrando muita serenidade e segurança, entrelaçando com apuro seus dedos sobre os joelhos. Ela vestia-se sobriamente com muita elegância e parecia pronta para sair, quando ele chegara.

— Não... cheguei há dois dias... e segunda-feira já retorno a Minas — João Antunes evitara a verdade por orgulho, pois esperava que Riete, ao vê-lo, se atiraria apaixonadamente em seus braços. Sentia-se constrangido e até mesmo envergonhado de suas fantasias.

— Está hospedado no Copa? — indagou, Riete, mantendo seu sorriso delicado.

— Sim... E tu? Como anda a tua vida? Às vezes, leio notícias tuas nos jornais ou ouço alguém se referir a ti... Conseguiste o que querias, hein, Riete?

— Lembro-me de que era exatamente isso que almejavas quando estávamos em Cavalcante — comentou João Antunes, procurando agora ser objetivo e ir à essência do que desejava. Porém, sentia dificuldades. Mirou-a com um sorriso e um ar pensativo, estendendo o braço esquerdo sobre o espaldar do sofá com o objetivo de demonstrar segurança e uma descontração que não tinha.

— Sim, consegui o que queria, João Antunes, mas almejo mais. Quando se está em um patamar como o meu, as coisas vão se tornando mais fáceis, pois as portas vão se abrindo com uma facilidade que você nem imagina. O difícil é começar... — comentou Riete, fitando intensamente João Antunes, correspondendo ao objetivo da pergunta. — E você continua lindo, agora com um ar maduro e experiente, mas também mais acanhado e inseguro. Por que, meu querido, esse ar abatido? — indagou Riete com certo desdém, sorrindo lindamente e emanando uma profunda superioridade sobre ele. — E com você? Como vão as coisas na fazenda? Trabalhando muito e certamente ganhando pouco, não é verdade? — indagou, com um semblante meio debochado, manifestando certo desprezo na inflexão de voz.

João Antunes riu secamente desconcertado, mas pelo menos gostou daquele "querido"; expandiu seu sorriso, cruzando as pernas.

— Bem... Não posso me comparar a ti, mas também não posso me queixar... tenho os meus novilhos, que dão para o gasto, e sobra alguma coisa... — disse João Antunes meio intimidado, baixando seu rosto e enrugando a testa. Riete percebia a reação receosa de João Antunes, comum em pessoas de nível econômico mais baixo que conversassem com ela, acostumara-se a isso.

— Que lindo apartamento, Riete. Tu moras aqui sozinha? — indagou ele, procurando mudar de assunto, correndo seus olhos pelo ambiente luxuoso e corando-se, pois percebera que fizera uma pergunta indiscreta.

— Não, moramos eu e a Manuela, a Manu, minha governanta. Mas viajo muito a São Paulo e estou sempre ocupada. Tenho um escritório na Rua Alcindo Guanabara, na Cinelândia, e, quando estou no Rio, passo os dias lá e geralmente chego tarde da noite. Almoço pela cidade. Teve sorte de me encontrar aqui hoje — esta última frase, seguida de um sorrisinho mordaz, causou uma brusca reação em João Antunes, ferindo-o em seu orgulho. Ele sentiu-se humilhado e teve a vontade de erguer-se e ir embora imediatamente. Porém, permaneceu imóvel, fitando-a com um olhar compungido e mortiço.

— Tentei ligar de Uberaba, mas não consegui completar a ligação. Mas parece que tu ias sair... e que cheguei pouco antes, pois fique à vontade, Riete... Daqui a pouco, eu também devo ir e só passei mesmo para um rápido alô

— disse, tentando revidar, ocultando a repentina paixão que o fizera vir ao Rio para revê-la. Sentia-se ridículo ao ser obrigado a engolir o seu orgulho e envergonhado de si mesmo. Mas Riete parecera nem ouvir estas últimas palavras.

— Sim, havia combinado um jantar com um amigo, porém, em vista da sua chegada, vou substitui-lo por você, que tal? Já jantou? — indagou Riete com autoridade, interrompendo-o. Aquela expressão "substitui-lo por você" soou como se as duas companhias para o jantar fossem equivalentes e meramente meios de entretê-la.

— Não, ainda não jantei...

— Vou levá-lo então para conhecer o Caruso, na Rua Uruguaiana, que tem uma comida deliciosa. O meu *chauffeur* já deve estar na garagem me aguardando, mas sem pressa — disse Riete, manifestando o convite como se fosse uma imposição imperial, ignorando a vontade de João Antunes. Algo de insolente e provocante brilhou em seu olhar.

— E o teu amigo fica a ver navios... — comentou sorrindo, sentindo timidamente sua segurança ressurgir.

— Sim, depois eu lhe digo que alguém chegou de imprevisto e que viera de muito longe só para me ver — disse Riete, expandindo o sorriso, parecendo se divertir com a presença de João Antunes.

"Sim, é verdade que vim de muito longe só para vê-la, mas ela parece indiferente à minha presença", refletiu João Antunes. As palavras de Riete lhe soavam desdenhosas e afetavam ares superiores, o que novamente o melindrou.

— Como sabes que vim para revê-la? — indagou, sorrindo, sentindo seu coração desmanchar, apesar do incômodo.

João Antunes achava que a antiga e contraditória Riete começava a ressurgir. Sentiu-se mais à vontade e seguro de si, ou talvez com o desejo de que seu sentimento fosse verdade. Relembrou quando a conhecera em Goiás, de como se sentira inferiorizado na ocasião e depois o que acontecera ao perceber Riete apaixonada por si. João Antunes resolveu reagir à sua pouca autoestima e chegou a sentir raiva de si mesmo. "Afinal", refletiu, "estou agindo como um idiota!".

— Havia tempo que não a via e resolvi passar por aqui. Enfim, ainda penso que somos bons amigos — acrescentou, João Antunes, revidando com altivez e erguendo levemente seu rosto, permitindo aflorar em seu semblante aquela expressão que derretia os corações das mulheres, sua arma poderosamente indefensável. Ela fixou-lhe seu olhar.

Riete herdara a argúcia de seu pai e a acrescentara à experiência que adquirira, o que lhe dava uma percepção apurada para desvendar seus interlocutores. Ela se fez mais séria ao perceber as reações de João Antunes.

— Apenas bons amigos? — retrucou Riete, fitando-o enlevada. — Diga-me, João Antunes, por que veio me visitar? Você nunca apareceu quando Ester era viva e mesmo depois que ela morreu... Em vinte anos, eu só o vi duas vezes... — disse Riete, demonstrando sinceridade, observando-o atentamente com uma expressão séria, interrogativa.

— Eu vim para saber se tu ainda me amas e porque estava me sentindo só em San Genaro. Mas vejo que hoje tu és uma outra mulher, muito segura de si, amadurecida, tendo plena consciência de tua importância... bem diferente daquela jovem inexperiente que conheci em Cavalcante. Mas parece que tu não me amas mais — acrescentou, em um jorro de sinceridade, mirando-a atentamente.

Riete deu uma curta gargalhada, deixando transparecer indiferença pelos comentários de João Antunes. Em seu olhar, brilhou de súbito uma expressão viva, imprevista, que transfigurou repentinamente seu rosto, até aquele momento tomado pelo escárnio.

— E como está a vida de viúvo? Mamãe me disse na ocasião que vocês terminaram o romance devido à morte de Ester... — indagou, desviando o assunto.

— Sim, Ester é inesquecível e me senti culpado pela sua morte — respondeu João Antunes, baixando seu rosto.

— Assim como se sentiu culpado pela morte de Cocão... Ora, João Antunes, você não mudou nada, sempre com essa sensibilidade excessiva e inútil. Já lhe disse certa vez que isso só lhe prejudica... Todavia me perguntou se eu ainda o amo... — acrescentou Riete, com um olhar vago, ancorado sobre o tapete, pondo-se um instante pensativa. Logo o ergueu e fitou João Antunes com certa rispidez, contraindo o semblante.

— Você se lembra daquela noite no Hotel Londres? Quando eu o aguardava e você chegou e rompeu comigo? Indo logo depois encontrar-se com mamãe? Não imagina o quanto sofri naqueles dias e jamais esqueci aquela decepção. Naquela noite, afogada em lágrimas, eu jurei a mim mesma que enriqueceria e que o teria de volta por meio do meu dinheiro. Você sentiu a solidão e pensou em mim, não é verdade? Tem notícias de meu sucesso e foi induzido a lembrar-se de mim... Certamente por causa de minha riqueza, não? E da atração indubitável gerada por ela. O dinheiro produz uma espécie de respeito irrestrito e um sentimento que gruda imperceptivelmente no espírito das pessoas e, no seu caso, incrementado pelo fato de que nos amamos no passado. "Como ela ficou rica, e pensar que um dia fomos amantes", não é mais ou menos isso o que sentiu? Sem dúvida, um amor atual impulsionado pelo meu sucesso. Mas sabemos disso e gostamos da lisonja. Esse é o nosso espírito, que julgam fútil, mas que habita o imaginário das pessoas. Temos o poder e mandamos, e não imaginam o quanto manejamos sutilmente vossas vidas. Podemos fazê-las entrar em um trem e correrem ao encontro de alguém, que seja rica...

— Por que esse palavrório idiota, Riete?! Isso não tem nada a ver conosco! E não vim de trem! — interrompeu-a João Antunes, com raiva.

— Ora, João Antunes, pois tem tudo a ver conosco. Animado por ele é que veio até aqui. Esse palavrório destina-se a sondar suas intenções e a me divertir. Há vinte anos eu o aguardava para vivermos juntos, mas chegou ao hotel e me abandonou. Pois, agora, retorna, achando que me dispensa e me tem quando quiser, julgando-se irresistivelmente sedutor... Não esteja tão convencido de que me terá outra vez. Atualmente, como você mesmo disse, sou uma pessoa amadurecida, distante daqueles arrebatamentos juvenis. Conheço muitos homens, nenhum tão lindo como você, é verdade, mas são pessoas que têm outros encantos e atrativos... Homens seguros, que não têm essa sua fragilidade infantil, sempre necessitado de proteção, que foi o que Ester lhe proporcionou e a razão para você amá-la e casar-se com ela... Uma segunda mamãe, conforme me dizia a respeito do carinho que sua mãe lhe dedicava. Mas nada impede que possamos sair para jantar e trocar ideias. Você desabafa e alivia sua solidão — disse Riete, demonstrando convicção e certo distanciamento.

João Antunes permaneceu um instante em silêncio, sentindo uma repentina tristeza. Sentia-se magoado pelos comentários relativos a Ester e a si mesmo. Ele percebeu que aquele seu poder sobre Riete não mais existia. A forte personalidade de Riete, já revelada em sua juventude, aliada ao sucesso e à experiência adquiridos, elevara-a a alturas que lhe pareciam inacessíveis. João Antunes percebeu que sua reação otimista de minutos atrás começava a se desmoronar e se sentiu ainda mais inferiorizado. Ele refletia agora que fizera uma grande bobagem ao vir ao Rio. E resolveu ser sincero.

— Está bem, Riete, tu tens razão, estás pagando com a mesma moeda. E talvez estejas certa quando diz que fui influenciado pela tua riqueza ao vir até aqui. Eu mesmo me perguntava o que teria me instigado subitamente a pegar o carro e viajar impulsionado por um repentino amor. Pois tu me deste a resposta. O dinheiro impressiona, forma uma auréola de importância sobre a cabeça do rico que nos faz olhar para ele de maneira diferente, e, sem percebermos, somos afetados por isso. A velha nobreza transformada na alta burguesia moderna... a antiga coroa substituída pelas contas em bancos. As notícias sobre ti me despertaram sutilmente, te engrandeceram inconscientemente em meu espírito, e julguei que talvez tua companhia e nosso antigo amor me curassem da solidão. Contudo, ao que parece, a minha vinda até aqui me tornará ainda mais solitário...

João Antunes disse isso com profunda tristeza e sinceridade, relaxando-se resignado contra o espaldar macio do amplo sofá, com um ar sombrio e desolado. Ele humilhava-se sem nenhum pudor e hipocrisia, rendendo-se à personalidade poderosa de Riete. Ela continuava sondando-o, parecendo deliciar-se com a decepção de João Antunes.

— Porém, você não completou as consequências de seus pensamentos, João Antunes. Você disse que veio até aqui para saber se eu ainda o amo... e se dissesse que sim? O que me diria? Me pediria em casamento? — indagou Riete, abrindo o sorriso, que descambou em uma curta gargalhada, que a João Antunes pareceu torná-lo ainda mais ridículo, em vista daquele arrebatamento amoroso que sentira em San Genaro e que o fizera viajar até ali.

João Antunes olhou-a, vendo que Riete zombava dele. Permaneceu calado, pensando em tantas coisas que se embaralhavam, mal podendo ordenar seus pensamentos. Desejava levantar-se e ir embora imediatamente, mas permanecia imóvel, preso por laços invisíveis.

— Se casasse comigo, João Antunes, você deveria vir morar aqui no Rio, pois não posso largar meus negócios. E, mesmo assim, me veria poucas vezes, pois, como lhe disse, vivo viajando...

— Não, Riete, tu não me amas mais — interrompeu-a, com uma voz suave e afetuosa, experimentando uma estranha resignação. — Quando resolvi rever-te, julguei que, ao chegar aqui, tu te atirarias em meus braços, louca de paixão, a mesma que vivíamos em Cavalcante, lembra-te? Quando sonhávamos com o futuro em cima daquela cama? Mas isso acabou... e sinto-me ridicularizado pela tua reação — João Antunes repentinamente lembrou-se de Santinha: "O que ela lhe diria, neste instante? Certamente já morrera".
— Nesses vinte anos, chegaste a se apaixonar outra vez, Riete? — indagou, exprimindo um sentimento de solidão e de abandono.

— Não, nunca mais encontrei alguém como você — respondeu Riete, enquanto um estranho sorriso lhe contraía o rosto. Ela começava a sentir um certo desassossego, uma inquietação dolorosa.

— E, afinal, Riete? Resolveste aqueles problemas emocionais que tanto te atormentavam? Aquelas fugas do presente rumo à capelinha rosa? — indagou João Antunes, sentindo que seus sentimentos iam morrendo.

— João Antunes, não interrompa o que estava falando... você chegou aqui convicto dos seus motivos, mas reticente em dizer o que desejava e, quando começava a abrir-se sinceramente comigo, me indaga sobre meus problemas emocionais... pois continue a falar... você dizia coisas tão lindas... — pediu-lhe Riete com uma voz carinhosa, tombando discreta e lateralmente seu rosto junto ao ombro esquerdo. Seus olhos faiscavam um turbilhão de emoções.

— Todavia, o que te interessa eu me abrir contigo? Tu estás me humilhando, zombando de meus sentimentos, vingando-se da minha recusa em aceitá-la em casamento. Age comigo como agiu com Verônica, dominada pelo orgulho — disse João Antunes, manifestando desilusão, com seu olhar vagando sobre a mesinha em frente.

— Como tem a certeza de que estou me vingando? Eu posso ser sincera e completamente indiferente a você. Julga que eu ainda o amo e que estou dissimulando um sentimento que está dentro de mim, não é verdade? — indagou Riete, ostentando um pequeno sorriso. Algo de astucioso e trocista perpassava o seu olhar, não havia nada que procurasse disfarçar. João Antunes novamente experimentou uma dor brutal.

— Sim, Riete, pois eu estava achando exatamente isso... que tu dissimulavas... — confessou, João Antunes, com surpreendente modéstia, retornando-lhe o olhar. — Até há pouco eu julgava que tu me amavas e que teu orgulho sobrepujava a manifestação de teu amor. Porém, vejo que me equivoquei e que, de fato, teu amor por mim acabou — disse João Antunes, sentindo a paixão explodir em seu peito. Aquele comportamento enigmático de Riete estava o exasperando, mantendo-o cativo, induzindo-o a uma paixão incontrolável. Desejava ir-se embora, mas se sentia incapaz de fazê-lo. João Antunes nunca fora rejeitado por nenhuma mulher, ao contrário, era ele que as recusava. Ele mantinha um olhar vago, resignado, como se a exaltação que o movera a vir ao Rio houvesse sumido repentinamente de sua alma. João Antunes refletia atônito sobre como se mantivera indiferente a Riete durante tantos anos e, de repente, aquela paixão que sentira por ela em Cavalcante ressurgia como uma avalanche que, em poucos minutos, soterrara seu juízo. Ele recordou que certa vez, no Bar Pinga de Cobra, a personalidade exuberante de Riete lhe proporcionara uma incrível atração.

— Mas só isso, João Antunes? É tudo que tinha a dizer? Somente esse seu desencanto comigo? — indagou Riete, mirando-o atentamente.

— Sim... fui absolutamente sincero contigo. Senti o peso da solidão e vim me abrigar sob a sombra de tua personalidade, dessa energia poderosa que extravasa de ti... de tua beleza e de nosso antigo amor... — João Antunes fez uma pausa e desviou seus pensamentos.

— Mas, e Verônica, como está? Faz uns três anos que não a vejo... — indagou, provocando casualmente uma reviravolta entre os dois.

— Está como você, mais solitária que nunca, mas modificou sua maneira de ser. Eu e Bertoldo a mantemos aqui no Rio — respondeu Riete, demonstrando contrariedade, pois ela sentia prazer com o sadismo que praticava sobre João Antunes.

— Amanhã eu irei visitá-la... E o teu filho, Enrico, como vai? Não é esse o seu nome?

— João Antunes, não quero conversar sobre isso! Me fale mais sobre você... sobre nós... — interrompeu-o Riete autoritariamente, aumentando sua irritação. Um certo furor brilhava em seus olhos, e suas faces contraíram-se.

João Antunes fitou-a admirado com um olhar penetrante, julgando compreendê-la. Observava-a agora com uma calma desdenhosa, enquanto seus olhos emanavam uma doçura enternecida, como que agradecendo-a por lhe permitir vislumbrar um raio de luz naquela escuridão. "Sim, Riete duelava-se consigo mesma: ela o amava, mas havia o seu orgulho, e não poderia ser derrotada por ele", pensou. João Antunes sorriu interiormente de sua certeza, ele não se enganara em seu julgamento.

— Eu tenho pouca coisa a mais para te dizer sobre mim, Riete... O essencial é o que eu já disse... — acrescentou João Antunes, sentindo outra vez a tristeza lhe doer. Ele lembrava-se de que, durante sua curta convivência com Riete, ela fora sempre cheia de subterfúgios inteligentes, de ofensivas e defensivas astuciosas, idas e vindas impulsionadas pela sua personalidade conflitante e calculista. E refletiu que era isso o que ocorria desde que ali chegara e de que talvez a luz vislumbrada havia pouco fosse uma dessas manifestações.

— Riete, vai então encontrar-te com teu amigo, creio que nada mais tenho a fazer aqui — disse João Antunes, erguendo-se do sofá, enquanto Riete o acompanhava com seu olhar, que exprimiu repentinamente algo de doloroso e lancinante.

— Espere, João Antunes!— pediu-lhe com brusquidão, erguendo-se rapidamente da poltrona e aproximando-se dele. Um vago sorriso assomou em seus lábios. Um sorriso que emanava uma transição entre o orgulho e a rendição incondicional. Ela aproximou-se mais e parou, mirando-o fixamente, e seus olhos lacrimejaram.

— Por que tudo isso, Riete? — indagou João Antunes carinhosamente em voz baixa, com os braços abandonados junto ao seu corpo.

Riete achegou-se a ele e o abraçou fortemente, recostando sua face em seu peito, como que impedindo-o de deixá-la. João Antunes passou a acariciar seus cabelos, mirando vagamente um recanto imerso em sombras.

— Sim, meu querido, eu ainda o amo muito, muitíssimo, mas nada será como antes... — disse, com uma voz quase inaudível, enquanto chorava baixinho.

— Eu sei... nada será como antes... mas o que significa isso? — indagou-se perplexo João Antunes, quase murmurando. Havia em seus olhos carinhosos certa melancolia, em seus lábios um pálido sorriso.

— Será impossível reviver as emoções do passado... — murmurou Riete. Ela descolou-se dele, enquanto enxugava as lágrimas, e subitamente esqueceu-se de tudo. Um desejo impetuoso apoderou-se de todo o seu ser, infiltrou-se em cada fibra de seu corpo. — Mas esqueça isso, me beije e venha me amar, você será meu — disse Riete sensualmente, sentindo-se excitada, apertando e correndo suas mãos sobre as costas de João Antunes.

E começaram a se beijar com paixão, porém, sem aquela completa e irrestrita entrega que entrelaçava suas almas, quando se amavam em Cavalcante. Para João Antunes e Riete, havia alguma coisa que se perdera no tempo, talvez um romantismo ingênuo que não mais existia, pois percebiam que as sutilezas mais encantadoras da paixão foram apagadas pela vida. Algo de irrecuperável se extinguira, mas que já não era imprescindível naquelas circunstâncias envolvidas ansiosamente em sombras. Em Cavalcante, amavam-se na plenitude e ainda almejavam ultrapassá-la, agora estavam muito aquém do que usufruíram e não aspiravam mais nada. Seus anseios materiais se realizaram e destruíram o que antes era embalado pelos sonhos, aumentados pela fantasia de um futuro promissor e pela crença de que se tornaria factível. Esta noite ambos sentiam que o passado e a juventude não mais dialogavam com o presente, como na época em que os sonhos incrementavam a fúria com que se amavam. A lubricidade de seus sexos já não era mais suscitada e acrescida pela imaginação, nem pelo pequenino quarto e pela modesta cama. Agora, havia um imenso salão ricamente decorado onde o presente esmagava o passado. Restara um vazio, antes preenchido por aquela expectativa gostosa e inexaurível, que só aumentava, enquanto agora se beijavam iludidos por uma felicidade fugaz. Apenas o bucólico som das ondas embalava delicadamente as emoções esvaziadas de uma plenitude que se fora.

— Venha, meu amor — convidou-o Riete, dando a mão a João Antunes e enlaçando-o pela cintura. Ele caminhava ao seu lado observando detalhes do luxuoso apartamento. Quando chegaram ao quarto, João Antunes admirou a cama suntuosa de casal e a elegância daquele aposento.

Despiram-se, excitados, e se puseram a se amar intensamente, é verdade, mas apenas entre gritos, gemidos e palavras amadurecidas pela vida, despojados do desejo alucinante imaginado por João Antunes. Ele finalmente compreendeu que viera atrás de emoções desprovidas daquela pureza juvenil de Cavalcante e sentiu um vácuo impossível de ser preenchido como o fora no passado. Porém, o que mais lhe doía era a indiferença de Riete diante das antigas emoções, que até há pouco lhe eram essenciais e inesquecíveis. E quando os sentimentos mais belos de um tempo finalmente se vão, o espírito de quem as viveu torna-se empobrecido, despojado de sua beleza inesquecível.

Após muitos prazeres, João Antunes desceu e foi até o carro trazer sua mala. Banharam-se e já era tarde quando saíram para jantar. João Antunes constatou a respeitabilidade de Riete no meio empresarial restrito em que vivia. No restaurante, frequentado pela grã-finagem carioca, os conhecidos bajulavam-na, e as madames ficaram impressionadas com aquele homem tão belo que a acompanhava. Quem seria? Indagavam-se curiosamente aflitas, entre cochichos e olhares furtivos. Seus corações palpitavam, excitados por aquela necessidade que alimenta tais espíritos. João Antunes lembrou-se então da singeleza daquele bar em Cavalcante, o Pinga de Cobra, época em que Riete sonhava desesperadamente em tê-lo para sempre, junto com a fortuna que ganhariam. E só ela o conseguira. Jantaram satisfeitos e aproveitaram os bons momentos. Chegaram no início da madrugada em Copacabana e ainda permaneceram debruçados longo tempo contemplando a escuridão do mar, tentando nela vislumbrar o futuro de suas vidas. João Antunes olhou carinhosamente o seu automóvel estacionado em frente e o mostrou a Riete, mas ela apenas fez um comentário chocho, que não correspondeu às expectativas elogiosas que esperava ouvir. Sentiu dó de si e de seu carrão desdenhado.

Conversavam sobre um futuro que presumiam cheio de obstáculos, pois havia a vida agitada de Riete e os negócios de João Antunes. Súbito, ele lembrou-se de sua querida Elisa e de que deveria conversar com ela a respeito de Riete.

— E então, meu amor, quando será o nosso casamento? — indagou, envolvendo a cintura de João Antunes com os braços.

— Querida, como podemos nos casar? Você aqui e eu em Minas? Eu amo a vida de fazendeiro. Tenho os meus novilhos, a casa que construí com carinho para que Ester nela morasse... e a minha solidão à espera de ti — acrescentou, mirando-a com olhos dolorosos.

— Ó, meu amor, o que é mais importante? Eu ou suas coisas? Pois não é por mim que veio ao Rio? E como está a solidão? Depois de nosso amor tão gostoso? Consegui espantá-la? — indagou Riete, beijando-lhe seguidamente o braço, distante do que acontecia no coração de João Antunes.

— A minha solidão ficou em Minas, Riete, mas irei reencontrá-la ainda maior. Julguei ingenuamente que tu irias morar comigo e que o nosso amor seria mais importante que tudo — respondeu João Antunes, voltando-se para ela, mirando-a com ternura. E se puseram a se beijar apaixonadamente.

— Pois, então, meu amor, venha morar comigo e resolva isso! É impossível eu sair do Rio, João Antunes. Todos os meus negócios dependem de mim e estão aqui — disse Riete, franzindo a testa, com um olhar seguro, mirando-o fixamente, como se o amor que sentia por ele fosse secundário perante seus negócios.

João Antunes tornou a voltar-se para o mar, permanecendo pensativo, contemplando a escuridão. Naquele início da madrugada, o trânsito na Avenida Atlântica já era reduzido. Vez ou outra, Cadillacs americanos, presentes cada vez mais no trânsito carioca naquele início de década, cruzavam sob as janelas.

— Mas tu não me amas, Riete? Pois repito a mesma pergunta endereçada a mim: o que é mais importante para ti? — indagou João Antunes, insinuando um sorriso relutante. Porém, ele sabia que a resposta seria a mesma que dera a Riete. E essas impossibilidades incomodavam muito mais a ele que a ela, como se fossem um espinho cravado em seu espírito. Ele percebia que era ingenuamente romântico ao pedir que Riete fosse para Minas. A sua vida empresarial, os seus interesses eram mais relevantes que o seu amor, essa era realidade atual imposta pelas circunstâncias sobre a sua vida. João Antunes percebeu que tal proposta soava até ridícula, coisa de adolescentes que se alimentam de sonhos.

— Amo-te, João Antunes, mas não somos mais crianças... — replicou Riete, afagando seu rosto, olhando-o com uma ternura que não emanava de seu coração, mas da razão. — Eu me lembro, querido, de que quando estávamos em Cavalcante... eu o adorava e faria qualquer coisa por você; faria o que me pedisse e morria de ciúmes ao vê-lo apaixonado por mamãe. Naquela época, eu não tinha nada e, se me propusesse o que me disse agora, eu largaria tudo e iria viver com você, onde quisesse... não pensaria duas vezes... mas hoje... Você me preteriu, e sofri durante anos ao saber que era amante de mamãe. Após a morte de sua esposa, nos encontramos duas vezes, e senti que talvez o houvesse perdido definitivamente. Por isso, fiquei surpresa com sua repentina chegada ao meu apartamento. Surpresa, mas felicíssima, embora no começo estivesse brigando comigo mesma... — disse Riete, mirando-o carinhosamente, enquanto lhe afagava as faces com as palmas das mãos. — Mas seria falta de maturidade se abandonasse meus negócios e fosse viver em San Genaro. Quero que compreenda, meu amor, que minha cabeça mudou e muito! O que não significa que deixei de amá-lo. Porém, hoje as circunstâncias são outras, a juventude se foi e já não somos mais crianças. Compreende o que quero lhe dizer, meu amor?— indagou Riete, fitando-o com um olhar tenso e receoso.

— Sim, querida, compreendo bem... antes não havia a tua riqueza... Porém, quando entrei no carro e viajei para rever-te, eu me sentia exatamente como anos atrás, quando a aguardava em Cavalcante completamente apaixonado por ti, lembra-te daquele dia? Quando nos reencontramos na casa de Marcus e depois, durante à tarde, quando nos amamos loucamente? Pois, eu, ao vir aqui, tive a atitude insensata de um jovem apaixonado... — confessou João Antunes, com uma voz suave e afetuosa, mas emanando um ar sombrio e abatido.

— Mas, e então? Se você se sentiu um jovem apaixonado, como nos tempos de Cavalcante, por que não vem morar comigo aqui no Rio e não se desfaz de seus negócios? Por que eu devo ir e não você vir, se meus interesses são maiores que os seus? — replicou Riete, mirando-o atentamente, franzindo a testa, em uma expressão persuasiva.

João Antunes sorriu tristemente.

— Eu vim atrás de uma emoção que não mais existe em ti... só ela me faria largar tudo, Riete...

Ambos haviam atingido o limite imposto pelas conjunturas de suas vidas, pela maturidade e por certa aridez que, infelizmente, sobrepujava o encantamento de uma época.

— E, então — o que faremos? — indagou João Antunes, com uma expressão impotente. Um doloroso sentimento lhe oprimia o coração.

— Quer que eu lhe compre a fazenda e que nos casemos? — indagou Riete, tomada por uma súbita alegria, como se tivesse descoberto a solução, fitando-o atentamente.

João Antunes olhou-a estupefato, surpreendido pela proposta. Riete o abraçou e o apertou-o contra seu corpo.

— Torno você meu sócio, ensino-o a trabalhar como se deve e teremos uma vida cheia de tudo, de tudo o que quiser. Você acaba com sua solidão e seremos felizes. Lembra-se de quando lhe propus a sociedade no garimpo e você recusou?

João Antunes apenas sorriu. Permaneceram abraçados, encostados lateralmente diante do amplo janelão. A sala estava silenciosa e imersa em sombras.

— Riete, minha filha Elisa vai se formar no Sion de Petrópolis, em dezembro. Antes de chegar aqui, estava preocupado em como lhe revelar o nosso relacionamento, que julgava definido. Não preciso, portanto, me preocupar mais com isso... — disse João Antunes, sentindo sua vida repentinamente esvaziada.

— Mas, que chique! Pois então me convide para a festa de formatura a fim de conhecê-la — exclamou Riete, com certo desdém e ironia, o que deixou João Antunes consternado. Além dele, Riete demonstrava indiferença e desprezo em relação a Elisa, o que o deixou mais magoado.

— Amanhã terá a oportunidade de conhecer meu filho, Enrico, que chega de São Paulo, à tarde. Está um rapagão bonito... Agora, meu amor, vamos dormir, amanhã pensaremos mais sobre isso, com a cabeça fresca. Preciso chegar cedo ao escritório, venha... — convidou-o Riete, segurando-lhe a mão.

— Mas amanhã é domingo... Você irá trabalhar? — indagou João Antunes, denotando surpresa.

— Ora, pois vá se acostumando com isso, meu querido. Algumas reuniões são realizadas aos domingos, pois imprevistos às vezes acontecem. Enrico deve viajar esta noite ao Rio com essa finalidade — explicou-lhe, afetando compreensão diante da ingenuidade de João Antunes.

Ele pensou em partir imediatamente, mas permaneceu parado, mirando Riete, que o perscrutava avidamente. Ela lhe parecia exibir as mesmas súbitas alterações de comportamento que ele já detectara na época em que se conheceram.

— O que foi, amor? — indagou, olhando-o um pouco sonolenta ou com certo enfado.

— Riete, tu tens a última chance de ficar comigo e está jogando-a fora...

— Ora, meu querido, deixe disso, pare de dizer bobagens, venha, vamos deitar, amanhã conversaremos mais — disse-lhe, puxando-o molemente pela mão e se afastando. João Antunes acompanhou-a até o quarto.

Riete se despia com indolência, deixando suas roupas caírem onde estava enquanto o mirava sensualmente, embora demonstrasse cansaço. Em pé, João Antunes a observava sentindo uma confusão de sentimentos conflitantes que o deixavam inteiramente sob o domínio dela. Ao ficar nua, ela sorriu-lhe com intensa luxúria e deixou-se tombar transversalmente de bruços sobre a imensa cama, com os braços abertos, estirados. João Antunes admirava excitado as suas coxas semiabertas e a imensa bunda, abandonada ao seu desejo.

Riete caiu rapidamente no sono. João Antunes retornou à sala e debruçou-se no janelão, onde estiveram. Olhava o silêncio da madrugada e a escuridão do mar, perdido em pensamentos que o esmagavam. Novamente, ele se questionava sobre como fora possível passar de uma indiferença de vinte anos e cair outra vez sob o feitiço de Riete. Nesse instante, ele sentia por ela uma paixão avassaladora em meio a sentimentos conflituosos que não se coordenavam e apenas experimentava aquela força poderosa que lhe irrompia no peito e o dominava. João Antunes olhava vagamente aqueles pontos de luz que emolduravam a orla lindíssima, ouvindo o murmurejar das ondas. Pedia àquele cenário, tão poético e inspirador inesgotável de imaginações românticas, que lhes impingissem uma nova chance de retomarem o antigo amor. Depois, lembrou-se do tempo que vivera com Verônica nesse mesmo cenário, recordando a doçura de Ester. Porém, agora tudo isso lhe era irrelevante perante o desejo imenso que, inexplicavelmente, roía sua alma. João Antunes aguardara receber intensamente as emoções que vivera com Riete em Cavalcante, havia vinte anos, mas o que dela recebia o deixava ainda mais sequioso do passado.

Após muito tempo perdido em pensamentos infrutíferos, cansativos e frustrantes, ele retornou ao quarto, deparando-se com a mesma cena tremendamente erótica. Ele despiu-se e beijou aquela bunda liberada ao seu olhar. Riete nem se mexeu. Ajeitou-a sobre a cama a fim de arranjar um lugar para si. Ela ressonou e murmurou qualquer coisa incompreensível. João Antunes deitou-se de costas e pousou seu olhar entristecido sobre um ponto, lembrando-se do forro envelhecido de taquaras da Pensão Alto Tocantins, época em que Riete, como ela mesma lhe dissera, daria sua vida por ele. João Antunes, após muitos anos, retornava ao inferno de Dante.

4

Na manhã seguinte, João Antunes foi acordado pela movimentação de Riete. Ela o beijou e disse que estava de saída.

— Já avisei a Manu para lhe servir o café, assim que desejar; à noite nos encontramos para jantar — despediu-se Riete, dando-lhe outro beijo e fazendo-lhe afagos no rosto. Demonstrava segurança, serenidade e pressa. Rapidamente, muito elegante e perfumada, ela deixou o apartamento rumo à Cinelândia. O *chauffeur,* como o fazia diariamente, já a esperava em frente ao prédio para levá-la.

João Antunes levantou-se aborrecido, pensando nas conversas da véspera. Não dormira bem e parecia ainda cansado, que julgou ser devido à viagem. Chegou ao janelão e admirou a manhã lindíssima de domingo. Viu o mar já coruscando a intensa luminosidade vinda de um céu imaculadamente límpido, intensamente azul e belo. Eram quase 8 horas.

João Antunes tomava o café servido por Manu, uma portuguesa discreta, eficiente e elegante, metida em seu uniforme branco impecavelmente limpo. João Antunes estava só, sentado à mesa na sala de jantar, que se ligava ao amplo salão de visitas por uma grande porta de madeira envidraçada, onde estivera na véspera. Admirava distraído os elegantes detalhes em fosco desenhados sobre os vidros. Ele sentia algo estranho, incerto, uma sensação de vazio e de inutilidade; jamais experimentara tais sentimentos. A impressão que o dominava era a de que, desde a véspera, tornara-se um objeto à disposição de Riete a fim de satisfazê-la em seus caprichos. Lembrou-se de seu pai Antenor e de seu caráter severo, intransigente, o que o fez sentir-se ultrajado. Ele segurava a xícara com café com leite, fumegante, observando a fumaça desfazer-se lentamente diante de seus pensamentos. "Sim, tudo que conquistei devo à minha beleza, mas tenho também meu valor pessoal, a minha dedicação ao trabalho", refletia ele, tentando elevar a sua autoestima. Por ele, apaixonaram-se Marcus, que lhe deixara a herança para adquirir a San Genaro, e Henriette, em cujo apartamento sentava-se solitariamente aguardando-a, ignorando com que finalidade. Tudo lhe parecia precário e duvidoso naquele instante. João Antunes lembrou-se da ternura de Ester, que o arremeteu à Elisa, e apiedou-se de si mesmo, como se não estivesse à altura da filha tão querida. Sentia um grande enfado misturado a um descontentamento provocado pela noite anterior e a persistência de seu orgulho injuriado. Desviou seus pensamentos ao ouvir o *jingle* do Repórter Esso, que soara na cozinha, anunciando a edição das 8 horas. O rádio permanecia ligado diariamente; Manuela, como Rita Rosa, seguia as novelas e os programas da Nacional. Notícias da guerra e sobre o governo desfilaram no noticiário. Mas João Antunes mal prestara atenção ao que ouvira. Ele terminou o café, passou pelo salão de visitas e folheou rapidamente *O Cruzeiro*, revista obrigatória nos lares brasileiros, em cujas páginas liam-se as novidades e na qual as pessoas ancoravam suas opiniões. *O Cruzeiro* era aguardado prazerosamente a cada semana. João Antunes abandonou a revista sobre o sofá e resolveu ir até o apartamento de Verônica, na Santa Clara. Havia uns três anos que não a via; necessitava revê-la para desafogar suas mágoas. Terminou o café, despediu--se de Manu e desceu.

Ao sair na portaria, João Antunes deparou-se com Copacabana em dia de gala: o bairro descerrava suas cortinas e lhe exibia o palco preparado para o domingo, seu espetáculo maior. A intensa luminosidade inundava a orla e os espíritos com uma energia esfuziante. Sobre as areias, pairavam inauditas emoções, aquele clima eufórico gerador de uma alegria que grudaria para sempre no imaginário das pessoas. A bruma marinha vaporosa deixava o ar meio embaçado pela umidade intensa, cuja fragrância de sal e iodo saturavam o espírito com sentimentos inesquecíveis. Ao longe, avistava-se o tremeluzir faiscante das águas azuis salpicadas por ondículas brancas, sobrevoadas por gaivotas langorosas. Próximo à praia, ouvia-se o estrondejar das ondas, o borbulhar intenso de espumas branquíssimas a rolarem constantemente sobre as areias, emitindo aqueles chiados rascantes. Tudo isso antecipava uma excitação nervosa, uma alegria coletiva explícita e contagiante, impingindo uma expectativa *pelo* prazer que teriam. E, sem dúvida, a causa preponderante dessa embriaguez espiritual provinha daqueles corpos quase nus, que incutiam uma profusão de sensações encantadoras, gerando um clima psicológico de sexo, de concupiscência e de intensa sensualidade e a impressão de que se rejuvenesceriam ao retornarem daquele território hedonista. Os maiôs reduziam-se a cada verão, desnudando corpos e permitindo às imaginações expandir seus horizontes para além das curvas bronzeadas, para além dos vales e relevos exuberantes, até vislumbrarem as matas escondidas em fantasias delirantes. Jovens belíssimas atraíam os olhares e ferviam no imaginário machista brasileiro, e jovens machos revogavam e transgrediam, a cada verão, a reprimida conduta feminina nacional.

No início da década de 1940, Copacabana se tornara a cobiça do Rio de Janeiro, desenvolvendo-se rapidamente. Em breve, seria a princesinha do mar, o lugar que todo interiorano, para se estimar brasileiro, aspirava conhecer. Ele jamais se esqueceria, quando ali chegasse, do momento em que confrontara sua imaginação com o espetáculo a que assistia. Após desfilar sobre o calçadão de pedrinhas portuguesas, ver suas belas mulheres e entrar no mar de Copacabana, ele retornaria encantado aos cafundós do Brasil, sentindo-se cosmopolita ou menos jeca. Quantos interioranos recatados, dentro de suas conchas de timidez e de hipocrisia reprimidas, ficaram espantados ao se depararem ao vivo com o espírito de Copacabana? Quantos deles retornariam embasbacados para as suas cidades, impressionados pela irreverência e pelo estilo feérico desse bairro? Inevitavelmente, como gesto batismal, teriam colocado uma gota d'água sobre a língua e constatado que, de fato, ela era salgada. João Antunes acompanhava esse espírito vibrante, dinâmico, e sabia das novidades que aconteciam em Copacabana, que chegavam a Araguari pelos jornais da capital.

No início da década de 1940, o bairro começava a viver sua plenitude. Ali haveria, nos próximos anos, uma explosão de vida e encanto que se tornariam proverbiais. Essas emoções arejavam as mentes, impingindo-lhes uma cultura de alegria irreverente que moldaria o espírito brasileiro e se propagaria mundo afora — Copacabana seria, durante muitos anos, o único local brasileiro conhecido internacionalmente. No início daquela década e nos próximos vinte anos, seria o centro nervoso do país, sob quaisquer aspectos. Nele, quem de fato fosse um figurão da república possuiria um apartamento para as férias, para trabalhar, amar ou conspirar. Em Copacabana, políticos cavilosos, generais conspiradores, empresários e jornalistas famosos tramariam contra o governo. Metidos naqueles apartamentos, eles destilariam suas ambições maquiavélicas propondo receitas infalíveis para salvar o Brasil daquela "hora grave de sua história", sendo eles, naturalmente, os protagonistas da salvação. A expressão se transformaria em jargão nacional, e vários golpes seriam forjados e vividos em

Copacabana. Suas maquinações tenebrosas soariam pelos rádios por meio de vozes emocionadas, trêmulas de emoções apocalíticas e de prelúdios de uma nova quartelada. Ali, naqueles apartamentos e boates de Copacabana, os cardeais da república encontravam-se com suas amantes; capitães da indústria, banqueiros, diplomatas, ministros de estado, políticos, donos de jornais, colunistas sociais, gente grã-fina e madames enluvadas frequentariam seus locais mais badalados, principalmente o seu endereço mais nobre, o Golden Room do Hotel Copacabana Palace, e o seu restaurante, o Bife de Ouro. E se alguma personalidade internacional visitasse o Brasil, alguém duvidaria de que seu destino seria o Copacabana Palace? Artistas, jovens cineastas, dramaturgos, escritores e músicos imaginariam suas obras em Copacabana, inspirados pela beleza e pelo espírito do bairro. Nas suas ruas, desfilava Heleno de Freitas em seu Cadillac, acompanhado por belas mulheres, o trágico craque galã do Botafogo. Boêmios e milhões de turistas frequentariam seus bares e restaurantes e passariam as noites em dezenas de inferninhos que inundariam o bairro e lançariam a moda das boates nas capitais do País. Nesses locais enfumaçados, sensuais e etílicos, que se tornariam famosos, nasceria a figura do *playboy* e das madames, personagens que frequentariam as colunas de jovens colunistas, que passariam suas vidas zanzando por esses minifúndios noturnos de Copacabana. Primeiro surgira o Vogue e depois foram aparecendo aos montes: Sachas, Zum-Zum, Le Bec Fin, Jirau... e dezenas de outras inesquecíveis boates que marcariam época. Naquela Copacabana de 1941, com a qual João Antunes se deparava nesta manhã, iniciava-se e se contaria a história da moderna vida noturna brasileira. Se o dia era feérico, durante à noite, repetia-se a mesma excitação nervosa, o mesmo frenesi diurno vivido sobre as areias. De dia, curtia-se o sol, à noite curtiam-se os escurinhos e o luar sobre a praia. Foi sobre as areias de Copacabana, em uma madrugada enluarada, que o garanhão Bejo Vargas traçou Eda Cianno, a bela filha de Benito Mussolini, durante sua visita ao Rio. Enquanto o Conde Galeazzo Cianno, seu marido e ministro das relações exteriores da Itália Fascista se entendia com o seu colega Ribbentrop, da Alemanha nazista, Bejo Vargas elevava o orgulho machista nacional às alturas, colocando-lhe um belo par de chifres. Acaso haveria lugar mais suscetível para que Bejo desfraldasse nossa bandeira em seu mastro mais alto? Pois tal transa só poderia acontecer na Copacabana daqueles anos, ícone do hedonismo nacional. Enfim, emoções, quaisquer que fossem, viviam suas plenitudes em Copacabana e se espalhavam pelo Brasil, estimuladas por aquele espírito vibrante e único, a alma de Copacabana.

Mas havia também o lado sombrio. Aquela alegria esfuziante também incrementava a tristeza ou aprofundava a fossa de quem estivesse metido na solidão. Era a plenitude do prazer que permitia o contraponto e esmagava quem não era feliz. Quem estivesse propenso à tristeza sentiria aquela manifestação intensa de felicidade como uma frustração, condenando-o duplamente por não a sentir. Mesmo na praia e nas noites esfuziantes haveria alguém perdido na escuridão de suas vidas, mirando a alegria sem senti-la, impassível àquela energia contagiante. Assim também era Copacabana, em que as emoções díspares alcançavam suas plenitudes.

E foi com o espírito já deprimido que João Antunes deparou-se com esse cenário estonteante e sofreu um choque. Ele sentiu o quão despojado estava daquela euforia que se insinuava nessa manhã de domingo. Avançou em frente ao prédio em que morava Riete e atravessou vagarosamente a Avenida Atlântica, em busca de seu Ford. Sentiu uma sensação de estranheza ao ser atraído pela visão da areia branca, fina, que se acumulara sobre os desenhos dos pneus e se espalhara rente ao meio-fio. Observou-a vagamente durante alguns segundos, sem entender a causa dos efeitos daquela imagem tão estranha. Entrou vagarosamente no carro, bateu a porta e deu a partida. O carrão engasgou duas vezes, mas finalmente pegou. Enquanto esquentava o motor durante alguns minutos, passou a observar absorto os banhistas caminhando rumo à praia. João Antunes manobrou o automóvel e seguiu em frente, em direção à Santa Clara, onde esperava encontrar Verônica. Dirigia devagar, admirando distraidamente o movimento, sentindo a amargura enevoar o seu espírito. Na Avenida Atlântica, durante manhãs como aquelas, o trânsito fluía devagar, pois os *chauffeurs* adquiriram a mania de dirigir olhando frequentemente em direção à praia. E, quando viam uma lindeza atravessando a avenida, o trânsito congestionava, surgindo dessa visão a expressão bem carioca "mulher daquelas de parar o trânsito!", que se tornaria a metáfora nacional para designar uma aparição inesquecível.

Em poucos minutos, João Antunes alcançou as imediações do prédio onde Verônica morava. Estacionou na avenida, ao lado do calçadão, e caminhou alguns metros, adentrando à Rua Santa Clara. Conferiu o endereço na caderneta e viu o número logo adiante. Olhou rapidamente o prédio e constatou que era novo, uma daquelas recentes construções que enchiam o bairro e o transformariam em um paliteiro. Ele subiu três degraus até a portaria, cumprimentou o porteiro, que abaixou o jornal e o olhou rapidamente, e dirigiu-se ao elevador. Vagarosamente, subiu até o oitavo andar. Desta vez, não sentia grandes emoções, apenas o desejo de rever Verônica, seu grande amor durante doze anos. Ao sair do elevador, deparou-se com dois corredores um pouco sombrios, que se cruzavam em ângulo reto e acessavam dois apartamentos. João Antunes tocou a campainha do 802 e aguardou. O pequeno postigo foi aberto, e os olhos verdes amendoados de Verônica cintilaram de felicidade ao se depararem com o rosto de João Antunes. Ela girou rapidamente a chave e escancarou a porta, atirando-se eufórica entre seus braços, enchendo-o de beijos e carinhos.

— Querido! Mal posso acreditar que estou em seus braços! — exclamou, apertando-o contra o corpo.

Verônica permaneceu abraçada a ele dizendo palavras amorosas, enquanto João Antunes a afagava ternamente.

— Vim ao Rio e decidi revê-la... como estás, Verônica? — indagou, afastando-se e acariciando seu rosto.

— Venha, entre e me conte tudo — convidou-o Verônica, efusiva, enquanto caminhavam abraçados. Sentaram no sofá da sala, que ficava encostado na parede, com uma mesinha em frente.

— Que apartamento bom, pequeno, mas muito confortável... — comentou João Antunes, assentando-se ao lado dela, na modesta sala de visitas. Ele já o conhecia, mas havia tempo que estivera rapidamente ali.

Verônica permanecia encantada, admirando intensamente o antigo amante, mantendo seu sorriso encantador. João Antunes sentia-se também feliz com a recepção de Verônica. Após muitos anos, recebia um carinho espontâneo, sincero, de quem realmente o amava, bem diferente da acolhida reticente de Riete, cheia de restrições.

— Verônica, como estás linda... não perdeste nada com os anos... — comentou, afastando ligeiramente o rosto e admirando seu semblante.

— Mas já estou com 56, meu querido, bondade sua — replicou, abrindo o sorriso, ainda mais feliz.

Verônica era ainda uma mulher lindíssima, pouquíssimas jovens poderiam chegar aos seus pés. Ela enlaçou o pescoço de João Antunes com os dois braços e não se cansava de acariciá-lo.

— Mas o que o fez a vir até aqui? Eu nunca me esqueci de você, meu amor, e ainda o amo muitíssimo! — disse-lhe, recostando-se em seu braço. Como está a sua vida? Ainda sozinho?

— Pois é... Eu tenho me sentido muito só na fazenda ultimamente e, após a morte de Ester e de nossa separação, não tive mais ninguém... Porém, de repente, há quatro dias, senti uma brusca vontade de reencontrar Riete, entrei no carro e vim revê-la. Foi uma atitude intempestiva e movida por um sentimento que até agora eu não entendi muito bem... — disse João Antunes, desviando seu olhar, que vagou um segundo sobre o chão. — Cheguei ontem à noite e fui direto ao apartamento dela. Riete ainda me ama e me recebeu bem, mas com os sentimentos evasivos, reticentes... A princípio, ela demonstrou uma frieza desconcertante, que depois verifiquei ser artificial, e passamos a noite juntos... mas não era o que eu imaginava e foi diferente do passado. O que recebi de Riete foi um sentimento comum que já vivi com outras mulheres. Tivemos muito prazer, mas o amor ficou aquém, e saí de lá confuso, frustrado... Eu esperava encontrar a mesma paixão que vivemos em Cavalcante e que só tu conseguiste superar, minha querida. Imaginava uma Riete apaixonada, felicíssima com minha volta, mas ela não correspondeu às expectativas. E o fato de eu haver feito uma viagem motivada por um repentino arroubo, só com o objetivo de reencontrá-la, aumentou ainda mais a frustração. E esse foi o motivo de me sentir assim, chateado. Riete deu-me apenas uma parte, que, para mim, não é a mais relevante. Eu estava carente, precisando de quem me desse carinho, como ela o fazia em Cavalcante, misturado ao sexo, mas sinceramente, querida, saí de lá agora há pouco mais infeliz do que quando cheguei... saí frustrado, desiludido com o que recebi.

Verônica escutava-o atentamente e penetrava na alma de João Antunes, percebendo profundamente a sua agonia. Ela o conhecia como ninguém. Seus olhos marejaram ao ouvi-lo falar de seu amor pela filha.

— Enfim, eu vim à procura da antiga Riete e encontrei outra bem diferente... Sem dúvida, com certa arrogância, certa presunção... com qualquer coisa que me magoou e mexeu com a minha dignidade... com o meu orgulho — João Antunes prosseguia tentando explicar-se, procurando as palavras no ar. — Ela está amadurecida — prosseguiu — e aquela Riete que morria por mim não mais existe. Cheguei a comentar com ela, que concordou dizendo-me que não somos mais jovens e que a realidade era outra. Talvez tenha sido isso o que me desiludiu, pois aquele nosso antigo encantamento desapareceu... — João Antunes procurava esclarecê-la, buscando as ideias que se encaixassem em seu espírito deprimido.

— Eu o amo, meu querido, e só quero vê-lo feliz. Sei o que se passa, pois o conheço profundamente, bem como a Riete. Uma pessoa sensível como você será mais afetada pelo jeito dela atual. — Verônica avançou seu tórax à frente e virou-se para ele de modo incisivo, como que desejando penetrar mais intimamente em seu espírito e ajudá-lo com todas suas forças, enquanto o fitava intensamente. Seus olhos cintilavam.

— Porém, amor — prosseguiu Verônica —, afinal, o que o motivou a vir em busca de Riete se anteriormente era tão convicto de que o temperamento dela a afastava de você? Como aconteceu essa repentina paixão? Foi somente a solidão, o antigo prazer?

— Pois é a pergunta que me faço...

— Eu sei que Riete o ama, mas, apesar de ser minha filha, digo-lhe que atualmente seria difícil uma convivência com ela. Aqueles aspectos de sua personalidade que em sua juventude eram somente ingenuamente agressivos, autoritários e circunstanciais, com sua maturidade, adquiriram novas maneiras e se incorporaram ao seu espírito, moldando-se ao que ele já era. O sucesso empresarial de Riete lhe deu segurança, e seu temperamento difícil tornou-se suscetível a olhares mais condescendentes, aceito em função de sua riqueza. Aquela Riete complicada tornou-se, portanto, bem acolhida, pois os interesses preponderam sobre o seu temperamento. Seus defeitos tornaram-se aceitos e ignorados pelos seus pares, pessoas ricas iguais a ela, e passaram a permear com naturalidade seus relacionamentos, quer comerciais ou pessoais. A riqueza, meu amor, suaviza as inconveniências. Porém, para pessoas mais modestas e não habituadas às maneiras de gente rica, torna-se difícil aguentá-las, pois ficam suscetíveis a um sentimento negativo de inferioridade, porque se sentem por baixo... feridas em sua dignidade. Ou mesmo porque não toleram o pedantismo e as maneiras superficiais dos ricos. Talvez essas coisas o tenham aborrecido. O sucesso subiu-lhe à cabeça; já conversei com Riete a respeito, mas ela pouco se importa comigo... — Verônica pensou um instante e prosseguiu. — Aliás, Riete se enriqueceu tanto que minhas opiniões lhe são completamente desprezíveis e irrelevantes, ela mal as ouve. Infelizmente, meu querido, a riqueza gera uma espécie de autoridade subjetiva respeitosa, pois impinge nos outros e na própria pessoa a sensação de que ela é rica porque é inegavelmente inteligente, trabalhadora e esperta, qualidades outorgadas pela sua capacidade de ganhar dinheiro, e é essa aptidão que prepondera como valor máximo no mundo atual. É ela que predomina no imaginário popular e parece ser o único atributo que as pessoas de fato valorizam. Entretanto, se os ricos são respeitados, somos nós, cidadãos comuns, que lhes outorgamos essa respeitabilidade, porque, sem nossa admiração, não existiriam a vaidade e a presunção que ostentam. Observe, por exemplo, meu amor, um detalhe curioso: se alguém é rico e se, de fato, for uma pessoa modesta, costumam enaltecê-la com comentários do tipo: "apesar de rica, é uma pessoa simples".

Entretanto, é difícil achar um ricaço autenticamente simples; e muitos deles, como são inteligentes, afetam uma falsa modéstia... Enfim, esse mundinho bem restrito, bem medíocre, apossou-se do espírito de Riete e acrescentou à sua personalidade uma característica que a sufoca e que também me sufoca. Havia muito tempo que você não a via, portanto, desconhecia essa nova Riete. Sem dúvidas, teve razões para se sentir humilhado e chegar aqui aborrecido. Pessoas modestas não estão acostumadas a conviver com gente assim, só seus iguais a suportam. Durante toda a minha vida, João Antunes, frequentei este mundo e sei como ele é. Podem ser pessoas boas ou ruins, ter esta ou aquela qualidade, mas o que prevalece e lhes permeia o espírito é o dinheiro. É ele que agrega ou aparta as pessoas de seus convívios, que predomina nas conversas, e o que confere maior ou menor importância entre eles. Claro, como em tudo, existem as raríssimas exceções, mas são esses aspectos que predominam.

Verônica encerrou suas ideias com um semblante absorto e um ar longínquo, como se pensasse em outra coisa muito diferente do que dissera. Essas ideias que expusera a João Antunes eram irrisórias em sua vida atual. Houve um breve silêncio em que João Antunes refletia sobre o que ouvira, absorvendo o significado daquelas palavras. Elas lhe pareciam abrir uma fresta para compreender uma realidade desconhecida. Sim, ele também ganhava dinheiro, tinha ambições e sentira o prazer de comprar um automóvel do ano, porém, a sua vida estava distante do mundo em que vivia Riete. Contudo, questionou-se: "não era esse mundo que o induzira também a ter ambições? Não fora ele que o fizera deixar Santos Reis em busca de ouro?". Mas João Antunes ignorava suas motivações mais profundas.

— Mas tu perguntaste o que me fez viajar até aqui para reencontrar Riete... e o que provocou o meu amor repentino... — prosseguiu João Antunes, com uma expressão distraída. Ele parecia ainda refletir sobre o que lhe dissera Verônica. — Pois estou convencido de que vim exatamente pelos motivos que tu expuseste e dos quais já desconfiava — disse, retomando a atenção. — Sempre tenho notícias de Riete pelos jornais ou por comentários de pessoas conhecidas, e isso a realçou em meu espírito até descambar repentinamente no amor. Riete comentou sobre esse aspecto, e eu concordei. Ela tem plena consciência de sua situação, sabe que sua riqueza a permite ser assim. Mas o fato é que, se a antiga Riete desapareceu, esta atual me aborreceu muito. Não sei o que fazer, pois me sinto apaixonado... Desde esta manhã, quando ela saiu, a minha paixão só cresceu junto com a frustração. É impressionante, Verônica, como tudo se avolumou de repente em minha cabeça. Tu entendes muito disso, não, querida? Tu sabes o que significa um amor não correspondido por quem amamos... Eu nunca poderia imaginar que as emoções que vivi com Riete em Cavalcante se tornassem repentinamente tão indispensáveis. Ela se entregava a mim de corpo e alma, entregava até a imaginação de seu futuro... Riete me transmitia sensações bem diferentes das costumeiras. E sinto que não poderei deixar o Rio se não conseguir unir as partes daquele antigo amor e ter as mesmas emoções de antigamente. Embora ignorando-os, quando viajei, vejo agora que vim ao Rio em busca daqueles momentos, à procura dos antigos sentimentos. Talvez, sim, despertados pelo sucesso financeiro de Riete, mas em busca deles... — disse João Antunes, mirando fixamente Verônica.

— Afinal, aonde ela foi? Pois hoje é domingo... — indagou Verônica, com uma voz entristecida.

— Foi ao escritório trabalhar. Disse que tinha uma reunião de negócios e que seu filho viria de São Paulo para participar — respondeu João Antunes, com uma voz esvanecida.

— É assim que ela vive atualmente, trabalha até aos domingos. Você se lembra como ela era ambiciosa... e esse é o problema, pois a ambição não tem limites. Além disso, meu querido — acrescentou Verônica, meio reticente —, chega-se infelizmente a um ponto em que passam a usar meios ilegítimos para aumentar os seus lucros, e, a partir daí, esses métodos vão se tornando corriqueiros, vão se normalizando e considerados espertezas inerentes ao nebuloso mundo dos negócios... totalmente apartados da realidade dos que labutam como você. E Riete está metida com gente desse tipo, conheço os homens com quem trata. Jean-Jacques trabalhava com problemas econômicos na embaixada francesa e costumava dizer como são realizados os negócios entre as nações ou entre empresas poderosas, quando grandes interesses estão envolvidos. Pura rapinagem, dizia ele escandalizado, o que o fez abandonar a profissão. Comentava que tais métodos são inerentes às práticas do alto capitalismo e que, quanto maior o poder, maiores e mais engenhosas serão tais práticas e maior será a falta de escrúpulos. Aliás, escrúpulos são valores relevantes para nós, mas irrelevantes para essa gente. Afinal, o que isso lhes significa, senão um empecilho, um futuro prejuízo? Pois lhe digo que, não os ter, constitui até uma qualidade fundamental porque estarão livres de quaisquer impedimentos morais que os impeçam de agir, enquanto o restante fica de mãos amarradas pela honestidade. Jean-Jacques dizia que essas grandes empresas normalmente burlam as leis nos países onde atuam. Se não conseguem burlá-las, criam outras por intermédio de seus testas de ferro ou dão um jeito de substituir as autoridades que acaso lhes prejudiquem. Utilizam quaisquer métodos, até mesmo a violência, e vão levando tudo de roldão de acordo os seus interesses. E são eles que comandam. Em países como o Brasil, tudo se torna ainda mais fácil devido à ignorância do povo, à fragilidade econômica e às vulnerabilidades jurídicas. Aqui, é simples corromper. Jean-Jacques comentava a respeito de empréstimos induzidos e o pagamento de juros que comprometeriam o país por longos anos, enquanto as nossas elites se locupletavam indiferentes ao futuro. São homens que parecem ter a eterna capacidade de destruir a esperança. Jean-Jacques foi induzido pela mãe a ser diplomata e especializou-se em assuntos econômicos, o que nada tinha a ver com ele. À época, eu era muito jovem e não entendia o alcance do que me dizia, mas ele ficava indignado com a exploração a que era submetido o Brasil, país que amava. Hoje eu amadureci e vejo que Jean-Jacques tinha razão, pois eu mesma convivia com os homens que são os senhores da república... pessoas ambiciosas, de palavreado bonito e de alma feia. Homens provenientes do poder privado e que tocam os negócios do país de acordo com os seus interesses, ligados aos estrangeiros, que são os verdadeiros donos do Brasil. Eu convivi com o senador Mendonça e me casei com Bertoldo, conheço bem essa gente. Certos assuntos, apesar de sigilosos, acabam vazando para quem, como eu, estava por perto. Bertoldo recebia negociantes ricos em Santa Sofia e várias vezes eu ouvi comentários, do tipo: "converse com o deputado ou com o tal fulano e peça isso ou aquilo, se não conseguir, volte a falar comigo...". E assim os grandes negócios eram feitos. Mas isso só se consegue com tempo e inteligência, o que eles têm de sobra, do contrário... Além de agir assim atualmente, Riete está transmitindo a seu filho Enrico a mesma educação e diz que ele irá superá-la. O que provavelmente acontecerá, pois Enrico é neto de Mendonça e filho de Bertoldo e dela, o que lhe confere um *pedigree* poderosíssimo...

— E aqueles problemas emocionais do passado, que tanto a perturbavam? Riete livrou-se deles? — indagou João Antunes, fazendo uma pergunta que parecia distante de pensamentos mais importantes. Como antes, ele dizia uma coisa, mas parecia pensar em outra.

— Eu nunca mais os presenciei — respondeu Verônica —, mas, provavelmente, esse seu temperamento atual tem a ver com o passado. À época em que se submeteu ao tratamento, o doutor Franco da Rocha recomendou observá-la. E me parece que ela os superou. Creio que sua antiga ambição, agora concretizada, substituiu a insegurança de outrora pela realização atual. De acordo com o especialista, é complexo analisar traumas provocados por abusos sexuais, especialmente os cometidos pelos pais, tais as consequências desastrosas. Ele afirmou que, sem dúvida, Riete sentiu algum prazer e muito medo, mas que o sentimento prazeroso prevaleceu e foi enterrado no inconsciente. Talvez isso a fizesse predisposta a ir em busca dele nas ocasiões difíceis de sua vida, fugindo do presente. Portanto, aquele comportamento era uma fuga. Durante o tratamento, o doutor Franco da Rocha abordou de várias maneiras o instante em que ela esteve no interior da capelinha com o senador, mas Riete nunca manifestou nada que se relacionasse ao fato. O doutor não conseguiu trazê-lo ao consciente e resolveu observá-la. Eu mesma perguntei a Riete várias vezes e obtive a mesma resposta: ela se recorda de pouca coisa do que ocorreu lá dentro. Você se lembra de que lá no garimpo ela foi estuprada pelo seu namorado Roliel e que, à época, Riete nos disse que se sentia livre daqueles seus transes? Durante três anos, ela frequentou o doutor Franco da Rocha, e o fato é que o tratamento surtiu efeito. Eu acho que a antiga vontade de Riete de superar seu pai relaciona-se com sua ambição atual e do amor que ela lhe devotava... É bem provável que o seu sucesso tenha contribuído para superar os traumas do passado. Certa vez, ela me disse que eu havia trocado seu pai por Bertoldo, pois o senador já estava velho e sua influência havia diminuído, enquanto Bertoldo já era um homem rico... Riete está concretizando suas ambições e isso a torna realizada, satisfeita, o que, sem dúvida, colaborou para superar seu problema.

— Riete me espera hoje à tardinha em seu apartamento... — prosseguiu João Antunes, denotando aquela mesma expressão absorta, contemplativa, que parecia levá-lo facilmente a outros pensamentos. Ele sentiu-se pouco interessado pelas explicações de Verônica a respeito da filha, pois toda essa argumentação lhe era secundária perante a paixão. Enquanto conversavam, a manhã avançava célere, e a festa dominical prosseguia sobre as areias de Copacabana.

— Almoce comigo, querido. Podemos descer e ir a um restaurante na avenida, tomamos um chope e conversamos mais — convidou-o Verônica, enquanto o abraçava e o cobria de carinhos. — Meu amor... não imagina a saudade que sentia de você e de quanto o amo. E você? Ainda me ama? Nos separamos devido aos seus sentimentos por Ester. Mas já faz tanto tempo... O que sente agora em relação a nós? — indagou Verônica, mirando-o ansiosamente.

— Há nove anos nos separamos, Verônica, e confesso que, durante esse tempo, o que se passou conosco caiu em uma espécie de limbo, de ostracismo, o mesmo digo em relação a Riete. Porém, é estranho, querida, desde o instante em que deixei San Genaro, as antigas emoções ressurgiram repentinamente, como se o interregno de vinte anos houvesse sido apagado e um novo tempo recomeçasse a partir daquela época, continuando os capítulos que vivemos em Cavalcante... Como se o passado tivesse se unido ao presente, saltando todos esses anos...

João Antunes volveu seus olhos para Verônica e mirou-a ternamente, como se esse instante refulgisse os velhos tempos, e sentiu-se tocado pela beleza daquele semblante inaudito. Ele absorveu a doçura intensa daquele olhar que ansiosamente buscava o seu, ávido para lhe entregar o que dele emanava. João Antunes foi atingido pela intensidade daquele antigo amor, e seus corações passaram a travar um longo diálogo que os ia penetrando de uma gostosa languidez amorosa, até fundirem seus espíritos em um sentimento único. Ele envolveu carinhosamente as faces de Verônica.

— Sim, te amo, meu amor, continuo a te amar... Nenhuma mulher é tão linda como tu... — sussurrou ternamente João Antunes.

Verônica aproximou suas faces e uniram-se os lábios. Naquele instante, João Antunes encontrou finalmente o carinho que tanto buscava e que o motivara a deixar precipitadamente a fazenda, fugindo da solidão. Era isso que o fizera acelerar sofregamente seu Ford pelos caminhos tortuosos de Minas, iguais aos de sua alma, e que esperava receber de Riete. Porém, Riete apenas lhe aumentara a carência, que só a sinceridade de um sentimento supre, na medida exata do outro. Enquanto colavam-se os lábios, esse bálsamo lhe penetrava a alma e o saturava de uma felicidade que aguardava havia anos. O imenso carinho, a ternura e a beleza de Verônica o consolavam e o enchiam com uma alegria e felicidade estonteantes. E aquela angústia, nascida na solidão, ia sendo sugada pelos lábios mágicos de Verônica, substituindo-a por um prazer encantado.

João Antunes abriu seus olhos, viu os de Verônica cerrados e intuiu que seria ela que lhe daria o que procurava. Ele experimentou um carinho intenso, como se Verônica lhe permitisse a última possibilidade de ser feliz. João Antunes afastou ligeiramente seu rosto e percebeu uma entrega total, vendo nela exatamente o que se passava em si. Ela abriu seus olhos verdes marejados, que lhe responderam que sim, que sentia o mesmo que ele, e quedaram-se abandonados em um mesmo sentimento inefável. Um certo langor amoroso instalou-se, como se necessitassem de uma pausa para prolongar a imensa felicidade que sentiam. Miravam-se em um diálogo mudo, em um torpor beatífico em que nada mais precisava ser dito. Desfrutavam de uma paz repousante, de uma tranquilidade gostosa em que não havia nenhum resquício de angústia, de carências e de segredos. Suas almas se uniram. Verônica finalmente sentia aquilo que tanto desejara: encerrar sua vida ao lado de João Antunes.

— Te adoro, te adoro, meu amor... — murmurou ele, afagando-lhe o rosto. João Antunes sentia o mesmo amor que vivera com Ester quando retornara de Cavalcante, recém-chegado a Santos Reis, época em que julgara que a havia esquecido, e que foram celebrar no topo daquela colina inesquecível. As emoções e as razões que o moviam eram as mesmas.

— Eu sei, meu querido — respondeu Verônica, com os olhos lacrimejantes. — Havia tempos que não vivia momentos tão intensos como esses — acrescentou abandonada.

— Pois, nem eu — aquiesceu João Antunes. — Venha, meu amor, assente-se aqui — indicando-lhe o regaço.

Verônica sentou-se de frente para ele e o abraçou, dobrando seus joelhos, abrindo suas coxas maravilhosas. Sua saia subiu à cintura, e João Antunes as acariciava enquanto se beijavam.

— Precisamos agora só terminar... minha alma já gozou como nunca — murmurou Verônica, completamente arrebatada pelo instante em que vivia. Me ame como quiser... — acrescentou, abandonando-se com imenso carinho.

— Sim, meu amor... quero, quero muito... — concordou ele.

Verônica levantou-se e rapidamente se despiu, enquanto João Antunes permanecia com a sensação de que toda a felicidade que acumulara seria partilhada agora com Verônica. E se puseram a se amar sobre o tapete com a mesma ternura com que suas almas se amaram. Permaneceram depois longo tempo abraçados, estendidos no chão, conversando sobre suas vidas, enquanto a festa transcorria feérica sobre as areias de Copacabana, atingindo o seu auge.

João Antunes achava que finalmente descobrira a beleza insinuada havia anos pelos vales e pelas montanhas de Minas. Era esse o segredo que lhe guardaram durante os anos de solidão, revelado nessa linda manhã. Porém, ignorava ainda muitos mistérios...

Adormeceram profundamente abraçados, estendidos sobre o tapete. Quando acordaram, já passava das 17 horas. Assustaram-se com a hora. Tomaram uma ducha e desceram para a Avenida Atlântica em busca de um restaurante. Verônica conhecia vários e escolheu o seu favorito, que tinha uma pitoresca varanda de frente para o mar. Viviam um instante maravilhoso e resolveram comemorá-lo com chopes acompanhados por petiscos. Sentaram-se lado a lado. Enquanto repensavam suas vidas, estendiam seus olhares apaziguados sobre o tranquilo azul do mar, que, àquela hora, rolava suavemente as derradeiras ondas do dia. Haveria agora o prelúdio, em que Copacabana aguardaria sua festa noturna. Em vez do sol e do areal imenso, haveria a exiguidade dos espaços e de luzes. Chegavam os momentos das músicas e dos cochichos excitados ao pé do ouvido, da sensualidade vivida nas boates, tão excitante quanto a dos corpos nus, expostos ao sol.

— Está vendo o meu automóvel? — indagou João Antunes, sorrindo, como se ele fosse igual à felicidade que sentia. — Comprei-o no começo do ano e vou levá-la nele para Minas. Tu queres, meu amor, ser minha esposa e morar em San Genaro?

— Verdade, querido!? — exclamou Verônica, lindamente! — Vou para onde você quiser, ainda mais naquele carro! — completou Verônica eufórica, agarrando-se a ele e cobrindo seu rosto com beijos carinhosos. — É sério? Iremos nos casar? Pois quero terminar minha vida ao seu lado, fazendo-o feliz. Não podemos nos casar no cartório, mas já consegui o desquite amigável de Bertoldo, mas isso pouco importa. — Verônica começou a chorar emocionada, encostando seu rosto sobre o braço de João Antunes, abraçada a ele.

— Quando poderás viajar?

— Amanhã eu organizo as minhas coisas — disse Verônica. — Depois de amanhã, poderemos ir... Futuramente talvez venda o apartamento, ou quem sabe seja melhor deixá-lo para férias. Sim, podemos pensar com calma, mas pensar juntos, lá na fazenda — disse Verônica, abraçando-o carinhosamente.

João Antunes vivia um instante inédito. Desde que deixara Santos Reis para viajar a Cavalcante em busca de ouro, sua vida emocional tornou-se caótica. Ele sempre se lembrava de que seus percalços emocionais começaram quando fora despedir-se do velho general Vargas e se deparara, à porta, com o deputado Getúlio Vargas. Naquela manhã gelada em Santos Reis, a angústia lhe foi apresentada pela fumaça azul do charuto de Vargas evolando lentamente em um calmo ziguezague apavorante. E recordava como aqueles movimentos dissolvendo-se no ar zombavam de si, contrastando com o pesadelo que o deixara inerte perante emoções desconhecidas. Ao longo dos anos, João Antunes se lembraria várias vezes do olhar de Getúlio, que percebia a agonia que lhe convulsionava o espírito. Desde aquele instante, sua vida se transformara, e passou a travar uma luta em que várias vezes se debateria em vão contra as forças que se digladiavam em seu íntimo, tornando-o uma terra arrasada. Seu relacionamento com a mãe Felinta, antes sólido, sofrera um abalo definitivo desde aquela festa de São João, em que ele jamais entendeu o que ocorrera. Em Cavalcante, vivera um triângulo amoroso que ele recordava como um pesadelo. Na época em que lá permaneceu, João Antunes viu-se dividido entre a sua paixão por Verônica e a paixão impetuosa que Riete lhe dedicava. Além disso, era atormentado pela impossibilidade de corresponder fisicamente ao amor de Marcus, que culminou com o suicídio deste. Naquela época, João Antunes sofrera literalmente o inferno, revivendo na própria vida as páginas tormentosas de *Dante*. Ao retornar a Santos Reis, por misteriosos desígnios, sentiu seu amor adolescente por Ester renascer em meio ao caos e com ela casou-se. Às vésperas de seu casamento, João Antunes viajara ao Rio e dissera a Ester que iria apenas comunicar essa notícia a Riete, quando, na verdade, iria à procura de Verônica. Durante a viagem, ele vivera um pesadelo horrível a bordo do *Zeus*. Naquela tarde, assistiu a dedos demoníacos se retorcerem nos interstícios das nuvens negras de um temporal, que parecia prestes a absorvê-lo em seus abismos tenebrosos. Ester lhe deu o carinho necessário para que pudesse se estabilizar e tocar sua vida de fazendeiro, mas João Antunes não conseguiu livrar-se da paixão por Verônica e durante dez anos foram amantes. Ele passou então a sofrer a culpa da infidelidade, semelhante a um espinho que lhe doía e que viria a dar fim à vida de Ester. Durante os anos em que se encontrava com Verônica no Rio, João Antunes vivia em um estranho céu, assombrado pela iminente expectativa de que a felicidade pudesse se transformar em um tormento, como de fato aconteceu com a morte de Ester. João Antunes, enquanto vivera com a esposa, fora amparado pelo seu carinho, mas esse desvelo impedia que ele se entregasse livremente à sua paixão por Verônica. Entretanto, tudo fora terrivelmente inevitável. Atormentado, como poderia triunfar sobre as forças terríveis que o esmagavam? Como poderia derrotar o amor incondicional que Ester lhe dedicava e o remorso de sua culpa? Como apagar de seu espírito a paixão por Verônica sombreada pelo amor de Riete? Sim, João Antunes fora assolado durante anos por demônios invencíveis e jamais conseguira derrotá-los. Sua pena, sua autopunição, fora a solidão excruciante que passou a viver em San Genaro, até o limite que o fizera fugir estabanado rumo ao Rio em busca de consolo, nos braços de Riete. Mas a deixara nesta manhã carregando a sensação de que fora humilhado. João Antunes abrira seu coração a Riete, mas ela o induzira a sentir sutilmente que o seu amor estava muito aquém daquilo que o fizera correr até ela. Finalmente, sua decepção culminou com a beleza estonteante de Copacabana, que presenciara ao deixar o prédio de Riete durante a manhã. Ela o abateu pelo contraste que induzira em seu espírito atormentado. Porém, ao bater à porta do apartamento de Verônica, a vida lhe deu um beijo e lhe sorriu de um jeito generoso. A manhã readquiriu a plenitude, e o sol voltou a iluminá-lo, como lá fora iluminava Copacabana.

— Meu Deus, nunca me senti tão aliviado, graças a ti, meu anjo... — declarou João Antunes, arrebatado pelas emoções que vivia, sem muito bem compreendê-las.

— Pois então eu me sinto mais feliz, querido... — assentiu Verônica.

Nessa noite de domingo, sentados romanticamente no restaurante à beira-mar, experimentavam uma paz que lhes apagava finalmente a incerteza de um futuro sombrio e curtiam uma certeza inexistente na época em que eram amantes. Não mais haveria a iminência angustiosa do amanhã, em que tudo poderia ruir, ou a expectativa de viver cada segundo de felicidade como se fosse o último. Não mais haveria a angústia de um desencontro. A noite caía calidamente envolvendo-os em emoções apaziguadas, conspirando para que vivessem um futuro auspicioso. Após deixarem o restaurante, João Antunes e Verônica saíram a caminhar vagarosamente pelo calçadão da Avenida Atlântica em direção ao Forte, onde erguera-se o Mère Louise. A sensação que tinham era de que a vida transcorria devagar e de que poderiam desfrutá-la despreocupadamente. Andavam enlaçados, admirando o mesmo cenário em que tantas vezes se debruçaram temerosos. Verônica recordava a Copacabana de 1901, em que tudo ao redor era um imenso vazio, que depois começaria a ser rapidamente ocupado. No lugar da avenida, havia a estrada que percorrera tantas vezes ao lado de Jean-Jacques ouvindo suas palavras românticas. Vária vezes ele admirara esse cenário dizendo-lhe ser tão belo quanto ela, uma menina de 18 anos, incapaz de sentir e entender suas palavras. À época, ela vivia o céu com Jean-Jacques e o inferno com Mendonça e lembrava-se do quanto viria a sofrer posteriormente em Campinas. Depois, viriam os dias conturbados passados em Cavalcante, mas tudo isso acabara. Caminhavam conversando tranquilamente sobre as suas vidas, sem as assombrações do passado.

— Cresci junto com Copacabana, vi tudo isso virar cidade e presenciei cada etapa de seu desenvolvimento, que vinha acompanhada pelos meus sofrimentos. Mas, hoje, vejo o bairro sob um olhar diferente. Depois de tantos anos, finalmente senti o que Jean-Jacques me dizia quando aqui passeávamos, levados por Euzébio. Existe na vida muita coisa escondida, que durante muito tempo não enxergamos, querido. Jean-Jacques sentia intensamente cada instante e me comparava às belezas do Rio, e eu ria tolamente vaidosa quando me dizia que meus olhos eram tão lindos quanto as matas da Tijuca. Entendia suas palavras, porém não sentia a poesia que carregavam. E hoje vejo que Jean-Jacques me ensinou a essência, me apresentou à alma do mundo. Sim, ela nos envolve, mas não a enxergamos porque deve ser penetrada, como você me penetra. A beleza é um convite para que enxerguemos a vida com um outro olhar, de uma maneira mais sensível e profunda, e Jean-Jacques me abriu o coração para vê-las. O que ele me ensinou eu vivo hoje com você e se eu relembro essas coisas é porque elas readquiriram valores, outros encantos, que não compreendia quando jovem. Hoje eu sinto na alma as palavras que outrora apenas ouvia... Jean-Jacques me ensinou a mergulhar na vida, a captar seus momentos maravilhosos. Foi aqui, antes uma poeirenta estrada de terra, que aprendi suas lições. — Pararam um instante, abraçaram-se e se beijaram.

— Sim, compreendo suas palavras. Como lhe disse em Cavalcante, estive poucos minutos com Jean-Jacques, o suficiente para lhe entregar a carteira, nos apresentarmos e nos despedirmos, mas observei uma centelha de tristeza relampejar em seu olhar. Depois, ao vê-lo já distante caminhando pela orla, tive a impressão de que carregava um halo de solidão... um certo desencanto, talvez por lhe dedicar tanto amor e ainda vê-la com Mendonça. Infelizmente, essa beleza oculta, como disseste, só existe em momentos como esses, quando estamos ao lado de quem amamos ou na solidão em busca de um amor, quando então sofremos... como se tais momentos fossem parênteses abertos em nossas vidas para senti-la intensamente. Um artista ou um poeta experimentam esse êxtase, pois conseguem vislumbrar onde essa beleza inacessível se esconde e sofrem com isso, pois desejam exauri-la, apreendê-la totalmente, mas não conseguem... entretanto, essa impotência, esse extremo sentir é a beleza da arte, tanto para quem a faz como para quem a vê. Os artistas podem induzir momentaneamente aos outros essa beleza oculta, mas é apenas um instante bonito que se torna fugaz perante a realidade mesquinha de nossas vidas, na qual esse sentir é algo supérfluo, inútil, pois infelizmente a mediocridade prevalece — João Antunes sorriu, expressando essa mesma sensação de impotência. — Geralmente — prosseguiu ele —, desprezamos as coisas mais belas da vida e julgamos como essenciais os seus aspectos mais desprezíveis... — acrescentou, perscrutando a escuridão do mar, como que buscando nela alguma explicação.

— Infelizmente, a vida é assim. De fato, raramente as coisas boas prevalecem, principalmente em situações que envolvam a ambição e a vaidade, que soterram tudo... — Verônica permaneceu calada alguns minutos enquanto caminhavam, pensando sobre o que diziam. — Nesse aspecto — prosseguiu ela —, eu chego até a aceitar a morte de Jean-Jacques, pois uma pessoa como ele viveria hoje desiludida. Certa vez... — disse Verônica de supetão, mudando seus pensamentos, revivendo o passado. Ela então fez uma pausa e relembrou um instante ocorrido, no dia seguinte ao velório de madame Louise, quando estava acompanhada por Mendonça na Estação da Central do Brasil, prestes a embarcar do Rio para São Paulo — já subindo a escadinha do vagão, me veio repentinamente um pressentimento inexplicável e não sei por que disse a Mendonça: "Os sonhos ainda vão durar cem anos! Cem anos!", exclamei, vislumbrando talvez a morte definitiva dos homens, substituídos por homens-robôs ou pelos próprios robôs. Eu me lembro de que disse aquilo ao ver a desilusão estampada no rosto de Mendonça, quando ele finalmente percebeu que me perdera. Robôs não sofrerão por amor, não serão românticos e nem terão ilusões... Pois eu acho que caminhamos para isso... — comentou enigmaticamente Verônica, com ar de tristeza, perscrutando o mar.

Chegaram próximo ao local em que se situava o Mère Louise, onde agora erguia-se um prédio.

— Aqui comecei minha vida de sofrimentos, e nesta noite encontro o seu fim — disse Verônica, sondando as imediações. Eles pararam um instante e observaram o tranquilo movimento dos carrões americanos que desfilavam na avenida. Ela abraçou João Antunes, dando as costas ao passado, e começaram a retornar calmamente. Miravam a curvatura da Avenida Atlântica perder-se ao longe, seguindo o colar de luzes que a ornamentava e que, ao seu final, juntava-se, formando uma linha curva que cintilava junto ao Leme.

— Vamos descer até a praia e caminhar, sentindo as ondas morrerem sobre nossos pés — sugeriu Verônica repentinamente, tocada pela alegria, de um modo que exprimia a ingênua felicidade infantil. Enquanto sorria alegremente, puxava João Antunes pela mão.

Retiraram os sapatos, João Antunes ergueu a barra da calça e desceram a pequena escadinha que dava acesso às areias. Caminharam apressados de mãos dadas, até sentirem as franjas d'água se dissolverem juntas aos seus pés. O calor da tarde amainara, propiciando uma temperatura agradável. Recomeçaram a caminhada de volta ouvindo o estrondejar das ondas muito próximas, sentindo seus pés mergulhados no mar. Às vezes, paravam, abraçavam-se e se beijavam longamente, quando as palavras tocavam-lhes mais fortes.

— Quando Ester faleceu, julguei que não mais teria condições de viver contigo. De repente, essa culpa inexplicavelmente desapareceu, e estou te amando livre de qualquer empecilho... amando-te como nunca. Sei que Ester compreende e que deseja a minha felicidade. Estou sentindo o mesmo carinho que ela me dedicava. Estou amando-te por meio dela... — disse João Antunes, com uma expressão enigmática.

— Sim, ótimo, meu amor, só quero fazê-lo feliz, nada mais me resta a não ser isso — comentou Verônica, deixando aflorar bruscamente em seu olhar uma sombra de incompreensão. — Quando viajaremos para a fazenda? Podemos partir depois de amanhã... Só preciso do tempo necessário para arrumar minha bagagem e resolver algumas coisas — disse Verônica, abraçando-o novamente.

Após quase duas horas caminhando, imaginando o futuro e embrenhando-se no passado, chegaram às imediações da Rua Santa Clara. Retornaram ao passeio com os pés sujos de areia, rindo e ostentando a mesma alegria infantil. Ao passarem pela portaria do prédio, o zelador Ribamar avisou Verônica de que dona Riete estivera à procura dela.

— Faz tempo? — indagou Verônica, parando um instante.

— Passou por aqui há cerca de uma hora. Pediu à senhora que lhe telefonasse assim que chegasse em casa — respondeu o porteiro.

— Certamente, ela está à procura de você — comentou Verônica.

Deram a volta e subiram pelo elevador de serviço. Banharam-se; depois João Antunes foi buscar a mala que ficara no carro. Desceu descalço. Verônica resolveu telefonar para Henriette. Sentia-se ansiosa e indecisa ao pegar o telefone e quase desistiu, mas fez a ligação. Riete atendeu prontamente. Parecia estar à espera.

— Oi, mamãe, como tem passado? João Antunes está por aí? — indagou, Riete.

— Desceu para ir ao automóvel pegar sua mala, mas já volta... — respondeu Verônica.

— Ficamos de jantar juntos, mas a senhora o monopolizou... Já telefonei duas vezes... Peça a ele para me ligar assim que chegar. Até logo — e desligou bruscamente.

Verônica recolocou vagarosamente o fone no gancho, permanecendo um instante pensativa, e sentou-se no sofá, aguardando João Antunes. Em poucos minutos, ele retornou.

— Ainda bem que trouxe outro par de sapatos... O que foi, querida? Pareces preocupada... — comentou João Antunes, pondo-se mais sério.

— Telefonei para Riete, e ela pediu-lhe que ligasse assim que chegasse — disse Verônica, demonstrando certa irritação.

— Por isso ficou mal-humorada? — disse carinhosamente João Antunes, colocando a mala no chão e sentando-se ao lado dela no sofá. Ele parecia ter ficado repentinamente satisfeito ao saber que Riete telefonara atrás dele. Aproximou seu rosto e começou a lhe dizer palavrinhas amorosas enquanto a enchia de beijos, demonstrando exteriormente essa repentina satisfação. Verônica ergueu seu rosto e abriu um sorriso, gargalhando com as carícias que a deixavam excitada. João Antunes continuou a beijá-la enquanto lhe abria o roupão, deixando-a nua. Verônica foi se amolecendo sobre o sofá, sentindo o prazer deslizar sobre o seu corpo, entranhar-se profundamente em si, até deitar-se. Fazia anos que não vivia esses momentos deliciosos. Instintivamente, ela apoiou um calcanhar sobre o espaldar macio e o outro sobre o tapete e abriu suas pernas, escancarando-lhe a flor do desejo, e João Antunes mergulhou seu rosto naqueles pentelhos enquanto Verônica se retesava e gemia loucamente.

— Acalmaste, minha gatinha manhosa? — indagou, sorrindo carinhosamente. Venha, assente-se no meu colo.

Verônica ergueu-se, ainda ofegante, e assentou-se sobre as pernas de João Antunes, enlaçando-lhe o pescoço e recostando o rosto sobre seu peito.

— Não me deixe nunca mais, meu amor — murmurou Verônica, emocionada, apertando-se mais contra ele.

O telefone soou forte, interrompendo aquele interlúdio.

— É Riete, deixe-o tocar... — disse Verônica, demonstrando irritação com a campainha estridente.

— Não é melhor atender? Ela pode ficar chateada contigo... — disse João Antunes, franzindo os sobrolhos.

Verônica tencionou ligeiramente o rosto e olhou-o, meio contrariada, enquanto a campainha persistia em soar.

— Vá então atender — disse Verônica, afastando-se. Aquela campainha a perturbava intensamente. João Antunes levantou-se e se encaminhou até o telefone, que se situava em um canto da sala sobre uma mesinha, junto a uma poltrona.

— Alô, Riete?! — atendeu, voltando-se sorridente para Verônica e piscando-lhe um olho. Ela demonstrava estar mais irritada.

— Não me esperou para jantarmos, por quê? — indagou Riete, segura e calmamente.

— Vim rever Verônica e passei o dia aqui. À tarde, saímos para jantar e dar uma volta... foi muito agradável... — respondeu João Antunes, um pouco inseguro, o que foi percebido por Riete.

— Então, que tal amanhã? Volto da cidade para pegá-lo aqui em casa para almoçarmos, ao meio-dia, combinado, querido? Vamos a um restaurante ali na Praça do Lido. Não vá faltar desta vez! — replicou Riete, de modo persuasivo, como que dando suavemente uma ordem.

João Antunes permaneceu um instante em silêncio, sem saber o que responder, enquanto olhava em direção a Verônica.

— Riete, amanhã cedo eu te retorno confirmando... Ligo para o escritório... Tua mãe tem o telefone, não? — respondeu João Antunes, após refletir um instante, regateando as palavras.

— Você não muda, hein, João Antunes! Veio de Minas para se encontrar comigo e não sabe o que fazer, ou provavelmente a mamãe já te prendeu outra vez... Pois então resolva e me telefone, mesmo que não aceite o meu convite. Retorna para Minas quando? Um beijo, meu amor — Riete desligou o telefone de maneira abrupta e incisiva, sequer dando tempo a João Antunes para lhe responder. Ele permaneceu um instante com o fone na mão, hesitante e pensativo, e o recolocou vagarosamente no gancho.

— O que foi, querido? — indagou Verônica, mirando-o atentamente.

— Riete me transmitiu a mesma sensação anterior... uma estranha indiferença que parece calculada, junto com a prepotência, o que me chateou outra vez, agora que já havia esquecido o aborrecimento desta manhã... — comentou João Antunes, de modo absorto.

— Ó, querido, não deixe que Riete venha nos perturbar, assente-se aqui — convidou-o carinhosamente.

João Antunes sorriu reconfortado, observando aquela mulher maravilhosa que o adorava. Ele repousou sua cabeça sobre a coxa de Verônica, que passou a lhe afagar os cabelos, enquanto João Antunes mirava algum ponto no teto, deslizando distraidamente o indicador sobre o mamilo da amante. Ele absorvia o imenso carinho que Verônica lhe dava, lembrando-se de sua mãe. Refletiu então sobre os sentimentos de Riete em relação a si, que revelavam uma carência amorosa, uma espécie de economia no amor que o deixava frustrado, mas surpreendeu-se por se sentir incomodado com isso ou por comprovar que ainda pensava em Riete. Ela não lhe era indiferente. Fechou os olhos e logo as lágrimas lhe escorreram abundantes sobre as faces. Verônica compreendia aqueles sentimentos, enquanto corria seus dedos sobre elas. João Antunes sentia a força poderosa da personalidade de Riete e compreendeu que era ela que exercia domínio sobre os outros. Era essa força que a fazia triunfar nos negócios e que talvez houvesse qualquer coisa de demoníaco em seu espírito.

— Estou aqui, meu amor, ao seu lado para ajudá-lo... — disse carinhosamente Verônica, curvando seu rosto para beijá-lo.

João Antunes adormeceu, exaurido pelas emoções. Verônica deitou sua cabeça sobre o espaldar macio do sofá, pondo-se a divagar, entristecida, parecendo despertar de um sonho feliz e se deparar com outra realidade inesperada.

5

Verônica reconhecia que Riete se tornara uma mulher muito acima de pessoas convencionais, incluindo os homens. Seu sucesso profissional, sua riqueza e os frutos de sua competência e ambição deram-lhe uma enorme autoconfiança. Ela a esbanjava e transmitia segurança, e somente seus pares poderiam encará-la em pé de igualdade. Além disso, alguns fatores contribuíram para destacar as características de sua personalidade: na década de 1940, Riete tornara-se vencedora em um ambiente predominantemente masculino e machista, o que a fazia respeitada e admirada nos meios empresariais. Aquela menina, que tivera uma infância sofrida, que se sentira vítima de discriminação social e fora humilhada na escola por ser filha de Verônica, à época, amante do senador Mendonça, que fora abusada sexualmente por ele e sofrera um trauma emocional em decorrência disso, superara todos os obstáculos e triunfara em seus objetivos, mas, sobretudo, triunfara sobre si mesma. E esse foi o seu maior trunfo. Era a vitória sobre essa conjunção de fatores adversos que lhe proporcionou uma incrível força persuasiva, que, tal como um rochedo, esmagava as pessoas comuns. Riete jamais esquecera a festa do noivado de Verônica em Campinas, ocasião em que ela, apenas uma menina, ficara abismada pela bajulação e respeitosa hipocrisia que dedicavam a Bertoldo, o noivo ricaço de sua mãe. Permaneceram-lhe na memória a fisionomia vaidosa de Bertoldo e a inveja que as mocinhas sentiam de Verônica. Pois o que vira estampado em Bertoldo naquela noite, Riete sabia agora possuir em dobro. Ao superar adversidades terríveis, ela jamais se intimidaria ante as dificuldades impostas circunstancialmente por situações corriqueiras, que seriam, portanto, incapazes de perturbá-la. Ela tinha plena consciência da segurança adquirida e aprendera a utilizá-la naturalmente em ocasiões propícias.

Verônica, por sua vez, era apenas uma mulher lindíssima e nunca tivera ambições materiais, pois sempre desfrutara do bom e do melhor. Ademais, as aspirações de poder não faziam parte de sua personalidade. Nessa fase de sua vida, em que renunciara ao seu passado, ela sentia-se mais do que nunca inferiorizada perante Riete. Verônica vivera emocionalmente amparada pelos poderes do senador Mendonça e de Bertoldo, sentia em si a importância que dimanavam deles e era respeitada por isso. Contudo, nos dias atuais, essa sensação não mais existia e, sem dúvida, esse foi o aspecto que mais a afetou em sua solidão, o que não havia sido previsto. Aquela sua autoestima, fornecida pelas sombras de seus protetores, desaparecera. Porém, apesar de sentir as inconveniências atuais, ela mantinha-se resignada com a opção que fizera. Todavia, diversas vezes, quando em presença de Riete, ela se aborrecia porque a filha naturalmente se impunha, e Verônica sentia-se completamente inferiorizada. Nem a sua formosura, muito superior à da filha, era capaz de lhe fornecer a segurança de outrora. Verônica se lembrava de Cavalcante, época em que sua beleza lhe dava uma incrível sensação de superioridade sobre Riete na conquista de João Antunes, como de fato aconteceu. Naqueles tempos, Riete era pobre, tinha somente seus sonhos e problemas, que suscitavam pena em João Antunes e Verônica. Ao longo dos anos, ela dera, contudo, uma reviravolta em sua vida e invertera a situação. Atualmente, além de muito bonita, Riete encantava por possuir aquela emanação subjetiva proporcionada pela riqueza, o que fizera João Antunes correr até o Rio em busca de um amor induzido por esse fascínio, como ele próprio reconhecera. Mais do que isso, Verônica tinha consciência de que, atualmente, apesar de sua incrível beleza, ela talvez não mais derrotasse Riete na disputa por João Antunes. Ela sentia-se vacilante, despojada de sua antiga segurança. Era a consciência disso que a fazia permanecer absorta, enquanto João Antunes dormia com a cabeça apoiada em sua coxa.

Verônica tinha a perna dormente quando João Antunes acordou. Ela evitara movimentá-la para não o despertar. Ele mirou-a meio assustado, pois dormira profundamente. Verônica sorriu e o beijou, mas estava triste.

— Vamos deitar, querida, estou exausto e tive sonhos estranhos envolvendo a minha filha Elisa. Preciso conversar com ela sobre nós... — disse João Antunes, cabisbaixo, sentando-se no sofá com a cabeça entre as palmas das mãos e os cotovelos apoiados sobre as coxas. As intensas emoções alternadas que vivera durante o dia pareciam-lhe pesar em sua mente, como uma espécie de ressaca emocional. Alguma coisa havia se rompido repentinamente em seu espírito. Ergueram-se e foram dormir, apartados daquele clima amoroso de horas atrás. Verônica permanecia pensativa, preocupada, enquanto se dirigiam ao quarto.

Na manhã seguinte, segunda-feira, Verônica acordou cedo para preparar o café. Saiu para comprar o pão em uma padaria próxima e logo estava de volta. Era ela que preparava suas refeições, uma maneira de ocupar seu tempo. João Antunes logo acordou e foi ajudá-la. Ele experimentou uma súbita alegria ao se verem juntos na cozinha, uma situação de uma futura vida a dois, sentindo-se reconfortado após tantos anos. Essa cena intimista evocava uma situação entre casais mundo afora e que geralmente revela a harmonia.

— Amanhã então viajaremos e passaremos em Petrópolis para conversar com Elisa. Tu me esperas no hotel. Os dias de visitas são aos sábados, mas existe licença para ocasiões especiais, o que é permitido aos pais pelo regulamento — disse João Antunes, franzindo os sobrolhos, angustiado.

— O que foi, querido? Preocupado em conversar com Elisa? Ela talvez não me aceite muito bem... — comentou Verônica, sentindo-se também aflita. — Eu guardo um retrato dela de quando tinha 7 anos, lembra-se de quando você me deu? Deve estar uma moça linda...

— Sim, sem dúvida, ficou muito bonita e tem o coração de Ester — comentou João Antunes, mirando fixamente um ponto sobre a mesa com os olhos parcialmente cerrados e a testa contraída, denotando uma expressão longínqua. Sentia-se preocupado ao pensar na conversa que teria com a filha.

A segunda-feira estava nublada, entretanto, muito quente, e o ar abafado, prenúncio de muito calor durante o dia. O mar refletia um céu cinzento misterioso, o oposto da véspera, quando tudo brilhava explicitamente. Após o café, Verônica e João Antunes foram para sala, sentaram-se no sofá e permaneceram conversando durante muito tempo, planejando o futuro. À tarde, Verônica deveria pagar algumas contas e conversar com Riete a respeito de sua viagem. Acharam que inicialmente deveriam comunicá-la que a mãe passaria uma temporada na fazenda, sem anunciar que iriam viver juntos. Pretendiam ver as coisas acontecerem devagar. Verônica dirigiu-se à cozinha para lavar algumas louças e João Antunes submergiu em pensamentos. Ele recostou a nuca na parte superior do sofá e apoiou os pés sobre a mesinha em frente. Passou a se sentir inquieto, não com o futuro, mas com o presente imediato: pensava se deveria ou não aceitar o convite de Riete para almoçarem. Aquela tranquila convicção obtida na véspera lhe parecia aos poucos ir se dissipando e transformando-se em emoções conflituosas, insolúveis. Esses sentimentos aumentaram rapidamente e, de repente, ele tomou uma resolução inelutável: sim, telefonaria a Riete para comunicá-la que aceitaria o convite para o almoço, concluiu, meio assustado.

João Antunes recebera de Verônica o carinho que o aliviara da solidão. Apaziguado, ele agora repensava no encontro da véspera no apartamento de Riete, quando saíra de lá magoado. Ao resolver encontrar-se novamente com ela, João Antunes começava a remoer novamente as emoções que tivera no sábado. O que descobrira em Riete foi a percepção da imensa distância entre a realidade de suas vidas, o que o deixou inferiorizado. Ele chegara até a sentir vergonha de seu Ford, de que tanto se orgulhava. Sábado à noite, quando saíram para jantar, ele mostrara o seu carro a Riete e a convidara para levá-la em seu automóvel, alimentando um disfarçado desejo de impressioná-la, mas Riete nem prestara atenção à sua discreta referência. Deixou-lhe a sensação de que ela, se quisesse, teria condições de comprar vários carros iguais ao seu, que ele adquirira com tanta economia e trabalho, junto com o rádio. Ao deixá-la na manhã de domingo, João Antunes saíra impressionado com o tamanho e o luxo do apartamento, um fausto que o fez lembrar-se das porcelanas finíssimas da loja do senhor Jorge Alcântara, em Porto Alegre, e do sobrado de Marcus em Cavalcante. Riete morava na Avenida Atlântica, o endereço mais nobre do Brasil, com a imensa sala de seu apartamento debruçada sobre o mar. Na manhã anterior, enquanto tomava o café matinal, João Antunes passou a imaginar o mundo dos ricos: a sua sofisticação, os ambientes exclusivos, as suas manias, a bajulação e o poder imposto pelo dinheiro, que, como diziam, compram até o amor verdadeiro. Por tudo isso, João Antunes sentiu-se novamente ridículo ao ter imaginado que esta Riete de agora fosse ainda aquela jovem ingênua de Cavalcante, incondicionalmente apaixonadíssima por ele. Era essa realidade atual que o incomodara e o deixava inferiorizado. Riete ascendera às alturas, enquanto ele permanecia nas planícies. João Antunes sentiu-se, mais que nunca, socialmente inferiorizado, o que já sabia desde quando se sentira descriminado pelo senhor Jorge Alcântara, ao entrar modestamente vestido na sua loja em Porto Alegre. Mas aquele fora um episódio circunstancial, apenas uma primeira experiência, irrisória diante do que sentia no presente. Ele, porém, reconhecia que Riete transformara-se não porque afetasse artificialmente essa mudança, mas sim porque adquirira uma pele nova e se inserira naturalmente sob ela, em um outro nicho, e o vivia com espontaneidade. Ao menos, assim ele a julgava. João Antunes, que no passado vivera intimamente com Riete, recusava-se, todavia, a aceitar que uma pessoa que ele subestimara devido aos problemas emocionais estivesse agora tão superior a si, a ponto de intimidá-lo e mesmo fazê-lo sentir-se humilhado. Lembrava-se das vezes, quando moravam em Cavalcante, em que Riete lhe confidenciara seus projetos de riqueza e de como ele se calava, imaginando presunçosamente aquelas manifestações como um desatino. João Antunes jamais acreditara que os planos de Riete seriam factíveis. Eram tais sentimentos que o roíam e obrigavam-no a aceitar o convite para se reencontrarem. Ele queria deparar-se novamente com a mesma conjuntura da véspera para, desta vez, não se sentir chateado, mas sim recuperar sua autoestima e a dignidade ferida. Desejava, além de restabelecer seu orgulho, entender melhor a repentina atração que o prendia a Riete. Ele queria ascender até ela e fazê-la compreender que eram os mesmos de vinte anos atrás, quando se amavam furiosamente naquela casinha azul em Cavalcante. Embora ignorando-o, não admitia que aquele seu arroubo sentimental, tão sincero e intenso que tivera em San Genaro, fosse minimizado e vilmente desprezado. Ele desejava reviver o dia anterior, porém, do jeito que ansiara em San Genaro, sentindo-se pelo menos em pé de igualdade. Todavia, sentia-se confuso, pois há pouco estivera absolutamente convicto de que amava Verônica e de que iriam viver juntos. "Entretanto, não seriam tais pensamentos", questionou-se, surpreendido, "apenas justificativas para revê-la, independentemente de quaisquer outras razões?". Por que, afinal, surgiam repentinamente esses sentimentos tão contraditórios que lhe embaralhavam o espírito? Indagava-se, atônito, sem compreendê-los. Sim, julgava amar Verônica, seu porto seguro, mas sentia algo mais poderoso e subjetivo que o impulsionava irremediavelmente rumo a Riete. João Antunes não conseguia esclarecer a discrepância entre seus sentimentos ou entre as sutilezas que se manifestavam escondidas traiçoeiramente em seus pensamentos. Súbito, o magnetismo misterioso de Riete passou a atraí-lo outra vez.

Verônica, que estivera alguns minutos na cozinha, retornou ao sofá. Ela detectou imediatamente o conflito de João Antunes, o que a fez perceber, mais que nunca, a atração exercida por Riete. Ela percebia que o seu carinho e a sua paixão por João Antunes estavam aquém, diante das necessidades mais poderosas que o atraíam no momento.

— Penso que devo aceitar o convite de Riete para o almoço, querida. Não desejo aborrecê-la e muito menos deixá-la chateada contigo — disse João Antunes, demonstrando indecisão e certo receio, mirando-a ansiosamente, atolado em um pântano de emoções desconexas.

Verônica permaneceu pensativa, percebendo o que se passava.

— João Antunes, por que essa agonia? Você não quer levar a frustração para casa, não é isso? Saiu de lá amargurado e quer dar a volta por cima... — disse Verônica, pousando-lhe o braço sobre os ombros. — Pois não se aborreça. Vá então almoçar com Riete, satisfaça o seu desejo e se acalme!

Verônica, com a sua experiência, entristeceu-se ao constatar que suas próprias palavras dizimavam os seus sonhos, como ela mesma o fizera com Jean-Jacques no passado. Ela apenas refletia, observando o dilema de João Antunes. Percebia que os motivos que lhe dissera não eram a razão da sua agonia, mas, sim, porque Riete o atraía.

— Verdade, minha querida? Não ficarás amargurada se eu for me encontrar com Riete?... Juras?...

— Claro que não, meu amor, vamos viver juntos... — comentou, reticente, sentindo a tristeza crescer em seu espírito. Ela percebeu a gravidade da situação, pois João Antunes mostrava-se profundamente fragilizado e dependente em relação a ambas. Ele solicitava licença a Verônica para rever Riete, como se estivesse pisando em ovos sem desejar quebrá-los.

— Ó, querida!... Te amo, te adoro... amanhã viajaremos cedo... — exclamou João Antunes, como que aliviado pela permissão recebida. Ele não compreendia e nem ponderava suas emoções.

João Antunes sentiu-se repentinamente excitado, e Verônica ficou surpresa ao constatar como o encontro que teria com Riete o fizera repentinamente feliz e lhe seria tão importante.

— Agora estou avaliando melhor o que lhe aconteceu sábado, João Antunes — disse Verônica, pousando-lhe um olhar doloroso. — Julguei que tivesse sido algo mais brando, mas vejo que me equivoquei e que os seus sentimentos mais importantes não estão dirigidos a mim, mas sim a Riete. Sua decepção foi tão grande que sentiu avidamente a necessidade de buscar em mim o que não encontrou nela... Saiu de lá e correu até aqui com a urgência de encontrá-los em mim. Vejo com tristeza que os momentos que vivemos ontem foram só um desabafo para suas carências e que, se Riete lhe houvesse correspondido, não teria vindo até aqui. E recebeu tanto de mim que me propôs vivermos juntos, mas comprovo que fui apenas um refúgio ou um consolo para a sua decepção. Você queria carinho e ternura, e Riete lhe deu o oposto, mas continua a procurá-los nela... Vejo a impaciência com que aguarda reencontrá-la... Mas cuidado, querido, porque você poderá se afundar ainda mais... De qualquer forma, eu te amo e quero vê-lo feliz... —

disse Verônica. Uma terrível angústia a oprimia, enquanto o fitava com uma expressão sombria e desolada.

João Antunes parou um instante e voltou-se para Verônica. Um estranho sorriso lhe contraía o rosto, um pobre sorriso triste e desesperado.

— Meu amor, não digas isso... eu... eu te adoro, Verônica, vamos viver juntos... mas estás certa... O que disseste agora é verdadeiro, embora não tenha vindo aqui propositalmente. De fato, sem o saber, vim para receber o que precisava e o recebi, e só tu poderias me dar tanto amor, carinho e compreensão... Mas, querida!... — e João Antunes mirou-a, mantendo aquele olhar teimosamente fixo e perturbado, curvando seu rosto em um gesto impotente.

— Porém, é verdade, Verônica... — prosseguiu ele, concordando —, que Riete me atrai de uma maneira estranha... E, se ela me fosse totalmente indiferente, eu não estaria cogitando revê-la... Há nela uma sedução misteriosa, quase diabólica, pois na sua alma só há ambição e desejo de triunfo... Mas, inexplicavelmente, isso me atrai, irresistivelmente me atrai — repetiu João Antunes, com uma expressão vaga e errante em seu rosto, enquanto seus olhos reluziam sob as lágrimas.

Verônica permanecia sentada olhando-o tristemente, preocupada com ele. João Antunes fixou-lhe seu olhar, hipnotizado por aquele rosto tão lindo, aquele semblante que fora o encanto do Rio de Janeiro durante uma época e pelo qual os homens dariam tudo. Ele comoveu-se, correu até ela e a cobriu de beijos.

— Você continua dividido, João Antunes. Você se lembra de que já conversamos sobre isso há muitos anos, quando lhe disse que não deveria se preocupar com sua dualidade e que não haveria nela incoerência alguma, porque os dois sentimentos são manifestações autênticas de si mesmo. Na época, estava dividido entre o seu amor por Ester e o seu amor por mim e sofria muito. Você não conseguiria viver sem o amor incondicional de sua esposa, pois a amava sinceramente. Mas também não conseguia se desvencilhar de mim, o que era compreensível, pois sempre fui desejada pelos homens. Me apaixonei por você tão logo o conheci em Cavalcante, porque é tão lindo quanto eu, mas não só por isso, pois possui uma alma encantadora, de muita sensibilidade, que o faz sofrer. Você não é um homem vulgar, João Antunes, o que me deixou surpreendida, pois teria as mulheres que quisesses e ainda as teria... Contudo, eu adoro esse seu jeito, essa sua timidez cativante... Quando nos reencontramos aqui no Rio, às vésperas de seu casamento, você me disse que eu estava sendo egoísta, e hoje vejo que tinha razão. Quando Ester faleceu, você ficou arrasado, o que demonstra que, se você fosse moralmente limitado, não sentiria o remorso... — disse Verônica, exprimindo-se de maneira pouco coerente, mantendo aquele semblante vago e triste. — Hoje, porém, querido, acho que assumo o lugar de Ester, pois só eu posso lhe dar o carinho e a ternura de que necessita, e Riete assume o meu próprio papel, pois você está subjugado por ela. Não pela beleza, embora Riete seja também linda, mas pela sua personalidade cativante, pelo seu jeito envolvente, seguro, incrementado pela riqueza. Conheço tudo isso, querido, porque tenho experiência. Aprendi muito ao longo de minha vida, talvez a única coisa que me valeu. Ao falar sobre o amor, eu me lembro de madame Louise, que era uma *expert* em coisas do coração. Ela sabia como ninguém intuir os sentimentos amorosos, porque vivia disso. Conforme você mesmo disse, Ester era uma moça inexperiente, pura e ingênua, por isso, sofreu um choque tão grande ao saber que você a traía e veio a falecer. — Verônica discorria mirando vagamente, ora o rosto de João Antunes, ora algum outro ponto de sua modesta sala, refletindo sobre fatos tão dolorosos que a tornavam séria, melancólica e resignada. Seus olhos lacrimejavam.

    João Antunes permanecia olhando-a, ouvindo aquelas palavras que jorravam luz em sua vida. Súbito, ele pareceu acordar e a abraçou quase compulsivamente, como se Verônica fosse a sua derradeira oportunidade de encontrar-se consigo mesmo.

    — Meu amor! — exclamou tenso, quase ofegante. — Tu estás certa em tuas análises, mas... o que eu posso fazer diante disso, se tudo está muito além de minhas forças? Se tu mesma reconheces... tu também viveste isso, conheces essa dualidade poderosa... conseguiste superar teus percalços e vives aqui só... Mas eu te adoro, Verônica! Não posso viver sem ti... — exclamou João Antunes, tentando compreender-se e ao mesmo tempo procurando explicar sentimentos difíceis, carregados de contradições terríveis, incapazes de uma solução harmoniosa. Ele penetrava nos recessos escuros de sua alma, mergulhado em um turbilhão de emoções desconexas, tentando elucidar rapidamente problemas colossais que demandariam tempo e que talvez nunca tivessem solução, o que tornava tudo impossível, em um simples instante.

    — Venha, assente-se aqui em meu colo, vou enchê-la de carinhos — convidou-a, batendo sobre as próprias coxas. Ele já obtivera sua anuência, agora tentava não a magoar, o que equivalia a obter o perdão de Verônica e a sua própria isenção do remorso por ofendê-la. Queria vê-la feliz para também sentir-se feliz. Verônica sentou-se e enlaçou seu pescoço com os braços, recostando-lhe seu rosto sobre o peito. João Antunes permaneceu muito tempo beijando-a e lhe dizendo palavras carinhosas, enquanto Verônica permanecia quieta, sentindo a felicidade confrontar-se com a tristeza. Ele procurava ansiosamente compensar com carinhos suas incoerências e suprir sua responsabilidade pela felicidade dela.

— Se quiser, permaneço aqui e vou ajudá-la a resolver tuas coisas... Não almoço com Riete...

— Querido, não podemos viver juntos nessas condições — interrompeu-o suavemente. — Minha vida sempre foi cheia de percalços e, quando vim para o Rio, eu estava resolvida a pôr um fim nisso. E consegui. Vivo aqui sonhando com o passado, com Jean-Jacques e com você, e me habituei a viver só. Não quero novamente entrar em um furacão. Vá lá almoçar com Riete e resolva o que fazer. Eu te amarei sempre, de qualquer modo...

— Não posso voltar para Minas sem ti, Verônica... por favor, me entenda... — pediu João Antunes, sentindo sua alma atormentada. Pois então não irei almoçar com Riete! — exclamou, sem nenhuma convicção.

— O fato de não almoçar com ela não muda nada, meu querido, pois Riete não lhe sai da cabeça — interrompeu-o, esticando as pernas sobre a mesinha repentinamente, de um modo meio displicente.

— Querida, tu estás parecendo a Riete... demonstrando desinteresse...

— Não diga bobagem — interrompeu-o Verônica. — Vá se aprontar, daqui a pouco ela liga atrás de você.

João Antunes permaneceu pensativo, confuso com tudo aquilo. A sensação que tinha era de que estava revivendo o que acontecera em Cavalcante. Lembrou-se de Santinha e imaginou o que ela lhe aconselharia nesse momento. Ele levantou-se do sofá, sentindo-se angustiado, e dirigiu-se ao quarto para se vestir. Quando retornava, já na sala, o telefone soou estridente, e João Antunes parou assustado. Olhou ansiosamente para Verônica com uma expressão súplice, como que lhe pedindo uma orientação sobre o que fazer. Verônica insinuou um sorriso desolado, e os seus olhos lacrimejaram.

— Atenda, João Antunes, e pare de sofrer inutilmente — pediu-lhe com suavidade, em voz baixa e resignada.

Ele encaminhou-se vagarosamente para aquele cantinho assustador, no qual o telefone soava insistente sobre a mesinha. Relutante, pegou o fone e atendeu.

— Alô, Riete?

— Sim, sou eu. Afinal, resolveu aceitar meu convite ou ainda está pensando sobre ele? — a indagação foi dita em um tom categórico, destinada a soar como uma intimação.

— Claro, querida, daqui a quinze minutos estarei aí, um beijo — respondeu, afetando segurança na voz.

— Cheguei mais cedo só para aguardá-lo. Estarei aqui te esperando, um beijo e até logo mais — respondeu Riete, e desligaram o telefone.

João Antunes sentiu uma súbita alegria e correu até Verônica. Novamente, encheu-a de beijos e reafirmou seu amor por ela.

— Querida, então prepare tua bagagem que viajamos amanhã. Te amo, te adoro, meu amor! — disse, denotando pressa e felicidade. Nesse instante, João Antunes estava acossado pela vida, como nunca estivera.

Verônica olhou-o fixamente e deu um sorriso misterioso. Inclinou seu rosto para trás, sobre o encosto do sofá, e pousou seu olhar sobre o teto. Verônica sentia pena de João Antunes, enquanto este olhava-a atônito, sem compreendê-la, sem compreender-se.

— Querida, como tu ficas mais bela com esse ar misterioso. — Mais à tarde retorno para ajudá-la... Quero tudo pronto para amanhã — reafirmou João Antunes, desejando aparentar normalidade, como se tudo corresse bem em sua cabeça. Tentava inutilmente conciliar dois amores em poucos segundos ou escolher o seu verdadeiro amor e harmonizar emoções contraditórias nesse tempo tão exíguo. Tentava apaziguar em um instante seu coração atormentado. Beijou-a novamente e afastou-se. Abriu a porta do apartamento vagarosamente, relutante, mas, ao fechá-la, saiu apressado. Agia por um impulso que o empurrava irracionalmente para frente, pois seu espírito se digladiava em um tumulto que não o levaria a parte alguma.

Verônica permaneceu impassível, fitando o teto, imersa na lucidez que a vida lhe dera ao longo dos anos. A ausência de João Antunes mergulhou o apartamento em um clima que Verônica já experimentara inúmeras vezes ao longo de sua tumultuada vida, ao ponto que esgotara suas lágrimas e que a fazia apenas sentir pena de João Antunes. "Quantas vezes", refletia ela, "seu destino dera uma reviravolta inesperada e a conduzira a outros rumos?". Na véspera, ela se imaginara em San Genaro e agora se deparava com uma decepção. No passado, estivera prestes a embarcar para a França com Jean-Jacques e, no dia seguinte, viajara para Campinas... Verônica levantou-se do sofá e dirigiu-se à janela que se abria para a Santa Clara, apoiou seus braços sobre o peitoril e viu João Antunes surgir lá embaixo, pequenino, esmagado pelo peso descomunal que a vida lhe impunha, encaminhando-se para a Avenida Atlântica. E refletiu com um sorriso otimista, cheio de resignação, embora não fosse dirigido a ela: a vida é bela enquanto houver alguém em busca do amor. E relembrou Jean-Jacques, que certa vez lhe dissera essa frase.

6

6

João Antunes girou a direção de seu Ford e dobrou à esquerda, na primeira mão que acessava a Rua Barata Ribeiro. Avançou por ela até a Siqueira Campos, onde novamente virou à esquerda, seguindo até a esquina da Avenida Atlântica, onde estacionou. Na segunda-feira, curtia-se a ressaca do domingo, mas havia aqueles que faziam da praia sua moradia diurna. Conheciam o que se passava em cada trecho da areia.

João Antunes desceu, trancou a porta do carro e dirigiu-se pensativo à portaria do prédio. Enquanto percorria o curto trajeto, refletia sobre algumas estratégias que pretendia adotar durante o encontro com Riete. Não desejava sofrer uma nova decepção como no sábado, pois agora conhecia o contexto e não seria surpreendido pela própria expectativa. Entretanto, concebia a ocorrência de algumas situações e de como reagiria. Não poderia ter atitudes e comportamentos tolos e deveria também mostrar segurança. Porém, ao conceber suas ações, João Antunes não imaginava que sua excessiva cautela poderia ter o efeito contrário. De qualquer modo, sentia-se mais tranquilo. Subiu os quatro degraus de mármore que davam acesso à portaria, parou e voltou-se para o mar, estendendo suas vistas até a linha do horizonte. Aquela imensidão lhe causou angústia, mas a sua alma já se habituara a senti-la. Permaneceu a fitá-la, recuou seus olhos até a praia e tudo lhe pareceu emudecer, como se retornasse no tempo. Lembrou-se daquela manhã em Santos Reis, há vinte e três anos, e do semblante de Vargas, que estava agora no Catete, não muito longe dali. Imaginou como tudo transcorreria com segurança se ele estivesse ao seu lado nesse instante, transmitindo-lhe um pouco de seu poder de subjugar os homens. "Quantos deles, espertos, cavilosos, cheios de artimanhas e reunidos em grupos para derrotá-lo não foram, várias vezes, vencidos por ele? Como agia

Getúlio perante situações críticas, em que os opositores estavam convictos de que lhe haviam armado a cilada perfeita quando, sequer, imaginavam que seriam vítimas da própria trama? Como seria fácil para Vargas impor-se sobre uma pessoa comum. Ele, que governava Osvaldo Aranha, Góis Monteiro, Dutra, que dera rasteiras em João Neves da Fontoura, em Flores da Cunha, em Plínio Salgado, em Borges de Medeiros e em dezenas de homens astuciosos que com ele disputavam o poder... Mas, afinal, por que penso em algo impossível, em uma ajuda que nunca terei?", indagou-se João Antunes, sorrindo de seus pensamentos, tão frágeis e inconsistentes, que passaram rapidamente pela sua cabeça como nuvens de fantasias ridículas. "Isso somente demonstra a minha insegurança", concluiu com realismo. Observou um pobre vendedor crioulo carregando um cilindro metálico às costas, anunciando o seu mate em voz alta de um modo cômico, e mirou o suor reluzir em seu rosto. João Antunes correu a mão sobre as faces, com um sentimento de solidão e de abandono. Voltou-se, dando as costas ao mar, e prosseguiu portaria adentro. Ao chegar em frente ao elevador, deparou-se com um casal muito chique, que também o aguardava para subir. Disse-lhes bom-dia. A madame, bonita e bem mais jovem que o homem, olhou-o rápido e discretamente, de cima a baixo. Ao examiná-lo, certamente ela não se furtaria a uma observação posterior, conforme o julgamento. Logo após, ela sorriu indulgente para João Antunes, foi além, demorou-se mais que o necessário, admirando-lhe o rosto, e alargou seu sorriso. O marido fingiu não ver, mas sentiu-se incomodado com a presença daquele poderoso adversário, tensionando seu rosto. O elevador chegou e abriu ruidosamente sua porta pantográfica dourada. João Antunes puxou gentilmente a sobreporta de madeira para eles, e o casal entrou; ele os seguiu. Pressionaram os botões dos andares, o sexto e o oitavo. A porta fechou-se, e um silêncio pesado instalou-se entre eles; somente ouviam o barulho do elevador ascendendo. A madame mostrava-se inquieta, ansiosa para dirigir alguma palavra a João Antunes, mas o marido, muito sério e mais velho, certamente um daqueles cofres caídos do céu, ostentava um falso ar distraído, tentando se manter indiferente, mas permanecia atento, vigiando-os com o semblante fechado. A madame conservava-se, todavia, inquieta, indócil e curiosa. João Antunes, acostumado ao assédio feminino, sabia como ela se retorcia de vontade de olhá-lo impudicamente e puxar uma conversa. O elevador parou no andar de Riete, e João Antunes permitiu-se aquela expressão facial que obrigava as mulheres mais contidas a erguerem a bandeira branca, rendidas ao seu encanto. Ao sair, ele volveu o rosto para a madame. A despeito do marido, ela lhe sorriu despudorada, exibindo-lhe o semblante enrubescido com a ansiedade cintilando em seu olhar. Em uma fração de segundos, ela desejou mandar o maridão às favas e atirar-se sobre João Antunes, mas a prudência e o seu futuro lhe recomendavam encolher tristemente o seu sorriso, e madame deixou seu instante subir. A porta fechou-se, e João Antunes pareceu ouvir algumas palavras ásperas se afunilarem poço acima, por onde a madame deixara despencar seu desejo de ser feliz. Porém, essa situação teve o efeito de distrai-lo, e sentiu-se relaxado enquanto dirigia-se à porta de entrada do apartamento de Riete. Sua autoestima subira junto com a madame. Lembrou-se das palavras recorrentes de Santinha: "qualquer mulher que não seja maluca jamais o rejeitará, meu amor" e tocou a campainha. O pequeno postigo foi aberto, e rapidamente surgiu o olhar de Manu. Ela lhe abriu a porta e o acolheu com um sorriso receptivo.

— Entre, senhor, dona Riete já vem.

João Antunes lhe agradeceu e caminhou alguns passos, enquanto Manuela fechava a porta. Em alguns segundos, Riete surgiu lindamente vestida, aproximando-se dele.

— Olá, meu querido! — cumprimentou-o, segurando suas mãos enquanto erguia-se ligeiramente para beijá-lo. — Vou levá-lo para conhecer um restaurante grã-fino, ali na Praça do Lido.

Após alguns segundos, despediram-se de Manu e desceram. Nunes, o *chauffeur* de Verônica, os esperava em frente ao prédio. Elegantemente trajado com um terno escuro, engravatado, solicitamente abriu-lhes a porta traseira. Eles acomodaram-se, e o *chauffeur* fechou-a. Nunes entrou e acionou a *Chrysler* negra, modelo do ano, importada exclusivamente para ela.

— Vamos ao Lido, Nunes, no restaurante de costume — ordenou Riete, enquanto apertava um botão no encosto dianteiro, mantendo-o pressionado.

João Antunes ficou surpreso ao ver um vidro fosco erguer-se automaticamente e isolar a parte traseira. Riete então lhe disse que a geringonça era um acessório opcional adaptado ao automóvel. Novidade que causou certo estrago nas atitudes de segurança preconcebidas por João Antunes. Aquele vidro, ao elevar-se, escancarou-lhe também a percepção do distanciamento social que os separava.

— Uma opção de compra, coisa moderna lançada ano passado nos Estados Unidos, assim ficamos à vontade e não se escuta e nem se vê o que se passa atrás. Os executivos americanos estão usando isso. E há ainda esses dois pequenos ventiladores sobre nós — disse Riete, girando outro botãozinho ao lado do banco e aconchegando-se a João Antunes.

Ele ergueu seu olhar enquanto o ventinho gostoso se firmava sobre eles, amenizando o calor e deixando-o meio atônito. João Antunes, que sequer havia cogitado sobre tais detalhes, resolveu ostentar indiferença para amenizar seus sentimentos, reação comuníssima em tais situações.

— Como está mamãe? — prosseguiu Riete, notando a surpresa de João Antunes. — Mataram as saudades? Ela como sempre apaixonada por você... — comentou, sorrindo lindamente.

— E eu por ela... Verônica continua linda e muito carinhosa... — respondeu João Antunes, observando as pessoas caminhando sobre o calçadão.

— Então, pelo visto, você superou o luto por Ester. Voltaram a se amar? Parece que sim, não? Afinal, passaram o final de semana juntos... Mamãe é imbatível, querido. Até parece que estamos a reviver Cavalcante. Você me amava, mas ela chegou e o arrebatou de mim.

João Antunes achava aquela indiferença de Riete assustadora. Parecia ignorar-lhe. Ele, que refletira tanto sobre esse encontro e conjecturara mil coisas a respeito, constatava que tudo transcorria do mesmo jeito entre eles, sem emoções efusivas, sem nenhum sentimento de ciúme ou manifestação de um amor incondicional. A exigência da posse exclusiva do ser amado e o ciúme decorrente, condições primordiais do amor, pareciam inexistir. Tais sentimentos pareciam não tocar o coração de Riete. João Antunes julgava até que as reações de Riete, na noite de sábado, expressaram mais afetos que nesta manhã de segunda-feira. Todos aqueles planos que idealizara para enfrentá-la desapareceram de sua mente.

— Riete... afinal, o que tu sentes por mim?— indagou João Antunes. — Vim encontrá-la, sentindo necessidade de revê-la, e tu me pareces totalmente indiferente! — exclamou ele, mirando em sentido oposto à faixa azul do mar com um olhar vago, longínquo. — Se lhe dissesse que voltei a me apaixonar por Verônica, como reagiria? — indagou, voltando-lhe o olhar.

— Por quê? Vocês voltaram a se apaixonar? — replicou Riete, afetando uma calma desdenhosa, fitando-o com um leve sorriso.

João Antunes, como acontecera há pouco com as modernidades do automóvel, foi pego de surpresa. Passaram como um relâmpago em sua mente aqueles pensamentos sobre Getúlio Vargas que tivera na portaria, que lhe pareciam agora completamente inúteis e ainda mais ridículos. Olhou ao longe, afetando frieza, mas ele não era Getúlio e nem tinha o seu charuto. Observou a linha onde o céu diluía-se junto ao mar e volveu-lhe novamente o seu rosto.

— Bem... — vacilou João Antunes —, Verônica me é fundamental em alguns aspectos importantes... ela continua lindíssima e me dedica muito carinho... é muito compreensiva e sinto que a amo... mas... — e viraram à esquerda, na Rua Ronald de Carvalho, lateral à Praça do Lido.

— Mas, como sempre, você não consegue decidir o que quer, mantendo-se incapaz de definir seus sentimentos — concluiu Riete. Ela retirou um pequeno intercomunicador encaixado na lateral do assento, que lhe possibilitava conversar com o motorista, interrompendo o que dizia. Novamente, aquilo despertou a atenção de João Antunes.

— Nunes, estacione ali — ordenou Riete, apontando o indicador em direção a uma vaga próxima ao restaurante, embora ele não pudesse ver seu gesto. Nunes manobrou o automóvel e o estacionou a poucos metros da entrada. Ela pressionou outra vez o botão e a divisória baixou. O porteiro a identificou rapidamente e correu solícito para lhes abrir a porta do carro e recebê-los.

João Antunes sentia-se confuso, mas a chegada ao restaurante despertou-lhe curiosidade.

— Você aprecia a comida francesa, querido? — indagou Riete, sorrindo, enquanto deixava o automóvel. João Antunes abriu a porta ao seu lado, saiu e contornou a traseira, dando a mão para Riete. *Le Bernadin*, lia-se escrito discreta e elegantemente ao lado da porta de madeira envelhecida. Pairava, na entrada do restaurante, mesmo no calor carioca, aquele ar de coisa chique, antiga e romântica, peculiar à cultura francesa. Riete aguardou que o recepcionista viesse introduzi-los no salão, não tão grande, mas aconchegante e muito luxuoso, envolto em uma suave penumbra, propícia às elevações do espírito. Ele abriu a porta e postou-se ao lado. Foram recebidos pelo Alves, o *maître* costumeiro. Como era segunda-feira, havia pouca gente, diferentemente dos finais de semana, esclareceu Riete. Ela escolheu uma mesa agradável, isolada, para maior intimidade. Riete observou rapidamente, em um lugar mais discreto, duas mesas reservadas, cercadas por um grosso cordão negro aveludado preso a suportes dourados, apoiados sobre o chão. Como era muito conhecida, já solicitara ao *maître* o seu *rouge* preferido, um suave *bordeaux*. Sentaram-se *tête-a-tête* e retomaram a conversa. João Antunes estranhou, pois desejava ficar ao lado dela.

— Mas, então, como eu lhe perguntei, você e mamãe retomaram o romance? — indagou ela, enquanto estendia o guardanapo sobre o colo.

— Riete, não consigo entender esse teu comportamento... indiferente aos meus sentimentos... afinal, tu me amas? Não sentes ciúmes de tua mãe? Por que insistiu para que eu viesse almoçar contigo? Por uma simples amizade? — indagou João Antunes, denotando um semblante aturdido.

— Claro que eu o amo muitíssimo, meu querido, pois não lhe demonstrei sábado, lá em casa? Já não conversamos a respeito? Até lhe propus que vendesse a fazenda e se casasse comigo! Qual é a dúvida? — replicou Riete, estendendo sua mão e pousando-a sobre a de João Antunes, demonstrando ternura em sua voz suave e afetuosa.

— A dúvida é que talvez estejas sendo sincera, mas eu não sinto o teu amor, querida... sinto apenas indiferença e certa estranheza nessa tua reação... — disse, enrugando a testa, manifestando incompreensão em seu semblante.

— Mas você não respondeu à minha pergunta, João Antunes. Você e mamãe reataram o romance? — replicou Riete, mirando-o com uma expressão viva, contundente, enquanto um insinuante sorriso abriu-se em seus lábios. — Antes de exigir uma resposta, você deve esclarecer seus sentimentos ou acaso espera que eu e mamãe o amemos de modo incondicional para que escolha com quem ficar... Talvez, meu querido, esteja imaginando a mesma situação que vivemos em Cavalcante, quando você não se decidia e acabou escolhendo mamãe e Ester. Como lhe disse no sábado, não somos mais crianças, portanto, essa é uma situação que não mais se repetirá. Aquele amor açucarado, cheio de sentimentalismo romântico, não é mais possível, meu querido.

Alves aproximou-se discretamente, esperou um segundo a distância, até que eles o percebessem, e achegou-se à mesa com o vinho. Serviu-os.

— Obrigado, Alves — agradeceu Riete. — Saúde, querido, e que esse vinho ajude a iluminar o seu espírito e a me dar uma resposta positiva — disse Riete. Ergueram as taças, tilintaram-nas e bebericaram, enquanto ela o mirava maliciosamente com o rabo de olho.

— Riete, começo a achar novamente que tu estás se divertindo às minhas custas e... — comentou, com um ar sombrio.

— Muito bem, João Antunes — interrompeu-o secamente, com um furor repentino brilhando em seus olhos —, pois ache o que quiser, mas estou aguardando a sua resposta. Seja objetivo, por favor! Não acha que tenho razão ao lhe pedir que, antes que falemos sobre nós, você deva esclarecer a minha pergunta? Não é possível, meu amor, que não consiga saber a quem ama — disse Riete, amenizando a sua veemência inicial.

João Antunes perturbou-se com as palavras de Riete, ditas daquela maneira.

— Querida, eu adoro Verônica, confessei a ela nesse fim de semana, mas, estranhamente, sinto que também te amo... Quero que tu me entendas, Riete... Ninguém como tu foi tão fogosa, ninguém me deu tanto prazer que, reconheço, ia além do sexo... mas havia também amor... Lembro-me de que teu ímpeto era embalado pelos teus sonhos de riqueza, como se em ti fosse incorporado um prazer ansioso que só poderia tornar-se real no futuro, mas que tu o antecipavas sobre a cama, o que te deixava deliciosamente impetuosa... Havia uma sensualidade incrível naquele teu desejo de ser rica. Talvez seja difícil explicar, mas eu a analiso assim... — disse João Antunes, procurando com seu olhar alguma outra explicação que corroborasse seus pensamentos.

Riete mirou-o fixamente, e seus olhos relampejaram fulgores de uma profunda sinceridade, de um intenso carinho e muita meiguice, inéditas nela, que atingiram em cheio o coração de João Antunes, causando-lhe a mesma volúpia do passado. Aquele olhar, demonstração inequívoca de um súbito alvoroço espiritual, de uma repentina comoção da alma, correspondia ao seu esperado desejo. De repente, o fogo desse olhar foi perpassado pela sensualidade ardente que jazia na memória de João Antunes, deixando-o deslumbrado.

— Isso, meu amor! É em busca dessa antiga Riete que vim ao Rio e que só tu podes me dar! O teu olhar me fez sentir as emoções de antigamente! O que eu tentava te dizer... tu me respondeste com ele — exclamou João Antunes, comovido, arregalando seus olhos de safira. De repente, toda aquela sua mágoa, toda aquela decepção que sentira, dissipara-se em um segundo, como em um passe de mágica, e sua alma sorriu, voltara a gargalhar, como no passado.

Riete também compartilhou a mesma emoção. Sentiu-se desconcertada porque a sua reação fora tão espontânea, tão explícita, que lhe retirou momentaneamente aquela carapaça que a vida lhe impusera. Ela revelou-se, sentiu-se nua, com as pernas e o espírito abertos a João Antunes, como na casinha azul em Cavalcante, e experimentou um frêmito que foi parar em seu sexo intumescido.

— Não foram as mesmas emoções de Cavalcante o que sentiste, Riete? — indagou João Antunes, mirando-a com ternura.

Riete segurou-lhe a mão e entrelaçaram os dedos carinhosamente, exprimindo aquele instante.

— Sim, meu amor, e se não estivéssemos aqui me atiraria sobre você, e nos sentiríamos como antigamente.

— Pois é isso que eu procurava em ti e foi o que me fez viajar ao Rio imaginando os momentos que vivemos no passado, semelhantes a esse. Esse é o teu segredo, querida, essa é a tua ternura erótica inexplicável, irresistível... — confessou-lhe João Antunes, fitando-a ternamente, econômico em suas palavras, pois elas eram incapazes de manifestar o que lhe ocorria no coração. — São sentimentos misteriosos, por isso, são belos. Tu te lembras quando nos conhecemos na cidade de Goiás, naquele hotelzinho, e me convidaste a te amar?...

Riete sorriu docemente, recordando o passado. Uma expressão sonhadora invadiu seu semblante, e seus olhos umedeceram.

— É curiosa essa sua ideia... que talvez seja verdadeira — disse Riete, perscrutando-o com o olhar. — Você acha então que meu ardor decorria da imaginação de meus sonhos de riqueza, pois quem sabe seja isso mesmo... — repetiu, mirando-o com uma expressão maliciosa e libertina.

— Sim, por que não? Fazíamos planos sobre o futuro e logo após tu ficavas impetuosa na cama, como a desejá-los antecipar e realizá-los pelo sexo... — afirmou João Antunes, apertando-lhe suavemente a mão, afagando-a com a outra. — Era aquela tua personalidade pujante, tornada sensualíssima pela imaginação da riqueza, que me fazia sentir um amor diferente do amor espiritualizado que tenho com Verônica e que Ester me dedicou... talvez um amor em que o sexo prepondere... Infelizmente, a realização de teus sonhos apagou aquela sensualidade do passado. A riqueza e o poder modificam as pessoas, Riete, como tu própria reconheceste... — comentou João Antunes, mirando-a ternamente satisfeito.

— Ou tornam as pessoas mais infelizes, se não conseguirem realizar seus sonhos materiais, pois viverão talvez frustrados e passarão a vida olhando-os de cima, desejando ter pelo menos um pouquinho do que têm — interrompeu-o Riete com uma voz suave e afetuosa, mostrando um semblante dolorosamente crispado. Ela bebericou o vinho e o mirou com ternura. — Porém, é verdade que o dinheiro afeta as pessoas... ou talvez a maneira como os outros as veem, pois cria-se uma barreira imposta pelo respeito social, o que as inibe. Também existe o inverso, provoca a bajulação excessiva e interesseira, o que me irrita... Por isso, procuramos os nossos iguais para o convívio... Você, por exemplo, querido, jamais viria novamente até mim se eu tivesse fracassado. Foi a materialização de meus sonhos que o fez recordar-se de mim. Poderia, sim, lembrar de mim como uma mulher sensual, mas seria apenas uma lembrança vulgar, dessas que os homens costumam contar em uma rodinha de machos para enaltecer a própria ignorância — acrescentou Riete, demonstrando uma sinceridade plena. Inconscientemente, ela esquecera aquela sua veemência inicial com a qual exigira a resposta de João Antunes sobre Verônica. Abandonara aquele aparato solene de gente importante e se entregava à simplicidade e à sinceridade do momento. Havia tempos que ela não manifestava emoções sinceras como essas e as cotejava com sua vida atual.

Permaneceram um instante em silêncio, bebericando mais vinho, enquanto trocavam olhares que exprimiam as palavras que os seus corações diziam.

— Mas eu compreendi o que quis me dizer, e, muito mais que isso, eu o senti... — disse Riete sorrindo de modo lascivo, revelando-se a mesma que habitava na memória de João Antunes.

Ele ficou intensamente comovido, pois revivia as emoções do passado. João Antunes avançou seu corpo sobre a mesa e levou a mão de Riete aos seus lábios, beijando-a com ternura. Riete sorria deliciada, compartilhando o momento.

— Querido, mas então você deseja o que de melhor eu e mamãe podemos oferecer: o amor perfeito — comentou, alargando o seu sorriso, quase a gargalhar.

— É... pareço bastante egoísta, mas é o que sinto. É por isso que, ao me indagar a quem amo, eu não sei como te responder — disse João Antunes, revelando impotência em seu semblante. Um pobre sorriso triste esboçou-se em seus lábios, e novamente sua alma se recolhera, tal qual um caramujo.

— Somente a sua beleza e o seu encanto lhe permitem essa dúvida... — acrescentou Riete, sorrindo lindamente.

João Antunes sentia-se excitado com os momentos que repentinamente passaram a viver, embalados pela suavidade do vinho, pelo ambiente aconchegante e pelas emoções que convergiam cada vez mais para suas lembranças do passado.

— Tu não imaginas a minha desilusão ao deixar o teu apartamento na manhã de ontem. Pois nem aquela manhã lindíssima foi capaz de amenizar a minha tristeza, ela me deprimiu ainda mais...

Riete o mirou com uma doçura que atordoou João Antunes, um olhar que partiu dos recônditos de sua alma como se uma fresta nela se abrisse e permitisse escapar aquela ternura. Os dois avançaram seus bustos sobre a mesa, manifestando uma vontade doida de se abraçarem e se amarem, como o faziam em Cavalcante. Seus olhos brilhavam, e as suas emoções ficavam à flor da pele, mas estavam no *Le Bernadin*. Afastaram-se felizes, recostando seus corpos resignados sobre os encostos, pois o sentimento era mútuo. Riete pegou um dos cardápios que lhes foram anteriormente entregues, seguida por João Antunes. Passaram a consultá-lo e solicitaram o pedido.

— Até parece que estamos no Pinga de Cobra, lembra-se? — indagou Riete.

— Pois estamos lá, não estamos? — sugeriu João Antunes.

— E depois iremos para a casinha azul. Estou prestes a adquirir dois frigoríficos e, segundo você, vou extravasar esse negócio entre minhas coxas — disse Riete, com intensa volúpia, tão grande que fechou os olhos como em um gozo. João Antunes ficou pasmo e apertou o guardanapo sobre o seu colo.

Nesse momento, intensamente erótico e encantado, em que as suas imaginações convergiam e subiam aos céus, a porta do restaurante foi aberta e mantida segura. Um negro alto, fortíssimo, um verdadeiro guarda-roupas, trajando terno escuro e gravata azul-clara, tendo sobre a cabeça um chapéu de feltro, tipo Fedora, postou-se ao lado da porta, enquanto a mantinha aberta e examinava atentamente o salão. Os presentes imediatamente olharam para a entrada e o reconheceram: Gregório Fortunato, o Anjo Negro, chefe da guarda pessoal do Presidente Vargas. Homem de uma fidelidade canina, irrestrita. Onde Vargas publicamente estivesse, ao seu lado estaria Gregório. Em seguida, entrando tranquilamente, surgiu Getúlio Vargas, acompanhado pelo ministro e por seu grande amigo, Osvaldo Aranha. Os clientes permaneceram hipnotizados em meio a um silêncio reverente. João Antunes estava de frente para a entrada e sentiu um rebuliço em seu espírito: ele passou das emoções amorosas ao estupor. Riete virou-se e permaneceu surpresa, como os demais. Getúlio, sorridente, esbanjando simpatia e charme, cumprimentou a todos com movimentos de rosto, enquanto os presentes lhe sorriram, retribuindo o gesto com expressões discretas, ainda estupefatos. Um outro segurança entrou em seguida e assumiu o lugar de Gregório, fechando a porta e permanecendo de pé, ao lado dela. Gregório seguiu Getúlio e Osvaldo

Aranha e postou-se de pé junto à parede, voltado para o salão há três metros da mesa; dali, ele controlava o movimento. Em frente ao restaurante, havia um segundo carro com homens da guarda. Imediatamente, acorreram o *maître* e o francês, proprietário do restaurante, que já os aguardava. Muito solícitos, receberam o presidente e o acompanharam respeitosamente até a mesa, naquele canto mais afastado, local já reservado e isolado, conforme verificara Riete. Ao entrar, João Antunes desconfiou que Vargas o reconhecera, pois mantivera seu olhar sobre ele uma fração de segundo a mais. Vargas e Osvaldo Aranha assentaram-se e passaram a conversar discretamente. Não se ouvia o que falavam.

A presença de Vargas alterou completamente o ambiente. As pessoas passaram a conversar em voz baixa e amiúde dirigiam discretos olhares a ele. Afinal, almoçavam em companhia do homem a quem Roosevelt, o presidente americano, estimava e contava com a sua ajuda na guerra contra o Eixo. Vargas, naqueles anos, seria de grande importância estratégica para os aliados. Tinham também a companhia do chanceler Osvaldo Aranha, homem charmoso, inteligente e que sempre fora fundamental a Vargas.

Já não era mais possível a João Antunes e Riete prosseguirem naquele conluio amoroso, pois a presença ilustre imediatamente ofuscou as atitudes dos comensais. O poder e o carisma de Getúlio sobrepujavam as emoções pessoais. Por mais que disfarçassem e tentassem prosseguir no clima anterior, as suas atenções estavam agora voltadas para aquele canto sombrio. Tudo o que diziam e pensavam seria pela metade, pois a outra estaria concentrada em Vargas. O *Le Bernadin* era frequentado pela elite carioca, gente rica que geralmente não gostava de Vargas devido à sua política social, e ali estariam certamente alguns desses homens, porém rendidos incondicionalmente ao fascínio que se irradiava daquela mesa. Havia, porém, uma emoção subjacente que afetava sobremaneira aqueles que se julgam importantes: sentiam-se ainda mais respeitáveis naquele ambiente que se tornara repentinamente mais elevado ou alçados por Vargas até ele. Viam-se, sobretudo, as transformações faciais das madames, acompanhantes daqueles senhores, encantadas pelas presenças ilustres que julgavam dignas delas. João Antunes permanecia confuso, refugando se deveria ir ou não cumprimentar o presidente. Havia vinte e dois anos que não se encontravam. A última vez fora durante o seu casamento com Ester. Enquanto refletia sobre isso, Getúlio fez um sinal a Gregório, que se aproximou da mesa para que o presidente lhe dissesse alguma coisa. Ele baixou seu rosto e recebeu uma ordem. Gregório, então, localizou onde estava João Antunes, em seguida, dirigiu-se até ele, observado curiosamente por todos em meio a um silêncio súbito e reverente.

— Boa tarde, senhor, senhora, com licença — cumprimentou-os o traquejado Gregório, já afeito às gentilezas protocolares e ciente de sua importância. — O presidente mandou perguntar se tu és o filho de Antenor Antunes, que foi capataz do pai dele, o general Manuel Vargas, em Santos Reis.

— Sim, sou eu mesmo... — respondeu João Antunes, enrubescendo.

— Obrigado senhor, senhora, com licença — despediu-se gentilmente Gregório, executando discreta mesura. Retornou a Getúlio e lhe transmitiu a informação, ocupando novamente o seu lugar junto à parede.

João Antunes e Riete permaneceram na expectativa e assistiram a Getúlio dizer qualquer coisa a Osvaldo Aranha, levantar-se e se encaminhar em direção a eles. Fez-se então um silêncio ainda mais profundo, carregado de emoções curiosas, enquanto os presentes passaram a seguir Getúlio com seus olhares admirados, embasbacados e surpresos com a cena. Getúlio, muito sorridente, acostumado às manifestações de seu poder, sorria-lhes com simpatia. João Antunes sentiu seu coração acelerar e ergueu-se instintivamente para recebê-lo. O mesmo o fez Henriette, com seu sorriso paralisado.

— Então tenho aqui o filho do velho Antenor, que surpresa agradável, João Antunes, há quanto tempo! Como estás? — saudou-o Getúlio com efusão, estendendo-lhe a mão e o abraçando.

— Quanta honra, senhor presidente, pois o prazer é todo meu. Como vão dona Darcy, os filhos... — e parou intimidado, mirando ansiosamente Getúlio.

— Estão bem. Como vai, senhorita? Prazer — cumprimentou-a Getúlio, com uma discreta reverência, estendendo-lhe a mão, sorrindo com enorme charme.

— Encantada, senhor presidente, tenho imenso prazer em conhecê-lo pessoalmente — respondeu Riete, meio embaraçada e enlevada com a presença de Getúlio, que sorriu e voltou-se novamente para João Antunes.

— Mas, por onde tu andas, João Antunes? Compraste tuas terras? Realizaste teus sonhos? — indagou Getúlio, mirando-o atentamente.

— Sim, senhor presidente, adquiri terras no Triângulo Mineiro, no município de Araguari, e vou invernando os novilhos.

— Ótimo, fico satisfeito. Soube do falecimento de Ester e transmito minhas condolências. O senhor Ambrozzini, pai dela, também faleceu, e seu filho permanece conosco.

João Antunes teve um choque ao saber que o pai de Ester havia morrido e que seu amigo Ambrozzini não lhe comunicara. Sentiu que a amizade entre ambos realmente terminara. Getúlio percebeu o efeito da notícia, pois João Antunes crispou ligeiramente o semblante.

— Pois, então, João Antunes, se necessitares de alguma coisa na qual possa ajudar-te, apareça no Catete às sextas-feiras, no fim do expediente, por volta de 18 horas. Dê teu nome à guarda e, se compareceres, pedes para consultá-lo na recepção. Mandarei deixá-lo lá. Se eu não estiver disponível, agendarei outra data, e boa sorte nos negócios — Getúlio sorriu gentilmente, estendeu a mão a Riete e a João Antunes, despediu-se, abraçando-o, e retornou à sua mesa. Enquanto caminhava, repetiu-se a cena anterior. Após Getúlio assentar-se, os presentes passaram a olhar admirados aquele casal que fora alvo de uma deferência inusitada e passaram a questionar quem seriam. Alguns deles disseram que conheciam Riete por meio de jornais, mas o seu acompanhante era desconhecido...

— Nossa, querido! Estou encantada com o presidente!... Que simpatia! Que charme! Que homem encantador... Uma oportunidade única que eu tive, graças a você! — exclamava Riete, com o semblante deslumbrado, sentindo os efeitos da personalidade carismática de Getúlio e da pessoa de João Antunes crescerem em seu espírito. — Mas que prestígio com o presidente, hein! E ele ainda acrescentou que se puder ajudá-lo... mas ele pode tudo! — exclamou novamente admirada, enquanto se assentavam.

João Antunes, quando via o presidente em jornais ou mesmo em noticiários, lembrava-se daquela manhã gelada em Santos Reis, quando a presença de Getúlio lhe causara uma angústia tão atroz que lhe infundira no espírito uma sensação inesquecível. Sempre que surgiam, essas recordações eram acompanhadas por emoções dolorosas, sofrimentos incompreensíveis para o seu espírito ainda jovem, inexperiente e indefeso ante as adversidades da vida. Após Vargas retomar seu assento, eram essas lembranças que ressurgiam fortes em sua memória, e João Antunes sentia-se atordoado por emoções em que a satisfação se emaranhava à dor do passado.

— Riete, sentiste então o poder na própria carne, não? — indagava João Antunes, em meio àquelas recordações involuntárias, constatando como a segurança de Riete se derretera inteiramente diante do presidente. — Como o poder distingue as pessoas... quanto maior, mais rapidamente ele age, como se fosse um perfume inebriante, e como tu foste afetada por ele... Aposto que, a partir de hoje, essas madames esnobes mudarão suas opiniões sobre Vargas — comentou sorrindo João Antunes, lembrando-se daquelas conjeturas que fizera ao chegar ao prédio onde morava Riete. Ele comentou com ela aqueles seus pensamentos, e Riete riu muito.

— Então você pensou em Getúlio antes de se encontrar comigo? Meu Deus! Talvez por isso ele tenha vindo aqui hoje, para lhe dar segurança... Você pensou e o presidente apareceu... — acrescentou, com os pensamentos ocultos por um sorriso intrigante.

Rapidamente, o ambiente fora dominado pela presença de Getúlio. João Antunes e Riete almoçavam calmamente, perdidos em pensamentos. Aquela exigência veemente de Riete parecia esquecida, banida pelas emoções posteriores, mas João Antunes resolveu averiguá-la.

— Entendeste, querida, por que me é impossível atender àquela tua exigência?

— Que exigência?

— Resolver entre Verônica e tu...

Riete permaneceu um instante em silêncio, eximindo-se de responder, e depois sorriu com meiguice:

— Não quero pensar sobre isso. É tão bom o que estamos sentindo... revivendo as emoções de Cavalcante... é tão gostoso estar aqui com você que não poderei renunciar a outros momentos iguais a esses... — Riete tinha seu semblante dulcificado por um prazer imenso, como que imaginando a felicidade em um instante de fantasia. Sem dúvida, a amizade demonstrada por Vargas a João Antunes afetara seu espírito.

— Eu me sinto felicíssima, e não tem dinheiro que compre esses instantes... eu te adoro, meu amor, não posso lhe exigir mais nada, pois já me deu o bastante. Se acha que a minha riqueza atrapalha a nossa felicidade, enquanto estiver comigo, serei aquela menina de Cavalcante, trepando bem e sem dinheiro no banco. É isso que desejava ouvir? Pois é o que farei! E só saio daqui depois que o presidente se for! Que homem sedutor! Encantador... Me dê sua a mão... — tomando-a e a enchendo de beijos. Com a outra, levou o cálice aos lábios.

— *Mio San Genaro!* — exclamou João Antunes, enquanto apertava novamente o guardanapo sobre o colo. Continuaram a almoçar calmamente, imersos na tarde langorosa de uma segunda-feira inesquecível.

— O tempo indicará sua decisão, se fica comigo ou com mamãe... — disse Riete, mirando-o com incrível sensualidade. Bebiam vinho e terminavam a refeição. Porém, essa frase perturbou João Antunes, pois o arremetia ao dilema anterior. Riete sorriu ao compreendê-lo.

— Ó, meu querido, não se preocupe, você tem a liberdade e o tempo que quiser...

— Mas tu não te importas? Não sentes ciúme de mim, como em Cavalcante? — replicou João Antunes, sentindo um estranho sentimento.

— Claro que sim, mas não quero vê-lo agoniado, só quero amá-lo sem dinheiro no banco — repetiu Riete, mirando-o com incrível lascívia. Ela parecia novamente demonstrar indiferença.

— Em Cavalcante, tu tinhas muito ciúme... — acrescentou João Antunes, sorrindo com um olhar pensativo, enquanto observava Getúlio soltar uma baforada e assistia à fumaça azulada ziguezaguear sobre ele. O aroma espalhou-se pelo pequeno ambiente, e João Antunes via as pessoas, à medida que o aspiravam, sorrirem enlevadas, comentando o que sentiam. Ele observou uma madame dar um sorriso e erguer seu rosto ao sentir aquele cheirinho de poder rodopiar em seu espírito, sempre receptivo às altas emanações. Ao erguê-lo, ela tentava absorvê-lo ainda mais, procurava aspirar os últimos eflúvios de seu deleite. João Antunes observava agora aquela agitação em meio à fumaça de cigarros, repentinamente acesos. Todo aquele cenário assumia um ar estranho e assustador, e a angústia começava a lhe apertar o peito e a lhe esmagar o espírito como uma tenaz inevitável. O suor começava a extravasar pelos poros de sua pele sob um calor horrível. Sentia-se paralisado, vendo as pessoas se agitarem em um frenesi incompreensível; tudo se passava além do possível.

Após cerca de 1 hora, Getúlio Vargas levantou-se, sorrindo e demonstrando uma tranquilidade excessiva, esmagadora. Durante a sua presença, ninguém deixara o restaurante. A agitação imobilizou-se em expectativa, e Vargas, acompanhado por Osvaldo Aranha e seguido por Gregório Fortunato, cruzou entre os presentes, despedindo-se deles com um sorriso cordial, apontando discretamente seu rosto em várias direções. O guarda, que se manteve junto à porta, abriu-a, e eles saíram. Escutou-se um grito ecoar lá fora: "viva Getúlio, o pai dos pobres!", pronunciado por uma voz pastosa, de bêbado. Ouviram-se motores sendo ligados. O carro presidencial, seguido pelo outro, partiu. Riete, finalmente, voltou-se para João Antunes e percebeu o fim da agonia.

— O que foi, meu amor? — indagou, com uma voz aflita.

João Antunes olhou-a docemente e lhe afagou a mão.

— Muito calor e toda essa agitação... Getúlio perturbou o ambiente — respondeu-lhe com um semblante pálido e um meio sorriso enigmático.

Após a sobremesa, Riete solicitou a conta e logo deixaram o restaurante. Quando saíram, o céu permanecia nublado e triste. Entraram no automóvel. Riete ergueu a divisória e ligou os ventiladores. O ar revirado amenizou o mormaço, e João Antunes respirou fundo, sentindo a camisa molhada grudada nas costas. Riete, animada pelo vinho e pelas emoções exacerbadas, sentia-se excitada, ansiosa para chegar em casa e amar João Antunes como ele sonhara. Em minutos, trafegavam pela Avenida Atlântica. O dia se fizera mais escuro, ventava muito, e poucas pessoas andavam pelo calçadão. Gaivotas eram empurradas pelo vento, e o mar estava encapelado, cheio de ondículas brancas até muito longe. Rapidamente chegaram ao destino. Entraram no elevador e puseram-se a beijar com paixão. Riete abriu a porta de entrada do apartamento e correu à procura de Manu. Ela fora às compras de segunda-feira. Riete sorriu e retornou correndo para João Antunes. Descalçou os sapatos com os pés e os atirou ao longe e se pôs a tirar sua roupa rapidamente sem prestar atenção ao que fazia. Em segundos, estava nua, excitadíssima, pronta para amá-lo. João Antunes fizera o mesmo.

— Venha, meu amor, quero fazer igualzinho em Cavalcante. Quero comprar dois frigoríficos... dois frigoríficos! — e o enlaçou com as pernas, deitaram-se sobre o tapete e se puseram a se amar furiosamente, em meio a gritos intensamente eróticos. Toda a excitação acumulada no *Le Bernadin* era aliviada ali na sala. Após muito tempo, Riete tombou sobre ele, molhada de suor e exausta de tanto amor.

— Desde Cavalcante, nunca gozei como agora, meu adorado João Antunes — confessava Riete, com uma voz aveludada, banhada em felicidade e o semblante dulcificado.

— Eu também, querida. Hoje eu encontrei aquela menina de Cavalcante, foi uma trepada valendo quatro frigoríficos — disse João Antunes. Riete caiu na gargalhada, pondo-se a beijá-lo seguidamente na boca, entremeado por palavras amorosas.

Ao ouvir o barulho de elevador se interromper no andar, Riete levantou-se assustada, rapidamente puxou João Antunes pela mão, antes que Manu entrasse pela cozinha. Dirigiram-se ao quarto; Riete travou a porta e desabaram felizes sobre a cama.

A instalação de aparelhos de ar-condicionado residenciais intensificava-se no final da década de 1930. Devido ao calor carioca, tornaram-se comuns nos edifícios luxuosos da capital, recém-construídos. No apartamento de Riete, ele permanecia ligado durante o verão. Quando entraram no quarto, sentiram-no gelado e o desligaram. Dormiram e acordaram surpresos, já no início da madrugada de terça-feira.

— Perdemos a hora, dormimos o restante da tarde e parte da noite... — comentou João Antunes, espantado ao consultar o relógio e ver que marcava 1 hora.

— Que nunca mais a achemos.

E foram para o chuveiro. Depois, permaneceram curtindo a madrugada debruçados sobre o janelão que se abria para o mar, recebendo o frescor da brisa marinha. Conversavam muito sobre Getúlio Vargas, o Estado Novo e o futuro de suas vidas. João Antunes lembrou-se de Elisa, para quem Getúlio era apenas um ditador sustentado pelos militares, mas ela era ainda inexperiente. Passados aqueles momentos de hesitação amorosa, vividos no restaurante, João Antunes sentia-se alegremente surpreso com o comportamento de Riete. Ela se despojara daquele seu ar altaneiro e a via tal qual era no passado. Externava uma meiguice, uma ternura que lhe eram inéditas atualmente, bem diferente de sábado. O que mais o surpreendia era que Riete não fizera nenhuma alusão a negócios ou à sua vida profissional, que pareciam inexistentes. João Antunes sentia que ela estava apaixonada por ele. Riete era forte, decidida e corajosa, e sua personalidade dava-lhe um encanto irresistível, uma ousadia felina para abocanhar seu coração. As avaliações que fizera sobre ela no passado tornavam-se agora mais explícitas, visíveis e corroboradas. Sim, essas conjunções de fatores tornavam-na intensamente sedutora e bela. Seus jeitos insinuantes e sua volúpia adoravelmente agressiva eram sem dúvida provenientes de aspectos psicológicos relacionados à riqueza. João Antunes compreendia que Riete o amava como se amasse algum bem obtido, ou que lhe desse um prazer incomensurável de adquiri--lo, e que, quando estavam se amando, ela o fazia com a mesma energia com a qual se atirava em seus negócios. Era isso que sentia no passado e que se confirmava no presente. Antes, havia apenas o desejo de ser rica, que se realizara no presente. Riete era voluptuosa e impetuosa em tudo que fazia, e essas características se consolidaram na maturidade. Porém, refletia João Antunes, embora sentisse muito prazer e felicidade, ele viera ao Rio para se livrar definitivamente da solidão que o perseguia em Minas. Julgara que Riete iria viver ao seu lado em San Genaro, o que ela já havia recusado no sábado. Após senti-la receptiva nesta madrugada de terça-feira, pensava agora abordá-la sobre aquela possibilidade.

— E, então, querida, volto sozinho para Minas? Qual será o nosso futuro? — indagou João Antunes, olhando-a com um sorriso receoso.

Riete, enlaçou o pescoço de João Antunes com os dois braços. Em seguida, retirou-os, envolveu carinhosamente sua face com as palmas das mãos e beijou seus lábios, cerrando os olhos. João Antunes a apertou contra si.

— Meu amor, eu lhe adoro, mas é facilmente compreensível que, no momento atual, eu não posso me ausentar do Rio... várias decisões dependem de mim — disse Riete, com uma voz terna e carinhosa que tocava profundamente o coração de João Antunes, enquanto continuava a afagá-lo. — Porém, isso não impede que possamos logo estar juntos. Daremos um jeito... eu passo uma temporada com você, depois você fica comigo aqui no Rio e, com o tempo, as coisas se ajeitam. Deve ter um bom capataz que possa substituí-lo durante algum tempo, enfim... Você retorna a Minas, encaminha seus negócios e volta para o Rio. E vamos ver como as coisas acontecerão, como nos sentiremos agindo assim — disse Riete com a meiguice anterior, beijando-o novamente. — Não posso ficar sem você, meu querido — acrescentou, apertando-se contra João Antunes.

— Sim, é verdade, eu a compreendo... É uma boa sugestão... vamos ver como tudo se encaminha... — concordou João Antunes, de maneira pensativa, passando a acariciá-la. Ele sentia-se surpreso com o comportamento de Riete, que lhe parecia tão terna quanto Verônica. Sentiu que Riete o amava muito e, pela primeira vez, percebeu também que ele era tão importante para ela quanto os seus negócios. E revelou a Riete esses sentimentos, que retrucou:

— Não é verdade, meu querido, você é mais valioso que meus negócios... Ontem à tarde, passamos momentos maravilhosos, e não admito imaginar minha vida sozinha, longe de você — confessou Riete, exprimindo uma sinceridade incontestável. Abraçaram-se e se apoiaram no parapeito do janelão, admirando a avenida deserta e as ondas morrendo lentamente na praia, sob as sombras e luzes da avenida.

— Riete, tu já contaste a Enrico sobre nós? Sobre o que vivemos em Cavalcante... eu, Verônica e tu? Explicaste a ele as circunstâncias em que se deu o seu relacionamento com Bertoldo? Na época, Bertoldo ainda era casado com Verônica... e eu era amante de sua mãe enquanto tu fazias o tratamento em São Paulo... Enrico sabe que Bertoldo é seu pai?... — indagou João Antunes, com o olhar longínquo, perdido na escuridão do mar.

— Quando Enrico nasceu, em 1920, mamãe praticamente separou-se de Bertoldo. Ele lhe deu o desquite logo após você ter rompido com ela, ocasião em que mamãe veio morar aqui no Rio. Contei a Enrico que tive um envolvimento com Bertoldo alguns anos após ele haver se separado e desse relacionamento ele nasceu, portanto, menti. Não revelei a ele que isso se deu enquanto eu fazia o tratamento em São Paulo. Sim, ele sabe que Bertoldo é seu pai, aliás, eles se dão muito bem. Bertoldo lhe ensina tudo sobre negócios e vive elogiando o filho, que de fato é competente e esperto para negociar. Enrico trabalha comigo e com seu pai, mas jamais lhe falei sobre você, e ele sabe vagamente que estive em Cavalcante, o que também é irrelevante. Contudo, se viermos a viver juntos, lhe direi que o conheci em Cavalcante e que nos reencontramos aqui no Rio.

— Pois é... Em relação a tais assuntos, Elisa ignora o meu passado... — João Antunes sentiu um nó na garganta por tudo o que ela significava em sua vida. — Mas vou conversar com ela a respeito na volta a Minas e tenho que pensar sobre como fazê-lo... deverei omitir o meu romance com Verônica... — João Antunes refugou, sua voz embargou e as lágrimas rolaram. Riete o abraçou, consolando-o.

— Não pense no passado, meu querido, ninguém é culpado por amar demais, e o amor é mais forte que tudo. Ele é invencível e, quando você estava com mamãe, certamente sofria por Ester... não se culpe — disse Riete com uma voz terna e dolente, acariciando-o. — Mas não precisa lhe revelar o passado, diga-lhe que me conheceu aqui no Rio. Estando viúvo e sentindo-se solitário, resolveu casar-se novamente. Ester, sendo uma moça inteligente como diz, não se oporá, e eu a amarei como filha — disse Riete, mantendo-se com uma meiguice que encantava João Antunes. Ele sentia mais que nunca a força que Riete lhe transmitia e a sensação capaz de protegê-lo contra os reveses da vida. "Que mulher formidável", refletiu e lhe confessou imediatamente o pensamento. — Tu és admirável, minha querida. Agora juntaste a meiguice de Verônica à tua gostosura na cama — João Antunes abandonou a escuridão do mar e volveu-se para ela, acariciando-a e beijando-a com paixão.

— Eu sinto que me ama muito e também não quero ficar sem você. Tome e use este anel, que me é tão caro, use-o como prova do seu amor por mim — disse Riete, retirando o anel de seu dedo e enfiando-o no anelar de João Antunes. — Que ele sele a nossa união. Você se lembra de que, certa vez, no Pinga de Cobra, quando lhe disse que um dia você o usaria? Pois realize o meu velho desejo... — e sorriu com sincera simplicidade.

João Antunes sentiu que o pedido vinha do coração.

— Embora este anel tenha pertencido ao barão... — João Antunes interrompeu-se, mas prosseguiu —, é de coração que me pedes isso, Riete? — indagou, mirando-a atentamente.

Riete manifestou uma sinceridade irrestrita. Ele então prosseguiu:

— Pois faço o que tu quiseres — respondeu-lhe ternamente. Ela enfiou o anel em seu dedo e se beijaram, colando seus corpos nus. O suave calor da madrugada os envolvia calidamente.

— E você e mamãe? Como resolveram?

— Sinceramente, quando vim para cá, já havíamos combinados que iríamos viver juntos em San Genaro. Ela ficou de arrumar suas coisas, hoje mesmo... Todavia, agora tudo mudou... e vou agir como disseste. Não posso ficar longe de ti, Riete... Te amo, e muito, querida. Tu tens uma magia que nenhuma mulher tem...

— Mas a mamãe é linda...

— Sim, mas vim aqui em busca daquela Riete que não encontrei no sábado e que me deixou triste e humilhado e que agora reencontrei. É curioso que, estando ontem na portaria do teu prédio, sentia-me tão inseguro que me lembrei de Getúlio Vargas, conforme lhe disse.

— Mas por quê? Ontem já havia me falado sobre isso... — indagou Riete, deixando aflorar em seu rosto uma expressão lindíssima, inédita para João Antunes, o que o deixou abismado. Seus olhos cintilavam um brilho tão enigmático e poderoso que pareciam absorver seu espírito.

— Imaginei como Getúlio conseguia submeter seus adversários... Fui induzido a pensar nele diante da insegurança que sentia perante ti, querida. Imaginei, então, que, se tivesse pelo menos um pouco do que ele tem, as coisas seriam fáceis...Viste como estou me abrindo contigo? Fui atraída pelo teu poder invisível.

— Ora! Foi Vargas que veio até você, ele é seu amigo... imagina! Amigo de presidente! Ai, meu amor, venha, venha me amar outra vez! Agora! — pediu-lhe Riete com uma excitação tão sensual que João Antunes ficou boquiaberto. Riete enlaçou seu pescoço com os braços e sua cintura com as pernas e gemia de prazer enquanto caminhavam. Deitaram sobre o tapete, e Riete o trepou com volúpia, dizendo coisas que o deixavam no céu. Ela tombou ao seu lado ofegante, com os olhos perdidos em pensamentos insondáveis. Havia um silêncio tranquilo, quebrado pelo barulho monótono do estrugir das ondas. O aroma do mar entrava agradavelmente pelos janelões. Deitados, podiam observar o cintilar das estrelas sobre o parapeito, que pareciam sondá-los maliciosamente.

— E a Manu?... Não aparece por aqui?...

— Não se preocupe, ela dorme em um quarto, na área de serviço, e tranca a porta da cozinha. Durante a manhã, telefonarei para Enrico vir até aqui conhecê-lo. Ele está no Hotel Glória. Também devo pensar como lhe dizer sobre nós.

— Não se hospeda contigo?

— Sim, mas quando está acompanhado costuma se hospedar lá. Vamos dormir, querido, já passou das três. — Riete levantou-se vagarosamente, fechou o janelão e se dirigiram ao quarto. Seu cabelo, desarrumado, grudara em suas costas devido ao suor e ao tapete felpudo.

João Antunes sentia-se cada vez mais atraído pela personalidade de Riete. Embora desde jovem ela já lhe despertasse a atenção, a sua experiência lhe proporcionara outros aspectos enriquecedores, diversas sutilezas que a realçavam ainda mais. Parecia-lhe que nada de interessante ocorria longe dela e se esquecera do encontro de sábado. Banharam-se novamente e se meteram debaixo dos lençóis, cansados, mas felizes. O ruído do ar-condicionado começava lentamente a lhes atrair o sono.

— Tu trabalhas hoje, querida?

— À tarde... — respondeu Riete, com uma voz pastosa, prestes a dormir.

João Antunes, de acordo com seu velho hábito, permanecia procurando algum ponto no teto, entre as sombras, e vislumbrava a trama escura das taquaras da pensão Alto Tocantins, em Cavalcante. E reviu os rostos de Santinha e de Marcus surgirem, dizendo-lhe que o amavam, enquanto tudo se confundia em seu espírito.

Ao acordarem na manhã de terça-feira, João Antunes e Riete pareciam sentir uma grande ressaca devido às emoções vividas na véspera. Elas foram tão intensas e em tão curto tempo que a sensação era de que não conseguiram dissipá-las e que somente agora começavam a pôr a cabeça no lugar. Tudo o que viveram fora além do limite e muito rápido, o que lhes dava a sensação de que estiveram em um outro mundo e que agora retornavam à Terra. Estavam mais comedidos, o fogo amainara. Manu nunca vira a patroa tão alterada e não era por menos, pois jamais vira um homem como João Antunes, refletia ela. Tomaram o café conversando amenidades.

— Você se lembra de Valdemar Gigante? Aquele crioulo do garimpo que assassinou Roliel? — indagou Riete, segurando a xícara fumegante.

— Vi-o somente uma vez quando fui lá em companhia de Marcus... Mas me lembro dele.

— Consegui transferi-lo de Salvador para a polícia civil aqui do Rio. Está em uma delegacia ali na Santa Luzia.

— Mas por que fez isso? — indagou João Antunes, sentindo-se curioso.

— É bom ter alguém de confiança na polícia... qualquer problema temos a quem recorrer. É costume entre...

Foram interrompidos pelo soar da campainha.

— Quem será a essa hora? — indagou Riete, observando Manu dirigir-se à porta. Abriu-a, Enrico cumprimentou-a e adentrou o apartamento. Ele assustou-se ao avistar sua mãe acompanhada àquela hora. Estacou surpreendido e com um olhar indagativo dirigido a Riete e depois a João Antunes.

— Aproxime-se, Enrico, venha conhecer João Antunes, iria mesmo lhe telefonar para que viesse — convidou-o Riete, com um sorriso.

João Antunes levantou-se e o aguardou, mirando-o com expectativa. Enrico aproximou-se, muito sério, arredio, mantendo o ar de surpresa, parecendo não entender a situação. Estendeu sua mão a João Antunes, mantendo seu corpo afastado, em uma atitude desdenhosa. Sentou-se, em seguida, e aguardou o que sua mãe lhe diria. Instalou-se um forte constrangimento entre eles. Porém, Enrico resolveu se antecipar.

— Mamãe, poderia me explicar por que este senhor está aqui a esta hora da manhã? — indagou Enrico, de modo agressivo, dirigindo seu olhar a João Antunes, enquanto perguntava.

— Enrico, como você sabe, estive certa época em Cavalcante e lá conheci João Antunes. Mantivemos um breve romance, mas logo ele retornou ao Sul e eu para Campinas. Ele foi um homem a quem amei, conhecido também de mamãe, que, à época, estava comigo em Cavalcante. João Antunes sempre teve nossos endereços, veio ao Rio a negócios e aproveitou para nos visitar. Fazia já algum tempo que não nos encontrávamos. Ele tem fazenda em Minas, trabalha com gado de corte... — Riete parou um instante, pensando rapidamente como prosseguir, enquanto Enrico permanecia a olhá-la, tencionando o seu semblante, franzindo a fronte e avançando ligeiramente o tórax. — João Antunes ficou viúvo e estamos pensando seriamente em nos casar, é bom que você saiba.

— E pelo jeito já se instalou. Desde quando está aqui? — antecipou-se Enrico, aumentando sua irritação. — Francamente, mamãe, não esperava isso... — e fulgiu em seus olhos um brilho de ódio e desprezo, que não procurou absolutamente dissimular.

— Não esperava o quê?! — replicou Riete, fuzilando-o com seu olhar.

— Um sujeito que conheceu há anos chegar aqui e pular direto em sua cama! — exclamou, sorrindo com infinito desdém, retornando as costas junto ao encosto.

— Pois não é de sua conta e não venha com hipocrisia! Isso é o que vive fazendo com algumas moças lá em Campinas. Bertoldo não se importa, mas já comentou comigo. Não admito que se intrometa em minha vida particular e jamais me fale outra vez assim! Afinal, o que o trouxe até aqui? — replicou Riete, tensionando o semblante, demonstrando uma vívida irritação.

Enrico voltou-se para João Antunes. Um furor brilhava em seus olhos e seu rosto estava lívido e contraído de ira. Observou rapidamente o anel no dedo de João Antunes e retornou seus olhos para Riete, demonstrando um desprezo inaudito. Seus olhos negros chispavam como brasa e, de repente, brilhou neles uma expressão estranha, que se estendeu ao seu rosto em um riso de escárnio, mau e repugnante.

Enrico era um desses rapazes nascidos ricos, criado em berço de ouro. Bertoldo e Riete educaram-no para pertencer a uma camada que começava a despontar no Brasil: a da alta burguesia, proveniente do moderno capitalismo brasileiro, com um alto padrão de vida. Não mais aquele membro originário da elite agrária, que vigorou até a década de 1930, com pessoas ricas, porém muito atrasadas, mas da nova burguesia industrial que era implantada por Vargas. Enrico caminhava para ser um daqueles capitalistas clássicos americanos que surgiram durante o final do século XIX. Bertoldo lhe ensinara os métodos para enriquecer, não muito ortodoxos, e lhe narrara as histórias que deram origem às grandes fortunas americanas e que vigoravam no capitalismo mundial: se possível, levar tudo de roldão sob o jugo das leis, se não for possível, deve-se alterá-las ou mesmo transgredi-las, mas agir sempre com inteligência e em alto nível, nada de vulgaridades. E Enrico incorporou, desde criança, o espírito de mando da ideologia dominante. Todavia, como era jovem, não adquirira a experiência necessária para expressá-la verbalmente, era ainda imaturo, sem autodomínio. Ele não se tornara ainda um daqueles que tinham a consciência de que lideravam e eram respeitados por liderar e que comandavam sem necessidade de exteriorizar vulgarmente os seus poderes. Enrico, ainda inexperiente, era um aprendiz com atitudes explícitas e antipáticas. Exibia arrogância e prepotência, achando-se o dono do mundo. Não aprendera ainda que o poder deveria ostentar simpatia, a simplicidade e a benevolência dos capitães experientes, envoltos naquele espírito de hipocrisia receptivo. É verdade que muitos desses homens usariam seus filhos como propagandistas de suas riquezas, mas não era o caso de Enrico. Ele talvez fosse de fato um pernóstico enrustido por natureza, como era comum nesse meio. Henriette vivia lhe ensinando, admoestando-o, mas Enrico parecia que se tornaria definitivamente assim. Ele era um rapaz sério e fisicamente se parecia muito com Bertoldo. Fora educado com a ambição de seus pais, porém adquirira características próprias, indesejáveis por eles. Era uma pessoa difícil, cheia de problemas devido à sua origem e criação, e tornara-se um sujeito taciturno, misterioso e sem escrúpulos para atingir determinados fins. Enrico nascera em uma época conturbada na vida de seus pais e nunca recebera carinhos suficientes de Riete, tornando-se um jovem carente. Tinha tiques nervosos, às vezes tornava-se temperamental e sádico, mas era extremamente ambicioso e competente nos negócios. Enrico vivia entre São Paulo e o Rio. Bertoldo já delegara a ele parte dos negócios da Fotunatti, mas frequentemente ele vinha ao Rio trabalhar com Riete. Seus pais mantinham-no sob controle, porém ambos lhe ignoravam alguns hábitos, coisas que ele fazia às escondidas e julgava que seus pais não compreenderiam, mas que ele achava normais. Ultimamente estava se tornando viciado em ópio, muitas vezes obtido com Valdemar Gigante. Riete era mais esperta que Bertoldo e intuía melhor a personalidade do filho. Bertoldo, desde que Verônica o abandonara, tornara-se desiludido e descuidara de seus negócios e da própria vida. Riete era atenta sobre as responsabilidades que poderia ou não delegar ao filho, mas ambos viviam frequentemente às turras, pois ela o desdenhava e o tratava muitas vezes com prepotência e pouco caso. A verdade era que Riete o subestimava e lhe transmitia sub-repticiamente a mensagem de que ele era um incômodo, induzindo-o a sentir que sua existência fora obra do acaso e que poderia ter sido evitada. Riete refletia em Enrico as carências que lhe foram transmitidas por seus pais. Ela não poderia dar ao filho o que nunca recebera, agravado pelas circunstâncias do nascimento de Enrico e pelas situações complicadas que muitas vezes surgiam em seus negócios.

— Pois eu não tenho mais nada a fazer aqui! — despediu-se Enrico asperamente, levantando-se e dirigindo-se à saída. Abriu a porta e bateu-a com raiva. Riete permaneceu um instante em silêncio.

— Já lhe falei para manter o autocontrole e a frieza. Um homem de negócios deve ser frio e pensar antes de falar qualquer coisa, principalmente besteiras. Falta-lhe maturidade e acaba agindo como um idiota. Bertoldo diz que saiu a alguns de seus parentes, italianos passionais... Mas não se preocupe, querido, ele não atrapalhará em nada nossa vida.

— Bem, Riete, vamos ver como ele agirá... Estou agora preocupado em conversar com Elisa sobre tudo isso... Após o almoço, subo para Petrópolis, encontro-me com ela e depois retorno a Minas — disse João Antunes, denotando um semblante aflito. Ele sentia que os momentos encantados da véspera se dissipavam em meio à rotina da vida e percebeu instantaneamente que o auge da véspera fora quando estiveram em companhia de Vargas. Naqueles instantes, as emoções dos presentes alcançaram uma excitação incomum, uma espécie de embriaguez espiritual que atingiu a todos, particularmente suas reações amorosas, que ficaram à flor da pele. O ambiente sofisticado, o vinho, a comida deliciosa e o poder que emanava de Vargas deixavam ele e Riete excitadíssimos, e agora aquele frenesi recebera um ponto final com a atitude de Enrico. João Antunes experimentava com Riete uma sensação semelhante à que vivera com Verônica no dia anterior.

— Sim... e quando retorna ao Rio? — indagou Riete.

João Antunes assustou-se. A sensação que teve foi a de que os planos que traçaram foram apenas ornamentos dos instantes amorosos que viveram.

— Eu te telefono, querida... — respondeu, levantando-se e se preparando para sair. Riete também deveria ir trabalhar dali a pouco.

João Antunes apanhou sua mala, gritou por Manu e despediu-se dela calorosamente. Riete o acompanhou até o elevador. Abraçaram-se, beijaram-se com ardor e permaneceram mais alguns minutos dizendo um para o outro palavrinhas amorosas. Ele então desceu, prometendo notícias pelo telefone.

João Antunes deixou a portaria pensando em Verônica. Do mesmo modo que sentira necessidade de rever Riete, precisava agora reencontrá-la antes de retornar a Minas. Guiava seu Ford satisfeito, mas experimentava qualquer coisa de inexplicavelmente estranho. Estacionou na Avenida Atlântica, próximo à Santa Clara. Em poucos minutos, tocava a campainha do apartamento. Verônica abriu a porta e lhe sorriu docemente. Exibia um semblante tranquilo, demonstrando segurança. Aquela expressão serena dava-lhe um ar de incrível beleza, que inquietou João Antunes.

— Como passou ontem, querido?... Venha, entre, vamos conversar.

— Como estás linda, Verônica... — cumprimentou-a João Antunes, beijando-lhe o rosto e depois abraçando-a.

Sentaram-se no sofá. Verônica reparou no anel no dedo de João Antunes.

— Novamente esse anel a me assombrar... de fato ele é poderoso. Riete sabia que passaria por aqui? — indagou, com um sorriso de displicência. João Antunes não lhe respondeu.

— Querida, sinto-me confuso... Riete mostrou-se outra, a mesma que conheci e que eu esperava encontrar... Aquela desilusão de sábado, ela me recompensou em dobro, o que me deixa angustiado, pois os momentos que passamos juntos foram tão bons quanto os que passei contigo... e a certeza que tive contigo foi a mesma que tive com ela... — disse João Antunes, vagando seus olhos pela sala como que procurando explicações para seus sentimentos, tão contraditórios e incompreensíveis.

— De sorte que tudo que sonhamos juntos e que declarou a mim foram por água abaixo... Eu já esperava por isso — concluiu Verônica, com uma voz entristecida. — Você continua dividido, querido, e está sofrendo muito. Veio ao Rio para fugir da solidão, mas retornará a Minas mais solitário e angustiado que nunca... Eu e Riete lhe demos tudo o que esperava... amor, carinho, sexo... e o dividimos ao meio...

— Como tu superaste a tua dualidade, Verônica? — interrompeu-a. — Certa vez tu disseste que ela seria uma manifestação autêntica do próprio eu... mas tu a rejeitaste e pareces viver tranquila atualmente...

— A vida mundana me enfarou e eu dei um basta, João Antunes. Não aguentava mais os ambientes que frequentava e muito menos a futilidade daquela gente. Abandonei os dois homens que me proporcionavam isso, Mendonça e Bertoldo, e abdiquei daquele mundo. Mas não renunciei ao amor por você e por Jean-Jacques e os vivo intensamente. Em Jean-Jacques, eu relembro a sua sensibilidade, a sua capacidade de se emocionar com detalhes imperceptíveis para as pessoas comuns e a sua indignação perante as injustiças deste mundo. Ele era uma pessoa maravilhosa, memorável, e sua lembrança permanecerá em mim enquanto viver. Com ele, eu me tornei sensível ao belo e aprendi a amá-lo, em tudo o que isso significa. Jean-Jacques vivia dizendo que eu era a encarnação da beleza. Ele me adorava, e imagino o tamanho de sua desilusão e de seus ciúmes... Certa vez ele me disse que o ciúme é o perfume do amor... — e seus olhos lacrimejaram. — Mas tudo isso, querido, eu só vim a valorizar mais tarde. Foi uma coisa linda que passou em minha vida, mas não estava preparada para recebê-la. Porém, não sei como responder à sua pergunta, pois, se superei a minha dualidade em relação a Bertoldo e a Mendonça, não abdiquei do meu amor por você e por

Jean-Jacques. Apenas abandonei a parte mundana de minha vida — respondeu Verônica, ostentando um semblante pensativo e amargo.

— E em mim? O que te encanta? — indagou João Antunes, com desalento, como se a pergunta lhe fosse irrelevante e apenas significasse uma fuga de si mesmo, ou talvez não lhe significasse nada.

— O mesmo que Jean-Jacques admirava em mim: a sua incrível beleza e a sua pobre alma atormentada, carente de ser saciada por algo impossível. Quando o conheci em Cavalcante, lembra-se? Naquele fim de tarde na casa de Riete? Naqueles dias, a minha alma estava morta. Chegava de São Paulo, onde soube que Jean-Jacques fora assassinado, e estava arrasada com as atitudes de Riete, envolvida no assassinato. Quando o vi, a vida me sorriu: você era como eu fora para Jean-Jacques ao seu primeiro olhar: a beleza encarnada. Portanto, me perguntou como superei a dualidade, pois não a superei, fiquei espiritualmente com os dois amores, ou apenas com a minha boa dualidade — disse Verônica, com um sorriso triste.

— Pois então eu lhe pergunto: e se Jean-Jacques fosse vivo, com quem ficaria? Comigo ou com ele? Estaria, portanto, na minha situação atual... Para ti, a resposta é fácil, pois ele não mais existe, e só lhe restou eu... — indagou João Antunes.

— Se Jean-Jacques fosse vivo, eu estaria vivendo com ele na França ou onde quisesse. Não haveria essa dúvida que me propõe. Foi a sua morte que me obrigou a ir a Cavalcante e conhecê-lo. Por isso, você é a continuação dos sonhos que imaginei viver com ele, e certamente o é ou pelo menos o foi durante o tempo que nos encontrávamos aqui no Rio. Atualmente, meu querido, são esses sentimentos que alimentam a minha vida e eles me bastam. Você viu em meu quarto a quantidade de livros sobre arte. Passo as horas estudando os grandes artistas, os homens que penetram na própria alma para desvendar a alma do mundo. Sou-lhe sincera, João Antunes, a beleza física encanta, mas só ela torna as pessoas tão vazias como os homens que conheci. E você a tem interiormente, pois, se fosse um homem fútil, teria as mulheres que quisesse, assim como eu teria os homens que desejasse. Você não imagina quantos homens poderosos me cortejaram e o quanto eu era desejada por eles nos meus tempos de moça. Foi a minha beleza que enlouqueceu Mendonça e obrigou Bertoldo a me comprar a Santa Sofia... — Verônica interrompeu-se um instante, comovida com o passado, mas prosseguiu. — E tudo isso confirma o que lhe disse sobre as emoções causadas pela beleza. Mendonça era um homem influente, riquíssimo, assim como Bertoldo, mas o que necessitavam de mim era o sentimento essencial que suas riquezas não compram. Era uma vontade irrealizável, impotente, um desejo frustrante, pois não poderia ser obtida com nenhum dinheiro. Eu compreendia isso e, em várias ocasiões, me apiedei de Mendonça ao sentir que ele trocaria tudo pelo meu sincero amor. Apesar de seu poder, ele não poderia comprá-lo, pois seria impossível eu amá-lo sinceramente. Ele comprou, sim, o meu lado fútil, vazio, mas não obteve o essencial. Não se compra a sinceridade. Mendonça, sendo um homem inteligente, reconhecia isso, sabia que o principal era o amor, um sentimento sincero, profundo e inequívoco que brota do âmago. É interessante observar esse fato, pois Mendonça possuía inúmeros defeitos. Era cínico, falso, devasso, interesseiro e sem escrúpulos em seus negócios, um representante típico dessas elites, mas tinha a necessidade primordial de um sentimento autêntico, legítimo, o imperativo de meu amor. Sem este, tudo lhe parecia irrelevante. Ao final de sua vida, humildemente me confessou isso várias vezes, dizendo-me que daria sua fortuna pelo meu amor. Pois, mesmo que desejasse, eu não poderia satisfazê-lo porque nem a própria pessoa consegue manipular sua alma. Entende isso, querido? Ninguém consegue forjar a espontaneidade do sentir, pois o amor nasce do próprio amor. A posse de meu corpo era irrisória perante esse sentimento indispensável. Porém, eles não perceberam que, ao comprarem o lado fútil de minha vida, Mendonça e Bertoldo compraram seus próprios sofrimentos, suas próprias desilusões, suas ruínas sentimentais, e pagaram juros altíssimos em forma de frustrações. Essa realidade, querido, chega a ser comovente, pois, ignorando-a, eles adquiriram a própria amargura, que, com o tempo, só viria aumentar. Não perceberam que estavam entrando no inferno e que eu não era o Dr. Fausto, aquele personagem de Goethe que vendeu sua alma ao diabo...

— Compreendi, querida, tu és bela por dentro e por fora... porém eu absolvo o senador Mendonça e Bertoldo... ninguém sabe onde se esconde o diabo e muito menos percebe sua astúcia, suas armadilhas terríveis... Vou retornar a Minas e realmente volto mais solitário que quando cheguei... Minas também é um pouco assim, meio ardilosa... um tanto quanto misteriosa e bela — comentou João Antunes, com um sorriso enigmático. Verônica mirou-o com um olhar estranho e repentinamente caiu na gargalhada.

João Antunes, durante os três dias que passara no Rio, sentira um terremoto abalar suas convicções amorosas cada vez que estivera persuadido de que descobrira o seu único e verdadeiro amor. Encontrara em Verônica a doçura para sua alma agoniada, mas Riete revidara com o feitiço de seu corpo e de sua personalidade exuberante. Domingo à noite, sentia-se convicto de que seu amor era Verônica; na segunda-feira, fora fisgado por Riete, e agora escapava do anzol, mas mergulhava novamente na insensatez ao ver-se diante daquela mulher tão linda. João Antunes convencia-se de que amava mãe e filha, porém, mal concluíra essa ideia, já a rejeitava imediatamente como um desatino, como uma ideia estapafúrdia, pois aspirava a um único amor. Constituíam três seres que reuniam em si tudo aquilo que irremediavelmente atrai, menos a exclusividade única que um par exige para a felicidade mútua. João Antunes sentia que a escolha parecia impossível e sem ela nada era possível. Foi isso que confessou abraçado a Verônica enquanto ela o afagava, compreendendo o seu tormento. Verônica, nesses instantes, induzia-lhe o carinho maternal de Felinta misturado a sexo. Ele saíra de San Genaro em busca de amor, mas o recebera tanto e de várias maneiras que se sentia sufocado, inundado por emoções desconexas, e retornava mais solitário, esvaziado do que recebera em abundância. Sentira as plenitudes do carinho, da sinceridade e do sexo, mas angustiava-se ante a exclusividade de um só desejo.

— Quando retorna ao Rio? — indagou Verônica, com sua voz entristecida, fazendo, sem o saber, a mesma pergunta derradeira de Riete.

— Tu queres assistir à formatura de Elisa? Eu passo aqui dia sete de dezembro e te levo... — convidou-a João Antunes, experimentando uma sensação absurda e deprimente.

Saíram. Verônica o acompanhou até o Ford e, antes de nele entrar, permaneceram abraçados durante um bom tempo. João Antunes jurava-lhe um amor sincero, que ambos sabiam ser tão momentâneo quanto os desenhos do céu.

— Adeus, minha adorada Verônica. Tu serás a minha única certeza — disse-lhe, abrindo a porta do automóvel e entrando. Acionou a ignição e abaixou o vidro. Enquanto aquecia o motor, Verônica enfiou seu rosto e o abraçou chorando.

— Te espero — disse ela entre lágrimas. — Se precisar de carinho e sentir solidão, me telefone — acrescentou, afastando-se da janela.

João Antunes partiu lentamente enquanto Verônica permanecia no calçadão, de pé sobre os desenhos de pedrinhas portuguesas em forma de ondas, que iam e vinham, como os sonhos em nossas vidas.

7

João Antunes ouvia a Rádio Nacional desfilar um repertório musical que o confrangia, fazendo-o relembrar os amores que deixara e que novamente o reintroduzia na solidão de Minas. Começava a percorrer os subúrbios do Rio em direção a Caxias e lembrava-se que por ali passara de trem quando fora para Goiás, há vinte e dois anos. O mesmo cenário desolador se repetia, porém observava que ele se ampliara. Assistia aos mesmos olhares infelizes em semblantes desbotados e os mesmos casebres cercados por bananeiras tristes. Cachorrinhos esquálidos remexendo lixos, crianças descalças, magras, subnutridas, em cujos olhinhos reluzia uma centelha que logo sumiria. O Rio enriquecia-se em seu lado paradisíaco, mas em seu quintal expandiam-se mais velozmente a miséria e a violência, retrato da trágica desigualdade social brasileira. Ele nem imaginava que assistia apenas ao início de um futuro perverso do qual, se possível, se lembraria com saudades das cenas que presenciava. E o que observava era o oposto de Copacabana, o que era divulgado e que habitava o imaginário das pessoas, impingindo aspirações e fazendo crer que o Brasil era a Avenida Atlântica. Aquela conjuntura sobre a qual pensara quando partia para Cavalcante era a mesma, mas ampliada, dando-lhe a certeza de que o Brasil caminhava na direção errada, na contramão da maioria de seu povo. João Antunes refletia sobre a distância cruel entre seus sofrimentos amorosos e a realidade daquela gente, cuja vida era apenas uma luta constante pela sobrevivência, sem dinheiro e tempo para curti-la. Achou seus pesares um capricho, uma leviandade. Ele fitava o céu azul e sentia um calor horrível, apesar do vento que entrava forte pela janela do Ford. "Logo começo a subir a Serra, e a temperatura cairá", pensou, quando foi interrompido pelo Repórter Esso, que passou a noticiar o rápido avanço alemão em direção a Leningrado. A cidade estava cercada e poderia cair a qualquer momento. Viu, através do para-brisas, um avião que decolara vagarosamente do Galeão, não muito distante dali. Ouviu o seu ruído se aproximar e depois se afastar melancolicamente na imensidão do céu, o que o fez pensar sobre tudo aquilo. Era um DC-3, o rei dos ares, com o ronco inconfundível e nostálgico de seus motores. Logo, João Antunes subia a Washington Luiz, cada vez mais preocupado sobre como revelaria para Elisa o seu passado e as suas intenções atuais. Entretanto, isso lhe causava ainda mais angústia, pois sequer resolvera a sua vida, e diria a Elisa apenas seus dilemas. Ele guiava vagarosamente pensando que tudo isso lhe parecia inútil e sem sentido.

*

João Antunes chegou a Petrópolis por volta das 11 horas. Procurou um restaurante e, enquanto almoçava, tornava a refletir sobre como abordar o assunto. Aguardou o início da tarde e dirigiu-se ao Colégio Sion. Apresentou-se e informou à secretaria que precisava encontrar-se com a filha sob um pretexto excepcional e que solicitasse a licença à responsável, a Irmã Amandine, encarregada das audiências. Como Elisa era muito querida e respeitada como aluna, o pedido foi prontamente atendido.

— Papai, você por aqui novamente! — exclamou Elisa, surpreendida pela visita inesperada, e atirou-se entre os seus braços. Como ela o conhecia muito bem, imediatamente captou a angústia de João Antunes.

— O que foi, papai? Parece tão preocupado... como no sábado, algum negócio que deu errado? — indagou, descolando-se dele e afastando seu rosto, observando-o atentamente. Como a visita foi feita na terça-feira, apenas três dias após a última, Elisa comprovava que, de fato, alguma coisa o preocupava. Caminharam e sentaram-se em um dos sofás da recepção, junto a uma parede. O amplo salão, um pouco sombrio, estava vazio e mergulhado em uma espiritualidade silenciosa, convidativa às meditações elevadas. Apenas dois fachos de luz de início da tarde abriam-se preguiçosamente em dois amplos leques sobre o chão de madeira, amenizando as sombras. Eles vazavam através das janelas e estendiam suas extensões enviesados, juntos com o frescor e o aroma das matas. Conversaram rapidamente sobre a estadia dele no Rio, até que João Antunes pôs-se repentinamente sério e voltou-lhe o olhar, perscrutando o semblante de Elisa.

Ele afagou-a carinhosamente e começou a lhe revelar o que pensara exaustivamente enquanto subia a Serra:

— Minha filha, preciso lhe fazer algumas revelações sobre o meu passado... coisas que nunca lhe contei porque achava desnecessárias, mas que atualmente devem ser reveladas e são elas que me preocupam — começou João Antunes, ancorando seu olhar sobre a porta que dava acesso ao salão. Elisa, devido à maneira grave e solene da introdução feita pelo pai, sentiu-se um pouco assustada e cravou sua atenção sobre ele.

— Sim, papai... sou toda ouvidos — disse Elisa, sentindo-se curiosa.

João Antunes hesitou um instante e começou um longo e profundo mergulho no passado. Elisa já conhecia o romance de infância entre sua mãe, Ester, e seu pai, ocorrido em Santos Reis, mas sabia muito pouco sobre o acontecido em Cavalcante, tendo apenas vago conhecimento. E João Antunes começou por essa época. Ele falava devagar e, à medida que narrava, Elisa observava a dor se instalando no semblante de seu pai. João Antunes contou-lhe sobre o seu amor por Verônica e Riete, que se apaixonaram por ele, e sobre a paixão de Marcus, bem como as circunstâncias e motivações do seu suicídio. Contou-lhe seus dilemas, suas angústias, mas nada revelou sobre o romance que manteve com Verônica, durante dez anos, que foi a causa da morte de Ester. Sentiu-se coagido, obrigado a omitir a parte mais crucial da narrativa, o que só acentuou a cicatriz marcada a ferro e fogo em sua alma. João Antunes revelou a Elisa a herança que Marcus lhe deixara, portanto, a origem da fazenda San Genaro. Enquanto João Antunes falava, Elisa lhe ouvia as revelações estupefata. Em vários momentos, a voz de João Antunes embargava, enquanto os olhos de Elisa lacrimejavam e seus brilhos se apagavam. Porém, Elisa não se sentia decepcionada com seu pai e lhe compreendia a dor. Ela sofria não tanto pelas revelações, mas por vê-lo sofrer. Elisa era uma menina inteligente e sensível às aflições do próximo. Compreendia os dramas humanos, tinha muita sensibilidade. Lera muito sobre assuntos sociais, muitas vezes às escondidas, pois as leituras de alguns autores mais profundos e questionadores da ordem social eram proibidas no colégio, tal como Rousseau o fora no século das luzes. Ela acompanhava os movimentos psicanalíticos europeus, conhecia seus reflexos sobre as artes europeias de vanguarda e tinha uma aguda consciência política. Elisa se tornara precocemente erudita, era muito curiosa e tinha sede de saber, pois João Antunes sempre a estimulara nesse sentido. Ele lhe dizia que puxara à avó Felinta.

Ao final da narrativa sobre o passado, ele revelou-lhe o motivo de sua ida ao Rio. Contou-lhe sobre a sua solidão atual e a necessidade de casar-se novamente. Elisa compreendeu e aceitou a situação, pois era natural e comum que um viúvo se casasse, mas chorou amargamente ao recordar sua mãe, Ester. João Antunes lhe confessou seus sentimentos confusos a respeito de

Verônica e Riete, os mesmos pelos quais passara em Cavalcante. Elisa chegou a compreendê-los muito bem, embora estivesse surpresa com as indecisões de seu pai. Ao longo dos anos, percebera que, de fato, ele parecia um pouco irresoluto, já lhe revelara isso em algumas ocasiões, mas jamais pensara que fosse tão titubeante ao ponto de ter dificuldades em escolher o amor entre duas mulheres. Durante bastante tempo, entremeado por muita amargura, João Antunes finalmente lhe revelou suas dores do passado e que retornavam vívidas no presente.

— Compreendo papai, o senhor é um homem lindo e agora posso avaliar melhor o quanto as mulheres o cortejam... Deve ser realmente difícil escolher entre tantas mulheres a que melhor lhe convém... que naturalmente também são lindas, bem como também deve ser difícil separar a beleza entre outras qualidades, que igualmente lhe são necessárias... — disse Elisa, estendendo suas vistas e pensamentos sobre o assoalho do grande salão. — Portanto, essa é a essência dessas revelações e o que sobrou dessa história. Nunca havia pensado sobre isso, pois de nada sabia... E esse anel? Significa algum compromisso? — indagou Elisa, pois desde o início o anel já lhe chamara atenção.

— Pois é, minha querida. Henriette me deu como uma espécie de compromisso... mas nada sério por enquanto.

João Antunes, por fim, discorreu sobre as personalidades de Verônica e de Riete, mais como um desabafo e pela necessidade de, mais uma vez, tentar inutilmente persuadir-se. Elisa lhe disse que não podia opinar sem conhecê-las, mas, assim que as conhecesse, poderiam conversar a respeito. Ele comentou sobre a riqueza de Riete e de seus problemas emocionais e discorreu sobre a vida de Verônica e de sua paixão por Jean-Jacques. João Antunes falou por quase duas horas. Ao final, parou bruscamente, como se não pudesse dizer mais nada.

— É tudo o que tinha a me dizer, papai? — indagou Elisa, fitando-o intensamente, com os seus olhos túmidos.

— Sim, querida, é tudo, e espero que me compreenda e me perdoe se alguma mágoa te causei... — terminou João Antunes, sentindo uma dor infinita o oprimir, pois lhe era impossível revelar o essencial, aquilo que de fato o atormentava e que pudesse realmente aliviá-lo.

— O que foi, papai? Pode me revelar tudo, não pode haver segredos entre nós... — disse Elisa, perscrutando atentamente o semblante de João Antunes.

— Isso é tudo, minha querida — e a abraçou em prantos.

Elisa passou a lhe dizer palavras de apoio e de compreensão. João Antunes aos poucos se acalmou, mas sua alma flutuava em um estranho vazio. Ele sentiu o quanto amava Elisa e o quanto não era digno de sua filha.

— Não quero nunca te ferir, querida — disse, afagando-lhe o rosto —, tu és o meu único vínculo com a certeza.

— Não se preocupe, papai, estou aqui para ajudá-lo em qualquer situação. Quem quer que escolha para esposa eu a acolherei de braços abertos e terá a minha amizade. Conte sempre comigo — disse-lhe carinhosamente. Embora percebendo a angústia de João Antunes, Elisa a atribuiu às suas dúvidas existenciais, porém não imaginava que a sua principal amargura era um segredo impossível de lhe ser revelado.

João Antunes sentiu-se profundamente comovido com a compreensão da filha, pois temia ofendê-la com o seu possível casamento. Elisa, contudo, compreendeu a solidão em que ele vivia em San Genaro e aceitou o fato. Conversaram mais um pouco, mas João Antunes lhe disse que pretendia seguir viagem ainda naquela tarde e deveria partir. Encontrava-se emocionado e mais aliviado após a conversa que tiveram. Contudo, sentia que carregava um peso do qual se livrou muito pouco.

— Verônica e Riete manifestaram interesse em assistir à sua formatura. Se realmente desejarem, poderei trazê-las?

— Claro, papai, serão bem-vindas, e será uma ótima oportunidade para conhecê-las. Poderei então emitir um juízo abalizado sobre elas e dar minha opinião de quem seria melhor para o senhor, já que ainda está em dúvida — disse Elisa, sorrindo carinhosamente.

— Estarei aqui dia sete de dezembro. Agradeça à irmã pela visita concedida.

Ambos se levantaram do sofá e respiraram fundo. Sentiam-se cansados, tanto por estarem sentados há quase duas horas como pelas emoções da conversa.

— A responsável pelas visitas é a Irmã Amandine e ela também o achou muito simpático.

— Pois então lhe agradeça em dobro — e caminharam pensativos até junto à porta de saída e prosseguiram até o automóvel.

— Tu és maravilhosa, minha filha, como tua mãe. És o meu tesouro na Terra. Adeus — disse, beijando-a carinhosamente. Abraçaram-se afetuosamente e se despediram. Elisa permaneceu na calçada, enquanto João Antunes acionava a ignição. Acenou-lhe rapidamente e começou a acelerar o Ford, rumo à solidão de Minas.

8

Após despedir-se de João Antunes, durante a manhã de terça-feira, Riete dirigiu-se ao seu escritório na Cinelândia. Nunes, seu *chauffeur*, deixou-a em frente ao prédio, na Rua Alcindo Guanabara. Ficou surpresa ao descer do automóvel e deparar-se com Enrico, que a aguardava sentado em uma mesa de bar, quase vizinho ao prédio. Ele levantou-se e se dirigiu a ela.

— Precisamos conversar, mamãe — disse Enrico com uma voz firme e autoritária e o semblante fechado.

Riete assustou-se com a repentina interpelação. Parou um instante, olhando-o com o semblante crispado. Estava apressada, pois tinha vários assuntos a resolver.

— Conversar sobre o quê!? — replicou agressivamente, pondo-se a caminhar rumo à portaria.

— Sobre aquele sujeito que encontrei com a senhora nessa manhã. Após sair de seu apartamento, passei na vovó e perguntei quem era...

— E o que ela lhe disse? — indagou Riete bruscamente, interrompendo outra vez seus passos e voltando-lhe ansiosamente um olhar furioso. Enrico sorriu com a inesperada reação.

— Disse que você o conhecia e que tinha a ver com o seu passado. Eu insisti, e ela então revelou que se conheceram em Cavalcante, mas se recusou a fornecer mais informações. Disse que somente você poderia falar sobre isso.

— Vamos subir. Porém, aqui no escritório não é lugar para esse assunto. Vamos trabalhar. À noite conversaremos lá em casa.

— Devo viajar esta noite para São Paulo.

— Pois, se isso realmente lhe interessa, viaje amanhã cedo e nem pense em conversar a respeito aqui no escritório! — advertiu-o novamente, e prosseguiram em silêncio até o elevador.

À tarde, em vez de retornarem ao apartamento de Riete, resolveram sentar-se em um dos restaurantes existentes na Cinelândia para conversarem a respeito. Nunes os deixou no Vermelhinho, localizado na Rua Araújo Porto Alegre, em frente ao bonito prédio da Associação Brasileira da Imprensa, a ABI, onde procuraram uma mesa discreta. Nesse horário, ainda havia pouco movimento. Solicitaram chope e batatas fritas e puseram-se a conversar.

— Afinal, o que deseja saber, Enrico? — perguntou Riete, demonstrando impaciência e certo nervosismo, pois sabia que deveria revelar fatos ignorados por Enrico.

— Mamãe, a senhora já se referiu algumas vezes sobre a sua aventura em Cavalcante, onde esteve à procura de ouro. Mas tudo de maneira muito vaga, imprecisa, e além disso nunca me interessei pelo assunto. Porém, hoje eu me deparei com aquele sujeito lá no apartamento, que, segundo a vovó, você conheceu em Cavalcante. Qual é o seu nome? Me esqueci. E, afinal, como se conheceram e o que se passou em Cavalcante?

— Ele chama-se João Antunes e não é um sujeito, é o homem a quem amo e com quem vou me casar — disse Riete secamente.

— Casar-se com ele!? — indagou Enrico, ironicamente surpreendido. — Mas como casar-se!? A senhora sabe o que é amor? — completou Enrico de modo sarcástico, contundente, sentindo-se coberto de razão ao agredi-la.

Enrico nascera de um relacionamento casual entre Riete e Bertoldo devido às circunstâncias atribuladas em que ambos viviam. Não houvera amor entre seus pais. Àquela época, Bertoldo andava muito deprimido ao saber que Verônica viajara ao Rio para se encontrar com Jean-Jacques no Hotel Londres e posteriormente viajado a Goiás. Na mesma desilusão encontrava-se Riete, preterida por João Antunes devido ao seu casamento com Ester. Naqueles dias, Riete iniciara o tratamento com o doutor Franco da Rocha e, nos finais de semana, viajava em companhia de Bertoldo para São Paulo, aonde ele ia a negócios. Ela aproveitava a carona e agendava as consultas para as segundas-feiras. Ambos, necessitados de conforto para seus infortúnios, evoluíram para um compartilhamento que foi se tornando mais íntimo, até terminarem sobre a cama de um hotelzinho romântico, na Rua Aurora. Portanto, Enrico fora fruto de um lenitivo para as almas agoniadas de Bertoldo e Riete. Ele nascera ao acaso para suprir as carências de seus pais, que passavam por momentos delicados em suas vidas; originara-se de um alívio sexual para as mágoas de uma época. Fora reconhecido como filho, deram-lhe o nome, mas nunca lhe deram amor, principalmente Riete. Bertoldo era mais carinhoso e paciente com o filho, ensinava-lhe os truques dos negócios, pois reconhecia em Enrico inteligência e capacidade de trabalho. Havia dois anos que o colocara como sócio de sua empresa, a Fortunatti. Enrico ocasionalmente trabalhava também com Riete, mas o relacionamento com a mãe sempre fora difícil, muito conturbado. Riete repetia inconscientemente com Enrico suas vicissitudes de infância. Assim como ela fora vítima de uma relação maternal conflituosa, em que muitas vezes o ódio superava o amor, o mesmo ocorria em relação ao amor que Riete devotava a Enrico. Riete materializava no filho uma lembrança ruim de sua vida, e Enrico se equilibrava nessa corda bamba que fora mal esticada para ele. Ele ignorava que, quando nascera, Bertoldo já era casado com Verônica.

— Enrico, vamos então ao que lhe interessa... — disse Riete, ajeitando-se sobre a cadeira.

— Mas o que me interessa, antes de tudo, é começar pela resposta à minha pergunta anterior, saber se a senhora conhece o que é amor...

— Não vim aqui para explicações sobre questões de foro íntimo e muito menos lhe dou liberdade para isso. Parece-me que você deseja saber do meu passado e como vim a conhecer João Antunes, não é isso? Então, vamos ao que lhe interessa!

— Amor não se compra com dinheiro! — interrompeu-a Enrico de modo mordaz.

Riete interrompeu-se um instante, mirando-o fixamente, e abriu um pequeno sorriso, irônico, mas profundamente sincero, que irrompeu de súbito das profundezas de sua alma.

— E quem disse que o amor não se compra? — replicou Riete, como se dissesse uma verdade insofismável. — O amor compra-se como qualquer outro bem que nos dê felicidade, prazer ou nos encante — prosseguiu ela, com mordacidade. — Se você acha que um bom carro lhe dará alegria, quaisquer que sejam as razões para senti-la, seja por vaidade, *status* social, seja porque é um amante da velocidade ou pelo conforto ou qualquer outro motivo, você vai à loja e o compra, não é verdade? Assim é o amor. Se sente que uma pessoa lhe dá felicidade e o fará feliz, quaisquer que sejam os motivos, poderá comprá-la do mesmo modo como o fez com o carro. A diferença é que o carro é um bem concreto e o amor é um bem abstrato, mas a finalidade é a mesma: satisfazer as necessidades do espírito — disse Riete, de modo tão convincente que calou momentaneamente Enrico, que permaneceu um instante com os olhos vagando sobre o semblante da mãe.

Porém, se Enrico sentiu-se convencido pela lógica superficial de Riete, despontou nele, inesperada e subitamente, o significado perfeito da sinceridade amorosa e do argumento equivocado de sua mãe, pois sentia esse problema em si mesmo. Ele refletiu que não haveria dinheiro neste mundo que fizesse sua mãe amá-lo com sinceridade. Sentiu-se plenamente convencido disso. E essa emoção particular, nascida intuitivamente naquele instante, o fez compreender que a sinceridade amorosa não se compra porque o amor exige uma reciprocidade simultânea entre duas emoções, que se desejam satisfazer mutuamente. Essa era a lógica de Enrico. Não há dinheiro que faça dois corações se sentirem louca e sinceramente apaixonados. Compra-se, sim, uma vida em comum derivada de interesses materiais ou de convenções sociais, ou um amor instigado pela riqueza de alguém, mas isso é pouco, muito pouco para se chegar à intensa reciprocidade amorosa, ou quase nada. Não se compra o próprio sentir. Tire o dinheiro desse alguém e tenha certeza de que todo o seu charme atrativo desaparecerá. Pode-se amar algum objeto ou alguma prática, mas alcança-se facilmente um limite, pobre e impassível, diante do qual as emoções do agente amador cessam porque não existe a sintonia amorosa. Esse era o tipo de amor carente que Marcus dedicava às gemas e aos diamantes, que ele dizia compreendê-lo, porque ninguém o compreendia. A única maneira de alguém vir a se apaixonar sinceramente por uma pessoa que seja rica decorre da coincidência entre o amor desse alguém e a riqueza do outro. Existe essa sincera possibilidade de coincidência e, portanto, de uma vida em comum, mesmo que o parceiro posteriormente se empobreça. Tudo isso foi o que Enrico pensou rapidamente, enquanto seu olhar vagava sobre a fisionomia de sua mãe.

— Então, se a senhora pensa que o dinheiro compra até o amor, pobre João Antunes, mamãe — prosseguiu Enrico —, você irá então absorvê-lo em si e para si, pois julga que as coisas deste mundo só existem para satisfazê-la, se acaso as desejar. Ele será apenas um bem a ser adquirido, como os frigoríficos que atualmente deseja comprar.

Riete o fitou admirada, pois nunca o vira manifestar tais ideias. Jamais imaginara que houvesse em seu filho quaisquer resquícios de valores morais e humanísticos. "Será que ele puxou à avó?", pensou. Lembrou-se de Jean-Jacques e de suas ideias sociais despojadas, abnegadas, e de que certa vez discutira isso com ele em Ilhéus.

— Não é esse, todavia, o caso, Enrico, pois eu amo sinceramente João Antunes e vou fazê-lo meu sócio. Não vou comprá-lo como insinuou. Mas me fez lembrar de alguém que também tinha essas ideias. Mas vamos então ao que deseja saber e tira essas bobagens de egoísmo da cabeça. Egoísmo e quaisquer desses valores só devem ser consideradas quando nos prejudicam, do contrário, devemos apenas fingir que os temos, pois são socialmente valorizados, e ignorá-los pode nos trazer problemas. Aprendi isso com papai, que dizia que devemos utilizar todos os meios que possam nos ajudar nos negócios, e um dos mais poderosos é o cinismo inteligente, disfarçado de sinceridade. Portanto, é fundamental passar-se por um homem sincero. Trata-se de impor naturalmente os interesses mediante um discurso sem constrangimentos para quem nos ouve. Ponha uma coisa na sua cabecinha, Enrico: a única regra do capitalismo é ser pragmático, portanto, você deve utilizar esses valores em seu benefício, sem se preocupar com a validade ou não que possam conter intrinsicamente. Sem esse pragmatismo, você estará de antemão derrotado, pois irá trabalhar em um meio no qual a sinceridade é coisa rara. Porém, você sabe disso, sei que Bertoldo o ensinou. Geralmente, a boa-fé de um rico existe apenas longe dos seus negócios ou em sua vida particular — disse Riete com segurança, cruzando os dedos sobre a mesa e ajeitando-se outra vez sobre a cadeira. — Contudo, mais uma vez, e que seja a última, vamos ao que deseja saber e não me interrompa com questionamentos desse tipo. Não viemos aqui para filosofar sobre ética.

Tal como João Antunes revelara para Elisa durante o início dessa mesma tarde, em Petrópolis, Riete começou a narrar ao filho como conhecera João Antunes no início de uma noite na cidade de Goiás. Ela nem mesmo omitiu que seu romance começara com uma botinada em suas costas, quando passava sob a janela da pensão na qual João Antunes se hospedava.

— No dia seguinte, ele iria para Cavalcante e eu viria para Campinas. Por uma coincidência extraordinária, ele seguia para Cavalcante com o mesmo objetivo que eu: em busca de ouro — explicou Riete.

Enrico sorriu e cravou sua atenção sobre o rosto da mãe. Riete falava com um olhar contemplativo, muitas vezes perdido no passado. Às vezes Enrico bebericava o seu chope e mastigava uma batata, enquanto na tulipa de Riete as bolinhas gasosas subiam incansavelmente e se desmanchavam na superfície, pois ela sequer tomara um gole. Revelou ao filho a disputa que travou com sua mãe pelo amor de João Antunes, enquanto estiveram em Cavalcante, e narrou durante um bom tempo os detalhes de sua vida naquela cidade, as dificuldades na implantação do garimpo e a paixão de Marcus por João Antunes.

— Então, você enfrentou até um veado? — interrompeu-a com ironia.

— Pois é... até isso... — comentou displicente.

Depois, Riete lhe falou sobre o encontro que posteriormente teriam no Hotel Londres, no Rio, onde ela aguardava João Antunes com a esperança de que a escolhida seria ela. Porém, João Antunes, após sair de Cavalcante e retornar ao Sul, resolvera casar-se com sua namorada de infância, Ester, e assim o fez.

— Ele chegou ao hotel e me comunicou seu casamento. Nunca sofri tanto como naquela noite — comentou, com uma expressão sombria.

Riete revelou então a Enrico que foi a partir dessa época que teve um curto envolvimento com Bertoldo, seu pai, e que João Antunes, já casado com Ester e morando em Minas, envolveu-se com Verônica, tornando-se seu amante.

— Na disputa por João Antunes, fui derrotada por mamãe. Eu e Bertoldo mantivemos o romance porque estávamos em uma fase difícil. Ele, porque descobrira que Verônica o traía, e eu porque havia perdido João Antunes. Durante dez anos, mamãe e ele encontravam-se aqui no Rio, até quando Ester descobriu a infidelidade do marido. Mamãe me revelou que Ester ficou tão deprimida que adoeceu e veio a falecer. João Antunes então sentiu-se culpado pela morte da esposa, o que o levou a romper com mamãe, roído pelo remorso. Depois disso, mamãe e eu o vimos apenas duas vezes, e só agora, após dez anos de viuvez, ele apareceu lá em casa queixando-se de solidão. Eu nunca deixei de amá-lo, bem como mamãe, pois João Antunes, além de lindíssimo, é uma pessoa especial, muito sensível, e tem uma alma encantadora...

— Mas então a senhora ajuíza esses valores... o que significa, afinal, essa ideia de alma encantadora? —interrompeu-a Enrico, irônica e sarcasticamente.

— Já lhe disse, nada de filosofia! — replicou Riete com impaciência. — E agora me parece que mamãe e eu, nesses três dias em que João Antunes esteve no Rio, recomeçamos a viver a antiga disputa pelo seu amor. Ele chegou sábado, passamos a noite juntos e no domingo ele encontrou-se com mamãe. Retornou na segunda ao meu apartamento e fomos almoçar no Le Bernadin. Nos divertimos bastante, e ele permaneceu comigo até a manhã de hoje, quando você o conheceu lá em casa. Deve estar agora retornando para Minas. João Antunes tem uma fazenda no Triângulo Mineiro, em Araguari, vizinha à minha. É um daqueles que trabalham muito e ganham pouco. Mexe com gado de corte. Convidei-o a casar-se comigo e a vir trabalhar aqui no Rio, mas ele anda indeciso e deve manter-se indeciso até agora.

Riete interrompeu a narrativa sentindo-se emocionalmente fatigada, era-lhe penoso remexer em sua memória. Finalmente, bebericou seu chope, beliscou uma batata, sentindo um grande vazio, parecendo-lhe que tudo o que dissera era um absurdo sem sentido. Enrico desviou lateralmente seu olhar para o chão e permaneceu calado, pensando em tantas coisas que ignorara e que determinaram o seu nascimento e o seu destino.

— Quer dizer então que eu nasci porque papai e a senhora estavam chateados com a vida e, para esquecerem os problemas, foram para a cama? E tudo por causa desse João Antunes — disse Enrico com um sorriso triste, sentindo a sua empáfia de menino rico esvair-se e tornar-se ridícula perante a casualidade de sua origem, advinda de uma frustração amorosa de seus pais. Parecia-lhe que sua concepção não estava à altura de seu *pedigree*, da alta importância e da estima a que se dava.

— É verdade, Enrico, mas a vida é sua e só você pode engrandecê-la e torná-la digna — disse Riete com indiferença. — Está agora satisfeito em saber o motivo pelo qual João Antunes estava em minha casa esta manhã? Eu o conheço há vinte e dois anos, e você só tem 21.

— Então, vão mesmo se casar? Você lhe deu o seu anel... — indagou, com uma voz combalida.

— Vou lutar para isso, eu o adoro — disse Riete, sentindo seu coração sorrir. Sentiu-se repentinamente tão feliz que disse a Enrico que também o amava muito.

Ele sorriu com desdém, permaneceu um instante pensativo, cabisbaixo e muito entristecido. Constatava que a sua curta existência era insignificante diante da experiência daqueles protagonistas. Eles já haviam vivido períodos tormentosos e tinham o direito e a autoridade para tentar corrigir os caminhos do passado, no qual ele se encaixara como um alívio para a infelicidade de seus pais. Sim, ele nascera devido a um consolo circunstancial. Sentia-se como um fedelho, sem direito a dar palpites. Se acaso João Antunes tivesse aceito Riete, ele não existiria, pensava Enrico.

— Pois é... — disse ele. — Quantas pessoas como eu vêm ao mundo em uma sessão de descarrego e vivem sofrendo porque seus pais nunca pensaram nas consequências do que faziam. Pois eu aposto que chegaram a discutir sobre o meu destino, depois que viram a besteira que fizeram, não é verdade? Cogitaram me descartar em um lixo? — perguntou Enrico, voltando seu olhar para Riete, enquanto um meio sorriso doloroso lhe contraiu as faces.

— Nem tanto... — respondeu Riete. — Resolvemos que você deveria nascer — completou com um olhar que parecia rever o instante em que decidiram não tirar o filho. — E você com as suas mocinhas? — indagou Riete.

— Certa vez, uma fez um aborto, mas era mulher de nível social baixo. Com outras melhores eu tomo cuidado — respondeu Enrico, com o pensamento longe do que dizia.

— Ótimo! Uma boa consciência moral, bem pragmática... — comentou Riete com ironia, sorrindo.

— Já que está interessado no passado, seria bom você conhecer também alguma coisa sobre a vida de mamãe — acrescentou Riete, bebericando o chope, antes de começar a falar. Pegou o saleiro e o sacudiu energicamente sobre as batatas.

Riete narrou com riqueza de detalhes a vida de Verônica, a sua paixão por Jean-Jacques e as circunstâncias de seu próprio nascimento, quando fora rejeitada por Verônica. Riete revelou como descobrira a verdade sobre sua condição social em Campinas, quando toda a sociedade sabia que ela era filha da amante do senador Mendonça, que era casado com dona Emília, tinha três filhas e morava em Santa Sofia. Riete revelou a humilhação de que fora vítima na escola. Enrico ficou estupefato ao conhecer detalhes do passado de Verônica e de Mendonça, seu avô, um senador tão respeitável.

— Você pode concluir que as circunstâncias de meu nascimento e de minha vida de moça foram muito piores que as suas, mas venci as adversidades e hoje celebro a vitória sobre mim mesma. Quaisquer que sejam as origens de alguém e as razões de sua concepção, uma vez recebida a vida, esse alguém poderá torná-la digna, enriquecê-la e dar a ela um sentido que o faça feliz. Não imagina como foi difícil para mim superar tudo isso... — Riete se emocionou. Seus olhos lacrimejaram, obrigando-a a passar os dedos várias vezes sobre as faces.

Ela permaneceu pensativa um instante e fez uma declaração surpreendente:

— É verdade, Enrico, a despeito de meu discurso cínico, existem sentimentos inquestionáveis nesta vida, e um deles é relativo ao amor, pois sua carência nos causa sofrimentos... de fato é impossível fingir que amamos alguém com toda a força e sinceridade de nosso coração. O amor não se compra.

Enrico não prestou muita atenção ao comentário, pois permanecia estupefato com as revelações que ouvira, constatando sua ignorância sobre o passado da família. Nunca ninguém sequer lhe insinuou nada a respeito.

— Hoje só me faltam duas coisas para coroar meu sucesso e minha realização: o amor de João Antunes e a minha vida ao seu lado. É isso que eu tinha a lhe dizer sobre ele e o que explica sua presença em meu apartamento. Uma longa história de intimidade, de muita busca e desencontros, conforme pode deduzir. Mas, mudando de assunto — prosseguiu Riete —, houve um detalhe surpreendente no almoço de ontem, no Le Bernadin: o presidente Vargas compareceu ao restaurante e dirigiu-se à nossa mesa para cumprimentar João Antunes. Você não imagina a surpresa agradável que sua presença nos causou. Logo após Gregório aparecer na entrada, fez-se um repentino silêncio, e ficamos todos como que paralisados. Gregório manteve a porta aberta enquanto corria os olhos pelo salão. Em seguida, Vargas surgiu em meio a um silêncio reverente, acompanhado por Osvaldo Aranha. Instalou-se então um clima de admiração e respeito, de qualquer coisa de solene. O presidente sorriu amavelmente dirigindo seu olhar a todos, cumprimentando-nos com gestos de cabeça enquanto caminhava, e dirigiu-se a duas mesas reservadas, afastadas do restante. Ao nos avistar, demorou um segundo observando João Antunes, parecendo reconhecê-lo. Passados alguns minutos, Gregório dirigiu-se à nossa mesa para indagar se João Antunes era o filho de Antenor, que fora capataz-chefe de seu pai em Santos Reis, o que ele confirmou. E que crioulo grã-fino o tal Gregório, perfumado, elegante e muito traquejado. Até eu, que detesto preto, fiquei encantada com sua discrição e elegância. Todos nós nos sentimos elevados com a presença de Vargas. Depois, ele dirigiu-se à nossa mesa para cumprimentar João Antunes. Que homem charmoso e encantador é o presidente... que carisma ele tem! Dizem que Vargas é um encantador de serpentes, pois é a pura verdade. Fiquei boquiaberta, rendida à sua presença. O restaurante todo parou para assistir ao encontro entre Vargas e João Antunes, em seguida, foram só cochichos e olhares dirigidos a nós.

Enrico saiu de seu estupor e prestou atenção sobre o que lhe dissera Riete.

— Mas por que isso ocorreu? — indagou admirado.

— Você não prestou atenção ao que lhe disse? João Antunes é do Rio Grande do Sul e foi criado na estância do pai de Getúlio. Ao se despedirem, o presidente convidou-o a aparecer no Catete, depois do expediente. Ninguém se retirou antes que o presidente saísse — disse Riete, com um semblante que parecia estar ainda em presença de Vargas.

— Mas a senhora frequentemente o critica...

— Criticava! Pois, após esse encontro, tornei-me sua admiradora. Depois que vi o homem de perto, que ele faça o que quiser pela gentalha! Critico a sua política social e a sua preocupação com os humildes. Acho que o povo precisa trabalhar mais e reclamar menos. Quanto mais benefícios recebe, mais exigente fica e vai se acostumando ao ócio remunerado. Mas a sua política de modernização industrial do Brasil é correta, e a burguesia industrial deve muito a ele. Getúlio está tirando o Brasil das fazendas e o colocando dentro das fábricas. Já fez muita coisa nesse sentido, e ouvi dizer que deseja implantar uma usina siderúrgica no Brasil. Está em busca de financiamento na Alemanha ou nos Estados Unidos.

— Dizem que não passa de um caudilho gaúcho e que as cadeias estão cheias de comunistas e opositores...

— Isso não me interessa! — interrompeu Riete. — Isso é conversa de intelectual, de gente que sempre é do contra. Enquanto eu pago a conta, vá ver onde se encontra o Nunes — disse Riete, interrompendo-o e consultando o relógio. Pegou a tulipa e a esvaziou, junto com algumas batatas. — Quer dormir lá em casa ou continua no hotel?

Enrico não respondeu, bebeu também o seu chope e saiu à procura do *chauffeur*. Em poucos minutos, estava de volta. Durante o trajeto, já no automóvel, Enrico manteve-se calado, com olhar perdido através da janela. Observava os transeuntes, os prédios e os carros a trafegarem, mas nada disso ocupava o seu espírito, tomado pelo sentimento único de que sua vida fora apenas um detalhe, um alívio para seus pais, mas que tornava-se agora uma amargura para si. Riete manteve-se calada, indiferente à presença de Enrico. Deixou-o no Hotel Glória e seguiu para Copacabana.

9

João Antunes chegou a Belo Horizonte durante a madrugada de quarta-feira. Sentia-se exaurido pela viagem noturna. Acordou muito tarde e resolveu permanecer na cidade para descansar. Viajou na manhã seguinte, seguindo direto para a fazenda. À tardinha, já estava em San Genaro. À noite, encontrou-se com Osório, perguntou-lhe sobre o novilho que se ferira e o capataz lhe informou que piorara. O ferimento inflamou e ele não conseguia andar, permanecendo deitado no rancho. João Antunes ficou aborrecido, mantendo-se pensativo.

— Vamos até lá, Osório — João Antunes foi ao quarto e pegou sua lanterna. Andaram rápido e logo estavam no rancho. No interior, havia uma pequena enfermaria, iluminada fracamente por uma lâmpada pendente em uma viga. João Antunes e Osório abaixaram-se e examinaram a pata trêmula e quente do novilho. Apalpou, refizeram o curativo, mas a aparência do animal não era boa. João Antunes afagou-o e constatou que estava mal. Desde muito criança ele aprendera a sentir os animais e adquirira um perfeito conhecimento sobre eles. Sabia quando um novilho esbanjava alegria e saúde e quando estava triste, apresentando algum problema. Trocaram ideias sobre ele e retornaram ao alpendre. Conversaram bastante a respeito da fazenda e sobre o próximo embarque de animais. Osório fora um bom substituto para Ambrozzini: leal, trabalhador e sempre preocupado com o sucesso dos negócios. Tornou-se mais que um empregado para João Antunes. Osório era natural de Uberaba e fora criado trabalhando com zebus. Morava com a mulher e os dois filhos na casa antes ocupada por Ambrozzini.

Despediram-se e se recolheram. A noite estava escura, alguns relâmpagos riscavam o horizonte, seguidos por um trovejar fraco, longínquo, tão distante quanto seus pensamentos. João Antunes dirigiu-se à cozinha e acendeu a luz para desejar boa noite a Boccaccio, que cochilava sobre o poleiro. Ele fazia isso diariamente.

— Boa-noite, Boccaccio, boa-noite, Boccaccio! — repetiu, mas Boccaccio nada respondeu, deixando-o intrigado, pois ele sempre lhe dizia boa-noite. Aproximou-se, observou-o atentamente e resolveu que no dia seguinte conversaria com Rita Rosa a respeito. Dirigiu-se ao quarto e vestiu o pijama. Sentia-se ainda cansado devido à viagem. Deitou-se na cama de casal e esticou seu braço sobre o espaço vazio ao lado, como às vezes tinha o hábito de fazer, imaginando ali o corpo de Ester e seu calor. Mas não se lembrou de Ester e nem de quem provavelmente ocuparia aquela metade da cama. Por acaso, viu o anel que Riete lhe dera, o anel do barão, e os seus pensamentos voaram até o Rio, passearam pelo seu corpo e pelos prazeres que tiveram e depois voaram até Verônica. Eram duas mulheres que lhe davam dois amores diferentes e que se completavam, mas que dividiam o seu querer. João Antunes corria a mão direita sobre o lençol ao lado, mas não conseguia imaginá-la sobre o corpo de quem. Sentia a angústia misturar-se ao sono, que se anunciava profundo. Ele se revirava na escuridão à procura de alguém, mas tudo ia se diluindo confusamente em nada.

Na manhã seguinte, quando avistou Rita Rosa preparando o café, cumprimentou-a e lhe perguntou sobre a mudez de Boccaccio.

— Não sei o que houve, patrão. No dia seguinte à sua viagem, ele emudeceu, não falou mais nada. Ensinei-lhe uma porção de bobagens e nada até agora. Bico calado.

Ambos foram então conversar com ele, falaram seus palavrões preferidos, mas Boccaccio permaneceu irredutível em sua mudez.

— Entregaram uma carta para o senhor na segunda-feira — disse Rita Rosa, indo pegá-la em uma gaveta de um móvel da sala. Ela a trouxe e lhe entregou.

João Antunes, ao ler o remetente, sentiu seu coração pulsar mais forte: tratava-se de Ambrozzini, emitida de Santos Reis. Abriu-a ansiosamente e leu um curto bilhete:

Prezado João Antunes,

O capataz-chefe recebeu esse envelope dirigido a ti, emitido por alguém que não conhecemos. Portanto, me solicitaram que o reenviasse, o que faço pela presente. Estamos bem.

Um abraço. Ambrozzini.

João Antunes pegou o envelope, que se encontrava no interior do primeiro envelope contendo o bilhete, leu o remetente e sentiu outro choque: tratava-se de uma carta de Carlos Val de Lanna, com quem fizera amizade em Cavalcante e de quem não tivera mais notícias. Abriu rapidamente o envelope e começou a lê-la:

Amigo João Antunes,

Espero que esta carta chegue até você. Se sim, desejo que esteja com saúde e de bem com a vida.

Escrevo-lhe da Casa de Detenção Frei Caneca, onde me encontro preso desde janeiro de 1938. Fui detido durante uma batida no sindicato dos gráficos, onde trabalhava meio expediente. Como deve saber, após o golpe do Estado Novo, o governo encheu as cadeias com comunistas e integralistas, e fui um deles. Vivemos dias difíceis no Brasil, tempos de intolerância, como os são os governos totalitários. Tenho informações de que pessoas ligadas diretamente à Intentona de 35 foram barbaramente torturadas pela polícia política do Felinto. Só recentemente soube que Olga Benário, a mulher de Prestes, foi deportada grávida para a Alemanha, há quase cinco anos. Apesar das dificuldades impostas pela censura e pelo isolamento, aos poucos, ficamos sabendo dos fatos que ocorrem aí fora. Orgulho-me muito de estar detido na mesma penitenciária que Prestes e me sinto chateado por estar impedido de participar da luta pela reconstrução do partido.

Lembro-me de que disse que nasceu e foi criado na Estância Santos Reis, pertencente ao pai de Getúlio, e de que era amigo de Vargas, segundo me revelou. Pensando nisso, talvez pudesse interceder pela minha liberdade junto a Getúlio. Fomos julgados à revelia e estamos comendo o pão que o diabo amassou. Relutei muito em lhe escrever com essa finalidade, pois seria uma regalia e falta de solidariedade quando tantos companheiros estão presos. Porém, conversando com eles nos horários de sol, me convenceram de que isso era bobagem, pois estávamos perdendo tempo na prisão enquanto poderíamos estar trabalhando por coisas úteis. Só aceitei escrever-lhe mediante a aprovação e o incentivo deles. Sei que é um pedido difícil de ser atendido, e muito menos tenho a mínima ideia de como andas atualmente.

Às vezes, recordo da minha vida em Cavalcante e de nossas conversas no Pinga de Cobra, e a única coisa da qual me orgulho é manter-me coerente com os ideais de justiça e de luta por um Brasil mais justo, que sempre os tive. Cada vez mais, eu me convenço de que existe uma diferença abissal entre as boas ideias discutidas confortavelmente e a prática nelas embutida. Entretanto, só experimentando o sofrimento na própria carne é que se pode avaliar essas palavras, pois elas dependem fundamentalmente dos lugares e das circunstâncias em que são ditas. Aqui, elas pesam como chumbo e delas decorrem o sofrimento e a constatação do que disse. Aí fora elas flutuam no ar como inofensivos flocos de algodão. Palavras devem vir do coração e doerem na carne, para se transformarem em verdades inabaláveis, do contrário, elas são inúteis.

De qualquer modo, João Antunes, quaisquer que sejam suas atitudes ao ler essa carta, envio-lhe lembranças e os meus agradecimentos antecipados, caso se disponha a me ajudar. Se não, eu o compreenderei, pois realmente acho difícil. Na medida do possível, dentro desta pequena cela, vou direcionando a minha vida conforme minhas convicções, sem permitir que elas fraquejem, conforme os desígnios de quem me prendeu.

Com amizade, receba um forte abraço.

Carlos Val de Lanna, Rio de Janeiro, Casa de Detenção Frei Caneca, agosto de 1941.

João Antunes releu a carta e verificou que Val de Lanna a escreveu em um estado depressivo, sem se preocupar com o estilo. Fora muito sucinto e também manifestava certo pessimismo, como se não esperasse que pudesse ajudá-lo. Havia ceticismo embutido em suas palavras, mas o que saltava aos olhos era o seu sofrimento.

João Antunes tomou o café perdido em pensamentos. Resolveu que, voltando ao Rio, compareceria ao Catete para conversar com Vargas sobre Val de Lanna, aproveitando que fora convidado pelo próprio presidente a lá comparecer. Sentiu-se fortemente disposto a fazê-lo e também repentinamente deprimido, como se a carta fosse apenas um desfecho inesperado para os últimos acontecimentos que o afetavam. Seus pensamentos repentinamente se voltaram para eles, remoendo-os inutilmente. Fora ao Rio movido por uma repentina felicidade e retornara a San Genaro afogado em incertezas. Sentia urgência em definir sua vida, ter ao seu lado uma pessoa a quem amasse e lhe desse carinho e concebia essa mulher como sendo Verônica. Entretanto, deveria aguardar ainda quase dois meses para assistir à formatura de Elisa.

Repentinamente, suas preocupações de fazendeiro tornaram-se secundárias perante os sentimentos que o dilaceravam. A necessidade de dissipar suas dúvidas assumia uma urgência intolerável, mas julgava que só em presença de Riete e de Verônica seria possível um consenso consigo mesmo, e a angústia para que o tempo passasse rápido tornou-se prioritária. A distância que o separava delas tornava-se uma escapatória de uma conciliação momentânea impossível, uma espécie de alívio temporário ansioso. João Antunes evadiu-se mais ainda por intermédio da guerra e foi ouvir a edição das 8 horas do Repórter Esso. Ele ligou o rádio. Enquanto as válvulas esquentavam, recostou a cabeça no espaldar da poltrona, lembrando-se da Praça Mauá e do edifício onde situava-se a Rádio Nacional. O *jingle* veio ao ar, e a voz de Heron Domingues começou a espalhar Brasil afora notícias da guerra, que no momento transformavam-se em uma aliada eficaz. Aquele morticínio distante tornava-se uma fuga para os bombardeios que aniquilavam seu espírito. Distraidamente, ouvia os relatos das sangrentas batalhas que ocorriam nas estepes russas, nas quais os homens morriam para os desígnios de outros. Em seguida, vieram as notícias sobre decretos do Estado Novo, pois já apareciam decretados. Desligou o rádio e saiu para ver o novilho ferido; verificou que ele piorara.

João Antunes resolveu então cavalgar e unir-se à natureza, ouvir a voz dos ventos e o murmurejar das árvores, lembrando-se de que Marcus fazia o mesmo com as gemas. A manhã estava parcialmente ensolarada, porém, triste. Nuvens grandes eram sopradas e se movimentavam lentamente pelo céu, fazendo e refazendo seus desenhos, escrevendo a sinfonia dos ventos. Encilhou Sherazade, que só ele cavalgava; animal exuberante, com seu pelo negro sempre escovado e reluzindo ao sol. Sherazade era um puro árabe que João Antunes importara por intermédio de um haras carioca. Montou-o e saiu a cavalgar pelos pastos de San Genaro. A energia intrépida e a saúde exuberante de Sherazade chegavam vigorosamente até ele. João Antunes rumou para uma colina que se assemelhava muito com aquela de Santos Reis, onde diversas vezes amara Ester. Lá chegando, ele apeou, deixou seu cavalo livre pastando nas imediações e sentou-se à sombra de uma árvore, recostando-se em seu tronco. Desse lugar ele podia enxergar longinquamente o horizonte diluindo-se em meio à claridade intensa, fundindo-se com o céu no infinito. Havia um silêncio profundo, envolvente, inquietante, propício a aliviar suas angústias no vasto espírito do mundo, vastidão única capaz de absorvê-las e na qual os homens se dissolveriam em pó. Entre os dois extremos, havia a difícil travessia, e sentava-se ali sondando o melhor caminho. Mirava o céu e as elevações distantes, sentia o vento deslizar sobre si vindo de muito longe, ouvindo seus assovios plangentes cortarem-lhe a alma. João Antunes recordava o tempo que vivera em Cavalcante e lembrava-se de Marcus, de seu sofrimento e de que San Genaro fora o que restara de sua desilusão. Lembrou-se de Santinha, que lhe adoçara a vida e do que possivelmente ela lhe aconselharia nesses momentos difíceis. Mas tudo se fora, e de Cavalcante lhe restara o amor de duas mulheres que ainda o dilaceravam com a mesma lâmina do passado. Ele fora ao coração do Brasil em busca de ouro e lá encontrara o amor intenso entrecortado por uma busca incessante de si mesmo, que prosseguia até agora. Cada momento feliz tornara-se o prenúncio de nova desilusão, de emoções que iam e vinham e de uma felicidade insustentável que sumia como a fumaça no ar. Provinham de duas mulheres fascinantes, e o que lhe faltava aparentemente seria o mais fácil, mas a escolha irrefutável de uma delas tornava-se um desejo quase impossível. Por que tudo isso se tornava tão complexo e sofrido? Desconfiava haver exigências dimanadas dos labirintos de sua alma, obscuras reivindicações insatisfeitas que ignorava. Pensou no carinho incondicional de sua mãe e na severidade de seu pai, que se desentenderam na última festa de São João que passara em Santos Reis. Naquela noite, seu espírito se dividira; João Antunes perscrutava o silêncio em busca de uma união, de qualquer coisa que juntasse novamente os cacos de sua alma. Lembrou-se daquele médico austríaco que trabalhava com os conflitos espirituais e do qual Marcus lhe falara, porém, esquecera-lhe o nome. Recordou as imagens refletidas infinitamente nos espelhos e indagou-se em qual delas se esconderia o segredo que o atormentava. Sua mente trabalhava escavando territórios misteriosamente sombrios, indevassáveis e aterrorizantes, porém estava só e tão caótico como o soprar dos ventos, incapaz de esclarecê-los. Sentia-se fatigado em busca de uma emoção que lhe desse uma harmonia plena e tranquilizadora, mas suas buscas lhe pareciam vãs, diluindo-se no infinito. Mirou o horizonte e pensou que tudo se passava antes dele, que a morte era o dobrá-los e nada se podia ver além. "Os homens ao nascerem ingressam neste mundo jogados numa trajetória que não escolheram e passam a vida tentando corrigi-la", pensou.

Apesar dos reveses, João Antunes recusava-se à resignação de uma vida de sentimentos empobrecidos que lhe possibilitassem apenas viver, como a maioria das pessoas se resigna e vive. Não pretendia se submeter a um sistema que existia com a finalidade de proporcionar uma compensação coletiva das frustrações individuais. Era esse sistema que harmonizava as pessoas e as faziam se sentir mais ou menos iguais em seus anseios malogrados, proporcionando-lhes conforto e equilibrando-as no interior das emoções carentes da coletividade. Não aceitava se dissolver mediocremente nesse vasto meio compensador. João Antunes buscava uma harmonia tão intensa e rica quanto as que vivia momentaneamente com Verônica e Riete, que fosse pessoal e única. "Seria essa busca difícil o preço a pagar por tal audácia?", indagava-se. Seria possível juntar em uma única sensação a pujança de dois amores estonteantes? Reunir prazeres proporcionados por duas mulheres lindas e apaixonadas por ele? João Antunes buscava se integrar harmonicamente nessa plenitude, mas desconfiava que a tentativa de as juntar em uma sensação única lhe fora imposta pelo diabo. Supunha que este talvez lhe escondesse ainda algo mais astucioso, como que se divertindo com sua vida.

De repente, ele passou a ver tudo muito estranho e as imagens se misturarem com coisas e pensamentos incoerentes, até se apagarem de seu espírito. Ele desapareceu no espaço e no tempo. Sentiu algo quente soprar sobre sua face e abriu os olhos apavorado, dando um salto por instinto, pondo-se de pé. Sherazade teve a mesma reação, saltando para o lado oposto. João Antunes sorriu, constatando que Sherazade o acordara com o calor de seu focinho. Ele ergueu seus olhos e viu que o sol ultrapassara o zênite. Consultou o relógio e verificou que dormira quase duas horas. Sentiu picadas de formigas sobre a perna e refletiu que não desejara integrar-se a tal ponto com a natureza, bastava-lhe seu espírito. Retirou a calça e as formigas, pensando que era muito fácil resolver esse incômodo. Aquele céu meio nublado persistia, assim como a angústia que lhe toldava a alma. João Antunes montou Sherazade e cavalgou em direção à sede de San Genaro. Enquanto cavalgava, viu ao acaso em seu dedo, envolvendo as rédeas, o anel que Riete lhe dera. Sorriu e pensou sobre o significado daquilo, imaginando-o como algo sem sentido. O anel das elites brasileiras, conforme ouvira a seu respeito há muitos anos. Entretanto, relembrou como fora indubitável aquele momento em que Riete o enfiara em seu dedo e de como aquela certeza se dissolvera, todavia, em algo inconsistente, exaustivo e mutável.

No dia seguinte, recebeu um telegrama de Elisa relembrando-lhe que a formatura seria dia 14, mas que a partir do dia 7 estaria de folga, pois as aulas terminariam nessa data. Sugeria irem ao Rio tratar de sua moradia. João Antunes imediatamente sentiu o conforto agasalhar sua alma, proporcionando-lhe finalmente uma emoção plena e inquestionável.

Passada uma semana, o novilho ferido morreu, deixando-o muitíssimo aborrecido. Sentiu-se culpado pela sua morte. Lembrou-se de que naquele dia em que ele se ferira sentia-se profundamente confuso e que relegara o sofrimento do novilho a uma situação secundária, em detrimento da sua. Lembrou-se também de que Boccaccio emudecera, o que também o chateava. Como estava ansioso para retornar ao Rio, resolveu trabalhar intensamente para amenizar a espera. Nas semanas subsequentes, esfalfou-se em trabalhos braçais como havia tempos não fazia, e a data da viagem correu rápida ao seu encontro.

Às vésperas de viajar, conversando com Rita Rosa após o almoço, próximos ao papagaio, João Antunes comentou com ela que talvez, devido à idade, Boccaccio emudecera. Ficaram surpresos e alegres ao escutarem ele replicar: "vá merda, vá merda", o que lhes provocou um ataque de risos. Boccaccio deu alguns passos rebolando, indo e vindo sobre o pequeno assoalho de seu poleiro, parecendo irritado com o comentário.

Na madrugada seguinte, João Antunes viajou, mantendo o bom humor da véspera, desejando que Boccaccio permanecesse alegrando o seu viver.

10

João Antunes era sistemático em seus hábitos. Quando viajava ao Rio, saía de madrugada, dormia em Belo Horizonte e chegava à capital federal à tarde. Nos pernoites, frequentava os mesmos hotéis. Desta vez, 6 de dezembro, um sábado, tão logo deixou a fazenda, as mesmas preocupações se instalaram em seu espírito. Queria reencontrar Riete e Verônica e apresentá-las a Elisa. Desejava sentir a reação da filha diante delas, talvez ajudando-o em sua escolha. Nesses três meses que permanecera na fazenda, voltara a sentir intensamente a necessidade de uma nova esposa. Era sobre isso que pensava enquanto seu Ford ia contornando as montanhas de Minas, descendo vales e subindo encostas, passando por vilarejos que pareciam perdidos no tempo. Quando passava por um desses lugares, ele observava a singeleza de seus habitantes, tentava compreender aqueles semblantes secos, marcados por pensamentos que denunciavam certezas e formas de vidas que vinham de gerações e seriam legadas aos descendentes. A vida rotineira dessas pessoas mantinha-se em uma esfera de hábitos tão imutáveis quanto suas opiniões religiosas, políticas e morais. Tal como a água de uma pequena enseada, as frases que representavam essas ideias tinham o seu refluxo cotidiano, seu borbulhar perpétuo, exatamente iguais: quem as ouve hoje ouvirá as mesmas coisas amanhã e também daqui a um ano. Eram homens que viviam espremidos entre montanhas, pois a água era obtida nos fundos dos vales, portanto, as vilas e cidades surgiam ali. Os olhares dessa gente simples, impedidos de alcançarem distâncias, voltavam-se para dentro de si mesmas e encontravam na alma o que não viam além das montanhas. Cultivaram então essa coisa densa, profunda e inescrutável e aprenderam a manifestá-la inventando um disfarce para ocultá-la, aprofundando-se em si mesmos. Assim, desenvolveram um jeito de se comunicar dissimulando e de ser indevassáveis a quaisquer tentativas de desvendá-los, um jeito mineiro de ser. E quando um desses presunçosos os desprezassem, estaria ignorando a profunda sabedoria de vida que a simplicidade dessa gente poderia lhes dar. Ignorariam que, após se afastarem, eles o olhariam com profunda condescendência, pois sabiam que aquele presunçoso não seria capaz de desvendar-lhes a fantasia poderosa. Então, esse mineiro, simples e sábio sobre a essência, continuaria a pitar tranquilamente o seu cigarrinho de palha, indiferente a julgamentos, abrigado pelas montanhas inexpugnáveis. João Antunes refletia sobre esses estereótipos da cultura mineira enquanto guiava. Eram homens tão diferentes da tradição de seu Rio Grande do Sul, onde tudo era demasiadamente explícito e fácil de se vislumbrar, como suas campinas infinitas. "Mas seria isso verdadeiro?", indagou-se, com um sorriso instigante.

De repente, a tarde foi se tornando escura sobre os morros da Zona da Mata, e logo a chuva de verão despencou forte, obrigando João Antunes a interromper suas divagações e a dirigir devagar. O Ford dançava sobre a estrada enlameada. Chegou tarde em Petrópolis. Pernoitou em um hotelzinho agradável e, na manhã seguinte, dirigiu-se ao colégio. Elisa recebeu-o esfuziante; estava vivendo os dias mais felizes de sua vida. Dali a uma semana seria uma normalista.

Na manhã seguinte, domingo, ambos já desciam a Serra dos Órgãos, rumo ao Rio. O dia estava lindo, agradável, e João Antunes sentia-se feliz ao lado da filha. Conversavam animadamente sobre política. João Antunes narrou para Elisa o encontro que tivera com o presidente Vargas no restaurante Le Bernadin, e Elisa ficou surpresa. Quando retornara à fazenda, após o último encontro no colégio, ocasião em que tiveram aquela conversa difícil, ele se esquecera de lhe contar aquele encontro.

— Pois Getúlio deu-me a honra de se dirigir à minha mesa para me cumprimentar, deixando os presentes estupefatos, e eu mais ainda. Fiquei muito surpreso com a deferência — disse João Antunes, sorrindo satisfeito, envaidecido pelo encontro. — Mas isso é devido ao teu avô Antenor — prosseguiu ele —, pois papai era muito querido e respeitado pelo pai de Getúlio, o velho general Manuel Vargas, e o presidente sabe disso. Papai era rígido e honestíssimo. Durante as feiras de gado em Santo Ângelo, ele realizava negócios e recebia pagamentos em nome do general, tal a confiança que depositava em papai. Você puxou a ele, com essa tua rigidez de opiniões.

— Sim. Então puxei mesmo, pois não gosto de condescender com o que julgo errado — disse Elisa, abrindo um sorriso.

— A propósito, o presidente convidou-me a visitá-lo no Catete em um fim de expediente. Disse que deixaria o meu nome na recepção do palácio. Ele sempre foi cordial comigo, me presenteou com aquele livro que tu conheces...

— O *Pinto verde-amarelo* — interrompeu Elisa com uma gargalhada.

— Sim. Não desejava incomodá-lo, mas recebi uma carta de um amigo que conheci em Cavalcante, Carlos Val de Lanna, pedindo que, se pudesse, intercedesse por ele junto a Getúlio para que fosse libertado. Ele está preso na Frei Caneca, por pertencer ao PCB. Foi detido em 1938. Era um jovem idealista, entusiasmado em mudar o Brasil, e tinha ideias que fazem os outros rotularem essas pessoas de radicais de esquerda, comunistas perigosos, entre outros termos, quando ser de esquerda no Brasil decorre do que se vê ao seu lado. Foi preso no sindicato dos gráficos. Eu o conheci quando era professor...

— Pois é, papai — interrompeu Elisa —, o senhor elogia Getúlio, mas as prisões do Estado Novo estão abarrotadas de presos políticos, e muitos deles foram torturados. O Felinto Müller, chefe da Polícia Política, é um facínora cruel, e o presidente sabe disso.

— É verdade, mas é o contexto político do mundo atual: governos fortes e ditatoriais. Mas Getúlio mudou o Brasil para melhor. É um governante nacionalista e preocupado com o futuro do país. Está modernizando o Brasil. Nunca ninguém fez tanto pelo trabalhador. Vargas praticamente criou o direito social no país, tal o alcance de suas leis a favor do trabalhador. Além disso, qualquer pessoa que se preocupe com as injustiças sociais e lute para mudar a estrutura é logo taxada de subversivo, enfim, essas bobagens que já se tornaram manias. A nossa sociedade é reacionária e aqui impera a cultura dos privilégios, os de cima não largam a rapadura — disse João Antunes.

— Mas nada justifica a tortura, a violência e o arbítrio — retrucou Elisa.

— É... — concordou vagamente João Antunes. — Vamos passar amanhã no Catete e verificar se o meu nome está na recepção...

De repente, no rádio, que estava com o volume baixo, soou uma chamada do Repórter Esso em edição extraordinária, interrompendo-os. Ele aumentou o volume, e os dois ficaram atentos. "E atenção! Muita atenção!! Informa o seu Repórter Esso em edição extraordinária! Forças navais japonesas atacaram de surpresa e violentamente às 7h30 desta manhã de domingo a base naval americana situada na Ilha de Oahu, no arquipélago de Pearl Harbour! Segundo as primeiras informações, vinte e um navios foram danificados ou afundados e houve centenas de vítimas." João Antunes e Elisa ouviam excitados, até soar o *jingle* encerrando as notícias, prometendo mais informações para dali a pouco, tão logo fossem divulgadas pelas agências internacionais.

— Isso significa a entrada oficial dos Estados Unidos na guerra — comentou, alarmado, João Antunes.

— Pois é. Roosevelt queria entrar na guerra para atender ao desejo dos poderosos *lobbies* industriais americanos, que vão ganhar muito dinheiro. Mas a opinião pública estava contra. Desejava a neutralidade, dizendo ser essa uma guerra europeia. Agora, tudo muda, e o povo estará a favor da guerra. Parece até coisa arranjada... Um ataque de surpresa, que de surpresa não tem nada... E deve ter muito industrial comemorando — comentou Elisa.

Dali a alguns minutos, uma nova edição extraordinária, e as informações detalhavam com estardalhaço os pormenores do ataque, os nomes de navios, a quantidade de aviões que haviam sido destruídos, o número mais exato de vítimas e as declarações exaltadas de líderes norte-americanos. Realmente, era um acontecimento que mudaria os rumos da guerra, concordaram João Antunes e Elisa. Até chegarem ao Rio, novas notícias eram veiculadas a todo momento pelo Repórter Esso. As principais rádios do mundo divulgavam certamente as mesmas informações, e milhões de pessoas espalhadas pela Terra estavam igualmente excitadas com as notícias que vinham em ondas, como vieram os aviões japoneses.

Dessa vez, João Antunes resolvera se hospedar em um hotel no centro do Rio, onde procuraria um apartamento para Elisa morar no próximo ano. Devido ao domingo, as ruas estavam desertas. Procurou nos arredores da Praça XV, onde situava-se a faculdade de Direito, e hospedou-se em um hotelzinho não muito distante dali. Ficariam até quarta-feira, pois a formatura seria no próximo sábado. Do hotel, ele telefonou para Verônica, dizendo-lhe que se encontraria com ela naquela tarde e que lhe apresentaria Elisa. Verônica sentiu-se feliz com a notícia. O fato de estar com Elisa amenizava a angústia de João Antunes e dava-lhe segurança. Ele pensava em Verônica, mas também estava ansioso para reencontrar Riete.

No fim da tarde, eles chegaram às proximidades da Rua Santa Clara. Estacionou na Avenida Atlântica, ao lado do calçadão. Saíram, caminharam até a lateral do passeio, de frente para o mar, e miraram a imensidão das águas e o movimento sobre as areias. A agitação do domingo já se arrefecera, eram quase 17 horas.

— Vim poucas vezes ao Rio, mas sempre quando venho fico admirada com sua beleza — comentou Elisa, alongando suas vistas.

— É... o mesmo digo eu — disse João Antunes, demonstrando um semblante tenso, preocupado com o encontro entre Verônica e a filha. A sombra do passado perpassava fortemente seus pensamentos. Ele apresentaria Elisa àquela que fora sua amante e a causa da morte da mãe dela. Não refletira sobre isso até esse momento, e agora esse fato assumia um peso imprevisto, tocando-lhe subitamente o coração.

— Vamos então, minha filha — convidou-a, com uma voz esvanecida.

— O que foi, papai? Outra vez preocupado? — indagou Elisa, envolvendo-o pela cintura com o braço, enquanto começavam a caminhar.

Atravessaram a avenida e entraram na Rua Santa Clara. Após dois prédios, chegaram. Cumprimentaram o porteiro, que estava próximo a um rádio ouvindo futebol, e chamaram o elevador. Mantinham-se em silêncio enquanto subiam. Saíram e dirigiram-se à porta do apartamento. João Antunes tocou a campainha e logo ouviram-se passos apressados dirigirem-se à porta, que foi rapidamente aberta, e Verônica dirigiu seus olhos radiantes em direção ao semblante de João Antunes.

— Ó, meu querido, que bom revê-lo! — exclamou com um sorriso encantador. Imediatamente, ela dirigiu-se a Elisa. — Que moça linda, João Antunes! — exclamou, fitando-a durante alguns segundos, e abraçou-a efusivamente com muito carinho, beijando-lhe as faces. — Venham, entrem — convidou-os, segurando a mão de Elisa e puxando-a para dentro. João Antunes e Verônica sentaram-se no sofá, Elisa sentou-se em uma poltrona ao lado da mesinha, parcialmente de frente para eles. Instantaneamente instalou-se um clima de constrangimento, pois a vontade de Verônica era atirar-se sobre João Antunes e saciar sua saudade, mas ao lado estava Elisa. Do mesmo modo, sentia-se João Antunes. Porém, a presença da filha, além de inibi-lo, acentuava a lembrança de que Verônica fora sua amante e que a proximidade entre ambas adquiria uma imprevista reação em seu espírito. Seu olhar tornara-se mais receoso e seus gestos menos espontâneos.

— Esta então é a Verônica, Elisa, a quem conheci quando estive em Cavalcante e de quem lhe falei — apresentou-a João Antunes, tentando aparentar naturalidade.

— Venha, querida, assente-se aqui ao meu lado — convidou-a Verônica, estendendo-lhe o braço. Elisa sorriu, ergueu-se e sentou-se ao lado dela. Ela estava impressionada com a beleza de Verônica. Nunca vira uma mulher tão linda e pensou que somente seu pai seria capaz de conquistá-la. Elisa imaginou o quanto Verônica deveria ter sido bela na juventude.

— Então, vocês se conheceram em Cavalcante... — disse Elisa, desejando saber alguma coisa sobre o passado de ambos.

— Sim, em Cavalcante, quando fui até lá visitar a minha filha Henriette, que se encontrava trabalhando em garimpo — disse Verônica, olhando-a atentamente, com um sorriso nos lábios. — Lá se encontrava também João Antunes e acabamos nos conhecendo.

— E chegaram a manter um romance, não? Pelo que papai me contou...

Verônica virou-se surpreendida para João Antunes, como que pedindo a ele que respondesse.

— Sim, minha filha. Como lhe expliquei, naquela época, sentia-me só e acabamos nos envolvendo. Foram dias muito atormentados para mim e... mas foi só... Depois, retornei a Santos Reis e me casei com tua mãe — respondeu João Antunes, regateando as palavras, meio embaraçado. O que ele começara a sentir quando estavam lá embaixo agora crescia desmesuradamente em seu espírito.

Verônica começava a perceber a angústia de João Antunes. Sentia que ele estava incomodado pelo romance que mantiveram, sobre o qual deveriam calar-se.

— Sim, querida, só voltamos a nos encontrar há cerca de três anos... quando João Antunes veio ao Rio — disse Verônica, sorrindo constrangida.

De repente, instaurou-se um clima ainda mais embaraçoso, em que João Antunes e Verônica não conseguiam manter a naturalidade. Fez-se um silêncio repentino. Elisa percebeu a situação e olhava rapidamente espantada, ora para seu pai e ora para Verônica. Ela sentia-se também desconfortável com a situação, pois não podia entendê-la.

— O que foi, papai? Vocês parecem tão constrangidos, como se estivessem me escondendo algo... podem se abrir comigo... — disse Elisa, sorrindo tensamente. Ela avançou o tórax e cruzou os dedos sobre o joelho. Depois ergueu-se e sentou-se na poltrona onde estivera, pondo-se a observar atentamente os dois. Parecia desejar observá-los de frente para melhor analisá-los.

— Não é nada, minha filha. Senti-me embaraçado pelo fato de relembrar uma época tumultuada de minha vida, mas já havíamos conversado sobre isso em Petrópolis...

— Sim, querida, isso se passou há muitos anos, estávamos muito carentes em Cavalcante e eu acabei me apaixonando pelo seu pai. Mas depois ele se foi, eu retornei a São Paulo e não mais o vi. Somente depois de sete anos, após sua mãe falecer, ele veio me visitar aqui no Rio — explicou Verônica.

— E a Riete, sua filha? Papai me disse que viveram um triângulo amoroso em Cavalcante e que, ao afinal, ele não mais sabia a quem amava... — disse Elisa, mirando atentamente os dois.

Verônica, como não tinha conhecimento da conversa que João Antunes tivera com a filha em Petrópolis, assustou-se com a pergunta, pois não tinha condições de abordar os detalhes de toda a questão, desconhecendo o que deveria ser evitado ou não. Ademais, ela perdurava até o presente, e Verônica estava ansiosa para saber se João Antunes resolvera casar-se com ela ou preferira estar com Riete. Entretanto, a presença de Elisa impedia qualquer conversa sobre o assunto. João Antunes trouxera Elisa para conhecer Verônica e Riete, esperando que a filha fizesse uma avaliação sobre as duas, mas em presença delas sentia-se constrangido de falar sobre relações amorosas. Não havia pensado sobre isso, que adquiriu outra dimensão. Elisa percebeu também que a intimidade entre João Antunes e Verônica estava além do que viveram há vinte anos. Convencia-se de que a relação entre ambos era mais profunda que aquela que poderia ser adquirida em um romance vivido há tanto tempo. Ela observou que havia excessiva familiaridade entre eles, pareciam marido e mulher. Elisa teve a intuição de que lhe ocultavam algo e que assim deveria permanecer. Ela entristeceu-se ao constatar essa quase certeza. Elisa pensou em dizer a Verônica as intenções de seu pai ao trazê-la para conhecê-la e depois ser apresentada a Riete, mas calou-se. Resolveu, portanto, conversar sobre outros assuntos para adquirir uma melhor impressão sobre Verônica, e isso desanuviou o ambiente. Passados alguns minutos, os três estavam menos constrangidos e mais aliviados daquelas preocupações iniciais. João Antunes indagou a Verônica se ela se lembrava daquele seu amigo, Carlos Val de Lanna, dos tempos de Cavalcante, e disse-lhe que estava preso e que iria ao Catete no dia seguinte tentar falar com o presidente Getúlio sobre o assunto. Acrescentou que havia recebido uma carta dele e explicou as circunstâncias de sua prisão.

— Sim, eu me lembro dele no Pinga de Cobra e que o achei muito radical... só poderia mesmo acabar na cadeia — comentou Verônica pensativa.

— Mas é uma boa pessoa, idealista, honesta em seus propósitos, e gente assim desagrada os poderosos — comentou João Antunes, com um olhar pensativo.

— Pois quero então conhecê-lo, papai, gosto das pessoas que incomodam, que lutam para mudar o mundo.

— É verdade, minha querida — concordou Verônica, lembrando-se do semblante romântico de Jean-Jacques. — Pena que sofram tanto por verem seus ideais rechaçados, sendo castigadas, se não forem mortas.

— Sim, mas vale a pena lutar pela justiça, pela solidariedade entre os povos, e creio ser essa a atitude mais nobre que alguém possa ter — replicou Elisa, com um brilho no olhar.

— Sim, minha filha. Mas não estrague tua vida tentando mudar o mundo. Já é uma grande coisa tu teres essas ideias, e eu também as tenho, mas que fique só na tua cabeça. Não seja um Dom Quixote na vida.

— É, papai, esse é o mal. São poucas as pessoas corajosas. Têm essa nuvenzinha de justiça na cabeça, mas ficam só nisso. Tem gente que até receia falar sobre esse assunto em presença de conservadores. Sentem-se envergonhadas, constrangidas de se manifestarem... — disse Elisa, com uma expressão de quem tinha suas opiniões solidamente estabelecidas, ignorando o conselho dado pelo pai.

Verônica fitava Elisa com um olhar de admiração. Ela sempre admirara os ideais. Elisa calou-se. Passaram então a conversar sobre as novidades, sobre a entrada dos americanos na guerra, até o instante em que Elisa foi ao banheiro, deixando a sós Verônica e João Antunes. Eles se abraçaram e se beijaram longamente.

— Que saudades, querido, por que não me telefonou? — indagou, um pouco ofegante.

— Permaneci na fazenda e ainda não instalei um telefone — explicou João Antunes, pondo-se pensativo.

— Você está sofrendo, não? Como no dia em que saiu daqui. Não sabe a quem ama e me parece mais agoniado — disse Verônica, mirando a mesinha com um olhar tristonho.

— Sim, mas não posso retornar novamente a Minas carregando esse tormento — respondeu João Antunes com amargura. Havia uma espécie de impotência e de melancolia resignada em sua cabeça curvada.

Verônica afagou-lhe os cabelos, enquanto João Antunes permanecia pensativo.

— Estou só e não sei como sair dessa solidão. Tu és meiga, linda e sei que tu me amas, mas sinto falta de alguma coisa que ignoro. Eu também te amo, Verônica, tu és como uma mãe para mim, mas, quando me lembro de

Riete, sinto que também não posso viver sem ela — disse João Antunes, com um semblante pálido, dominado por uma luta interior.

— Eu o compreendo, meu querido, sou hoje uma pessoa resignada. Já sofri muito e não estou em condições de exigir mais nada, nem de mim, nem de ninguém. Atualmente, abdiquei de meu destino, sou levado por ele. Ficaria feliz ao seu lado, mas me resigno aos seus sentimentos, respeito-os... — disse Verônica meigamente. Uma brandura indulgente e uma magnanimidade infinita emanavam dela. Havia uma ternura de mãe naquele rosto tão lindo.

João Antunes mirou-a exibindo um olhar lancinante, como que desejando livrar-se da própria dor.

Ouviu-se um barulho de fechadura, e logo Elisa apareceu na extremidade de um pequeno corredor. Ela se aproximou e sentou-se na mesma poltrona.

— O que houve? Parecem tão preocupados... — disse Elisa, crispando seu rosto, prestando atenção nos semblantes de João Antunes e Verônica. Ela agora estava convicta de que havia algo que lhe escondiam e que talvez estivessem a conversar sobre isso, mas depois falaria com seu pai a respeito.

Verônica havia preparado um pequeno lanche, e dirigiram-se a uma mesa que havia na cozinha. Conversaram trivialidades. Próximo às 18 horas, João Antunes e Elisa despediram-se de Verônica.

— Elisa, querida, gostei muito de conhecê-la, está linda, na flor da idade. No próximo sábado, estarei em Petrópolis para a formatura — disse Verônica, à porta do apartamento. Beijou-a ternamente e abraçou João Antunes. Foi a primeira vez que Verônica se mostrou mais desinibida, próxima de Elisa.

— Adeus, meu amor — despediu-se Verônica, beijando-o nos lábios, segurando seu rosto entre as mãos. Permaneceu um instante abraçada a ele, e se foram. — Elisa confirmou suas suspeitas. Verônica amava seu pai de uma maneira difícil de ser adquirida sem uma convivência mais longa. Ela nem mesmo os acompanhou até o elevador, permanecendo pensativa, observando-os. Aguardou que ele chegasse e fechou a porta do apartamento. Enquanto entrava, ela apertou seus olhos com as mãos e caiu em um pranto doloroso. Aproximou-se do sofá e deitou-se, banhada em lágrimas. Estava pesarosa com o sofrimento de João Antunes e receosa com a impossibilidade de passar o restante de sua vida ao lado dele. A noitinha chegara, a sala tornara-se sombria, quase escura, e Verônica permanecia estendida sobre o sofá refletindo sobre as tantas coisas que a impediam de ser feliz. Estava preocupada com João Antunes.

Elisa e seu pai entraram no Ford e partiram vagarosamente rumo à cidade. Ouviam o monótono barulho das ondas e admiravam o anoitecer sobre as águas. Havia aquela tranquilidade excessiva e melancólica de um final de domingo, disseminando um sentimento de finitude, quando tudo e todos aguardam um outro recomeço. O calçadão estava quase deserto, e via-se o mar imerso no horizonte em uma faixa cinzenta, escura, já confundindo-se com o céu em uma única sombra. Ao longo da avenida, as luzes cintilavam acompanhando a curvatura da praia, parecendo fundir-se na sua extremidade, junto ao Leme. Àquela hora, haveria o prelúdio em Copacabana. João Antunes ultrapassou um casal abraçado, caminhando juntinhos, emanando felicidade e as certezas que ele não tinha.

— Gostaste de Verônica, minha filha? — indagou João Antunes, com o semblante tristonho.

— Demais, papai! Ela é meiga, parece amá-lo muito, e como é linda, hein? Só mesmo o senhor para ter uma mulher como ela aos seus pés. Eu fico imaginando o quanto ela deveria ser bela quando jovem. Devia ser deslumbrante! — comentou Elisa, com um semblante imaginativo.

— Pois eu também já pensei bastante sobre isso... Verônica de fato é linda. No princípio do século, um diplomata francês foi apaixonado por ela. Viveram um grande amor. Chamava-se Jean-Jacques e foi assassinado em Ilhéus.

— Assassinado?!

— Sim. Ela sofreu muito, e nunca mais o esqueceu. Jean-Jacques a influenciou demais e mudou a sua maneira de ver a vida. Disse-me que ele era um sujeito romântico, idealista...

João Antunes narrou a Elisa algumas passagens e circunstâncias da vida de Verônica.

— Papai, quanto tempo o senhor passou em Cavalcante? — indagou Elisa, mirando vagamente a enseada de Botafogo, já quase escura.

— Uns três meses... — Por quê? Indagou João Antunes, voltando-lhe o rosto.

— Pois me pareceu que você e Verônica são tão íntimos... Não se adquire essa intimidade em tão curto tempo. Parece que viveram juntos... — disse Elisa, admirando vagamente a paisagem. Um cheiro forte de maresia entrou repentinamente no interior do veículo.

— Em Cavalcante, estivemos muito juntos, e havia também a Riete. Iremos também visitá-la depois de amanhã — comentou João Antunes. —

E tu, minha querida, já tiveste um grande amor? — indagou João Antunes, virando-se sorridente para sua filha.

— Certa vez, conheci um rapaz e me senti apaixonada... um irmão de uma colega... mas nunca saímos juntos e com o tempo acabou — respondeu Elisa, com um olhar sonhador.

É... Você também é linda e tem um coração de ouro. Não merece qualquer um — comentou seu pai, demonstrando um ar longínquo e melancólico. Permaneceram em silêncio durante alguns minutos. Elisa observava pensativa a paisagem desfilar através da janela, até entrarem na Avenida Beira-Mar, no Flamengo.

— Amanhã cedo vamos procurar um apartamento para tu morares ano que vem, e à tardinha iremos ao Catete tentar conversar com o presidente.

Chegaram ao hotel. João Antunes, muito fatigado, foi logo deitar-se, mas permaneceu um longo tempo refletindo sobre a sua vida, imaginando aonde o levaria o caótico turbilhão que dirigia o seu destino.

11

No dia seguinte, segunda-feira, João Antunes e Elisa procuraram um apartamento, porém em vão. Não acharam nada que os agradasse. Por volta das 17 horas, dirigiram-se ao Palácio do Catete. Lá chegando, João Antunes entrou em contato com a guarda, que guarnecia exteriormente a porta principal, e solicitou que verificassem se seu nome estava incluído em alguma lista de audiência. Os guardas, oficiais do exército, examinaram-no desconfiados, entreolhando-se incrédulos, como que não acreditando que aquele senhor, tão informal, tivesse alguma audiência marcada com o presidente. João Antunes disse-lhes que há cerca de três meses o próprio Vargas o convidara a vir ao Catete. Entreolharam-se, sorriram e não lhe deram crédito, julgando o seu pedido como um disparate, atitude de um desequilibrado. Ele insistiu bastante. Explicou-lhes que trabalhara na Estância Santos Reis, de propriedade do general Vargas, pai de Getúlio, e que era amigo do presidente. Após a relutância inicial, a guarda sentiu-se convencida de que poderia indagar a respeito, talvez para se livrar do importuno. João Antunes mencionou seu nome e a data aproximada em que se encontrara com Getúlio no restaurante. Chamaram um outro oficial e lhe pediram que fosse à recepção verificar. Este dirigiu-se ao interior e de lá retornou em dez minutos, confirmando que o nome de João Antunes constava em uma lista informal de audiências. Os oficiais olharam-no admirados, ainda incrédulos, mas já com ares de respeito. João Antunes e Elisa foram identificados oficialmente pela guarda da portaria, registrados e conduzidos por aquele último oficial à sala de recepção, situada no primeiro andar do palácio. Lá chegando, João Antunes explicou aos atendentes detalhadamente a sua situação, e lhe foi dito que deveria aguardar. Telefonaram ao chefe de gabinete de Vargas, que solicitou a um ajudante de ordens para descer e conversar com João Antunes.

O ajudante desceu até a recepção e lhe informou que o presidente estava terminando uma audiência, que logo após teria um último despacho e que no intervalo entre as duas audiências conversaria com o presidente a respeito. Levou seus nomes e solicitou que esperassem ali mesmo, na recepção. João Antunes e Elisa sentaram-se em duas poltronas e passaram a aguardar. Sentiam-se intimidados e passaram a observar o movimento nos arredores. A tarde caía rapidamente, uma acentuada penumbra começava a envolver o velho palacete, que pertencera ao Barão de Nova Friburgo e fora adquirido por Prudente de Moraes em 1897, para ser a sede do governo federal. De onde estavam, podiam assistir, através da porta de entrada, ao lento desfilar de veículos na Rua do Catete. João Antunes passou a experimentar uma sensação intimidante ao se dar conta de que, afinal, estavam nas entranhas do poder. Havia ali um aroma característico que parecia impregnado ao ambiente, um certo odor de mofo antigo misturado a qualquer coisa de solene, que impunha uma cerimônia excessiva.

Ele refletia se não estava sendo ousado e inconveniente, pois estava ali para solicitar um favor a Getúlio, o chefe do país, e, sem dúvida, no contexto daquele começo de década, uma das pessoas mais importantes do mundo. Naqueles anos, Vargas era intensamente cortejado pela Alemanha e pelos Estados Unidos devido à importância estratégica do Brasil na geopolítica mundial. Como Getúlio era um estadista, sabia tirar proveito dessa situação. Ele tinha vários projetos para o país, entre eles, o mais importante, a implantação de uma usina siderúrgica. Vargas flertava com Roosevelt e com a Alemanha, chantageando a ambos em busca de financiamentos, visando obter o melhor para o Brasil. João Antunes agora pensava sobre isso enquanto aguardava o retorno do oficial, tocado por aquele respeito intimidante. Elisa folheava os jornais da segunda-feira, todos eles com grandes manchetes sobre o ataque japonês a Pearl Harbour. Detalhes e grandes fotografias sobre o evento eram agora revelados ao mundo. João Antunes novamente refletia se não estava sendo inoportuno, pois talvez Getúlio o houvesse convidado por gentileza e não esperasse que ele se dirigisse ao Catete, mesmo porque não teria razões para ali comparecer. Mas concluiu que, como seu nome constava na lista, então o convite fora para valer. O final de tarde já avançara bastante e o ambiente tornou-se sombrio. Em alguns minutos, as luzes do interior foram acesas e instalou-se um clima de final de expediente. Dali a pouco, trajando ternos e engravatados, aos pares ou sozinhos, os altos oficiais das Forças Armadas passaram a surgir na portaria, encaminhando-se para a saída. João Antunes então sentiu-se vexado, observou que jamais poderia ter vindo ao palácio usando trajes informais. Sentiu-se envergonhado com sua falta de traquejo. Um silêncio vespertino, fatigado, carregado de coisas estranhas, foi aos poucos tomando conta do palácio, enquanto João Antunes ficava mais ansioso. Logo, um senhor, parecendo importante, acompanhado por outro carregando uma pasta escura, surgiu descendo a escadaria e foi-se embora. Em seguida, o mesmo ajudante que o atendera desceu e muito educadamente convidou-os a subir com ele. O gabinete de Getúlio Vargas situava-se no segundo andar. Subiram a escada *art déco*, e o ajudante os conduziu à porta do gabinete. Abriu-a, colocando-se gentilmente de lado, e fez um gesto, convidando-os a entrar. Getúlio sentava-se atrás de uma grande e sólida mesa repleta de papéis sobre o tampo. Ele sorriu amavelmente, ergueu-se, contornou a mesa e veio recebê-los, estendendo a mão cordialmente a Elisa e depois a João Antunes. Vargas tinha um ar de cansaço, talvez pelo fim do expediente exaustivo. Elisa apertou a mão do presidente, com ar de admiração, e experimentou o contato com o poder. Sentiu-se imersa em um outro mundo, habitado por gente poderosa, responsável pelos destinos de milhões de pessoas, e apertava a mão do mais importante deles. Imediatamente, ela lembrou-se das conversas e discussões sobre o presidente, das várias opiniões e controvérsias sobre Vargas, sobre as realizações do Estado Novo, e agora estava na presença do homem que encarnava tudo aquilo e que se imortalizaria na História. Elisa sentiu aquelas críticas desaparecerem instantaneamente do seu espírito. A presença carismática de Getúlio Vargas se impunha, e ela somente via aquele homem baixo, intensamente afável sorrindo-lhe com irresistível simpatia. O presidente crescera rápido e desmesuradamente em seu espírito. Bastava sua presença para modificar qualquer ambiente. Elisa sentiu-se pequenina e acanhada perante tanta coisa que lhe surgiu de repente em sua mente. Getúlio percebia tudo isso, pois estava enfarado de conhecer o poder que emanava de si e conhecia profundamente as circunstâncias e as reações das pessoas ao seu redor. "Sim", pensava ela, "como era fácil emitir opiniões a distância e como tudo se tornava diferente junto a ele." Como Riete, no Le Bernadin, Elisa estava seduzida pelo carisma de Vargas e sensibilizada naturalmente por aquilo que afeta qualquer pessoa: a deferência vinda de alguém muito importante, no caso, o mais poderoso deles. Em seguida, mantendo o sorriso cordial, o presidente estendeu a mão a João Antunes.

— Presidente, esta é minha filha, Elisa. Ela está se formando no Sion de Petrópolis e veio comigo para conhecê-lo — disse João Antunes, apresentando-lhe Elisa.

— Sim, meus parabéns, Elisa, o Sion é um ótimo colégio, possui excelente ensino e ótima formação — comentou Getúlio delicadamente, abrindo um discreto sorriso. — Serás então uma normalista...

— Não, senhor presidente, vou cursar Direito, como a senhora sua filha, a Alzirinha — respondeu Elisa, demonstrando agora muito desembaraço, ao contrário de João Antunes, que se mantinha ensimesmado.

— Muito bem, Elisa, já é tempo de as mulheres começarem a conquistar o seu espaço e a se emanciparem. Mas em que posso ajudar-te, João Antunes? — indagou Getúlio calmamente, voltando-se para ele, fitando-o nos olhos.

— Trata-se do seguinte, doutor Getúlio — relutou um instante, meio embaraçado —, eu tenho um amigo de juventude, boa pessoa, honesta e idealista... ele é professor... — João Antunes sentiu dificuldades e desviou rapidamente seus olhos para o chão, falha que certamente Getúlio observou. Afinal, ele era um interlocutor inexperiente naquele mundo em que todos interpretavam bem, mas João Antunes prosseguiu, erguendo seu olhar. — Recebi dele uma carta dizendo estar preso na penitenciária Frei Caneca. Foi detido em janeiro de 1938 no sindicato dos gráficos, acusado de ser comunista. Como ele sabia que eu havia sido criado em Santos Reis, pediu-me que, se possível, intercedesse junto ao senhor pela sua liberdade... Conheço-o bem, doutor Getúlio, é boa pessoa, nunca foi perigoso e violento... talvez por inexperiência. Ou, pelo menos, se eu pudesse visitá-lo na penitenciária... — João Antunes terminou meio reticente, com o semblante já resignado pela esperada recusa.

Getúlio o fitava calmamente, não demonstrando nenhuma reação.

— Como se chama esse teu amigo, João Antunes? — indagou Getúlio, mirando-o com um olhar fatigado.

— Chama-se Carlos Val de Lanna — informou João Antunes, sentindo um alento.

Getúlio pensou um instante e retornou ao seu assento. Tomou um pequeno bloco, timbrado com o Gabinete da Presidência, e uma caneta.

— Carlos... como se escreve o restante? — indagou Vargas, demonstrando o mesmo cansaço.

João Antunes soletrou o nome, e Getúlio rapidamente o escreveu. Ergueu-se do assento e se reaproximou.

— Está bem, João Antunes, vou inteirar-me da situação dele junto ao ministro e depois tu conversas com a Alzira a respeito. Se for possível, poderei atendê-lo — Getúlio dirigiu-se à porta e chamou o auxiliar.

— Lourival, coloque o nome de João Antunes na agenda da Alzira para depois de amanhã. Ele retornará ao palácio para resolver um assunto.

— Sim, senhor presidente — respondeu o auxiliar, retirando-se em seguida.

Getúlio sorriu amavelmente. Vargas havia adquirido o hábito de frequentemente encaminhar alguns problemas para Alzirinha. Ele, antes, conversava rapidamente com a filha sobre o assunto em pauta, dava as orientações gerais e delegava a ela que efetuasse a deliberação final. Alzirinha Vargas, pelo seu dinamismo e por sua inteligência — ela era também muito simpática e tinha muita coisa do próprio Getúlio —, tornara-se sua secretária e adquiria uma importância crescente na administração. Todos sabiam ser ela a filha dileta do presidente e, por isso, procuravam agradá-la.

— Algo mais, João Antunes? — indagou, olhando-o com o mesmo ar de exaustão.

— Não, doutor Getúlio. Qualquer que seja o resultado de minha solicitação, eu agradeço muitíssimo a atenção dispensada a mim. Sinto-me deveras honrado pela deferência. Serei mais uma vez sempre grato ao senhor — disse João Antunes respeitosamente, comovido pela atenção, lembrando-se de seu pai, Antenor, e de sua honestidade e dedicação ao velho general Manuel Vargas, pai de Getúlio. Sem dúvida alguma, a atenção do presidente fora devido a isso. João Antunes sabia que ser recebido por Vargas em seu gabinete, na condição de um cidadão comum, constituía um fato especialíssimo, uma exceção raríssima, ou talvez a única exceção. Quem ali entrava para despachar eram somente pessoas do alto escalão do governo.

João Antunes e Elisa estenderam suas mãos e se despediram do presidente Getúlio Vargas, que os acompanhou gentilmente e abriu-lhes a porta. Sentindo aqueles poderosos eflúvios, retiraram-se ao lado do auxiliar, que os acompanhou até a saída do palácio. Já era noite quando caminhavam pelo passeio da Rua do Catete, ainda sentindo as emanações do poder. Elisa nunca mais esqueceria as emoções que tivera em presença de Vargas. Comentou com seu pai que um grande homem, como Getúlio inegavelmente o era, quando no exercício da presidência, quaisquer que sejam suas excepcionais qualidades, continua sujeito aos limites da natureza humana. Vargas, que detinha um poder imenso, era cercado por homens sagazes que também amavam e aspiravam ao poder, portanto, deveria ter controle sobre todos eles. Elisa imaginou a tremenda pressão e a grandíssima habilidade para lidar com as dificuldades inerentes ao cargo. E isso tudo recaía na mente de uma única pessoa. João

Antunes respirou aliviado, sentindo-se satisfeito por haver intercedido pelo seu amigo Val de Lanna. Entraram no Ford e lentamente dirigiram-se ao hotel. Iam calados, refletindo intensamente sobre o encontro que tiveram, retornando às suas condições de cidadãos comuns. Àquela hora, início de noite, aqueles sentimentos vividos no Palácio do Catete iam se dissipando lentamente entre a fumaceira das lotações que passavam lotadas, os bares apinhados de gente e os transeuntes que andavam apressados, despedindo-se da labuta diária. Saíam daquela solene solidão angustiosa e readquiriam a pequena importância dos cidadãos comuns.

12

No dia seguinte, após muito procurarem, conseguiram achar um apartamento na Rua República do Líbano, que convinha às necessidades de Elisa. Situava-se a três quarteirões da Praça da República, onde localizava-se a Faculdade Nacional de Direito. João Antunes combinou o aluguel e pagou o ano adiantado, resolvido e registrado em uma imobiliária do centro. Após o almoço, telefonou para Riete, combinando um encontro para a noite. Ela ficou eufórica, dizendo que iria preparar um jantar para comemorarem o noivado. João Antunes sorriu, sentindo uma mistura de sensações conflitantes. Perto das 19 horas, acompanhado por Elisa, ele estacionou na Avenida Atlântica, em frente ao prédio onde morava Riete.

— Que chique, hein, papai! — comentou Elisa, ao entrarem pela portaria.

— É... sem dúvida. Vamos ver agora o que tu achas de Riete — disse João Antunes, com lassidão, quase inaudível. Quando ele pensava em Riete, sentia um desejo ardente por sexo, um tesão que só ela lhe dava. Desejou estar sozinho para atirar-se em seus braços e amá-la furiosamente, como costumavam fazer. Porém, em companhia de Elisa, tal como no domingo com Verônica, deveria conter seus arroubos amorosos. O elevador ronronou vagarosamente até o sexto andar. Saíram no *hall* e logo estavam diante da porta elegantemente maciça. João Antunes tocou a campainha. Riete já o aguardava. Imediatamente, ela a abriu e, sem nenhuma cerimônia, lançou-se entre os braços de João Antunes, mal reparando em Elisa.

— Ó, meu adorado amor, que saudades! — exclamou, beijando efusiva e seguidamente seu rosto, até chegar aos lábios e trocarem um beijo carregado de volúpia, ambos ignorando a presença de Elisa. No início, João Antunes sentiu-se intimidado, mas foi derrotado por aquela efusão poderosa. Segundos após, Riete, muito sorridente e feliz, voltou-se para Elisa, que se sentia constrangida com aquela recepção.

— Minha querida! Que moça linda, meu amor! — Riete aproximou-se de Elisa e a beijou carinhosamente, ainda ofegante pelo ardor sensual manifestado com João Antunes. — Venham, entrem — convidou-os, puxando Elisa pela mão. Riete emanava uma fragrância deliciosa de algum perfume, sem dúvida, muito lascivo.

Sorridente, esbanjando confiança e determinação, Riete assumia o controle emocional sobre João Antunes e Elisa. Ambos pareciam submetidos ao que emanava de seu espírito. Riete redecorara completamente o seu imenso apartamento com um luxo e um bom gosto exuberantes. Muita coisa fora trocada, as paredes repintadas... Aquele ambiente suntuoso agia sobre as mentes dos convidados, deixando-os meio embasbacados com o que provinha daqueles móveis e quadros afixados sobre as paredes. Luzes, estrategicamente situadas em recantos ou atrás de plantas, propiciavam qualquer coisa de inusitado que atraía rapidamente as atenções de modo intermitente. Olhavam para um ponto e logo desviavam seus olhares para outro, na vontade de tudo admirar, até se adaptarem a um nível superior de elegância e incrível bom gosto. Além de um prazer pessoal, o objetivo daquele luxo, como em qualquer ambiente semelhante, era provocar a admiração e o respeito pelo dono, o atestado incondicional de sua riqueza. O autor do projeto seria certamente um daqueles badalados arquitetos da capital. Riete percebia o espanto de João Antunes e Elisa, e os observava sorridente; já antevira essas reações. Em alguns segundos, Manu, a governanta, apareceu para cumprimentá-los, mas logo retirou-se.

— Venham, meus queridos, assentem-se aqui ao meu lado — convidou-os Riete, sentando-se, cruzando as pernas e batendo forte com a palma da mão sobre o assento do sofá. Um gesto enérgico e natural de quem se habituara a mandar. Ela mesma estava à altura do seu apartamento: lindíssima, elegantemente trajada com um vestido azul-escuro, apertado na cintura, que lhe modelava sedutoramente o corpo. Seu pulso estava envolvido por uma grossa pulseira de ouro e o pescoço por um belíssimo colar, combinando com a pulseira. Calçava um salto alto negro, que induzia maravilhas naqueles pés misteriosamente guardados. João Antunes a observou rapidamente e imaginou aquele corpo nu, somente com aqueles sapatos, entregue à sua volúpia. Havia meses que imaginava Riete em seus braços. Aguardava sequiosamente esse reencontro. "Sim, Riete estava sedutora e ganhando muito dinheiro", refletiu João Antunes.

Após permanecerem de pé alguns segundos admirando o imenso salão, a despeito do convite vigoroso de Riete, João Antunes sentou-se calmamente ao lado dela. Elisa sentou-se ao lado de João Antunes, um pouco afastada.

— Ó, meu amor, estava morta de saudades — disse Riete, deslocando-se sobre o assento e envolvendo o pescoço de João Antunes com os dois braços, voltando a beijar-lhe seguidamente o rosto. Ao contrário de Verônica, que se sentiu constrangida pela presença de Elisa, Riete não se incomodava e dizia palavras carinhosas a João Antunes.

— Querida, teu papai é lindo, não? — indagou Riete, curvando o corpo à frente para ver Elisa à direita de João Antunes. — Vamos nos casar e você será uma filha para mim, te amo muito, querida! — acrescentou, mantendo sua euforia. João Antunes mostrava-se um pouco constrangido pela presença da filha, mas também se sentia feliz. Sua vontade, naquele momento, era abraçar Riete e amá-la sobre aquele sofá. Ao contrário da última vez em que chegara ao apartamento, quando Riete fora tão reticente e econômica em suas manifestações, ela demonstrava agora um carinho estonteante, mantendo-se do jeito que ele a deixara há três meses, após aquele almoço no Le Bernadin.

— Sim, concordo com a senhora, dona Riete, papai é lindo...

— Não, não e não!! Nada de dona Riete! Só Riete! — exclamou, sorrindo, esbanjando simpatia.

— E tu, Riete, como andam os negócios? O apartamento ficou lindo... — observou João Antunes, novamente correndo suas vistas pelo salão.

— Pois eu fiz tudo isso pensando em você, meu querido, para marcar o início de nossa vida aqui no Rio — proferiu Riete, novamente beijando-o. Ela não cansava de fazê-lo. — Adquiri os dois frigoríficos que estava negociando quando esteve aqui, lembra-se? E já penso em outros. Vou colocá-lo como meu sócio e ensiná-lo a ganhar dinheiro — disse, com um entusiasmo exuberante, sentindo-se felicíssima.

Elisa não estava acostumada a ambientes requintados e nem a pessoas como Riete. Ela vivia no Colégio Sion, onde tudo era muito singelo e distante do que presenciava naquele momento. Ela lembrou-se de Getúlio Vargas, de sua solidão e de seu jeito simples, bem como do gabinete austero em que trabalhava. E o comparava com a personalidade extrovertida de Riete e a esse luxo. Lembrava-se de Verônica, que fora reservada em suas atitudes carinhosas com João Antunes. Verônica parecia amar muito seu pai, mas a achou deprimida, triste com as indecisões dele. Elisa começava a perceber o quanto a riqueza de Riete deveria oprimir a sua mãe. João Antunes comentara sobre a vida pregressa de Verônica e sua renúncia ao mundo luxuoso que desfrutara durante anos. Falou-lhe sobre seu ex-marido, Bertoldo, e sobre a riqueza de Santa Sofia, e Verônica agora vivia naquele modesto apartamento na Santa Clara. Elisa intuía que o amor de Verônica por seu pai era mais abrangente, sólido e profundo, mas constatava o quanto o sexo e a riqueza eram preponderantes na relação entre ele e Riete. Certamente, Riete também o amava, mas o que Elisa observava agora era o desejo à flor da pele, que apenas sua presença os impedia, naquele instante, de se amarem. Riete também era linda, não tanto quanto Verônica, pois nenhuma mulher seria tão bela quanto ela, mas o que seduzia seu pai, sem dúvida, era a impetuosa sensualidade de Riete, que se manifestava em sua personalidade pujante. Elisa percebia facilmente as insinuações sensuais, observava claramente como essas características lhe eram fortes. João Antunes fora a paixão de Riete no passado, e tornava-se agora uma obsessão sua tê-lo como marido. Ela achava-se em um estado de espírito exuberante: riquíssima e desejando um homem lindíssimo, que estava ali aos seus pés. Riete sentia-se no céu. Elisa conhecia o temperamento de seu pai: tímido, retraído, muitas vezes vacilante nas decisões, mas muito honesto. O seu temperamento era o oposto de Riete. Pelo que ela conhecia a respeito de seu avô, Antenor, João Antunes se tornara parecido com ele. Elisa julgava entender agora as razões pelas quais seu pai estava dividido entre Verônica e Riete: Verônica o conquistava pelo coração, pela ternura e delicadeza, além da beleza, mas Riete juntava ao amor a sensualidade arrebatadora, inaudita, e a enérgica personalidade, alicerçadas pela riqueza. Eram, pois, essas poderosas nuanças que dilaceravam atrozmente o coração de João Antunes. Ele também já refletira demasiado sobre as características pessoais de Verônica e Riete. Elisa, após conhecê-las, intuía quem mais saciava o espírito de seu pai. Certa vez, conversando com Santinha em Cavalcante, mulher experiente no amor, esta dissera a João Antunes: "quem trepa melhor leva vantagem". Porém, Santinha também acrescentara: "é a maneira de ser, a exuberância, a energia transmitida, a graça, aquele algo a mais que não se explica que faz a diferença e que deixa o parceiro num paraíso". E havia mais, relembrava João Antunes: "este é o único instante em que dois seres se desligam completamente deste mundo e, quanto maior o prazer, maior o céu", acrescentara Santinha. João Antunes lembrava-se dos olhos esbugalhados e de seu rosto encarquilhado ao proferir tais lições sobre o amor. Pois eram essas características que, intuía Elisa, faziam a balança pender para Riete.

— Manu, traga o vinho e os aperitivos — ordenou. Ela própria se antecipou, levantou-se e foi à cozinha, retornando em seguida trazendo a garrafa. Abaixou-se sobre a mesinha e a abriu. Manu surgiu logo após, trazendo a bandeja com as taças e os acepipes. Como inevitavelmente acontece, tais momentos passaram a agir sobre o espírito dos três. Riete sabia que as coisas começavam assim. Ela encheu as taças, serviu Elisa e João Antunes, e tilintaram-nas, saudando o futuro. João Antunes sentiu emanações deliciosas e um súbito ímpeto de alegria. Ele comentou sobre a formatura de Elisa, no próximo final de semana.

— Elisa, minha querida, meus parabéns. Estarei então em Petrópolis no próximo sábado para comemorar o seu sucesso. — Um comentário muito diferente do proferido quando João Antunes lhe comunicara a mesma coisa anteriormente.

— Ela virá morar no Rio ano que vem, Riete. Vai estudar direito, acabei de alugar um apartamento — disse João Antunes, virando-se e sorrindo para a filha.

— Ah! Ótimo, querido, ela poderá então trabalhar conosco. Sempre estamos precisando de advogados para resolver questões trabalhistas ou contratos entre empresas. Especialize-se em direito contratual! — sugeriu Riete, virando-se para Elisa, após refletir um segundo.

À medida que bebericavam, sentiam-se mais animados e desinibidos. Riete falava a respeito de João Antunes como se ele já fosse seu marido. Frequentemente, ela fazia alusões a planos de negócios, a situações futuras que juntos viveriam, e, a cada vez que dizia isso, Riete o abraçava e beijava com exuberância. Elisa bebericava devagarzinho e começava a sentir-se incomodada com a sua presença, pois percebia estar se tornando um empecilho à liberdade dos dois. João Antunes, a despeito da filha, também se desinibia e começava a corresponder aos afagos de Riete. Logo, Elisa passou a ser quase ignorada pelos amantes. Riete já permanecia com os dois braços em torno do pescoço de João Antunes e dava-lhe seguidos beijos sobre o rosto ou cochichava-lhe palavrinhas luxuriosas ao pé do ouvido. Frequentemente, ela afagava seus cabelos, correndo seus dedos entre eles e prolongando-os sobre a nuca. Riete falava sobre os futuros negócios que ambos empreenderiam, entre sorrisos e agrados insinuantes, o que os deixavam excitados, repetindo o antigo ritual de Cavalcante. João Antunes lembrava-se que eram assim as preliminares para o amor, quando imaginavam seus planos, e o quanto isso punha fogo em Riete. Àquela época, ela era pobre, mas ambiciosa e rica em imaginação, agora se enriquecera e brincava com suas fantasias somente para excitá-los. Riete sabia que se prendiam por esse ritual imaginativo. Ela se lembrava de que, quando estavam em Cavalcante, várias vezes, sentindo-se derrotada por Verônica, reagia quando se amavam, sonhando com o futuro.

    Elisa fora educada em um ambiente austero como o era o Colégio Sion, submetida à sua disciplina rígida e aos princípios moralmente severos da fé católica. Elisa tinha várias colegas muito ricas, pois o Sion educava a elite carioca, e algumas vezes ela frequentara a casa de algumas dessas colegas, porém, sempre achara esses ambientes fúteis e aborrecidos. Geralmente, nessas ocasiões, ela deparava-se com pessoas aparentemente modestas, indivíduos que adotavam um estilo pessoal simples, não obstante serem interiormente muito pernósticos, como normalmente o são os membros da classe enricada. Essas famílias, quando têm uma tradição de riqueza, quatro ou cinco gerações enriquecidas, detestam e desprezam o que denominam o novo rico, como se este fosse um intruso insolente batendo à porta de sua casta exclusiva. E eram pessoas assim, cheias de trejeitos tradicionais, que Elisa algumas vezes frequentara no Rio. Ela tinha uma colega Guinle e certa vez fora a um aniversário em sua casa, uma mansão em Laranjeiras. Lembrava-se bem daquele ambiente esnobe e permaneceu em sua memória o rosto empoado e enfarado de uma velhota pernóstica com seus cabelos azulados, carregada de joias, como se fosse um cofre aberto perambulando pelos salões. Cada gesto e cada movimento seu com as mãos sob os imensos lustres de cristais faziam os diamantes dos dedos faiscarem, e a velhota sempre permanecia sob um deles, emitindo as faíscas de sua riqueza. Elisa tinha uma aguda consciência social e naquele dia sorrira interiormente daquela pajelança, daquele ritual exibicionista. Agora, ali estava naquele apartamento luxuoso de uma nova rica. Elisa era uma devoradora de livros, e desfrutar a literatura que ela lia em pleno Colégio Sion era uma façanha deveras formidável, tal o malabarismo que deveria fazer para não ser pega. A biblioteca de sua vó Felinta ficara em San Genaro, e Elisa muitas vezes trazia os livros para ler no colégio ou os comprava no Rio. Ela adquirira uma boa cultura erudita. Elisa lera os dezenove volumes de contos, novelas e romances que compõem *A comédia humana*, de Balzac, o grande mestre da literatura francesa, que adquirira em um sebo no Rio. Hoje, ao entrar em uma livraria, comprara o *Águas da primavera*, do talentoso escritor russo Ivan Turgueniev. Ela conhecia bem o realismo e o naturalismo francês; lera *Madame Bovary* e quase toda a obra de Gustave Flaubert, um dos fundadores desse gênero. Se Elisa fosse pega no Sion lendo *Madame Bovary*, certamente teria sérios problemas, pois o romance trata do adultério de Emma, uma moça desiludida, enfarada com o casamento e que traía o marido para sentir prazer. Lera *Germinal*, de Emile Zola, sobre a vida dos mineiros nas minas de carvão, e outros romances naturalistas que tratavam da questão social. Ela adquirira uma forte consciência acerca dos problemas sociais e das injustiças que campeiam pelo mundo. Eram alguns desses romances que possibilitavam à sua avó Felinta respirar em meio ao provincianismo e atraso do interior gaúcho, no princípio do século. Elisa tinha na Irmã Amandine a sua única confidente. Com ela, podia discutir literatura e ideias, pois Amandine era jovem, liberal, culta e compreendia o que se passava na cabeça desses grandes escritores franceses. Como disse Flaubert, na ocasião de seu julgamento: *Madame Bovary c'est moi*, quando foi a júri pelo seu romance. Elisa adorava os *insights* psicológicos de Flaubert e os estava aplicando agora em seu pai e Riete, tendo como pano de fundo aquele apartamento suntuoso.

— Papai, eu me encontro com o senhor amanhã no hotel, estou incomodando e me sentindo incomodada. Estou tolhendo a liberdade de vocês...

— Minha filha! Que bobagem, não está incomodando nada! — exclamou assustado João Antunes, meio afogueado pelo vinho e pelos carinhos de Riete.

— Sim, minha querida, não está atrapalhando nada. Estou apenas matando a saudade de seu papai — reforçou Riete, dizendo o contrário do que seu corpo dizia, avançando o tórax para vê-la do outro lado.

— Sim, Riete, estou aqui segurando vela. Mas não se incomodem, não estou aborrecida, só não desejo atrapalhá-los — disse Elisa, com firmeza, sorrindo ligeiramente.

— Vá até o janelão, querida, dê uma olhada na vista. Só não abra devido ao calor — disse Riete, com um semblante esfuziante. — Daqui a pouco, mando servir o jantar — acrescentou, com uma voz pouco incisiva.

Elisa sorriu, pois comprovara que Riete desejava ficar a sós com seu pai.

— Eu apanho um táxi na avenida e o espero amanhã no hotel — disse Elisa, com leve malícia, pois, pelo que observava, Riete não deixaria João Antunes sair de seu apartamento nesta noite. Eles não insistiram para que Elisa permanecesse, pois, de fato, ela estava sobrando ali na sala.

— Absolutamente, peço ao meu *chauffeur* para levá-la — disse Riete, já erguendo-se do sofá e se dirigindo ao telefone para se comunicar com o porteiro. O seu automóvel permanecia à disposição todas as noites, até que ela o dispensasse. Era comum Riete sair para jantar a negócios em horas inusitadas, e Nunes, o motorista, cumpria com eficiência o seu calvário de *chauffeur* de madame: sempre enfarpelado, discreto e à disposição, fingindo nada saber.

— Ribamar, avise ao Nunes para que leve uma hóspede minha à cidade. Ela já está descendo — ordenou delicadamente, desligando o telefone em seguida.

Riete passou pela cozinha, trouxe um prato e guardanapo e retornou solícita até onde estavam.

— Leve para você comer no hotel, meu bem — disse, colocando algumas empadas e outras guloseimas, compradas à tarde na confeitaria Colombo, tão logo João Antunes dissera que viria encontrá-la nesta noite. Cobriu-as com o guardanapo e as entregou a Elisa, que já se erguera do sofá.

— Querido, vamos acompanhá-la até o elevador — disse Riete, estendendo sua mão para João Antunes. Ele ergueu-se do sofá, pousando seu braço sobre os ombros da filha. Caminharam juntos, abriram a porta e dirigiram-se até o elevador. Elisa pressionou o botão. Mantinham-se em silêncio, como que desejando encerrar aquele preâmbulo que os constrangia. Em alguns segundos, o barulho cessou, e a porta abriu-se ruidosamente.

— Um beijo, minha filha, provavelmente dormirei aqui — despediu-se João Antunes, beijando-a carinhosamente.

— Até amanhã, papai.

— Pois você não quer dormir aqui também, Elisa? Peço para Manu e ela arruma sua cama... tenho quatro quartos...

— Obrigada, Riete, em breve nos reencontraremos — despediu-se, beijando-a.

Riete demonstrou efusão e a abraçou calorosamente durante alguns segundos, apertando-a contra si.

— Ó, você agora é também a minha filha, minha filha querida! Poderia ficar conosco, dormir aqui... E como é linda! — despediu-se, beijando-a novamente. Separaram-se, a porta fechou-se e o barulho afunilou-se no poço.

Tão logo o elevador desceu, Riete e João Antunes se abraçaram e se beijaram longamente, abraço que logo descambou para mãos esfregando seus corpos entre palavras libidinosas, carregadas de um desejo iminente.

— Vamos para o quarto, meu amor, antes do jantar quero te amar... te amar como fazíamos antigamente em Cavalcante. Vou adquirir mais dois frigoríficos em São Paulo... em São Paulo... — disse Riete, já ofegante, com a respiração entrecortando as palavras.

— Vamos, então... — sussurrou João Antunes, sentindo-se tão excitado quanto Riete. Seu amor por ela sustentava-se nas lembranças de momentos semelhantes a esses. Nenhuma mulher o excitava tanto, nem mesmo Verônica, com seu corpo de deusa. Riete tinha de sobra aquele algo a mais que Santinha lhe dissera em Cavalcante, e era por ele que João Antunes ansiava em San Genaro.

Caminhando abraçados, embolados, quase tropeçando, retornaram apressados ao apartamento. Fecharam a porta de entrada e prosseguiram pela imensa sala. Passaram em frente à cozinha e viram Manu ao fundo, em frente ao fogão. Chegaram ao quarto, e João Antunes ficou deslumbrado com a beleza da nova decoração. Riete fechou-o com a chave. Se antes o aposento era chique, agora estava maravilhoso. João Antunes lembrou-se do quarto de Cocão em Cavalcante, e, apesar do que via, ele achava a decoração de Cocão mais original e insinuante, pois refletia a personalidade misteriosa de Marcus.

— Meu amor, decorei este quarto pensando em você... não imagina o quanto sonhei com este momento... — disse Riete, mal podendo falar, tal a sua excitação. Enquanto falava, beijava seguidamente o rosto de João Antunes e erguia suas coxas, esfregando-as nas pernas dele.

Tornaram a se abraçar e a se beijar voluptuosamente. Riete descalçou seus sapatos e despiu-se depressa, atirando suas vestes ao acaso, o mesmo fizera João Antunes.

— Calce os sapatos, meu amor. Lá na sala eu te imaginava com as pernas abertas, com esses sapatos no pé. Realize a minha fantasia...

Riete estremeceu ao ouvi-lo e calçou-os afoitamente. Ao ver o sexo de João Antunes, Riete atirou-se a ele desvairadamente durante algum tempo, e depois caíram abraçados sobre a colcha de seda, lindíssima. João Antunes percorria as curvas daquele corpo como seu Ford percorria valentemente as montanhas de Minas, enquanto ela gritava de prazer. Manu assustou-se, pois não os vira caminhando rumo ao quarto. "Meu Deus", pensava ela, "como dona Riete estava carente, precisando de homem... É o céu! Estão no céu e eu só, aqui na cozinha", pensava Manu, sentindo-se repentinamente excitada. E cada vez mais os gritos eram ouvidos mais altos e despudorados.

— Assim... assim eu também quero... — dizia ela, tropeçando nas palavras —, também quero ser cabra... cabra como a patroa! Cabra com aquele homem lindo em cima de mim... Ai, meu gajo, vem meu gajo, me cubra como tu fazias no Alentejo — repetia Manu, olhando afoitamente para os lados procurando algo, sem encontrá-lo. Ela então pressionou os dedos entre as pernas, cerrou os olhos e começou a se esfregar cada vez mais intensamente, gemendo baixinho. Juntou as duas mãos e retesava o corpo para trás, erguendo seu rosto, prosseguindo mais rápido, rápido e rápido, enquanto gemia e ouvia o que vinha lá de dentro. Manu sentia o calorzinho do forno subindo-lhe entre as coxas, afogueando-a ainda mais. Sua imaginação atravessava o Atlântico, chegando até seu gajo em sua aldeia natal.

Riete sentia tanto prazer que posteriormente diria a João Antunes que nunca o tivera tão intenso. Talvez tivessem ingerido o vinho em uma quantidade exata, acrescido do desejo, acumulado pela separação. E ali estavam sobre a cama, acasalados, esfregando-se em um frenético vai-e-vem. Riete esticava suas pernas para cima, com seus pés metidos no erótico salto alto, satisfazendo a fantasia de João Antunes. Após muito se amarem, ela deitou-se sobre ele e permaneceu acariciando-o, beijando-o e dizendo-lhe palavrinhas carinhosas que pareciam vir de cada pedacinho de sua alma. Agora o frio do ar-condicionado os gelava. Meteram-se sob as cobertas e se deitaram de lado, pondo-se a imaginar o futuro. Depois de algum tempo, a vida fluía para eles como um regato calmo cercado de flores durante uma manhã ensolarada. Riete segurou a mão de João Antunes, admirou o anel que lhe dera e sorriu emocionada, com os olhos marejados.

— Não imagina, querido, o quanto eu sofri naquela noite em que você chegou ao Hotel Londres e me disse que se casaria com Ester, e depois o vi lá embaixo abraçado à mamãe. Na ocasião, eu lembrei-me do suicídio de Cocão e compreendi o seu desespero. Lancei-me sobre a cama sentindo a minha alma vazia e, por pouco, não me atirei sobre o asfalto. Mas jurei a mim mesma que um dia ficaria rica, que o teria de volta e que você usaria este anel.

— Ficaria rica e me conquistaria pelo dinheiro... — completou João Antunes, refletindo com vagar, manifestando em seus olhos belos carinhosos certa melancolia. Aquela energia alucinante de ambos agora dissipava-se pelo imenso quarto, perdendo seu calor devido à baixa temperatura.

— Sim, meu amor, como lhe disse na última vez em que nos encontramos: se não fosse minha riqueza, você teria, sem dúvida, me esquecido — proferiu Riete, como que tentando extrair algum pensamento de João Antunes.

— De fato, antigamente eu duvidava de ti. Naquela época de Cavalcante, eu jamais imaginei que terias sucesso. Havia aqueles teus problemas emocionais, aquelas tuas fugas do presente. Tu fazias aqueles planos de riqueza e eu ficava a subestimar-te... desculpa dizer-te, Riete, mas eu te achava desequilibrada para empreender qualquer coisa e muito menos chegar até aqui.

— Verdade, querido? Então me achava doida, doidinha!? — indagou Riete, gargalhando com prazer. João Antunes olhou-a e sorriu, admirado com a aquiescência.

— Mas se deve realmente ser meio doido para se atirar de corpo e alma a fim de realizar um sonho. Senão, nada acontece — comentou João Antunes, com uma expressão pensativa. — Riete — prosseguiu ele, com seu olhar distraidamente pousado sob o teto, sentindo-se melindrado pelo que diria —, eu compreendo que é difícil enriquecer... mesmo utilizando teus métodos. Meu pai era extremamente honesto, rigoroso em seus princípios, e morreu por causa disso. À época, eu ingenuamente o aconselhava a não ser daquele jeito. Se eu ganho algum dinheiro como fazendeiro, é porque trabalho muito e faço economia. Pela minha experiência, vejo que meus limites para ganhá-lo dependem inclusive da duração da minha vida. O tempo é pouco para se enriquecer. Talvez umas três gerações, trabalhando honestamente igual a mim, podem amealhar alguma fortuna. Mas enriquecer como tu, Riete! Em apenas dez, doze anos? É impossível, querida, a não ser utilizando teus métodos — disse João Antunes, com uma voz langorosa, mirando o lustre de cristal que cintilava sobre o ambiente delicadamente ornamentado.

— Meu querido, meu queridinho, já sei aonde você quer chegar com a velha lenga-lenga das classes empobrecidas e seus discursos moralistas, que, sem dúvida, julgam eficientes para justificar a incompetência generalizada. Você disse que não ganha dinheiro porque é honesto e que, se não o fosse, também estaria rico. Pois, então, tente ser desonesto para se enriquecer e provavelmente terminaria mais pobre e na cadeia. As coisas não são fáceis, como vocês imaginam, elas devem ser feitas com inteligência, sabendo explorar e antever as boas oportunidades de negócios. É necessária a ousadia inteligente. É preciso saber usar em nosso benefício as fraquezas dos homens, suas vaidades, suas ambições e a falta de visão e de inteligência, mas, fundamentalmente, deve-se ter o talento inato para tudo isso, pois, sem ele, nada feito — disse Riete, sorrindo maravilhosamente com desdém. Ela desceu a mão e passou a brincar com o sexo amolecido de João Antunes, sorrindo com certo desprezo. Riete manipulava aquele sexo displicentemente, manifestando uma profunda convicção de superioridade, como se ele fosse um objeto de prazer como outro qualquer que ela se acostumara a comprar para o seu deleite. Fazia-o distraidamente, pois há pouco já se fartara dele.

— Como tudo na vida, meu amor — prosseguiu ela —, é necessário saber agir para alcançar um objetivo. As leis são cumpridas de acordo com os interesses envolvidos. Podem ser proteladas, se for preciso, ou agilizadas, se necessário. E, quando os interesses econômicos são imensos, como acontece com poderosas empresas internacionais mancomunadas com gente importante, as leis serão inevitavelmente mudadas, se elas contrariam tais interesses. Porém, é fundamental que elas existam e que sejam cumpridas por vocês e, mais necessariamente, que mantenham seus escrúpulos morais para que a sociedade funcione de maneira ordenada, propiciando um ambiente saudável para a realização dos negócios. Em uma sociedade caótica, nada é possível. Para isso, meu querido, são então necessárias pessoas ingênuas e escrupulosas como você para que as coisas funcionem a nosso favor. O poder econômico não tem intrinsicamente a moralidade como valor, ele é pragmático em seus objetivos. Para ele, os valores éticos são apenas utilitários, necessitando apenas saber usá-los em benefício próprio, comunicar-se bem com aqueles que tanto os prezam e, assim, dominá-los. É essa a sua conduta prática, bem objetiva e sem floreios.

— Porém, querida, então me confessa por curiosidade — persistiu João Antunes, ignorando as explicações de Riete, pois ele jamais mudaria sua maneira de ser e muito menos queria argumentar, defendendo suas ideias —, tu deves fazer então muitas coisas às margens da lei, não é verdade? Entre as pessoas influentes que militam nesse teu meio, deve correr muita grana, muita coisa por caminhos escusos, não estou certo? Por exemplo, pagar por vantagens indevidas para obter privilégios, conhecer boas oportunidades antes que elas aconteçam, conhecê-las antes de nós e para isso... Me fale então um pouco desse teu mundinho sem-vergonha, Riete — disse João Antunes, virando-se para ela, sorrindo com certo sarcasmo.

— Querido, eu vou colocá-lo como meu sócio e você aprenderá depressa a ganhar muito dinheiro. Vou ser franca, embora tudo o que eu lhe disse seja verdade, e vou lhe confessar algumas coisas de acordo com as suas ideias moralistas. Devo começar lhe dizendo que elas não acontecem como você pensa, te juro! Elas não são tão podres como imagina. Eu depressa aperfeiçoei meus talentos financeiros e comerciais, inatos em mim. Sem eles, nada seria possível. Como já lhe falei algumas vezes, papai, o velho e sábio senador Mendonça, me ensinou a agir. Foi durante uma tarde tempestuosa em Campinas que minha arrancada definitivamente se deu, dois dias após aquela triste noite em que você me abandonou. Na ocasião, eu havia retornado a Campinas disposta a tirar satisfações com mamãe pelo fato de ela haver me enganado, indo ao Rio encontrar-se com você, sem me comunicar. Naquela tarde, sentada com mamãe em uma praça, desabou uma tormenta em Campinas. A despeito da tempestade, permaneci temerariamente sentada no banco em meio à chuva e indiferente aos trovões e raios que faiscavam constantemente ao meu redor. Eu ergui meus olhos e desafiei a tempestade com um sorriso nos lábios. Mamãe correu apavorada para dentro da casa de Dolores. Eu sorria para os relâmpagos, desafiando-os, com raiva de meus medos, e jurei que seria rica, de qualquer jeito seria rica, e usaria toda a influência de papai para consegui-lo. Papai já estava no fim da vida, eu vim então para o Rio e conversei com ele a respeito de minha intenção. Fui clara e incisiva: "papai, me apresente a seus amigos importantes para que eu me torne rica, muito rica!", pedi-lhe sem rodeios e objetivamente: "me ensine a ganhar dinheiro". Papai, desde que eu era criança, sempre me achou inteligente, precoce e ambiciosa e já me ensinara muita coisa sobre o seu mundo. Ele tinha muita experiência em negócios internacionais, foi representante do Brasil em Londres durante o *funding loan*, conhecia profundamente o comércio de café, bem como muita gente influente que o bajulava, conhecia, enfim, o caminho das pedras. Então eu lhe pedi, e papai compreendeu imediatamente o meu objetivo: enriquecer-me. Não poderia haver melhor mestre que ele. Eu era jovem, bonita, ambiciosa e filha do senador Mendonça. Eu me lembro de que fomos ao Senado em um fim de tarde para que eu conhecesse homens influentes e de que depois saímos para jantar. Papai, naquela noite, começou suas lições, dizendo-me detalhadamente como tudo funciona e, durante os dias seguintes, fomos percorrendo, homem por homem, aqueles que poderiam me ser úteis. Papai me apresentava a eles e eu me insinuava. Eram pessoas que pertenciam àquele mundo, doutores em velhacarias, naquilo que você disse, todos experientes e velhacos, unidos em uma espécie de confraria dos ricos. Papai os apresentava a mim após me informar as características de cada um deles e de como poderiam me ajudar. E eu aprendi depressa, muito depressa... doutor Aleixo, doutor Aguinaldo, doutor Amarantes... foram alguns com os quais eu aprendi muito, um mundo de gente esperta e safada. Trabalhei um ano com o doutor Aleixo em negócios de exportações e carteira de concessões. Passei a ter contatos com banqueiros... enfim, João Antunes, aprendi rapidamente porque tive bons professores e excelentes aulas práticas. Mas repito, eu tenho tino comercial, inteligência e principalmente ousadia para trafegar nesse mundo, senão faria muita besteira e rapidamente naufragaria. De nada adiantaria. Ademais, muitas dessas maneiras de agir se tornam comuns nesse meio, se normalizam como coisas inerentes ao mundo dos altos negócios, e os escrúpulos se diluem, alargam-se os limites do aceitável. Portanto, o que para vocês é desonestidade, para nós, não o é. Aprendi então a caminhar sobre o fio da navalha, a me equilibrar sobre esses limites. Eu me recordo de que vários desses homens comentaram isso com papai, a quem devo tudo. E lhe confesso uma coisa, meu querido, com toda a franqueza: a razão, o motor de tudo isso era você. Você, meu amor, foi a minha única motivação. Naquela noite, no Hotel Londres, eu jurei que ficaria rica e o reconquistaria pela riqueza. E aqui estou neste meu belo apartamento de frente para o mar de Copacabana, deitada nua ao seu lado, prova de que alcancei os meus objetivos, o que me deixa feliz — confessou-lhe Riete, com corajosa sinceridade, com uma voz suave e o rosto dolorosamente crispado, como se sua longa e árdua luta ainda não houvesse terminado e tudo lhe parecesse um sonho. — Apesar de essa difícil trajetória — prosseguiu ela —, ainda não sei se derrotei a mamãe... talvez seja essa a minha última e mais dolorosa batalha — acrescentou, enquanto um dolente sentimento lhe oprimia o coração. Ela permaneceu um instante em silêncio e retornou às ideias iniciais. — Se papai fosse vivo, gostaria que ele lhe contasse como são feitos grandes negócios. Pois veja a guerra atual, qual a origem dela? Essa guerra sanguinária envolvendo o mundo inteiro nada mais é que a segunda e última batalha da Primeira Guerra Mundial, uma disputa selvagem entre os capitalismos inglês e alemão, que eclodiu quando a Alemanha superou a Inglaterra no fim do século passado e passou a ameaçar o velho imperialismo inglês. Em decorrência disso, morreram milhões de pessoas sem saber o motivo. Mas é o que vigora nas altas esferas, nas quais a violência é o último instrumento para o triunfo do capital, e isso vai muito além do que lhe disse. Essa realidade, João Antunes, é muito diferente daquela em que vivem os cidadãos comuns, e são esses capitalistas que movem, a seu modo, a máquina do mundo — Riete falava com uma sinceridade surpreendentemente dolorosa, pois, quando conversava geralmente com João Antunes sobre tais assuntos, ela fora sempre irônica e agressiva, além de reticente em suas revelações. Ela falava como se fosse vítima, como alguém que devesse ser assim para sobreviver no mundo que escolhera e que não poderia ser, infelizmente, uma pessoa diferente do que era.

— Riete, a tua franqueza me convenceu. De fato, é verdade: para ter sucesso, independentemente de quaisquer benefícios ou métodos, mesmo na safadeza, é necessária competência, pois o caminho é difícil, os problemas são imensos. Se não fosse pelos teus méritos pessoais, terias naufragado há muito tempo, muito embora eu não aceite a desonestidade, dentro do que eu entenda que ela seja. Tu disseste que fui a tua motivação principal, se...

— É verdade, João Antunes — antecipou-se Riete —, tudo o que fiz foi impulsionado pelo meu amor por você, foi na esperança de algum dia tê-lo ao meu lado, e esse dia chegou.

— Pois eu também não posso ficar distante de ti, dessa tua personalidade exuberante, que me seduz e cativa, apesar de tudo — disse João Antunes, impressionado com essa novíssima Riete: experiente, sincera, equilibrada e meiga. Riete virou-se para ele, apoiou-se em um cotovelo e afagou seu rosto, descarregando sobre ele a ternura que tomava conta de si. Riete jogou a colcha para o lado e sentou-se no abdômen de João Antunes, curvou-se e pôs-se a acariciá-lo nas faces e a dizer palavras apaixonadas. Durante muito tempo conversaram.

— Afinal, querida, só falta me esclarecer uma coisa, sobre a qual já te falei: tu venceste aquele teu problema da capelinha rosa? Quando se sentia angustiada com algum problema e se refugiavas no seu interior? — indagou João Antunes, meio reticente, enrugando os sobrolhos. — Fizeste um tratamento... descobristes a origem do teu trauma?

— Não sei as causas daquele comportamento, mas, após o tratamento com doutor Franco da Rocha, eu nunca mais tive aquelas crises. Acho que a minha determinação e o intenso trabalho me ajudaram também a superar esse problema — disse Riete, afagando-lhe os cabelos, denotando um semblante pensativo.

— Mas tu nunca soubeste o que se passou no interior da capelinha? — perguntou João Antunes, que, embora soubesse, revelado havia anos pelo doutor Rochinha, desejava verificar se Riete tinha conhecimento.

— Bem... talvez algum dia eu venha a saber, mas não desejo falar sobre isso — disse Riete, com os olhos marejados.

— Tu foste tão sincera ao me confessar tanta coisa... — acrescentou João Antunes, mirando-a atentamente.

Riete esfregou os olhos, sentindo a tristeza de uma pessoa fragilizada pelo seu passado. Ela fungou, e seu semblante adquiriu repentinamente uma expressão dolorosamente concupiscente.

— Me ame, me ame outra vez, com furor! — pediu ela inesperadamente, sentando-se sobre o sexo amolecido de João Antunes, que se sentiu assustado com aquela brusca alteração de sentimentos. João Antunes permaneceu quase passivo enquanto Riete cavalgava sobre ele com uma excitação inusitada, com seus olhos cerrados e o rosto crispado, emitindo gritos prazerosos.

— Assim! — encerrou, tombando abraçada a João Antunes, que permaneceu espantado com aquela atitude inesperada. Apesar do ambiente refrigerado, Riete suava, enquanto João Antunes sentia frio. Repentinamente, ela entristeceu-se outra vez. Mirou-o com um olhar profundamente sofrido, emanando imensa amargura.

— Então, além de sua imaginação de riquezas, temos também agora a referência à capelinha rosa... para te excitar — comentou João Antunes, com um ar pensativo e misterioso. Todavia, ele sentiu-se constrangido, pois Riete se pôs a chorar baixinho. João Antunes sentiu que suas palavras foram inoportunas.

— O que se passa, Riete? — indagou ele, pondo-se a afagá-la, assustado com aquelas reações. Permaneceram em silêncio, enquanto João Antunes refletia sobre hipóteses que não seria capaz de elucidar. Ele jamais voltaria a indagá-la sobre o mistério da capela rosa. A resposta que vira talvez esclarecesse o sofrimento de Riete.

Já passava das 21 horas quando ambos se dirigiram ao banheiro. Riete vestiu um *peignoir* e calçou chinelos.

— Amanhã irei providenciar um guarda-roupa para você. Quando vier ao Rio, não precisará trazer a mala, terá outras roupas — disse. Sorriram e retornaram à sala. Sentaram-se no sofá e puseram-se novamente a bebericar o vinho. Os salgadinhos haviam esfriado.

— Convidei Enrico para vir jantar conosco. Pensava em apresentá-lo a Elisa. Como ela se foi, fica para uma outra oportunidade — disse Riete.

— Amanhã retorno ao Catete para saber a resposta sobre a libertação de Val de Lanna — falou. João Antunes dissera a Riete que, na tarde anterior, havia ido ao palácio conversar com Getúlio. Ela novamente ficara admirada com a amizade manifestada pelo presidente.

— Na quinta-feira, devo retornar a Petrópolis para levar Elisa. Ela tem os ensaios para a formatura e precisa fazer a última prova do vestido, enfim, sábado estaremos lá. Retorno aqui na sexta e apanho tu e Verônica — disse João Antunes, beliscando um petisco.

Passados alguns minutos, a campainha soou. Riete ergueu-se do sofá e foi abrir a porta para Enrico. Ele entrou, logo cravando seu olhar em João Antunes. Cumprimentaram-se. Enrico sentou-se na poltrona ao lado, e passaram a conversar amenidades.

— É pena você não ter tido a oportunidade de conhecer Elisa. Ela esteve aqui, mas teve que se retirar mais cedo. Seria uma ótima companheira para você. Mas sábado vou levá-lo a Petrópolis para conhecê-la. Será o dia de sua formatura — disse Riete.

Enrico calou-se, mantendo-se arredio.

Riete chamou por Manu, que revirou os olhos, passou as mãos sobre o vestido, procurando alisá-lo, antes de surgir na extremidade do corredor. Manu já havia retornado de seus subterrâneos de liberdade e voltara ao cotidiano, no qual novamente iria interpretar seu papel, como comumente o fazemos. Ela era uma excelente atriz.

— Pode servir o jantar — ordenou Riete, mirando-a instantaneamente com uma expressão que Manu jamais vira no rosto dela, uma expressão prazerosa, de cabra vadia satisfeita, conforme interpretou Manuela, mantendo-se muito séria. Viera de Portugal havia poucos anos, recomendada para trabalhar em casa de gente rica.

— Pois não, senhora, vou servi-lo — respondeu com solicitude, dirigindo uma fração de segundos seu olhar a João Antunes. E retornou à cozinha.

João Antunes, desde que conhecera Enrico, naquela manhã, não simpatizara com ele. Era uma questão de afinidade, daquele clique inexplicável que faz com que alguém se sinta imediatamente atraído ou não pelo outro. João Antunes refletiu que jamais se relacionaria com ele.

O jantar foi servido, dirigiram-se à sala de refeições e sentaram-se à mesa. Tudo muito elegante, com um único prato, certamente saboroso. No centro da toalha de renda branca, alvíssima, uma maravilhosa bacalhoada. As fatias de bacalhau douravam ao ponto entre cebolas e azeitonas pretas, fumegantes. Ao lado, o melhor azeite português e um vinho branco suado. O aroma deliciosíssimo expandiu-se pela sala, pelas suas mentes, fazendo-os salivar. Manuela, como boa portuguesa, era exímia no prato. Manu serviu os cálices, e tilintaram-se. Enrico, desde que chegara, não se interessava em muita conversa e parecia evitar João Antunes. Comportava-se como na ocasião em que o conhecera, fazendo Riete se sentir irritada com aquela atitude arredia.

— Enrico, você mal cumprimentou João Antunes. O que há? Não é assim que se comporta — admoestou-o Riete com certa severidade. Ela apoiou sua mão sobre a de João Antunes, afagando-a. — Não repare, meu querido, daqui a pouco ele muda — disse em um tom que manifestava prepotência e autoridade sobre o filho, atitude que o irritava, pois o reduzia a uma criança perante um estranho. João Antunes permanecia indiferente à atenção de Enrico.

Riete serviu João Antunes, depois serviu-se, enquanto Enrico fazia o mesmo. Realmente estava deliciosíssimo, elogiaram todos. Manu sorriu discretamente agradecida.

— Algo mais, senhora?

— Não, obrigada, Manuela, está ótimo, como sempre — ela retirou-se, efetuando discreta mesura.

Durante alguns minutos, comeram em silêncio, interrompidos pelos elogios aos dotes culinários de Manuela.

— É necessário que saiba, Enrico, conforme lhe disse naquele dia, que João Antunes será meu marido e gostaria que você tivesse amizade e respeito por ele — disse Riete, mirando seu filho com autoridade. Enrico mantinha um olhar fugidio e sentiu-se mais irritado ao ouvir essa nova admoestação. Ao ouvi-la, algo de astucioso e trocista perpassou seu olhar, enquanto seu semblante mantinha-se inalterado. Ele adquiriu um ar sombrio, desdenhoso, e parecia ter as ideias entorpecidas. Havia nele qualquer coisa de estranho que se manifestava dicotomicamente em seu semblante como características emocionais antagônicas. Entretanto, continuou a comer em silêncio. De repente, afetou um ar superior, parecendo efetuar julgamentos negativos sobre os dois, mirando-os e sorrindo com desdém.

— O que há, Enrico? Espero que você não tenha vindo aqui para estragar nosso jantar — censurou-o outra vez Riete, mirando-o agora severamente.

— Mas a senhora não me convidou apenas para conhecer a filha dele? Com que intenção, mamãe? Fazer um jantar em família? — replicou Enrico, não demonstrando irritação, mas sim uma reação esquisita, uma certa calma misteriosa que novamente alterou-se bruscamente em exaltação. Deu uma curta gargalhada e virou-se para João Antunes. Um furor brilhou repentinamente em seus olhos.

— Então, vai se casar com mamãe? Já está até usando o seu anel... — disse, sorrindo com desprezo e raiva, dirigindo-se a João Antunes, enquanto espetava com ímpeto uma fatia dourada. — Quer vir morar aqui neste conforto e largar sua vidinha medíocre de fazendeiro, não é isso?

Riete sentiu uma cólera incontrolável. Ela ergueu-se da cadeira, comprimindo o guardanapo com a mão, e dirigiu-se a Enrico.

— Ponha-se para fora do meu apartamento, imediatamente, Enrico! Para fora! Agora!! Não quero que me estrague uma noite maravilhosa! — exclamou Riete, fuzilando-o com o olhar. Ela agora o tratava com sinceridade, exprimindo o seu parco amor pelo filho. Em ocasiões assim, como já ocorrera outras vezes, prevalecia a essência do que sentira quando soube que estava grávida dele há vinte anos: uma brutal rejeição, uma raiva incontrolável. Enrico nunca vira sua mãe apaixonada, mesmo porque o amor de Riete sempre fora João Antunes, e agora esse fato o incomodava muito, como se acentuasse em seu espírito a carência do amor maternal, um ciúme que não tinha razão de existir porque nunca houve amor entre eles. Ele exprimia um sentimento de ciúme que gostaria de ter, com base em uma afeição maternal sincera, mas que era inexistente. Sentia-se duplamente frustrado.

Enrico enrubesceu. Um estranho sorriso lhe contraiu o rosto, um sorriso repentinamente triste, desesperado, exprimindo algo de lancinante e doloroso. Ele ergueu-se, jogou o guardanapo sobre a mesa, virou as costas e retirou-se. Deu quatro passos, virou-se novamente e cravou seu olhar em João Antunes. Uma raiva descomunal irradiou-se pelas suas faces, enquanto cerrava os dentes, contraindo as mandíbulas. Correu nervosamente a mão sobre os cabelos, olhando-os, e voltou-se apressado para a saída. Abriu a porta, saiu e bateu-a com violência, dramaticamente, enquanto Riete permanecia de pé, com o guardanapo comprimido entre os dedos. Vagarosamente, tornou a sentar-se. Ela respirou fundo, tentando se acalmar, e segurou delicadamente a mão de João Antunes. Em seguida, ergueu-se da cadeira e o abraçou por trás, abaixando-se e o beijando no rosto.

— Perdoe-me, querido, a grosseria de meu filho... ele... ele anda tão estranho ultimamente... tenho andado preocupada com isso — acrescentou, mirando as fatias douradas de bacalhau. — Enrico, às vezes, é dado a rompantes inesperados, mas nunca foi assim. Não havia razão para ele agredi-lo, pois vocês nem chegaram a conversar...

— Não te preocupes, Riete. Eu compreendo, talvez ele esteja com ciúmes de ti. Mas será difícil a convivência se ele agir dessa maneira, pois também tenho os meus limites...

— Quanto a isso, não haverá problemas... mantenho Enrico em São Paulo e o desligo de meu escritório. Você fará o trabalho que ele faz — disse, parecendo mais calma. Gostaria que ele conhecesse a Elisa, mas, em vista disso, talvez nem o leve comigo a Petrópolis para evitar contrariedades — disse Riete, que conversava a respeito de Enrico como se ele fosse uma criança.

— Desculpe-me, Riete, mas não desejo que Enrico sequer venha a conhecer Elisa — comentou João Antunes, de maneira aborrecida.

Ela voltou a sentar-se, sentindo-se chateada com o incidente, porém desejava aproveitar o jantar delicioso e o momento que viviam. Comiam em silêncio, perdidos em reflexões. Por mais que procurassem a normalidade, o incidente os deixara chateados. Vieram a sobremesa, os sorvetes, o café e os licores. Satisfeitos, dirigiram-se ao janelão. Riete abriu as duas partes e debruçaram-se sobre a Avenida Atlântica. Imediatamente o ar quente e úmido do verão carioca invadiu a sala. Eles permaneceram abraçados, admirando as ondas rolarem calmamente sobre a praia. Àquela hora, havia pouco movimento, tanto de pedestres como de automóveis.

— Que coisa mais linda, Riete... — disse João Antunes, estendendo suas vistas para os lados e para a escuridão do mar.

Riete estendeu seu braço direito sobre os ombros de João Antunes. Ao longe, as luzes de um navio se deslocavam lentamente na escuridão do mar.

— Para onde irão? — indagou João Antunes, com um olhar perdido no horizonte e um semblante contemplativo.

— Certamente para muito longe, e muitos daqueles têm no peito a saudade da mulher amada — comentou Riete, acompanhando o olhar de João Antunes.

Ele sorriu e pensou em Ester, em Marcus e em onde estariam. João Antunes sentiu uma saudade repentina de Ester, lembrando-se daquela colina em que se amavam em Santos Reis, da sua ternura e de seu amor incondicional por ele. No Sul, os pampas juntavam-se ao céu sob o assoviar dos ventos, que traziam emoções de muito longe. "Por que o horizonte induz tantas saudades?", refletiu João Antunes, sentindo uma amargura no peito. Ele não compreendia as mudanças de sua vida e nem por que tantas certezas se esvaíam de maneira inesperada. Seria Riete, preterida durante tantos anos, a dona definitiva de seu coração? "Ester e Verônica foram certezas durante anos, e Riete uma antiga convicção efêmera. Entretanto, estou aqui ao lado dela", pensou João Antunes e sentiu a amargura estragar os encantos que vivera há pouco, talvez devido ao incidente com Enrico.

— Vamos fechar o janelão, querido, senão o diabo aproveita e entra junto com este calor.

Riete fechou-o. Em seguida, ela dirigiu-se à cozinha para conversar com Manuela e logo retornou, indo ambos depois para o sofá. Riete sentou-se, e João Antunes deitou-se, pousando-lhe a cabeça sobre a coxa. Ela pôs-se a afagar seus cabelos, ostentando um sorriso de felicidade. Ali estava João Antunes deitado sobre suas pernas após tantas lutas e sofrimentos para tê-lo. Ele vagava seu olhar pelo teto, perdido em tempos que iam e vinham e se sobrepujavam, semelhantes às ondas do mar. A despeito do prazer ao lado de Riete, João Antunes sentia um vazio rondar seu espírito, como se lhe faltasse algo essencial para ser plenamente feliz. Havia ainda a ternura de Verônica, a lembrança de Ester e a herança que Marcus lhe legara a roçarem seu espírito. João Antunes amava a vida ao ar livre no campo e o contato diário com os animais. Vivera nesse ambiente desde criança e isso constituía o cerne de sua vida. Não se sentia disposto a abandonar suas atividades para trabalhar e morar no Rio de Janeiro, trancado em escritórios. Ele cochilou sobre a perna de Riete enquanto pensava sobre tantas coisas que, ao final, reduziam-se às circunstâncias essenciais que circunscrevem a vida dos homens. Cerca de meia hora depois, ela mexeu suas pernas e o despertou. João Antunes sorriu sonolento. Riete curvou seu rosto e o beijou. Havia agora um silêncio inquietante que revestia misteriosamente cada recanto sombrio do imenso salão, como se ostentasse uma mordacidade irônica e indevassável. Riete ergueu-se e o puxou pelas duas mãos, forçando-o a levantar-se.

— Vamos dormir, meu querido, após o jantar, estou como você, pedindo uma cama. Amanhã o deixo no hotel e vou trabalhar.

— Meu carro está lá embaixo, Riete. Amanhã, às 10 horas, retorno ao Catete para ter um parecer sobre a situação de Val de Lanna. Na quinta, subo para Petrópolis com minha filha.

— Ah, sim, é verdade. O seu carro está lá embaixo. Então vai conhecer a Alzirinha Vargas... Eu a acho muito simpática e charmosa, atualmente é o braço direito de Getúlio. É bom manter contato com o poder, precisando-se de alguma coisa, tem-se um canal aberto. Aliás, com esse ataque japonês e a entrada dos Estados Unidos na guerra, Getúlio terá que se decidir. Roosevelt começará a pressioná-lo para que o Brasil se posicione contra a Alemanha...

— E com certeza Getúlio saberá tirar proveito disso em benefício do Brasil — disse João Antunes. — Ele tem planos de implantar uma usina siderúrgica. O país tem imensas reservas de ferro, mas não produz um quilo de aço. Quanto a pedir favores a Getúlio, Riete, só fiz isso agora, mas jamais voltarei a fazê-lo. Estou intercedendo por Val de Lanna porque o admiro. Se não tenho a sua coerência, posso pelo menos interceder para que ele aja, não é verdade? Em sua carta, ele disse que só me pediu para ajudá-lo após consultar seus companheiros de prisão, que lhe responderam que estava perdendo tempo ali dentro quando podia estar agindo. Não custa nada interceder por ele...

— Mesmo que seja um comunista e que certamente venha a nos perturbar no futuro?

— Mesmo assim, Riete. Estamos neste luxo e pouco distante daqui, na periferia do Rio, a miséria campeia, assim como por esse imenso país. É necessário que alguém diga isso, que denuncie e que lute para transformar essa realidade, como me dizia Val de Lanna em Cavalcante. Mas não com palavras, como eu faço. Um reacionário de esquerda decorre de nossa triste condição social e é mais valioso que o de direita, não achas? O primeiro luta contra as injustiças e o segundo para perpetuá-las ou, na melhor das hipóteses, para lavar suas mãos. O poder econômico deve fazer concessões, Riete, não a ponto que o pobre possa contratar uma Manu para preparar um bacalhau maravilhoso como esse, servido sobre aquela toalha de renda, mas que ele possa ao menos ter uma vidinha melhor algum dia, não é verdade? Dar uma educação honesta a seus filhos, enfim, ter a possibilidade de não apenas sonhar, mas de realizar seus sonhos...

— Meu amor, você encerra a nossa noite com um belo discurso social, porém, como todos eles, inúteis. Tem razão de interceder pelo seu amigo, mas eu acho que logo ele estará na prisão outra vez, pois são teimosos e não aprendem, nem ficando atrás das grades — disse Riete, sorrindo lindamente com muita meiguice. — Agora, amor, me carregue com esses braços fortes até o quarto, montada sobre as suas costas — disse Riete, tirando os sapatos e subindo no sofá. Trepou sobre as costas de João Antunes, abraçando-o pelo pescoço, e foram passando pelos interruptores, acendendo luzes e apagando outras, até chegarem ao quarto de Riete. João Antunes empurrou a porta com o pé e a colocou sobre a cama. Riete caminhou sobre a colcha macia, afundando seus pés no colchão, mantendo o maravilhoso sorriso. Ali estava na plenitude de seu triunfo, rica e com o amor de sua vida carregando-a nas costas, depositando-a servilmente sobre a sua cama luxuosa. O quarto estava gelado. Riete desceu e foi alterar o regulador de temperatura do ar-condicionado. Depois abraçou João Antunes e começou a despi-lo, e foram para debaixo dos lençóis, sob o cobertor. Riete logo adormeceu, mas João Antunes demorou a conciliar o sono. Ele começava a pensar seriamente sobre sua vida, sobre o seu futuro, e sentia os dilemas que o arrastavam em direções opostas.

Na manhã seguinte, em torno de 7 horas, João Antunes, ainda meio adormecido, escutara a movimentação de Riete aprontando-se para sair e depois ouviu-a sussurrar em seu ouvido que Manu lhe serviria o café. Sentiu algo morno sobre o sexo e adormeceu novamente. Uma hora mais tarde, João Antunes acordou. Sentou-se na beirada cama e, ao colocar a cueca, observou em seu sexo a mancha avermelhada de batom envolvendo-o. Sorriu, surpreendido por aquele cumprimento de bom-dia, tão original. Ao chegar ao banheiro, deparou-se com a pergunta escrita com batom vermelho no espelho: gostou do beijinho, comunista vermelhinho? Ele sorriu gargalhando, meneando negativamente a cabeça, e logo foi encontrar-se com Manuela para o café. Manu o servia mantendo a sua classe de governanta discreta e fina, mas ela o fitava com as lembranças da noite anterior. João Antunes a fizera viajar para os braços de seu gajo Jacinto, de quem nunca se esquecia, e a reviver aqueles instantes deliciosos que passara com ele na sua aldeia natal, em Trás-os-Montes. Deitados sobre um relvado verde, num final de tarde, Manuela sentiu aqueles prazeres que vararam o tempo e o mar, chegando a Copacabana durante a madrugada que passara.

13

João Antunes deixou o apartamento de Riete, apanhou Elisa no hotel e dirigiram-se ao Catete. Dessa vez foi mais fácil, pois ele já era esperado, embora a guarda, encarregada da segurança da entrada, fosse outra. Ademais, ele sentia-se mais desinibido, mais íntimo daquele casarão poderoso que tanto o perturbara na última vez. Seu nome foi levado à recepção interior, cujo pessoal já o conhecia. João Antunes e Elisa entraram, sentaram-se nos mesmos lugares em que estiveram anteriormente e logo foram convidados a subir ao segundo andar, acompanhados por um oficial de gabinete. Foram introduzidos no gabinete de Alzirinha Vargas, que, entretanto, encontrava-se ausente. O seu ajudante de ordens os recebera e lhes enviara os cumprimentos de Alzira, que não pudera comparecer porque já tinha outro compromisso agendado. Ele lhe entregou o bilhete escrito por ela, em um envelope timbrado, da Presidência da República, cumprimentando-o e lhe comunicando que o pedido de liberdade de Carlos Val de Lanna fora deferido e que o alvará de soltura seria expedido na manhã seguinte. Ele já fora assinado pelo ministro e seria encaminhado ao diretor da Casa de Detenção da Frei Caneca. O oficial lhes disse que não havia nenhuma acusação de gravidade contra Val de Lanna, que fora preso por pertencer ao PCB e estar presente no sindicato dos gráficos quando a polícia invadiu o local. Carlos Val de Lanna seria solto na quinta-feira, dia seguinte, às 10 horas. João Antunes sentiu-se emocionado por haver sido atendido tão prontamente por Getúlio. Radiante, pediu uma folha e caneta e redigiu um pequeno bilhete de agradecimento ao presidente e à sua filha. Mostrou-o a Elisa e o entregou ao ajudante de ordens, que o colocou em um envelope, dizendo-lhes que seria encaminhado logo em seguida ao gabinete de Vargas. Despediram-se e foram embora.

— Jamais esqueças essa atenção do presidente, Elisa, e lembre-se sempre de teu avô. Graças à sua honestidade e lealdade ao pai de Getúlio, consegui a libertação de Val de Lanna. Nunca terás nada a perder se fores honesta. Tome isso como lição de vida. Getúlio conhece os homens e sabia da dedicação de papai ao velho general — repetiu-lhe João Antunes. — Vamos agora ver Verônica. Pensei que pudéssemos retornar hoje a Petrópolis, mas agora só amanhã, depois da libertação de Val de Lanna.

Novamente João Antunes retornava a Copacabana e logo estacionou na Avenida Atlântica, lugar de costume. Na década de 1940, não havia ainda dificuldades para se estacionar praticamente em nenhum local. O final da manhã estava quente, abafado e o céu nublado. O mar, cinzento, não induzia a costumeira sensação de seu azul contagiante. Havia pouca gente na praia. Em minutos, João Antunes pressionava a campainha do apartamento. Verônica não o esperava. Ao vê-lo pelo postigo, seus olhos cintilaram. Abriu a porta e o abraçou calorosamente, mostrando-se surpresa. Voltou-se depois para Elisa e repetiu a mesma efusão.

— Venham, meus queridos, entrem — disse Verônica, segurando a mão de João Antunes. — Estou terminando o almoço, assim vocês almoçam comigo.

Foram todos para a pequena cozinha. Verônica aproximou-se das panelas sobre as trempes, João Antunes e Elisa permaneceram próximos, sentados ao lado da pequena mesa. Ao contrário de Riete, Verônica manifestava carinho por João Antunes, mas de maneira tímida. Elisa começava a chegar a algumas conclusões definitivas a respeito das duas mulheres que disputavam o amor de seu pai e compreendia o seu dilema. Ela reforçava algumas conclusões que já tinha. Verônica era mais velha, todavia, era ainda maravilhosa, e Elisa percebia nela um amor menos egoísta ou mais experiente que o de Riete. Parecia-lhe que Verônica era mais condescendente e compreensiva em relação a seu pai. Demonstrava compreendê-lo bastante e aceitá-lo com suas dúvidas. Ela achava que Verônica evidenciava primeiramente a felicidade dele e parecia mesmo disposta a renunciá-lo para vê-lo feliz. Havia mais doação. Elisa refletia novamente sobre a suspeita de que João Antunes mantivera apenas um romance passageiro com Verônica, há vinte anos, e depois só viesse a encontrá-la recentemente, pois ambos demonstravam muita intimidade, aquela familiaridade adquirida com uma convivência prolongada. Esse fato continuava a intrigá-la. Ela sentia que Verônica poderia lhe ser uma outra mãe, tal o amor dela por seu pai. Verônica o amava de modo incondicional e a amaria por ser filha dele. Elisa achava que Verônica era atualmente uma pessoa madura e bem equilibrada e que estava à espera de João Antunes para fazê-lo feliz. De fato, Verônica vivia uma fase como Elisa captara. Ela adorava João Antunes, mas evitaria disputá-lo com Riete para tê-lo como marido. Não desejava uma nova guerra contra a filha e queria que João Antunes fosse livre para escolher o seu destino.

Já Riete julgava Elisa, era extremamente efusiva, fogosa, ousada, perfeitamente cônscia de que sua riqueza lhe dava segurança e um total controle da situação. Elisa reconhecia que Riete também amava seu pai, mas não via nela um amor que priorizasse João Antunes. Ao contrário, achava que seu pai existia para fazê-la feliz, para satisfazê-la. No pouco tempo que permanecera no apartamento de Riete, Elisa verificara também a sua pujante sensualidade. Ela constatava que Riete prendia seu pai principalmente pelo sexo, que, sem dúvida, ambos curtiam intensamente. Ademais, Riete também era linda, insinuante e rica, e sem dúvida sua riqueza atuava no espírito de seu pai, como uma espécie de moldura para tudo isso. Porém, Elisa tinha consciência de que, se ambas eram apaixonadas por João Antunes, era porque tratava-se de um homem excepcional, por fora e por dentro. Elisa mesma costumava a dizer, abraçada a ele, que estava a namorá-lo. Sabia que seu pai atraía irresistivelmente as mulheres. A própria freira Amandine lhe confessara que o achara muito charmoso, e era verdade. Elisa imaginava quantos homens cortejavam Riete e quantos haviam cortejado Verônica, entretanto, ambas se mantinham apaixonadas por ele. Ela refletia que havia ali um triângulo amoroso em que os ingredientes que provocam a paixão entre os amantes transbordavam nos três. Eram muito amor, muita beleza e muito desejo a tracionar as emoções entre eles, como se existisse uma corda que os unisse fortemente, da qual não conseguiam se libertar ou desatar o nó. Elisa concluía que, por ela, seu pai deveria casar-se com Verônica. Mas Elisa era inteligente o suficiente para perceber que essa sua opinião era ineficaz, inútil, e que um problema dessa natureza envolve complexas sutilezas espirituais que não se resolvem facilmente, que são apartadas de quaisquer argumentos lógicos. "Os sentimentos", refletia ela, "pertencem a uma outra categoria e são, por isso mesmo, as mais belas manifestações do espírito". Não haveria uma solução fácil.

Verônica serviu os ovos com arroz e feijão, gostosíssimos. Depois, ladrilhos de goiabada com queijo Minas. Tomaram um café e foram para a sala conversar. Mas João Antunes permanecia angustiado, distante do que falavam. Desejava ficar a sós com Verônica porque somente ela seria capaz de compreendê-lo. Desta vez, Verônica mostrava-se mais desinibida com João Antunes, permanecendo recostada em seu ombro enquanto conversavam.

— Getúlio libertou Val de Lanna, querida. Ele vai ser solto amanhã, previsto para as 10 horas. Vou aguardá-lo e dar-lhe o meu abraço. E de lá subo para Petrópolis com Elisa. Impressionaram-me o poder e a solicitude do presidente. Estive lá na terça-feira e amanhã ele já estará livre. Bastou seu desejo e uma ordem. Imagino quantas pessoas estão na prisão somente por serem comunistas. Disseram que Val de Lanna foi preso porque estava no sindicato quando a polícia invadiu o local e prendeu todo mundo. Sua única culpa é pertencer ao PCB e ser coerente com suas ideias, o que no Brasil torna-se perigoso... — disse João Antunes, pensativamente.

— Ótimo, querido. Assim você cumpriu uma missão nobre: preocupou-se com o seu amigo e conseguiu libertá-lo. Você sempre disse que respeitava Val de Lanna, embora não tivesse a sua coerência — disse Verônica, afagando o rosto de João Antunes.

Elisa reparou na frase de Verônica: "você sempre disse que respeitava Val de Lanna". O "sempre" parecia indicar que o convívio entre eles havia sido mais longo. Elisa novamente observava detalhes que a intrigavam e que corroboravam essa mesma impressão. Parecia haver entre eles aquele tipo de amor já envelhecido pelo tempo, como o que existe entre casais casados há longos anos, muito diferente do amor ardente de Riete. Esta comportava-se como uma adolescente apaixonada que realizara seu sonho há muito acalentado. Verônica assemelhava-se a uma esposa já escaldada pelo convívio. Permaneciam a conversar enquanto a angústia de João Antunes aumentava. Ele desejava desabafar-se com Verônica, mas a presença de Elisa o impedia.

— Elisa, minha querida, gostaria de conversar rapidamente com Verônica, a sós. Você nos aguarda aqui enquanto descemos até a praia?

— Ora, papai, mas é claro! Pois faço como o fiz anteontem, pego um táxi e o espero no hotel. Fique à vontade e permaneça o tempo que desejar — respondeu Elisa, com um sorriso aquiescente, já erguendo-se da poltrona. Ela dirigiu-se a Verônica e a beijou, despedindo-se. Verônica e João Antunes acompanharam-na até o elevador. Ambos retornaram vagarosamente e trancaram a porta.

— Verônica... — disse João Antunes, parando e abraçando-a. Ele a apertou contra si e se beijaram com paixão. João Antunes parecia desejar absorvê-la para esquecer seus tormentos.

— Venha, querido, assentemo-nos e me conte tudo — disse Verônica, segurando-lhe a mão.

Dirigiram-se ao sofá. Verônica sentou-se lateralmente sobre as coxas de João Antunes e encostou sua face direita no ombro dele.

— Ando angustiado, Verônica. Sinto-me como em Cavalcante, quando as conheci: dividido em dois. Riete me adora e, quando estamos juntos, ela me absorve, porém, até certo ponto. Falta alguma coisa que me dê a certeza de que ela é a mulher de minha vida. E esse detalhe, essa pequena grande coisa que ignoro é o que me atormenta. Tu te lembras daquela ocasião em que te levei para conhecer a casa de Marcus e mostrar-te o retrato de Eusébio? Pois naquele dia eu estava convicto de que meu amor era Riete. Havíamos tido uma noite maravilhosa, e Riete sempre me conquistou pela sensualidade, tal a sua volúpia. Tua filha é um furacão, minha querida, um furacão que destrói qualquer critério de razoabilidade! Mas naquele dia, a sós contigo, no quarto de Marcus, eu te observei e vi o quanto és maravilhosa... me comovi com tua beleza, Verônica. Tu te lembras que eu chorei devido ao mesmo dilema que vivo hoje. Chorei com meu rosto apoiado sobre o guarda-roupas, lembra-te? É impossível, meu amor, é impossível esquecer e me libertar da tua beleza. E isso Riete nunca me dará, nem ninguém, pois nenhuma mulher é tão bela quanto tu! — exclamou João Antunes, com um semblante triste e crispado. Havia nele qualquer coisa de doloroso, lancinante e desolador. — Fiquei contigo durante dez anos, até a morte de Ester. Enquanto estive casado, eu me esqueci de Riete, mas não de ti. Mesmo amando Ester, pois ela era uma pessoa encantadora, eu não conseguia ficar longe de ti... não consegui, meu amor... — repetiu João Antunes com um sorriso triste, vago, quase desesperado. Seu olhar exprimia uma dor angustiante. — Ao reencontrá-la, há três meses, senti a mesma paixão dos tempos de Cavalcante... a mesma paixão e a mesma impossibilidade de deixá-la. Não posso viver sem ti, Verônica, definitivamente, não posso... — disse João Antunes, afagando-lhe o rosto.

Verônica virou-se ficando de frente para João Antunes, ainda sentada sobre as pernas dele, e apoiou lateralmente seus pés sobre o assento. Seu vestido subiu até a cintura, desnudando suas coxas maravilhosas. Ela carinhosamente envolveu o rosto de João Antunes com as palmas das mãos e fixou seus olhos sobre o rosto dele, como que desejando livrá-lo dos tormentos. Desejava isso com todas as forças de sua alma. João Antunes via diante de si, a um palmo de seu rosto, aqueles olhos verdes imensos, amendoados, expectantes, lindíssimos, observava aquele nariz perfeito e os lábios de deusa, tão irresistivelmente sedutores que centenas e centenas e homens sonharam beijá-los algum dia; lábios carnudos e sensuais e de um desenho magnífico. "Sim", refletiu ele em um *átimo*, "nenhuma mulher é tão bela quanto Verônica. E aqui estava ela, meiga, dócil e toda sua, sofrendo por desejar fazê-lo feliz". Era a emoção perante essa beleza que tornava imenso o pequeno detalhe que lhe faltava.

— Mas, então, meu amor, se sou tudo isso para você, fica comigo, vamos viver juntos e seremos felizes — disse Verônica, entremeado a beijinhos ansiosos sobre o rosto de João Antunes. — Não quero vê-lo sofrer. Já havíamos resolvido que viveríamos juntos, mas Riete novamente virou sua cabeça. Todavia, quero deixá-lo livre para que decida, mas também não quero perdê-lo... — disse Verônica, sentindo-se também agoniada, talvez tão fragilizada quanto João Antunes.

— Vê querida, é isso que distingue Riete. Ela é incrivelmente segura, impetuosa e não vacila, não titubeia em seus objetivos. Ela está sempre convicta de que suas vontades se realizarão e, sem dúvida, isso levou-a ao sucesso. É com essa convicção poderosamente absorvente que ela me ama e me deixa cativo.

— Mas, então, meu amor... assim eu fico tão agoniada quanto você, pois não vejo solução para as suas dúvidas. Não sei como ajudá-lo.

— Não, Verônica! Eu não fico sem ti, em hipótese alguma! Riete não me dá o amor que tu me dás e nem é linda como tu... e eu jamais seria tão sincero com ela como o sou contigo. Não abro meu coração dessa maneira com Riete, nem com ninguém. Tu és minha alma gêmea, Verônica, sempre foi e o será — disse João Antunes em um jorro de paixão. Ele abraçou Verônica ansiosamente, como se receasse perdê-la.

— Meu Deus, que outra coisa posso desejar na vida se tenho uma mulher maravilhosa como tu em meus braços, dizendo me amar? — indagou João Antunes, que novamente a abraçou e a cobriu de beijos. Os olhos de Verônica lacrimejavam.

— Você sofre e me faz sofrer, querido. Há quantos anos eu o divido com outra mulher? Não posso agora dividi-lo com minha filha. Pensei que iríamos viver em San Genaro, conforme havíamos resolvido quando esteve aqui há três meses, mas, no dia seguinte, Riete o reconquistou, quando se encontraram com Vargas no restaurante, não foi isso? Quando eu me separei de Bertoldo e vim para o Rio, o fiz com o propósito de sepultar o meu passado, vim para viver sozinha, até você aparecer queixando-se de solidão. Após a última vez que aqui esteve, retornou mais solitário para Minas, não é verdade?

— Sim, Verônica, minha solidão só aumentou nesses três meses... e não posso voltar novamente para Minas e encará-la novamente... não posso. Preciso me decidir. O que os homens não dariam para tê-la diante deles com esse rosto tão lindo, tão suave e meigo? O que mais posso desejar? Não posso relutar... e reluto, em vão. Vou levá-la para Minas... — disse João Antunes, tentando desesperadamente sentir-se convencido pelas próprias palavras.

— E ser amante de Riete aqui no Rio, como fez com Ester — completou Verônica com uma voz triste. — Quando dei este anel a Jean-Jacques, há quarenta anos, eu jamais imaginei que ele pudesse simbolizar tantos momentos tristes em minha vida. Ele já me trouxe esperanças e me fez sonhar, mas deixou também muita desilusão, e hoje, ao vê-lo em seu dedo, sinto que ele me impede sempre de ser feliz. Talvez agora eu compreenda o seu significado...

— Vou devolver esse anel a Riete... até me esqueço de que estou com ele. Não sei por que ela tem essa mania. Toma, fica com ele — disse João Antunes, retirando-o do dedo.

— Jamais! Nunca!! Afaste-o de mim! — exclamou Verônica assustada, intensamente convicta de sua rejeição — jamais voltarei sequer a tocá-lo, ele só me faz sofrer. Relembro quando Riete me mostrou esse anel em Santa Sofia como prova de que Jean-Jacques estava vivo, me aguardando aqui no Rio. Corri feliz e iludida para o Hotel Londres e lá fiquei em estado de choque ao constatar que ela me enganara e que ainda me extorquira trezentos contos. Esse anel é sádico, pois gosta de brincar com a vida dos outros. Devido a ele, fui para Cavalcante exigir explicações de Riete e conheci você. Ele me possibilitou conhecê-lo, e agora o vejo diante de mim novamente, a me separar da felicidade... ele, outra vez, zombando de minha vida, brincando com meus sentimentos. Esse anel pertenceu ao meu avô, o barão Gomes Carvalhosa, a elite do império, que até os dias de hoje impede que o Brasil tenha um futuro esperançoso. Ele simboliza isso, João Antunes, significa a supremacia dos poderosos, o velho empecilho para o Brasil. Meu avô vinha sempre ao Rio e aqui conheceu mamãe, que se chamava Janaína, uma linda e pobre mulher baiana, apresentada a ele por madame Louise, esta, sim, uma mulher sofisticada e que só tratava com gente importante. O barão, rico e influente, fez dela sua amante. Ambos, a madame e ele, usaram-na para os seus prazeres. Madame para ganhar dinheiro, e ele para o sexo. Dessa união, eu nasci. Mamãe nunca desejou que eu tomasse o caminho que tomei. Mas o senador Mendonça, certa vez, me viu em casa de madame Louise, que à época morava em São Cristóvão, e lhe impôs condições para me ter. Eu, com dezessete anos, uma criança, tornei-me sua amante. Novamente o poder do dinheiro contra os desfavorecidos. E aí está o mesmo anel do barão Gomes Carvalhosa, que faz a cabeça de Riete e está a nos separar. Ela está rica, mas falta alguém que complete seu triunfo, que lhe arremate, no plano amoroso, as suas conquistas materiais. Riete conseguiu aquilo que imaginou, tudo o que o senador Mendonça a ensinou a conquistar, só lhe falta você para que coroe plenamente sua vida de sucessos. Infelizmente, querido, Riete o está conquistando pela sua riqueza, simbolizada por esse anel. Em razão disso é que ela quer vê-lo em seu dedo. É um desejo sutil, subjetivo, mas exerce uma influência poderosa sobre ela.

— Mas, quando a conheci em Cavalcante, ela era pobre e muito insegura — replicou João Antunes.

— Não, você a conheceu na cidade de Goiás, e lá me disse que Riete mostrou-se muito convicta, não foi isso? Você é que se sentiu inseguro. Ela sempre foi assim. Você confrontou sua insegurança com a altivez dela. Quando você deixou Santos Reis para garimpar em Goiás, estava fragilizado por deixar a família e por haver colocado um peso excessivo em seus ombros. Ganhar dinheiro, ficar rico, era o seu desejo, porém você não foi feito para isso, João Antunes. Você não é como Riete, e muito menos eu o sou. Àquela época, se Riete não tinha dinheiro, ela tinha uma incrível força de vontade e muita ambição, o que a fez superar as dificuldades e até mesmo o fato de haver sido abusada por seu pai. Riete herdou isso, e essa sua ambição o conquistou em Cavalcante e atua sobre você até hoje. Ela constitui a sua força interior. Riete tinha em abundância aquilo que você imaginava na época e que o fez viajar até Cavalcante em busca de ouro, em busca da riqueza. Tudo o que queria já habitava desde criança a imaginação de Riete. Você, por sua vez, querido, é apenas um romântico sonhador, um lindíssimo sonhador, e o dinheiro não é a primazia de sua vida. O que você ama é o contato com a natureza, é ver os novilhos crescendo no pasto, montar e cavalgar livre pelos campos. Eu também sou despojada, nunca tive a ambição de Riete, o que usufruí devo à minha beleza, assim como você. Riete também é linda e tem essa personalidade poderosa, o que lhe proporciona uma ousadia extrema, o que o cativa e o conquista.

— É verdade, ela me transmite esse seu entusiasmo, essa força, principalmente por meio do sexo. Fui eu que descobri isso e disse a ela. Quando vamos nos amar, ela brinca que está adquirindo mais dois frigoríficos, entende? Esse é o seu segredo.

— É, esse é o segredinho dela. Mas, e aí, querido? Como ficamos? Não basta conhecer as verdades, é preciso confrontá-las e superá-las se elas constituem obstáculos em nossas vidas. Não posso permanecer nessa condição e nem desejo disputá-lo com minha filha. Vá, fique com ela e acabe com esse seu tormento. Eu não tenho dinheiro, sou pobre e jamais tive e terei o ímpeto de Riete, já abdiquei dessa vida de luxo — disse Verônica, com um olhar cheio de ternura e paixão, olhando-o com uns olhos penetrantes e receosos. Havia angústia e resignação em seu semblante.

João Antunes fitou-a com um rosto lívido, exprimindo uma expressão sombria e desolada. Um estranho sorriso lhe contraiu o rosto, e um temor inquietante apoderava-se de si. João Antunes começou a suar frio, um suor esquisito como aquele que tivera diante de Getúlio Vargas em Santos Reis, quando fora se despedir do general Vargas.

— O que se passa, João Antunes? — indagou Verônica, prestando atenção em seu semblante. — Me diga, por favor, querido — pediu, afagando-lhe os cabelos com as palmas das mãos. Ela puxou o rosto dele contra os seus seios e passou a acariciá-lo, dizendo-lhe palavras carinhosas, como que desejando absorvê-lo em si. — Não fique assim... eu estou aqui e te amo, te amo muito... me conte tudo o que está sentindo — murmurava repetidamente com imenso carinho e ternura, assemelhando-se a uma mãe acariciando um filho fragilizado. — Fale, meu querido, por favor... fale que eu quero ajudá-lo — continuava a murmurar suavemente.

João Antunes passou a ter as mesmas sensações que tivera naqueles dias que precederam sua partida de Santos Reis, há vinte e dois anos. Sua insegurança aumentava, a ameaça de algo desconhecido parecia acossá-lo em cada canto em que procurava algum refúgio. Lembrou-se, sem causa aparente, do velho umbuzeiro no qual Ester se fizera íntima dele. Sentia o minuano gelado bater-lhe nas costas. Repentinamente, lembrou-se de sua mãe e daquela festa de São João, em que seu pai, Antenor, começara a morrer. Mirava o céu de julho amarelado, coalhado de estrelas, e via a imensa fogueira e o crepitar das chamas. Recordou de sua mãe Felinta rodopiando entusiasticamente com os peões da estância e de seu semblante sensual, voluptuoso, e daquela máscara mundana que jamais vira em seu rosto. João Antunes tinha sensações esquisitas, inexplicáveis, que zanzavam no passado, pelas paragens do Sul sob o frio intenso de inverno. Ele abraçou Verônica e começou a beijá-la vagarosamente, enquanto seu coração parecia sair pela boca. Sentia um desejo intenso, diferente de tudo que já sentira. Arrepios prazerosos, estranhos e inusitados passeavam pelo seu corpo. Ele vagava por Santos Reis, pelo seu quarto, pela sua casa e pelos labirintos mais secretos de sua alma, sem compreendê-la.

— Venha, querida, vamos nos amar... amar — murmurava enquanto a beijava carinhosamente no rosto. Deitaram-se no sofá e diziam-se palavras infinitamente apaixonadas, enquanto João Antunes usufruía daquele prazer inédito e voluptuoso. Não compreendia como essas sensações podiam se originar de lembranças tão depressivas e aterradoras. Vagarosamente se despiram, realizando tudo lentamente como se a lentidão os dispusesse ao prazer e aos sonhos. João Antunes mergulhou seu rosto entre as pernas de Verônica e apenas sentia aquela gostosura misturada às emoções do passado, sensações geladas, arrasadoras, aterrorizantes, misturadas ao calor da fogueira de São João. Verônica gemia e gozava com as pernas sobre os ombros dele e um dos braços pendendo do sofá, com o punho cerrado, enquanto João Antunes perambulava por lugares que jamais conhecera, parecendo insaciável, como se descarregasse e realimentasse um tormento acumulado durante anos. E passou a penetrá-la também vagarosamente. Suas peles lúbricas deslizavam com lentidão porque não havia pressa para desfrutar suas amarguras. João Antunes lembrava-se da máscara mundana de sua mãe, fremia e se arrepiava enquanto corria as mãos sobre as coxas de Verônica. Ela estirava as pernas e se contorcia sobre o sofá, enquanto ele recordava o velho umbuzeiro, lembrava-se das palavras que sua mãe escrevera no bilhete e relembrava o ambiente doméstico de sua casa. Esse clima escorria em suas memórias como um passado viscoso, tão presente e atual como o eram naqueles tempos longínquos. Não eram as memórias dos fatos que o faziam sofrer, mas sim as emoções dolorosas que os envolviam, que lhe pareciam tão vivas e reais quanto o foram no passado. João Antunes sentia as lágrimas escorrerem sobre suas faces enquanto vivenciava tais sensações. Havia ali qualquer coisa de delirante, de inusitado e de profundamente deprimente, como se tudo aquilo ressurgisse como ondas de intensa nostalgia, que o afogavam em uma época adormecida no tempo, que agora despertava. Assemelhavam-se ao avivar das fagulhas de um passado que insistia em rebrilhar em seu espírito e a queimar sua alma, a despeito dos anos. Ele tombou sobre Verônica com o olhar perdido entre os peitos dela, que arfavam, molhados pela transpiração e pelo prazer. João Antunes beijou-os carinhosamente; beijava aqueles mamilos enquanto Verônica pressionava-lhe a parte posterior da cabeça. Ficaram em silêncio, ouvindo o estrondejar das ondas entrando pela janela, marejados pelo suor.

— Está mais aliviado, meu querido? — indagou Verônica, ainda ofegante, afagando-lhe os cabelos.

— Não sei... — respondeu laconicamente João Antunes.

Ele permanecia silencioso, vagando no mesmo estado indefinido em que as sensações da juventude ressurgiam por meio de impressões que sentira em diversas ocasiões. Elas apareciam nítidas e cortavam seu espírito com as mesmas dores de quando as sentira. Lembrava-se do badalar do relógio de sua casa e experimentou a mesma depressão daquele instante, a mesma lâmina fria daquele punhal a lhe rasgar o peito com uma dor incompreensível. Sentia o absurdo daquele momento singelo, mas profundamente doloroso, como se aquele relógio o arremetesse ao inferno. Deitado, ao lado de Verônica, ele não tinha explicações para sensações tão estranhas, tão pungentes e misteriosamente atuais, provenientes do passado. Relembrou que certa vez andava pela coxilha e mirara o céu azul de inverno, e aquela maravilha doeu-lhe na alma, em um sofrimento inexplicável. E a bela manhã desaparecera enquanto procurava ansiosamente onde ela estivera havia pouco. Essas emoções tão tristes, tão carregadas de solidão, vagavam pelo apartamento como se fossem fantasmas vindos do passado e ressurgiam em sua memória sobre os mamilos arrebitados de Verônica.

Ela ergueu-se sorrindo, prestando atenção em João Antunes, que persistia com seu estranho semblante agoniado, deitado agora com a nuca apoiada sobre a coxa da ex-amante.

— O que é, meu amor, me diga... — pedia-lhe, beijando-o agradecida pelo prazer que tivera. Ela lhe acariciava o sexo com uma das mãos estendidas enquanto o olhava no rosto sorrindo ternamente.

João Antunes puxou-a e abraçou-a procurando o consolo no calor de seu corpo.

— Vou levá-la para Minas, minha querida. Tenho que levá-la para conseguir viver — disse com um olhar ardente que tentava transmitir sombra alguma de contestação. E abriu um pálido sorriso triste, trêmulo e amedrontado.

— O que se passa, meu bem? Você parece mais agoniado após o nosso amor tão gostoso? — indagou Verônica, pondo-se agora séria e preocupada, observando-o atentamente.

João Antunes a olhou afetando um ar de incompreensão, quase em delírio, com o semblante crispado.

— Não sei o que se passa, Verônica... estou a vivenciar antigas emoções que surgem dolorosamente em meu espírito... memórias do passado, de instantes ruins que retornam com força redobrada e que sufocam os bons momentos que tivemos.

— Vamos viver juntos, querido? — indagou Verônica de supetão, assustada com sua própria pergunta, também tão ansiosa quanto incerta.

— Sim, não posso viver sem ti. Somente tu me compreendes profundamente... — disse João Antunes, sem muita persuasão. Ele sentia-se distante de uma firme convicção, como se estivesse enfarado de tê-la em demasia e em seguida perdê-la misteriosamente. Ele sentou-se, abraçou Verônica e permaneceram em silêncio, com os pés apoiados na mesinha e as cabeças recostadas sobre o espaldar. João Antunes não compreendia suas emoções, tão volúveis, deprimentes e misteriosas. Depois de algum tempo, em que vagaram por labirintos inescrutáveis, ergueram-se e foram ao banheiro lavar-se. Aos poucos, a água fria o reequilibrava sobre aquela corda bamba, mal esticada para ele.

— Verônica, amanhã cedo irei à penitenciária para receber Val de Lanna e, em seguida, subo para Petrópolis com Elisa. Sábado você irá com Riete, não? — indagou, em um esforço extremo para voltar a enfrentar a vida.

— Ainda não sei, talvez vá de ônibus... — respondeu Verônica, enquanto corria a toalha sobre o corpo. Fazia muito calor naquele final de tarde. Logo estariam novamente suados. Não havia o ar-condicionado, como no apartamento de Riete.

Dirigiram-se para a saída. Havia agora um clima de profunda melancolia, de uma incerteza quase certa, distante daquela efusão amorosa entre dois seres apaixonados. Verônica perdera definitivamente as ilusões de que viveria com João Antunes. Tudo lhe parecia fugaz e efêmero, pois ela não possuía aquela energia pujante de Riete e nem a disposição para obtê-la. Havia nela pouca convicção e muito ceticismo sobre um futuro com João Antunes.

— Adeus, Verônica, te encontro então na formatura de Elisa. Lá resolveremos... — despediu-se tristemente, sem a mínima convicção em suas palavras, beijando-a. Após tanta exaltação, ele partia mais desintegrado que quando chegara. João Antunes não conseguia capturar o presente e prendê-lo, que lhe escapava sempre como água por entre os dedos, e a convicção de que finalmente conseguira uma certeza era apenas o prenúncio para uma nova frustração. Era essa consciência adquirida abruptamente, mas que amadurecera durante os últimos meses, que o arrasava.

— Adeus, amor, te amarei sempre... fique tranquilo — disse-lhe Verônica, em frente ao elevador.

Verônica retornou e deitou-se no sofá, sentindo uma solidão enorme. Naquele momento de sua vida, não havia mais sonhos e nem planos para vivê-los. Tudo lhe parecia encerrado. Ela relembrou o quanto desejara Jean-Jacques e depois João Antunes, os dois grandes amores de sua vida, e de como tudo transcorrera e de como acabara. Havia uma melancolia intensa naquela sala, como se a sua vida esfuziante e o luxo em que vivera durante anos se esfumaçassem nas sombras de seu apartamento. Verônica sentia que as portas se fechavam definitivamente em sua vida e que lhe restara apenas uma outra realidade empobrecida. Seu olhar lacrimejante se fixava em um ponto que absorvia suas lembranças e as empurrava para um futuro inexpressivo em que as esperanças estavam mortas. "Quantas vezes, porém, vivera momentos tão desoladores quanto este?", indagava-se tristemente. Mas sentia-se sem forças para tornar a sonhar.

Enquanto dirigia, João Antunes mantinha-se apático, melancólico e sem entusiasmo para voltar a enfrentar a labuta. Parecia-lhe que toda a agitação de sua vida convergira para uma letargia enorme e sem sentido. Ligou o rádio e passou a ouvir um samba-canção interpretado por Nelson Gonçalves, que falava sobre as desilusões de um grande amor. Ele sorriu com ironia, pois a letra dizia que a mulher se fora, ao contrário de seu caso, pois havia duas mulheres que vinham incessantemente em sua busca e era ele que delas se afastava. "Por que ninguém nunca fez uma música que narrasse meus romances? Certamente porque ninguém nunca os viveu", refletiu com escárnio. João Antunes sentia-se preocupado, aturdido com suas alternâncias de sentimentos, porque isso agora lhe parecia recrudescer. A tarde declinava, o céu estava cinzento e havia poucas pessoas na praia. O mar apresentava-se plúmbeo e encapelado. Gaivotas eram empurradas pelo vento, que agitava freneticamente as bandeirinhas de salvamento, fincadas nas areias de Copacabana. Havia um clima de muita estranheza que se desenrolava junto com o fim de tarde. João Antunes acompanhava a orla observando as pessoas, mas só via nelas o que se passava em sua alma atormentada, exausta de uma expectativa inútil. Ele não conseguia encontrar explicações para tanta volubilidade. Amava duas mulheres que o adoravam, mas não conseguia satisfação plena com nenhuma delas. Ele passou a pensar novamente naquele médico de almas que Marcus lhe dissera em Cavalcante e de quem nem recordava mais o nome. Lembrava-se dos espelhos, do inconsciente e de que era austríaco, mas só isso. "Talvez haja alguma coisa escondida em mim a qual ignoro", refletia João Antunes. Porém, isso não mitigava aquela sensação de querer a completude de um desejo, uma vontade incompreensível e vã. Passava agora por Botafogo e observava a enseada e suas águas assustadoramente calmas, com alguns barcos langorosamente ancorados sobre elas. Aquela paisagem linda e tranquila o instigava a desejar mais que nunca a ser como ela. João Antunes pensava na beleza de Verônica e sua doçura e lembrava-se do encanto de Riete e de sua força, que se digladiavam entrincheiradas em sua alma. A cada momento, seu espírito estava sujeito a emboscadas inesperadas, cruéis, e ele procuraria então escapar inutilmente para os subterrâneos de seu eu.

***

João Antunes chegou ao hotel e bateu no quarto de Elisa. Ela o atendeu com um livro nas mãos e um sorriso e assustou-se com o semblante tenso de seu pai. João Antunes a abraçou carinhosamente.

— O que foi, papai? — indagou Elisa, prestando atenção em seu rosto.

— Estou chateado, minha filha... Vim ao Rio em busca de uma definição para a minha vida, mas não consigo encontrá-la, ao contrário, sinto-me mais distante dela. Conversei muito com Verônica durante esta tarde, estive ontem com Riete, mas continuo infeliz... — confessou, cabisbaixo, em um desabafo, que estava muito aquém do que sentia realmente, pois não desejava assustá-la.

— Venha, papai, me conte tudo o que sente — convidou-o Elisa, segurando-lhe a mão.

Sentaram-se na beirada da cama, e João Antunes expôs seus sentimentos e suas dúvidas sobre os problemas existenciais que tanto o perturbavam.

— Pois então, papai, se é assim, continue a viver sozinho, se não consegue atualmente uma certeza. Dê-se um tempo. Mas, afinal, e com mamãe? Você se sentia realizado plenamente? Ou faltava alguma coisa para te completar?

João Antunes perturbou-se com a pergunta. Era indagado pela filha sobre o fulcro de seu problema, aquilo que não podia ser dito.

— Em verdade, minha filha — disse João Antunes, fazendo uma pausa em seus pensamentos, enquanto procurava sobre o chão alguns argumentos convincentes —, creio que existem poucas pessoas neste mundo que podem se considerar plenamente realizadas... sempre falta algo... ou muita coisa, não é verdade? Tu és plenamente feliz, não querida? — indagou com ternura, tentando se esquivar da indagação embaraçosa.

— Claro que não, papai, pois ainda não realizei o que pretendo fazer, o curso de direito. Mas sou feliz porque os sonhos estão vivos e o entusiasmo para realizá-los é que nos traz felicidade. Entende? São os ideais que nos mantêm de pé, nos mantêm vivos — disse Elisa, com a vivacidade e as imaginações de seus 18 anos.

— Pois é isso, minha filha, fico feliz por ti... por pensares assim. Em relação a mim, sinto que os meus ideais estão mortos. Quais seriam eles? Não tão generosos quantos os teus, é verdade, mas seria casar-me novamente e preencher minha vida... ter uma nova companheira, mas está difícil... — disse João Antunes, enquanto um vago sorriso assomou em seus lábios.

— Pois eu acho, papai, que isso faz parte de sua vida... você nunca se sentirá plenamente realizado, mesmo que se case. Acho que seu problema é outro e que se reflete nisso — comentou Elisa com uma expressão triste, curvando também o rosto.

João Antunes sentia-se exatamente assim, um ser incompleto, inacabado para sempre. Porém, deparava-se agora com uma necessidade que lhe exigia uma resolução rápida, como se a vida lhe desse um basta em suas postergações ou como se o futuro lhe batesse à porta. Fez-se um silêncio repentino, e João Antunes rememorou rapidamente sua vida, com o olhar sobre o chão. Não havia mais entusiasmo, e tudo agora o aborrecia em demasia. "Sempre fugi do presente e escapei para o futuro, o que agora não é mais possível, pois o futuro chegou", refletiu João Antunes.

— Não fique assim, papai. Se você se casasse com Verônica, viveriam bem. Ela o compreende e o ama muito. É meiga e compreensiva, o que, em minha opinião, não acontece com Riete — aconselhou-lhe Elisa, voltando-se para ele com um ar preocupado.

— De fato, Riete me traria alguns problemas. Não poderia viver em San Genaro, pois deseja que eu venha a trabalhar com ela aqui no Rio e quer me fazer seu sócio. Além disso, existe o filho dela, o tal Enrico, que é um sujeito profundamente desagradável. Ele não aceita a minha união com Riete e se relacionam muito mal... um filho rejeitado, inoportuno, segundo deduzi, e que sofre em consequência disso. Talvez seu temperamento se explique devido a essa rejeição.

— Pelo breve contato que tive ontem com Riete, pareceu-me uma mulher de muita energia, determinada e que sabe o que quer. Uma pessoa fogosa, mas que só pensa em si, na própria felicidade. A impressão que tive, papai, desculpe-me dizê-lo, é que você parecia um objeto de desejo nas mãos dela, para satisfazê-la, tal a voracidade com que se atirou sobre você. Em poucos minutos, senti-me uma intrusa naquela sala e só deveria mesmo ir-me embora.

— E Verônica? O que achou dela? — indagou João Antunes, com um olhar vago e distraído, parecendo pensar em outra coisa, como que tendo a certeza de que a opinião da filha não dissiparia suas dúvidas. Elisa acabara de se referir a ela, mas ele parecia não ter escutado.

— Pois, como lhe disse, acho que Verônica o faria feliz. Vocês parecem se conhecer há anos, tal o grau de intimidade que ostentam...

João Antunes surpreendeu-se com a argúcia de Elisa, pois realmente era isso mesmo.

— É... com Verônica não haveria problemas. Ela é simples e me ama muito, muito embora seja a mãe de Riete...

— Pois, então, papai! Case-se com ela e acabe com essa dúvida — disse Elisa, com um sorriso.

— Pois é, minha filha. Se antes eu me sentia solitário, agora me sinto angustiado. Não posso resolver nada no estado em que estou. Existem coisas... existem coisas que não posso revelar-te porque não entenderias... — insinuou João Antunes, com profunda amargura. Elisa o mirou com um semblante surpreso, indagativo, e seus olhos marejaram, pois sentiu o drama pelo qual seu pai passava.

— Que coisas não pode me revelar? — indagou, Elisa, sentindo-se um pouco confusa.

— Esqueça isso, não é nada importante. Vamos tomar um banho e descer para o jantar — disse João Antunes, erguendo-se da cama. Elisa o acompanhou com um olhar triste, fatigada pela vontade inútil de ajudar seu pai, sem consegui-lo. Ele saiu lentamente, pensativo, e encostou a porta.

Jantaram e conversaram mais sobre os problemas que tanto atormentavam João Antunes, que estava surpreso com a maturidade da filha. Elisa lhe mostrava um grau de amadurecimento muito acima de uma adolescente comum, sem dúvida, fruto de muitas leituras e reflexões. Sentiu-se orgulhoso com a educação que lhe proporcionara. Ele acabou se distraindo com a conversa.

— Amanhã então te levarei para conhecer Carlos Val de Lanna, um sujeito firme em suas convicções e que por isso está preso. Uma dessas pessoas que querem um Brasil diferente e que lutam para que algo aconteça, embora eu ache que Getúlio já modificou muito o país, em meio a tantos problemas. Estamos passando uma época difícil com a guerra — disse João Antunes, com um ar distraído. Levantaram e subiram a escada.

Ele a beijou, desejando-lhe boa-noite, e retirou-se para o quarto vizinho. Eram ainda 21 horas. João Antunes permaneceu um longo tempo deitado, perdido em reflexões inúteis. Sua vida chegara em um beco sem saída e não via nada capaz de preencher o vazio que inundava a sua alma. Lembrou-se da *Divina comédia*, que não lia há muito tempo, e pensava em que círculo do inferno estaria.

14

No dia seguinte, dirigiram-se ao complexo penitenciário da Rua Frei Caneca. De acordo com o oficial de gabinete que os atendera no Palácio de Catete, Val de Lanna seria libertado no período da manhã. Chegaram lá e solicitaram informações. Então lhes disseram para esperar até por volta das 10 horas. Aguardaram em uma pequena sala que se abria para uma das laterais do prédio central, desembocando em um pátio. Havia ali um constante entra e sai. Foi uma espera cansativa, mas, em torno das 11 horas, uma porta interna foi aberta e um guarda surgiu acompanhando Carlos Val de Lanna. O policial retirou-se em seguida. João Antunes ergueu-se da cadeira e parou, mirando Val de Lanna com perplexidade. Havia vinte e dois anos que não se viam, e ficou espantado com a sua aparência física. Val de Lanna estava precocemente envelhecido, magro e pálido. Somente seus olhos negros cintilavam a mesma chama intacta do passado. Ele carregava uma velha maleta de lona e um par de sapatos embrulhados em um jornal. Val de Lanna reconheceu facilmente João Antunes e parou um instante, mirando-o fixamente.

— João Antunes, então você conseguiu... — disse vagarosamente, fitando-o com os olhos contraídos, fixos no amigo, enquanto se aproximava dele.

— Sim, Val de Lanna. Recebi a tua carta e intercedi por ti junto a Getúlio... e fui atendido prontamente — respondeu João Antunes, sentindo-se emocionado ao relembrar a cortesia e a atenção com que fora recebido pelo presidente.

— Muitíssimo obrigado, amigo... não tenho palavras para agradecê-lo... — proferiu Val de Lanna, muito comovido, avançando alguns passos e o abraçando demoradamente.

— E como estás? Há quanto tempo estás aqui dentro? — indagou João Antunes.

— Fui preso em maio de 1938, no sindicato dos gráficos, portanto, estou aqui há três anos... à revelia, sem nenhum julgamento, detido pelo tribunal especial sob a alegação de comunismo. O pessoal do sindicato está aí dentro pelo mesmo motivo. Na medida do possível, estou bem, mas é difícil a vida na prisão. Prestes também está aqui — disse Val de Lanna, prestando agora atenção em Elisa. João Antunes a apresentou ao amigo.

Caminharam vagarosamente rumo à saída e transpuseram o portão de ferro daquele pátio, que se comunicava com a Rua Frei Caneca. Val de Lanna parou e mirou o céu ensolarado; franziu a testa, apertou os olhos e fez uma cara de espanto, sentindo-se surpreso com a emoção da liberdade. Ele parecia alguém vindo de outro mundo, e suas reações impressionavam pai e filha. Caminhavam devagar, com Val de Lanna prestando atenção a cada detalhe que lhe revelava valioso, pormenores desprezíveis para quem vivia em liberdade. Tudo aquilo lhe parecia inestimável e novo. João Antunes o convidou a almoçarem. Entraram no Ford e dirigiram-se às imediações da Cinelândia, em busca de um restaurante. Ao saírem do carro, Val de Lanna continuava surpreso, curioso, observando os arredores atentamente. Entraram em um pequeno restaurante na Galeria Cruzeiro, na Avenida Rio Branco, e ocuparam uma mesa. João Antunes lembrou-se daquele Val de Lanna de vinte anos atrás, quando era um rapaz loquaz, muito falante e entusiasmado ao transmitir suas ideias, alguém que desejava transformar o Brasil no dia seguinte. Agora parecia ponderado, econômico nas palavras e nos gestos, sem dúvida uma pessoa muito sofrida.

— E agora, Val de Lanna, o que pretendes fazer? — indagou João Antunes, prestando atenção ao seu amigo. Chamou um garçom e solicitou três chopes para saudarem sua liberdade.

— Continuar militando no PCB e procurar os contatos. O objetivo é reorganizar o partido, destruído pela repressão. Temos alguns elementos aqui fora que poderão me ajudar a recomeçar — explicou calmamente Val de Lanna, sem aquela ênfase do passado. — Estou acostumado a passar dificuldades, João Antunes, principalmente depois desses anos. Procurarei um colégio no qual possa dar aulas, enfim, vamos ver como as coisas evoluem. Esperamos que a guerra se encaminhe para a vitória dos aliados e que o Estado Novo, ao final dela, seja obrigado a normalizar a vida democrática, convoque eleições e instaure uma nova constituinte. O PCB espera novamente se organizar para que, na vigência de um estado democrático de direito, possamos ascender pelo voto, é o que pretendemos.

— Eu me lembro de ti, Val de Lanna, como um jovem entusiasmado e mesmo arrebatado quando expressava suas ideias. Lembro-me de nossas conversas no Pinga de Cobra, em que tu não paravas de falar contra o sistema e as injustiças sociais. Achava-o bastante radical naquela época. Após esses anos e com a tua prisão, o que mudou em ti? Qual a visão que tens hoje do país? — indagou João Antunes, demonstrando curiosidade, como se Carlos Val de Lanna fosse um ser diferente das pessoas comuns.

— É evidente, João Antunes, que os anos nos fazem refletir com mais experiência e maturidade. Desde que saí de Cavalcante e vim para o Rio, militei bastante no PCB, fui muito atuante. Mas senti na própria carne o peso da realidade brasileira quando se luta para mudá-la. As elites são poderosas, e as classes médias seguem a reboque dos interesses dominantes. Getúlio fez muito pelo trabalhador, sem dúvida nenhuma, e conseguiu cooptá-lo, mas o amarrou ao Ministério do Trabalho. Os sindicatos só podem existir se atrelados a ele. As dificuldades são enormes e, quando conseguimos alguns pequenos sucessos, a repressão vem em cima. É difícil trabalhar em um partido clandestino e que é perseguido constante e implacavelmente. Não imaginas a repressão que desabou sobre nós após a intentona de 1935. Todos os principais líderes e muito militantes estão presos, e, pelas poucas notícias que nos chegam dentro da prisão, o partido está fragmentado. Temos que aguardar o fim da guerra e recomeçar a luta para organizá-lo novamente. Getúlio está modernizando o país, mas governa em benefício da burguesia industrial. É verdade que essa modernização acabou realmente com aquele Brasil agrário da República Velha, embora os grandes latifúndios improdutivos permaneçam. Será necessária uma ampla reforma agrária para resolver o problema do campo. A tendência é a intensa urbanização nos próximos anos, consequência da industrialização, e nós iremos atuar junto ao trabalhador das fábricas — disse Val de Lanna, com um olhar pensativo. Aquele jovem inflamado que João Antunes conhecera em Cavalcante e que muitas vezes revelava ódio não mais existia. Os anos de prisão e o sofrimento haviam deixado cicatrizes em sua alma, e só lhe sobrara a essência do passado, aquela chama intacta que refulgia em seu olhar.

— Mas tu ainda acreditas que se possa transformar o Brasil usando um regime comunista, Val de Lanna? — indagou João Antunes.

— Sim, João Antunes. Apesar de tudo que sofri, os meus ideais de luta se mantêm, são os mesmos. Devemos lutar para alterar a realidade brasileira, o que acredito possível somente se mudarmos a sua estrutura injusta — respondeu Val de Lanna, permitindo-se uma centelha brilhar mais forte em seu espírito.

Ele evitava fazer duras críticas à ditadura Vargas, visto que, afinal, estava em liberdade devido à concessão feita pelo presidente a seu amigo. Não desejava aborrecê-lo falando mal de Getúlio, pois João Antunes fora ao Catete e conseguira sua liberdade. Ele era amigo de Vargas. Val de Lanna falou a respeito da vida na prisão, sobre as dificuldades e principalmente sobre a comida servida nas celas. Ele discorria entremeado pelos goles do chope gelado da Brahma, e cada gole lhe causava um prazer refletido em seu semblante, significando uma porção de liberdade. Em poucos minutos, escolheram suas refeições, um filé suculento com fritas e arroz, e logo foram servidos. Comiam em silêncio em meio ao burburinho das pessoas. Val de Lanna, assombrado pelo filé, almoçava saboreando duplamente a refeição, que lhe parecia um sonho. Havia ali muita gente que trabalhava em escritórios do centro. Para estes, aquilo era uma rotina, mas, para ele, esse almoço era o começo de uma nova vida, que se iniciava em estado de gala. Não desejava conversar sobre política porque conhecia as opiniões de João Antunes a respeito. O que ele guardara do amigo era a sua revolta contra as injustiças sociais, mas somente ideias teóricas para serem discutidas em mesas de bares. Sabia que João Antunes jamais enfrentaria dificuldades para mudar a estrutura que criticava. Val de Lanna adquirira experiência para não perder tempo com discussões estéreis e nem se incomodava em tentar convencer pessoas que sabia serem apenas bons diletantes. Seu objetivo seria a luta prática para reorganizar o PCB. Conversaram bastante sobre a guerra e sobre a recente entrada dos Estados Unido no conflito. Val de Lanna desejava uma segunda frente na Europa para aliviar a pressão sobre o exército soviético, que estava aguentando tudo sozinho. Mas ele tinha certeza de que Stálin derrotaria os alemães.

Durante quase todo o tempo em que estavam juntos, Elisa pouco falou. Limitava-se a prestar atenção na pessoa de Val de Lanna e a acompanhar a conversa. Ele lhe parecera simpático, mas era atraída principalmente por um sentimento de admiração, de respeito pelo sofrimento de alguém que, não obstante todos os reveses que a vida lhe impunha, mantinha intactos os seus ideais de luta. Aquele sofrimento, aquele semblante pálido, adquiria aos seus olhos uma beleza invulgar, algo que transcendia em muito a emoção comum de um olhar. Ali estava alguém, pensava Elisa, que merecia de fato o seu incondicional respeito pela sua coerência de vida, devotada à luta pelos oprimidos. Ela encontrava-se diante de alguém que realmente vivia as personagens que admirava.

— Tu vais morar onde, Val de Lanna? — indagou João Antunes.

— Tenho alguns contatos, que irei procurar esta tarde. Não sei ainda. Provavelmente demorarei para achar moradia — respondeu Val de Lanna, pondo-se um instante pensativo, parecendo procurar no burburinho alguma ideia a respeito. Ele sentia-se ainda um estranho em meio ao povo, parecia paradoxalmente oprimido por aquele excesso de liberdade, assustado com as pessoas tão bem adaptadas a ela e que conversavam incessantemente, indiferentes à sua estranheza. Todavia, durante três anos, expandira sua liberdade interna, consolidara-a, refletira muito sobre tudo, pois era a única coisa que lhe restava naquele espaço exíguo, mas propício para que a imaginação adquirisse asas poderosas. Agora iria inevitavelmente restringi-la, em detrimento da externa.

— Minha filha vai se formar neste sábado. Saio daqui para Petrópolis. Se precisar de alguma coisa, escreva para a fazenda, na caixa postal em Araguari — João Antunes solicitou uma caneta, escreveu o endereço em um guardanapo e lhe entregou. Depois passou a satisfazer a curiosidade de Val de Lanna sobre sua vida atual.

João Antunes acertou a despesa, deu-lhe uma quantia que possibilitaria, durante alguns dias, hospedar-se em alguma pensão ali do centro, e logo ergueram-se das cadeiras para se despedirem.

— Adeus, amigo. Mais uma vez, muitíssimo obrigado pelo seu gesto inestimável de amizade. Não tenho como retribui-lo, pois isso não tem preço, mas, se algum dia lhe puder ser útil, lembre-se de que estarei à sua disposição... — despediu-se Val de Lanna com um forte abraço, sentindo-se novamente emocionado.

— Te cuida agora, hein? E dê notícias.

— É, João Antunes, vamos aguardar o futuro. A vida de comunista no Brasil será sempre uma pedreira. Até logo, Elisa, e meus parabéns pela sua formatura — despediu-se Val de Lanna, apertando-lhe a mão.

— Val de Lanna, me deixe um contato quando escrever para papai. Sou uma admiradora das ideias sociais. Quem sabe militarei no PCB... — disse Elisa, mantendo seu sorriso enquanto lhe apertava a mão, sentindo até um pouco intimidada, como que reverenciando aquela pessoa que habitava agora o seu espírito.

— Sim, sem dúvida! Quem sabe, Elisa? Será um prazer. No próximo mês, assim que estiver estabilizado, lhe darei notícias — respondeu Val de Lanna, sentindo-se surpreso pelo inesperado pedido. Ele fitou atentamente Elisa e se afastou.

Carlos Val de Lanna ainda se voltou, lhes sorriu tristemente, virou-se e foi embora, embrenhando-se na multidão das imediações, e logo desapareceu no vai-e-vem intenso da Avenida Rio Branco. João Antunes e Elisa permaneceram de pé, olhando-o perplexos com aquela determinação pétrea, admirando como aquele homem que acabara de sair da prisão, envelhecido e desgastado pelo sofrimento, carregando uma maleta velha e um par de sapatos, era capaz de manter intacto o seu ideal. Provavelmente, todos os seus bens estariam naquela maleta, e João Antunes pensou em Riete, em sua riqueza e na imensa distância que separava dois ideais de vida.

— Val de Lanna sofreu muito na prisão, percebe-se claramente. Ele é hoje uma pessoa muito diferente do jovem impetuoso que conheci no passado. Mas devemos admirar uma pessoa como ele, que certamente ainda sofrerá muito por causa de suas ideias.

— Pois eu admiro pessoas assim, papai. São eles, sem dúvida, que transformarão mundo. A inquietude dos inconformados... — disse Elisa, com uma expressão pensativa.

— Mas que ideia é essa de militar no PCB, minha filha? Deixe disso, pois só lhe trará problemas! — aconselhou preocupado João Antunes, pondo-se sério, retornando ao pragmatismo de seu mundo empobrecido.

Caminharam em silêncio até o Ford. João Antunes, muito calado e reflexivo, deu a partida, rumando vagarosamente para Petrópolis. Elisa dirigiu seu olhar para fora; calada, enxergando vagamente, entre aquele intenso movimento, apenas os seus pensamentos.

15

A SOLENIDADE DE FORMATURA OCORRERA ÀS 10 HORAS DA MANHÃ, NO AUDITÓRIO DO COLÉGIO. Depois, houve um grande almoço comemorativo em um hotel da cidade. Tudo muito agradável e festivo, em que a alegria das alunas e dos pais deu o tom do acontecimento, inesquecível para aquelas mocinhas. Às 10 horas da noite, iniciava-se o baile no Clube Real Petropolitano, ao ritmo dos sucessos musicais daquele princípio de década. Vários pais dançavam com suas filhas ou com as esposas. Normalistas dançavam com seus namorados ou amigos. O amplo salão estava repleto, bem decorado e animadíssimo. Sobre as mesinhas, ao lado da pista de dança, em um piso mais elevado, havia pratos com salgadinhos, garrafas de cerveja, copos com uísque e um arranjo de flores no centro de cada mesa. Havia o que comemorar. Pessoas elegantes, da alta sociedade carioca, estavam presentes. Havia muitos homens trajando *smokings*, e as mães usavam vestidos longos, cintilando suas joias. As normalistas também estreavam brincos, pulseiras e anéis, presentes de formatura. Chovera durante o dia, mas ao final da tarde o sol saíra e a noite estava agradabilíssima, sob um céu estrelado. Havia um frescor maravilhoso vindo das matas serranas adjacentes. O salão abria-se para um amplo jardim com pequenas alamedas e bancos, o que tornava o ambiente ainda mais pitoresco. João Antunes sentava-se em uma daquelas mesinhas, acompanhado por Elisa e pela Irmã Amandine, que Elisa chamara para que viesse conhecer mais o seu pai. Verônica, que comparecera na formatura durante a manhã, ainda não chegara ao clube. Riete não aparecera durante a entrega dos diplomas e também não chegara ao baile. Um rapaz, muito educado e simpático, irmão de uma das normalistas, achegou-se e convidou Elisa para dançar. Há algum tempo, ele vinha cortejando-a. Elisa, muito feliz, retirou-se com ele para a pista de dança, e João Antunes pôs-se a conversar com a Irmã Amandine. Impressionava-o a suavidade do olhar e a paz que se irradiava do semblante de Amandine, o oposto do que ocorria em seu espírito deprimido, convulsionado pelas incertezas. Aqueles equívocos constantes cresceram em demasia e o deixavam cada vez mais angustiado.

João Antunes assistia à alegria contagiante da festa, ouvia o som romântico das músicas que embalavam os sonhos daquelas meninas, as quais transmitiam, pelas suas fisionomias, a certeza absoluta no sucesso de suas vidas. Olhava os casais, pais delas, e parecia ver em seus semblantes uma segurança que não tinha. E, se alguém olhasse para ele, poderia vislumbrar a confusão de seu espírito? Ele fitava amiúde a escuridão da noite e as sombras dos morros adjacentes que contrastavam com a iluminação feérica daquele salão em que todos pareciam felizes, menos ele.

— Irmã Amandine, me impressiona muito a paz que irradia de ti, da tranquilidade de teu olhar. Te invejo, irmã, gostaria também de tê-la... ou pelo menos ter um pouco do que vejo — disse João Antunes, apoiando seus dedos cruzados sobre a mesa e avançando o rosto, como que tentando entender aquela suave harmonia que lhe tocava a alma.

— Por que diz isso, senhor João Antunes? Em um dia tão especial para Elisa? — indagou Irmã Amandine, com sua voz suave e seu doce olhar pousados sobre o semblante crispado de João Antunes.

— Por favor, irmã, apenas João Antunes, deixa o senhor de lado — pediu João Antunes, com um sorriso triste.

Amandine o observou bem e sentiu-se tocada pela dor que emanava daquele semblante.

— Bem, João Antunes... se eu puder ajudá-lo em alguma coisa... se desejar conversar a respeito de algum problema que o preocupa e no qual eu possa ajudá-lo, muito embora eu o tenha conhecido com mais familiaridade apenas hoje, posso ouvi-lo, se assim o desejar — ofereceu-se Amandine, abrindo um sorriso tímido e mantendo a mesma ternura em seu olhar. — Sinto que não está em paz... — acrescentou, mirando-o com seus olhos cor de mel, avançando um pouco seu rosto sobre a mesa, receosa de haver violado a intimidade de João Antunes. Estavam frente a frente.

— Sim, Irmã Amandine, não estou em paz e só admito confessá-lo porque se trata de ti... uma pessoa de Deus e em quem se pode confiar... vê-se claramente... tu és pura, sem nossas maldades — disse João Antunes, sentindo-se comovido por essa disponibilidade.

Havia muito barulho, provocado pelo intenso falatório e pela música alta.

— Sim, pode me dizer, João Antunes, o que o atormenta? — indagou Amandine, meio timidamente.

— Irmã, tu te incomodarias se sentarmos ali no jardim... há muito barulho aqui dentro — sugeriu João Antunes, virando seu rosto e apontando para um banco situado externamente a cerca de dez metros de onde estavam, em frente à porta ampla de vidro, aberta, que ligava o salão ao jardim. Pontos de luzes iluminavam os arredores, clareando de amarelo as exuberantes folhagens. Daquele local, podiam ver a mesa em que estavam, bem como todo o salão.

— Sim, claro, podemos nos sentar ali, por que não? — respondeu solicitamente Amandine, já erguendo-se da cadeira. João Antunes fez o mesmo.

Ele pegou o copo de uísque que bebericava e o levou. Andaram alguns passos e sentaram-se no banco com assento e encosto de madeira, pintado em branco.

— Pois, então, João Antunes, no que puder ajudá-lo... — sugeriu Amandine amavelmente, pousando as mãos sobre o colo, com o tronco ereto. Sentavam-se enviesados, parcialmente voltados um para o outro, separados por cerca de um metro.

— Irmã Amandine, talvez seja melhor começar pelo início — disse João Antunes, refletindo um instante sobre como deveria começar a falar sobre si. Ele dirigiu seu olhar rumo ao salão, como que procurando naquela agitação algum ponto de partida.

— Desde moço, Amandine, eu tive dificuldade em definir meus sentimentos amorosos. Nasci em Santos Reis, na estância do general Vargas, pai de Getúlio. Na adolescência, passei a amar Ester, com quem me casei e veio a ser a mãe de Elisa. Apesar de ser muito apegado à minha família, particularmente à mamãe, com vinte anos, deixei a estância para tentar a vida em Goiás, em busca de ouro. Queria ganhar dinheiro para comprar terras e boiadas. Entretanto, foi uma partida difícil, muito angustiosa. Sofri bastante ao deixar a minha família e Ester, pessoas as quais amava, bem como o ambiente em que fui criado. Relembro-me que, às vésperas da viagem, passei a sentir emoções estranhas que nunca havia experimentado. Quando passei na sede para me despedir do velho general, encontrei-me com Getúlio, seu filho, e passamos a conversar. Em alguns segundos, senti-me paralisado pela angústia. A fumaça azulada do charuto de Vargas nunca mais me saiu da cabeça e parecia um prelúdio do que viria. Mas, enfim, com muito sofrimento, viajei para Porto Alegre, depois para o Rio e finalmente Goiás, onde instalei-me em Cavalcante, velha cidade mineradora, na qual ainda havia ouro. Durante a viagem, passei a me sentir cada vez mais inseguro sobre a minha aventura. Sentia-me deprimido, triste e quase arrependido de haver deixado o Rio Grande. Parecia-me que meus planos iam aos poucos se tornando um peso excessivo que eu próprio havia colocado sobre os ombros. Quando cheguei a Cavalcante, deparei-me com a antiga imaginação e tive um choque ao constatar como a realidade diferia de meus sonhos. Então, Irmã Amandine, começaram os meus tormentos. A primeira coisa que fiz na cidade foi procurar a pessoa que havia sido recomendada a mim para me auxiliar nos trabalhos de mineração. Essa pessoa era Marcus, um judeu, filho de uma alemã. Pessoa extremamente inteligente, sensível, educada e rica, ainda jovem, com seus 35 anos. Ele morava em um belíssimo sobrado, a casa mais bonita de Cavalcante. Marcus amava as gemas, assunto que conhecia como ninguém, e sua casa era de um extremo bom gosto. Marcus era homossexual e veio a se apaixonar perdidamente por mim. Levou-me a conhecer o garimpo e me disse que eu jamais deveria trabalhar com mineração. Realmente, ao conhecer as condições de trabalho, tive outra decepção e de imediato desisti. Marcus disse que me encaminharia para uma outra atividade em que pudesse ganhar dinheiro e prometeu que me faria um homem rico. Pois bem, Amandine, durante a minha viagem para Cavalcante, conheci na cidade de Goiás uma linda mulher, chamada Henriette, que, por muita coincidência, também estava trabalhando com garimpo em Cavalcante, também assessorada por Marcus. Ela estava de passagem, viajando para Campinas, mas logo estaria de volta a Cavalcante. Rapidamente nos apaixonamos. Aguardava-a ansiosamente em Cavalcante e, quando ela retornou, passamos a viver uma grande paixão. Marcus passou a sofrer, pois logo compreendeu que eu jamais poderia me relacionar com ele, principalmente depois da chegada de Henriette, cujo apelido era Riete. Com ela, eu me esqueci de Ester e passei a ter remorsos, pois Ester me amava muito e me aguardava em Santos Reis. Sentia-me infiel a um amor de infância. Mas o pior, Amandine, aconteceu em seguida. Devido a um problema familiar, Verônica, a mãe de Riete, apareceu em Cavalcante para exigir satisfações da filha, que lhe havia extorquido uma quantia mediante uma chantagem. Verônica era e é lindíssima, mais linda que Riete, e logo me conquistou. Passei a amá-la, e os meus tormentos aumentaram. Mãe e filha passaram a disputar o meu amor, e eu não conseguia discernir a quem amava. As duas possuem personalidades bem diferentes. Quando adquiria a certeza de que o meu amor era Riete, o que acontecia em presença dela, essa certeza se desfazia quando estava junto a Verônica. Riete é linda, mas a beleza de Verônica é incomparável, ela é deslumbrante — João Antunes falava lentamente, ora mirando Amandine, ora mirando distraidamente as sombras do jardim, como que procurando ideias escondidas. Amandine o escutava atentamente, meio perplexa, entendendo o drama de João Antunes.

— O mais terrível, Irmã Amandine, ocorreu após algumas semanas de minha estadia em Cavalcante. Marcus, muito deprimido, assistindo aos meus amores, suicidou-se... desiludiu-se, matou-se por minha causa. Deixou-me uma carta de despedida comovente. A senhora não é capaz de avaliar o impacto que sofri ao ver seu corpo dentro de uma banheira com a água tinta de sangue, na qual cortou o pulso. Tive um choque, um pesadelo que me assombra até hoje. Marcus era uma pessoa generosa e profundamente solitária. Deixou-me todos os seus bens, o que me possibilitou realizar os meus sonhos. Ele cumpriu sua palavra. A fazenda e o gado que adquiri em Minas devo-os a ele. Atormentado, deixei Cavalcante e retornei ao Sul, com o coração dividido entre o amor por duas mulheres. Ao chegar em Santos Reis, não pensava mais em Ester, que sofreu ao perceber que não mais a amava. Porém, Irmã Amandine, ocorreu algo muito curioso, estranho e inesperado: dois dias após, conversando com Ester, momentos em que confessava a ela o que ocorrera em Cavalcante, ela, após chorar muito, mas já resignada, ouviu a narrativa da morte de Marcus e se comoveu, sincera e profundamente, com o sofrimento dele. Sentimento que Riete jamais manifestou, ao contrário, chegou a debochar da morte de um pederasta, conforme suas palavras. Cheguei a romper com ela devido a isso, mas Riete mostrou-se aparentemente arrependida. Ao assistir à reação de Ester, fiquei sensibilizado, vi que Ester tinha um coração de ouro e que era profundamente generosa e solidária ao sofrimento alheio. Chorava por uma pessoa que nem conhecera, chorara também por mim, compreendendo a minha amargura, o meu drama e o sofrimento de Marcus. A partir desse instante, com muita pena dela e certamente de mim mesmo, voltei a me apaixonar por Ester, talvez uma compaixão... ou um sentimento espiritualizado, algo diferente do amor comum e que não sei como explicar. Adquiri a repentina certeza de que ela era a única pessoa com quem poderia me casar, e casamo-nos em dezembro daquele ano, 1918. Porém, Irmã Amandine, não consegui esquecer Verônica. Riete tem uma personalidade forte, ousada, e hoje está muito rica. Verônica é lindíssima, delicada e meiga, o que sempre me atraiu. Mantive por ela aquele amor carnal. Pois, ainda durante o mês de dezembro, pouco antes do meu casamento com Ester, eu havia combinado com Riete, ainda em Cavalcante, de revê-la no Rio e dar-lhe uma resposta a respeito de nosso relacionamento. Mas, em verdade, eu queria reencontrar Verônica, saber notícias dela... e isso estando prestes a me casar com Ester.

Inventei um pretexto, viajei ao Rio e encontrei-me com Verônica, renunciando às promessas que havia feito a Riete. Esta também sofreu muito. Retornei ao Sul e me casei com Ester. Diante de tudo isso, Amandine, a senhora pode avaliar a minha volubilidade, os meus sentimentos inconstantes, incoerentes, que me causam sofrimentos até hoje.

Irmã Amandine ouvia-o compenetrada, denotando uma profunda compreensão sobre o drama de João Antunes. Conseguia penetrar-lhe a alma atormentada.

— O mais deprimente nessa história, irmã — disse João Antunes, com o rosto dolorosamente crispado, mirando-a intensamente e refletindo um segundo, antes de prosseguir —, foi que, após meu casamento, tornei-me amante de Verônica. Durante dez anos, eu me encontrava com ela lá no Rio. Não conseguia esquecê-la, me desvencilhar dela, minhas forças estavam aquém de minha vontade. Em 1931, Ester veio a descobrir a minha infidelidade... ela então sofreu muito, adoeceu e veio a falecer, e então passei a sofrer um intenso remorso, o que me induziu a romper com Verônica — completou João Antunes, sentindo as lágrimas escorrerem sobre suas faces. Irmã Amandine estava comovida.

— Porém, Amandine, o meu verdadeiro sofrimento advém de minha instabilidade, de minha incapacidade de discernir um sentimento único capaz de dirimir as minhas dúvidas... de dar um basta em minha alma dividida, o que afeta a mim e às mulheres com quem me relaciono. Eu me indago: amava realmente a minha querida esposa, Ester, companheira fiel e incondicional em todos os momentos de nossa vida? Ou me casei com ela por compaixão? Por pena, por dó? Após a sua morte, eu me senti um crápula e rompi com Verônica, pois o remorso me atormentou e superou tudo. Como disse, talvez amasse Ester de um modo especial, eu diria, de uma maneira espiritualizada devido à sua generosidade e à maneira como reagiu ao suicídio de Marcus, que foi o acontecimento mais trágico de minha vida. Ester, desde menina, era apaixonada por mim, e não poderia abandoná-la. Mas eu a traí, e não se trai a quem se ama... talvez pudesse lhe revelar a minha infidelidade e Ester provavelmente compreenderia aquele momento difícil, mas não o fiz. Porém, mesmo amando Verônica durante dez anos, eu jamais consegui esquecê-la... aquela que foi minha fiel companheira. Portanto, eu novamente me indago e lhe exponho a minha dúvida cruel: qual era o meu verdadeiro amor? Ou o meu sentimento irrestrito? Eram os dois? — indagou-se João Antunes, e um estranho sorriso lhe contraiu o rosto, um sorriso infeliz, quase desesperado, enquanto fitava Amandine.

— Quando retornei de Cavalcante e reatei com Ester, durante aquela conversa em que lhe falei sobre Marcus, Ester me indagou: "tu não estás com pena de mim, João Antunes? Afinal, ter uma alma generosa, como dizes que tenho, não é motivo para amar e se casar com alguém", ela me contestou. Entretanto, eu lhe garanti que a amava e nos casaríamos, pois só com ela poderia viver... e de fato casei-me com Ester. Porém, jamais pude esquecer Verônica, pois estava além de minhas forças — completou João Antunes, com a mesma expressão dolorosa. — Durante os anos em que estive casado, tendo Verônica como amante, eu ainda conseguia lidar com os remorsos provenientes de minha infidelidade. Porém, após a morte de Ester, tudo mudou, e comecei a me fazer indagações que só se acentuaram durante os anos. A minha solidão e as minhas dúvidas foram aumentando aos poucos, até alcançarem atualmente um ponto insuportável, então, Amandine, chego ao momento presente e à razão pela qual estou aqui a conversar contigo — disse João Antunes, mirando as sombras escuras entre as folhagens. Um vento refrescante varreu o jardim, provocando uma súbita friagem. O hábito da Irmã Amandine agitou-se sobre a sua cabeça. Ela contraiu seus olhos fitando João Antunes intensamente, pressionando suas mãos sobre a cabeça.

— Acossado pela solidão em minha fazenda, que se chama San Genaro, santo de devoção de minha mãe, subitamente fui tomado pela paixão... — prosseguiu João Antunes. — Mas imagina por quem? Senti-me surpreendentemente apaixonado por Riete, a mulher a quem havia descartado. Não tenho explicação para isso, Irmã Amandine. Riete realizou seus sonhos, ficou rica, e deduzo que minha repentina atração por ela se deve à sua riqueza, foi o que concluímos. Superei o luto por Ester e achei que deveria reiniciar minha vida ao lado de uma nova companheira. Há cerca de seis meses, vim ao Rio revê-la e iniciamos o romance. Porém, naquela ocasião, reencontrei-me também com Verônica, e tudo recomeçou como antigamente, quando estávamos em Cavalcante, restabelecendo então aquele triângulo doloroso. Aqui estou a conversar contigo porque sinto-me desesperado... desintegrado... pois novamente minha alma se dividiu entre o amor por duas mulheres fascinantes. Não sei o que fazer, Amandine, e muito menos discernir o que sinto a respeito disso. Desculpe-me, irmã, lhe revelar o meu drama — disse João Antunes, com os olhos marejados pelo sofrimento.

— Não se aflija, João Antunes, sinto-me comovida e o compreendo perfeitamente, pois isso é uma situação comum na vida das pessoas. Você é apenas muito sensível e honesto com seus sentimentos, vive no limite, e isso só traz sofrimentos.

— A senhora acha!? Acredita que sou honesto com meus sentimentos? Eu, que fui infiel a Ester durante dez anos? Uma companheira incondicional e que morreu de desgosto pela minha traição? — replicou João Antunes, com um olhar perplexo.

— Pois é devido a isso mesmo! Não seja rigoroso com a sua condição humana, João Antunes. Se você sofre por isso é porque é moralmente íntegro, e quanto à sua infidelidade, tenho certeza, estava além de suas forças evitá-la. Você nunca desejou magoar Ester, fazê-la sofrer. Casou-se com ela devido a isso. À época, você provavelmente sofria, não tanto quanto agora, mas sentia-se incapaz de abandonar Verônica, não é verdade?

— Sim, Amandine, amava Verônica, mas havia uma sombra em minha vida, um conflito inevitável. Nunca deixaria Ester e muito menos Verônica. Ester faleceu, e Riete a substituiu em minha dualidade. E atualmente esse conflito tornou-se insuportável, pois ele cresceu, se tornou crítico, requerendo uma solução imediata, urgente, porque cheguei ao limite de suportá-lo. Não sei qual é o meu verdadeiro amor, se Riete ou Verônica... não consigo me decidir e preciso fazê-lo com urgência! — confessou João Antunes, com um vago e inerte desespero. Ele olhou para dentro do salão e viu Elisa retornar à mesa acompanhada pelo rapaz. Ela mostrou-se ansiosa em busca dele e o viu assentado com Amandine. Elisa sorriu, satisfeita ao ver seu pai conversando com sua melhor amiga no Sion. Acenou-lhes e assentou-se à mesa com o rapaz. João Antunes levou o copo de uísque aos lábios e o bebericou. Fez uma careta, observando as pedras de gelo, quase derretidas.

Amandine estava penalizada pelo que ouvira.

— João Antunes, como era o seu relacionamento com seus pais? — indagou cautelosamente, mirando-o com atenção. João Antunes sentiu-se surpreso com a pergunta. Amandine o fitava atentamente.

— Bem — começou ele, refletindo sobre a indagação —, papai era um homem rigoroso, honestíssimo, intransigente em seus princípios. Ele era o homem de confiança do velho Vargas, a tal ponto que este que lhe delegava a liberdade de negociar em seu nome, tal o conceito de honestidade que usufruía junto ao general. Eu me recordo de que, certa vez, disse a papai que ele deveria ser menos rigoroso com essa coisa de honestidade, e ele me repreendeu severamente, dizendo que ninguém nunca perde por ser honesto e que jamais transigiria com sua maneira de ser. Tentei inutilmente argumentar, mas papai era assim. Ele e mamãe eram imigrantes dos Açores e, quando chegaram ao Rio Grande do Sul, papai tentou trabalhar no negócio de gado, mas sempre fracassou devido à sua maneira de ser. Mamãe então disse a ele que o melhor seria trabalhar como empregado para um patrão que reconhecesse seus méritos de integridade, e foi o que ele fez, empregando-se em Santos Reis. À época, o nosso dinheiro estava no fim, e de fato o general Vargas reconheceu suas qualidades morais e o fez seu capataz e seu homem de confiança.

Já mamãe, Amandine, sempre me dedicou um imenso carinho, até em demasia. Éramos íntimos. Tivemos um relacionamento intenso. Chamava-me de *mio bambino*. Porém, aconteceu algo estranhamente marcante durante a última festa de São João que passei em Santos Reis, uma semana antes de eu viajar para Cavalcante. De fato, um acontecimento inusitado para mim. Todos os anos, nessa data, havia uma grande festa na estância —mirou profundamente o salão iluminado, feérico, observando aquela agitação com um olhar vago, triste, perdido no passado. — Naquela noite, os peões estavam reunidos em frente à sede de Santos Reis ao lado de uma grande fogueira, na qual se assavam os churrascos. Havia uma alegria intensa e generalizada, verdadeira euforia. Presente estava toda a família Vargas. Naquela ocasião, a Ester e eu tivemos a nossa primeira noite de amor, foi lá em minha casa. Ela desejava se entregar a mim antes da minha viagem. Na véspera, contei para mamãe, e ela foi a nossa cúmplice. Confidenciei a ela que Ester e eu ficaríamos em casa enquanto transcorria a festa e que lá chegaríamos no começo da madrugada. Quando comuniquei isso para mamãe, observei nela uma reação inédita. Parecia-me que ela estava a compartilhar aquela minha noite com Ester, tal a expressão de seu rosto e o desvelo com que arrumou o meu quarto. Observei nela, em suas reações, um prazer insólito e intensamente sensual. Pedi-lhe que nada comentasse com papai, pois conhecia sua severidade nessas questões morais. Ele era também muito conservador nos princípios que julgava corretos, ao contrário de mamãe. Esta era uma pessoa erudita e com ideias mais liberais. Pois bem, na noite da festa, Ester e eu chegamos em minha casa às 19 horas e a deixamos por volta de 1 hora da madrugada. Mamãe deixou-nos um interessante poema sobre a cama, alusivo ao momento que viveríamos. Foram instantes marcantes e inesquecíveis. Quando saímos de madrugada, o frio era cortante. A festa transcorria animada, havia muita música, o churrasco estava delicioso, todos já haviam bebido bastante e mostravam-se eufóricos. Quando lá chegamos, ninguém notou a nossa presença, tal a algazarra. Mamãe participava das quadrilhas e mostrava uma alegria exuberante, o rosto afogueado e suado pelas danças. De repente, ela nos viu, e tive uma surpresa, tal a expressão lasciva e mundana que lhe surgiu no rosto. Seu olhar era puro desejo, tal a concupiscência que dele emanava. Jamais havia presenciado aquilo em mamãe e fiquei estarrecido. Ela nos mirou um instante, depois correu até nós e nos envolveu em um amplo abraço, como que compartilhando os momentos que Ester e eu havíamos desfrutado. E passou a nos dizer palavras picantes sobre a nossa noite. Eu me lembro de que mamãe perguntou a Ester se ela havia aproveitado bem o *mio bambino* e depois indagara: "ele é delicioso, não?". E ria maliciosamente. Confesso, Irmã Amandine, que aquela noite foi um divisor de águas em minha vida, pois desconhecia mamãe, tal o seu comportamento surpreendente. Perguntei por papai, e ela me disse que ele se aborrecera e que se afastara sozinho para um canto. Eu então o vi. Ele estava só, sentado em um banco, meio cabisbaixo e muito amargurado. Fui ter com ele e comentei o comportamento de mamãe. Ele disse que talvez ela tivesse bebido em excesso e estava mais alegre. Eu retornei para mamãe. Lembro-me bem daquele momento, pois ficou marcado em minha memória: no curto trajeto entre papai e mamãe, senti uma súbita depressão, uma sensação horrorosa e inexplicável. Minha alma parecia dilacerada, e minha vida caiu instantaneamente em um fosso escuro e sem sentido. Toda aquela euforia ao meu redor desapareceu, adquirindo uma realidade misteriosamente angustiante na qual meu espírito se perdeu em busca de uma saída, incessante e vã. Pedi para mamãe ir ter com papai, e ela repentinamente começou a chorar, deixando-me ainda mais aturdido. Ela foi ao seu encontro, e, logo após, os dois retornaram para casa. Quando deixaram a festa, mamãe perdera toda aquela euforia, e papai partiu silencioso e cabisbaixo. E os vi embrenhando na noite gelada e coalhada de estrelas, como dois vultos melancólicos carregando um enigma. Eu, que estava prestes a viajar para Cavalcante, já triste com a minha viagem, fiquei mais arrasado depois daquela noite. Nos dias seguintes, o relacionamento entre os meus pais já não era o mesmo, algo se rompera para sempre. Talvez papai tenha se aborrecido muito com a euforia desmedida de mamãe, que dançava quadrilhas com os peões. Ele era muito severo. Já em Cavalcante, após um mês, recebi uma carta de mamãe comunicando que papai falecera. Sem dúvida, aquele aborrecimento contribuiu decisivamente para a sua morte. Ali, ele começara a morrer. Quando retornei a Santos Reis, vindo de Cavalcante, o ambiente em casa já não era o mesmo, e aquele relacionamento irrestrito que eu tinha com mamãe também acabara. Uma barreira invisível estabeleceu-se entre nós. Casei-me com Ester, e mamãe faleceu em 1934 — João Antunes fez uma longa pausa, com o olhar tristonho perdido no passado. Sua alma sangrava, como naquela noite em Santos Reis, há vinte e dois anos.

Irmã Amandine olhava atentamente João Antunes, analisando-o com perspicácia, ansiosa para penetrar-lhe na alma e ajudá-lo naquela angústia, que lhe cortava o coração.

— Eu penso, João Antunes, que você é semelhante ao seu pai, pois é tão rigoroso quanto ele, mas seguir estritamente esse rigor está além de suas forças. Existe um detalhe que os distingue: tendo um temperamento igual ao dele, você não consegue agir como seu pai, e, ao ser assim, isso lhe causa sofrimento porque não se sente em paz com a consciência. Sua mãe o influenciou no sentido oposto ao modo de ser de seu pai. Você é tão íntegro quanto ele e tenta praticar consigo mesmo o conselho que deu a ele: o de não ser tão intransigente... sem, todavia, consegui-lo. Penso que isso ocorre devido à influência de sua mãe, e vive esse conflito. Você procura não ser como seu pai, mas o consegue à custa de muita angústia. Entende o que quero lhe dizer, João Antunes? Você vive o conflito entre a intransigência e o rigor de seu pai e a liberalidade de sua mãe. Seu pai não seria infiel à sua mãe, mesmo a ferro e fogo, e você foi infiel a Ester, e isso o fez sofrer. Talvez, se você fosse uma pessoa menos sensível, não viveria esse conflito, mas não o é. Quanto à sua mãe, o fato de haver sido ligado amorosamente a ela talvez o impeça de entregar-se livremente a um único amor, pois está sempre dividido entre o amor por duas mulheres, em que a outra, a ausente, talvez represente a figura materna... provavelmente constitua a parcela que ficou para trás, nela encarnada. Quem sabe, então, essa sua incapacidade de definir um único amor signifique a necessidade de dividir o amor com uma outra mulher, a ausente, que assume a função do relacionamento amoroso que tinha com sua mãe? Entende o que quero lhe dizer, João Antunes? Você está permanentemente dividindo o seu amor entre duas mulheres, em que a outra, quando ausente, representa o seu relacionamento maternal, do qual não consegue se libertar. Sempre está amando duas mulheres, cada uma pela metade: a que está momentaneamente junto a você, sendo que a outra metade, a ausente, permanece encarnada simbolicamente na figura de sua mãe. Talvez uma emoção incestuosa reprimida.

João Antunes ouvia essas explicações estarrecido, perplexo, surpreso por ideias que jamais teria. Lembrou-se imediatamente de Marcus e daquele médico austríaco. Nessas ocasiões de abordagens psicológicas, recordava aquelas palavras de Marcus, que o convidara a vir conhecer o seu âmago e de quando se colocara à frente daqueles numerosos espelhos e via a sua figura ser repetida até o infinito. E Marcus lhe dissera: "está vendo aquele ponto no infinito, João Antunes? Ele representa o seu âmago, o seu inconsciente".

E completara ele: "somos movidos por ele, por forças ocultas que nos são ignoradas".

João Antunes comentou com Amandine esses acontecimentos ocorridos no sobrado de Marcus, e ela concordou.

— Chama-se Freud o tal médico austríaco — disse-lhe Amandine, relembrando-lhe o nome. — Todos nós, João Antunes, somos impulsionados por motivações inconscientes, sempre disfarçadas de ideias que julgamos indubitáveis e aparentemente fáceis de serem compreendidas e justificadas. Entretanto, estamos longe de entender as origens das ideias que nos impulsionam ou que geram nossas atitudes e comportamentos. Geralmente, atribuímos nossas ações a razões aparentes, mesmos triviais, cujas finalidades são justamente reprimir e esconder suas motivações genuínas. E passamos a vida ignorando nossos segredos ou escondidos de nós mesmos. É interessante perceber, João Antunes, que, quando se tem a perspicácia para se analisar corretamente determinado comportamento pessoal, alheio, quando a origem desse comportamento nos é facilmente discernível, sendo alguns deles muitas vezes flagrantes e padronizados, e dizemos isso a tal pessoa, ela fica irritadíssima, recusando-se a admiti-lo. Existe uma resistência atroz ao autoconhecimento.

— Mas será possível tudo o que disseste a meu respeito? — indagou João Antunes, com um olhar perplexo, após bebericar seu uísque.

— Bem, são hipóteses plausíveis, e provavelmente seus problemas estão relacionados a elas — respondeu Amandine. Ela persistia olhando-o com um semblante doce e terno. Uma grande paz se irradiava de seu rosto. Amandine sentia que estava a ajudá-lo.

— Compreendo, Amandine, são as mesmas explicações que Marcus me transmitiu. Mas, e a senhora, me desculpa perguntar, tem plena convicção de tua vocação, não sente nenhum conflito? — indagou João Antunes, um pouco constrangido. Ele tentava se defender revidando, ignorando, todavia, a razão de sua pergunta. Não ficara irritado, apenas uma atitude inconsciente de defesa.

— Mas claro! Tenho inúmeros conflitos, todos somos humanos e os temos. Eu pertenço a uma família católica e, quando era moça, tive uma grande desilusão amorosa e sofri muito. Uns três anos após, senti a presença de Deus em minha vida, senti que ele me chamava e entrei para o noviciado. Entretanto, quem garante que essa vocação religiosa não foi uma fuga provocada pela minha desilusão? Eu penso que provavelmente tenha sido, embora eu não me sinta angustiada com isso e seja feliz como freira... pelo menos acho que sou — respondeu Amandine, com uma voz tranquila e segura. — A minha preocupação atual se origina da ocupação da França e do governo colaboracionista de Pétain. Acompanho passo a passo o desenrolar da guerra. Uma vergonha e uma humilhação para nós franceses. Ele está lá em Vichy, colaborando com os alemães. Com a entrada dos Estados Unidos na guerra, eu espero que no próximo ano tenhamos uma inflexão no conflito. Meu Deus, por que tanta carnificina? — ela sorriu com ironia e completou: — E quem sabe essa preocupação com a França não seja também uma fuga...

— A senhora também, como Marcus, estuda os problemas espirituais? — indagou João Antunes, mirando-a com um semblante pensativo e distante, ignorando os comentários sobre a guerra, pois a sua guerra era outra, tão inexplicável quanto a primeira.

— Sim, gosto muito de arte, principalmente do surrealismo e do expressionismo alemão, e essas duas escolas estão intimamente relacionadas à psicanálise. Por exemplo, Van Gogh, embora não tenha sido um surrealista e muito menos um expressionista, foi um artista atormentado, o que é facilmente visível em suas obras. Tem quadros belíssimos, nos quais expressa toda a sua angústia por meio daquelas paisagens amarelas retorcidas, daqueles girassóis atormentados... aqueles céus refletem a sua imensa agonia... e também se suicidou...

— Também!? — reagiu João Antunes, muito assustado. Sou traumatizado com isso, irmã. Eu não tenho cultura artística e desconheço o que vem a ser essas escolas... surrealismo e a outra que tu disseste. Van Gogh eu conheço, mas muito pouco... — comentou João Antunes, fitando Amandine com um olhar reflexivo. — Porém, o que disseste já me faz pensar de uma maneira diferente. O difícil, Amandine, é superar essas barreiras desconhecidas... justamente pelo fato de nos serem ignoradas...

— João Antunes, dê um tempo em sua vida, pense sobre suas alternâncias emocionais e procure chegar a alguma conclusão com tranquilidade, sem ficar angustiado. Se você não sabe a quem ama, diga a elas que por enquanto não poderá tomar nenhuma decisão e retorne para Minas. Procure um especialista para se tratar...

— Mas eu sinto uma solidão gigantesca em Minas, Amandine. Ultimamente cheguei ao limite do suportável, e eu só melhoro quando em presença de Riete ou de Verônica. Elas aparentemente me aliviam quando estou em presença de uma delas... — disse João Antunes, voltando seu olhar para o salão, buscando naquele burburinho algum esclarecimento, algum alento para aquele instante.

— Pois enfrente a solidão, João Antunes, procure outras mulheres. Existem muitas mulheres encantadoras neste mundo.

— Já fiz isso, irmã, e não achei nenhuma... — respondeu João Antunes, com um olhar amedrontado.

Amandine o mirou atentamente. Havia também agora nos olhos dela certa melancolia, certa impotência. Ela sabia como é fácil aconselhar alguém a procurar soluções para sua vida, mas como é difícil convencê-lo e a persuadi--lo a enfrentar a si próprio.

— Elisa refere-se muito a ti, Amandine. Gosta muito de ti e diz que são grandes amigas.

— Sim, pois eu digo o mesmo em relação a ela. Realmente somos grandes amigas. Elisa é muito inteligente, lê muito, é curiosa e conhece certos autores que não são permitidos no colégio, mas eu sou sua cúmplice e a ajudo, pois penso que é inadmissível tolher a liberdade intelectual de alguém, e Elisa já é adulta. Ela é muito politizada, contestadora, tem uma grande consciência social e provavelmente vá militar no PCB.

— Pois é, Amandine, sei disso e fico preocupado. Na quinta-feira, eu consegui com Getúlio a liberdade de um amigo comunista que estava detido na Frei Caneca. Elisa estava comigo e, ao nos despedirmos dele, ela pediu-lhe que enviasse alguns contatos. Chama-se Val de Lanna. Foi detido em 1938 sem julgamento, após a intentona. Elisa ainda é muito jovem para se meter em aventuras...

— Sim... — comentou Amandine, meio distraída, parecendo pensar em outra coisa. — Mas as maiores riquezas de um jovem são o idealismo e a sua luta para mudar o mundo, João Antunes, e somente eles podem mudá-lo — acrescentou, colocando em palavras o que estivera refletindo.

— Pois é, Amandine, mas eu, como pai, não quero vê-la sofrer...

— É uma lástima tolher os ideais de alguém, e o maior sofrimento decorre do impedimento, da interrupção desses sonhos, quando lhes são impostos obstáculos para destruí-los. Eu penso nos mártires cristãos que sofreram e morreram pelas suas convicções religiosas ou qualquer mártir que morra por uma causa que dê sentido à própria vida. Imagine um idealista que renuncia aos seus ideais por medo de vivê-los, pois ele seria um infeliz e envergonhado de si mesmo. E certamente todos nós respeitamos aqueles que lutam e se sacrificam por seus ideais, mesmo que sejamos inimigos de suas ideias. É comuníssimo, João Antunes, pessoas recusarem manifestar seus pensamentos quando em presença de outros, sem nenhuma ameaça às suas vidas, devido apenas ao constrangimento de serem contestadas ou ridicularizadas ou para ficar bem com os presentes... — disse Amandine, com um sorriso nos lábios.

— Se no mundo houvesse somente gente covarde, acomodada e conservadora, onde estaríamos? O mais raro e difícil, João Antunes, é a coragem moral, não só a coragem física... se bem que os verdadeiros corajosos acabam também sofrendo fisicamente, como o seu amigo. O processo é sempre o mesmo: no início, é a postura intransigente em relação às injustiças, depois as atitudes práticas das quais advêm o enfrentamento e os sofrimentos no próprio corpo, não é verdade? Não foi isso o que aconteceu com ele?

— Sim, ao revê-lo, fiquei impressionado com a sua aparência física... magro, muito pálido... somente seus olhos cintilavam a mesma chama do passado, e saiu disposto a recomeçar a luta — disse João Antunes, muito pensativo com as próprias palavras.

— Pois, então, não é verdade? A força está no espírito, no querer. Pois imagine abortar essa pujança espiritual. É preciso compreender e louvar os abnegados deste mundo, pois são eles que o transformam.

— Amandine, estou impressionado com a tua liberdade de espírito. Sem dúvida, és uma religiosa avançada para a época em que vivemos, pois sempre pensei que fossem pessoas reprimidas, sem liberdade para avaliar e questionar questões mundanas, fora da conjuntura religiosa, e provas que não é assim. Tu me mostras que é possível amar o mundo e os homens por meio de Deus, em tudo o que isso significa... principalmente lutar contra as injustiças, que provocam tantos sofrimentos. Eu também penso assim, Amandine, como tu, mas só penso e torço pelos que lutam, pois eu mesmo sou um altruísta acomodado... sossegado com minha vidinha de fazendeiro e namorando uma mulher ricaça, o que, aliás, faz parte de minhas ambiguidades. Foi por isso que resolvi interceder por Val de Lanna, pelo menos para ajudar a quem de fato ajuda — disse João Antunes, com um sorriso impotente e resignado.

— Mas não se incomode em ser assim, João Antunes, pois já é uma virtude ter essa postura. Não sofra por isso. Cada um tem lá suas limitações e a sua maneira de ser. Já é uma grande atitude ser favorável aos que lutam e, se possível, ajudá-los, pois há os reacionários que só pensam em fuzilá-los e nem admitem essa conversa, tal o ódio que lhes devotam — disse Irmã Amandine, fazendo uma pausa e fitando intensamente João Antunes. Ela parecera mudar repentinamente suas emoções, olhando-o de uma maneira diferente.

— Compreendo, todavia, um aspecto que o diferencia, João Antunes, e que sem dúvida lhe causa também dificuldades... você é um homem muito bonito, e certamente haverá sempre belas mulheres cortejando-o. É muito fácil elas se apaixonarem por você, e escolher entre elas torna-se difícil, não é isso? Estou aqui ao seu lado e sinto que, se não fosse uma freira, seria mais uma a cortejá-lo — confessou Amandine, sorrindo alegremente e demonstrando muita espontaneidade. Ela experimentou uma leveza ao dizer isso, como se aliviasse o seu espírito. Amandine sentiu uma repentina felicidade.

— É... eu sei, Amandine. Já ouvi isso muitas vezes, e realmente torna-se difícil escolher uma entre belas mulheres — concordou João Antunes timidamente, meio constrangido. Esse comentário de Amandine o remeteu novamente à mundanidade, às suas angústias, pois ela se rebaixara até ele, igualara-se e juntara-se ao torvelinho de seu mundo. Parecia-lhe que aquela espiritualidade de Amandine, que tanta paz lhe transmitia, havia sido conspurcada pelo seu comentário e desparecera. Sentiu-se surpreso por aquelas palavras inesperadas. Olhou-a, perscrutando-a atentamente.

— Nunca pensei, Amandine, que uma religiosa pudesse fazer um comentário como esse, tão afeito à mundanidade... estou novamente surpreso — disse João Antunes, deixando surgir em seu rosto aquela expressão espontânea que arrebatava as mulheres.

— Por que eu seria tão reprimida, João Antunes? Estou lhe dizendo o que sinto, o que não significa que estou a cortejá-lo. Sou uma moça que, como todas, admira um homem bonito — disse Amandine, fitando-o com um olhar carinhoso, avançando seu rosto, ostentando em suas faces um conflito que parecia soterrado em sua alma. João Antunes sentiu-se comovido, pois a condição humana a rebaixava até ele. Eram feitos do mesmo barro. Uma aragem fria novamente soprou de repente sobre o rosto de Amandine e sobre as costas de João Antunes, obrigando-a a colocar a mão sobre a cabeça, segurando seu hábito. Ela abriu um sorriso brejeiro, e João Antunes viu em Amandine uma beleza diferente, que o cativou de imediato. Ela era uma moça bonita, com um encanto especial que pareceu revelar-se ternamente junto com aquela friagem. Permaneceram alguns segundos calados, como que surpreendidos pelas mesmas emoções. Amandine enrubesceu, perdendo de repente aquela naturalidade com que se expressava. João Antunes virou seu rosto rumo ao salão e viu Verônica chegar acompanhada por Enrico. Ao vê-lo, ele sentiu-se incomodado, profundamente aborrecido.

— Lá está ela, Amandine, Verônica, acompanhada pelo neto — disse João Antunes, efetuando um gesto indicativo com a cabeça. Amandine olhou-a, desviando seus pensamentos.

— Sim, já havia reparado nela hoje, durante a formatura. Chamou a atenção de todos pela sua beleza, realmente é linda — comentou Amandine, retomando a naturalidade.

— Vamos lá recebê-la — convidou-a, erguendo-se do banco. Gostei demais de conversar contigo, Amandine. Podemos conversar mais... se desejares — sugeriu João Antunes, enquanto caminhavam tranquilamente.

— Sim, quando quiser, apareça no colégio em dias de visitas. Ou vá lá e mande me chamar — disse Amandine, com um semblante suave e doce, fitando-o com um sorriso alegre. — Eu estou sempre disponível às solicitações do salão de visitas, sou a responsável.

Chegaram à mesa na qual estiveram, e João Antunes apresentou Amandine para Verônica. Enrico estava a conversar com Elisa, o que desagradou profundamente João Antunes, que o evitou, cumprimentando-o secamente com um gesto. Verônica e a Irmã Amandine conversaram alguns minutos em voz alta, tal o barulho da música e o falatório excessivo. Elisa deixou Enrico um minuto e veio saudar Amandine.

— Gostei de vê-los conversando, Irmã Amandine — disse Elisa, esfuziante de alegria, olhando-os, esbanjando felicidade.

— Sim, foi ótimo conhecer seu pai, querida, uma pessoa encantadora — comentou Amandine, sorrindo para João Antunes, que retribuiu o sorriso.

— Enrico pediu-me uma dança, mas logo estarei de volta — disse Elisa, afastando-se em direção a ele.

— O que ele veio fazer aqui, Verônica? — indagou João Antunes, agora mais contrariado ao ver Elisa encaminhando-se para dançar com Enrico.

— Ele viria trazer Riete, mas disse-me que ela estava muito resfriada e que não se sentia disposta. Ele veio só e passou no hotel há pouco para me apanhar — explicou Verônica, denotando preocupação, observando o aborrecimento de João Antunes e as atitudes de Enrico, que achara esquisitas desde que o encontrara agora à noite.

Enrico estava deslumbrado com Elisa, e se meteram no meio de dezenas de casais que dançavam romanticamente. À meia-noite, os pais dançariam com suas filhas a valsa de formatura. Enrico inicialmente se mostrava simpático e conversava com Elisa sobre o futuro dela e o curso que terminara.

— Você, então, é o filho de Riete, e seu pai foi o ex-marido de Verônica... como ele se chama? — indagou Elisa, tentando lembrar-se, pois já ouvira seu nome.

— Ele chama-se Bertoldo e mora em Campinas, onde também moro. A minha origem é complicada, Elisa, daria uma história dramática. Mamãe, Verônica e papai passavam por uma fase tumultuada, e eu fui vítima desse tumulto — disse Enrico, sorrindo estranhamente. Elisa fitou-o, observando aquela reação esquisita, o que a fez concentrar-se nele, relegando os arredores e o som musical. Ela sentiu intuitivamente um receio inexplicável, qualquer coisa de malévola prestes a atingi-la.

— E você, Elisa? Sua vida até hoje tem sido um mar de rosas, bem tranquila, não? — indagou Enrico, com certo sarcasmo. — Nenhum percalço, nenhum aborrecimento que a perturbe seriamente...

— Sim, a não ser mamãe, que morreu quando eu tinha 11 anos, o que foi motivo de muito sofrimento para mim. Até hoje, sinto muito a sua falta, especialmente em um dia como hoje. Ela era carinhosa, e esta noite a minha alegria só não é completa devido à sua ausência — disse Elisa, com uma expressão entristecida, olhando vagamente alguma coisa, desviando seus olhos daquele semblante assustador.

— E você sabe por que ela morreu? — indagou Enrico, mirando-a com a mesma fisionomia atemorizante na qual se insinuava agora uma expressão sádica. Ele suava muito, sua testa marejava, e Elisa sentia a mão úmida dele apertando a sua. Ela começava a ficar fortemente incomodada, desejando que a música se encerrasse logo para deixá-lo.

— Pois vou lhe contar o motivo da morte de sua mãe para que possa conhecer um pouco mais sobre a sua própria vida — disse Enrico, fazendo Elisa se assustar e prestar atenção ao seu rosto, que se mostrava cruelmente assustador. Ela olhou-o com certa agonia e intuiu mais intensamente o sofrimento.

— Seu pai, Elisa, foi amante de vovó durante dez anos. Eles se encontravam lá no Rio. Sua mãe descobriu a infidelidade, deprimiu-se muito, ficou doente e veio a falecer. Morreu de tristeza, de decepção, segundo a minha mãe...

— O quê?! — exclamou Elisa, sentindo sua vista turvar-se e uma dor lancinante rasgar seu peito. Imediatamente, ela confirmou suas impressões, pois seu pai e Verônica exibiam uma familiaridade que ultrapassava em muito a intimidade proporcionada por um curto relacionamento, como o que tiveram em Cavalcante. Diversas vezes, ela observara esse fato e chegara a comentá-lo com ele. A revelação corroborava suas impressões. Elisa afastou-se com as mãos sobre os olhos, chorando muito, o que chamou a atenção das pessoas próximas a ela. Enrico olhou-a um instante e deixou o salão precipitadamente, indo-se embora. Ele ostentava aquela mesma fisionomia, estranha e assustadora, que impressionara Elisa.

João Antunes e Verônica mantinham-se conversando, sentados à mesa. Irmã Amandine se afastara, séria e pensativa. Ao volver seu rosto para o salão, João Antunes viu o choro convulsivo de Elisa e sentiu um choque, ficou estarrecido. Ela caminhava vagarosamente rumo à mesa, enquanto as pessoas ao redor olhavam-na assustadas e iam se afastando, dando-lhe passagem. Verônica também a olhou aturdida. Procurou rapidamente por Enrico, mas não o viu, e julgou que ele fizera algo errado com Elisa. João Antunes correu até junto à filha e a abraçou.

— O que aconteceu, minha filha!? — indagava aflito, tentando entender o que se passava. Mas ela o repeliu, enquanto prosseguia rumo à mesa. João Antunes deduziu facilmente que Elisa soubera do seu romance com Verônica e estacou onde estava, completamente arrasado. "Não é possível ter-lhe acontecido isso numa noite tão feliz como esta", pensou como um raio que lhe passasse pela cabeça, "e foi feito hoje para deliberadamente me causar sofrimento, para lhe destruir a alegria e me agredir". Verônica deduziu o mesmo que João Antunes e quedou-se desolada, vendo-a se aproximar. Elisa, de repente, sentiu algo que saía irreversivelmente de si, escapando-lhe das profundezas da alma, deixando-lhe um vácuo incorporado ao seu viver. Todo aquele amor incondicional e toda a admiração irrestrita que tinha pelo seu pai estavam partidos, despedaçados pela desilusão. E, quanto mais pensava em sua mãe, imaginando a sua dor, mais sentia aquela lâmina dilacerar seu peito. João Antunes, cabisbaixo, tão arrasado quanto a filha, retornou até ela, fitando-a, com a alma agoniada, fortemente constrangido. Ele agora começava a sentir vergonha, vergonha de si mesmo. Olhou para Verônica e a viu igual a ele. Porém João Antunes sofria intensamente, pois Elisa era o seu tesouro, a sua filha querida.

— Minha filha, por favor, fale comigo... o que houve? — indagou João Antunes, sentindo cada vez mais uma forte decepção consigo mesmo, intensificada depois dessa pergunta tão tola e reveladora de uma profunda hipocrisia. Sentiu-se duplamente um canalha, lembrando-se instantaneamente de seu pai, não fazendo jus à sua memória e nem ao amor que a filha lhe dedicava.

Elisa calou-se bruscamente, com os olhos congestionados pela dor, e volveu seus olhos para o seu pai e depois para Verônica, um olhar tão penetrante e acusativo que os fez desviarem os seus, incapazes de sustentar a força daquele olhar.

— Enrico me revelou que vocês foram amantes durante dez anos e que mamãe faleceu devido à sua traição, papai... ela ficou tão magoada que morreu... você a matou de tristeza... — disse Elisa, olhando-o com uma decepção e sofrimento inauditos, tão intensos que João Antunes sentiu seu constrangimento desaparecer e viu-se no fundo de um abismo. Ao ouvir a acusação de que ele a matara, João Antunes sentiu-se desesperado. Ele sempre se culpara pela morte de Marcus, da qual não tinha culpa, e agora ouvia a mesma acusação, porém verdadeira, dita pela filha. Verônica sentia-se igualmente aturdida, mas Elisa não era sua filha. Ela se indagava o motivo de Enrico ter feito essa maldade, "por que causar essa dor a uma menina inocente, num dia tão feliz para ela?", perguntava-se atônita, sem saber a resposta. Criou-se um clima de forte constrangimento, pois as colegas de Elisa começaram a chegar, todas preocupadas em saber o que acontecera, e Elisa não sabia como responder e nem poderia responder. Ela permanecia inconsolável, chorando baixinho. Irmã Amandine foi comunicada e retornou aflita, abraçando-se a Elisa, que apertou seu rosto contra o corpo da freira, chorando amargamente.

— Por favor, meninas, está tudo bem... depois conversaremos sobre o ocorrido... não se preocupem... vão se divertir, daqui a pouco Elisa estará bem... — dizia Amandine, denotando muita preocupação, procurando afastá-las. Como todas eram muito amigas de Elisa, foram se afastando, porém preocupadas e relutantes em deixá-la, obrigando Amandine a reiterar o pedido.

— Venha querida, vamos nos assentar ali fora — convidou-a Amandine, afagando carinhosamente os cabelos de Elisa. Colocou-lhe o braço sobre os ombros e a conduziu até onde estivera há pouco com João Antunes. Sentaram-se, e Amandine começou a ouvir o motivo de tanta dor. Elisa então narrou o que João Antunes já lhe confessara naquele mesmo banco. Amandine ficou estarrecida ao saber que alguém viera até ali só para fazê-la sofrer, a mesma observação que João Antunes fazia a Verônica, que também não entendia por que Enrico fizera tal coisa. Disse a João Antunes que havia achado o comportamento do neto muito estranho, mas João Antunes não desejava sequer ouvi-la falar sobre Enrico, pois sua aflição estava concentrada em Elisa. Ele deixou Verônica e também se dirigiu ao banco. Desejava conversar, explicar-se, ele que, durante dez anos, sofrera o remorso pela morte de Ester.

— Por favor, minha filha, me ouça — pediu João Antunes, sentindo uma agonia infinita, enquanto Elisa chorava sobre os ombros de Amandine.

A freira fez um sinal a João Antunes para que desse um tempo até Elisa se acalmar. João Antunes volveu seus olhos para o salão e percebeu várias amigas e alguns pais observando aquela cena. Houve mesmo um certo arrefecimento na animação, um certo zum-zum-zum percorrendo as mesas. Verônica, atônita, de pé, olhava-os aguardando como terminaria aquele acontecimento. João Antunes voltou-se novamente para Elisa e permaneceu observando o choro da filha ir se amainando. Ele sentia-se impotente em dar uma justificativa. Depois de alguns minutos, Elisa calou-se bruscamente, apoiou os dois cotovelos sobre as coxas, envolvendo suas faces com as palmas das mãos, e quedou-se pensativa, olhando vagamente a festa. Uma imensa tristeza e decepção com o seu pai cortava seu coração, ela, que o adorava, sentia que toda a admiração sumira de sua alma.

— Querida, perdoe o seu pai... ele também carrega uma grande mágoa, um imenso remorso pelo que fez. Estávamos aqui antes a conversar sobre a vida dele e me disse o que aconteceu. Seu pai não é uma pessoa fútil, Elisa. Existem, na vida das pessoas, circunstâncias que se impõem sobre elas, que são mais fortes e que as dominam, apesar de lutarem contra. Uns são mais fortes e as superam, outros são mais frágeis e sucumbem. Não podemos julgar as pessoas e condená-las inapelavelmente. Você é jovem e, ao longo de sua vida, passará certamente por situações difíceis em que verá que não será fácil superá-las, assim, o compreenderá melhor. Seu pai amava muito sua mãe, Ester, e sofreu por se sentir incapaz de romper o relacionamento com Verônica. Ele me confessou isso e sempre esteve preocupado, sentindo arrependimento. Ele a adora, Elisa... saiba perdoá-lo e não estrague o relacionamento entre vocês, muito embora compreenda que será uma cicatriz indelével. Somos humanos e é natural que nada seja como antes, mas não a ponto de que não possamos perdoar e ter essa grandeza de espírito. Isso é a essência do que aprendeu aqui no colégio, o humanismo cristão... saber caridosamente perdoar o próximo, e, nesse caso, trata-se de seu pai. Além disso, querida, era impossível para ele prever as consequências de seu relacionamento com Verônica... se soubesse, certamente teriam rompido... — dizia a Irmã Amandine, enquanto afagava a cabeça de Elisa.

— Não se trata das consequências, Irmã Amandine, trata-se do ato em si, de trair a confiança de mamãe durante tanto tempo, ela que sempre lhe foi devotada — replicou Elisa, sentindo um nó na garganta. Ela iniciava o processo de absorver a dor e a viver uma nova realidade, que sabia ser mais empobrecida. Irmã Amandine continuava carinhosamente a afagá-la, assistida por João Antunes, de pé, ao lado. Ele sentia sua alma morta. Elisa era a única certeza de um amor em sua vida, e essa certeza não mais seria recíproca.

— Minha filha, eu te amo e sofri muito com o que aconteceu. Após a morte de tua mãe, rompi imediatamente com Verônica, tal a minha dor. Só vim reencontrá-la recentemente. Se soubesse as consequências, eu jamais lhe teria sido infiel...

Ao ouvir a palavra "infiel", Elisa sentiu seu peso bater forte em seu peito. Era essa a expressão do sentimento mais negativamente intenso entre as pessoas, aquele que define o caráter de quem foi capaz de trair a confiança de alguém que nele confiava. Elisa refletiu que uma pessoa pode ter muitos defeitos, mas a lealdade irrestrita e sincera em quem se diz amigo é primordial e define a pessoa e o seu caráter, em situações em que a lealdade em causa é justa. Era isso que o próprio João Antunes enfatizou, sem querer, ao mencionar a palavra "infiel", e Elisa teve um sentimento de desprezo por seu pai. Porém, sentir emoções tão díspares, como o amor e a repulsa por alguém a quem se ama, era demasiadamente sofrido e era isso que Elisa carregaria vida afora, atenuado pelo tempo, mas jamais esquecido.

— Papai, não sei se algum dia serei capaz de compreender o que fez, mas, mesmo que compreenda, certamente aquilo que sentia pelo senhor não mais existe, será diferente. Não serei capaz de dissimular — disse Elisa, já percebendo sua alma endurecer. Ela puxara ao seu avô, Antenor, inflexível em seus sentimentos.

— Tenho certeza de que, com o tempo, você o perdoará plenamente, Elisa. Você tem inteira razão de se sentir assim neste momento, mas saberá compreender que as pessoas são frágeis e que seu pai é uma pessoa maravilhosa. Você é ainda inexperiente, e a vida lhe ensinará a ser mais condescendente, a analisá-la de outra maneira, com menos rigor. Não será por uma falha dele, mesmo que tenha lhe custado tanto, que não será capaz de perdoá-lo. Ele faz tudo por você, Elisa, você mesma disse — continuava a consolá-la Amandine, agora abraçando-a fortemente.

— Para confirmar as minhas atuais intenções, minha filha, a partir de agora, vou romper as relações que mantinha com Verônica e com Riete, mesmo porque não teria mais condições de mantê-las. A presença delas lhe causaria sofrimento e a mim também — disse João Antunes, com uma voz quase inaudível e uma sensação esquisita em sua alma, que lhe parecia morta.

— Não se preocupe com isso, papai, e leve a sua vida — disse Elisa, mantendo-se na mesma posição, com suas bochechas apoiadas entre as palmas das mãos e os cotovelos sobre as coxas. Seus olhos estavam ainda congestionados, mas as lágrimas estancaram ou escorriam definitivamente para dentro de sua alma, tornando-a mais insensível às vicissitudes. Os reveses decepcionam as pessoas, tornando-as mais céticas, e vão corroendo a ingenuidade de um jovem, mostrando-lhe a verdadeira face da vida. E era esse sentimento que começava a se impregnar na nova alma de Elisa. Ela respirou fundo, fungou uma última vez e ergueu-se do banco.

— Posso ficar no colégio até o final do ano, Irmã Amandine? — indagou Elisa, voltando-se para ela.

— Claro, querida, eu converso com a diretora e ela não se oporá — respondeu Amandine.

— Está bem, papai, eu preciso ficar só durante uns dias, esfriar a cabeça e esquecer esse presente de formatura... o dia mais feliz de minha vida que repentinamente se transformou na maior decepção — disse Elisa, com a alma já diferente.

Ao ouvir esse comentário, João Antunes prorrompeu em prantos, estrangulado por uma dor intensa. Colocou suas mãos sobre os olhos e chorava inconsolável, sob o olhar atônito de Amandine, que desejava abraçá-lo e consolá-lo, mas se sentia impedida. Colocou-lhe, a distância, a mão sobre o ombro e lhe dirigiu palavras de conforto, enquanto Elisa permanecia a fitá-los em silêncio. Após alguns minutos, ele estancou seu pranto. Da mesma maneira que Elisa, João Antunes também internalizava sua dor. Ele enfiou sua mão no paletó e retirou uma pequena caixa de veludo negro, abriu-a e entregou a Elisa.

— O presente de formatura, querida... comprei-o para lhe entregar hoje, antes da valsa — disse João Antunes, estendendo-lhe a mão. Elisa olhou-o um instante e pegou a caixinha.

— Ó, é lindo, obrigada, papai... — agradeceu, insinuando um relutante sorriso. Ela retirou o anel de diamantes da caixinha, belíssimo, e o enfiou no dedo, mirando-o por um instante, permitindo brilhar uma centelha em sua alma. Comprou-o imenso, em lapidação francesa, pensando em Marcus e nos tipos de lapidação que ele lhe ensinara. Ele lhe dizia ser o diamante o rei das gemas.

— Pois quero que você também me dê um presente, Elisa. Desejo vê-la, daqui a pouco, dançando a valsa com seu pai — disse Amandine, com um sorriso suave e meigo. Elisa permaneceu calada, olhando a animação da festa com um olhar vago e triste.

— Vamos retornar ao salão. Depois conversaremos mais, Elisa — convidou-os Amandine, segurando-lhe a mão e começando a caminhar.

João Antunes as seguiu até a mesa. Verônica, que os acompanhava com o olhar desde que foram para o banco, levantou-se da cadeira, mas sentiu-se confusa com a presença deles ao seu lado. Irmã Amandine chamou Elisa para acompanhá-la até uma pequena mesa na qual estivera só e lá ficaram a conversar. João Antunes sentou-se, bem como Verônica. Ele permanecia quieto, com o semblante melancólico, fitando vagamente a animação. Assistiu a várias colegas de Elisa se aproximarem dela para saber o que ocorreu e via Amandine dando-lhes explicações.

— Verônica, vivo um instante doloroso... por que Enrico fez isso? Eu só o vi duas vezes e, em ambas, ele foi agressivo comigo, sem eu lhe ter feito nada — disse João Antunes.

— Isso é atitude de uma pessoa desequilibrada, resultado de toda uma vida de complicações... de Riete e de mim mesma, que resulta em pessoas como ele — disse Verônica, demonstrando revolta, perplexidade, sem conseguir exprimir o que se passava em si. — Ele é o meu neto, mas hoje eu me afasto dele... não é possível uma pessoa ter tanta maldade premeditada no coração... estragar a felicidade de uma menina inocente, que nem o conhece, somente para agredi-lo gratuitamente! — exclamou Verônica, mirando João Antunes com perplexidade. — Me conte como se passaram os encontros que teve com Enrico.

João Antunes narrou rapidamente o comportamento dele nas duas vezes que o encontrou, enquanto Verônica efetuava gestos contrariados negativos com a cabeça. Ele não desejava mais sequer mencionar aquele nome.

— Provavelmente, está com ciúmes da mãe e ficou com raiva ao encontrá-lo no apartamento, após você passar a noite com Riete... mas nada justifica essa agressão... nada! — exclamou enfática.

— Pois bem, Verônica, a partir de hoje, eu me afasto de vocês... não tenho mais condições de manter nosso relacionamento depois do que aconteceu. Espero não mais rever o Enrico, pois não responderia por mim. Eu estava sofrendo, dividido entre dois amores, mas agora sou obrigado a tomar uma decisão. E, sinceramente, Verônica — disse João Antunes, fitando com um olhar perdido aquele salão feérico, aquele tumulto de felicidade em que só ele destoava —, sinto-me até aliviado que nosso romance tenha sido revelado a Elisa, mesmo que tenha sido dessa maneira... era uma situação que pesava em minha consciência, que me afligia muito e que jamais seria capaz de revelar a Elisa... esconder algo de minha própria filha, mesmo que saiba agora que jamais serei o mesmo para ela. Há coisas na vida que se atenuam, mas não se apagam... jamais... — disse João Antunes, com uma inflexão triste.

— Compreendo-o, querido, e aceito com pesar. Existem, de fato, coisas irreversíveis. Sei como se sente, pois já sofri muitas decepções. Sou experiente nisso. Verônica reconhecia que não haveria clima, naquele momento, para avançar nesse assunto.

Permaneceram em silêncio durante alguns minutos, desolados e melancólicos.

— Bem, João Antunes, eu volto para o hotel e amanhã tomo o ônibus para o Rio — disse Verônica, já erguendo-se da cadeira. — Se retornar ao Rio, apareça lá em casa, poderemos conversar quando estiver mais calmo. Compreendo o momento que está vivendo. Adeus, querido. Te amarei sempre — despediu-se Verônica, caminhando rumo à saída.

— Adeus, querida... — respondeu João Antunes, sentindo uma solidão esmagadora. Ficou só, encheu seu copo de uísque e o bebericou, perdido em pensamentos que não se conectavam. Sentia-se confuso com ideias que tentava imaginar para adaptá-las a um sentimento razoável, capaz de equilibrá-lo novamente, mas que lhe pareciam em vão. Lembrou-se novamente de Getúlio, daquele seu autocontrole inabalável nas situações mais críticas, e sentiu-se mais angustiado, pois ele não era Vargas. Naqueles dias que antecederam sua partida de Santos Reis, ele tinha Ester ao seu lado para amenizar seus tormentos, mas hoje não havia ninguém, e as circunstâncias só o empurravam rumo ao pior. João Antunes era assolado pelo pessimismo, pela falta de sentido em tudo que vivera até agora. Relembrava os caminhos percorridos e concluía que passara a vida perdido entre amores fugazes, que nunca se afirmavam e que só lhe trouxeram angústias. Novamente, refez a inútil e complicada trajetória de sua vida. A sua riqueza e única certeza era Elisa, que agora ele ofendera e magoara para sempre. Conseguiu vislumbrar entre a multidão o lugar em que Elisa sentava-se com Amandine. Pareciam sérias, compenetradas no que diziam. João Antunes pensou na Irmã Amandine e na aconchegante suavidade de seu olhar. Sentira total confiança e sinceridade em suas palavras, plenamente convencido de que ela se preocupava com ele e que procurava agora ajudar Elisa com todas as forças de sua alma. Sentia-se atraído por aquela moça tão rica de valores espirituais e que entregara a vida a propagá-los. João Antunes permaneceu a vislumbrá-las sempre que surgia uma brecha entre os dançantes. Amiúde, assistia a uma amiguinha comparecer até a filha, com o semblante preocupado, provavelmente procurando saber a respeito de seus problemas. João Antunes olhava os pais presentes, muito alegres, esbanjando felicidade, e se indagava se não teriam graves problemas em suas vidas. Parecia-lhe que não, mas, se acaso alguém o olhasse, vislumbraria a gravidade do turbilhão que o assolava? Indagava-se aflito, julgando--se o mais infeliz participante da festa. "Seria possível", questionava-se, "que seus problemas decorressem do relacionamento com seus pais durante a infância, como conjecturara Amandine?", pensava. João Antunes tentava desviar seus pensamentos, procurava dirigi-los ao passado para esquecer o presente e justificá-lo. Ele nunca esquecera do comportamento de sua mãe durante aquela festa de São João, quando Felinta tivera um comportamento mundano, manifestando uma sensualidade inusitada ao ir abraçá-los, a ele e a Ester, fazendo-lhes comentários luxuriosos. Bem como nunca esquecera do semblante de Felinta ao comentar com ela que passaria a noite com Ester, antes da festa. João Antunes questionava-se e intuía que houvera ali qualquer coisa tão misteriosa quanto profunda, mas sentia-se incapaz de quaisquer conclusões. Ele percorria rápido novamente aquele passado tumultuoso, zanzando inutilmente pelos seus caminhos obscuros, pelos labirintos de sua alma, tentando achar alguma trilha que o conduzisse à verdade, a alguma certeza, e relacioná-la com o presente. De repente, as músicas cessaram, e o locutor anunciou em grande estilo, pelo alto-falante, que teria início a valsa com os pais. Houve uma alegre agitação generalizada, e as normalistas encaminhavam-se radiantes rumo a eles, muito elegantes em seus vestidos e mãos enluvadas. João Antunes ergueu-se e olhou indeciso para Elisa, que retribuiu com uma fisionomia dolorosa, com os olhos congestionados. Fitaram-se durante alguns segundos, sob o olhar aflito de Amandine, e João Antunes encaminhou-se em direção a ela. Estendeu-lhe as mãos e a puxou para a pista. Aguardaram alguns segundo, e teve início a valsa de formatura, momento inesquecível para as normalistas e seu ápice. Todas se sentiam no céu e eram só sorrisos, enlaçadas pelos pais, menos Elisa, que se mantinha séria e com o rosto tristonho.

— Querida, tu não sabes o quanto estou sofrendo... nesse momento tão importante para ti... em que fui capaz de fazer-te infeliz. A vida é difícil, Elisa. Eu sempre sofri durante meu relacionamento com Verônica porque sabia que tua mãe não merecia... — disse João Antunes, tentando encontrar inutilmente palavras persuasivas que expressassem toda a dor de sua alma, enquanto a valsa se iniciava. — Mas me sentia incapaz de romper com Verônica. Infelizmente, querida, somos cheios de fraquezas... eu fui fraco, minha filha, gostaria que compreendesse e me perdoasse, contudo, jamais imaginei que tua mãe iria sentir tanto a ponto de... — interrompeu-se João Antunes, vendo os olhos de Elisa marejarem. Ela tinha seus olhos congestionados e lacrimejantes, enquanto rodopiavam pelo salão. Ele interrompeu-se, pois sentiu a filha muito fragilizada, incapaz de entender e aceitar, naquele momento, quaisquer explicações. João Antunes olhava ao redor e assistia às moças rodopiarem felizes com seus pais, e isso só aumentava seu sofrimento. Ele sentia uma dor inaudita naquela que seria a noite mais feliz para sua filha, o ponto culminante de anos de estudos e de dedicação, dele e de Elisa, e que viera a ser conspurcada pela revelação maldosa e calculista de Enrico. "Mas eu mesmo dei motivo para isso", refletiu impotente. João Antunes calou-se, pois se sentia constrangido; naquele momento, não haveria palavras que aliviassem a imensa decepção de Elisa e a sua própria decepção. Rodopiaram em silêncio pelo salão, até o término da valsa, quando todos pararam e se abraçaram, confraternizando-se, pais e filhas. João Antunes e Elisa dirigiram-se ao encontro de Amandine, que permanecera na mesinha. Ela os olhava com um sorriso triste e decepcionado, sentindo a ineficácia das palavras que dirigira a Elisa, que lhe pareciam ter sido em vão. Várias colegas correram até ela e a puxaram para confraternizarem. Elisa finalmente ensaiou um sorriso e foi arrastada para um canto em meio a um falatório intenso e de uma alegria radiante. João Antunes sorriu desconsolado, olhando a filha ser conduzida por elas.

— Amandine, vivo um dos momentos mais tristes de minha vida... tão triste como no dia do suicídio de Marcus e da morte de Ester — confessou João Antunes, com os olhos marejados, procurando alguma explicação entre aquele burburinho.

Como Amandine gostava muito de Elisa, ela sentiu-se interessada em conhecer mais sobre a vida do pai, com o objetivo de ajudá-los.

— Vamos retornar àquele banco, João Antunes, assim poderemos conversar com mais tranquilidade, aqui há muito barulho.

— Sim... — concordou ele, erguendo-se da cadeira e pondo-se a acompanhá-la. Logo retomaram o lugar onde estiveram.

— Me fale mais sobre você, João Antunes — pediu-lhe com uma doçura invulgar.

— Tudo que poderia revelar sobre mim eu o fiz há pouco, Amandine... já não há mais nada. Os acontecimentos principais foram aqueles — disse João Antunes, com uma expressão sombria e desolada. — Talvez as análises que fez sobre o meu relacionamento com meus pais sejam pertinentes... —

acrescentou, com seu olhar vazio ancorado em algum ponto. — Hoje tenho a sensação de que minha vida chegou a um instante sem sentido... de que nada foi significativo e de que consegui destruir a minha única solidez, a minha única convicção. Os meus amores, com os quais duelei tantas vezes, foram apenas incertezas, talvez fugas de mim mesmo... Há alguns anos gostava de reler os versos da *Divina comédia*. Quando viajei para Cavalcante, sempre os lia ao longo do caminho e me sentia em companhia de Dante e Virgílio em cada um daqueles círculos. Era o que sentia na alma e, mais do que isso, era uma intuição sobre o que viveria. Em Cavalcante, senti-me perdido entre os amores de duas mulheres, retornei a Santos Reis e me casei com Ester. A verdade é que tive pena de Ester... não poderia fazer com ela o que havia feito com Marcus... causar mais sofrimentos, entende, Amandine? E talvez Ester entendesse e soubesse disso... — explicou João Antunes, enquanto seu rosto exprimia algo de intensamente doloroso, com um sorriso incômodo perdido entre os lábios. Ele voltara a falar sobre fatos que já narrara, como que enfatizando as suas dores. — Após dez anos de solidão em San Genaro, voltei a percorrer os mesmos caminhos, as mesmas dúvidas, as mesmas angústias, até culminar com o episódio de hoje. Quem sabe Enrico me fez um bem... — acrescentou João Antunes, fitando Amandine com um sorriso patético, denegrindo sua autoimagem.

— Pois é, João Antunes, quem sabe... pois são essas situações que nos possibilitam um encontro profundo conosco mesmos... que, a partir delas, possamos reconstruir uma nova vida, baseada na verdade. Você fez uma avaliação sincera dos seus percalços, de seus amores... — disse Amandine, avançando seu rosto, como se esse gesto enfatizasse a vontade de ajudá-lo a superar seus sofrimentos. Ela agora também sofria. Seu rosto estava tenso e seus olhos marejavam, enquanto ela o fitava intensamente. Naquele instante, os dois se abstraíam do que acontecia ao redor, e só havia o que se passava em suas almas agoniadas. Os problemas de João Antunes se tornaram dela.

— Há muitos anos não mantinha um diálogo como este, tão rico de significados e sentimentos... — disse Amandine, sentindo emoções contraditórias. Seus lábios diziam palavras contrárias às que seu coração dizia.

— Por quê? Em que sentido tu dizes isso? — indagou João Antunes, olhando-a atentamente.

— Você sofre porque é muito sensível, João Antunes, e padece com o sofrimento dos outros. Assume em demasia as dores alheias. É realmente possível que tenha se casado com Ester em decorrência da dor que sentia pela morte de Marcus. Você disse que Ester sentiu-se comovida com o suicídio dele, e esse fato o tocou, porque Ester partilhou profundamente o seu sofrimento. Não poderia relegar uma parte de si mesmo, entende, João Antunes? Não poderia abandonar uma pessoa como Ester, que o adorava e se comovia com sua dor. Não poderia também fazê-la sofrer. Era como se relegasse Marcus uma segunda vez... porque a reação de Ester pela morte de Marcus o sensibilizou. Mas existe um outro aspecto, João Antunes... e que agora diz respeito a mim... — confessou Amandine, meio relutante. — Você está me induzindo a me confrontar, pois há muitos anos não sou revolvida por sentimentos tão intensos ao ouvi-lo falar de seus amores e desilusões, o que culminou nesse episódio de hoje. Você tem vivido no extremo limite de suas emoções e com intensa paixão, acima de sua capacidade de suportá-las. E isso está mexendo comigo, me arremessando de volta à Terra, em meio ao torvelinho em que vivem — confessou Irmã Amandine, mirando intensamente João Antunes com um brilho diferente em seu olhar, que cintilava sob as lágrimas.

João Antunes emaranhava-se na condição humana, e Amandine sentiu um impulso de mergulhar nela também. Desejava compartilhar além das palavras que já dissera à exaustão, todavia, sentia-se impedida de avançar mais. Ela sentiu quase uma compulsão, uma vontade imensa de lhe segurar as mãos, de consolá-lo com um contato físico, que talvez fosse mais eficaz que suas palavras. Queria lhe dizer que faria isso para ajudá-lo.

— Gostaria, João Antunes, de fazer mais do que estou fazendo para ajudá-lo a superar seus problemas... algo mais além que compartilhar suas dores com palavras... — disse Amandine, com uma vontade imensa de fazer o que imaginara.

— Tu és maravilhosa, Amandine, e estás me ajudando muito. Não sei o que faria nesta noite se não estivesse recebendo o teu conforto, tuas palavras tão consoladoras, tanto eu como Elisa — disse João Antunes, sentindo subitamente um raio de luz na escuridão de sua vida. Ele a mirava com um semblante mais apaziguado, seus olhos irradiavam carinho.

Elisa, metida entre suas amigas, desviou seu olhar em direção a eles e mirou-os admirada, observando-os tão enlevados, como se estivessem abstraídos de tudo. "O que estariam novamente conversando?", refletiu curiosa. Amandine fitava intensamente João Antunes, chegando ao limite do que poderia fazer por ele, censurada em seus gestos e ações.

— Gostaria de segurar suas mãos, João Antunes, fazê-lo sentir mais fortemente o meu desejo de que supere as dificuldades, mas me sinto impedida...

— disse Irmã Amandine. Aquele seu semblante suave, que emanava uma paz absoluta, desaparecera e fora substituído por uma repreensão misturada a desejos que irrompiam do fundo de sua alma. Ela começava a penetrar no burburinho dos homens.

João Antunes então pousou suavemente suas mãos sobre as mãos de Amandine, ela apertou-as rapidamente e enrubesceu, retirando-as depressa.

— É difícil, João Antunes, não podemos ficar aqui assim, pois o que pensariam vendo uma freira de mãos dadas com um homem? — disse Amandine, sentindo-se confusa com as emoções que lhe agitavam o espírito. João Antunes sorriu, sentindo-se mais atraído por aquela freira que procurava ardentemente ajudá-lo. Ele pousou sua mão sobre a cabeça de Amandine e empurrou vagarosamente seu hábito para trás, desnudando seus cabelos, que se esparramaram sobre a nuca. Amandine permaneceu imóvel, sem esboçar reação, mirando-o com seus olhos emanando emoções intensas. De repente, ela se deu conta de que estava nua e recobriu apressadamente a sua cabeça.

— Tu és linda, Amandine, e está escondendo tua beleza do mundo — disse ternamente João Antunes, emanando aquele seu jeito que deixava as mulheres rendidas a ele. Ele o fazia esporádica e espontaneamente, mas eram instantes capazes de seduzir mulheres deslumbrantes, como Verônica e Riete, e que as faziam se apaixonar por ele.

Amandine sentiu uma imensa felicidade irromper bruscamente em seu peito. Ela sorria, chegando a dar uma pequena gargalhada, incapaz de conter suas emoções.

— Tu me aliviaste, Amandine, me sinto mais feliz. Teu contato e teu calor me fizeram renascer a esperança, como tu querias — confessou João Antunes, com suavidade no olhar.

— Meu Deus! Isso é sério, João Antunes? Pois minha intenção era essa! — exclamou Amandine, emanando uma felicidade imensa, sentindo-se no céu.

— Sim, claro, por que não? — respondeu João Antunes, abrindo mais seu sorriso. — Tu me cativaste — acrescentou com meiguice.

Ficaram alguns segundos se olhando fixamente, absortos, dialogando com seus corações.

— Vamos? — sugeriu Amandine, sentindo-se confusa com sua felicidade.

— Sim — respondeu João Antunes, erguendo-se do banco, acompanhado por ela.

Deram alguns passos em direção ao salão. Amandine sentia seu coração aos pulos e o espírito alvoroçado pela confusão de emoções conflitantes. Já próximos ao salão, Amandine parou repentinamente, arrebatada por um desejo incoercível, e disse a João Antunes, precipitadamente e sem pejo:

— Promete que irá rever-me no colégio, João Antunes? — indagou Amandine, volvendo-lhe o rosto com uma alegria intensa, misturada a um rebuliço de sensações. — Quero continuar a ajudá-lo... e ser também ajudada — acrescentou, corando intensamente.

— Sem dúvida que irei revê-la, Amandine. Quando?

— Venha na terça-feira, durante a manhã... às 10 horas. Peça para me chamarem — respondeu, pensando um instante sobre quando estaria disponível.

Elisa os viu entrarem no salão e ficou surpresa ao ver a felicidade que dimanava do semblante de Amandine. Notou que seu pai também estava mais alegre e sorridente. Elisa sentia-se ainda arrasada, porém as conversas com as amiguinhas a deixaram mais contente. Nesse instante, a orquestra iniciou uma música romântica, e houve uma emanação de alegria que se esparramou pelo salão.

— Vou ver a Elisa — disse Amandine — e logo depois retorno ao colégio... Adeus, João Antunes, até terça, eu o espero. Você leva a Elisa mais tarde ao colégio? Vou deixar uma ordem para a deixarem entrar — disse Amandine. Virou-se sorridente e dirigiu-se para onde estava Elisa.

— Sim, claro! — exclamou João Antunes.

Ele permaneceu vendo-a caminhar pelas laterais da pista, até chegar aonde estava Elisa. João Antunes sentira aquela força que Amandine lhe transmitira, e uma tênue felicidade tomou conta de sua alma atribulada. Ele permanecia pensativo, observando-a conversando com Elisa em meio às meninas. Observou a filha se afastar acompanhada por ela e as viu conversando seriamente. Elisa parecia refutar as palavras de Amandine, às vezes efetuando alguns gestos. Por fim, João Antunes viu ambas caminharem até ele.

— Papai, retorno agora com a Irmã Amandine ao colégio — disse Elisa, sentindo novamente seus olhos marejarem. — Não se preocupe comigo, estou bem. Quando o verei novamente? — indagou, mirando-o com uma feição até então desconhecida pelo seu pai. A pergunta, feita daquela maneira, revelava uma Elisa desconhecida por João Antunes. O carinho espontâneo, radiante de alegria, que Elisa manifestava por ele havia desaparecido. João Antunes permaneceu alguns segundos olhando-a, como se sua filha querida fosse outra.

— Terça-feira irei ao colégio e te encontro lá — respondeu João Antunes, com os olhos mortiços e compungidos.

— Querida, dê um beijo no papai — pediu-lhe Amandine, com um sorriso que transbordava a felicidade que sentia. João Antunes se aproximou e a abraçou chorando. Suas lágrimas desciam abundantes, enquanto permanecia abraçado fortemente à filha. Elisa, depois de alguma relutância, também o abraçou e o beijou no rosto. João Antunes esfregou seus olhos, enquanto mantinha um dos braços sobre os ombros da filha.

— Então, até terça, papai — despediu-se ela, retornando até Amandine.

— Adeus, João Antunes, despediu-se a Irmã Amandine, sentindo um turbilhão rodar em sua cabeça. João Antunes olhou-a e sentiu que ali estava quem poderia salvá-lo.

Elisa despediu-se de suas colegas em um ambiente de muita alegria e confraternização, que chegou até a animá-la, e foi-se embora com a Irmã Amandine. O *chauffeur* as levaria no carro do colégio. Logo após, João Antunes também deixou a festa. Chegou à portaria do clube, atravessou a rua e entrou no Ford. Ligou o rádio e escutou o Repórter Esso noticiando as violentas batalhas que se travavam nos arredores de Moscou, sob fortes nevascas. Pensou naqueles soldados morrendo sob o frio intenso, e, após muitos anos, sentiu uma felicidade diferente fulgir timidamente em seu coração.

16

Irmã Amandine retornou ao colégio em silêncio, muito pensativa. Elisa observou seu mutismo, diferente do costumeiro. Entretanto, constatava também que Amandine, apesar de calada, irradiava um semblante diverso do habitual. Ela parecia estar em outro mundo, distante daquele automóvel que as transportava até o colégio. Elisa chegou a comentar com ela suas observações, mas Amandine justificou-se dizendo estar cansada devido à festa e às ocorrências desagradáveis. Chegaram ao colégio, e Elisa retornou ao dormitório. Pensava em permanecer no Sion até o início do ano, quando se mudaria para o apartamento, no Rio. Não havia clima para passar o Natal e o fim de ano com seu pai. Estava amargurada e refletia que o melhor seria deixar a poeira baixar.

Nessa noite, já em seu quarto, preparando-se para dormir, Irmã Amandine ajoelhou-se para rezar aos pés da cama. Volveu seus olhos para o crucifixo, porém não conseguia se concentrar e pedia a Deus para ajudá-la, porque seus pensamentos estavam todos em João Antunes. "Meu Deus, nunca me senti assim... estou apaixonada... apaixonadíssima!", refletia ela, sentindo uma felicidade imensa inundá-la, tomada por um súbito alvoroço. Amandine estava enlevada, só pensava em João Antunes e enxergava somente seu rosto e seu sorriso diante de si, pregado na cruz. Sentiu-se repentinamente ansiosa para que a terça-feira chegasse logo, a fim de revê-lo. Não sabia o que fazer para que o tempo passasse depressa e não entendia como, tão repentinamente, sentiu-se arrebatada por aquele homem maravilhoso. Pensou naqueles problemas que o faziam sofrer, sentiu ciúmes dos seus amores e a vontade de absorvê-lo em si. Amandine desejava resolver aquelas situações e fazê-lo feliz. Ela começou precipitadamente a fazer um balanço de sua vida e se viu acareada consigo mesma. Seus pensamentos eram rápidos, confusos e se embaralhavam uns com os outros, tal qual uma avalanche. Achava que sua vocação religiosa fora um equívoco e concluía que não fora feita para dedicar sua vida a Deus. Poderia servi-Lo de outra maneira. Mirava o Cristo pregado na cruz e pedia a Ele para ajudá-la a esclarecer o seu destino, sentindo uma felicidade estonteante abranger todas as possibilidades que imaginava em sua vida. Mas rezava, sobretudo, para que Ele que lhe desse João Antunes, e ela O serviria muito mais através dele. "Cristo a compreenderia, ela tinha certeza que sim, pois Ele era infinitamente compreensivo e misericordioso", refletia ajoelhada aos pés da cama. Essa era a única certeza atabalhoada que conseguia expressar e que saía forte e espontaneamente de seu coração apaixonado. Experimentava uma alegria imensa ao sentir o Cristo acolhê-la e compreendê-la integralmente. De repente, Amandine pensou sobre qual seria o sentimento de João Antunes em relação a si. "Estaria ele também apaixonado?", refletia aflita. E começava a efetuar aquele exercício de refazer as mínimas reações e palavras sobre o encontro que tiveram nessa noite. Lembrava-se de que ele afastara suavemente o hábito sobre sua cabeça e a mirara com ternura e de que depois apertaram as mãos em um instante maravilhoso. E Amandine tentava se persuadir de que João Antunes sentira como ela a brevidade daquele instante. "Não se equivocava, estava sendo correspondida", pensava ela, com as faces iluminadas. "Se ele me quiser, renuncio aos meus votos", emendou convicta. Efetuou o sinal da cruz, sentindo seus olhos marejados e uma gratidão infinita pelo momento que vivia. Ela sentia renascer. Amandine ergueu-se, deu alguns passos, deitou-se e apagou o abajur sobre a mesinha. Fechou os olhos e passou a assistir ao filme daquela noite começar a deslizar em seu espírito, embalando-a pelas imagens dos momentos inesquecíveis. Ela ansiava pela terça-feira e lembrou-se de Elisa, sua querida amiga que lhe trouxera João Antunes, e que ele não mais sofreria porque seria ela, Amandine, o seu único amor. "Meu Deus, por que tudo isso?", indagou-se, sentindo o sono arrebatá-la para um novo amanhecer. Ela ainda conseguiu rezar fervorosamente, e Cristo a ouvia derramando-lhe uma luz que nunca vira, e mergulhou em um sono beatífico, nas asas da paixão.

    Nessa noite, João Antunes retornou ao hotel onde se hospedava. Sentia-se triste, profundamente amargurado com tudo que acontecera. O seu sentimento era de que maculara a pureza de Elisa, traindo sua confiança, e de que também se profanara. Ele tinha a certeza de que aquela admiração irrestrita que a filha tinha por ele se perdera para sempre. João Antunes experimentava emoções inéditas que lhe davam a sensação de que, durante dez anos, quando fora amante de Verônica, agira como um traidor da confiança de Elisa.

Sobre a sua infidelidade conjugal, ele sempre teve consciência da culpa, mas agora a sentia de uma maneira nova, terrivelmente dolorosa. O fato de Elisa agora conhecê-la fez irromper em João Antunes uma culpa que nunca tivera sobre o seu comportamento. Sua infidelidade crescera desmesuradamente em seu espírito e adquirira um outro caráter, transformando-se em uma outra dor, como se a revelação feita a Elisa a desvinculasse de seu adultério e se tornasse única, imensamente exclusiva e gigantesca. Assim como Ester sofrera, sua filha também sofria, e ele não poderia anular as consequências de seu passado. Era isso que o arremetia a um dos círculos mais profundos da *Divina comédia*. Repentinamente, João Antunes volveu seus pensamentos para a Irmã Amandine, sentindo como ela estivera preocupada em ajudá-lo e de como ela era meiga, bondosa e bonita. "Se não fossem as conversas que tiveram, eu certamente estaria pior, estaria péssimo", refletiu, lembrando-se de seu olhar e de seus desejos reprimidos. Sentiu-se reconfortado. João Antunes era experiente em decifrar o comportamento feminino em relação a si. Ao longo de sua vida, inúmeras mulheres se aproximaram dele atraídas pela sua beleza e pelo seu jeito, e João Antunes enxergava facilmente na Irmã Amandine uma delas. Porém, verificava que essa atração o atingia de um modo diferente. Amandine era religiosa, tinha uma alma devotada a Deus, mas João Antunes comprovara que ela tinha ideias liberais e que seu amor não se restringia apenas às coisas celestiais, estando necessariamente fincada aqui na Terra, vinculada aos homens. Era em meio ao mundo que se exercia o verdadeiro amor proclamado por Cristo, por isso, Ele nos visitou e assim o exigira, ela lhe dissera. Pelas ideias manifestadas, João Antunes constatara que Amandine era uma religiosa avançada em relação ao tempo em que viviam, mas, a despeito disso, nessa noite, ela esbarrara em seus limites de liberalidade. Ela não podia transgredi-los, pois tinha lá suas barreiras. Foi fácil para João Antunes perceber que Amandine sentiu-se atraída por ele, porém, ele encarava essa atração com uma sensação bem diferente do usual. Havia nela uma espiritualidade intensa, e ele teve pena do sofrimento de Amandine, pois ela sofria por se sentir feliz em amá-lo. Ela lhe apertara as mãos e as soltara imediatamente, gesto que denunciava esse conflito e sua repressão. Deduziu que a vocação religiosa de Amandine fora talvez uma fuga para a sua desilusão amorosa, conforme ela mesma questionara. "Porém, seria possível uma autêntica vocação religiosa? Provavelmente sim", refletia João Antunes, mas não era o caso de Amandine, e certamente de muitos religiosos. João Antunes relembrava sempre Marcus e suas palavras relativas às imagens: "está vendo aquele ponto no infinito?", indagava ele, "pois ele é o âmago das pessoas, que é desconhecido delas mesmas", e comprovava o quanto aquelas palavras eram verdadeiras. Ele sentia-se atraído por Amandine, desejava revê-la, trocar ideias com ela a respeito e conhecer mais de perto a agonia daquela alma apaixonada. Muito pensativo e influenciado pela noite que vivera, João Antunes deitou-se mais ou menos na mesma hora em que Irmã Amandine deparava-se com aquela alegria que lhe convulsionava a alma. Mas, ao contrário dela, ele só conseguiu dormir quase ao amanhecer, perdido em um labirinto de reflexões depressivas.

17

João Antunes acordara tarde no domingo. Após o almoço, aproveitou para conhecer o Museu Imperial de Petrópolis. Precisava se distrair e esquecer um pouco os problemas que o atormentavam. A manhã estava agradabilíssima e silenciosa, a cidade quase vazia, ele então caminhou até lá. Parou no jardim em frente ao museu, antigo palácio de veraneio do imperador Pedro II, e passou a admirar o prédio longo, belíssimo, que se estendia à sua frente. O museu fora inaugurado no ano anterior, 1940, pelo presidente Getúlio Vargas. Após alguns minutos, adentrou-o. Sentiu curiosas sensações ao ver objetos que durante uma época foram íntimos da vida de pessoas que fizeram a história e eram agora testemunhas vivas daquelas personagens mortas. São o que deles restaram, que nos tornam suscetíveis a penetrar no espírito de uma época e senti-la. Eram cetros, coroas, roupas, joias, carros, trono imperial, vários objetos cujos silêncios se comunicam intensamente conosco, lembrando-nos para que não nos esqueçamos deles. Quantas vezes aquele colar ornamentara o pescoço da imperatriz Tereza Cristina? Quais são as emoções que esse colar guarda de certas noites e de tantos instantes sigilosos? Por quem seu coração palpitou sob ele? Visitar um museu é, portanto, perquirir o passado, é absorver a luz de um tempo que se foi e resgatá-la ao nosso olhar, permitindo-a tocar nossa alma. Todos aqueles objetos utilizados por pessoas de uma época perderam o contato com suas vidas, mas nos legaram, por meio deles, o espírito de um tempo. São emoções que se conectam conosco por meio daquele vínculo misterioso. Eram com esses pensamentos nostálgicos perdidos no tempo que João Antunes corria seus olhos sobre a própria imaginação, instigada pelo que via. Lembrou-se de que Dom Pedro II fora banido do Brasil e obrigado a embarcar imediatamente durante uma madrugada chuvosa, com o mar encapelado. Ele e a imperatriz correram risco de vida ao subirem até o convés por uma escada de cordas, dependurada rente ao casco do *Parnaíba*, ancorado à certa distância do porto. "Uma grande injustiça", refletia João Antunes, pois Dom Pedro amava o Brasil e não merecia ser exilado daquela maneira. Mas assim é a vida dos homens, recheada de iniquidades, concluiu, após cruzar a porta de saída. Ele sentou-se em um restaurante e resolveu afogar suas mágoas no amarelado do uísque, refletindo em tantas coisas que se desenrolavam rapidamente em sua vida. Lembrou-se de Verônica e de Riete, porém essas lembranças apareceram esmaecidas. Resolveu dar um basta em seu envolvimento com elas e passar sua vida a limpo. "Devo retornar ao Rio, devolver o anel a Riete e conversar amigavelmente sobre o meu momento atual", refletiu, rodando com o indicador os cubinhos de gelo, observando-os distraído e ouvindo seus choques contra as paredes do copo tilintar seus problemas. Queria cumprir a palavra dada a Elisa e enterrar definitivamente o seu passado. Só assim, julgava ele, teria alguma chance de fazer a sua filha o perdoar. Elisa jamais se sentiria bem em presença de Verônica ou de Riete. Curiosamente, João Antunes lembrou-se de Enrico e concluiu novamente que, apesar de tudo, ele lhe prestara um favor ao revelar para Elisa seu romance com Verônica, pois ele jamais o faria e carregaria o segredo até a morte. Agora, apesar das dores, sentia-se aliviado e lhe cumpria agora resgatar a sua imagem perante a filha. João Antunes retornou ao hotel no início da tarde, meio embriagado e com os pensamentos voltados para a Irmã Amandine. Era ela que lhe dava a sensação de uma nova vida e de que ainda poderia ser feliz. Ademais, representava um forte elo de ligação entre ele e a filha. No dia seguinte, João Antunes levantou-se revigorado, ansioso para que a segunda-feira passasse rápido, a fim de que pudesse ir ao Sion revê-la na terça.

Da mesma maneira, sentia-se a Irmã Amandine, e a terça-feira finalmente chegou. Logo de manhã, ela dirigiu-se alvoroçada à portaria para avisar à encarregada que, em torno das 10 horas, viria um pai de uma aluna para conversar a respeito da filha e que a chamasse na biblioteca, pois estaria lá. Perto desse horário, Amandine já estava a postos aguardando-o. Pegou um livro na prateleira, sentou-se em uma das mesas em frente à porta de entrada e tentou concentrar-se em sua leitura, mas estava difícil. Ela mantinha-se atenta a quaisquer sons que viessem das imediações da portaria. Devido às férias, prevalecia no colégio um silêncio sepulcral, profundo e inspirador. Ouviam-se apenas o chilrear constante dos pássaros, vindo das matas que cobriam as montanhas adjacentes, ou os barulhos esporádicos vindos das imediações. Todavia, vinham envoltos em uma tranquilidade repousante, em um langor gostoso. Parecia-lhe que o imenso prédio ficara ainda maior e que nele não havia ninguém. Junto com os sons, entrava o frescor agradabilíssimo da manhã orvalhada. Nesse dia, Amandine ainda não se encontrara com Elisa. Próximo das 10 horas, ela sentia-se mais ansiosa e não conseguia sequer ler uma linha, pois seus olhos submetiam-se aos ouvidos. De repente, ela escutou a porta que acessava internamente a portaria ser aberta e ouviu passos no corredor se aproximando. A recepcionista Clarice abriu a porta da biblioteca e deparou-se com Amandine sentada na mesa mais próxima, diante dela.

— Irmã, o pai de Elisa a aguarda no salão — avisou-a, deixando-lhe a porta entreaberta, retornando à portaria.

— Sim, já vou, obrigada, Clarice — respondeu-lhe, erguendo-se com o coração aos pulos e o semblante enrubescido. Deixou o livro sobre a mesa e partiu rumo ao desconhecido. Amandine passou a sentir a perigosa sensação de que estava cometendo um delito, algo grave, errado, e que estava sendo vigiada. Andava depressa, temendo encontrar-se com alguma freira, quando, diversas vezes, fora tranquilamente encontrar-se sozinha com os pais ou as mães que vinham ao colégio por algum motivo, fora do horário de visitas, vivendo uma situação semelhante. Mas, nesta manhã, ela estava receosa, pois quem a visse certamente haveria de perguntar o que estava acontecendo, pois sentia-se alterada. Amandine já estava quase correndo quando abriu a porta do imenso salão de visitas e deparou-se com João Antunes, próximo a uma janela, observando o jardim. Ele ouviu o barulho e voltou-se para ela. Um sorriso tranquilo e acolhedor abriu-se em seus lábios. Amandine permaneceu estática, mirando-o intensamente, e um forte rubor cobriu-lhe outra vez as faces. Ela não podia evitar a intensa emoção, mas sentiu-se mais tranquila.

— Bom-dia, João Antunes, como passou desde sábado? — perguntou, meio desconcertada, com o semblante ruborizado, enquanto se aproximava dele.

— Muito bem, Amandine — respondeu João Antunes, aproximando-se também, com um sorriso nos lábios.

João Antunes achegou-se, e os dois permaneceram um instante mirando-se intensamente.

— Onde podemos nos assentar? — indagou João Antunes, olhando as várias mesas, sofás e poltronas existentes no salão. Amandine olhou rapidamente para um canto de onde não poderiam ser vistos dos jardins e se encaminharam para lá. Sentaram-se em um pequeno sofá de couro marrom, próximo a duas poltronas.

— E, então, Amandine? Por que estás assim, tão nervosa, preocupada? — indagou João Antunes, fitando aquele tufão de emoções que despontava explicitamente nas faces de Amandine.

— Continue a falar de você, João Antunes... eu... eu preciso de fato me acalmar — disse ela, regateando as palavras, quase sem objetividade, abrindo ternamente um sorriso meigo, impotente.

— O que mais deseja saber sobre mim? Já te disse tudo... — respondeu João Antunes, alargando o sorriso, olhando-a atentamente.

— O que possa me esclarecer mais sobre seus conflitos... parece-me uma pessoa cheia de dúvidas, de incertezas amorosas, conforme me disse acerca de seus relacionamentos com Riete e Verônica... — pediu-lhe Amandine, sem pensar no que dizia, pois tratava-se apenas de um mero pretexto para aliviar a sua confusão. Ela já sabia bastante ou quase tudo a respeito do que perguntara. Talvez indagasse por que se acostumara àquele preâmbulo.

— Eu não penso mais em me relacionar amorosamente com Riete e Verônica, devido à Elisa... embora me sinta ainda atraída por elas. Mas fiquei muito feliz e impressionado com aquela nossa conversa de sábado e, nesses dois dias, fiquei ansioso para reencontrá-la. Tu, Amandine, és uma mulher bonita, culta e de muita sensibilidade, pena que és uma freira, pois poderíamos nos encontrar mais. Tu me ajudaste muito — disse ele, observando as reações de Amandine.

João Antunes adquirira muita experiência em seus relacionamentos com Verônica e Riete. Elas, por sua vez, eram ainda mais experientes que ele. Riete e Verônica eram ousadas, explícitas em suas intenções e atitudes amorosas em relação a João Antunes, eram cheias de artimanhas. Tinham muita experiência no jogo amoroso e sabiam como agradá-lo. Amandine, por sua vez, era neófita no amor, o oposto de tudo isso. Quando jovem, tivera uma desilusão amorosa e com 19 anos entrara para o noviciado. Estava com 29; com 25 anos chegara ao Brasil. Amandine era pura e ingênua. Em presença de João Antunes e repentinamente apaixonada, não sabia como agir e nem lidar com suas emoções, que emanavam livres, explicitamente de seu coração. Ao procurar controlá-las, ela se sentia cada vez mais embaraçada e interiormente desnudada, pois observava que João Antunes percebia claramente suas emoções. Amandine, aquela pessoa tranquila e que irradiava uma espiritualidade intensa e apaziguadora, sentia agora uma felicidade transbordante, mas conflituosa, perdida em um cipoal de emoções desconexas, repressivas.

João Antunes discernia facilmente as alternâncias desse conflito, e nem mesmo seria necessária experiência para constatá-los.

Ao ouvir as palavras de João Antunes, Amandine sentiu uma felicidade transbordante, pois era isso o que mais desejava ouvir: se João Antunes também pensara nela e que pudera ajudá-lo. Seu coração pulsava forte. Amandine sorriu e o mirou com o amor à flor da pele. Entretanto, sua repreensão persistia, e ela a descarregava apertando nervosamente seus dedos cruzados sobre o colo.

— Amandine, querida, por que toda essa aflição, essa angústia em esconder seus sentimentos? — indagou João Antunes, olhando-a ternamente.

Amandine o mirou e seus olhos marejaram. De repente, ela levou suas mãos sobre o rosto e começou a chorar, porém, seu pranto começou a ser entrecortado por risadas curtas, nervosas, demonstrando uma profusão de sentimentos que necessitavam ser extravasados, mas que se sentiam impedidos normalmente de fazê-los. Ela esfregou os olhos e foi finalmente derrotada, tal como a força das águas que levam de roldão os obstáculos que a elas se opõem.

— Desculpe-me, João Antunes — disse-lhe, voltando a correr os dedos sobre os olhos congestionados —, mas me senti confrontada comigo mesma durante a nossa conversa de sábado. Fui me entranhando em seus problemas, desejando intensamente cada vez mais ajudá-lo, mas percebi que, ao mesmo tempo e cada vez mais, você também foi se entranhando irreversível e profundamente em mim, de maneira que, aos poucos, desabrochou em meu espírito um sentimento inesperado... um sentimento de amor. Senti-me então confrontada... irresistivelmente confrontada. No início, pareceu-me um amor cristão, espiritualizado, no sentido de irmanar-me a você em seus problemas, que tanto o afligem... desejava ajudá-lo. Mas, à medida que conversávamos, isso foi se transformando em um outro sentimento mais forte e inelutável, e passei então a amá-lo como mulher. Meu Deus... e quando retornei ao colégio esse amor só aumentou... aumentou e... não consigo mais tirá-lo de minha cabeça... sinto-me perdidamente apaixonada por você, João Antunes, você agora é que deve me ajudar — disse Amandine, compulsivamente, como que aliviando a sua alma atormentada. — Não sei o que fazer, pois sou uma freira, e não podemos ficar nos encontrando...

— Amandine, por que sofrer tanto por amar alguém? É uma pergunta que já fiz a mim, pois Marcus também sofreu tanto por me amar que terminou por tirar a própria vida. E o mesmo se passa comigo, sofro também por amar duas mulheres. Porém, o amor não foi feito para o sofrimento, ele existe para a felicidade... — disse João Antunes, olhando-a com perplexidade.

— Não, você está enganado, João Antunes, Jesus Cristo sofreu e morreu por amor à humanidade... o amor pode causar, sim, muito sofrimento, tanto quanto a felicidade, e você é testemunha disso — replicou Amandine.

— Sim, eu sei, mas eu me indago considerando a nossa pobre condição humana... em que tudo parece tão efêmero e decepcionante. Jesus nos legou a única possibilidade de salvação, se praticarmos a generosidade e a solidariedade entre os homens. Porém, o nosso amor é frágil, volúvel, e muitas vezes sofrido quando não correspondido ou quando não satisfaz às nossas expectativas. Mas não deveria ser assim, e a felicidade deveria prevalecer. Ele é um sentimento suscetível a múltiplas interpretações pessoais, desde a sua gênese, relacionada a impulsos e motivações mais profundas, enfim, daquilo a que se referia ao nosso espírito... — disse João Antunes, com os olhos fixos e o semblante reflexivo sobre o amplo assoalho.

— Sim, João Antunes, isso é verdade. Eu estudo arte e psicanálise porque os dois temas são relacionados. Arte é a manifestação estética do inconsciente, geralmente sublimado, ou não, e é sentida de mil maneiras para quem a faz e para quem a admira. Mas não estamos aqui para falar sobre isso... — relutou Amandine. — E você? Também se sentiu atraído por mim? — indagou, mirando-o ansiosamente, indo ao fulcro inquieto da questão que a atormentava.

— Sim, Amandine, também estava ansioso para rever-te... pensei muito em ti, pois me fizeste um bem enorme. Senti-me reconfortado com tua doçura, com tuas palavras de compreensão e com o carinho com que me acolheste — respondeu João Antunes, com uma inflexão meiga, suave e doce.

— Mas... isso significa que você me ama? — indagou, meio relutante.

— Me dê tua mão, Amandine — pediu João Antunes, estendendo-lhe a sua.

Amandine sentiu um rebuliço em seu peito e ficou desconcertada, perdida novamente em felicidades. Ela girou parcialmente seu corpo sobre o assento e estendeu sua mão vagarosamente, sentindo uma forte emoção. João Antunes pegou-a e a envolveu carinhosamente com as suas. Levou a mão de Amandine aos lábios e a beijou afetuosamente, fitando-lhe o semblante.

— Que Deus me ajude — disse Amandine, com o coração aos pulos, sentindo uma emoção inaudita. — Como sou feliz neste instante — acentuou com os olhos marejados. João Antunes retornou as mãos entrelaçadas sobre o assento, e Amandine não sabia o que fazer com a sua, se a recolhia ou a deixava entre as de João Antunes. Ela fez menção de puxá-la, mas instantaneamente arrependeu-se e a deixou imóvel entre as dele.

— Meu Deus, o que poderá pensar a meu respeito? — indagou Amandine, sentindo-se embaraçada.

— Que tu és diferente e igual a todas as mulheres, Amandine, que eu estou começando a amá-la — disse João Antunes, empurrando suavemente o hábito sobre os cabelos de Amandine — e que tu és muito bonita, de rosto e de alma — afagando-a carinhosamente na face.

Amandine sentia-se tão feliz que não sabia como se comportar. Ela olhou rapidamente para os lados, pensando no que fazer, e voltou a fitá-lo, avançando o tronco sobre o assento.

— João Antunes, preciso ir-me agora... — disse precipitadamente, erguendo-se do sofá, sentindo-se flagrada por olhos invisíveis. Ela parou um instante em frente a ele, recompondo o hábito sobre a cabeça, enquanto João Antunes também se erguia.

— O que faremos agora? Quero vê-lo novamente... Ó, meu Deus... — disse ela, com aflição.

João Antunes aproximou-se calmamente e a apertou carinhosamente contra o seu corpo. Amandine não pode se conter e, em um arroubo de felicidade, trançou seus braços sobre as costas de João Antunes e apertou-se contra ele.

— Eu te amo, te amo muito, meu querido — pronunciou baixinho e soltou-se repentinamente dele, mirando-o com um olhar apaixonado.

— Amandine...

— Adeus, João Antunes... te amo muito. Venha me ver novamente — disse com sofreguidão, enquanto se afastava de costas. Voltou-se e correu até a porta. Parou novamente e o olhou, enquanto a abria vagarosamente, e se foi. João Antunes permaneceu um instante pensativo, lembrando-se de que nem havia perguntado por Elisa, mal houvera tempo para isso. Ele também se sentia perturbado, sem saber o que fazer. Resolveu ir embora e caminhou lentamente, cabisbaixo e pensativo, rumo à portaria do colégio.

Amandine entrou prédio adentro, demonstrando um espírito diferente de sua habitual discrição. Andava um pouco apressada, evitando que seu rosto fosse visto por alguém no caminho, pois sentia que não poderia afetar um ar natural e disfarçar seus sentimentos. Não queria encontrar-se com nenhuma de suas colegas freiras, principalmente aquelas mais perspicazes. Ela dirigia-se à sua cela, onde se refugiaria e procuraria se recompor. Subiu rapidamente a escadaria e entrou em seu quarto, trancou-o e atirou-se sobre a cama, chorando e rindo de felicidade. Devido às férias, o imenso casarão estava silencioso e deserto, e Amandine não teve problemas, não se deparou com ninguém. Ela refletia agora sobre o que fazer com sua vida, estava disposta a renunciar aos votos que fizera ao se tornar freira, pois constatava que não tinha vocação para a vida religiosa. Se João Antunes desejasse, ela se casaria com ele, pensava rapidamente, já mais calma daquele turbilhão que a açoitara havia pouco. Deitada de costas em sua cama, Amandine sentia a vida de um outro modo, assustada com tão repentina mudança. Daquela felicidade espiritual, vivida em cotidianos tranquilos, sem exaltações da alma e que confluíam para Deus, Amandine se deparava agora com uma felicidade repentina e nova, com a qual não estava habituada. Ela pôs-se a rezar, pedindo a Deus que bem a orientasse nesse momento em que vivia. Resolveu ir à procura de Elisa para lhe revelar o amor pelo seu pai. A amiga seria a única com quem poderia abrir seu coração. Dirigiu-se ao dormitório e a encontrou deitada, lendo. Elisa logo percebeu que Amandine mostrava-se alterada. Ela a viu aproximar-se de sua cama e sentar-se enviesada, próxima e voltada para ela. O imenso dormitório estava vazio e silencioso. Duas extensas fileiras de camas, lateralmente paralelas, com seus pequenos armarinhos entre elas, separando cada cama, estendiam-se ao longo dele.

— O que foi, Amandine? — indagou Elisa, colocando o livro ao lado e levantando mais o travesseiro junto ao encosto da cama. Ela ergueu levemente o tronco e recostou-se nele. Dobrou as pernas, juntou os joelhos, apoiando os pés sobre o lençol.

— Tenho que lhe revelar algo surpreendente e inesperado para mim, querida — disse Amandine, envolvendo a mão de Elisa com a sua.

— Sim... pode falar — aquiesceu Elisa, olhando-a atentamente, com uma expressão curiosa.

— Elisa, querida, eu me apaixonei pelo seu pai... estou loucamente apaixonada por ele e não sei o que fazer... — disse Amandine, quase de supetão.

Elisa ficou estupefata, incrédula. Ela permaneceu um segundo fitando Amandine, como que tentando absorver o que ouvira. Jamais passaria pela sua cabeça que tal fato pudesse ocorrer, pois lhe parecia que a Irmã Amandine sempre fora convicta de sua vocação religiosa.

— Verdade, Amandine? Que coisa inacreditável! Mas como isso aconteceu, assim, tão de repente? — indagou Elisa, ainda se sentindo incrédula pela revelação. Ela parou um instante, pensativamente, e sorriu, como que diante de uma nova Amandine, que lhe parecia de repente ter baixado à Terra. Amandine também sorriu, mirando-a com um olhar mais mundano.

— Tudo começou durante o baile de formatura. Lembra-se? Começamos a conversar lá na mesa, mas, como havia muito barulho, sentamo-nos no jardim, naquele banco fora do salão... e seu pai foi me revelando sua vida atual, angustiada, dividida pelo amor entre duas mulheres. Que homem maravilhoso ele é, Elisa, é impossível a uma mulher sentar-se com ele a sós sem se sentir irremediavelmente atraída, fascinada. Ele é lindo, doce e muito sensível... um homem encantador — disse Amandine, deslumbrada, com os olhos cintilantes. Ela acariciou a mão de Elisa e prosseguiu. — Pois bem, querida, eu fui me entranhando naqueles seus problemas amorosos e foi me surgindo aos poucos um ciúme inesperado, desejando que João Antunes esquecesse Verônica e Riete e fosse só meu. Somente eu poderia ajudá-lo. Ao final, ele percebeu meus sentimentos, tal o meu descontrole, e então segurou a minha mão e a afagou... — confessou Amandine, erguendo seu olhar, que irradiava felicidade. — E aí, querida Elisa — prosseguiu —, senti uma coisa maravilhosa explodir em meu peito... retirei a mão, assustada, e tombei perdidamente apaixonada. Ao retornar ao colégio, após o baile, aquela paixão só cresceu, não conseguia fazer mais nada, a não ser pensar nele. Agora há pouco João Antunes esteve aqui no colégio e ficamos a sós no salão, e você pode ver o estado em que estou. Eu saí apressada, assustada, com medo de que alguém me visse com ele... e agora não sei o que fazer, minha querida. Quero que você me ajude, me dê conselhos, Elisa... — disse Amandine, demonstrando aflição, uma feliz aflição.

— É... papai me revelou a sua angústia. Coitado, de fato, ele anda meio perdido. Riete e Verônica são apaixonadas por ele, são lindas e ousadas. Ele esteve então aqui no colégio, hoje de manhã? E não perguntou por mim?

— Querida, certamente ele mandaria chamá-la, mas a culpada fui eu, pois ficamos a conversar sobre nós e, de repente, saí bruscamente, sem dar tempo a ele de dizer mais nada. Mas ficou de voltar e, assim que chegar, mandarei chamá-la. Não serei egoísta... — disse Amandine, afagando o rosto de Elisa. Mas me diga alguma coisa... o que devo fazer?

Elisa baixou o rosto e trançou os braços sobre as canelas, acomodando-se melhor sobre o espaldar da cama, refletindo sobre o que dizer. Ela achava aquilo insólito para sua vida de pouca experiência. Nunca pensara que uma freira pudesse se apaixonar e se manifestar assim tão explicitamente, como o fazia Amandine, que lhe parecia agora uma outra pessoa a quem devesse conhecer. Aquela antiga Amandine lhe parecia transformada em outra. Porém, Elisa imediatamente apreendeu a nova situação, talvez mais rica em possibilidades. Ademais, Amandine era uma mulher como as outras, estava amando e vivendo um instante maravilhoso, e seria necessário agora destituí-la daquela imagem que lhe parecia definitiva e irretorquível.

— Amandine, sinto-me feliz que esteja amando o meu pai. Se isso for mais importante que sua vida religiosa, você deve pedir a suspensão de seus votos e retornar à vida comum. Talvez você tenha se equivocado em sua vocação e é natural que não deva permanecer na congregação, mas e papai, também está amando-a? — indagou Elisa.

— Sim, foi o que me disse e o que senti... talvez não tanto quanto eu...

— Mas de qualquer modo, Amandine, como sentiu o amor por um homem, você deve deixar a vida religiosa, porque esse amor foi mais forte. Não acha?

— É o que vou fazer, Elisa, pedir meu desligamento da congregação. Existem várias maneiras de servir a Deus, e no Sion penso que não seria a melhor maneira — aquiesceu Amandine, com tranquilidade. — E você, como recebe esse fato? Está feliz? Ou tem alguma objeção?

— Ó, minha querida, seria a melhor coisa se você se casasse com papai... eu teria uma outra mãe — respondeu Elisa, avançando até Amandine e a abraçando fortemente, sentindo-se emocionada. Permaneceram abraçadas alguns segundos, enquanto Amandine chorava profundamente comovida sobre o ombro de Elisa. Sentia-a como se fosse uma parte de João Antunes.

— Que bom ouvir isso de você, querida, mas quero que perdoe o seu pai, pois, para ele, você é a pessoa mais importante deste mundo — pediu Amandine, muito emocionada.

Devido às constantes expectativas e às emoções exasperadas, Amandine encontrava-se fragilizada, pois lhe era difícil lidar com situações vividas no limite, naquele ambiente do colégio, que agora se tornava repressivo. Assim, estava quase sempre prestes a desabafar por meio do choro. Ela perdera a naturalidade e andava receosa de que suas amigas freiras percebessem o seu estado alterado. Desde a véspera, procurava evitá-las e caminhava cabisbaixa. Contudo, isso também a fazia sentir-se ultrajada, pois Amandine era culta e inteligente e percebia-se autocensurada, o que ia contra os preceitos de liberdade intelectual que tanto preservava. Começou a sentir raiva de si mesma e a achar que estava se comportando de maneira ridícula e tola. "Pois que assumisse a minha paixão e ninguém teria nada com isso", refletira por diversas vezes durante os dois últimos dias. Mas tinha dificuldades em adotar essa postura. Ali, junto a Elisa, Amandine resolvera que o mais honesto seria entrar em contato com a diretora e encaminhar seu pedido de dispensa da congregação. Pois faria isso neste mesmo dia.

— Hoje irei procurar a madre diretora para conversar sobre o meu desligamento — disse Amandine, de modo resoluto, enxugando com os dedos as lágrimas sobre o rosto.

— Não deseja esperar mais alguns dias, Amandine? Não está sendo um pouco precipitada? Não é bom tomar resoluções sob o calor da hora, talvez seja melhor não se precipitar e resolver com mais tranquilidade e ponderação — aconselhou-a Elisa. — Você foi tomada por uma paixão fulminante e acho que deve sentir como ela evolui... não tem experiência em problemas amorosos. Acho que deve conversar com papai a respeito, ver realmente os sentimentos dele em relação a você, enfim, Amandine, espere mais um pouco para conversar com a diretora — disse Elisa, preocupada com Amandine.

— Está certo, querida, vou seguir seus conselhos, muito embora eu tenha recebido um apelo muito grande do mundo lá fora — justificou-se Amandine, após pensar alguns segundos. — Foi ótimo ter conversado com você, Elisa, não quero interromper a sua leitura — disse Amandine, beijando-a e erguendo-se da cama.

— Mantenha-me informada e qualquer dúvida, se puder ajudá-la...

— Sim, claro, querida! — respondeu Amandine, sorrindo e dirigindo-se à saída. Antes de abrir a porta do dormitório, ela parou alguns segundos, esfregando seus olhos e passando as mãos sobre as faces, procurando apagar as marcas de seu pranto.

Elisa pegou o livro, mas permaneceu pensativa, ainda achando aquela situação muito surpreendente, indagando-se como fora possível que repentinamente surgisse uma paixão entre Amandine e seu pai. "Jamais poderia imaginar isso", refletiu e deu uma pequena gargalhada incrédula, olhando o vazio, ainda espantada com a revelação. Porém, Elisa amava Amandine e sentia-se feliz em pensar que poderia tê-la ao seu lado, sempre. Entre as duas, havia uma grande afinidade intelectual e uma reciprocidade afetiva, e Amandine poderia ajudá-la a se enriquecer culturalmente. A despeito do sofrimento causado pela infidelidade de seu pai, Elisa pensou sobre o quanto ele a amava e começou a ter um sentimento de maior compreensão e condescendência em relação a ele, sentindo a força do amor. Sabia que seu pai passava tempos difíceis, e sentiu-se mais aliviada com essa dose de perdão. Escorregou seu corpo à frente e ancorou novamente seus olhos sobre o livro. A manhã corria linda. O céu ensolarado e o silêncio do colégio propiciavam a Elisa sensações que fluíam fundo para dentro de si. Ela se julgava uma pessoa melhor que antes, o mundo lhe parecia mais condescendente e insinuava novamente a lhe sorrir.

João Antunes deixara o Sion, porém, mal chegara ao hotel, já estava ansioso para rever Amandine e conversar com Elisa. Como se despediram depressa, não tiveram tempo de marcar um novo encontro. Sim, ele também estava amando-a. Achava-a meiga, delicada e de uma beleza suave e original, que vinha de seu âmago. Havia uma delicadeza incrível que se irradiava de seu coração. Comparava-a com Verônica e Riete e comprovava que elas estavam distantes daquilo que encontrara em Amandine. Ambas mergulharam fundo em águas revoltas e experimentaram os percalços da vida, o que lhes dava um tirocínio em lidar com o amor, enquanto Amandine plainara nas alturas, imune às vicissitudes do mundo, antes de descer até ele. João Antunes resolveu que retornaria ao colégio no dia seguinte, ansioso para reencontrá-la. Desejava também rever Elisa e conversar com ela a respeito.

Na manhã seguinte, no mesmo horário da véspera, ele estacionou seu Ford em frente ao colégio, caminhou até a portaria e solicitou a presença da Irmã Amandine. Clarice, a recepcionista, olhou-o um segundo a mais que o necessário e lhe pediu que aguardasse, pois deveria procurá-la. Após alguns minutos, ela retornou e lhe disse que Amandine já viria e que o encontraria no salão. João Antunes passou internamente pela portaria e dirigiu-se até ele. Aguardou de pé, no mesmo lugar da véspera, até ouvir passos e a grande porta ser aberta. Amandine o viu e apressou seus passos em direção a ele. Ela parou em frente a João Antunes, mas logo avançou e o abraçou fortemente.

— Ó, querido, você veio outra vez! — exclamou, perdendo aquela timidez e a repreensão anteriores. Sentia-se apaixonada e desinibida, e nada mais poderia detê-la.

— Sim, Amandine, estava ansioso por rever-te — disse João Antunes, afagando-lhe o rosto. Novamente, ele empurrou a parte superior do hábito, deixando livre seus cabelos, e os beijava carinhosamente.

— Você também me ama como eu o amo, João Antunes? Ó, meu Deus, não consigo tirá-lo da cabeça. Você se casaria comigo, querido, se eu abandonasse meus votos? É importante que eu saiba, pois pensei muito sobre isso e estou disposta a fazê-lo — indagou Amandine precipitadamente, sentindo premência em saber as respostas, exprimindo, com arrojo e certa ousadia, a sua inexperiência.

— Sim, minha querida, você é maravilhosa e tenho certeza de que me fará feliz — respondeu João Antunes.

Ela sentia-se exaltada, pois chegara aos seus limites de repressão. João Antunes sabia das dificuldades de Amandine e as respeitava.

— Ontem de manhã, após deixá-lo, fui conversar com Elisa e lhe contei tudo sobre nós. A princípio, ela assustou-se, mas depois ficou feliz. Eu adoro a Elisa... — disse rapidamente Amandine, demonstrando que a moça tranquila que João Antunes conhecera durante o baile de formatura mostrava-se agora ansiosa, transformara-se em outra, como que se preparando para cruzar suas antigas fronteiras e caminhar para uma nova vida.

— E como Elisa se sente em relação a mim?

— Pois eu tenho a certeza de que, com o tempo, ela o compreenderá e o perdoará. Ela perguntou por você, pareceu-me mais compreensiva — disse Amandine, aconchegada junto ao peito de João Antunes. — Mas como faremos para nos encontrar? Você não pode vir aqui todos os dias, querido, pois logo a Clarice perceberá que estamos nos encontrando, se é que já não percebeu. Vou lá chamar a Elisa, espere um minuto! — disse Amandine, dirigindo-se à entrada. Ela mantinha-se temerosa, aflita, sentindo-se vigiada, mas agora partiu segura, tranquila, em uma situação normal, pois ia em busca de uma aluna chamada pelo pai. Amandine passou acintosamente pela portaria e avisou Clarice sobre o que faria, justificando-se e exibindo sua falsa segurança perante ela. Todavia, logo em seguida, sentiu-se melindrada, muito incomodada e com certa raiva de si mesma, pois estava dando satisfação de sua vida a alguém. Amandine demorou um pouco, porque Elisa teve que se aprontar, mas logo retornaram ao salão. Amandine abriu a porta e mirou João Antunes, exibindo um sorriso de felicidade. Em companhia de Elisa, ela sentia-se tranquila, muito embora tolhida em sua liberdade com João Antunes.

— Como passou desde sábado, papai? — indagou, aproximando-se dele com as mãos estendidas, demonstrando-se mais receptiva e carinhosa.

— Ó, minha filha! — exclamou João Antunes, puxando-a e apertando-a junto a si, com os olhos lacrimejantes. — Não faça isso com o teu pai que tanto te ama, me perdoa, filha... por favor. Não posso viver sabendo que tu estás magoada comigo — pediu João Antunes, beijando os cabelos de Elisa. Amandine olhava aquela cena comovida. — Diga que me perdoa, filha, eu já sofri muito por isso... eu amava a tua mãe... — pediu João Antunes, molhando os cabelos de Elisa com suas lágrimas. Houve alguns segundos de silêncio, interrompidos pela filha.

— Está bem, papai, eu o compreendi e o perdoo... existem coisas nessa vida que estão acima de nossa vontade... e o amor certamente é uma delas

— disse Elisa, que não queria que seu pai sofresse mais. Ela sabia que ele a amava muitíssimo. Elisa carregaria aquela mágoa. Embora tenha perdido aquela exuberante espontaneidade, não desejava que isso prejudicasse o relacionamento entre eles.

João Antunes ficou mais emocionado ao ouvi-la e permaneceu alguns minutos apertando-a contra ele.

— Obrigado, minha filha, essa é uma atitude nobre... madura, digna de uma menina como tu — acrescentou, afastando-se e a fitando nos olhos. Ele esfregou seus olhos congestionados e virou-se para Amandine, vendo como ela também se comovera. João Antunes, apesar de feliz com as palavras da filha, sabia que certas coisas nunca se apagam. — Vamos nos assentar e conversar — sugeriu João Antunes.

Sentaram-se, ambos no sofá, e Amandine ocupou uma pequena poltrona em frente.

— Papai, ontem a Irmã Amandine me disse que vocês estão se amando. Fiquei surpresa e até estupefata com a notícia, mas sinto-me feliz em saber que isso acontece, não é querida? — indagou Elisa, voltando seu olhar para Amandine, que retribuiu com um sorriso meigo.

— Sim, minha querida, Amandine e eu estamos nos amando, ela é uma pessoa maravilhosa — concordou João Antunes, dirigindo seu olhar a Amandine, que assentiu enlevada.

— De fato, é encantadora, por isso mesmo deve refletir muito sobre isso, papai, pois Amandine não merece sofrer por amor. Antes de qualquer decisão, esse relacionamento deve estar bem esclarecido e solidificado entre vocês. É o que eu disse ontem a Amandine, antes que ela venha a solicitar a suspensão dos votos. Digo isso, papai, porque você é assediado pelas mulheres. Elas se apaixonam facilmente e você se sente perdido... — disse Elisa, com surpreendente maturidade. Ela havia refletido sobre isso e estava agora preocupada com Amandine, pois a amiga era totalmente inexperiente.

— Claro, minha filha, tu tens inteira razão, Amandine não merece decepções, tudo deve ser bem ponderado e não devemos nos precipitar. Já tenho muita experiência sobre isso. Com Riete, eu agi assim, afoitamente... — disse João Antunes, com um ar pensativo. Houve uma pausa, que sugeria para Elisa que ambos desejavam ficar a sós. Ela tinha essa percepção sobre a privacidade alheia.

— Está bem, papai. Vou subir para que possam conversar. E como isso tem acontecido frequentemente, hein? Sair para não o perturbar... — observou

Elisa, com um sorriso espontâneo. João Antunes também riu da observação, concordando com ela. — Quando retorna ao colégio? — indagou Elisa. João Antunes olhou para Amandine, que permanecia quieta, sem entender aquele comentário.

— Elisa, por que não volta comigo para o hotel?

— Não, papai, fico aqui até o ano novo, depois vamos para o Rio, para o meu apartamento. Até logo — ergueu-se, despediu-se e caminhou até a saída. João Antunes esperava que a filha o beijasse, o que o deixou desapontado.

Amandine, ao ouvir Elisa, sentiu-se preocupada, pois ficaria novamente sozinha com João Antunes. "Eu não posso continuar a encontrá-lo diariamente no colégio, pois, inevitavelmente, despertarei suspeitas", refletiu ela. Após a saída de Elisa, Amandine olhou para as imediações do jardim, estendeu rapidamente a mão para João Antunes e o puxou para aquele canto, de onde não poderiam ser vistos.

— Ah, meu querido, venha... — murmurou ela, segurando-lhe a mão. Lá chegando, apertou-se contra o peito dele, enlaçando-o pelas costas. Ela falava rapidamente, como se o tempo fosse pouco e devesse aproveitar cada segundo. "Entrego tudo a Deus, e Ele que tome conta de mim", pensou ela. Amandine afastou-se e mirou João Antunes com um olhar apaixonado. Envolveu suas faces com as palmas das mãos e, em uma atitude incontida, aproximou seus lábios rápida e compulsivamente, e se beijaram com ardor. Amandine era coagida por um desejo incoercível e sentia sensações jamais imaginadas, enquanto seu coração lhe parecia prestes a sair pela boca.

— Te amo, querido... te amo e não sei o que será de mim — dizia Amandine, entre lágrimas de felicidade, preocupada com o que pudesse lhe acontecer. — Precisamos conversar com calma e decidir o que iremos fazer, mas não poderá ser aqui... vou conversar com Elisa e ver o que ela sugere...

— Ah, querida, venha cá — pediu João Antunes de supetão, puxando-a novamente para junto de si, e abraçou-a e beijou-a com ardor. Amandine sentia-se desfalecer entre os braços de João Antunes, sentindo seus lábios nos seus.

— Preciso ir... preciso ir, querido — murmurou ofegante, agora realmente fugindo daquele instante maravilhoso. — Pense bem, meu amor, se deseja de fato casar-se comigo e me dê uma resposta na próxima vez. De qualquer modo, vou renunciar aos meus votos — disse Amandine, com aflição, sofregamente, já preparando-se para deixá-lo, mal podendo articular as palavras, tais a sua excitação e a respiração alterada. Como na véspera, fugia daquela imensa sala, cúmplice silenciosa de sua paixão. Amandine caminhou apressada até a porta e, antes de abri-la, parou um instante. "Não posso encontrar ninguém no estado em que estou", refletiu, recolocando o hábito sobre a cabeça e rearrumando-o sobre o corpo. Abriu a porta, voltou-se fixamente para João Antunes e se foi, procurando agora manter-se calma. Fechou a porta, esfregou os olhos e sorriu, tentando desanuviar as faces e apagar de seu semblante os sinais do intenso alvoroço que lhe convulsionava a alma.

João Antunes sentia-se penalizado com a repreensão de Amandine e com o seu sofrimento por amá-lo. "Meu Deus! Por que sofrer tanto por me amar?", indagava-se novamente. "Ela é uma freira... mas, afinal, freira também é mulher, e o amor é um sentimento humano, dado por Deus", refletia João Antunes, enquanto andava em direção à saída. "Coitada, ela é tão pura e está perdidamente apaixonada por mim. Como disse Elisa, devo realmente pensar muito sobre isso antes de qualquer decisão. Não posso fazê-la infeliz... fazer outro alguém infeliz", refletiu sarcasticamente, com um estranho sorriso. João Antunes entrou no Ford, deu a partida e sintonizou a Rádio Nacional, que mandava ao ar um sucesso daquele ano: "Onde o céu é mais azul", com Francisco Alves. Ele logo associou o título ao dilema de Amandine e quedou-se pensativo, embalado pela letra romântica. Depois apareceu "Moonlight Serenade", outro estrondoso sucesso, com a orquestra de Glen Miller. João Antunes sentiu a música e o amor arranharem seu coração. "Mas, amor por quem?", indagava-se perdido entre a melodia que lhe evocava a beleza de Verônica, a sensualidade de Riete e a pureza angelical de Amandine. "Não posso assumir nenhum compromisso com Amandine, ela teve uma paixão súbita por mim, todavia, é melhor deixar seus sentimentos amadurecerem", refletiu João Antunes, observando vagamente as ruas bucólicas de Petrópolis, cidade em que Dom Pedro II amava loucamente a condessa de Barral.

Amandine resolveu conversar com a madre superiora nesse mesmo dia, a respeito de seus votos. Nem mesmo pedira a opinião de Elisa. À tarde, ela procurou a diretora em seu gabinete. Durante muito tempo e vários circunlóquios, a freira Amandine conversou com a madre diretora, que se mostrou muita surpresa e pesarosa com a decisão. Indagou-lhe os motivos, e Amandine lhe confessou sentir um súbito amor por um homem, que se tratava do pai de Elisa, aluna conhecida por todas elas. Em vários momentos, tornara-se uma conversa difícil, mas Amandine foi sincera, dizendo-lhe que não se sentia mais capaz de continuar mantendo seus votos de castidade e de permanecer na vida religiosa. A diretora aconselhou-a a esperar mais, dizendo-lhe que eram comuns essas crises, que já conhecera várias freiras que passaram por elas e persistiram na vocação e que hoje são pessoas felizes e bem adaptadas.

— Tudo isso faz parte da vida religiosa, minha filha, e aprender a superar os momentos adversos é uma provação que só vai enriquecê-la espiritualmente — aconselhou-a a diretora com benevolência. — Reze para a Madre do Sion, ela lhe dará forças e a orientará.

— Sim, irmã, sei disso, crises são comuns, e eu mesma já superei várias, mas o que sinto agora está além de minhas forças e, ademais, por que se recusar a amar um homem e ser feliz ao seu lado? Por que passar a vida superando crises? Reprimindo sentimentos que são naturalmente humanos? Existem pessoas que de fato têm uma vocação religiosa autêntica e servem coerentemente a Deus, são santas e necessárias ao mundo, mas não é o meu caso, e eu tenho certeza de que poderei também servi-Lo estando fora. É melhor fazer as coisas bem feitas e com sinceridade, não acha, madre? — retrucou Amandine, mostrando-se irredutível. — Infelizmente, e a senhora é testemunha, existem freiras que, por tentarem persistir na vida religiosa, se tornaram infelizes e ficaram tão cheias de problemas que afetaram suas condutas pessoais. Pessoas assim jamais serão boas educadoras e só contribuem negativamente para um testemunho cristão, prejudicando a si mesmas e à formação das alunas — argumentou tranquilamente Amandine, sentindo-se segura com a coerência entre seus sentimentos e as palavras que dizia.

Ainda conversaram bastante, com a madre diretora persistindo em seus argumentos, mas Amandine manteve-se irredutível. Ao final, Amandine solicitou que a diretora preparasse os papéis necessários à dispensa dos votos o mais rápido possível para que se desse início ao processo, que às vezes demorava para transitar nas instâncias superiores da congregação. A madre aquiesceu e ficou pensativa, muito pesarosa com a decisão de Amandine.

— Talvez amanhã eu me retire do colégio, madre, e abandono o hábito, que sempre honrei, pois não desejo desonrá-lo. A partir daí, apesar da tramitação dos papéis e de não haver ainda uma finalização do processo, eu não me considerarei mais uma freira. Deus é infinitamente generoso e entenderá a minha atitude.

— Está bem, minha filha, eu entendo e devo aceitar. Sentiremos sua falta, pois é querida por todas as freiras e pelas alunas... — disse a diretora, permanecendo pensativa e com um ar distante e triste, mostrando qualquer coisa de desilusão em seu olhar.

— Eu igualmente as amo, irmã, e permanecerei amiga de todas vocês. Só levarei boas lembranças do tempo que aqui passei, mas devo assumir os imperativos que a vida me impõe — disse Amandine, sentindo um grande alívio, mas também pesarosa por deixar as boas coisas que vivera.

Ela retirou-se e foi procurar Elisa para lhe contar a decisão. Encontrou-a outra vez deitada com um livro nas mãos. Elisa aproveitava as férias para ler intensamente. Amandine se aproximou aparentando um semblante tranquilo, diferente dos dias anteriores, quando sua alma estivera atormentada. Estava leve e feliz após a conversa com a diretora.

— Elisa, querida, finalmente conversei com a diretora e solicitei a dispensa da congregação. Sinto-me outra — anunciou Amandine, sentando-se na beirada da cama. Elisa colocou o livro ao lado e olhou-a preocupada.

— Você não agiu precipitadamente, Amandine? — indagou Elisa, após refletir alguns segundos.

— Não poderia mais permanecer como freira sentindo essa paixão pelo seu pai. Eu estava sofrendo, com a consciência pesada e me sentindo vigiada. Encontrei-me com João Antunes duas vezes aqui no colégio e foi terrível, comportei-me como uma criança agindo erradamente, me escondendo em um canto do salão com medo de ser vista... enfim, uma atitude infantil e tola. Sentia-me ultrajada... envergonhada de mim mesma — explicou Amandine, mostrando firmeza e resolução.

— Bem, se é assim, foi melhor ter feito isso... — disse pensativamente Elisa, desviando seu olhar para um ponto qualquer. Ela agora sentia-se mais preocupada com o futuro de Amandine. Ambas permaneceram um instante em silêncio, quebrado por Elisa.

— Amandine, querida, sei que está apaixonada por papai e compreendo bem seu desejo de encontrar-se com ele sem os empecilhos que a impediam de fazê-lo livremente. Porém, você deve considerar algumas coisas... — disse Elisa, cautelosamente. — Papai é um homem muito assediado por belas mulheres e, como já lhe disse, isso sempre lhe provocou prazer e sofrimentos. Assistindo à sua súbita paixão, eu vim a compreender a força do amor e o motivo da infidelidade dele com mamãe. Você foi facilmente subjugada, Amandine. Estou sendo mais compreensiva com papai devido a você, que, de tanto amor, pediu imediatamente dispensa de seus votos após se encontrar com ele apenas três vezes. Sinceramente, Amandine, você está completamente fora de si, cega e dominada pela paixão. Seja um pouco racional e ponderada, embora não esteja a julgá-la, pois talvez algum dia eu passe pela mesma situação — aconselhou-lhe Elisa, observando o efeito de suas palavras. — Em vista disso, querida, embora esteja livre, eu a aconselho a não assumir nenhum compromisso com papai, pois poderá vir a sofrer, e muito, e não quero vê-la sofrer por amor. Você é uma moça inexperiente, e papai é muito experiente, pois relaciona-se com mulheres extremamente traquejadas. Verônica, desde moça, já era amante de um senador da república, e o mesmo se passa com Riete, que é ousada em suas atitudes. Pois eu não me admiro se papai voltar a se envolver com as duas, mesmo que se comprometa com você. E, por a querer bem, Amandine, vou novamente pedir a papai que, por enquanto, não assuma nenhum compromisso. Você está agindo precipitadamente. Pare e pense! — exclamou Elisa, observando o efeito de suas palavras.

Amandine permaneceu um instante pensativa, com o semblante dolorosamente crispado.

— Mas assim você está impedindo que eu seja feliz, Elisa — retrucou ela.

— Ao contrário, Amandine, eu quero que você seja feliz, mas que não seja precipitada. Sim, vá encontrar-se com papai, entretanto, não dê um salto no escuro. Conversem, avalie bem as coisas...

— Em um aspecto, você tem razão, Elisa, eu estou totalmente dominada pela paixão... mas... mas não é bom vivê-la? Usufruir da maior felicidade que uma pessoa possa ter aqui na Terra? É plausível ser calculista quando se está apaixonada? Eu penso que podemos ser mais felizes em um curto espaço de tempo que em toda uma vida, quando vivemos um grande amor, é o que nos ensinam os grandes romancistas, mesmo que depois soframos, o que parece também ser a regra geral — dizia pensativamente Amandine, com os olhos fixos apontados para o chão.

Elisa olhava-a refletindo sobre uma situação da qual realmente ela própria não tinha experiência e avaliava a força do amor no espírito das pessoas. Sentia que seus conselhos seriam em vão, pois nada impediria que Amandine se entregasse de corpo e alma a seu pai. Relembrava sua mãe, Ester, e de que morrera de desgosto devido à infidelidade. Ela era apaixonada pelo marido, diversas vezes se referiu a isso com um sorriso nos lábios. Elisa lembrava-se de que sua mãe se dependurava no pescoço de João Antunes e dizia brincando que ela fora a única moça de Santos Reis a conquistá-lo.

— Pois, então, aja como bem entender, Amandine, sei que meus conselhos serão inúteis... — disse Elisa, observando Amandine, que lhe retornou o olhar. — E quanto tempo demora o processo de suspensão dos votos?

— Não sei, Elisa, mas eu já não me considero uma freira. Talvez amanhã deixe o colégio e o hábito. Comuniquei isso à diretora.

— E para onde vai? Com que recursos irá viver?

— Vou escrever para mamãe enviar-me algumas economias... e depois... depois eu não sei, querida... posso dar aulas de francês e pretendo estudar... quem sabe, casar-me com seu pai... — disse Amandine, muito animada, com um brilho nos olhos. — Onde João Antunes está hospedado? — indagou, mirando intensamente Elisa, que permaneceu um instante em silêncio, assistindo à sofreguidão que brotava das profundezas daquela alma apaixonada. Elisa deu um leve sorriso, adivinhando facilmente as intenções de Amandine.

— Ele hospeda-se no Hotel Imperial, no centro, perto da matriz. Basta perguntar e qualquer pessoa lhe informa o local exato. Quando pretende ir lá?

— Amanhã... — respondeu Amandine, desviando seu olhar, com um sorriso nos lábios.

Elisa fitava Amandine e refletia sobre como aquela pessoa tão equilibrada, tão meiga, tranquila e segura de si transformara-se, de repente, em um espírito agitado por sentimentos exaltados, tomada por emoções que a impeliam a atitudes ousadas, insensatas e que, sem dúvida, fariam-na sofrer. A freira Amandine, a estudiosa de psicanálise, erudita, excelente educadora, comportava-se como uma adolescente desatinada em busca do amor. Elisa estava aturdida, impressionada, pois Amandine se transformara em uma outra pessoa.

— O que foi, querida? — indagou Amandine.

Elisa então lhe falou o que passava pela sua cabeça.

— Você está certa, Elisa, talvez aquela Amandine não exista mais... pelo menos nestes dias... — respondeu, melancolicamente, fitando o assoalho entre as camas.

Ambas permaneceram em silêncio, como se houvesse um hiato entre dois tempos, um que se fora e um outro que viria. Um véu de tristeza envolveu o semblante de Amandine. Devido às palavras de Elisa, ela se questionava se realmente estava se comportando como uma pessoa normal, se suas atitudes não eram insensatas, desprovidas de um juízo crítico capaz de fazê-la refrear seu ímpeto amoroso e ponderar a situação com mais equilíbrio.

— Você acha então, Elisa, que estou agindo sem juízo? — indagou Amandine, mirando-a com um semblante cheio de dúvidas, como se não tivesse certeza de seus sentimentos.

Elisa escorregou seu corpo sobre a cama e a abraçou com ternura.

— Desculpe, Amandine, se eu a feri com meus conselhos... vá em busca da felicidade do modo que você queira e imagina. Não fique triste — disse Elisa, beijando-lhe o rosto.

— Está certo, querida. Conversarei com seu pai a respeito disso e depois lhe conto o que resolvemos.

Amandine levantou-se da beirada da cama e saiu vagarosamente, cabisbaixa e pensativa.

Elisa permaneceu pensando em sua mãe, e seus olhos se umedeceram. "Como mamãe deve ter sofrido ao saber da traição de papai, assim como tenho agora certeza de que ele também sofreu por se sentir incapaz de sobrepujar sua paixão por Verônica", refletiu. Porém, Elisa sentia-se confusa, pois não tinha certeza se, de fato, João Antunes amara sua mãe. "Porém, existe alguma certeza nesta vida?", refletia Elisa, "Ou apenas certezas ou incertezas temporárias, pois tudo parece tão fugaz e duvidoso... Além disso, é possível manter convicções ou coerência durante toda uma vida que não seja livre de condicionamentos sociais ou psíquicos, isentas de costumes ou mesmo de necessidades de sobrevivência? Geralmente, alguém que tenha sempre uma convicção irredutível é aquele que não tem plena consciência de sua liberdade e que, portanto, não questionou quais são as restrições que o inibem, quais os condicionamentos aos quais está submetido". Diante da atitude transgressora de Amandine, Elisa talvez estivesse tentando justificar a infidelidade de seu pai. Ela tinha a necessidade de um sentimento capaz de apaziguá-la, de lhe dar a possibilidade de conciliação, por amá-lo e porque tinha necessidade de amá-lo. Sim, Elisa sentia-se dividida pelo amor a seu pai e a acusação que lhe imputava. Ela exercitava a velha necessidade de tentar conciliar sentimentos e emoções antagônicos, capazes de lhe possibilitar uma mínima sensação de felicidade e de equilíbrio. Porém, Elisa esbarrava na condição humana, e tal dicotomia permaneceria malgrado os esforços para atenuá-la. Ela conservava-se pensativa, observando vagamente o imenso dormitório, sombrio, vazio e silencioso, sem nada a lhe dizer. Nem mesmo o chilrear constante dos pássaros nas redondezas perturbava seus pensamentos, pois ela não o ouvia. A impotência diante de si mesma, incapaz de encontrar uma harmonia que lhe apaziguasse o espírito, deixava-a melancólica e triste. Ela permanecia recostada no espaldar da cama com um olhar elusivo e fixo em um ponto indefinido, com um semblante inexpressivo de onde não emanava nenhum resquício de felicidade ou indício que mostrasse que as justificativas que tão dificilmente elaborara tiveram sucesso. Ela absorvera mais da vida com a conduta de Amandine, tornava-se mais compreensiva e condescendente com as fraquezas ou com os imperativos da natureza humana. Contudo, paradoxalmente, via também que o mistério se adensava, pois, à medida que ampliava sua compreensão sobre a vida, tornava-se mais difícil entender a estranha subjetividade que move os homens. Elisa sofria, e as lágrimas lhe corriam abundantes sobre as faces. Ela então aprofundou o mergulho em si mesma e conseguiu captar um sentimento corriqueiro e generalizado: Amandine estava imensamente feliz, e ela, muito deprimida, pois Amandine ficaria com seu pai, a razão de seu conflito e origem de sua tristeza. João Antunes era o pai que Elisa não podia amar sem restrições, motivo da felicidade de Amandine, que estava livre para amá-lo como quisesse. Era esse antagonismo que a infelicitava, e ela chegou a sentir raiva de Amandine. "Não é isso talvez que me motivou a fazer um discurso de ponderação a Amandine? Não seria uma tentativa de bloquear ou impedir o romance entre eles?", refletia Elisa, um pouco assustada com uma hipótese que julgava bem razoável. Entretanto, esse pensamento a deprimiu mais ainda, pois, se fosse verídico, julgava-se indigna da imagem que carregava de si. "Mas eu sou humana, limitada!", justificou-se em seguida, "E julgo-me no direito de desejar amar meu pai livre e incondicionalmente, não posso ser impedida de querê-lo, mesmo que assim tenha denegrido minha autoimagem... não posso ser perfeccionista e posso ser fraca, tenho o direito de ser fraca...", refletiu, sentindo uma revolta momentânea.

De repente, Elisa teve a sua atenção despertada por um sabiá que pousou sobre o parapeito da janela. Ele olhava rapidamente para os lados, mas errou a saída e bateu asas em direção ao interior do dormitório. Em pânico, o sabiá voava desarvorado de um lado a outro, procurando sua liberdade. Elisa acompanhava o seu zigue-zague, torcendo para que o sabiá fosse novamente em direção à janela aberta. Ele a encontrou finalmente e voou para a liberdade. Elisa sorriu aliviada e resolveu imitar o sabiá. "A minha saída é aceitar os meus sentimentos e limitações com naturalidade, e julgo que serei melhor assim, em vez de reprimir um impulso com a finalidade de representar para mim mesma uma coisa que não sou", pensou. Apesar de magoada, ela teve a vontade de dirigir-se ao hotel e revelar a seu pai exatamente o que lhe passava na cabeça, desejava lhe revelar tudo, mostrar-lhe que seu amor por ele era maior que o de Amandine. Finalmente, ela admitia que estava com ciúmes de seu pai. Estranhamente, após tomar conhecimento deles, ela nunca se incomodara com os amores de João Antunes por Verônica e Riete, porém, via-se agora enciumada ou invejosa da liberdade de Amandine. Ela percebera, entretanto, que tal sentimento era devido à amizade tão querida e fraterna que a unia a Amandine. Essa amizade tinha agora seus vínculos amorosos distorcidos, confrontados por emoções desconexas e conflitantes que poderiam apenas ser sentidas, mas jamais explicadas. Era como se aquela amizade se transformasse repentinamente em algo invertido, que se manifestasse pelo avesso. Elisa sentiu-se exausta de zanzar pelos labirintos de sua mente e aparentemente ter achado uma saída tão ignóbil, tão abjeta para a sua formação cristã. Ela resolveu interromper suas reflexões e emergir daquelas águas escuras, daquele mergulho sombrio que só lhe causava sofrimentos. Lembrou-se de que estava distante de seu pai desde o baile de formatura, amargurada com o que aconteceu, e queria conversar com ele sobre as festas de final de ano. Resolveu que iria vê-lo ainda hoje, em busca de seu amparo. Ela permaneceu sentada mirando fixamente o céu através da janela, permitindo a seu espírito voar livre como os pássaros naquela imensidão azul, descarregando no infinito a imensa dor que lhe atormentava a alma.

18

Irmã Amandine, vinda do dormitório onde estivera com Elisa, entrou em sua cela, trancou a porta e jogou-se de bruços sobre a cama. Tal como Elisa, ela sentia-se cansada pelos embates emocionais que vinha enfrentando. Amandine permaneceu muito tempo refletindo sobre sua vida e deliberou resolver neste mesmo dia os entraves que a aborreciam. A constante necessidade de reprimir seus sentimentos perante as freiras e as conversas com Elisa tinham a exaurido. Pensava agora que sua amiga se transformara em um empecilho ao seu relacionamento com João Antunes. Nessa mesma tarde, após o jantar, quando todas as freiras estavam reunidas, Amandine levantou-se e anunciou à comunidade que estava deixando a congregação. Houve um assombro geral, uma surpresa tão grande que deixou a comunidade boquiaberta, pasmada. Jamais poderia passar pelas cabeças delas que uma freira como Amandine, que lhes parecia ter todos os requisitos para a vida religiosa e nunca revelara nenhuma insatisfação, pudesse repentinamente abandoná-las. Amandine disse-lhes que já comunicara a decisão à madre diretora e que a decisão era irreversível. Todas elas, suas amigas, muitas com lágrimas nos olhos, fecharam um cerco em torno de Amandine para tentar saber e entender as razões de tal atitude. Confabulavam alvoraçadas entre si, trocavam ideias e se puseram a demovê-la da intenção, tudo com muita agitação e vários argumentos. Amandine viu-se cercada e um pouco assustada com tamanha confusão, sentiu-se mesmo penalizada ao constatar o sofrimento no semblante de muitas delas. Era como se a segurança e a convicção íntima de cada freira estivessem abaladas, e um ponto de apoio tivesse sido removido. Amandine não desejava revelar o motivo de sua decisão, mas, percebendo que necessitavam sabê-lo, resolveu esclarecer, pois sabia que não descansariam enquanto não soubessem as razões de sua atitude e, queira ou não, acabariam descobrindo. Se não descobrissem, inventariam um motivo que passaria por verdade, pois assim é a mediocridade que rege o mundo. Achava justo dar uma satisfação sincera, pois, afinal, eram suas amigas e mereciam confiança e consideração.

— Minhas queridas irmãs em Cristo — iniciou Amandine, e fez-se um silêncio repentino e ansioso, intimamente alimentado pela alegria, pois perceberam que lhes seria revelada a causa de sua resolução, e saciar a curiosidade é um dos prazeres prediletos da condição humana —, os motivos pelos quais tomei essa decisão eu os comuniquei à madre diretora, mas vejo que estão chocadas e mesmo curiosas para também saberem, o que é justo e natural, ademais, são minhas amigas e estou certa de que me compreenderão — Amandine fez uma pausa, refletindo sobre como começar. A irmãs fecharam um cerco em torno dela; as que estavam mais atrás erguiam-se nas pontas dos pés ou torciam o pescoço em busca de um ângulo melhor. Estavam ávidas por ouvir e igualmente ver, pois olhos e ouvidos competiam entre si e estavam na plenitude de seus sentidos. — O motivo é simples — prosseguiu Amandine. — Eu me enamorei de um homem, o pai de Elisa, viúvo, e o meu amor por ele confrontou-me com uma realidade que me afasta da vida religiosa. Quero manter uma coerência de vida e não desonrar o meu voto de castidade, que sinto não mais ser capaz de mantê-lo.

Ao pronunciar tais palavras, que faziam menção ao sexo, ouviu-se um uníssimo óóóóó!!, pois a referência a ele, por meio da palavra "castidade", causou um rebuliço geral. Amandine sabia disso, mas queria ser sincera. As freiras mais idosas faziam o sinal da cruz e levavam as mãos às bocas horrorizadas, com os olhos arregalados. "Isso é coisa do demônio", "é a falta de reza", "o mal está solto no mundo", eram alguns dos comentários cochichados aos ouvidos daquelas mais escandalizadas.

— Entretanto — prosseguiu Amandine —, jamais irei esquecê-las e conservarei as boas coisas que aprendi aqui dentro, mas existem outras maneiras de servir a Deus tão bem como na congregação e é o que farei lá fora. Guardo profundo respeito pelas queridas freiras que têm uma coerência de vida religiosa e a autêntica vocação, pois sei que existem muitas nessas condições, o que não é o meu caso, por isso me afasto. Apesar de o processo de desligamento demorar algum tempo para ser oficialmente deferido, a partir de agora, eu não me considero mais uma freira, e amanhã abandono o hábito. Peço às queridas irmãs que rezem por mim. Bem, é só isso que eu tinha a lhes dizer — encerrou Amandine com emoção, pois várias amigas estavam com os olhos lacrimejantes. Houve um silêncio, algumas delas vieram conversar com Amandine, outras se retiraram pensativas e cabisbaixas. As mais escandalizadas foram-se rapidamente, efetuando gestos negativos com a cabeça. As mais jovens e receptivas a ideias diferentes permaneceram com Amandine, dando-lhe apoio, e se prontificaram a lhe organizar um almoço de despedida. Amandine descarregara um peso e sentia-se aliviada. Lembrou-se de João Antunes, e seu coração sorriu.

Durante muito tempo, aquela decisão da freira Amandine seria ainda comentada e esmiuçada pela congregação. Era necessário absorver aquele impacto e transformá-lo em justificativas que atenuassem a sensação desagradável que causara. Além disso, caberia às freiras mais conservadoras, intransigentes e reprimidas provarem a si mesmas e às outras que suas vidas eram inquestionáveis e que Amandine cometera um desatino. Durante algum tempo, a cúpula transmitiria essas ideias doutrinadoras e pediria às mais novas que refletissem sobre os seus conselhos. Entretanto, havia as freiras coerentes, tranquilas em suas vocações e que aceitaram e compreenderam a decisão de Amandine, não dando bola para o discurso rancoroso de algumas santas. Ela foi dormir tarde e resolveu que iria no dia seguinte ao encontro de João Antunes.

Durante a madrugada, Amandine acordou com uma estranha sensação de liberdade. Parecia-lhe que essa própria sensação lhe impunha outros e severos limites de liberdade, causados por novas responsabilidade, antes inexistentes. Ela era acossada por certa insegurança e permaneceu muito tempo refletindo sobre a sua resolução e sobre como transcorreria o seu futuro. Após a missa matinal e durante o café, prevaleceu um clima diferente do corriqueiro; havia um ambiente que não era o habitual. O palavrório costumeiro limitava-se ao essencial, olhares de soslaio eram dirigidos a ela. Após o desjejum, Amandine retornou ao seu quarto, escolheu um vestido e blusa dos quais gostava, que manteve desde que viera da França, e os retirou do armário. Ela guardara pouquíssima roupa. Escolheu um deles. O traje emanava bolor e estava amarrotado, pois estava guardado havia tempo. Espirrou várias vezes, devido ao mofo, e afastou-se do armário esfregando o nariz, que ficara congestionado. Em seguida, livrou-se daquele monstrengo sapato preto de freira, aquela coisa horrorosa que trucidava quaisquer manifestações de sensualidade e vaidade femininas, e jogou-os com força na lixeira ao lado. A impetuosidade desse gesto consolidou em seu espírito que de fato sua vocação era outra. Usaria um delicado par de sandálias que comprara há dois anos em Petrópolis, quem sabe, um indício sutil, uma manifestação ainda inconsciente de sua atitude atual. Pegou o traje e dirigiu-se para passá-lo a ferro quente. Retornou ao quarto e colocou suas poucas roupas e alguns pertences em uma velha mala, já muito puída. Ela a deixaria na portaria e retornaria ao colégio no dia seguinte para levá-la. Dobrou cuidadosamente os hábitos que usara durante vários anos e os recolocou no armário, sentindo-se emocionada. Apesar das incertezas, ela sentia-se feliz com sua estreia na mundanidade, experimentando sensações inéditas. Ajoelhou-se, rezou contritamente, pedindo e agradecendo a Deus, correu os olhos, comovida, por aquele pequeno ambiente, seu confidente fiel, trancou a cela e se foi. Durante o percurso até a portaria, Amandine cruzou com algumas daquelas freiras mais velhas e intransigentes, que apressavam os passos ao vê-la e prosseguiam cabisbaixas, fitando-a de viés, como que fugindo do diabo. Uma delas, a freira mais idosa do colégio, que diziam estar caduca, para surpresa de Amandine, achegou-se a ela e a abraçou sorrindo:

— Você tem razão, minha filha... o amor é o sentimento mais belo de nossas vidas, seja feliz, aproveite enquanto é tempo — disse a velhota, com lágrimas nos olhos. Amandine, muito admirada com aquela caduca lucidez, beijou-a com ternura e prosseguiu até a portaria. Disse a Clarice que retornaria no dia seguinte para apanhar a mala, pois naquele momento não tinha onde deixá-la, e que entregasse a chave à madre diretora. E saiu portaria afora sentindo-se desabituada em andar pela rua com os cabelos soltos, os braços e as canelas de fora. Sentia-se nua, envergonhada, parecia-lhe que todos a olhavam. Respirou fundo o frescor da manhã, sorriu e prosseguiu determinada, rumo ao seu destino.

Amandine dirigiu-se ao centro, até próximo à matriz, e logo localizou o Hotel Imperial. Porém, resolveu esperar a manhã avançar para se dirigir à portaria e indagar sobre João Antunes. Permaneceu passeando pelas redondezas, sentindo o ar agradável de Petrópolis roçar-lhe delicadamente a pele, como saudação a uma nova vida. A manhã estava maravilhosa e a cidade apresentava aquele seu aspecto bucólico característico, emanando tranquilidade, proveniente daqueles que vinham ali espairecer e esquecer seus problemas, transmitindo à cidade aquele espírito apaziguador. Havia qualquer coisa a mais de repousante pairando no ar. Amandine, enquanto caminhava, mantinha aquela sensação de quando saíra: às vezes, assustava-se com seus braços e pernas expostos ao ar livre e com seus cabelos agitados pela brisa, sentindo-se despida e embaraçada, e sorria de si mesma. Parecia-lhe que todos a olhavam. Sentou-se em um banco de praça e permaneceu longo tempo contemplando a cidade, pensando na vida e sobre tantas coisas que lhe aconteceram até desembocar nesta manhã. Ela consultou o relógio, memorizou a data e achou que já era razoável dirigir-se ao hotel e indagar por João Antunes. Seu coração acelerou-se. Amandine sentiu-se temerosa, perturbada pelo desconhecido.

— O senhor João Antunes encontra-se no hotel? — indagou na portaria, sentindo-se envergonhada e com o coração excitado. O recepcionista consultou as chaves e constatou que a de João Antunes não estava na recepção.

— Ainda está no quarto, senhorita. Deseja que eu o chame?

Amandine ficou indecisa e atrapalhada, com as faces avermelhadas, enquanto pensava rapidamente. Pensou em dizer não, mas repentinamente disse sim, enquanto fitava confusamente o encarregado. Este a olhou com um ar de incompreensão.

— Qual é o seu nome, senhorita?

— Amandine — respondeu, mantendo-se embaraçada.

O atendente telefonou para o quarto em que se hospedava João Antunes, deu-lhe o nome de Amandine e obteve como resposta: "que ela o aguardasse um instante que já desceria". Amandine sentiu-se aliviada, agradeceu e sentou-se em uma poltrona da recepção. Em poucos minutos, João Antunes surgiu descendo a escada. Ele a viu e se aproximou sorrindo, com um ar de surpresa. Ela levantou-se e o abraçou. João Antunes fitou admirado a nova Amandine, livre do hábito.

— Ó, querido, finalmente estamos livres... — disse em voz baixa, com a face colada ao peito de João Antunes. Ele acariciou seus cabelos quase loiros, enquanto Amandine cerrava os olhos. O recepcionista observava curiosamente aquele conluio. João Antunes dirigiu-se ao restaurante do hotel para o desjejum matinal, acompanhado por Amandine, que já se alimentara no colégio.

— Vamos sair, querida, dar um passeio e aproveitar a bela manhã — convidou-a após o café. Dirigiram-se ao balcão, e João Antunes deixou a chave. Eram quase 10 horas quando saíram do hotel. Amandine sentia-se agora tranquila e encantada. Passaram a caminhar de mãos dadas, muito felizes, curtindo a manhã ensolarada, encantados por um instante inesquecível. Ela agora sentia-se mais segura ao lado de João Antunes. Amandine passou a lhe narrar toda a sequência de fatos que culminaram com sua saída da congregação, até o momento em que chegara embaraçada ao hotel

— Embaraçada por quê? — indagou João Antunes, sorrindo, sentindo-se enlevado com as dificuldades de Amandine.

— Ora, meu querido, você há de convir que, após dez anos de convento, não se livra de repente de uma mentalidade religiosa, bem diferente dos hábitos mundanos. Eu, por exemplo, estou me sentindo nua com esta roupa, completamente embaraçada com os meus cabelos soltos ao vento e as canelas de fora. Aliás, este vestido e a blusa estavam guardados havia muitos anos, portanto, não repare no cheiro de mofo, apesar de tê-los limpado antes de sair...

— Pois tenha a certeza de que, tirando a sua beleza, ninguém está reparando em ti por outro motivo. Amanhã procuraremos uma loja feminina para eu te comprar novas roupas. Depois tu vais adquirindo outras — disse João Antunes, sorrindo e com uma sensação inédita em sua vida. Estava admirado com Amandine, pois era uma moça de uma pureza encantadora e de uma simplicidade que só a realçava e a distinguia dos aspectos que costumava presenciar em outras mulheres. João Antunes pousou o braço sobre os ombros dela e a apertou contra si, sorrindo satisfeito. Ela enlaçou-o pela cintura enquanto caminhavam devagar, e vieram a sentar-se no mesmo banco em que Amandine estivera antes, sob uma árvore. Ela recostou seu rosto sobre o ombro de João Antunes, aconchegando-se junto a ele.

— E então, querido, o que pensa sobre o nosso futuro? Essa é minha preocupação desde o momento em que resolvi deixar a congregação. Não poderia continuar lá dentro sonhando com você aqui fora e impossibilitada de encontrá-lo. Muito embora, querido, isso não signifique uma imposição sobre sua atitude em relação a mim. Você é livre para resolver a sua vida. Digo isso porque é o que penso no momento — ressaltou Amandine, preocupada em esclarecer o seu destino.

— Querida Amandine, eu te amo e pretendo casar-me contigo, porém, tu não achas que tudo aconteceu tão de repente e que estás vivendo uma paixão momentânea? Não achas melhor amadurecer tua ideia e sentir como eu sou pessoalmente, analisar meus defeitos... enfim, dar um passo baseado em uma atitude ponderada e consciente em relação ao teu futuro, e não agires precipitadamente? Provavelmente, devido à tua vida reclusa, tenhas sentido uma paixão incontrolável... um súbito desejo reprimido canalizado repentinamente sobre mim. Afinal, querida, apesar de já tê-la visto algumas vezes durante as visitas ao colégio, praticamente nos conhecemos sábado passado, durante o baile de formatura, e a semana nem bem terminou e já estamos conversando sobre casamento. Tu não achas que estás agindo precipitadamente e que o faz por inexperiência? Tu, Amandine, és uma mulher diferente, pura, sem experiência de vida amorosa, por isso, sinto uma responsabilidade muito grande em relação a ti e ao teu futuro. Não quero fazer-te infeliz... como o fiz com Ester, tu não mereces — disse João Antunes, com um ar de tristeza e preocupação. — Só me casarei contigo se estiver plenamente convencido de que poderei fazê-la feliz, não quero meter-te em aventuras. Tu deves deixar a poeira baixar e sentires que o teu amor por mim não é apenas um sentimento momentâneo, o que, aliás, terás mais condição de avaliar daqui em diante com a liberdade que teremos para nos encontrar. Tu terás tempo de te adaptares e me conhecer melhor. Lembra-te, Amandine, que nosso relacionamento teve início porque a procurei justamente para conversar sobre minhas dúvidas amorosas, sobre meus problemas. Em vista disso, terias plena razão em julgar-me uma pessoa problemática, de amores incertos, e de que talvez seria incapaz de me transformar em um outro homem para tê-la como esposa. Quando me casei com Ester, eu o fiz por um impulso repentino, que, hoje, avaliando melhor, foi consequência do seu sofrimento, pois fiquei penalizado. Além disso, havia a generosidade que Ester manifestara diante do suicídio de Marcus. Na época, senti que jamais poderia abandoná-la em Santos Reis, tal a paixão que me dedicava. Por inexperiência, casei-me e a fiz sofrer, até Ester morrer de desilusão — João Antunes sentiu sua voz embargar como sempre acontecia quando retornava àqueles tempos sombrios, agravados pelos recentes acontecimentos com sua filha. — E olha que Marcus suicidou-se por me amar... duas pessoas sofreram e morreram devido a mim. — João Antunes parou um instante, tentando recuperar-se dessas duas lembranças, que, tais como feridas, abriam-se quando a elas se referia. — Assim sendo, querida, com a experiência que tenho e com as incertezas que ainda estou vivendo, tu deverias avaliar bem antes de te casares comigo. Não quero transformar-te em uma nova vítima de minhas inconstâncias. Penso que devemos dar tempo ao tempo e vermos o que ele nos dirá. Tu és uma moça que só merece ser feliz — disse João Antunes, mirando vagamente as folhas secas caídas no chão.

Amandine o ouviu atentamente e, pela primeira vez, sentiu sua louca paixão ser invadida por uma gota de lucidez e bom senso. Permaneceram um instante em silêncio, e Amandine refletia nas palavras ditas por João Antunes, as quais Elisa já lhe dissera.

— Compreendo e aceito suas ponderações, querido, pois de fato tem uma experiência que não tenho e mostra sua preocupação comigo. Mas não sei se minha paixão por você arrefecerá com o tempo. Mas, se assim pensa, não desejo contrariá-lo e forçá-lo a uma situação que julga precipitada. Porém, quando acha que poderá dissipar suas dúvidas? Pois eu estou certa de que o amarei sempre — disse Amandine com segurança, afagando o rosto de João Antunes. — Uma outra curiosidade, meu querido: Elisa veio ontem conversar com você? Pergunto isso porque ela me deu esses mesmos conselhos, dizendo-me para refletir mais antes de deixar o convento — indagou Amandine, erguendo-se um pouco para rearranjar seu cabelo.

— Sim, ela veio ao hotel e conversamos sobre isso. Mostrava-se preocupada contigo por esses motivos e ela tem razão. Elisa não deseja vê-la infeliz. Porém, ao final, ela disse que resolvêssemos tudo entre nós dois porque não queria se meter. E me confessou uma coisa surpreendente: revelou que achava que estava com ciúmes de mim e discorreu sobre a psicologia de seu sentimento, deixando-me até envaidecido de seu amor filial. Nunca tivemos uma conversa semelhante, tão franca, aberta e adulta, fiquei feliz em ouvi-la. Sinto que Elisa começou a me perdoar devido ao teu amor por mim, o que deve tê-la feito pensar que existem sentimentos que sobrepujam outros e que, muitas vezes, são mais fortes que as boas intenções. É difícil racionalizar e conter certas emoções, e a paixão é uma delas, talvez a principal. E isso me ajuda também a compreender-te nesse momento...

— Foi bonita a atitude de Elisa, pois eu suspeitava de que ela prejudicaria o nosso amor. Coitada, Elisa começa a enfrentar alguns problemas relacionados à adolescência e ao começo da vida adulta, que tanto afetam os filhos — comentou Amandine, pensativa. — Mas, e quanto ao prazo que lhe perguntei? — indagou Amandine.

— Que prazo? — replicou João Antunes.

— A respeito de quanto tempo imagina que poderá esclarecer suas dúvidas... ou de que poderemos nos casar — disse Amandine, retesando e torcendo seu corpo, olhando-o de frente com um sorriso meigo.

— Bem, querida, o próprio tempo nos dará uma resposta para que tu mesma julgue se seremos felizes — respondeu João Antunes, fitando-a e lhe afagando a face. — Penso em ti, quero que tu deixes teu amor amadurecer, mas, sobretudo, penso em mim, se poderei superar minha volubilidade — completou.

— Está bem, dou-me um mês para conhecê-lo melhor e para que eu o ajude a superar seus problemas — disse Amandine sorrindo maliciosamente, de modo brejeiro. — Mas isso não impede que possamos nos amar... quero tanto que você me ame, querido. Confesso-lhe que apressei minha saída da congregação devido à impossibilidade de manter meus votos de castidade — confessou Amandine, afagando-lhe o rosto e mantendo aquele semblante angelical, no qual agora se insinuava qualquer coisa de maroto, picante e lascivo.

Havia, entretanto, nessa sua vontade, muito de uma pureza ingênua, de uma inexperiência de moça que desconhecia o mundo e que nele se atirava de corpo e alma, imaginando que tudo seria simples, como fora até então. Amandine ignorava que relacionar-se unicamente com Deus era infinitamente mais fácil que relacionar-se com os homens, porque Deus a compreenderia em tudo e a perdoaria sempre, desde que seu coração fosse profundamente sincero. Ele sempre fora o seu confidente irrestrito das manifestações vindas dos recônditos mais secretos de sua alma, sempre fora o seu guardião incondicional e depositário absoluto de sua confiança. Aquele que a ouviria incondicionalmente e sobre ela derramaria o Seu amor e o Seu perdão, em quaisquer circunstâncias. Na pior escuridão de sua vida, Deus faria brilhar uma luz de esperança na qual poderia cegamente confiar. Os homens, porém, não são assim, e Amandine ignorava que não eram Deus e que estavam muito distantes Dele. Sim, ela o sabia teoricamente, mas desconhecia a quão afastada estava sua consciência do pragmatismo mundano, ignorava como as circunstâncias da vida podem revelar o pior de cada homem e de como isso a tornava ignorante das coisas do mundo.

— Após o nosso último encontro — prosseguia ela —, o meu desejo cresceu a tal ponto que senti que não mais seria possível me manter como freira. Seria então mais edificante não desonrar o meu hábito e não me envergonhar de minhas colegas, muitas delas pessoas coerentes, dignas e com virtudes de santidade. Mas, se agi assim, é porque não tinha mesmo a vocação religiosa e estou segura de que procedi corretamente. Sinto-me aliviada — disse Amandine, aproximando seu rosto e o beijando nos lábios.

— Confesso-te novamente, querida, que me sinto surpreso com tua mentalidade, muito avançada para a época em que vivemos, pois a maioria das mulheres é sexualmente muito reprimida. E deparo-me com uma recém-egressa do convento convidando-me a amá-la... o que considero uma atitude surpreendentemente maravilhosa.

— Está me julgando muito libertina? — indagou Amandine, abrindo o sorriso em que sua pureza se misturou lindamente com uma discreta concupiscência. Ela outra vez o beijou. — Sim, João Antunes, de fato eu me considero uma pessoa que luta pela liberdade e suas manifestações, principalmente nos aspectos em que ela se encontra mais reprimida, como na sexualidade feminina. Como já lhe disse, sou uma estudiosa da psicanálise, e a essência desse assunto é uma constante busca por um autoconhecimento profundo, que permita às pessoas se manifestarem livremente. Sem uma mente consciente de suas amarras, vive-se acorrentado. Entretanto, querido, adquirir essa consciência é difícil, exige-se um trabalho intelectual intenso e geralmente doloroso. Nesse processo, frequentemente a pessoa se depara com comportamentos arraigados que ela julga sólidos e inquestionáveis, nos quais ela sempre se amparou, mas que, todavia, não passam de uma fuga e de um desconhecimento pessoal. Entretanto, se vier a conhecê-los e a derrotá-los, ela não mais estará submetida a eles. Aliás, o entendimento vulgar de liberdade e a sua prática são os maiores empecilhos para obtê-la e frequentemente são contraditórios. Observe como é curioso e comum que muitas pessoas que se julgam livres e donas de si ignoram o quão distante estão da autêntica liberdade, pois desconhecem o quanto são escravas daqueles que lhes atribuem e lhes impõem seus papéis sociais. Acham-se espertas e livres, movendo-se no interior do cercadinho permitido...

— Já comentei contigo sobre Marcus, que há vinte anos colocou-me em frente aos espelhos e me sugeriu conhecer meu âmago. Ele era também um espírito culto... e sofredor — comentou João Antunes, com um olhar vago, que o punha distante de si mesmo. Ele permaneceu um instante pensativo, com os olhos dirigidos rumo às folhas secas caídas sobre o passeio. — Entretanto, Amandine — prosseguiu ele, mudando seus pensamentos —, te repito a indagação anterior: não estás sendo precipitada em demasia, não só em seu desejo de te casares comigo, mas também em tua vontade de me amar? Desculpa-me a pergunta, querida, tu és virgem? — indagou João Antunes, acariciando seu rosto com ternura, fitando-a com a expressão preocupada.

— Isso é importante?! — Amandine deu uma gargalhada que espantou João Antunes, demonstrando-se surpreendida. — Desculpe-me, querido, mas não acha que essa sua pergunta revela muita ignorância ou preconceito? Ou a prepotência do machismo cultural brasileiro? Afinal, por que o homem se sente livre para manter relações sexuais sem compromissos e a mulher não? Ou está incomodado por vir a ser o primeiro. Afinal, qual é a importância e o significado disso? Ser ou não ser virgem? Sim, uma mulher pode ter a total liberdade de se manter virgem, e não há nenhum demérito nisso, porém, como uma atitude plenamente consciente, não pela falta de uma liberdade imposta por convenções sociais. Você está muito preocupado comigo, meu amor, julgando-me uma bonequinha de porcelana, um anjinho vindo do céu, pois agora aterrissei no mundo. Sou adulta e assumo os meus atos e as suas consequências em minha vida. Não se preocupe, você, que é tão experiente, é que descobrirá a resposta à sua pergunta — disse ela, demonstrando indiferença e inexperiência pelas preocupações de João Antunes. Amandine parecia assumir rapidamente os embates da mundanidade. — Como já lhe disse — prosseguiu ela —, tive uma desilusão amorosa, o que me induziu à vida religiosa. Confesso que sofri muito e que na ocasião estava prestes a me entregar a quem amava, porém não foi possível, então passei a amar a Deus e ao próximo, e o próximo foi você... — acrescentou com um sorriso cômico. — Fui feliz durante o tempo em que passei no Sion... até encontrá-lo, João Antunes, e a antiga paixão retornou mais intensa, encarnada em você, tal qual um sentimento que estava acomodado e que ressurge com uma força avassaladora que não sou mais capaz de refrear. Deus foi bondoso comigo e me trouxe você, meu querido... por isso, quero consumar o desejo que hoje lateja forte em minha carne e que me consome. Se vamos viver juntos, ou não, isso se torna cada vez mais irrelevante perante o que sinto, diante do meu instante — disse Amandine, enquanto acariciava meigamente o rosto de João Antunes. — Quero que você me ame...

Ele lembrou-se então da primeira mulher com quem perdera sua castidade, durante uma daquelas feiras de gado em Santo Ângelo, a alemãzinha Helga, de pentelhos dourados, que também se apaixonara por ele. João Antunes desviou seu olhar pensativo, refletindo sobre as paixões que despertava nas mulheres e que, todavia, lançavam-no em um mar de dúvidas, tornando-o cada vez mais vulnerável às emoções incompreensíveis. Quando jovem, essa precariedade não o afetava, porém, com o transcorrer dos anos, cada vez mais ele se afundava nesse pântano movediço chamado desejo. Era sobre ele que seu espírito trocava passos enquanto fitava as folhas mortas caídas sobre o passeio, sentindo as mãos de Amandine deslizarem sobre seu rosto.

— O que foi, meu amor? Por que de repente essa carinha triste? — indagou Amandine, fixando seu olhar sobre os olhos azuis de João Antunes, enquanto uma de suas mãos passava da face ao afago dos seus cabelos alourados. Ela aproximou seus lábios e o beijou várias vezes com ternura. — Vamos, querido, me ensine a amar e me faça mulher de verdade — sussurrou-lhe com uma voz insinuante e afetada por uma sensualidade encantadora.

João Antunes foi despertado de suas reflexões depressivas e sorriu docemente para Amandine. Segurou-lhe a mão que acariciava seu rosto e a beijou. Ele sentiu que o desejo de Amandine era sincero e importante para a ela e assentiu.

— Então tu queres mesmo me amar, Amandine? — indagou, João Antunes, retornando sua atenção para a vontade de Amandine.

— Agora mesmo, meu amor, vamos — respondeu ela, sentindo-se ruborizada pelo que falara. Ele olhou-a um pouco admirado.

Ergueram-se do banco e se puseram a caminhar em direção ao Hotel Imperial. João Antunes sentia seu amor por Amandine aumentar, insuflado pelo desejo, enquanto ela experimentava emoções que emergiam aos borbotões de cada ponto de seu corpo. Sentimentos fortes, longevos e sonhados secretamente e na iminência de realizá-los provocavam em Amandine emoções que pareciam se materializar e saltarem para fora de si. Ela o enlaçou pela cintura enquanto caminhavam vagarosamente rumo ao hotel. A manhã permanecia linda, e um frescor de mata úmida perfumava os ares, como se a natureza partilhasse com Amandine seus sentimentos tão belos. Em poucos minutos, estavam subindo a escada em direção ao quarto ocupado por João Antunes. Ao abrir a porta e deparar-se com a cama de casal, Amandine ruborizou-se, tomada por emoções incontroláveis. Seu coração parecia prestes a saltar pela boca. João Antunes cerrou a porta e aproximou-se dela, com muita delicadeza, passando a afagá-la vagarosamente e a lhe cochichar palavrinhas que aprendera ao longo da vida, propícias a esses momentos. Apesar de toda a sua experiência amorosa, jamais havia se deparado com uma moça recém-saída do convento, desejosa de amá-lo. Amandine se entregava passivamente às carícias, experimentando as sensações de uma novata perante as ondas deliciosas que percorriam seu corpo e lhe penetravam a alma, de uma maneira nunca sentida em seus devaneios espirituais. Aos poucos, sua timidez foi derrotada por uma vontade langorosa, porém ascendente e irresistível, que a ia obrigando a submeter-se ao desejo de sucumbir completamente à liberdade daquelas carícias. Amandine cerrava fortemente os olhos e apertava-se contra o corpo de João Antunes, sentindo-se prestes ao gozo celestial. Ele afastou-se, desabotoou lentamente sua blusa e retirou-lhe o corpete, e os pequenos seios lindos, durinhos, alvos com bicos rosados, saltaram livres. Delicadamente, ele passou a acariciá-los e depois passou-lhe os braços sob as coxas e a pousou sobre a cama. Amandine já não sentia quaisquer resquícios de timidez, mesmo porque já não via o que ocorria à sua volta. João Antunes despiu-a completamente, despiu-se e passou a utilizar os segredos adquiridos com Verônica e Riete. Durante longos minutos, ele percorreu Amandine, que fremia de prazer ao sentir as carícias eróticas que estimulavam vagarosamente os recônditos de seu corpo e de sua alma. Ela foi inelutavelmente aos poucos abrindo suas coxas, convidando-o a penetrá-la, e sentiu João Antunes fazê-lo carinhosamente no início, para depois ele render-se à própria paixão. E entrelaçaram-se, corpo e alma, em movimentos que os levavam ao ápice. Amandine, desde o momento em que ali entrara, vivia um instante inaudito em que sua paixão por João Antunes se transformara em êxtase, diferente de todas as emoções já vividas. Anos e anos de uma vontade reprimida pareciam não conseguir se esvair naqueles poucos instantes, incapazes de absorverem seu imenso prazer, externados intensamente por gritos e gemidos ao acaso.

Enquanto a tarde se iniciava, uma penumbra suave criava no pequeno quarto um ambiente aconchegante e inesquecível para Amandine. Uma suavidade embalava sua alma, e ela sentia seu corpo saciado pelos prazeres que ultrapassavam em muito as imaginações desejadas. Amandine repousava o rosto sobre o peito de João Antunes sentindo um amor imenso, mal acreditando que sua vida dera uma reviravolta que lhe parecia um sonho. Ela estava nua sob o lençol e sentia-se uma outra pessoa, como se houvesse renascida. Após anos metida em um hábito, a sua pele nua lhe dava a sensação de um choque repentino de liberdade para o qual tudo era uma novidade estonteante. Ela se lembrava de que, uma semana antes, conversava timidamente com João Antunes no baile de formatura e que agora o abraçava nua sobre a cama. Tudo isso lhe parecia bastante irreal e delicioso.

— E então, meu bem, mataste tua vontade? Gostaste da novidade? — indagou ele, acariciando seus cabelos.

Amandine, como resposta, ergueu-se, prensou as faces de João Antunes entre suas mãos e lhe beijou longamente os lábios, como que desejando sugá-lo para dentro de si. Não tinha palavras que expressassem o turbilhão de prazeres que palpitavam em seu corpo e muito menos as emoções que reviravam seu espírito.

— Te adoro, te adoro, meu querido... — murmurava loucamente, como única resposta possível, e tornava a beijá-lo com sofreguidão. — Meu Deus, parece um sonho... — dizia Amandine, com um semblante dulcificado por uma felicidade inaudita. — Nunca esquecerei esta tarde, meu amor. Você foi delicado, encantador e me encheu de prazeres... e, como nunca, me senti mulher — disse Amandine, com os olhos marejados, incapaz de expressar suas emoções. — E, então, eu era virgem ou não? — indagou com um sorriso.

— Sim, mas estavas tão molhadinha que foi fácil e gostoso, como se não fosses virgem. Tu superaste bem a timidez... para uma moça que vivia envolta em panos... — comentou João Antunes, acariciando seu rosto.

— Sou tua de corpo e alma, meu adorado... — disse ela, exibindo pela primeira vez um sorriso profundamente sensual, cuja lasciva causou desejos em João Antunes. Nesse instante, Amandine abandonava realmente sua vida religiosa e agradeceu a Deus pelo presente que lhe dera. Em um gesto batismal, como se tivesse a necessidade de um rito, ela empurrou vigorosamente o lençol para longe e mostrou-se ousadamente nua, sem nenhum pejo, a João Antunes.

— Sem nenhuma timidez, meu querido — disse ela, sorrindo e se ajoelhando sobre a cama, sentindo sua liberdade voar solta pelo espaço, como aquele sabiá.

João Antunes admirava sua pele suave e o sorriso meigo, de uma pureza angelical, misturada à lascívia. Ao contrário de seus relacionamentos com Verônica e Riete, em que o sexo era libertino, João Antunes sentia-se até mesmo levemente reprimido devido à sensação de que estava a violar qualquer coisa de sagrado que emanava da espiritualidade de Amandine. Eram os tabus pecaminosos relacionados ao sexo, tão fortemente introjetados na cultura ocidental, que agiam em seu imaginário conservador, inibindo-o. Amandine voltou a repousar seu rosto sobre o peito de João Antunes, apoiando um dos braços sobre o seu abdome, e passaram a conversar sobre suas vidas, destilando gota a gota momentos em que um assunto ia puxando outros, originando novas ideias, dialogando imersos na suave penumbra do quarto e na tarde langorosa que deslizava lá fora.

— E este anel em seu dedo, amor? Me fale sobre ele — solicitou Amandine, mirando-o com o rabo do olho. João Antunes sorriu, esticando seus dedos, fitando-o também com uma expressão pensativa.

— Esse anel tem uma longa e triste história, Amandine, que se iniciou com o barão Gomes Carvalhosa, título nobiliárquico que lhe foi concedido por Dom Pedro II. O barão mandou fundi-lo na Inglaterra em 1876, conforme gravado na sua parte interna, e esse era o seu brasão — disse João Antunes, mostrando-lhe a superfície ovalada imponente na qual se liam as letras BGC, lindamente entrelaçadas. — O barão posteriormente tornou-se amante de Janaína, linda baiana e que viria a ser a mãe de Verônica, que me revelou um fato curioso e tragicamente cômico: disse que o barão morreu em cima de sua mãe, teve uma apoplexia trepando, morte caricata e muito comentada na corte. Verônica herdou o anel e, durante uma tarde de amor com Jean-Jacques, em um hotel, às vésperas de embarcarem para a França, ela o presenteou como lembrança daquele momento. No dia seguinte, Verônica, já grávida de Riete, em vez de embarcar com Jean-Jacques para a Europa, fugiu com sua mãe para Campinas. Jean-Jacques, muito desiludido, viajou com o anel. Vinte anos após, ele retornou ao Brasil para conhecer Riete, que julgava ser sua filha, pois Riete lhe escrevera dizendo isso. Enganou-se, pois Riete era filha do senador Mendonça, e Jean-Jacques foi assassinado em Ilhéus, onde Riete morava com a avó. Logo após, Riete usou esse anel para extorquir dinheiro de Verônica, ocasião em que ela foi à Santa Sofia e disse a Verônica que Jean-Jacques a esperava em um hotel no Rio, que só ela sabia. Mostrou o anel a Verônica em Santa Sofia, como prova de que Jean-Jacques a esperava. Verônica viajou ao Rio e constatou que fora enganada, sofrendo uma desilusão imensa, por isso, foi a Cavalcante exigir explicações de sua filha, quando a conheci. Recentemente, Riete deu-me o anel, argumentando que eu seria o seu marido e deveria usá-lo. Ela já havia feito esse gesto em Cavalcante, mas na ocasião lhe devolvi, e esta tarde estou com ele em meu dedo, amando uma ex-freirinha maravilhosa. Como pode deduzir, Amandine, esse anel só é usado por quem tem vidas complicadas e parece não trazer felicidade. Ao recebê-lo de Verônica, no hotel, naquela tarde de amor, Jean-Jacques fez um comentário satírico dizendo ironicamente ser ele o anel das elites brasileiras, o que constato como uma realidade cada vez mais pertinente — disse João Antunes, encerrando a narrativa.

— Por que cada vez mais pertinente, querido? — indagou Amandine, acariciando seu rosto.

— Primeiro porque foi fundido na Inglaterra a mando de um barão, representante da velha elite fundiária do império, que governava o Brasil de acordo com os próprios interesses. Portanto, esse anel ornamentava o espírito daqueles que mandavam, no século passado. Usavam-no com a finalidade de transmitir sensação de importância à retrógrada sociedade paternalista. Posteriormente, passou a ser usado por Henriette, a filha do senador Mendonça. Político sagaz, riquíssimo, grande produtor de café, tão rico quanto inescrupuloso. O senador sabia tudo sobre a arte de se enriquecer ilicitamente utilizando seu cargo. Um digno representante da velha rapina imperial. Mendonça viveu a transição império-república e trabalhou com o ministro da fazenda, Joaquim Murtinho, no governo Campos Sales. O senador, observando a ambição e a inteligência de Riete, transmitiu-lhe essa herança maldita, que tanto infelicita o povo brasileiro. Ele incutiu na filha a sua própria mentalidade. Certamente, Riete atribui tanta importância a esse anel devido à sua simbologia de poder: pertenceu à nobreza do império, e o seu uso remete psicologicamente o portador ao topo da sociedade. Quem o usa se julga pertencente a uma linhagem de gente importante, com tradição imperial, portanto, chancela mentalmente quem detém o poder. As elites brasileiras sempre desdenharam o povo, não têm nenhum compromisso social e muito menos com o país. Portanto, Jean-Jacques deu uma ótima definição para esse anel, pois existem inquestionáveis razões para denominá-lo assim.

— E agora você está usando-o... — comentou Amandine, mostrando um sorriso doce.

— Pois é... Riete herdou essa mania e quer introjetá-la também em mim sem perceber que, comigo, ele simbolizará a decadência do que ela julga tão importante.

— Mas então por que você aceitou usá-lo? — replicou Amandine.

— Apenas para satisfazê-la, mas não significa nada para mim.

— Pois deveria ter lhe falado o que me disse. Assim estaria contribuindo para o progresso social brasileiro, dando-lhe uma lição. Tudo o que disse a respeito do anel é verdadeiro, e ela deveria ter consciência disso.

— Ora, Amandine, como tu és ingênua. Riete tem, sim, consciência disso, mas pouco liga e até ri de quem se preocupa com essas coisas. Ela conhece os problemas do país e tem consciência de seus privilégios, mas age deliberadamente ao ignorá-los. Já conversamos sobre isso, mas ela disse que não se interessa e que cada um resolva a própria vida, que os incapazes de a resolver desapareçam. Quando lhe disse ser esse o anel das elites brasileiras, ela sorriu desdenhosa. É difícil falar de solidariedade a essa gente, pois não são simplesmente egoístas, mas têm o coração de pedra.

— Querido, então sou eu que não o compreendo bem. Pois, se repudia com tanta veemência e convicção a personalidade de Riete, se isso lhe desagrada tanto, como pode relacionar-se com ela a ponto de amá-la?

— As coisas não são tão simples, Amandine. Comprovarás isso aqui fora e verás que são bem mais complicadas que a vida religiosa. Riete é inteligente, dinâmica, convincente em suas argumentações e, sobretudo, muito envolvente no amor... no qual reflete sua forte personalidade. Ela transmite uma energia incrível. Desculpa-me falar assim contigo, querida, uma moça tão pura como tu.

— Não se censure, meu querido, e pare de me dizer que sou pura. Ser pura ou virgem são moralismos inúteis e geralmente falsos e que tenderão a desaparecer. O que não impede que uma pessoa pense assim se for realmente coerente com isso, pois o que importam são a solidariedade e a generosidade, a essência do cristianismo. Mas, voltando ao que lhe dizia, continuo sem entendê-lo. Se você é tão dependente do ato amoroso, deve então estar decepcionado comigo... afinal, sou inexperiente... neófita da alcova...

— Ora, meu amor, tu fostes maravilhosa, pois tua inexperiência, o teu despojamento me deu tanto prazer quanto Riete.

— Como já me disse, é a ambição que a torna fogosa na cama. Mas que coisa mais estranha e esquisita! — repetiu Amandine.

— Sem dúvida, mas é assim que acontece... inexplicavelmente, é assim. Não te disse que as coisas aqui fora são mais complicadas, pois vá se acostumando — corroborou João Antunes, sorrindo.

— Uma outra coisa que está ligada aos seus comentários e desperta a minha curiosidade é saber a razão pela qual você, sendo tão indignado com as injustiças sociais e preocupado com as mazelas do Brasil, não toma nenhuma atitude para ajudar a solucioná-las. Além disso, relaciona-se com Riete, sendo ela uma pessoa egoisticamente alienada, o oposto do que você pensa. Desculpe-me insistir, meu querido, mas me parece um total contra senso...

— Essa questão já me foi proposta também por Carlos Val de Lanna e respondida por ele mesmo. Ele disse, e tem razão, que tal comportamento é característico da pequena e média burguesia brasileira. Temos uma formação humanística cristã impregnada em nossa cultura, que, infelizmente, nos leva apenas a sentimentos superficiais de solidariedade e carrega em si uma grande dose de hipocrisia, enquanto o autêntico cristianismo é o oposto disso. Nossa sociedade é egoísta, conservadora, mesquinha e explora esse tipo de humanismo em seu próprio benefício espiritual. Sentem-se bem, são felizes em ser superficialmente limitados, mesmo ignorando o quanto são assim e por que são assim. Apenas conversar sobre isso lhes já causa um certo apaziguamento espiritual, mas sem nenhum engajamento efetivo. E combatem ferozmente aqueles que tomam atitudes eficazes para mudar essa cultura do bem-estar espiritual, aqueles que de fato lutam para transformar a realidade brasileira. Querem se manter em paz e conseguem, mesmo em detrimento da miséria e do que acham ser o certo, só o certo, ignorando como estão errados em ser assim. E eu, Amandine, infelizmente, sou uma amostra dessa mentalidade: deploro os problemas sociais, mas evito as atitudes que possam resolvê-los. Sou um típico bom burguês e do pretenso brasileiro generoso. Quando posso, dou uma esmolinha, me compadeço, manifesto um sincero sentimento íntimo de solidariedade aos pobres e, ao agir assim, me considero uma pessoa boa e tenho um instante de felicidade. Mas apenas isso. Como pode então constatar, Amandine, a única coerência de minha vida se resume a navegar em um mar de contradições... ou, talvez, também tenha pelo menos essa única qualidade, reconhecer e dizer isso — acrescentou, com um triste sorriso de deboche.

— Bem, já é uma grande virtude distinguir suas fraquezas, e tenho a certeza de que se manifestará sinceramente contra a injustiça em ocasiões propícias. Não agiu assim com Val de Lanna? Essa mentalidade contemporizadora, em que se tenta adequar a realidade aos valores espirituais vigentes em cada um, por meio de inúmeras justificativas, é o comum no mundo, portanto, não se assuste. Daí provêm o conservadorismo e o motivo das mudanças se tornarem difíceis. A própria Igreja, no geral, é assim, pois evita desagradar os poderosos, muito embora existam no seu seio pessoas extremamente coerentes, comprometidas seriamente em promover mudanças e denunciar as injustiças, mesmo às custas da própria vida, como há inúmeros exemplos. Infelizmente, João Antunes, as coragens física e moral não são virtudes disseminadas, poucos as têm. Nos momentos cruciais, a maioria se omite, entendeu? Temem perder seus privilégios ou a própria vida e preferem contemporizar. Isso em se falando de gente socialmente conscienciosa, pois a maioria é alienada pela ignorância ou pelo próprio egoísmo e não tem como realmente se preocupar com isso.

— E Elisa, Amandine, o que ela pensa sobre tais questões? — indagou João Antunes.

— Ora, querido, Elisa, como já lhe disse, é objetiva em qualquer assunto, a tal ponto... — hesitou Amandine — que pensa em se filiar a uma célula do PCB no próximo ano.

— Meu Deus! Elisa não deve se meter nessas coisas... ela pode ser presa e estragar sua vida! — exclamou João Antunes, assustado, voltando-se para Amandine.

— Não vá dizer isso a ela, por favor, querido, deixe-a resolver a própria vida — olhou-o sorrindo pensativamente, pois ali estava a prova de tudo o que João Antunes lhe dissera, há um segundo. Mas eximiu-se de comentar.

— De fato, ela pediu a Val de Lanna seu contato, lá no Rio... — disse João Antunes, mantendo-se alguns segundos em silêncio. — Porém, vamos conversar sobre nós, afinal, se estamos nus sob o lençol, não é para falar sobre problemas brasileiros...

— Sim, meu amor, basta de conversar sobre isso. Infelizmente, o Brasil é apenas assunto para conversas. Como será o nosso futuro? Vamos nos casar, o que pensa sobre ele? — indagou Amandine, adquirindo um ar de vivacidade.

— Devemos refletir. Como te disse, não posso dar um passo em falso. Apesar de amá-la, não tenho a necessária segurança para te dar uma resposta objetiva. Procurarei agora, querida Amandine, não mais ser afoito e evitar decisões precipitadas. Riete me aguarda no Rio segura de que serei seu marido, o que não passa pela minha cabeça. Porém, estarei certo disso? — acrescentou João Antunes, com um semblante de incompreensão.

Houve um silêncio denso e repentino, em que ambos refletiam sobre suas vidas. Amandine ergueu-se e sentou-se na cama, em frente a João Antunes.

Dobrou os joelhos e trançou os braços sobre eles. Seus peitos, com os bicos durinhos, rosados, mostravam-se lindamente abandonados ao olhar de João Antunes. Ela avançou os braços à frente e envolveu meigamente o rosto dele com as palmas das mãos.

— Por que tanta angústia, meu querido? Fique tranquilo, não estou obrigando-o a nada. Casando-me ou não com você, eu o amarei e jamais me esquecerei desta tarde maravilhosa em que me fez mulher. Tomei uma decisão há poucos segundos: se não me casar com você, retorno à França no próximo mês — disse Amandine, acariciando suas faces. João Antunes assustou-se com a frase peremptória.

— Ó, meu anjo, não deixarei que tu retornes para a França. Vamos antes nos casar... não posso ficar sem ti, Amandine, tu és meiga como a Ester. Chega aqui, minha querida — João Antunes repetiu automaticamente a frase que já dissera diversas vezes a Verônica. Colocou-se de joelhos, abraçando-a, e ambos tombaram sobre os lençóis, com as cabeças ao pé da cama. Amandine o abraçou, enquanto João Antunes a cobria de beijos carinhosos. Ela sentia novamente um desejo ardente invadi-la e penetrá-la até os confins de sua alma. Amandine abriu suas pernas voluptuosamente e cruzou-as sobre as costas de João Antunes, com o rosto pendido para trás e os olhos cerrados.

— Me ame... me ame, minha paixão... — repetia sôfrega, enquanto João Antunes a cobria com a mesma vontade.

Amandine abandonava-se completamente como se fosse o último instante de sua vida. Toda a sua capacidade de amor e de amar era vivida naquele momento. Depressa, ela aprendeu a ser impudicamente lasciva e manifestava em voz alta as sensações intensas. Durante muitos minutos, João Antunes ensinou-lhe os prazeres do ato amoroso, enquanto Amandine se retorcia endoidecida de amor, sempre desejando mais, com sua voz entrecortada pelo gozo. Estavam encharcados de suor quando tombaram ofegantes sobre a cama. Permaneceram longos minutos silentes, deitados, até se acalmarem, envoltos pela penumbra vespertina que já invadira o quarto. Aquele simples comentário de Amandine, sobre a possibilidade de retornar à Europa, pusera fogo em ambos. Já mais sossegados, ela voltou-se carinhosamente para João Antunes e o abraçou, deitando-se sobre ele, passando a lhe dizer palavras que externavam a sua imensa felicidade. Afagava seus cabelos e o rosto, entremeado por beijos apaixonados, em uma ânsia de lhe transmitir tudo o que sentia.

— Agora senti o quanto te amo, ao me imaginar embarcando sozinha para a França...

— Eu também, querida... que coisa interessante, Amandine — observou João Antunes, com um olhar pensativo —, como te disse, quando amava Riete, nos tempos de Cavalcante, ela se tornava muitíssimo fogosa ao conversarmos na cama sobre negócios, pelos quais imaginávamos ficar ricos. Aquilo a deixava excitadíssima. Agora, quando vamos nos amar, Riete fala de seus planos de adquirir tais e tais frigoríficos e começa a se excitar como antigamente. Lembrei-me disso porque, ao me dizer que iria embora sem mim, tu ficaste tão excitada quanto Riete e foste deliciosa. Portanto, me diga sempre que irá embora sem mim... — disse João Antunes, com um estranho sorriso, desviando seu olhar com uma expressão enigmática, afagando-lhe o rosto. Amandine também sorriu e concordou, prestando atenção àquele estranho comentário.

— Os desejos de Riete se realizaram, pois ficou rica, e a minha resolução, embora sem saber se iremos nos casar, também será verdadeira — disse Amandine, aparentando um ar de tristeza.

— Vamos nos casar, amor, esteja certa disso — contestou João Antunes, abrindo um sorriso, parecendo convicto do que dissera.

Permaneceram abraçados, silenciosos e esquecidos do mundo, que se resumia às emoções que fluíam entre seus corpos abandonados e sobrepostos. Cochilaram. Quando se deram conta, já era noite, e o quarto estava escuro. João Antunes levantou-se cauteloso como um cego e acendeu a luz. Depois banharam-se e tornaram a deitar.

— E, agora, querido, o que faremos? Eu vou solicitar à mamãe que me envie algumas economias e permanecerei aqui hospedada durante uns vinte dias, até a passagem do ano, aguardando sua decisão, depois retorno à França, se não nos casarmos.

— Tu não terás nenhuma despesa, Amandine. A hospedagem e tudo que necessitares ficarão por minha conta. Amanhã, eu já anteciparei o pagamento ao hotel — disse João Antunes, denotando um semblante preocupado. — E, após trazermos sua mala do colégio, eu retorno ao Rio para devolver esse anel a Riete e conversar com Verônica... e volto para levar você e Elisa para o réveillon na fazenda.

— Volta quando, querido?

— O mais rápido possível — respondeu João Antunes. — O que foi, amor? — indagou, ele, sentindo a sombra que pairava sobre o espírito de Amandine se adensar.

— Não sei, mas não me sinto segura em relação ao nosso futuro... — disse Amandine, em cujo olhar brilhou de súbito uma expressão viva, imprevista, que transfigurou repentinamente a doçura de seu rosto em angústia. Ela, nesse instante, começava a nadar nas águas revoltas em que os homens nadam.

João Antunes a abraçou, penalizado pelo súbito sofrimento de Amandine. Ele sentia algo similar ao que sentira em relação a Ester, quando retornara à estância de Santos Reis, vindo de Cavalcante. João Antunes sentia pena de Amandine porque via nela a mesma pureza ingênua e a mesma paixão incondicional por ele. Amandine e Ester não eram como Riete, que tinha uma forte personalidade e muita experiência de vida. Como ocorrera com Ester, Amandine tinha como objetivo casar-se com João Antunes, que não se sentia absolutamente seguro de suas convicções. Ele, entretanto, já a alertara sobre isso, avisara-a de que deveriam esperar, mas, após amá-lo, aquele objetivo de Amandine se transformara quase em necessidade, e João Antunes lhe percebia esse sentimento à flor da pele.

Na manhã seguinte, Amandine estava novamente insaciável. Parecia querer satisfazer o desejo acumulado durante anos na solidão de sua cela, arena em que duelavam o sacro e o profano. O baile de formatura ocorrera sábado passado. Ela o lembrou então que, após uma semana, já estavam ali e que sua vida dera uma reviravolta. Depois, desceram para o café matinal. Antes de viajar ao Rio, João Antunes e Amandine foram ao Sion para trazer a mala que permanecera na portaria. Já no hotel, ele efetuou o pagamento da hospedagem de Amandine, até o dia em que retornasse a Petrópolis, e deu a ela uma quantia para que adquirisse novas roupas e outras necessidades. Ela foi convencida a aceitar, após inicialmente recusá-la. Após alguns minutos, despediram-se. João Antunes entrou no Ford e o acelerou rumo ao Rio de Janeiro, novamente em busca de seu destino. Ele pensava nisso enquanto descia a serra, na qual havia sempre uma curva perigosamente insinuante que lhe tocava a alma. Amandine permaneceu chorosa, saciada, e com uma sombra duvidosa pairando sobre si. À tarde, Elisa veio ao hotel saber notícias de seu pai e ficou surpresa ao encontrar Amandine ali hospedada, no mesmo quarto de João Antunes. Amandine revelou-lhe como tudo transcorrera desde o momento em que saíra do colégio, na manhã anterior. Elisa compreendeu e congratulou-se com ela, mas ficou temerosa pelo seu futuro.

— Eu adoro seu pai, Elisa, mas disse a ele que retorno à França caso não queira casar-se comigo — disse Amandine, sentindo suas palavras doerem e os olhos marejarem. — Mas não me arrependerei do que fiz, pois foi tudo ótimo e maravilhoso. Fui eu que insisti em amá-lo e, como você mesma me dissera, ele relutou insistindo que deveria antes conhecê-lo melhor. Portanto, assumo as consequências de meu ato, que foi deliberado — esclareceu Amandine, observando a preocupação de Elisa.

No dia seguinte, Amandine teve a companhia de Elisa, que, à tarde, viera ao Hotel Imperial para conversarem e passearem por Petrópolis, além de ajudá-la nas compras. Elisa percebia a angústia de Amandine. O final de 1941 se aproximava sob uma expectativa ansiosa. Pairava sobre os povos um clima de incerteza e de melancolia devido à guerra. O Brasil oscilava entre a Alemanha e os Estados Unidos, e tudo parecia precário na alma de Amandine e na alma do mundo.

19

João Antunes descia lentamente a Serra rumo ao Rio de Janeiro ouvindo um dos sucessos do ano: "Quem sabe de minha vida sou eu", com Linda Batista. Ele prestava atenção à letra enquanto um pensamento pungente contrapunha-se ao que a canção lhe dizia, pois não conseguia discernir os rumos da própria vida. Naquele momento, o título adequado lhe seria: "Quem não sabe de minha vida sou eu". João Antunes lembrava-se de Amandine, e o que sentia por ela era semelhante ao amor que devotara a Ester: um sentimento carinhoso de pena, carregado de uma responsabilidade moral que o obrigava a assumi-la. Ele já adquirira conhecimento suficiente que o permitia antecipar essa conclusão. Porém, não podia torná-la mais uma órfã de seu amor, como o fizera com Ester, embora ele a advertira quanto a isso. Amandine o amava com a força de uma convicção inabalável, irrestrita, e o amor de João Antunes por ela não era quantitativamente recíproco. Ele era mais experiente que Amandine e, se desejasse, poderia submetê-la aos seus caprichos, mas jamais procederia assim. João Antunes sentia-se responsável em não a magoar, em não a ferir, uma preocupação que não tinha com Riete e Verônica, pois ambas eram experientes em reveses amorosos. Riete tinha um temperamento forte e envolvente, a ponto de causar em João Antunes certo receio de cair nas redes que ela lançava tão bem. Entretanto, enquanto ouvia Linda Batista, ele era puxado em direção a Riete por uma força misteriosamente irresistível. Sentia-se atraído pela sua exuberância, tal qual um ímã atrai o ferro. Relembrava o comportamento abjeto de Enrico, as suas promessas de afastar-se dela, conforme dissera a Elisa e Amandine, todavia, era impelido inexoravelmente em direção a Copacabana. Eram as turbulências que o atraíam, eram aquelas emoções misteriosamente contraditórias, mas aprazíveis que iam empurrando o seu Ford rumo a Copacabana. "Mas não seria essa força o seu amor verdadeiro?", questionava-se João Antunes, perdido em um cipoal de conjecturas que o faziam guiar lentamente, como que se dando tempo para dissipá-las. Ele tentava postergar inutilmente o que a alma lhe insinuava ser o caminho de seu destino. Entretanto, esses sentimentos conflituosos lhe causavam uma sensação de vazio, de tédio, de cansaço extremo, como se suas emoções exauridas se entrechocassem em vão em busca de uma harmonia impossível. Toda a suposta paz que tivera com Amandine despencava Serra abaixo e desaparecia naqueles abismos profundos, naqueles grotões escuros que margeavam a estrada, enquanto o Ford transitava devagar em direção ao coração de Riete. João Antunes chegou à capital ainda cedo e telefonou de um posto de gasolina para o escritório de Riete. Ele aguardou um instante até que lhe transferissem a ligação. Riete atendeu e sentiu-se tão surpresa quanto feliz. Ela estava ansiosa para reencontrá-lo e lhe esclarecer algumas coisas. Eram cerca de 11 horas, e Riete lhe pediu que a apanhasse no escritório para que fossem para o seu apartamento. Em alguns minutos, João Antunes chegou à Rua Alcindo Guanabara, na Cinelândia, e a viu junto ao meio-fio, em frente ao prédio, aguardando-o. Ele parou, estendeu o braço à direita e lhe abriu a porta, e Riete entrou rapidamente. Ela estava radiante de alegria e atirou-se efusivamente com os dois braços ao pescoço de João Antunes, abraçando-o e cobrindo sua face com beijos, dizendo-lhe palavras de amor. Imediatamente, João Antunes recebeu aqueles influxos poderosos que varreram de imediato seus pensamentos depressivos, duvidosos, que tanto o atormentavam, e viu-se novamente seduzido por aquele clima fascinante. A presença de Riete parecia introduzi-lo em uma esfera de satisfação exuberante em que suas emoções se enriqueciam, afastando-o daqueles instantes anteriores, em que sua alma vagava em desamparo. Aquela energia dava uma trégua em suas indecisões tormentosas e sufocavam-no com uma felicidade estonteante. Antes de qualquer coisa, Riete desejava amá-lo intensamente. Disse-lhe com graça e malícia encantadoras que estava por fechar um grande negócio, e ele voltou-se para ela sorrindo dulcificado. Riete lhe dava a senha para o tesão que sentia e que deveria ser saciado. Ela cruzava as pernas, sentava-se de lado, deixando despudoradamente suas coxas à mostra, apimentando aquela mensagem que tocara fundo o espírito de João Antunes. Ele sorriu e permaneceu um instante em silêncio, refletindo sobre o incidente ocorrido em Petrópolis, durante o baile.

— Riete, fiquei estarrecido com Enrico, pois eis que ele revelou a Elisa o romance que mantive com Verônica. Foi ao baile com esse objetivo e magoou profundamente a minha filha e a mim. Não quero mais vê-lo em minha frente — disse João Antunes.

— Sim, estou sabendo. No dia do baile, ele ficou de me apanhar para irmos juntos, fiquei a esperá-lo, mas ele não apareceu e me deixou também enfurecida. Mamãe contou-me sobre o ocorrido e, em vista disso, rompi com ele. Não se preocupe, você não mais o verá, pois o retirei da empresa e ele permanecerá somente em São Paulo — explicou Riete, abraçada a João Antunes. — Mas vamos falar de coisas boas. E quanto a nós, meu amor? Quando será nosso casamento? — indagou Riete, esfuziante, sorrindo lindamente. João Antunes também sorria, sentindo a força daquele amor lhe inundar docemente o coração.

Quando entraram na Avenida Atlântica, no final da manhã, o mar faiscava sob o sol forte, e sentiram suas emoções à flor da pele. Riete finalmente elogiou seu automóvel e ele sorriu envaidecido, experimentando uma incrível e súbita expansão de liberdade, sensação que o deixou equiparado a Riete. Alargou seu sorriso e refletiu que havia muito tempo não sentia essa segurança, experimentando um ímpeto desconhecido que esclarecia tranquilamente o seu futuro. Comprimiu as vistas, observando o asfalto tremular sob o calor escaldante de verão. Logo estacionou na garagem, em uma das vagas ao lado do carro de Riete. Em poucos minutos, ela abria a porta do apartamento. Sentiram a temperatura agradabilíssima proporcionada pelo ar-condicionado, que contrastava fortemente com o mormaço exterior. Riete fechou-a, e se abraçaram em um beijo voluptuoso. Manuela ouviu vozes vindas da sala e aguçou seus sentidos, logo ouviu-as mais próximas e depois mais distantes, rumo ao quarto de Riete. "A cabra está no cio e já vai ser saciada", pensou, lembrando-se de seu gajo, sentindo seu sexo ferver. Desde daquela última vez, ela aprendera a aguçar sua atenção sempre que João Antunes chegava ao apartamento. As vozes foram abafadas assim que Riete trancou a porta do quarto. Rapidamente se despiram e puseram-se a se amar como só eles sabiam. Por circunstâncias momentâneas, sentiam-se enlouquecidos pelo desejo e insaciáveis nas posições em que trepavam e se engatavam avidamente, como nos tempos da casinha azul de Cavalcante. Riete gritava que ficaria mais e mais rica, enquanto se esgotava endoidecida sobre João Antunes, até tombarem exauridos sobre a cama.

— Ninguém é como tu, minha querida... — balbuciou João Antunes, deitado ao lado dela. Ele olhou por acaso aquele anel em seu dedo e sentiu-se perplexo, confrontando-se com os instantes que vivera com Amandine no dia anterior, quando conversaram longamente sobre ele.

— Sim, meu amor, teremos uma vida inteira para fornicar como hoje — concordou Riete, sentindo uma sensação langorosa percorrer seu corpo e uma felicidade esfuziante inundar cada recanto de sua mente. Tudo o que imaginara anos atrás se realizara. Ela estava rica e tinha ao seu lado o homem por quem era apaixonada, por quem tanto sofrera e que jurara conquistar o seu amor. Só faltava consegui-lo definitivamente, mas tinha certeza de que estava muito próxima disso.

Enquanto Riete permanecia silenciosa com o braço pousado sobre ele, João Antunes refletia novamente sobre a sua vida, com o olhar vagando sobre o teto, sem nenhum ponto em que fixá-lo. Aquela segurança que estranhamente sentira ao ver o asfalto tremular sobre o sol abrasador sumira no frio daquele quarto. Lembrou-se de Amandine e se entristeceu. Ele queria devolver aquele anel a Riete, mas relutava. Tinha que adquirir urgentemente uma certeza; tinha pressa e não havia mais tempo. Ele era solicitado a tomar uma atitude e assumi-la, não poderia mais postergá-la e ser levado por circunstâncias ocasionais, como essa. Afinal, a quem amava? Indagava-se aflito, procurando uma resposta em poucos segundos, quando já a buscara durante anos. Invejava Amandine, Riete, Verônica e Ester, que eram tão convictas do amor que sentiam por ele. Lembrou-se também de Marcus. Quisera também ter essa confiança, uma fidúcia que perdurasse.

— O que foi, meu amor? — indagou Riete, erguendo o rosto meio assustada, ao percebê-lo absortamente agoniado.

— Riete, sinto-me atormentado como nunca estive... uma nova mulher entrou em minha vida, uma moça maravilhosa, uma freira que deixou o convento por minha causa...

— O quê!? — exclamou Riete, interrompendo-o, fitando-o surpreendida, perplexa, completamente estupefata. Ela permaneceu um instante atônita com a revelação e depois caiu na gargalhada. — Só me faltava essa... uma freira... uma freirinha... e vocês...?

— Sim, Riete, não deboche, por favor... porém, isso é secundário diante do que sinto. — disse João Antunes, com um ar atormentado.

— Pois então diga o principal, querido, o que o preocupa? — pediu Riete em um tom imperativo, enérgico, perturbando a felicidade que sentia.

— Realmente, querida, sinto-me atrapalhado. O amor de uma mulher sempre foi o mais importante, porém, isso em sua presença, pois, quando me afasto, esse amor se desvanece, e não sei mais a quem amo... não tenho certeza de nada. As minhas decisões nunca se firmam, nunca adquiro uma convicção forte e definitiva sobre o amor, um sentimento que se consolide... que me dê paz, pois tudo é efêmero, provisório, passageiro... tudo se vai e desaparece como fumaça no ar... — disse João Antunes, e seu semblante adquiriu algo de profundamente doloroso. Um vago sorriso triste assomou perdido entre seus lábios.

— Talvez, por ser um homem maravilhoso, esteja enfadado de sentir as mulheres morrendo por você, não é verdade? Eu te amo, João Antunes, muitíssimo, mas nosso relacionamento acabou. Não posso me relacionar com um homem nessas condições. Se algum dia tiver a plena convicção de que me ama, me procure e imediatamente nos casaremos, mas, assim, não! Não consigo mais conviver com essa incerteza, chega! Basta! — disse Riete, de modo categórico, cortante, enquanto seus olhos marejavam e uma dor cortava seu peito.

João Antunes assustou-se com essas palavras tão incisivas, pronunciadas de modo tão contundente, e aquela sua dúvida começou a se dissipar tão depressa quanto se dissipavam suas convicções. Ele permaneceu um instante em silêncio, pensativo, sem saber o que fazer.

— Riete, eu te amo, querida... — mas essas palavras tampouco o convenciam, pois sentiu-as exauridas, desgastadas, repetitivas. Já as dissera várias vezes a Verônica, a Amandine e para a própria Henriette.

— Não, João Antunes, basta, chega!! E reflita bem! Se dentro de um mês você ainda tiver alguma dúvida sobre o seu amor por mim, não me procure mais, pois tudo estará definitivamente acabado. Não quero mais revê-lo. Vou sofrer muito, mas é isso! Não suporto mais essa conversa! — reafirmou Riete, esforçando-se para não cair em prantos.

Permaneceram um instante em silêncio.

—Tu tens razão, Riete, muito embora eu sinto que és a mulher de minha vida...

— Não, João Antunes, já ouvi isso várias vezes e repito: agora chega!! Então, que decida e não me procure mais após transcorrido um mês... — interrompeu-o Riete, com veemência.

— Tome então o teu anel... — disse, retirando-o do dedo e colocando-o sobre a mesinha de cabeceira. — Tu tens razão em te sentires assim. A vida parece pilheriar comigo... — concordou com uma voz quase inaudível, cabisbaixo e sem encontrar nada mais a dizer.

João Antunes levantou-se, foi ao banheiro e logo se vestiu, enquanto Riete permanecia desolada, sentada sobre a cama, pensando nas consequências do que dissera. João Antunes retornou e olhou-a silenciosamente, indicando-lhe que já iria. Riete levantou-se e vestiu um *peignoir*. Adiantou-se e abriu a porta do quarto, e ambos caminharam em silêncio rumo à saída do apartamento. Riete o acompanhou até o elevador. Escutaram o barulho forte da porta dourada se abrindo. João Antunes puxou a sobreporta de madeira e a mirou intensamente. Em seus belos olhos azuis, bailava sob as lágrimas uma imensa tristeza. Sua alma estava morta, derrotada pelo infortúnio. Riete o fitava com um olhar apaixonado, perplexo, o semblante muito pálido e com o coração atordoado pela brusca viagem que fizera repentinamente do céu ao inferno. João Antunes entrou vagarosamente no elevador, demonstrando, em sua postura cabisbaixa, uma impotência e uma resignação melancólica. A porta fechou-se e o elevador desceu; seu ruído lentamente se afundava no poço, carregando junto os sonhos de Riete, acalentados durante anos. Ela levou as mãos sobre o rosto e caiu em um choro profundo e doído, com a testa apoiada sobre a porta do elevador. Após alguns segundos, retornou devagar, inconsolável, rumo ao seu quarto. Lá chegando, ela caiu bruscamente em si e atirou-se sobre a cama, sentindo a alma imersa em desespero. Ali, sobre aquela mesma cama, há poucos minutos, ela estivera no céu e agora se debatia em vão, mirando, perplexa, o vazio sobre os lençóis. Riete penetrou em uma realidade assustadora, inédita em sua vida. Lentamente sentou-se, mas deitou-se novamente, perturbada, buscando no teto os mesmos pontos que João Antunes havia há pouco buscado em vão. Assustou-se de repente com a possibilidade de que João Antunes não mais a procurasse, pois fora peremptória em seu ultimato. Além disso, tinha a quase certeza de que ele permaneceria com suas dúvidas, pois isso fazia parte de sua personalidade e, sendo assim, não mais voltaria a procurá-la. Riete, de súbito, começou a sentir algo assustador, coisa que nunca sentira, pois começou a perceber que seus sonhos morreram. Sentia-se perdida em um deserto onde não vislumbrava uma gota de esperança. O seu sucesso empresarial e a sua riqueza começaram a esvaecer, a perderem a importância perante o amor que sentia por João Antunes. Durante a sua vida, a busca pelo sucesso constituiu a motivação que a impelia a acreditar que a riqueza o traria de volta, como de fato aconteceu. Agora, deitada sobre a cama onde há alguns minutos se amaram em delírio, ela sentia que seu mundo se esvaziara daquela esperança feliz e imorredoura que a movera ao longo dos anos. João Antunes seria a coroação de seu sucesso, até então o seu objetivo único e realmente sincero. "Mas por que eu desejei tudo? Incondicional e egoisticamente, tudo!? Por que fui tão inflexível? Não podia agir assim... tomar uma decisão tão intempestiva e precipitada, quando as regras básicas que pratico sempre em meus negócios são a ponderação e jamais agir no calor da hora...", refletia Riete, afogada em seu pranto. Ela deliberou então que, se João Antunes não a procurasse, iria atrás dele, mas imediatamente sentiu que isso já não era mais possível, que essa alternativa já não tinha força perante si mesma. Percebia que a solução, se viesse, só poderia surgir naturalmente ao acaso. Deveria, pois, aguardá-la com angústia.

Riete, com o correr dos dias, passaria a experimentar uma forte desmotivação em relação aos seus negócios, passou a senti-los irrelevantes perante o sofrimento e viu o brilho de sua vida se apagar. Relembrou que se sentira assim há vinte anos, na noite em que João Antunes a trocara por Verônica e ela assistira ao casal atravessando a Avenida Atlântica, rumo à pensão. Porém, tivera forças e lutara para que João Antunes voltasse aos seus braços, aguardando-o esperançosa durante anos. Agora, tudo lhe parecia novamente triste e sem sentido, pior que aquela noite, pois toda a sua espera, que tinha certeza, quase fora alcançada e evaporou-se repentinamente. Riete lembrou-se de sua mãe Verônica, que tanto sofrera pelo seu amor a Jean-Jacques, e começou a ter sentimentos que emergiam das profundezas de seu coração, compreendendo coisas que nunca entendera. Pela primeira vez em sua vida, Riete começava debilmente a admitir a existência de valores mais substanciais que o dinheiro, que facilmente exaure as emoções advindas de seu poder efêmero. Ela compreendeu que o amor envolve as delicadezas da alma e as sensações mais intensas, inigualáveis, que eram abstratas e gratuitas exigindo apenas senti-lo, bem diferente dos negócios, em que tudo se compra. Riete valorizava o amor como nunca, não mais o considerando o coroamento de seu sucesso empresarial, ofuscado agora pela beleza desse sentimento único. Este se sobrepunha aos seus interesses materiais, e captou então o que sua mãe Verônica lhe dissera, anos atrás, que trocaria todo o conforto de Santa Sofia para viver ao lado de Jean-Jacques. Riete lembrou-se de que ridicularizara aquela afirmação, quando na ocasião argumentara: "mas a senhora trocaria a riqueza e o conforto que Bertoldo lhe dá pelo amor a um homem?". Pois, afundada no luxo de seu quarto, Riete sentia na alma a veracidade daquelas palavras. A sua vida, de repente, perdera o sentido, despojara-se daquela energia vital, que, segundo avaliava agora, era alimentada pelo seu amor a João Antunes. Riete soluçava amargurada e não sabia o que fazer se ele se fosse para sempre. Lembrou-se também de Cocão e compreendeu também o impulso que o movera a se suicidar quando se viu privado do amor de João Antunes, ela, que ridicularizara aquele ato. Riete sofria muito e não vislumbrava nenhuma luz que iluminasse o seu caminho. Somente deveria torcer para que ela voltasse a brilhar, mas não sabia o que fazer se, infelizmente, ela se apagasse para sempre.

Naquele dia em que romperam, não eram ainda 16 horas quando João Antunes, deixando o apartamento de Riete, chegou à garagem, entrou no Ford e ganhou a Avenida Atlântica. O sol ainda brilhava intensamente àquela hora. A vida lhe parecia aquém do mínimo aceitável para vivê-la. Sobre as areias, ele observava vagamente aqueles que permaneceriam até o anoitecer e assistia, ao longo da orla, às ondas crescerem e se quebrarem precariamente em espumas. João Antunes dirigia-se ao apartamento de Verônica, esperando encontrá-la para nela se agarrar e receber algum alento, repetindo suas atitudes anteriores. Mal se dava conta de que, há cerca de uma semana, dissera a Verônica que se afastaria dela devido ao ocorrido no baile. Estava abalado pela maneira brusca com que Riete lhe falara. João Antunes conhecia a sua personalidade, mas nunca suporia que Riete fosse tão dura e categórica. Ele sentia seu amor de uma forma estranha, quase temerosa. Teve ímpeto de retornar, mas sentiu que Riete tinha razão. Ele não tinha certeza e muito menos mais argumentos e, permanecendo assim, não mais a procuraria, pois tudo iria se repetir. Seu vazio foi subitamente preenchido por uma perplexidade depressiva, dando-se conta de que não poderia continuar assim. Precisava reagir e necessitava urgentemente de um estímulo para tranquilizá-lo. Não era mais capaz de contemporizar, como o fazia havia anos. "Porém, quantas vezes já não pensara sobre isso? E, todavia, não persistia do mesmo jeito?", pensou. João Antunes continuava se debatendo inutilmente, perdido em conjecturas sem soluções. Estacionou junto à praia, nas proximidades da Santa Clara, e dirigiu-se ao apartamento de Verônica. Tocou a campainha, logo ouviu passos se aproximando.

— Quem é? — indagou.

— Sou eu, Verônica, João Antunes.

Ela abriu a porta ostentando um sorriso de surpresa, abraçou-o e o beijou carinhosamente, mas já não exibia aquela alegria exuberante ao revê-lo. Após reencontrá-lo, há cerca de seis meses, ocasião em que julgara que viveriam juntos, Verônica desiludiu-se e seu coração murchou, resignado. Após o incidente ocorrido no baile de formatura de Elisa, ela sentira que tudo acabara. Ao deparar-se com João Antunes, Verônica percebeu imediatamente que estava outra vez diante de um homem atormentado.

— Entre, meu querido, o que aconteceu? Como está Elisa? — indagou, segurando-lhe a mão enquanto se dirigiam ao sofá. Porém, naquela pergunta, já não havia inquietação, ela era quase protocolar, pois Verônica já imaginava a razão pela qual ele viera.

— Verônica, estive com Riete e tudo se repetiu, porém ela se antecipou e foi dura comigo. Disse que não desejava mais se relacionar nessas condições e que só a procurasse novamente se tivesse a certeza de que a amo. E deu-me um prazo de um mês para me decidir, caso contrário, que não mais a procurasse... — revelou rápido e ansiosamente com uma expressão estranha e dolorosa em seu semblante, enquanto caminhavam vagarosamente até o sofá. Sentaram-se. — O mais deprimente, Verônica, é que estou aqui pela mesma razão anterior, tudo se repete, até o meu itinerário, e continuo no mesmo impasse, no mesmo buraco... não posso, definitivamente, continuar assim... — disse João Antunes, e seu rosto adquiriu a solene imobilidade de um morto.

— Sim. Eu vejo que alcançou um clímax... — disse, denotando preocupação.

— É verdade, Verônica. Tudo me aparece incompleto, fragmentado, não encontro nada de sólido e tudo me escapa como a água entre os dedos. Riete tem razão, ela não pode se relacionar comigo nessas condições... — disse João Antunes, perscrutando intensamente o rosto de Verônica, procurando nele alguma explicação e um apoio.

— Há cerca de cinco meses, saiu decepcionado do apartamento de Riete e dirigiu-se a mim. Naquela ocasião, veio em busca de consolo porque achou que Riete o desprezara e sentia-se entristecido e inferiorizado, lembra-se? Você então encontrou em mim o que buscava nela. Amamo-nos apaixonadamente sobre esse sofá. Você jurou que o amor de sua vida era eu e que iríamos viajar no dia seguinte para Minas, onde nos casaríamos. À noite, saímos para jantar e, no dia seguinte, tudo desmoronou. Você procurou Riete e reataram. Pois hoje, João Antunes, você retornou pelo mesmo motivo: em busca de consolo, conforto e orientação. Daqui a pouco talvez estejamos nos amando e dirá que sou o amor de sua vida... e tudo será em vão — acrescentou, Verônica, com um ar de tristeza. Houve um repentino silêncio. João Antunes sentia que Verônica também tinha razão e que sua angústia e desmoralização aumentavam.

— Eu não me julgo uma pessoa carente, Verônica... sempre recebi muito carinho... — observou João Antunes, sem convicção, percebendo imediatamente que já não tinha convicção de mais nada. Ele sentia-se confuso diante das próprias ideias.

— Está certo sobre isso, João Antunes? Quase nunca sabemos das consequências alheias, sobre nossas infâncias, somente sentimos os seus efeitos, pois tudo é muito sutil e subjetivo, mas o que marca nossa alma permanece —

disse Verônica, mantendo aquele seu ar de tristeza. Ela captava intensamente o sofrimento de João Antunes e sabia que seria inútil conversar muito sobre isso.

— Como me revelou várias vezes que seu pai Antenor era muito exigente, talvez você nunca tenha correspondido às expectativas dele e tenha se tornado carente por não conseguir preencher essa lacuna. É uma espécie de carência às avessas, pois foi você quer não conseguiu supri-la, não ele. Essa carência originou-se como uma reação à intransigência dele, que tinha essa maneira de ser. Provavelmente toda a família tenha sofrido com isso, não?

— Sim, sem dúvida... — concordou João Antunes, sentindo espessar aquele véu de tristeza.

— Então, inconscientemente, você transferiu para o relacionamento amoroso o grau de exigência de seu pai, ou seja, sentir constantemente a plenitude amorosa e mantê-la. Ora, João Antunes, ninguém pode ser tão exigente com os próprios sentimentos, pois se tornaria um prisioneiro de si mesmo...

— Várias vezes, Verônica, tu me disseste que Jean-Jacques era um apologista das belas emoções e que tu eras a encarnação delas... ou que só valia a pena viver sentindo essa plenitude. Então, como avalia essa tua contradição?

— Sim, é verdade, João Antunes, por isso ele morreu, foi eliminado porque as pessoas detestam quem contrarie a mediocridade em que vivem — disse Verônica, sentindo seus olhos lacrimejarem. João Antunes permaneceu pensativo, refletindo sobre o que ouvira.

— De qualquer modo, esteja certa ou não em suas explicações, como poderei superar essa minha exigência? Como aprenderei a sentir o amor na dose certa? Ou a jogar água na fervura?

— Não sei, João Antunes, o que suponho é isso o que lhe disse... — acrescentou Verônica com desolação, fitando-o com um olhar impotente.

— De fato, essas tuas ideias têm fundamento. Eu posso estar aplicando ao amor as exigências de papai... — concordou João Antunes, com o semblante pensativo. — De qualquer modo, é impossível tomar a decisão de uma vida em comum sentindo essa fragilidade no relacionamento. E o que pensas de ti, Verônica? No que diz respeito às influências que sofreste? Apesar de termos sido amantes durante dez anos, nunca conversamos muito sobre isso. É bem verdade que nos encontrávamos pouco e não tínhamos a convivência de uma vida em comum — indagou João Antunes.

— Pois tive uma vida infeliz devido à mamãe, que permitiu que madame Louise assumisse o meu destino. Só fui feliz durante um ano, após conhecer Jean-Jacques, e depois quando estive com você. Mas geralmente poucas pessoas seriam felizes se tivessem um grau de exigência maior em relação ao que sentem. A maioria que se diz feliz vive com um mínimo daquilo que lhe dê essa sensação, ou seja, não são plenamente felizes, são minimalistas e carregam vida afora muita frustração. Após me separar de Bertoldo, mudei para o Rio e abdiquei do meu passado. Vivo só e procuro a beleza nas artes. Aliás, aquela sua exigência momentânea de muita paixão tem muito a ver com o prazer estético. Um artista só se satisfaz quando consegue imprimir o máximo de desejo à sua obra, quando consegue transmitir a plenitude do que sente. É exigente como você em relação ao amor. Mesmo assim, quando olhamos uma belíssima obra de arte, geralmente sentimos certa impotência ou incompletude diante do que vemos... entende? — comentou Verônica, mirando os arredores. — Hoje me sinto velha, e a minha vida de amores acabou.

— Mas tu és ainda uma mulher lindíssima, Verônica...

— Sim, eu sei e digo isso sem falsa modéstia, pois imagine a minha beleza quando eu tinha dezoito, dezenove anos... época em que os homens morriam por mim e me desejavam como você aspira à perfeição. Durante muitos anos, onde me vissem em companhia de Mendonça ou de Bertoldo, eles vinham inevitavelmente me cortejar, e ambos morriam de ciúmes, que se equiparavam ao tamanho de suas vaidades. Mendonça e Bertoldo passaram a vida tentando inutilmente me conquistar e sofreram muito com seus fracassos.

— E por que me diz isso?

— Porque abandonei essa busca pelo máximo, como eles deveriam fazer ao buscarem o meu amor... — disse Verônica, com um olhar de desilusão. Tudo o que dizia lhe parecia irrelevante e morto em sua vida.

— Lembra-se daquela freira com quem fiquei conversando no jardim, durante o baile de Elisa, cujo nome é Amandine?

— Sim, reparei e achei interessante, pois ao final pareciam tão enlevados... — respondeu Verônica, adquirindo uma vivacidade momentânea, aquela atenção que nos desperta quando farejamos algo picante.

— Pois Amandine deixou a congregação e estamos nos amando. Ela é uma moça encantadora, uma doçura de mulher, meiga, culta e muita espiritualizada...

— Sério!? Assim tão de repente? — interrompeu-o assustada, mirando--o incrédula.

João Antunes então contou-lhe em detalhes como tudo acontecera.

— Ora, João Antunes, como já lhe disse várias vezes, qualquer mulher se sentirá atraída ao vê-lo. E, se houver uma reciprocidade, se você dela se aproximar e iniciarem uma conversa a sós, aos poucos, esse contato irá inevitavelmente evoluir para confissões mais íntimas e, sem perceber, você irá revelando suas carências. Ela, sem dúvida, cativada e sensibilizada pelas confissões, fatalmente cairá apaixonada. Você também se sentirá momentaneamente enamorado ao vê-la rendida aos seus encantos. Então, terá ímpetos momentâneos voluptuosos, mas não será capaz de mantê-los, pois se afasta daquilo que o fez sentir-se assim... — Verônica falava calmamente mantendo uma expressão reflexiva, fitando João Antunes. — Pois, então, não ocorreu da maneira que lhe expliquei? Você estava aborrecido e foi buscar consolo em Amandine. Provavelmente ela o ajudou e, obviamente, ficou apaixonadíssima, deslumbrada, o que a fez largar tudo por sua causa, não é verdade? — indagou, Verônica, abrindo um sorriso maravilhoso, com certa ironia. — Mais uma de suas vítimas apaixonadas — completou, sarcasticamente.

— Mas, antes, alertei-a sobre a minha volubilidade, pedi-lhe que esperasse mais um pouco para que ela me conhecesse melhor, mas Amandine ficou perdidamente apaixonada e me desejava, pediu-me que lhe ensinasse a amar... Ela não tinha uma vocação religiosa — comentou pensativamente João Antunes, dirigindo seu olhar impotente rumo ao vazio, como se ele fosse capaz de lhe esclarecer a incompreensão. Entretanto, esse olhar, tão vago e fugidio, já revelava de antemão o seu fracasso.

— E que atitude pretende tomar em relação a Amandine? Não arranjou mais complicação do que já tem? — indagou Verônica, muito pensativa, parecendo cansada de tudo aquilo. Havia em suas palavras e na forma como foram ditas uma certa impulsividade, uma velada agressão aos sentimentos de João Antunes.

Ele voltou a sentir aquela sensação horrível com que chegara ao apartamento de Verônica, convencido de que realmente Riete e Verônica tinham razão em relação a ele. João Antunes sentia-se impedido de se aproximar de Verônica, de beijá-la e lhe dizer que a amava, embora desejasse fazê-lo, pois reconhecia que suas ideias careciam de persuasão e estavam desmoralizadas e mortas. Ele a amava porque Verônica o compreendia como ninguém, mas o vínculo amoroso se rompera, perdera a sua força, corrompido por ele mesmo. Convidou-a a irem almoçar em um dos restaurantes próximos, pois ainda não almoçara, e logo desceram calados, pensativos. Verônica sentia pena de João Antunes porque percebia a sua agonia.

— João Antunes, querido, talvez eu tenha agido mal em lhe dizer aquelas ideias, pois agora talvez você vá se censurar quando se sentir apaixonado... espero não ter aumentado ainda mais o seu problema...

— Não te preocupes, Verônica, quando estiver amando, não prometerei nada. Vou aprender a jogar água na fervura. Quanto a Riete, aguardarei um mês... em relação a Amandine, retorno hoje mesmo a Petrópolis e conversaremos a respeito — disse João Antunes, não muito convencido do que dizia. Sentia a fragilidade de suas palavras.

Sentaram-se em um dos restaurantes em frente ao mar. Verônica já havia almoçado e lhe fazia companhia. João Antunes fez o pedido, muito simples, não se sentia disposto a fazer uma refeição demorada. Queria tudo rápido, desejoso de escapar de si mesmo. Sentiu uma súbita impaciência, uma irritação inexplicável, mesmo uma certa raiva de si. Logo o garçom lhe serviu. Permaneciam quase sempre em silêncio, pensativos, mirando os arredores sem nenhuma poesia. Pairava em seus espíritos uma imensa melancolia que prenunciava o fim de tudo que viveram. Verônica já tinha consciência disso, mas João Antunes somente agora experimentava o mesmo. Ele tinha a sensação de que se deparava com algo impostergável e que se exaurira. Sentia-se mais solitário que nunca. Suas expectativas de que alguém aliviasse a solidão angustiante em que vivia fracassaram e via-se como que metido em um furacão a girar-lhe o espírito em torno de uma vontade inalcançável. Seus amores lhe pareciam agora sentimentos que tripudiavam de si. Aos poucos, passou a se sentir chocado com aquelas hipóteses de Verônica. Então, como ela lhe dissera, "estaria condenado a ser limitado pelo próprio amor", refletiu, subitamente assustado com a possibilidade de que jamais encontraria uma mulher que saciasse o seu querer ou que lhe evitasse um relacionamento fugaz. João Antunes assistia ao morno movimento sobre as areias de Copacabana. Enquanto almoçava, observava aquelas pessoas e as invejava, julgando-as isentas de suas angústias. Lembrava-se, porém, de que também já tivera momentos felizes, mesmo quando tudo lhe parecia provisório em sua vida, época em que o tempo não lhe exigia pressa. Mas, agora, este o acossava, dizendo-lhe que chegara a sua hora. Quantas vezes admirara esse mesmo cenário trancado com Verônica em um apartamento? Quando podia senti-lo sem a urgência de uma pressa?

— Afinal, o que então me aconselha, Verônica? — perguntou João Antunes, fitando com um olhar longínquo as águas tranquilas do mar. Àquela hora, as ondas quebravam-se molemente prenunciando um lânguido fim de tarde.

— Eu sempre vivi intensamente, João Antunes. Nunca me contentei com a satisfação comum dos que se dizem felizes, pois não o são. Fazem muita concessão à felicidade. Durante o tempo em que amei, mantive-me apaixonada...

— Sim, mas eu também era apaixonado por ti, porém nosso caso acabou após a morte de Ester — interrompeu-a João Antunes, com perplexidade.

— Era o casamento que o instigava a vir a mim, como uma maneira de fugir de uma vida enfadonha, à qual se sentia preso. Você deseja amar intensamente, João Antunes, e só assim aceita amar, para corresponder às suas misteriosas exigências. Mas viver intensamente é muitíssimo complicado, e renunciei àquela felicidade esfuziante que só a paixão propicia... — disse Verônica, denotando uma intensa tristeza e um pensamento incoerente, não muito lógico com ideias que acabara de manifestar.

— Mas então tu estás sendo contraditória, Verônica, pois essa renúncia a que aludes te deixa infeliz...

— Sim, cansei de estar constantemente apaixonada. Agora desejo apenas ser levada pela vida — acrescentou com um sorriso deprimido, em que se insinuava qualquer coisa de uma vontade impotente. — Até aquele dia em que esteve aqui, dizendo que iríamos nos casar, me sentia apaixonada, porém agora desejo apenas ajudá-lo a ser feliz. Todavia, parece que nem isso estou conseguindo...

Ambos permaneceram calados e pensativos. João Antunes cruzou os talheres sobre o prato, interrompendo a refeição, sentindo-se satisfeito.

— Parece-me, querida, que tu estás me aconselhando a ser como tu. Porém, esse não é o conselho que te pedi no início... renunciar aos sonhos...

— Sim, João Antunes, pois é isso mesmo que lhe aconselho. Aprenda a viver sozinho e pare de buscar o amor ideal. Quando nascemos, ingressamos neste mundo e somos aqui jogados em uma trajetória que não escolhemos. Podemos nos conformar com ela ou tentar mudá-la, o que às vezes demanda trabalho e muito sofrimento. Podemos fracassar totalmente ou termos sucesso. A maioria segue o caminho que lhe foi destinado sem nunca o questionar, outros conseguem mudá-lo e alguns até pensam em mudá-lo, mas desistem, se perdendo no caminho. Pois viva como todo mundo, João Antunes, finja que era feliz, o que já é uma grande sabedoria, talvez a única e verdadeira... saber fingir para si mesmo... ou impor-se esse sentimento... — disse Verônica, com uma curta gargalhada irônica. — O senador Mendonça, por exemplo, passou a vida infeliz, sonhando em conseguir o meu amor, e o mesmo se passou com

Bertoldo. Deveriam ter se conformado com o pouco que recebiam de mim ou terem se adaptado a essa má qualidade amorosa, ou a outras mulheres.

— Mas, Verônica, eu jamais pensei em ouvir isso de ti... — replicou João Antunes, admirado e decepcionado. Tu sempre disseste que a vida só vale a pena se for vivida intensamente, como lhe ensinara Jean-Jacques, e agora... — interrompeu-se, sentindo aumentar sua solidão, confrontando-se com um vazio atroz.

— Pois então esqueça o que eu lhe disse, João Antunes... desculpe-me. Tem razão, eu não sou assim, foi apenas um desabafo. Vamos embora. Talvez eu descubra como ajudá-lo, vamos aguardar. Se daqui a um mês estiver sozinho, me procure para que possa ajudá-lo a ser feliz... — disse, Verônica, meio atrapalhada e impaciente, pois não tinha mais argumentos.

João Antunes fitou-a com curiosidade, tentando entender aquelas palavras, mas eximiu-se de perguntar qualquer coisa. A tarde avançava quando ele pagou a conta e ambos se foram. Caminharam vagarosamente até a entrada do prédio. Pararam e se olharam, como se tudo que viveram convergisse dramaticamente para aquele único instante, silente, vazio, incompreensível, destituído dos momentos intensos e das emoções inesquecíveis que viveram.

— Não sei o que me aguarda, querida... adeus... — despediu-se João Antunes, mirando com perplexidade aquele semblante lindíssimo, enquanto afagava carinhosamente os cabelos de Verônica.

Ela o abraçou chorando, mas logo estancou suas lágrimas. Esfregou os olhos e o fitou por um momento, ostentando uma dor lancinante. Fez-lhe um afago no rosto, virou-se e entrou lentamente pela portaria.

"Meu Deus, por que tudo isso?", indagou-se João Antunes, perplexo com aquela intensidade dramática que sua vida adquirira. Teve ímpetos de correr até ela, de abraçá-la e de lhe confessar seu amor. "Porém, qual o sentido em fazê-lo novamente?", questionou-se. Ele manteve-se cabisbaixo, pensativo, e retornou vagarosamente ao Ford. Abriu a porta, deu a partida e rumou vagarosamente para Petrópolis.

João Antunes sentia pena de Verônica, assim como sentira de Ester, de Amandine e de Marcus. Parecia-lhe que os abandonava; sentia-se culpado. Ele não conseguia ordenar seus sentimentos, analisá-los e chegar a um raciocínio equilibrado. Suas emoções lhe pareciam exacerbadas, confusas, e tinha a sensação de que perdera as rédeas de sua vida. A permeá-las, havia aquela angústia que se sobressaía em meio ao caos. Ele dirigia calmamente, observando distraído o movimento do cair da tarde. Resolveu parar na Galeria

Cruzeiro, na Avenida Rio Branco, e saborear um chope no Bar da Brahma. Queria ficar só, refletir, aguardando a tarde cair. Lembrou-se de Getúlio Vargas e daquela fumaça apavorante durante aquela manhã gelada em Santos Reis, que se tornara inexplicável e recorrente em sua memória. Depois, recordou a visita que ele e Elisa lhe fizeram no Palácio do Catete. Percebera, naquele dia, a solidão entranhada naquele homem, que a disfarçava com o seu sorriso cordial e acolhedor. Ele intuiu qualquer coisa de trágica entrincheirada no espírito de Vargas, oculta por aquela serenidade inabalável. Diziam que ele era ainda apaixonado por Aimée, sua amante que o deixara e fora para New York, casando-se por lá.

João Antunes agora passava em frente ao edifício A Noite, na Praça Mauá, sob os transmissores poderosos da Rádio Nacional. Suas ondas oscilavam nítidas no rádio emitindo um som potente e cristalino. Provavelmente Rita Rosa as estaria sintonizando na longínqua San Genaro. A Praça Mauá, ligeiramente sombria, emanava a sua vida habitual, a mesma que vigorava no espírito de João Antes, constituída de estágios psicológicos fugazes que se autoalimentavam continuamente dessa inconstância. João Antunes observava marinheiros e mulheres conversando em locais isolados, sombrios, quase ermos, negociando encontros, comercializando seus corpos, vagando no vácuo de suas vidas. "Para onde iriam?", pensou. Certamente para aqueles pequenos hotéis dos arredores, nos quais se amariam em quartos tristes, repletos de solidão e de restos das recordações dos que ali se amaram. Nele estivera provavelmente uma mulher que se apaixonara perdidamente por um marinheiro sueco, que prometera vir buscá-la. Experiente, ela se esforçaria para acreditar, e, mesmo que nunca retornasse, ela o compreenderia e guardaria orgulhosa aquele amor que julgara sincero e que se tornara o único e inesquecível momento de sua vida. Ela se imaginaria nas névoas de um futuro melhor ou no desejo de sofrer por um amor, em vez de patinhar nos charcos de sua existência vazia. É essa vontade que lhe possibilitaria a sensação de decência, de se reconhecer como gente em meio à indigência de sua vida. Ela dirá a si mesma: eu também amei e fui sinceramente amada e guardo em minha alma de puta um recanto e um recato nos quais sou igual a vocês. Conheciam as expressões para negociar amor em outros idiomas e o que exclamar para externar ou fingir seus prazeres. Gritariam *Oh, my God!*, *Fuck me, fuck me!*, no auge de encenações prazerosas, conhecidas em portos mundo afora.

Nos vãos de vielas sombrias, entre os sucessivos armazéns do cais, João Antunes via agora surgirem os cascos escuros de imensos navios ancorados, aguardando seus destinos. De onde vinham, para onde iriam? Eram essas sensações que geravam aquela transitoriedade permanente de precárias manifestações de vida, que iam, vinham e não se firmavam no tempo. Proviam desse espírito provisório de despedidas e de chegadas de viajantes, da fugacidade de tudo que se via ou se percebia ao seu redor. Essa volubilidade espiritual da Praça Mauá originava-se não só de viajantes e de prostitutas, mas também dos frequentadores da Rádio Nacional que ali compareciam para ver seus ídolos, imaginarem-se em seus braços e depois retornarem para a realidade insípida de suas vidas. A praça inspirava sonhos que se faziam e se desfaziam como a fumaça daqueles navios ou como as músicas e novelas da Rádio Nacional que invadiam os céus do Brasil. A Praça Mauá embalava-se pelas antenas da Nacional e pelas emoções que vinham e iam com aqueles marinheiros, e a sua alma era uma efêmera nuvem de sonhos e saudades.

Aos poucos, João Antunes foi se afastando do Rio e penetrando na escuridão da baixada, rumo ao pé da Serra. Um cheiro de enxofre, de água insalubre, entrou subitamente pelo vão da janela, obrigando-o a subir o vidro até o alto. Ele analisava seus ímpetos amorosos como empurrões que a vida lhe dava. Suas reflexões foram interrompidas pelo Repórter Esso, que passou a divulgar notícias sobre a guerra. Ouvia que os alemães foram detidos às portas de Moscou por fortes nevascas e que o presidente Roosevelt fizera um discurso enérgico, anunciando os preparativos dos Estados Unidos para entrarem na guerra. Contudo, João Antunes logo mergulhava outra vez em seu destino, tão sinuoso e escuro quanto as curvas da Serra, que começara a subir. Acompanhava as luzes dos faróis dançarem de um lado a outro, obedecendo facilmente aos movimentos de seus braços sobre o volante, e refletiu como era fácil seguir aquela trajetória, mesmo na escuridão da noite.

Por volta das 20 horas, ele estacionou em frente ao Hotel Imperial. Sentia-se exausto pelas emoções que vivera durante o dia. Ao chegar ao quarto, encontrou Amandine lendo um romance. Beijaram-se e conversaram rapidamente. João Antunes afrouxou o cinto e deitou-se vestido com a roupa que viajara. Ela surpreendeu-se com o seu rápido retorno, pois imaginara que ele fosse passar alguns dias no Rio.

— Querida, estou exausto. Tive um dia difícil, amanhã conversaremos — disse-lhe, já cochilando, e adormeceu profundamente.

Amandine sorriu e compreendeu, pois João Antunes aparentava de fato muito cansaço. Ela verificou se ele ainda usava aquele anel e viu que não. Amandine permaneceu pensativa, como estivera o dia todo. Após aquele arrebatamento inicial, ela sentia-se ainda apaixonadíssima, mas retomara o seu equilíbrio costumeiro. À tarde, recebera a visita de Elisa e conversaram muito enquanto passeavam por Petrópolis. Amandine lhe dissera que não sabia exatamente quando João Antunes retornaria. Ela leu mais um pouco e logo adormeceu. Na manhã seguinte, acordaram tarde, e Amandine mantinha-se no céu ao sentir os prazeres mais excitantes.

— Me fale agora, querido, sobre a sua rápida viagem e por que se mantém assim — pediu-lhe, afagando-o carinhosamente.

João Antunes descansara fisicamente, mas mantinha-se abatido e melancólico. Ambos estavam nus, recostados na cabeceira da cama.

— Amandine, fui ao Rio e lá me deparei com situações que me deprimiram muito, como nunca. Sofri um choque. Estive com Riete, devolvi-lhe o anel, mas sucumbi diante da atração que exerce sobre mim. Amamo-nos, e Riete quis saber o mesmo que tu: quais eram as minhas intenções em relação a ela. Senti-me indeciso em lhe dar uma resposta definitiva. Riete foi então categórica: disse que não poderia relacionar-se com um homem inseguro como eu. Ela foi cortante, incisiva, mas vi que tinha razão, e saí de seu apartamento arrasado. Dali, dirigi-me ao apartamento de Verônica, como o havia feito da última vez. Narrei a ela o ocorrido. Verônica concordou com Riete e também foi dura comigo. Durante muito tempo, ela falou sobre mim, fez várias hipóteses relativas às minhas hesitações. Muito do que disse talvez tenha razão. Contudo, o que me entristeceu foi o receio de me ver novamente diante de uma mulher, declarar-lhe meu amor e depois me deparar com essa certeza ilusória, circunstância que me fará afundar de vez. Observe, querida Amandine, que anteontem conversávamos sobre isso. Como Riete, tu me deste um prazo para decidir sobre o nosso futuro, mas, ao fim dele, certamente estarei em dúvida. Tu, como estudiosa, talvez possa compreender melhor tudo isso... — João Antunes, porém, sugeriu com pouca convicção que Amandine o esclarecesse e lhe desse alguma explicação realmente assertiva. Ele então narrou a Amandine, sem muita persuasão e com pouco ânimo, as suposições de Verônica sobre a sua personalidade. Amandine mudou sua posição, sentou-se em frente a ele, cruzou as mãos sobre as canelas e falou longamente sobre o que ouvira.

— Querido — iniciou, com os olhos lacrimejantes e muita ternura —, talvez Verônica esteja certa em algumas de suas ideias. Vou repetir algumas coisas que já lhe falei. Você me revelou a educação severa recebida de seu pai e o relacionamento carinhoso que tinha com sua mãe. Deixou sua família e foi para Cavalcante com o objetivo de se enriquecer, provavelmente para realizar aquilo que seu pai não conseguiu, quando emigraram dos Açores. As minhas hipóteses são, portanto, semelhantes às de Verônica. Você, meu amor, é um homem por quem as mulheres se apaixonam, além de ser moralmente sensível, por isso, sofre em demasia. Posso quase lhe garantir também que se preocupa com as mulheres que o amam, aquelas às quais cativou. Por isso diz que me ama, que ama Verônica e que ama Riete. Sente-se perdido entre seus amores ou, inconscientemente, entre suas culpas. Quer se manter apaixonado por todas, deseja quase ter essa obrigação moral, o que é impossível... e ignora por que age assim... — Amandine avançou seu corpo e o abraçou.

— Mas, durante os anos em que amei Verônica, sempre estive apaixonado por ela. Quando vinha ao Rio para revê-la, sentia-me no céu. Verônica me dizia que só assim valia a pena viver. Ela insistia nisso. Foi quem me ensinou a amar no limite, a ser apaixonado porque achava que deveria ser assim. Sua vida corriqueira e sem amor ela a vivera com Mendonça e depois com Bertoldo; sua paixão ela desfrutava com Jean-Jacques e depois comigo. Porém, Verônica é uma exceção, pois sua beleza lhe permite isso. Após me ensinar a amar intensamente, Verônica me disse ontem que meus amores não se sustentam porque desejo estar sempre apaixonado... como tu dizes. Creio que Verônica foi vítima do romantismo intenso de Jean-Jacques, contudo, ele era um poeta. Enfim, Amandine, sou uma pessoa que vocês vivem analisando, esmiuçando, cavoucando minha alma, elaborando várias hipóteses. Influenciado por isso, passei também a me analisar, e não chegamos a nenhuma conclusão. Assemelham-se a anatomistas esquartejando a minha alma, enquanto vocês todas parecem imunes a problemas...

Amandine sorriu e concordou com essa observação, mas essa concordância soou como se todas elas fossem de fato superiores à opinião que João Antunes acabara de emitir.

— Todavia, na época em você se relacionava com Verônica, não tinham uma convivência cotidiana. Via-a durante dois ou três dias e retornava para Minas. Assim é fácil manter-se apaixonado.

— Talvez não entendeste, Amandine. Verônica admirava e sentia a beleza como um ideal de vida, como Jean-Jacques lhe ensinara. Senti-a ao máximo, mas vivia isso apenas esporadicamente. Ela se encontrava com ele, quase sempre aos sábados, e o mesmo se repetia comigo, de tempos em tempos, quando vinha ao Rio. Em Jean-Jacques, ela curtia a sensibilidade romântica, a beleza interior; em mim, a beleza exterior. Talvez Verônica amasse intensamente a si mesma por meio de nós dois. Não posso afirmar, mas certamente foi egoísta. Mas Verônica também foi vítima de seus problemas, o que torna muito complicado julgá-la. Como disseste, somos consequências de diversas influências que, todavia, ignoramos. Enfim, Amandine, a tua opinião é essencialmente a mesma de Verônica... inclusive, sem uma explicação conclusiva e convincente. Eu me lembro de que, na época de Cavalcante, eu quase sempre estava a ler a *Divina comédia*, pois parece que Deus se diverte realmente com os homens, zombando de Sua própria criação. Afinal... — disse João Antunes, com um sorriso desolado — Por que ser um desejo na mão de vocês? Que me censuram ou me analisam para que eu seja uma pessoa ideal, para cada uma de vós? A sensação é a de que não correspondo às expectativas que me são impostas, de que devo ser perfeito em meus sentimentos... lindo e amando uma só, naturalmente aquela que se julga a eleita. Pois, agora, mediante essas exigências, descobri que não sei amar e que devo confessar meu amor somente quando tiver aprendido a amar... — disse João Antunes, mirando perplexo um ponto qualquer.

— Querido, não se trata disso, pois é você que se impõe um grau de exigência, e não nós. Não somos culpadas pelos seus problemas, por isso, essas mulheres, inclusive eu, estão apenas lhe exigindo uma atitude segura — disse Amandine, fitando-o com um olhar penetrante. João Antunes olhou-a repentinamente, denotando surpresa com essas palavras, que lhe pareceram extremamente agressivas.

— Até tu, Amandine, me repreende com palavras duras, tu que te mostraste tão meiga e condescendente quando te conheci...

— Querido, eu te adoro, João Antunes, mas ontem pensei muito sobre a minha vida. Não desejo fazê-lo sofrer, tendo pena de mim. Vou voltar à França, dar-me um tempo... e talvez retome um tipo de atividade religiosa diferente, dirigida ao social. Você, meu querido, me fez conhecer a felicidade, o prazer sexual, mas já senti, em 24 horas, que a vida aqui fora, embora valha a pena, é mais complicada. O que pensava foi diferente... julguei que tivesse encontrado em mim um amor seguro, mas o que senti foi uma mera repetição do que já ocorrera com Verônica e Riete. Pela minha completa inexperiência, fui ingênua e não me sinto em condições de participar desse jogo. Todavia, a única responsável sou eu e não o culpo, absolutamente. Você me advertiu. Vou sofrer muito com sua ausência, mas assim é a vida... — Amandine começou a chorar e abraçou João Antunes.

Permaneceram em silêncio durante alguns segundos. João Antunes, como de hábito, teve ímpetos de abraçá-la e lhe dizer que ela era, sim, o amor de sua vida. Porém, como acontecera na véspera com Verônica, sentiu-se desmoralizado pelo próprio sentimento. Permaneceu quieto, pois seria apenas mais um impulso momentâneo de sua sensibilidade exacerbada.

— Iria lhe dizer que tu és a mulher de minha vida, Amandine, mas já não me atrevo a dizê-lo, pois já não sei amar. Tu, Riete e Verônica me disseram o mesmo, e com razão — acrescentou João Antunes, sentindo sua alma em pedaços.

— Não sofra, meu amor... — murmurou Amandine, apertando-o contra o seu corpo. Ela beijou seguidamente o rosto de João Antunes. — Até o dia em que eu partir, quero amá-lo muito, você me promete? Quero guardar seu cheiro em minha alma.

João Antunes permaneceu quieto, mirando vagamente sobre os ombros de Amandine. Sentia-se chocado por essas palavras, avaliando-as como extremamente egocêntricas, particularmente vindas de Amandine, que lhe parecera suavemente tão cristã. Julgava-as como se ele fosse apenas um objeto de prazer destinado a satisfazê-la. João Antunes sentia que aquele seu entusiasmo amoroso e aqueles ímpetos apaixonados estavam mortos, incapazes de saírem de sua alma, bloqueados pelo que experimentava neste instante e durante os últimos dias. Sentia-se incapaz de assumir uma vida a dois, pois tudo cairia na rotina enfadonha e medíocre da saciedade. Não lhe era possível manter uma paixão e não se contentava com menos, e as mulheres que o amavam não o compreendiam, e muito menos ele. Eram tais emoções que pulsavam em sua alma atormentada e o esmagavam.

— A partir de agora, eu me darei um tempo, que não sei até quando perdurará — disse João Antunes. — Vou aguardar que a vida me ensine a amar. Se algum dia estiver convicto, esperarei mesmo assim que o amor se consolide, até estar plenamente convencido. Riete se diz apaixonada por mim, mas desde que eu me submeta ao seu dinheiro e vá morar no Rio. Quer desfrutar do prazer de me ter, mas sem abdicar de seus negócios e da sua vaidade. Tu nem esquentaste lugar. Saíste da congregação, depressa me impuseste um prazo e já resolveste que irá partir. Da próxima vez, esperarei o amor se confirmar — repetiu João Antunes, profundamente resignado e desiludido com sua vida amorosa. Ele se confessou sem nenhuma persuasão, com se jamais, algum dia, pudesse estar convicto da solidez de seu amor.

Amandine permaneceu pensativa, triste com as palavras de João Antunes.

— Eu te amo, João Antunes, muitíssimo. Não quero vê-lo sofrer por mim e nem desejo disputá-lo com ninguém. Se algum dia tiver a certeza de que me ama, me procure e voltarei para os seus braços. Se houve algum problema em nosso curtíssimo relacionamento, a culpada sou eu, pois você pediu-me que esperasse, Elisa também me advertiu sobre sua volubilidade. Mas eu não me arrependo, querido, você me fez sentir os maiores prazeres que uma mulher pode sonhar. Um homem maravilhoso a me amar. De certa maneira, João Antunes, adoro a Deus e amo você, as plenitudes espiritual e mundana — disse Amandine, com um semblante infeliz. — Não me julgue mal, amor, não agi com disse, mas não suporto vê-lo envolvido com outras mulheres, é um sentimento mais forte que eu. Deixei a vida religiosa por você e caí em um vácuo que só a exclusividade de seu amor poderia preencher. Eu não estava acostumada a isso, querido, pois Deus sempre me acolheu sem restrições e sempre fui exclusiva Dele, como Ele é exclusivo de todos. Pensei que seria igualmente acolhida por você e concluí que, realmente, viver entre os homens é mais difícil — disse Amandine, profundamente desolada. Ambos permaneceram calados, imersos em uma região polar em que as emoções pareciam congeladas, sem o calor da partilha.

João Antunes vagava nesse estranho cipoal de contradições que lhe deixava um vazio. Tudo aquilo que o movera ao longo da vida havia desaparecido, desde a vontade de se enriquecer até os amores que vivera intensamente. Ele parecia inutilmente correr contra o tempo, e a sua existência se tornara um atropelo de emoções intensas e contraditórias. Parecia-lhe que o momento prazeroso constituísse apenas o prelúdio com que o futuro estéril se preparava para agir fortemente sobre ele, ou que a sensação efêmera de felicidade fosse apenas um requinte para a futura inquietude, ou para maior desilusão. O que lhe restara fora uma expectativa empobrecida, de tal maneira que não poderia avaliar as consequências disso em sua vida. Nessa manhã, sentia-se estafado dessa busca inesgotável; estava agoniado. Compreendia, na própria vida, *A comédia humana*, de Balzac, e o *Inferno de Dante*. Sim, deveria aprender a vivê-la, a encená-la como todos os homens. Deveria achar um meio diligente por meio do qual pudesse iludir-se com a eficácia de seus métodos de vida e que, utilizando-os, pudesse justificar para si que valia a pena viver contentando-se com tão pouco. "Afinal", questionava-se João Antunes, "por que viver intensa e autenticamente cada instante se não sou assim e se todos se contentam com tão pouco? Por que não aprender a desfrutar a mínima felicidade e vivê-la, julgando-a na plenitude? Por que não sonhar calmamente com algo maior, cozinhando lenta e hipocritamente um objetivo que, se não vier, saberemos sabiamente justificá-lo e nos conformar com o fracasso? Por que não se adaptar àquela sábia e sofrida angústia, àquela mínima eficácia que permite a todos tocar a vida? Não constituem esses objetivos o aprendizado necessário à arte de viver? Afinal, por que não se apaixonar momentaneamente, casar-se e se adaptar ao vulgar costume de se julgar feliz, como lhe sugerira Verônica? Sim, deveria apenas passear pelo inferno por meio da metáfora poética e suavizar a travessia como Dante o fizera. Porém, nem isso lhe seria possível? Mas, sendo assim, já não estaria então se exercitando a viver precariamente? Suas próprias reflexões já não seriam uma maneira de justificar o seu fracasso ou ao menos de atenuá-lo?".

Havia, naquele quarto de hotel, uma intensa solidão a dois. Qualquer coisa de definitivamente incompreensível escondia-se nas dobras daqueles lençóis amarfanhados ou era trazida por um facho de luz que vazava molemente através da vidraça. Tudo aquilo gerava uma pausa inútil e desconcertante para o não acontecer. Com Amandine, o processo se acelerara. Em uma semana, João Antunes vivera com ela o mesmo que vivera com Verônica e Ester durante anos, e os resultados foram os mesmos laivos de pena e os mesmos estertores.

— Desculpe, Amandine, por tê-la decepcionado e fazê-la sofrer... — disse João Antunes, com uma voz quase inaudível, registrando os resquícios do que se passava em sua alma, voltando a utilizar consigo o mesmo rigor.

— Já lhe disse, querido, não se recrimine, eu assumo minha vontade e o nosso fracasso. Desejava experimentar emoções diferentes, e nada como fazê-lo mais intensamente saltando da total repressão para a liberdade de seus braços. Esqueça isso! — disse Amandine, sem nenhuma meiguice, que soou de maneira desconcertante para João Antunes.

— É verdade o que disseste, Amandine? E como o disseste? — indagou João Antunes, mirando-a com expressão incrédula.

— Por que não? Estou assumindo o meu desejo, e, pelo menos em relação a mim, não se julgue que falhou, pois, apesar de tudo, sinto-me feliz com o meu fracasso.

— Assumindo o teu desejo ou o teu fracasso?

— E qual a diferença nesse caso? — replicou Amandine. — Isso é o que você deve aprender, querido. Estou assumindo os dois! — disse Amandine, mirando fixamente João Antunes, procurando reprimir seus sentimentos.

— Não é possível, minha querida, dizeres isso... ontem e desde que a conheci, tu eras completamente diferente... tu eras meiga e doce... um anjo de pessoa... — disse João Antunes, mirando-a incrédulo com o que ouvira.

— E agora sou o diabo... — completou Amandine, fitando-o com uma dureza excessiva, talvez com uma alegria maligna ou uma ideia dolorosa. Ela apoiou seu queixo sobre os joelhos, dobrados sobre a cama, e o mirava ostentando um sorriso intrigante. João Antunes sentia uma perturbação intensa e não conseguia discernir os sentimentos de Amandine.

— Há pouco, eu refletia sobre o modo como as pessoas levam a vida. E teus métodos de vida, Amandine, me parecem muito sofisticados... tens a consciência de tudo e sabe a maneira de manejá-los rapidamente — disse João Antunes, tentando decifrar aqueles sentimentos perturbadores que pipocavam em seu espírito.

— Pois, então, aprenda comigo, João Antunes. É muito mais fácil encenar a parte medíocre da vida que viver realmente o seu lado mais rico. Você é muito exigente e honesto consigo mesmo, pois então tente apenas encenar o autêntico...

— Durante os anos em que fui amante de Verônica, ela me revelava a personalidade do senador Mendonça. Me dizia que o extremo cinismo era a filosofia de vida do senador, sem nenhum escrúpulo em sê-lo...

— Mas você, João Antunes, foi amante de Verônica durante dez anos, ludibriou sua esposa...

— Minha paixão era mais forte, Amandine. Não podia evitar... e sofri muito com isso.

Amandine envolveu as faces de João Antunes com as palmas das mãos e aproximou seu rosto.

— Como você é lindo, meu amor. Jamais irei esquecê-lo. Não leve a sério o que disse há pouco, eu sou como você me conheceu. Estava apenas fingindo... me agredindo, tentando espremer os últimos resquícios de qualquer coisa de má que ainda tinha... — disse Amandine. Havia em seus olhos belos e carinhosos muita melancolia. Ela emanava um sentimento de paixão comovedor, qualquer coisa de uma gratidão inesquecível se misturava ao seu sofrimento.

Amandine aproximou-se e envolveu com os braços o pescoço de João Antunes, recostando a cabeça em seu peito. Havia um silêncio que dissipava aquele clima de minutos atrás.

— Durante a tarde, pelo telefone do hotel, vou procurar saber dos próximos embarques para a Europa. Você me empresta o dinheiro, depois eu faço o depósito — disse Amandine, sentindo uma tristeza imensa, presa em sua luta interior. Só lhe peço que me ame intensamente, meu amor, até a minha partida e que me prometa ser compreensivo diante dos projetos de Elisa.

Ela é encantadora. Não a recrimine se ela vier a militar no PCB. Grandes intelectuais no mundo inteiro e no Brasil também militam ou são dele simpatizantes. Quase todo o pessoal da revista *Diretrizes*, do Samuel Wainer, Di Cavalcanti, Cândido Portinari, Jorge Amado, Graciliano Ramos... no exterior, temos Picasso, Sartre e tantos outros que sonham com uma sociedade mais justa. Elisa é idealista e eu a amo muito — pediu Amandine, falando com uma voz desvanecida. — Me promete essas duas coisas?

— Sim, querida Amandine, te prometo. Vamos descer para o café — convidou-a, beijando-a e, em seguida, levantando-se da cama. Em poucos minutos, faziam o desjejum, conversando calmamente. Todo aquele fogaréu que os consumira desde a formatura de Elisa emitia suas últimas fagulhas em meio às cinzas, que logo seriam sopradas pelo vento.

Durante a tarde, Amandine gastou um longo tempo ao telefone, procurando uma passagem para a Europa. Reservou uma para 10 de janeiro, em um vapor que iria para Hamburgo, Alemanha, com escala em Le Havre. À noitinha, receberam a visita de Elisa e resolveram que passariam o ano-novo ali mesmo no hotel. No início do ano, desceriam para o Rio de Janeiro, quando a filha tomaria posse do apartamento alugado. João Antunes e Amandine revelaram a Elisa o que acontecera entre eles. Conversaram durante muito tempo em um clima de muita tristeza, mas de compreensão. João Antunes disse à filha que, no momento, não mais assumiria um compromisso conjugal com Amandine e muito menos com outra mulher.

— Eu tentei convencer Amandine, revelando-lhe sua volubilidade, papai, mas ela estava irredutível...

— Estou apaixonada, querida Elisa, mas aconselhei seu pai a esfriar a cabeça, reavaliar seus sentimentos... enfim, quero que ele seja feliz — explicou Amandine, com a alma dilacerada.

Elisa permaneceu pensativa, observando seu pai, que ostentava um ar melancólico.

— Vejo que você, Amandine, voltou a ser o que era, uma pessoa equilibrada e tranquila, distante daquela convulsão em que se encontrava dias atrás — observou Elisa, perquirindo atentamente o semblante de sua amiga.

— É verdade, querida, muito embora não saiba quão infeliz eu estou... pensei que me casaria com seu pai, mas vi que me enganei. Não obstante, em duas noites, vivi com ele os maiores prazeres de minha vida, que serão inesquecíveis... — disse Amandine, deixando escapar em seu semblante um quê de malícia.

Ela tinha total liberdade com Elisa, eram íntimas. Ambas trocavam livros e conversavam sobre assuntos sexuais. Amandine a orientava em suas indagações sobre os problemas de adolescência. João Antunes ficou levemente surpreso com o comentário indiscreto de Amandine. Mas isso fora irrelevante em face do que vivia. Ele sentia-se distante dos fatos corriqueiros. Coisas que assumiriam uma preocupação maior apenas tangiam de leve o seu espírito. João Antunes caminhava em um terreno pantanoso, difícil de progredir. A própria Elisa sentia-se triste. Após Amandine ter resolvido que se casaria com seu pai, passara a ver a união com alegria porque amava muito a sua amiga. Elisa captava esse desencontro de emoções, que também a angustiava. Criou-se uma situação desagradável, pois João Antunes também não ficava indiferente ao sofrimento delas.

— O que se passa, querido? — indagou Amandine, observando o semblante de João Antunes repentinamente mais entristecido.

— É a minha maldita sensibilidade... sempre tão exigente e a me cobrar o máximo. Minha vida é como uma vela queimando pelas duas pontas — respondeu, mirando vagamente algo, perdido em pensamentos.

Amandine envolveu a mão de João Antunes e levou-a aos lábios, apertando-a contra eles. Ela também ficou pensativa, e seus olhos encheram-se de lágrimas.

— Papai, já que está difícil amar as mulheres, por que não amar os oprimidos, dedicando-se a eles? O senhor já se manifestou tão preocupado com os problemas do Brasil... — sugeriu Elisa, abrindo um sorriso, como que procurando criar um clima diferente. João Antunes sorriu, enrugando a testa, pensando um instante.

— Minha filha, eu apenas tenho bons desejos e nada mais. Isso é coisa para o Val de Lanna e para ti. Estou sabendo que andas de namorico com o PCB. Mas não vá te tornar uma reacionária — disse João Antunes, mantendo aquele ar de indiferença.

— Papai, é surpreendente constatar como vocês ignoram o quanto são reacionários. Parecem ou fingem não saber que a miséria que vemos ao redor não é de responsabilidade dos que governam o país há séculos. O Brasil é fruto de sua elite econômica, que impõe os governantes que governem para si, não é verdade? Então, ser um reacionário inconscientemente alienado incorporou-se à nossa sociedade, entranhou-se de tal maneira em nossa cultura que se tornou até uma maneira natural de agir e pensar. Até concordo que, quando encontram alguém que pense diferente, o chamem de radical, pois a dita e aceita normalidade reacionária está tão impregnada na alma dessa elite que pensar diferente choca, incomoda, perturba, abala as bases do edifício mental em que está estruturada a sociedade brasileira. O bom cidadão é aquele reacionário alienado que não questiona, não se incomoda e se julga moralmente honesto, que repudia qualquer mudança e se comporta de acordo com as ideias que lhe foram impostas. E olhe que não me refiro aos explícitos radicais de direita, conscientes e coerentes com seus ódios entranhados. Refiro-me apenas aos submissos da ordem reinante. Ora, para início de conversa, é impossível desejar uma vida melhor aos brasileiros se não tiver a consciência do quanto nossa sociedade é radical, excludente e injusta e parar de dizer que os que lutam para melhorá-la são os radicais. Pois pare e pense, papai! Além disso, não se fazem transformações com belos discursos, mas com atitudes. Não sei, sinceramente, se o que prepondera em nossa cultura é de fato a ignorância ou a hipocrisia... — disse Elisa, com a energia veemente de quem acredita no que diz.

— Minha filha, a minha sensação é a de que já carrego sobre as costas um fardo excessivo, além de minhas forças. Pois, se não consigo resolver os próprios problemas, sobre os quais suponho que tenho autonomia, como poderei resolver problemas dos outros? Sobre o que disseste, vou repetir o que já disse a Val de Lanna: desejo sinceramente uma condição melhor para o povo brasileiro, mas não me sinto capaz de me sacrificar, pois não tenho alma de herói. Portanto, não me exija coerência ou perfeição em relação a isso, pois já bastam os meus problemas pessoais, as minhas próprias incoerências e limitações. O que tu procuras na sociedade eu procuro dentro de mim. Tu desejas uma sociedade ideal, e eu o amor ideal. Buscamos a realização sob formas diferentes, e espero que a encontremos. Age então como tu pensas, acho melhor... — explicou-se João Antunes, sentindo um grande enfado ao discutir tais questões. Ele sentia-se cansado das exigências alheias em relação a si. Deveria enriquecer-se, deveria satisfazer amorosamente às mulheres, ser coerente e apaixonado no amor, e agora Elisa lhe pedia a consciência social. Dali em diante, João Antunes sentia-se disposto a aguardar os acontecimentos.

— Mas a busca do amor pessoal não é o mesmo do social? Não é tudo uma coisa só?

— Paremos por aqui, minha filha — respondeu João Antunes.

O final da tarde caía bucolicamente. Nas almas daquelas três pessoas, pairavam brumas, tão nevoentas quanto as incertezas que se esparramavam pelo mundo. Tudo permanecia sombrio e na expectativa de que algo pudesse acontecer, aguardando resignados o que a vida lhes reservava. O ano de 1941 vivia seus estertores. Havia a expectativa de que a guerra virasse a favor dos aliados no próximo ano e a esperança de que a Rússia resistisse aos alemães, que enfrentavam um rigoroso inverno às portas de Moscou. Stálin permanecia na capital, mas a máquina de governo se deslocara para os Urais. Entretanto, tudo eram apenas desejos, esperanças que poderiam ser vãs, pois a insegurança dominava os corações dos homens. Havia fome e medo em toda a Europa, e a ideia do pior assombrava o otimismo dos povos. João Antunes reservara um quarto para Elisa, e os três passaram o réveillon no Hotel Imperial. Durante esses dias, Amandine amou João Antunes. Ela mais e mais se liberava e pedia-lhe que aplicasse os segredos que aprendera ao longo da vida. Da mesma maneira que Ester usufruíra quando João Antunes retornara a Santos Reis, Amandine gozava de prazeres indescritíveis por conta dos momentos que João Antunes vivia. Ele descarregava sobre Amandine toda a angústia de sua alma.

Entre 15 e 28 de janeiro de 1942, ocorreria no Rio de Janeiro a reunião de chanceleres americanos para debater a posição dos seus países diante da ameaça nazista. A cidade estava animada pela presença de estrangeiros. A reunião seria chefiada por Osvaldo Aranha, o chanceler brasileiro, e fora solicitada pelo presidente Roosevelt após o ataque japonês a Pearl Harbour. Em junho de 1941, a bordo do couraçado Minas Gerais, Vargas pronunciara um discurso que se tornaria célebre: ele cortejara explicitamente o apoio da Alemanha caso os Estados Unidos continuassem a negar o financiamento para a construção da usina siderúrgica, o grande sonho de Vargas, destinada a iniciar a produção de aço no Brasil. Mediante essa ameaça, Roosevelt finalmente resolveu atender ao pedido do governo brasileiro e concedeu o financiamento. Vargas, habilmente, jogava com a decisiva posição geopolítica do Brasil para obter vantagens. Ao final da reunião de chanceleres, os países latino-americanos, com as exceções da Argentina e do Chile, romperam as relações diplomáticas com a Alemanha. Em consequência, durante 1942, as viagens transatlânticas de passageiros seriam reduzidas e praticamente se anularam, devido ao cinturão de submarinos alemães que se estendia das costas dos Estados Unidos às costas brasileiras. A partir do rompimento das relações diplomáticas entre Brasil e Alemanha, trinta e seis navios brasileiros seriam afundados ao longo da guerra, com cerca de mil e oitenta vítimas fatais. Os ataques começaram com o torpedeamento do Buarque, em 22 de fevereiro de 1942, e terminaram em 19 de julho de 1944, com o afundamento do Vital de Oliveira. Em agosto de 1942, o Brasil declarou guerra à Alemanha, atendendo ao clamor popular. Em janeiro, às vésperas dessa situação perigosa para as viagens marítimas, Amandine iria embarcar para a França, ainda às salvas dos U-Boots alemães, os lobos do mar.

Após a passagem do ano, próximo à viagem de Amandine, os três desceram para o Rio de Janeiro. Elisa tomou posse do apartamento alugado, e João Antunes e Amandine hospedaram-se em um modesto hotel próximo à Praça Mauá. Foram dias muito tristes para ambos. João Antunes sentia um estranho amor por Amandine, um sentimento espiritualizado muito semelhante àquele que mantivera por Ester. Ele voltara a experimentar um sentimento de culpa, de pena. Conversavam a respeito, mas ela insistia que agira certo e que seu amor por ele fora o que de mais belo acontecera em sua vida. Amandine lhe reafirmava que assumia a sua atitude, estava apenas triste por deixá-lo. João Antunes sentia que de fato Amandine era uma mulher forte, que superava seu sofrimento com determinação e sem pieguices, ao contrário dele, que era vítima contumaz de sua sensibilidade quase mórbida. O pequeno hotel em que se hospedavam era sombrio e muito simples. Representava o tênue limite entre a pobreza e a classe média depauperada. Suas fracas luzes iluminavam mal e criavam um ambiente que os oprimia ainda mais.

— Deveria ter escolhido um lugar mais alegre e iluminado — dizia João Antunes, às vésperas do embarque.

— Não se preocupe, meu amor, foram somente quatro dias, quatro dias maravilhosos — respondia-lhe Amandine. Ambos estavam nus, recostados na cabeceira da cama, conforme o hábito que adquiriram. Fazia um calor sufocante naquele verão carioca. Preso no alto da parede, em frente a eles, zunia um velho ventilador que produzia mais barulho que vento. Ele vibrava intensamente, emitindo um ruído indicativo de que já trabalhara muito e de que estava prestes a se aposentar. Velhos fios de teia de aranha flutuavam empurrados pelo vento, presos na gradezinha que protegia a hélice.

— Eu lhe escreverei, João Antunes, reafirmando o meu amor — dizia Amandine, afagando-lhe o rosto.

João Antunes a olhava sentindo um turbilhão de sensações que o deixavam perplexo. Já sentira tanto amor e desalento que preferia aguardar. Sua alma vagava em um limbo. Ele apenas satisfazia o desejo sexual de Amandine, que parecia querer desfrutá-lo até o último instante. Várias vezes ela sentira tanto prazer que jamais o esqueceria. João Antunes utilizava-se de tudo que aprendera desde da época em que se iniciara com Helguinha, em Santo Ângelo, a alemãzinha de pentelhos dourados.

Ainda, nesse início de noite, no abafamento daquele quarto, Amandine orvalhada pelo suor, com os cabelos grudados sobre o pescoço, pediu a João Antunes, com infinito carinho e desejo:

— Meu amor — disse sensualmente, quase murmurando, com o coração subitamente acelerado —, me ame daquele jeito... — ela deitou-se de frente para ele, abriu suas pernas e apoiou os pés sobre o encosto da cama. João Antunes começou com os lábios a acariciar seus pés e avançou vagarosamente, até chegar ao epicentro daquele corpo em convulsão. Misturados aos ruídos do ventilador, soavam os gritos e gemidos de Amandine, que assim se despedia do Brasil. Depois, ela repetiu o mesmo em João Antunes e gravaria para sempre os derradeiros momentos que vivera naquele pequeno quarto abafado, na modéstia encantada do Hotel dos Marinheiros. Recordaria o calor e o prazer que lhe lambuzaram o corpo e lhe aqueceram a alma durante momentos inesquecíveis. O ruído monótono daquele velho ventilador e aqueles fios esvoaçantes, desgarrados de antigas teias de aranhas, perdurariam em sua memória como uma música, como recordações de um instante inesquecível.

Na manhã seguinte, Elisa encontrou-se com eles no cais do porto, ao lado do vapor *Zeus,* que faria a sua última viagem. Ele atravessara o Atlântico durante cinquenta anos e agora seria aposentado. Dali a uma hora, ocorreria o embarque. Amandine e Elisa, abraçadas, conversaram muito. Após a guerra, Amandine a esperaria na França, e que não se esquecessem das cartas frequentes, reafirmando rapidamente os planos que há muito haviam feito. Um oficial uniformizado abriu o embarque, e a fila começou a se mover em direção à rampa de acesso ao navio. Amandine agarrou-se ao pescoço de João Antunes, chorando copiosamente. Confessou-lhe as derradeiras palavras de paixão, beijou-o sofregamente, repetiu seus beijos entremeados aos pedidos que fizera por Elisa e foi se embrenhando no casco do imenso navio. À porta, Amandine virou-se, acenou, com as lágrimas escorrendo abundantes sobre o rosto, e desapareceu no interior escuro. Dali a pouco, um pequeno rebocador direcionou a proa do *Zeus* para o interior da baía e o puxou uns cem metros mar adentro. Desatrelou-se dele, e aos poucos o navio foi se afastando, navegando para fora da baía, uma cena idêntica à vivida por Euzébio há quarenta anos, quando despediu-se de Jean-Jacques. Aqueles dias vividos intensamente por Amandine e a sua brusca decisão de abandonar a vida religiosa persistiriam na memória de João Antunes como um período que tentaria em vão decifrar. Porém, ele tinha a sensação estranha de que, apesar da dor manifestada por Amandine, ao embarcar, ela parecia sentir apenas a perda dos prazeres que lhe proporcionara, e não propriamente a dor da separação. Ele tinha a sensação de que Amandine o encontrara, saíra da vida religiosa e o aproveitara ao máximo e que apenas amara o prazer encarnado em seu corpo, descartando-o como um bagaço. Parecia-lhe, outra vez, que se enveredava pelos desígnios misteriosos que sua vida assumira, ou, talvez, esse seu julgamento severo fosse apenas a manifestação intensa de sua baixa autoestima.

Após a viagem de Amandine, João Antunes permaneceu no Rio apenas o tempo necessário para providenciar as necessidades de Elisa em seu apartamento. Seu relacionamento com a filha sofrera um duro revés. Elisa prometera a Amandine perdoá-lo. Ela compreendera e o perdoara, mas certas coisas marcam definitivamente uma pessoa. Elisa amadurecera depressa com o sofrimento e passara a compreender mais a vida e a sentir alguns de seus limites. Durante a curta estadia no Rio, João Antunes não procurara Verônica e nem Riete e retornou à fazenda San Genaro. Há cerca de seis meses, saíra precipitadamente de lá fugindo da solidão e retornava agora mais solitário que nunca. Saíra apaixonado, convicto de que se casaria com Riete, e retornava ignorando o que era o amor, que lhe parecia um sentimento pleno apenas para quem o amava. Verônica, Riete e Amandine fizeram-no sentir-se incapaz de corresponder ao que elas lhe dedicavam intensamente. Eram esses sentimentos que lhe doíam no peito enquanto percorria novamente as curvas das estradas de Minas, contornando vales e montanhas, caminhos tão misteriosos e tortuosos quantos os de seu coração.

20

Corria o mês de setembro de 1942. João Antunes permanecia em San Genaro desde o embarque de Amandine, em janeiro. Sua vida sofrera paulatinamente um retrocesso, em todos os sentidos. Procurava se dedicar às atividades da fazenda, trabalhar manualmente para fatigar o corpo e esquecer a alma, entretanto, por mais que se dedicasse, sentia-se cada vez mais amargurado. Perdurava um clima de inquietude que se refletia à sua volta. Quando se sentava na varanda e olhava ao redor, paisagens que anteriormente lhe repousavam o espírito haviam adquirido olhares apáticos, insensíveis. Rita Rosa percebia a agonia de João Antunes, mas sentia-se impotente em ajudá-lo. Até mesmo o papagaio Boccaccio emudecera de vez. Desde que João Antunes voltara, ele permanecia quieto no poleiro. Apesar de conversarem com ele, tentando estimulá-lo a falar, Boccaccio permanecia irredutível em sua mudez. Às vezes, ele prestava atenção e parecia que iria xingá-los, mas calava-se. Quem de fato tocava a fazenda era o capataz Osório, pois João Antunes sentia-se desmotivado. Confessou-lhe que passava por uma fase difícil e que seria melhor ele mesmo ir resolvendo o trivial. Somente em algo mais importante deveria consultá-lo. João Antunes passava muitas horas ao lado do rádio ouvindo noticiários sobre a guerra e a ouvir as novelas da Nacional, acompanhado por Rita Rosa. Em Uberaba, ele comprara alfinetes de colorações diferentes e um quadro de cortiça, sobre o qual afixou um mapa da Europa, que ficava em seu escritório. E os espetava sobre os países, simulando a movimentação das frentes dos exércitos inimigos na campanha da Rússia. A cada notícia, ele alterava as posições dos alfinetes e já conhecia os principais generais envolvidos na luta. Ultimamente, era isso que lhe possibilitava escapar de seus dias enfadonhos, que não o convidavam a coisas mais interessantes. A guerra o fazia esquecer a sua, assim como as novelas faziam-no esquecer a própria.

Ao longo dos meses em que permanecia na fazenda, João Antunes sentiu renascer o amor por Riete. Inexplicavelmente, como acontecera há um ano, ele insinuou-se sorrateiramente, infiltrando-se cada vez mais forte, até atingir uma paixão avassaladora. João Antunes, como prometera a si mesmo, procurava analisar seu sentimento, a esmiuçá-lo em busca de algo que pudesse lhe dar uma convicção plena de que, desta vez, não haveria equívoco e de que seu amor estaria consolidado. Durante essa temporada na fazenda, sentia-se mais equilibrado, mesmo com certa resignação melancólica. Lembrava-se de seu relacionamento com Ester e recentemente com Amandine e julgava-os provenientes de um sentimento de compaixão. No presente, porém, em relação a Riete, João Antunes esmiuçava seu amor e não achava nenhum motivo que pudesse justificá-lo, a não ser ele próprio ou a sua pureza nua e crua. Era somente ele que se autossustentava e criava as bases para o seu próprio sentir. A subjetividade exercida anteriormente pela riqueza de Riete até mesmo o irritava, e estava convicto de que não havia resquícios dessa influência, muito menos qualquer outro pretexto. Havia meses que essa paixão o corroía, contudo, hesitava em ir procurá-la novamente. Vencido há muito tempo aquele prazo de um mês estipulado por Riete, João Antunes tinha a certeza de que ela o esquecera de vez. Devido ao seu espírito determinado e pragmático, ele julgava que Riete estaria amando outro homem ou que já não pensasse mais nele. João Antunes relembrava a última noite que passaram juntos e de como ela fora contundente quando romperam. Como Riete lhe advertira certa vez, havia muitos homens interessantes e seguros que andavam à sua volta, insinuando que, se ele se mantivesse recalcitrante, ela os procuraria. E essa lembrança o torturava ainda mais. A saudade e o amor por Riete e esse impedimento íntimo tornaram-se um suplício para João Antunes. A sua vida atual girava em torno desse núcleo absorvente, recheado de incerteza e de uma expectativa imprescindível, poderosa, mas que lhe parecia inútil e que apenas lhe dava a certeza de que seu amor era Riete. Ele se lembrava de que, há dez meses, quando retornara a San Genaro, seu sofrimento provinha de sua indecisão atroz e sorria da ironia do destino, pois eis que agora tinha tanta convicção de seu amor que sofria por tê-la em demasia. Receava, porém, procurá-la, temendo um sofrimento ainda maior. João Antunes tinha a certeza de que, se ouvisse a sua recusa ou a encontrasse com um outro homem, ficaria tão deprimido que não teria mais alento para tocar a vida. Aí, sim, estaria não mais na companhia literária de Dante, mas literalmente no próprio inferno.

Ele não se arriscava a apostar em sua felicidade e perder e preferia a dúvida da esperança, embora ela o fizesse sofrer. Padecer menos ou mais tornou-se o seu dilema, e era isso que o absorvia e o induzia a aliviá-lo na guerra europeia. Enquanto acompanhava as táticas e os combates de tanques entre os generais Zhukov e Von Manstein, nas estepes russas, ele mitigava sua vontade de ir ao Rio e atirar-se nos braços de Riete. O comandante em chefe dos exércitos soviéticos, general Zhukov, encarregado de deter a ofensiva alemã, afirmou que, se a Alemanha tivesse mais dois generais com a capacidade de Von Manstein, a Alemanha ganharia a batalha da Rússia, tais as suas habilidades e o seu gênio estratégico.

Algumas vezes, João Antunes apreciava cavalgar até o alto daquela costumeira colina, que lhe lembrava Santos Reis, sentar-se sob a mesma árvore e recordar o passado. Nessas ocasiões, lembrava-se de seus pais, de sua irmã, que há anos não via, e de tantos acontecimentos que marcaram sua vida. Seus olhos marejavam enquanto mirava a linha trêmula do horizonte, em que a realidade se misturava às lembranças. Recordava sua partida de Santos Reis para Cavalcante, e ressurgiam em sua memória o semblante resignado de Marcus e a manifestação de sua dor. Devido à sua paixão atual por Riete, João Antunes avaliava melhor quão grande fora o sofrimento do amigo, que o induzira ao suicídio. No caso de Marcus, havia ainda o pesar de que este sabia que seu amor seria em vão, e na sua atual conjuntura restava uma tênue esperança de que Riete ainda o amasse. Aqueles dias que vivera em Cavalcante eram então repassados em detalhes, não os fatos em si, mas as emoções dolorosas do clima psicológico em que transcorreram, que os envolviam. João Antunes recordava os anos em que fora amante de Verônica e dos momentos que passaram no Rio, e tudo isso o arremetia ao fardo atual de sua vida e da sensação de que nada mudara. Sentado solitariamente, ouvindo o silvar dos ventos e o cantar dos pássaros, contemplando suas recordações se perderem ao longe, a sua sensibilidade espicaçava as lembranças com indagações estéreis. João Antunes passava a meditar sobre a vida dos homens, e tudo lhe parecia uma corrida infrutífera contra o tempo. O pessimismo o esmagava. Esfregou seus olhos, respirou fundo, e seus pensamentos avançaram sobre a vastidão do mundo.

"Vivemos hoje em busca de algo impositivo do que se julga ser o sucesso, e a busca da felicidade tornou-se subordinada a essa ideia comum. Tornou-se difícil suportar essa carga quando se reconhece que as exigências vigentes não são as nossas. Entretanto, por que, afinal, só refletimos geralmente sobre a vida quando estamos isolados dos homens? Como eu agora, só nesta colina? Por que se tornou difícil manter as mais profundas convicções quando inserido na agitação do mundo? Talvez seja o receio da solidão o motivo pelo qual muita gente não vive a essência do que imagina ser o ideal para si. É mais fácil corresponder às expectativas que lutar por seu nicho específico", refletia.

Durante muito tempo, João Antunes admirou a natureza, belamente gratuita e receptiva com aqueles que a contemplam, mesmo para quem nunca compreendeu que esteja integrado a ela pelo mais profundo mistério. Era no alto dessa colina que João Antunes recarregava seu espírito quando se sentia esvaziado daquele mínimo que o empurrava vida afora. Ele ergueu-se e recomeçou a se inserir, imperceptivelmente, na mediocridade habitual em que se atolam os homens. Ele desejava algum dia trazer Riete a esse local para que juntos curtissem, não mais um sonho, não mais a conflituosa angústia que sempre os separou, mas a certeza apaziguadora de uma união. "Esse desejo se consumaria algum dia?", indagara-se, enquanto montava Sherazade e dirigia um último olhar àquele horizonte longínquo, em um último apelo para que ele reintegrasse Riete à sua vida.

21

Durante esses meses, após João Antunes deixá-la em decorrência daquele ultimato impetuoso e aparentemente categórico, Riete, tal como João Antunes, começou a se sentir apática. Seu dinamismo nos negócios e seu entusiasmo para se enriquecer, que sem dúvida ela conseguiria devido ao seu talento formidável, foram se enfraquecendo, perdendo o viço e murchando, como as rosas em um jarro de flores. O seu *chauffeur*, Nunes, reparou em tal comportamento, pois achou estranho que dona Riete passasse repentinamente a utilizá-lo tão pouco. Na última semana, ele a levou somente uma vez ao escritório. Passado aquele mês, que ela dera como prazo para que João Antunes se decidisse, tal processo acentuou-se dramaticamente. Como João Antunes não retornara e nem dera notícia, Riete sofria como nunca. Ela só pensava nele e imaginava o que fazer para tê-lo de volta, e sua vida passou a girar em torno desse desejo. Arrependia-se amargamente de sua atitude orgulhosa e precipitada, mas sentia-se impedida, devido ao seu amor-próprio, de voltar a procurá-lo. Ela então amaldiçoava esse seu rompante, achava que, se fosse mais humilde, poderia superá-lo, mas não tinha tal humildade, estava além de suas forças rastejar até João Antunes e lhe confessar o seu amor. Riete então procurava algum pretexto lógico, alguma desculpa que driblasse seu orgulho e justificasse, perante ele, sua eventual ida a San Genaro. Ela não conseguia, contudo, encontrar algum ensejo capaz de impulsioná-la até ele. Se fosse procurá-lo, Riete achava que a relação ficaria enfraquecida, e, ademais, se João Antunes não dera mais notícias, era porque não mais a amava ou pelo menos não conseguira decidir-se, o que tornaria inviável o seu desejo. Eram esses os argumentos que se contrapunham à sua intenção de achar alguma justificativa para procurá-lo e que, portanto, submeteram-na à sua altivez.

Riete experimentava os dias mais difíceis de sua vida, agravados principalmente por episódios que a deixavam estarrecida. Devido, sem dúvida, ao acirramento de seu recente sofrimento, ela voltara a sofrer aqueles problemas que tanto a agoniaram no passado e que haviam desaparecido. Após anos, Riete voltara a ter aqueles momentos de ausência da realidade quando, em busca de um alívio inconsciente, refugiava-se no interior da capelinha rosa. Esse longo hiato, em que estivera livre daquela agonia, provavelmente ocorrera devido ao seu sucesso financeiro e ao seu amor a João Antunes, tempo em que aquelas razões inconscientes que geravam seus problemas ficaram adormecidas em sua mente. A sua realização pessoal os abafara. Todavia, o segredo, que procurara de modo incessante durante anos e que tanto a intrigara durante a vida, desta vez, foi-lhe revelado de maneira intensamente dolorosa e dramática.

Certa tarde melancólica de um domingo, deitada nua em sua cama após um prazer que a deixara ainda mais deprimida, Riete chorava de saudades de João Antunes quando, subitamente, viu-se vagando pelo interior da capela rosa, na fazenda em Campinas, e submergiu naquele pesadelo incompreensível do passado. Tal qual um filme de terror a que assistisse de olhos abertos e que emergisse de seu inconsciente, sendo projetado na tela de seu consciente, ela começou a ver, como se estivesse sentada na plateia, as imagens da própria tragédia. A cortina, que durante anos estivera fechada e escondera esse segredo, finalmente abriu-se sem nenhum pudor. Desconhecendo as razões, começou a recordar detalhadamente aquele longínquo fim de tarde em que uma tempestade estava prestes a desabar sobre a fazenda. Seu pai, o senador Mendonça, saíra do quarto onde estivera brigando com sua mãe, e a convidou para lhe mostrar um lugar bonito. Riete lembrava-se de que Mendonça estava suado, desarrumado, ofegante e parecia furioso. Mendonça lhe segurara a mão, pegara a chave da capelinha, dependurada em um prego cravado em um portal, e saíram sob o chuvisqueiro. Riete lembrou-se de que erguera o seu olhar e vira o céu assustador, tenebroso, coberto por pesadas nuvens negras. Havia um constante relampejar, e os trovões estrugiam quase imediatamente, fortes e atemorizantes. O temporal era iminente, prestes a desabar. Recordara que caminharam rapidamente sob o chuvisqueiro até a capelinha, que seu pai abrira a pesada porta da capela, que nela entraram e que ele a fechou em seguida. No interior, havia uma fortíssima penumbra, devido ao mau tempo e porque já era fim de tarde. Em suas reminiscências anteriores, as últimas lembranças de Riete sobre aqueles momentos vividos no interior da capela eram sempre as gravuras sacras afixadas nas paredes, evocativas da via-sacra, que agora novamente admirava. Entretanto, ela mal podia vê-las, pois estavam imersas em sombras. Riete distinguia mais nitidamente apenas os frisos dourados de algumas molduras. Em seus transes anteriores, as suas recordações eram sempre interrompidas a partir desse instante. Ao longo da vida, procurara saber inutilmente o que se passara depois. Porém, durante esse dia, em seu apartamento, Riete conseguira inexplicavelmente avançar em suas lembranças, e o filme agora prosseguia. Lembrara-se de que se dirigiram a uma parede lateral, e seu pai acendera uma luz, que pendia do teto na extremidade de um longo fio, o que atenuou a penumbra, e de que depois sentaram em um dos bancos. Riete passou a sentir a respiração quase ofegante de seu pai, sentado junto a ela. Recordara o seu semblante desvairado e os seus gestos rápidos desabotoando a braguilha. Riete sentiu-se apavorada ao ver sob a barriga de Mendonça, entre as fraldas de sua camisa, os pentelhos negros aflorando e seu sexo enrijecido emergindo entre eles. Ela começou a chorar quando Mendonça segurou fortemente seu braço e lhe disse: "venha, meu anjo, venha sentir uma coisa gostosa", e a colocou brutalmente sobre o seu colo e puxou sua calcinha, passando a esfregar sua mão em suas coxas. Riete experimenta aquele sexo deslisando sobre sua pele e rapidamente sente algo viscoso escorrendo lentamente entre suas pernas. Relembrara os gemidos e o suor pegajoso no rosto de seu pai, seu hálito repugnante junto às suas faces e a respiração alterada sobre si. Riete chorava alto, apavorada, traumatizada, sobre o colo dele. Lembrou-se de que Mendonça permaneceu em silêncio alguns segundos e que depois passou a barra da camisa sobre suas pernas, limpando-a. Acompanhou-a depois até a porta, abriu-a, e Riete correu aterrorizada, em prantos, sob a forte chuva. Segundos após, novamente reviveu o relâmpago e o estampido quase instantâneo, estarrecedor. O raio refulgira apavorante em sua frente sobre a capela, acompanhado por um som metálico e um cheiro de enxofre. Enquanto ainda corria, voltou seu rosto e viu a torre de madeira calcinada e o sino badalando sobre o adro de pedra. Nesse instante, ao longo de sua vida, suas recordações completas se apagaram e só se revelaram durante esta tarde, em seu apartamento. Deitada em sua cama, Riete sentia uma dor lancinante, começou a se sentir mal e rapidamente desmaiou.

Ela passou a ouvir um ruído longínquo, que, aos poucos, foi se firmando em intensidade, e sentiu seu corpo gelado. Mexeu-se sobre a cama, retomando paulatinamente a consciência, e se deu conta de que aquele ruído era proveniente do ar-condicionado, bem como o motivo da baixa temperatura. Riete acordou chorando muito, aterrorizada e trêmula, completamente atônita, traumatizada e afundada em uma insegurança infantil, inédita em sua vida.

Imediatamente, por instinto, lembrou-se de sua mãe. Vestiu-se afoitamente, em lágrimas, calçou um sapato e correu desnorteada em busca de Manuela.

— O que foi, dona Riete? — perguntou ela, com os olhos arregalados, tão assustada quanto Riete.

— Por favor, Manu, desça agora e me arrume um táxi! Volte aqui para me chamar quando conseguir um! — dizia Riete, em prantos. Ela sequer pensou no próprio automóvel.

— Mas o que aconteceu? — insistiu Manuela, completamente assombrada pelo comportamento de Riete. Ela estava habituada àquela mulher altiva, segura, sempre convicta, e a via completamente fragilizada, demonstrando subitamente um pânico incompreensível.

— Depois... depois eu explico, agora vá Manu, por favor!

Manuela olhou-a um instante mantendo os olhos arregalados, virou-se e rapidamente foi cumprir a ordem. "O telefone não soou, ninguém veio ao apartamento e dona Riete estava isolada em seu quarto. Será que ela viu algum fantasma?", refletia Manu, enquanto esperava ansiosamente o elevador. Riete sentou-se na sala, indagando-se como aquilo fora possível.

"O meu próprio pai! E eu uma criança!", martelava esse pensamento incessante, enquanto chorava copiosamente. Aquele seu choro aterrorizado foi se transformando aos poucos em um lamento profundamente sofrido, em uma carga dramática absurda e em uma incompreensão absoluta. Dali a alguns minutos, Manuela retornou esbaforida.

— Já está lá embaixo esperando, dona Riete! — exclamou Manuela, observando-a atentamente. Tome uma água com açúcar antes de ir, vou lhe trazer...

— Obrigada, querida, depois conversaremos...

Riete ergueu-se da poltrona e, por um instante, tentou recuperar a lucidez. Respirou fundo, passou as mãos sobre os olhos entumecidos, olhou-se em um espelho próximo e aguardou mais alguns segundos antes de sair. Em seguida, dirigiu-se apressada rumo à porta. Manuela permaneceu assustadíssima, curiosa com o que acontecera. Riete desceu ao térreo, passou rapidamente pela portaria sob o olhar atento do porteiro, que achou estranho aquele comportamento, pois ela sempre aparentava um ar tranquilo e demonstrava agora uma pressa inusitada, sequer o cumprimentou, como estava habituada a fazê-lo. Ela entrou no táxi e dirigiu-se ao apartamento de Verônica. Naqueles poucos minutos antes de alcançar a Rua Santa Clara, Riete observava vagamente as pessoas caminhando tranquilamente sobre o calçadão da Avenida

Atlântica, enquanto ela, com o espírito em convulsão, não entendia como a vida lhe fora tão cruel. Em poucos minutos, o táxi estacionou, Riete pagou e desceu apressada, enquanto o motorista a olhava preocupado. Caminhou alguns passos rua adentro e chegou ao prédio em que morava sua mãe. Enquanto subia pelo elevador, aquele pranto, que fora contido ao sair de seu apartamento, retomou forte. Riete tocou a campainha rezando para que sua mãe estivesse em casa. Em segundos, ouviu passos.

— Abra, mamãe! Sou eu!! — exclamou Riete, aliviada com a presença, mas com a voz agoniada e aos prantos. Verônica girou a chave e abriu a porta rapidamente, olhando assustadíssima o semblante atormentado de Riete.

— Meu Deus! O que lhe aconteceu, minha filha? Vamos, entre! — exclamou Verônica, aflita, com o rosto crispado, abraçando-a e apertando-a contra si

Riete abraçou-a fortemente, chorando muito, e sentiu a presença carinhosa de sua mãe como nunca sentira em sua vida. Anos e anos de um orgulho e de uma indiferença opressiva, que quase sempre beiravam o ódio, derretiam-se diante de sua fragilidade, de seu sofrimento e de sua impotência em aceitar o duro revés que a vida lhe impunha.

— Venha, meu amor, me conte tudo, por favor. Acalme-se, o que lhe aconteceu? — indagava Verônica, preocupadíssima, com os olhos umedecidos e o semblante tenso, enquanto caminhavam abraçadas rumo ao sofá. Sentaram-se rapidamente e, em um gesto que deixou Verônica profundamente comovida e ao mesmo tempo atônita, Riete sentou-se no colo da mãe, como se fosse uma criança, e a abraçou fortemente, pressionando seu rosto contra os ombros dela, enquanto chorava amargamente. Verônica a afagava, procurando acalmá-la, enquanto lhe dizia palavras carinhosas. Verônica jamais sentira a filha tão carente e próxima de si, muito menos a vira sofrendo tanto. Ela sentia uma surpresa imensa ao perceber que Riete manifestava um desprendimento insólito e nenhum vestígio de orgulho, pois a via completamente desamparada, despojada e indefesa diante do que lhe acontecera. Aquela sua soberba e a sua prepotência haviam sumido, elas que eram as características mais marcantes da filha. E isso a deixou ainda mais preocupada, pois Verônica avaliou a gravidade do ocorrido, até ser capaz de demolir aquele egocentrismo granítico. Ao longo da vida e durante os últimos anos, com o sucesso pessoal, Riete se colocara muito acima dela, tratando-a com um natural desprezo, e, de repente, a filha lhe mostrava a fragilidade de uma criancinha assustada.

— Vamos, meu amor, acalme-se e me conte tudo, o que lhe aconteceu? — voltava a lhe pedir Verônica, sentindo o corpo trêmulo de Riete, enquanto beijava carinhosamente os cabelos da filha e sentia as suas lágrimas encharcarem sua blusa.

Riete, vagarosamente, começou a narrar como tudo se passou, até chegar ao núcleo daquilo que durante tantos anos ignorara. Nesse instante, apesar de já saber que a filha fora abusada sexualmente pelo pai, Verônica ficou outra vez estarrecida, mas esforçou-se para não irromper em um pranto tão copioso quanto ao de Riete. Verônica voltava a se indagar, conforme já fizera diversas vezes ao longo da vida: como fora possível Mendonça cometer tal ato contra a filha, ainda uma criança de 5 anos? Porém, essa indagação era feita agora com uma contundência dolorosa que nunca tivera, porque assistia às consequências sobre Riete, colada junto a si. Várias vezes julgara-se culpada por isso, pois fora devido à sua recusa em usar aquelas práticas sadomasoquistas com Mendonça, naquela tarde em que o senador chegara na fazenda vindo do Rio, que ele saíra desvairadamente do quarto e, por acaso, deparara-se com Riete. Porém, ela jamais poderia imaginar o que aconteceria, devido à sua recusa.

— Sim, meu amor, eu já tinha conhecimento disso... eu... eu compreendo a sua dor — dizia-lhe Verônica, chorando, tentando a todo custo conter o pranto. — Por isso, levei-a para fazer o tratamento com o doutor Franco da Rocha. Ele desejava induzi-la a revelar esse momento, mas não conseguiu, e você se mostrava mais equilibrada. Devemos retornar a ele...

— Não mamãe, por favor, basta... — retrucou Riete. Ela então lhe disse que, ao recordar aquele fato, desmaiara, que retomara a consciência sentindo um frio intenso, devido à sua imobilidade e ao ar-condicionado, e que imediatamente tomara o táxi para vir até ela. Verônica sentia-se chocada e horrorizada com o ocorrido. Apertou mais a filha contra si e passou a consolá-la com palavras que lhe brotavam do coração. Durante muito tempo, Riete sentiu aquele carinho penetrar lentamente em sua alma, amolecê-la, até sentir um conforto que nunca tivera em sua vida. Ela absorvia o desvelo maternal de Verônica em tal magnitude e com sinceridade incontestáveis, como nunca recebera. Riete sofria, porém, de uma maneira diferente, reconfortada pela ternura intensa que jorrava do coração de sua mãe, que, tal como um unguento, cicatrizava a ferida aberta em sua alma. Ela sentia que o amor inédito que Verônica lhe dedicava nesse instante tinha a mesma intensidade, porém oposta, da violência que sofrera de seu pai. Abraçada à mãe, de corpo e alma, de maneira fetal, Riete passou a sentir um tipo de segurança emocional que nunca tivera, muitíssimo superior e diferente daquela a que estava habituada, proporcionada pela riqueza. Ficou imensamente comovida e ao mesmo tempo admirada ao perceber, em si, o efeito desse carinho, um sentimento de paz que lhe era inédito e que lhe proporcionava a sensação de que renascia para uma nova vida.

— Muitíssimo obrigada, minha querida mamãe, o seu amor me reergueu, me salvou — e a abraçou intensamente, chorando, agora emocionada, profundamente comovida com aquela felicidade original. — Perdoe-me todo o sofrimento que já lhe causei... principalmente aquela carta... embora minhas atitudes fossem consequências da violência que sofri... — e Riete chorava copiosamente, arrependida de todas a agressões que cometera contra sua mãe.

— Esqueça isso, meu amor, quero vê-la voltar a sorrir. Ninguém é culpada pelas violências sofridas na infância. Talvez eu seja também culpada... naquela época, não sabíamos se você era filha de Jean-Jacques ou de seu pai. Mas esqueça tudo isso, querida, por favor, esqueça! — murmurou, insistindo carinhosamente, acariciando-a.

Verônica e Riete permaneceram muito tempo abraçadas, congratulando-se amorosamente. Ambas sentiam uma paz incomum, celestial. Finalmente, depois de muito anos, a nódoa que lhes manchava os corações foi removida. Aquela barreira intransponível, que desde a infância vigorara entre mãe e filha, fora definitivamente demolida.

— Mamãe, como ficou sabendo desse fato? — indagou Riete, após uma pausa entre elas.

— Você se lembra de que, quando estávamos em Cavalcante, João Antunes e eu fomos consultar o doutor Rochinha? E depois fomos almoçar no Pinga de Cobra?

— Sim, me lembro... — respondeu Riete, com uma expressão pensativa.

— Pois narramos a ele os seus problemas e o que lhe acontecia quando passava por situações difíceis em sua vida, os transes em que vagava pelo interior da capelinha sem nunca recordar o que se passara lá dentro. E o doutor Rochinha, uma pessoa inteligente e perspicaz, logo deduziu o ocorrido. Ele então nos disse que você fora vítima de um abuso sexual. Eu lembro que fiquei tão estarrecida que também desmaiei sobre o colo de João Antunes. Ele então sugeriu o tratamento em São Paulo. Explicou que, quando você passava por situações difíceis, procurava um refúgio... — relutou em lhe dizer que o prazer emulava com o medo e calou-se...

— Sim, eu me lembro. Lembro-me também de que naqueles dias eu fora estuprada pelo Roliel, lá no garimpo, e que, após isso, eu me senti livre daquelas fugas. Nunca mais as tive... e, após vinte anos, vim a sofrê-las novamente. Então está tudo bem esclarecido, mamãe... — disse Riete, fazendo uma pausa e mudando de assunto, adquirindo aos poucos uma postura que, apesar do trauma, propiciaria a ela uma completa metamorfose e lhe daria uma nova vida. Ela sorriu com doçura, sua alma alegrou-se e, em seus olhos, cintilara a velha luz de um sonho rejuvenescido, o que ela imaginava que deveria ter sido como pessoa. — Estou apaixonadíssima por João Antunes, mamãe... não consigo esquecê-lo, mas também me recuso a procurá-lo. Certamente, como explicou o doutor Rochinha, hoje eu me aprofundei naqueles transes devido à intensidade de meu sofrimento, de meu amor por ele. Eu perdi o interesse por tudo, nada mais me interessa além de João Antunes — confessou Riete, com um olhar subitamente desvanecido daquela chama. — Hoje eu finalmente entendi o seu amor por Jean-Jacques, mamãe... — acrescentou, fitando Verônica com uma expressão sonhadora, compreensiva, como se ela tivesse captado totalmente a intensidade daquele amor.

— Sim, ele me ensinou a essência da vida... — disse sua mãe, desviando seus pensamentos rumo ao passado.

— Pelo menos houve um aspecto positivo no que me ocorreu hoje... — disse Riete, de maneira reflexiva. — Foi essa paixão alucinante que sinto por João Antunes que me induziu a mergulhar mais em meu passado, a ir mais fundo... para escapar desse sofrimento maior — completou, após alguns segundos. — Foi o meu amor intenso não correspondido que me permitiu isso... e que me possibilitou também amá-la de coração, mamãe... — disse Riete, sentindo uma profunda comoção que a levou outra vez a chorar intensamente, agarrada ao pescoço de Verônica, que não resistiu àquele instante e também chorou copiosamente, igualmente comovida.

— Ó, minha querida, como tudo é misteriosamente surpreendente nesta vida e como dela podemos tirar seu lado mais belo... de seu infortúnio, conseguimos o nosso amor, pois o seu trauma nos reconciliou e nos proporciona um instante de imensa felicidade, que sem ele... — disse Verônica, entrecortada pelo pranto.

— Sim, mamãe, aprendamos a olhar a vida e a vivê-la com otimismo, a compreender seus desígnios, a virar a página e a descobrir o seu lado bom — disse Riete, abrindo um sorriso relutante, mas que se abriu definitivamente e a fez chorar de felicidade, a beijar seguidamente o rosto da mãe. Ela renascia em cima daquele colo, que a gerara por baixo dele.

— Sim, é verdade, meu amor, são essas lições de otimismo que Jean-Jacques me transmitiu...

— Só me resta agora saber se João Antunes ainda me ama para que minha vida prossiga agora, como se estivesse no céu, vivendo um conto de fadas... — disse Riete, sentindo um misto de alegria e de esperança ansiosa.

Durante muito tempo, mãe e filha prosseguiram falando a respeito de coisas que nunca haviam conversado, reconciliando-se definitivamente. Abriram seus corações sobre os instantes de suas vidas em que sentiram a frustração de um amor que poderia ser compartilhado entre elas, mas que nunca o fora, impedidas pela soberba e pelos sentimentos empobrecedores. Já eram 19 horas quando se levantaram do sofá.

— Venha, querida, vou esquentar uma janta gostosa para você — disse Verônica, respirando fundo, como que se recuperando da intensa emoção que vivera. Ela acendeu a luz e se encaminharam para cozinha. Enquanto Verônica cozinhava, Riete permanecia silenciosa, de pé ao lado do pequeno fogão, observando vagamente sua mãe remexer as panelas. Ela se conservava muito pensativa e absorta. Suas reflexões aconteciam depressa e de modo irreversível, dando origem rapidamente a uma outra pessoa que passaria uma borracha em seu passado. Nesse instante, ela terminava sua metamorfose, saiu de seu casulo e voou definitivamente para uma nova vida. Sentimentos incomuns lhe provocavam reações inusitadas que davam uma reviravolta em seu espírito e se consolidavam em convicções inabaláveis. Tranquila e compulsivamente, Riete começou a exteriorizar suas novas certezas.

— Mamãe, se lembra, há vinte anos, quando você fora do Rio para Campinas e a encontrei na casa de Dolores? Durante aquela tarde em que caiu um temporal em Campinas e que permaneci sentada naquele banco, desafiando raios e trovões? — relembrou Riete, com um sorriso *à la* Mona Lisa.

— Sim, minha filha, lembro-me perfeitamente. Fiquei aterrorizada com a sua atitude...

— Pois naquele momento eu jurei a mim mesma que seria rica e que, para isso, venceria todos os desafios, tal qual eu desafiava a natureza, e que, por meio do dinheiro, eu traria de volta João Antunes. E, de fato, consegui trazê-lo. João Antunes veio a mim influenciado pela minha riqueza, ele próprio o confessou. Pois, agora, mamãe, neste instante, eu decidi percorrer o caminho inverso. Não quero mais ser uma pessoa rica. Vou me desfazer de todos os meus bens, irreversivelmente! — exclamou Riete, da maneira resoluta e categórica que Verônica tão bem conhecia.

Verônica parou de mexer o alimento e olhou espantada para Riete.

— Mas, por que, minha filha!? — indagou, arregalando os olhos, muito surpreendida.

— Porque quero me tornar a pessoa que provavelmente seria se não tivesse sofrido esse trauma, se tivéssemos, eu e você, uma relação de amor como teremos certamente a partir de agora. Eu quero ser diferente, mamãe, e o seria se não tivesse uma admiração equivocada pelo senador Mendonça, o meu pai, que me incutiu essa ambição desvairada que tanto me infelicitou. Eu seria, sem dúvida, bem melhor do que fui se não tivesse sofrido sua influência perniciosa. Portanto, mamãe, eu desejo agora me tornar outra, reconstruir-me como uma nova pessoa e conviver com o meu lado bom. Minha riqueza, fruto dessa antiga Riete, certamente não faria parte desse mundo equivocado em que me criei e que tanto ambicionei. A minha fortuna foi a consequência de um espírito deformado em fuga constante, foi a decorrência de um desencontro que só me trouxe amargura. Papai me ensinou a ter a ambição cega que pessoas como ele carregam na alma, ensinou-me a alcançar a riqueza que almejam e que conquistam a qualquer custo. É impossível alguém enriquecer tanto em dez, quinze anos, ou mesmo em uma vida, se não se corromper e corromper outros. Sei disso porque corrompi demais, o que é tido como normal no meio em que vivi. Quero agora me purificar, ser simples e me despir dessa fantasia que só impressiona os outros, mas que esconde o que se carrega dentro de si. Desejo ser alguém despojada dessa ilusão transitória e ser amada pelo que sou, não pelo que tenho no banco. Cansei-me da bajulação deste mundo, em que tudo gira em torno da hipocrisia alimentada unicamente pelos interesses e pela impostura dos sorrisos simpáticos. Nesse meio, é necessário adquirir os predicados inerentes a ele, em todos os sentidos, para conviver e ter o sucesso almejado. As atitudes são muitas para se alcançar o objetivo principal, que é ganhar dinheiro, e não pouco, mas muito dinheiro. Sem isso, nada feito. E essa imposição torna-se a angústia que permeia a vida desses homens, que passam a existência preocupados com a respeitabilidade adquirida apenas pela riqueza. Eles são inteligentes, conhecem as regras de seu mundo e principalmente de nosso mundo, portanto, se espreitam. Sabem que, se algum dia perderem suas riquezas, serão socialmente renegados, até por si mesmos, pois não saberão como preencher o vazio de seus espíritos. Não estão treinados para existir sem a riqueza. Assim, mamãe, eu não quero mais viver absurdamente. As coisas essenciais o dinheiro não compra e, pior, as afasta de nós. Ele é necessário apenas para que o homem viva dignamente e que não lhe faltem as condições para isso. Uma regra que deveria valer para todos — disse Riete, mirando vagamente o fogo flamejar sob a trempe. Ali brilhava a nova chama que cintilava em sua alma e que a impulsionaria vida afora. — Todos os meus negócios — prosseguiu ela — eu os colocarei em nome de Enrico. Já lhe dei o tal anel das elites, conforme Jean-Jacques o definiu sabiamente. Ele ficará em boas mãos, pois Enrico é um rapaz ambicioso, sem escrúpulos, digno representante dessa gente. Manterei apenas o apartamento e algum dinheiro que me permita viver, e ponto final em qualquer tipo de negócio. Não quero sequer ouvir mais falar sobre isso — completou Riete, mostrando-se decidida.

Verônica ouviu-a incrédula, admirada com aquelas palavras, avaliando a radical mudança que se operou bruscamente no espírito da filha, tão abrupta como o trauma que sofrera. Verônica caminhou até ela e novamente a abraçou carinhosamente.

— Pois faça o que tem vontade, querida, e tudo dará certo. Você nunca errou no que queria — concordou Verônica. — Quanto às suas críticas, elas são pertinentes, pois também convivi com essa gente. De fato, são assim.

— Mamãe, não sei o que faria sem o seu amor... — e novamente Riete se emocionou.

— Ora, querida, você é que está me proporcionando a maior alegria de minha vida. Eu nunca pensei, Riete, que algum dia você superasse o seu orgulho. Pois aproveite esse despojamento e vá atrás de João Antunes, não terá nada a perder, querida...

— Você ainda o ama, mamãe?

— Amava, pois neste instante transmito a você todo o amor que sentia por ele. João Antunes será só seu! — afirmou Verônica, de modo categórico, afagando-lhe os cabelos.

— Mamãe, como você é linda... incomparavelmente linda... — disse ela, fitando ternamente o semblante de Verônica.

Embora não demonstrasse, Verônica mantinha-se enormemente surpreendida com as disposições da filha.

Jantaram uma comida simples, curtindo um momento único e inesquecível. Riete, aquela menina que tanto sofrera, que veio ao mundo gerada pela vida conturbada de Verônica, que foi abusada pelo pai e moldada para ser rica e infeliz, tentaria se redimir, mudando o seu caminho. Pois, por ironia do destino, foi novamente Mendonça, e novamente por vias tortas, que permitiu uma súbita mudança na vida de Riete. Seu gesto brutal possibilitou corrigir amorosamente suas consequências.

— Hoje você dorme comigo, querida — disse Verônica, após o jantar.

Depois, desceram para uma caminhada no calçadão da avenida, o palco sentimental de Verônica. O céu estava estrelado e as águas do mar quebravam tranquilas sobre a praia. Havia um clima de muita paz naquelas pessoas que caminhavam despreocupadas, irmanadas por um sentimento único de percepção do belo. Havia ali qualquer coisa que as induzia a pensar que suas vidas deveriam fazer jus ao que viam.

Verônica emprestou um pijama a Riete. Deitaram-se, já bastante tarde, na cama de casal, após muito conversarem sobre suas vidas. Riete apoiou seu rosto sobre os seios de Verônica, e a mãe a afagou, como a uma criança, até vê-la dormir, imersa em uma paz celestial. Verônica lembrava-se de que, quando Riete era um bebê, não sabia se a filha era de Jean-Jacques ou de Mendonça e de que a rejeitara após certificar-se de que Mendonça fora o pai. Nesta noite, enquanto acarinhava Riete, aqueles dias conturbados desfilavam em sua memória, e Verônica os redimia com um carinho infinito.

22

Nos seis meses seguintes, Riete trabalhou burocraticamente para se desfazer de seus negócios e transferi-los para Enrico. Usou os conselhos e os advogados de Bertoldo. Ela foi a Campinas e não foi difícil convencer Bertoldo dos motivos que a levavam a se desfazer de seus bens, transferindo-os a Enrico. Bertoldo vendera a fazenda Santa Sofia para a filha de Mendonça, casada com Amadeo, aquele genro medíocre do senador. Bertoldo facilitara o negócio para que a família readquirisse a fazenda. Ele a comprara para Verônica, mas, como haviam se separado, não via mais razão para continuar como proprietário. Naquela imensa sede, Bertoldo sofria a amargura da solidão, sentia-se velho e desiludido e nunca mais fora o mesmo depois que Verônica o abandonara. Morava atualmente sozinho em uma pequena casa em Campinas. Quando Riete lhe explicou que estava enfarada de sua vida de rica, Bertoldo lhe abriu um sorriso triste.

— Você está certa, Riete, deveríamos refletir sobre coisas mais importantes. Apesar de o enriquecimento ser o mantra da burguesia, é necessário ser sábio para não ficar totalmente seduzido pelo seu canto. Dinheiro só é indispensável para se viver dignamente. Se você tem o necessário, não se preocupe em acumulá-lo porque nunca estará satisfeita com o que tem. Sempre achará motivos para mais e mais negócios, e jamais haverá tempo para outras coisas. Para um mendigo ou um pobre, sim, o dinheiro é o mais importante, porque o sofrimento físico ou psicológico torna inútil a beleza ou a própria vida. Ninguém nasceu para sofrer. Mas, para nós, bons burgueses, devemos ter a sabedoria de contemplar os dois lados, não é verdade? Não sei se a beleza salvará o mundo, mas o que seria do mundo sem ela? Entretanto, a esperança já é uma grande vitória ou um objetivo valioso. Você está ouvindo a voz de quem passou a vida preocupado com isso, e lhe confesso que o dinheiro que ainda tenho não vale o amor que perdi. Gostaria de estar morando simplesmente junto a Verônica — disse Bertoldo, mantendo seu olhar melancólico vagando sobre o rosto de Riete.

— Pois é isso, Bertoldo, cheguei a essa mesma conclusão, quero ser despojada e levar uma vida mais singela... — concordou Riete. — Realmente é verdade que todos deveriam possuir um mínimo para apreciar outras coisas e que, portanto, fossemos minimamente burgueses...

— Pois é aí que a porca torce o rabo, Riete, pois o capitalismo se alimenta da desigualdade e da ambição sem limites. Sem isso, ele morre.

— Não concordo, Bertoldo, ele se alimenta da inteligência e da capacidade de trabalho, da iniciativa e da ousadia para empreender negócios, ele se nutre do dinamismo individual das pessoas que geram a riqueza, que poderá então ser redistribuída. Existem países no mundo em que a população tem um alto padrão de vida e a desigualdade social é baixa. São necessárias apenas a honestidade e a inteligência — disse Riete, investigando as ideias de Bertoldo.

— Sem dúvida, existem povos que gozam de um alto padrão de vida e com pouca desigualdade social, mas geralmente às custas de outros povos, às custas dos países pobres, da miséria alheia e da pobreza longínqua. Não se pode analisar a situação micro desatrelada do contexto macroeconômico da humanidade. O que acontece no Brasil é um exemplo do que ocorre no mundo. Aqui, ilhas de prosperidade existem em meio à pobreza e às custas da maioria. Aliás, a gênese da acumulação primitiva do capitalismo foi a rapina — interrompeu-a Bertoldo. — Os homens que detêm a riqueza geralmente não possuem a consciência moral ou a sensibilidade para olhar à sua volta. Mesmo porque não têm tempo, pois a sua mente e a sua capacidade de trabalho estão constantemente empenhadas em acumular sempre mais, estarão permanentemente ocupados em uma corrida frenética e infrutífera contra os seus concorrentes e contra si mesmos. Uma competição inútil que termina sem vencedores, pois a morte socializa a vida, ao final, ela contempla a todos rigorosamente igual. O que prevejo, Riete, é que esse processo maluco de acumulação se acentuará ao longo dos anos, e as desigualdades aumentarão. A maneira de introjetar essa ideologia no espírito das pessoas se sofisticará no próximo século, porém os recursos são limitados e haverá um momento de dar um basta... que não será aceito pelos que mandam, porque o espírito desses homens é insaciável. Eles não cogitam e nem admitem outras prioridades. Ademais, ter uma consciência ética e se preocupar efetivamente com o bem-estar alheio prejudicam o exercício de lucrar, atrapalha o ganho.

É difícil difundir ideias sociais que serão sempre consideradas perigosas e combatidas... coisa de comunistas ou de qualquer outro pretexto que, sem dúvida, inventarão. Aliás, em uma roda de altos capitalistas ou na presença de pessoas que têm esse mesmo espírito, as conversas como essa causam certo mal-estar e devem ser socialmente evitadas. Você sabe disso, Riete, pois conhece esses homens.

— Sim, é verdade, Bertoldo. Você está me lembrando papai, que se desiludiu com a vida por jamais conquistar o amor de mamãe. E você chega ao ponto de admitir ideias subversivas... — observou Riete, com ironia.

— Pois então, não é verdade? Tenho hoje o mesmo sentimento dele. Mendonça daria a sua riqueza pelo sincero amor de Verônica. Ele me confessou isso. Pois o mesmo digo eu. Eu me lembro da ocasião em que fui ao senado comprar a Santa Sofia. Naquele dia, eu vi a desilusão estampada em seu rosto, a mesma que agora você vê estampada no meu. Mendonça só vendeu a fazenda para satisfazer Verônica. O que insinuo, querida Riete, é que a paixão por uma mulher se insere no contexto daquelas coisas essenciais. E nos apaixonarmos por Verônica foi um exagero, foi um capricho excessivo que o destino nos impôs, a Mendonça e a mim, e também a Jean-Jacques. Pois repito, mesmo para nós, existem coisas mais importantes. Você também, Riete, ao se desfazer de seus bens, chegou à mesma conclusão. E está sendo sábia, pois resolveu se desfazer deles a tempo de ser feliz... — Bertoldo fez uma pausa repentina e mirou-a atentamente com um semblante sorrateiro. Seus olhos cintilaram uma emoção profundamente sincera, emanada de um recanto enobrecedor que humaniza e iguala os homens e que em alguns instantes prevalece.

Riete, acaso você está apaixonada? — indagou Bertoldo, mantendo aquela emoção imorredoura e essencial. Riete sorriu profundamente admirada.

— Sim, Bertoldo, estou doidamente apaixonada — respondeu sorrindo, desviando o olhar e erguendo ligeiramente seu rosto, com um semblante contemplativo.

— Posso saber por quem?

— Por João Antunes...

— Ah, sim... por João Antunes — deixou escapar Bertoldo, sentindo seus olhos lacrimejarem. Ele permaneceu um instante em silêncio, com seu olhar apontado rumo a um ponto indefinido e vazio.

— Está se desfazendo de seus bens devido a isso?

— Sim, não quero partilhar o meu amor com outras preocupações que não estejam voltadas para ele. Quero que João Antunes me ame sem o meu dinheiro. Há pouco, era riquíssima e me desinteressei dos meus negócios porque minha paixão se sobrepunha a eles. Não consigo atualmente me concentrar em nada. Minha riqueza foi sobrepujada pelo meu amor, Bertoldo. Então fiz essa opção. Cansei dessa vida de gente chata e pedante! — exclamou Riete, de forma categórica. Houve um breve silêncio, em que Bertoldo meditava sobre o que ouvira. Ela se eximiu de lhe revelar a origem de sua repentina mudança. Bertoldo nunca soubera que Riete fora abusada por Mendonça.

— Muito bem, Riete, conserve alguma coisa que lhe permita ser minimamente burguesa e vá atrás da felicidade. Não existe coisa melhor neste mundo que uma paixão correspondida. E João Antunes também a ama? — indagou Bertoldo.

— É o que me falta saber para ser totalmente feliz e é a indagação que me faço: saber se João Antunes ainda me ama... — respondeu Riete, com a angústia brilhando em seu olhar. Ela mirava profundamente Bertoldo, como se aquele homem inteligente pudesse dissipar sua dúvida.

— Você, desde criança, já venceu tantos desafios, Riete, pois vá até ele e lhe diga tudo o que me disse. Não tenha medo de ser feliz, que seu orgulho não a impeça de procurá-lo — aconselhou-a, com um olhar contemplativo.

— Tens razão, Bertoldo, é o que tenho pensado em fazer e é o que farei. Obrigada pelo conselho.

— Pois é tudo que posso lhe dar — disse, e permaneceram ambos pensativos, imersos em uma expectativa sobre o que nada sabiam.

Conversaram novamente a respeito das questões que envolviam a transferência de bens a Enrico, coisas inúteis e aborrecedoras a ambos.

— Enrico está eufórico e tem *pedigree*. É nosso filho e neto de Mendonça e já demonstra um apetite insaciável pela fortuna — comentou Bertoldo, de modo enigmático.

— Sem dúvida que irá longe. Ambicioso, sem escrúpulos e inteligente para negócios. Será um digno representante do senador Mendonça. Até já lhe passei o anel do barão, meu bisavô.

— É... eu mesmo já lhe ensinei muita coisa errada, mas agora é tarde para corrigi-lo — comentou Bertoldo. Suas palavras eram proferidas de modo distante, desinteressadas, como se essas ideias já fossem irrelevantes em sua vida.

Riete retornaria ao Rio naquela mesma tarde. Após se despedirem, Bertoldo fez ainda um último comentário relativo ao que lhe doía persistentemente na alma.

— Verônica, ao se separar de mim, fez essa mesma opção. Cansou de sua vida de luxo... — proferiu, e "luxo" foi a última palavra esvanecida que Riete ouviu de Bertoldo, após se despedirem.

Cinco meses depois, Bertoldo faleceu, sem dúvida, devido à desilusão e à vida infeliz que levava. Ao verem seu rosto inerte entre as pétalas de rosas, Riete, acompanhada por Verônica, refletiu que já não era mais possível a Bertoldo sentir o seu perfume. "Em relação a mim, ainda haverá tempo para fragrâncias?", indagou-se Riete, mirando aflita aquela solene imobilidade trágica, final de todas as vidas.

Após fazer tudo o que era necessário, o que lhe demandara quase seis meses de exaustivas complicações burocráticas, quando assinara centenas de papéis, liquidara dívidas e conversara com dezenas de negociantes, cujos negócios estavam interligados aos seus, Riete cumprira o seu desejo: desfizera-se de seus bens, ficara apenas com o apartamento e algum dinheiro que julgara suficiente. Faltava-lhe agora o fundamental, o coroamento de toda a transformação que sofrera e o seu único sonho atual: saber se João Antunes ainda a amava. Nesses últimos meses, Riete os passara em seu apartamento, junto com sua mãe. Fora Verônica que lhe transmitira o último impulso de tudo aquilo que recebera de Jean-Jacques e o legava a Riete com a força daquele sentimento único e incontestável.

23

O final de 1942 se aproximava. Os alemães estavam prestes a ser derrotados em Stalingrado, batalha que marcaria o ponto de inflexão da guerra. Lutavam no interior da cidade arrasada, quarteirão a quarteirão, rua a rua, casa a casa, sob um frio infernal. O marechal de campo Von Paulus e todo o seu sexto exército estavam prestes a ser aprisionados, e Stalingrado marcaria o começo do fim. A partir disso, os russos, comandados pelo marechal Zhukov, empurrariam os alemães até Berlim. Nessa manhã, João Antunes ouvira essas notícias pelo Repórter Esso e se dirigira ao mapa-múndi para rearranjar as frentes de batalha. Realinhou os alfinetes e depois tomou o café da manhã. Durante os últimos meses, ele se concentrara cada vez mais no andamento da guerra para tentar esquecer seus conflitos pessoais. Após o café, ele transmitiu ordens ao capataz e retornou ao alpendre, defronte a casa. Boccaccio já estava em seu poleiro, trazido de manhãzinha para a varanda, por Rita Rosa. Como fazia diariamente, João Antunes foi até ele e lhe dirigiu várias palavras, procurando fazê-lo sair do mutismo. Mas Boccaccio, desde a sua volta, emudecera de vez. Ambos, Rita Rosa e ele, insistiam, dirigiam-lhe os antigos e costumeiros palavrões, contudo, Boccaccio permanecia calado. Ele provavelmente absorvera o que se passava na alma de João Antunes. Criado em Santos Reis, em contato constante com os animais, desde criança, João Antunes sabia que, aqueles aos quais amava, como o seu cavalo Ventania, sentiam a alma dos donos. Ele deduzia que provavelmente fosse esse o motivo da mudez de Boccaccio.

Nessa manhã, o céu estava límpido. Após vários dias de mau tempo, as chuvas de fim de ano deram uma trégua, e a temperatura se elevara. Havia duas semana que não chovia. João Antunes sentou-se na mesma cadeira ao lado da mesinha, como o fazia diariamente. Sobre a mesa, estava o seu binóculo, que ali permanecia dias e noites, durante meses. Ele retirou-o da capa dura de couro negro e apontou suas lentes rumo às vizinhanças. Mirou os bezerros pastando ao longe e voltou a se lembrar daquele novilho que, em meados do ano anterior, fora ferido por um espinho e viera a falecer. Ele recordou que, naquela manhã, decidira partir intempestivamente para o Rio de Janeiro em busca de Riete. Sentiu-se novamente culpado pela morte do novilho, pois não lhe dera a devida atenção. Naquele dia, correra para o quarto e se pusera a arrumar a mala, demorando a avisar o capataz para que trouxesse o animal ferido. Lembrou-se vagamente de Amandine e de como tudo se passara tão rápido. Tentou compreender aquela relação, mas sentia que apenas lhe deixara um perfume na alma, nada mais. João Antunes, porém, estava agora absolutamente convicto de que Riete fincara raízes em seu coração. Ele sentia, com uma nitidez incontestável, que não poderia viver sem ela e muito menos deixar de ir vê-la imediatamente. Não poderia mais adiar o momento de reencontrá-la e de lhe confessar que ela era tudo em sua vida, custasse o que custasse. Mesmo que estivesse vivendo com outro homem, ele necessitava revê-la e lhe dizer que a adorava e que não suportava mais a saudade. Antes, estava receoso de apostar em sua felicidade, mas agora sentia que era inevitável correr esse risco. Por coincidência ou ironia do destino, talvez, para rememorar aquela manhã de um ano e meio atrás, João Antunes viu, através das lentes, um novilho ser incomodado por algo desconhecido, enquanto caminhava. Viu-o saltar à frente bruscamente e depois se afastar mancando. Ele recolocou o binóculo sobre a mesa e, desta vez, correu em busca do cavalo de Osório, que estava arreado no curral, e galopou em direção ao novilho. Enquanto se aproximava do animal, já rodava o laço no ar e o lançou, encaixando-o com maestria no pescoço do novilho. Sentiu um frêmito de vaidade ao pensar que era ainda muito bom no laço. Apeou e encurtou a corda, até chegar ao novilho. Abaixou-se, mantendo o laço seguro em uma das mãos, e lhe examinou as patas, constatando um leve ferimento, talvez provocado por uma pedra pisada de mal jeito. Ele sabia que nas imediações havia pedras que afloravam à superfície. Dobrou a pata ferida e constatou que o local estava um pouco esfolado, mas sem gravidade. Levou-o até o curral, limpou o arranhão, enfaixou-o e retornou a casa. Novamente sentou-se onde estivera, apoiou os pés na cadeira em frente e escorregou seu corpo sobre o assento, pondo-se a refletir. Era essa a posição mais confortável com a qual se acostumara a pensar na vida, quando estava no alpendre. João Antunes resolveu que, no dia seguinte, viajaria para o Rio de Janeiro. Apesar do receio de encontrar Riete indiferente ao seu amor ou mesmo com outro homem, ele resolveu mesmo assim arriscar-se. Como a conhecia muito bem, receava que aquela sua determinação, aquele seu ímpeto o houvesse excluído definitivamente de seu coração, como ela própria lhe dissera quando se separaram. João Antunes refletia sobre isso quando ouviu um motor de automóvel ir rompendo aos poucos o silêncio da manhã. O barulho ainda provinha de trás da colina. Próxima à fazenda, a estrada entre Araguari e San Genaro percorria uma leve encosta, efetuava uma curva no seu topo e descia até a sede. Logo, o ruído se acentuou, e o automóvel surgiu sobre a colina, levantando poeira. Sentiu-se surpreso, pois não aguardava ninguém. Assestou seus binóculos em direção a ele e viu que, pela placa, tratava-se de um veículo de aluguel. Ficou mais intrigado ao verificar que ela era do Distrito Federal. João Antunes ergueu-se da cadeira e dirigiu-se até a extremidade do alpendre; de pé, aguardou curioso. Apesar das recentes chuvas, o sol brilhara forte durante a última semana, e o automóvel descia agora erguendo muita poeira. O táxi chegou ao pátio e estacionou a sete metros, próximo ao degrau onde ele estava. Devido a um vento que soprou repentinamente à frente, a poeira o envolveu e ele não distinguiu os viajantes. A porta traseira foi aberta, e João Antunes ficou pasmo, não acreditando em seus olhos quando viu Riete sair daquela nuvem de pó, correr até ele e abraçá-lo fortemente chorando. Toda a felicidade que João Antunes nunca sentira em sua vida explodiu em seu coração, com tanta força que julgou que não desse conta. João Antunes sentia o corpo trêmulo de Riete grudado ao seu, enquanto ela chorava, aos prantos. Ela chorava de felicidade e de receio de que o seu imenso amor não fosse correspondido, chorava em busca de um tempo que perdera inutilmente.

— Você ainda me ama, ainda me ama, meu amor!? — foi a pergunta feita compulsiva e ansiosamente por Riete entre soluços, desejando esclarecer inicialmente essa dúvida, enquanto se apertava mais contra o corpo de João Antunes.

— Se te amo!? Pois não só te amo como te adoro, meu amor! Te adoro, te adoro! — repetia João Antunes, cobrindo os cabelos de Riete com uma profusão de beijos. Vamos ficar juntos para sempre... para sempre — repetia seguidamente, sem poder conter a felicidade. — Já havia me decidido a viajar ao Rio amanhã só para lhe confessar o meu amor, que não cabia mais em meu peito... e tu vieste até mim! — exclamou João Antunes, demonstrando a mesma ansiedade de Riete.

Em seguida, começaram a se beijar semelhante a dois alucinados que, mortos de sede em um deserto, atiram-se à água de um oásis ao chegarem até ele. Sim, era exatamente isso que sentiam Riete e João Antunes, insaciáveis, prestes a morrer de amor um pelo outro. O taxista, que se chamava Romeu, observava aquela cena boquiaberto e entristecido. Durante a viagem, ele procurara desvendar a angústia que observava em Riete. Conversara com ela cheio de subterfúgios, utilizara vários truques de abordagens, mas nada conseguiu. Romeu imaginara várias hipóteses, mas jamais pensou que sua passageira corria ao encontro de um grande amor. Ele aguardava passar aquela explosão amorosa para se despedir de Riete. Finalmente, ela lembrou-se dele e voltou-se para Romeu com um semblante tão feliz que os olhos dele lacrimejaram. Romeu pensava que era feliz, porém nunca desconfiara de que estava inserido naquele mundinho medíocre, aceito como felicidade. Riete segurou a mão de João Antunes e foram despedir-se dele. Haviam se tornado amigos durante a viagem. Conversaram um pouco com ele, ofereceram-lhe refeição, convidaram-no para que dormisse lá, entretanto, Romeu disse que pernoitaria em Uberaba. Eles haviam dormido em Belo Horizonte e Uberaba, de onde saíram nesta madrugada. Riete já lhe pagara a viagem. João Antunes e Romeu tiraram do porta-malas duas grandes malas que Riete trouxera e as colocaram no alpendre. Estenderam-lhe a mão, trocaram mais algumas palavras e viram Romeu dar a volta e abrir a porta do automóvel. Ele a mirou intensamente, abriu um sorriso triste, entrou no carro, deu partida e se foi.

— Venha e me conte tudo — pediu João Antunes, retornando ao alpendre, agora sob o olhar atento de Boccaccio. Depois de muito tempo, ele teve a sua atenção despertada por aquela cena amorosa. Boccaccio deu uma voltinha rebolando e voltou a olhá-los, meio sorrateiro.

Abraçados, dirigiram-se à sala que João Antunes construíra durante a reforma da casa e que nunca fora usada depois que Ester falecera. Havia ali um cheiro de mofo, de qualquer coisa que estacionara no tempo. Ele abriu radiante seus dois janelões, que davam para o alpendre, sentou-se em uma ampla poltrona e puxou Riete para o seu colo. A luz e o ar entraram revigorantes, anulando aquele clima melancólico e sombrio que prevalecia naquela sala. Novamente puseram-se a se beijar, insaciáveis em esgotar suas paixões.

— Jamais pude imaginar que tu virias aqui, meu amor. Mas o que te fez agir assim? Pensei... pensei que havia me esquecido... — indagou João Antunes, curioso em saber os motivos da atitude de Riete.

Riete, abraçada ao pescoço de João Antunes e com seu rosto colado em seu peito, começou a lhe contar tudo o que lhe acontecera.

— Eu estava apaixonadíssima por você, meu querido, mas impedida pelo orgulho de procurá-lo outra vez, pois fui eu que lhe dei aquele maldito ultimato. Passei então a sofrer como nunca. Em virtude desse sofrimento, voltei a vivenciar aquelas fugas para o interior da capelinha rosa, que há anos não tinha, mas que, desta vez, me revelou o que acontecera lá dentro. Fui induzida misteriosamente a ir fundo e descobri que fui abusada sexualmente por meu pai. Digo induzida porque durante anos tentei lembrar-me do que ocorrera naquele interior e nunca consegui, entretanto, alguma motivação incompreensível me forçou a penetrar mais em minhas memórias e consegui desvendar aquele mistério que sempre me intrigou — nesse instante da narrativa, apesar de já haver superado o trauma daquela revelação, Riete chorou novamente.

João Antunes ficou chocado com essas palavras, apesar de já saber o acontecido. Esse fato já não lhe despertava tanta atenção, pois havia anos que lhes fora revelado, a Verônica e a ele, pelo doutor Rochinha, quando estavam em Cavalcante, e Riete nunca mais manifestara aqueles transes.

— Pois bem — prosseguiu ela —, fiquei tão traumatizada que me senti mal e desmaiei. Logo que melhorei, corri desnorteada e instintivamente em busca de mamãe, do seu consolo e de seu carinho. Então, meu amor, aí tudo aconteceu, e a minha vida foi iluminada como num passe de mágica. Ao chegar na sala do apartamento, sentei-me em seu colo, tal qual uma criança temerosa em busca de proteção, como estou aqui agora com você. E mamãe revelou-se então uma pessoa encantadora, tão maravilhosa que, tal como uma fada, me transformou em uma outra mulher. Ela me dedicou um carinho incrível, intenso, e muita preocupação e se desdobrou para aliviar o meu sofrimento. Eu nunca havia sentido o carinho materno, manifestado com tanta ternura e sinceridade e, naquele momento traumático, eu descobri o amor de mamãe. Chorei emocionada, arrependida de todo o mal que lhe causei, de minhas agressões e principalmente daquela carta nefasta que lhe escrevi, enganando-a... — novamente Riete chorou arrependida. — Mamãe sentiu a mesma felicidade ao constatar que eu a havia perdoado de coração. Naquele instante, apesar de tão doloroso, minha vida mudou radicalmente e me descobri uma nova pessoa, oposta ao que era, e a assumi com toda convicção de minha alma. Naquela tarde, mamãe e eu conversamos muito e nos reconciliamos para sempre. Aquela brutalidade de papai e a minha grande paixão por você me fizeram descobrir o amor que mamãe tem por mim e eu por ela. Sim, é incrível, querido, como Deus escreve certo por linhas tortas. Pois, se não fosse o meu infortúnio, não teria revivido aquele instante traumático de minha vida, que tanto me perturbava inconscientemente, e não teria também me reconciliado com mamãe e comigo mesma, talvez não estivesse nem aqui. Não posso avaliar se seria outra pessoa se não tivesse sofrido aquele abuso, mas a realidade é o que aconteceu, e as consequências finais, que tanto me fizeram feliz, foram essas. O fato de carregar um trauma inconsciente e ignorá-lo traz seríssimas consequências. Ao desvendá-lo, tirei o peso de minha desventura e agora me sinto verdadeiramente livre e curada. Segundo o doutor Franco da Rocha, esse é o método usado na psicanálise, se autorreconhecer para se libertar. Pois bem, foi uma ruptura brusca, dolorosa, intensa e definitiva. Naquela mesma tarde, enquanto mamãe nos preparava o jantar, o mais delicioso de minha vida, eu resolvi vender todos os meus bens e me tornar uma pessoa despojada, completamente desapegada daquilo que consegui. Não foi simplesmente uma resolução superficial, momentânea, mas um sentimento poderoso e definitivo que irrompeu de repente em minha alma, tão misterioso quanto aquele a que me referi. Mamãe ficou muito surpresa, como você deve estar agora. E, durante esses meses, transferi todos os meus bens para Enrico. Fiquei somente com o apartamento e algum dinheiro. Não quero mais sequer ouvir falar de negócios e passei mesmo a detestar a minha antiga ambição. Devido a essa transformação, aquele meu orgulho me abandonou espontaneamente, pois não foi uma simples resolução fortuita, e vim aqui dizer que você agora é tudo para mim. Vou viver ao seu lado aqui na fazenda, como você queria, fazê-lo feliz e sermos felizes até a morte.

  Riete lhe dizia isso entremeada a beijos carinhosos, enquanto João Antunes ouvia a narrativa estupefato, atônito, profundamente admirado. Tudo lhe parecia um sonho. Ele mal podia acreditar que aquela antiga Riete, tão cheia de si, orgulhosíssima, irredutível e tão autossuficiente nos negócios, contundente em suas opiniões e ocupando uma posição social elevada, sem dúvida com talento para se enriquecer ainda mais, abandonasse tudo por amor a ele e se transformasse em outra. Aquela Riete poderosa, problemática, transformada em uma mulher simples, feliz, despojada de sua antiga soberba, perfeitamente tranquila e que lhe manifestava o amor e a personalidade com que ele sempre sonhara.

  — O que foi, meu amor? Está assombrado com o que ouviu? — indagou Riete, com um sorriso maravilhoso, observando o espanto de João Antunes.

  — Sem dúvida, querida, muitíssimo assombrado, mal estou acreditando. Mas... isso é definitivo?... Ou... — João Antunes, ainda incrédulo, imaginou se essa reviravolta na vida de Riete não seria passageira, apenas uma alternância costumeira de sua velha personalidade.

  — Claro que é definitivo, meu bem! Pois vou lhe provar que sim! Agora sou toda sua, sem nenhuma fantasia, sem nenhum orgulho de ser rica e muito menos com pretensão a sê-lo. Vamos levar uma vidinha gostosa aqui na fazenda. Se precisar de algum conselho, conte comigo, mas não conte com a minha antiga ambição. Não vou ensiná-lo a ganhar dinheiro e nem dar palpites em seus negócios. Essa vida morreu para mim, meu querido, definitivamente. Mamãe me explicou muita coisa, me ensinou a não deixar o amor para depois porque o tempo corre e é traiçoeiro e que não existe nada mais importante que o amor. Mamãe me passou o que aprendeu com Jean-Jacques, querido. Ela falou muito sobre a época em que viveram no Rio, pouco menos que um ano, mas de uma experiência tão rica que a marcou definitivamente. Ela me confessou que até hoje se arrepende de não ter embarcado para a França com ele, sua grande paixão, o homem que a ensinou a ver os bastidores da vida, onde o mais importante acontece. Ela vacilou e seu tempo acabou, por isso, aconselhou-me que viesse imediatamente e não repetisse seu erro. Mas não foi o seu conselho que me induziu a vir aqui, pois já havia decidido que viria, de qualquer jeito viria. Meu amor, eu te adoro, e me perdoe as agressões infantis que cometi contra você, principalmente aquelas contra o seu querido amigo Marcus, em Cavalcante, por tê-lo ridicularizado daquela maneira. Peço-lhe perdão, agora com uma sinceridade irrestrita, que não tive naquela época. Como ele deve ter sofrido. Marcus sentia por você o que eu sentia antes de viajar até aqui, exatamente a mesma paixão, uma incerta e angustiosa paixão. Pois eu imagino, em uma cidade pequena como Cavalcante, Marcus assistir diariamente ao seu amor por mim e por mamãe. Aquela paixão avassaladora era tudo em sua vida, era maior que a sua própria vida, que a ela renunciou porque não poderia tê-lo. Eu me encontrava lá no Rio na mesma situação que Marcus, imaginando que você não mais me amava, e o compreendi dolorosamente. A possibilidade de nosso romance ter acabado cortava a minha alma, que estava morta. Mas de uma coisa estou convencida, meu amor — disse Riete, de supetão, desviando seus pensamentos —, naquela época de Cavalcante, eu vivia imaginando mil planos para me tornar rica, o que de fato aconteceu, mas, em verdade, corria para longe de mim mesma. Descobri que a essência é conhecer se o que vem do exterior, que nos estimula e nos faz agir, corresponde realmente ao que se é interiormente e se satisfaz aos nossos desejos, sentimentos e emoções mais secretos, profundos e genuínos. Se há, enfim, sincronia entre as gêneses dos impulsos interiores e as atitudes externas correspondentes a eles. Quando digo isso, significa dizer não haver dúvidas, ou que não estejamos enganados quando dizemos estar felizes em nossas vidas. Esse conhecimento, essa correspondência verdadeira é difícil, mas é fundamental. Geralmente, a maioria das pessoas imagina que suas vidas satisfazem aos seus desejos ou que correspondam às suas demandas internas, quando, de fato, estão distantes de si mesmas. Na verdade, estão fugindo, se distanciando ou se escondendo de suas realidades interiores. Sonhávamos juntos, você se lembra? Jurei que ficaria rica para superar papai, superar Bertoldo e para tê-lo novamente. E realmente você veio a mim quando esteve a primeira vez lá no Rio, mas nos encontramos apenas no sexo, em corpos sem almas, quando são elas que copulam, me entende, querido? Pois agora, como disse para mamãe, eu fiz o caminho inverso, fiquei deliberadamente pobre, me despojei de tudo para tê-lo novamente, tê-lo sem que o dinheiro exerça uma influência subjetiva e enganosa em nossa relação. Sinto-me autêntica, perfeitamente integrada em mim mesma, nua e crua, apenas carregando as minhas verdades, por dentro e por fora, sem nenhuma fantasia. E pela primeira vez me sentirei dentro de você, de corpo e alma, uma alma verdadeira. Por enquanto só de alma, mas daqui a pouco, de corpo e alma — disse, abraçando-o e beijando-o com uma ternura intensa. — Me leve para o quarto e me ame, meu amor... me ame agora e experimente a nova Riete, mais gostosa que nunca. Depois ficaremos a conversar até quando quiser — disse Riete, emanando uma felicidade inaudita.

João Antunes permanecia assombrado com tudo que ouvira e sentiu que sua felicidade parecia um sonho. Ele sentiu um frêmito, passou as mãos sob as pernas de Riete e levou-a para o quarto. Ele a despiu e se despiu como nunca fizeram. Eram gestos em que os movimentos exprimiam algo diferente, revestidos de emoções inéditas. A sensação que tinham era de que nunca experimentaram na plenitude os instantes íntimos que juntos viveram. A nudez de Riete, que João Antunes aos poucos via surgir, parecia-lhe revestida de um novo encanto, de uma sensualidade que nunca sentira. Lembrou-se repentinamente da excitação de ambos quando falavam de seus sonhos de riqueza. Agora, a ambição fora substituída por algo espiritual que lhes grudava no corpo e na alma e lhes dava um tesão que nunca tiveram. Riete deitara-se e abrira suas pernas, e João Antunes mirava-lhe o sexo belamente hiante, à espera do seu. Cobriu-o de carinhos e o penetrou, sem nenhum subterfúgio que não fosse o desejo intenso que unia seus corações apaixonados. Não havia a antiga ansiedade, quando sublimavam pelo sexo a ambição da riqueza, apenas o presente que nunca fugiria para aquele futuro nebuloso e incerto, que tanto os atormentava. O que havia naqueles corpos entrelaçados era o fim de duas vidas sinuosas, vividas em desencontros dolorosos que os empurravam para longe de si mesmos. A maior felicidade era sentir um só corpo e um só espírito em um tempo de paz, em que as sombras de incertezas se apagaram.

Amaram-se, lambuzaram-se, exauriram-se e depois permaneceram conversando, relembrando suas vidas. Havia o silêncio campestre a que João Antunes se acostumara, todavia, não mais imerso naquela melancolia intensa e que surpreendia Riete, habituada ao barulho inquieto de Copacabana. Depois de muito tempo, foram vencidos pelo sono, exaustos pelas emoções que viveram.

João Antunes sonhava que estava no alpendre durante a manhã, sentado em sua cadeira habitual. De repente, ouvira o barulho de um automóvel que, durante muito tempo, desceu a colina em direção à sede da fazenda. Ele tentava angustiosamente identificar os passageiros. O veículo chegou e estacionou em frente ao alpendre. Uma nuvem de poeira gigantesca se formou em volta dele e, subitamente, rompendo a poeira, Riete surgiu sorrindo, correndo ao seu encontro. Ele parou um instante e observou uma outra mulher, que também deixara o veículo e caminhava como um vulto indistinto. João Antunes tentava reconhecer quem seria essa pessoa, pois a poeira parecia aumentar e o impedia de vê-la. Aos poucos, ele pensou reconhecê-la, porém ela parecia muito triste e chorava. Tratava-se de sua mãe, Felinta. Riete a aguardou um instante e lhe deu a mão. Ambas, todavia, não conseguiam se aproximar dele. João Antunes ficou angustiado, pois a poeira, estranhamente, parecia aumentar. Ele viu o automóvel dar partida, retornar e subir a colina. Viu Riete surgir outra vez, mas não vira mais sua mãe. João Antunes então se viu muito criança, em Santos Reis, chegando de uma festa junina. Tudo era muito obscuro, sombrio e misterioso. Sua mãe lhe colocou o pijama e o levou para deitar-se junto com ela, na cama de seus pais. Fazia um frio intenso. Ele tremia e rememorava a intensidade do frio. Deitaram-se na cama de casal, na qual seu pai já dormia. Sua mãe o abraçou e ele sentiu-se aquecido, mergulhado em uma paz celestial. João Antunes sentia o calor do corpo de sua mãe sob o cobertor. Experimentava, em seu rosto apoiado sobre os peitos de Felinta, a maciez e o seu perfume. Ela lhe afagava os cabelos e lhe sorria com ternura, dizendo-lhe palavras carinhosas. Ao lado, às costas de sua mãe, ele escutava o ronco poderoso de seu pai, que o assustava, porém, sabia que nada lhe aconteceria. Viu-se outra vez em frente ao carro. João Antunes correu ao encontro da nuvem de poeira à procura de Felinta. Angustiado, procurava-a em cada canto, mas tudo desaparecera de repente. Ele retornou ao alpendre, mas não mais encontrou Riete, nem havia ninguém. Viu suas duas malas no chão e nada mais. João Antunes sentiu-se apavorado, imaginando que a vinda de Riete fora uma imaginação, e despertou repentinamente aterrorizado, em meio à madrugada. Olhou ansiosamente para o lado e a viu dormindo tranquilamente.

Ele estava suado e tenso. Respirou fundo e permaneceu assustado, refletindo sobre o pesadelo. Ao contrário de Riete, não chegara a nenhuma conclusão sobre ele. João Antunes lembrou-se de que as malas de Riete permaneciam no alpendre. Levantou-se da cama e vagarosamente foi buscá-las. Quando retornou ao quarto, Riete despertou quando ele colocava a bagagem no chão. João Antunes acendeu a luz do abajur, quebrando a escuridão.

— O que foi, meu amor? Chegando de viagem? — indagou, sonolenta.

— Sim, chegando de uma terrível viagem — respondeu com um sorriso espontâneo, meio assustado e pensativo.

Ele então sentou-se e narrou o pesadelo que tivera, demonstrando que tentava ainda decifrar o sonho.

Riete sorriu. Ergueu-se e foi até ele, abraçando-o com ternura.

— Não se preocupe, meu amor, pois, além de amante, serei também sua mamãe — disse Riete, puxando-o para junto de si, enquanto João Antunes a olhava, sorrindo, com um semblante dulcificado.

— Querida, dormimos sujos, nem nos lavamos ontem à noite — disse João Antunes, sentindo o cheiro forte que se espalhava pelo ar.

— Deixe isso para depois. Que esse cheirinho de amor fique como recordação de nossa primeira grande noite. Venha cá para eu te amar outra vez — convidou-o Riete, sorrindo tão lindamente que João Antunes permaneceu a fitá-la extasiado alguns segundos. Riete percebeu no semblante de João Antunes uma expectativa de muitos anos. Aquele novo sorriso, sincero e lindo, lhe dava a certeza de que suas almas se entrelaçavam para sempre.

— Venha, meu querido, enfia o meu gostoso, de corpo e alma...

João Antunes esquecera a porta do quarto aberta, e Boccaccio ouviu aquela frase, achando-a interessante e muito sugestiva. Desde o dia anterior, quando Riete chegara, ele estava atento e impressionadíssimo com o que ouvia.

— Venha, meu querido, enfia o meu gostoso — repetiu Boccaccio, várias vezes, quebrando o silêncio da madrugada. Ele passava a noite no poleiro da cozinha.

João Antunes, já dentro de Riete, caiu na gargalhada. Riete assustou-se. Ele lhe explicou que ela fizera seu papagaio falar novamente. Riete também gargalhou.

— Me enche então de amor, minha paixão... — sussurrou Riete.

— Me enche então de amor, minha paixão — repetiu Boccaccio, depois de alguns segundos, e ambos caíram novamente na gargalhada, no instante em que selavam aquela noite de amor intenso.

João Antunes apagou o abajur sobre a mesinha e ambos se abraçaram e colaram seus corpos na madrugada escura e cálida de San Genaro. Ouviram um estrondejar distante, porém, poético, diferente daqueles trovões angustiantes que ouviam em Cavalcante. Um vento frio soprou penetrando pela janela, e se apertaram e se sorriram encantados. Dali a pouco, ouviram o ruído da chuva, que começava a cair tranquila, aconchegante, romanticamente, enquanto uma fragrância deliciosa de mato e terra inundou o quarto, anunciando um tempo novo e feliz.

Acordaram tarde. João Antunes abriu a janela e admiraram o tempo fechado, o céu cinzento, escuro, carregado de pesadas nuvens. João Antunes comentou com Riete quantas vezes esse céu tempestuoso lhe causara uma tristeza imensa, mas que agora via aquelas nuvens sombrias do passado apenas como reminiscências de uma época que se foi. Elas não mais lhe pesavam na alma, não mais prenunciavam a angústia que tantas vezes o atirara ao inferno. João Antunes mirava aquela convulsão dos céus e sorria, sentindo-se superior a elas, rememorando suas antigas ameaças. Em frente à janela escancarada, eles se abraçaram e se beijaram com ternura. Despediam-se de um tempo que lhes sombreara durante anos. Sim, valeu a pena esperar, valeram tantas provações, foi compensador desafiar tantos obstáculos e superar o escárnio com que a vida lhes sorria nos momentos em que se julgavam convictos. Tudo aquilo lhes foi necessário para que ocorresse esse momento.

24

Naquela mesma manhã, Riete começou a integrar-se ao cotidiano de João Antunes em San Genaro. Tomara um banho delicioso, conhecera Rita Rosa, de quem se tornaria amiga, e saboreara sua ótima comida. Já no desjejum, elogiara suas broas de fubá e o café, no ponto exato. Arrumara suas roupas no armário, apreciara o conforto da casa, ampla e simples, mas bem mobiliada. E sentara-se na poltrona ao lado do rádio para ouvir o Repórter Esso. Era ali, lhe disse João Antunes, que mantinha contato com o mundo e ouvia os grandes artistas da Rádio Nacional interpretarem os seus sucessos e os musicais maravilhosos. Era assim que viviam os fazendeiros abastados do Brasil rural naquela década de 1940, com a energia elétrica chegando aos poucos. Riete adquirira os hábitos simples de João Antunes. Habituara-se a se sentar no alpendre antes do almoço, a admirar os novilhos ao longe e a viver os sonhos que ambos imaginaram quando distantes um do outro. Era ali, sozinho, lhe confessava João Antunes, que sofria sua paixão por ela, e Riete retrucava lhe dizendo que tentava imaginar o que faria ele em uma manhã como essa. Nos momentos em que conversavam sobre a distância que os separara, ela pulava sobre o colo dele e o cobria de beijos, como a provar que aquilo não era imaginação. Riete adorava João Antunes, sentia-se felicíssima, fora ele quem a trouxera para dentro de si mesma.

Com o correr do tempo, João Antunes colocaria Riete a par dos negócios em San Genaro, lhe apresentaria cada recanto daquelas terras para que ela as assumisse como suas. Riete, aos poucos, foi adquirindo novos hábitos, deleitando-se com atividades ligadas ao prazer estético, como sua mãe Verônica o fazia. Escreveu-lhe, pedindo-lhe que comprasse livros sobre botânica aplicada a paisagismo e começou a estudá-los. Ela pretendia formar um extenso jardim em frente a casa, onde havia o pátio de terra, árido e vazio. Imaginava criar nele um grande canteiro com diversas variedades de rosas. Pediu a João Antunes que transferisse para outro lugar a pequena garagem em que guardava o Ford, bem como outras alterações. Riete começou também a modificar a estreita subida que dava acesso à fazenda. Alargou-a, apedregulhou-a, construiu as regueiras marginais e plantou *flamboyants* nas laterais, formando uma extensa avenida que dobrava a colina. Ao longo dos anos, ela se tornaria lindíssima, principalmente na época da floração, quando a junção das copas formava um túnel vermelho sobre o caminho. Riete batizou-a com o nome de Avenida Marcus von Wasserman, que gravou em uma tabuleta de ferro estilizado, instalando-a no início da avenida. Com o mesmo empenho, formou um amplo pomar e uma horta sortidos. Riete lembrava-se de Santa Sofia e procurava copiar a beleza que jazia em sua memória. Aos poucos, conseguia realizar o que imaginava. O jardim em frente a casa ficou lindíssimo, principalmente quando os botões de rosas se abriam e seus aromas perfumavam o ar.

Muitas vezes, João Antunes idealizava planos de novos empreendimentos e conversava com Riete a respeito, mas ela não levava avante tais conversas, jogando-lhe um balde de água fria. Riete, com seu tino comercial, com sua visão para enxergar ótimas oportunidades de negócios, refletia diversas vezes sobre como pessoas como João Antunes, que ambicionavam enriquecer, desperdiçavam oportunidades que só ela vislumbrava. Porém, sorria e se calava. Riete tomara horror ao seu passado. Somente quando percebia que João Antunes poderia fazer um mau negócio, coisa simples, mas em que perderia dinheiro, ela o orientava a não o fazer. Algumas vezes, entretanto, Riete comentava com ele sobre as oportunidades que surgiam por meio de notícias em jornais e lhe explicava como os grandes empresários iriam agir para lucrar e o que estava por trás de tais notícias. João Antunes ficava abismado, e ela lhe dizia que era assim que os negócios funcionavam.

— Você não imagina, meu querido, até onde vai a ambição dessa gente. Às vezes, ouve-se uma notícia e ignora-se completamente o que se esconde atrás dela e o que os tubarões vão abocanhar — dizia.

Certo dia, João Antunes novamente insistiu no assunto sobre ampliar seus negócios, e Riete o replicou com longas ideias. Estavam sentados no alpendre, aguardando que Rita Rosa os chamasse para o almoço.

— Com que objetivo, querido? Temos de tudo aqui, o que você ganha nos basta. Continue a fazer o que gosta, a engordar seus novilhos e a vendê-los na hora certa. Livre-se dessa doença, meu amor, isso só vai lhe trazer aborrecimento. É essa praga que acomete os homens e que os torna cada vez mais infelizes — disse Riete, com uma expressão contemplativa e algo melancólica, e prosseguiu com suas ideias, como quem já refletira muito sobre elas e tinha uma oportunidade de externá-las. Ela falava mantendo vagamente um olhar fixo em algo que não via, como se observasse nele o futuro.

— A ambição desenfreada se propaga pelo mundo e teremos consequências cada vez piores. As classes médias se frustrarão porque jamais poderão realizar os seus sonhos de consumos, copiados dos mais ricos, que são inexauríveis. Jamais terão o suficiente, pois será necessário muito para se sentirem valorizados. O milionário se sente mais importante que o rico, este mais importante que o riquinho, que despreza a classe média, e todos eles ignoram os pobres, porque acham realmente que não valem nada. Esse processo de valoração é subjetivo, mas sua sensação de importância se dissemina na sociedade e será ele que distinguirá, introspectivamente, cada vez mais, as pessoas. Assim, um indivíduo sabe muito bem avaliar o seu nível social, que ele próprio e os outros lhe atribuem e que corresponde exatamente ao seu grau de riqueza. Ele tem essa sensação, conhece a importância do patamar social a que ascendeu, ou a que aspira, e sabe que ele advirá dos bens materiais que imagina alcançar. Ao longo da história, essa ideologia sempre vigorou, mas será cada vez mais exacerbada, compreende, meu amor? É a ideologia a que todos se submetem e sofrerão cada vez mais para corresponder aos próprios anseios pessoais. Lutarão para satisfazê-la, para segui-la, para se sentirem cada vez mais seguros sobre aquilo que todos entendem por felicidade. Há que ser socialmente valorizado, é a lei que lhe é imposta pelos outros, e ele sabe que só o dinheiro lhe proporcionará. É o que eu fazia anteriormente. Minha vida se resumia a isso, ser rica, ser gente importante e ser uma pessoa infeliz submetida a uma lei que ignorava. Eu reconhecia a minha importância, curtia o meu poder e a minha altíssima sensação de estar no topo da sociedade, mas ignorava o vazio em que vivia e desconhecia inexoravelmente que algo traiçoeiro ia, aos poucos, solapando o meu espírito.

— Mas vivemos nesse sistema, querida, então qual é a melhor maneira de se viver dentro dele? — indagou João Antunes, concordando com Riete, todavia, sem vislumbrar alternativas.

— Existem somente dois modos de encará-lo: adquirir uma profunda consciência de sua ideologia, ou seja, reconhecer a imposição de seus valores fundamentais, assumi-los conscientemente e trabalhar para satisfazê-los, conhecendo as consequências dessa busca, que poderá ser nefasta. Enfim, aderir à ideologia conhecendo os seus percalços. Ou, então, rejeitá-la, não se submetendo aos seus preceitos e procurando outras motivações na vida.

O que se torna, todavia, inaceitável é a ignorância a seu respeito, pois seria viver como um escravo desconhecendo o seu tirano, submeter-se aos seus imperativos e sofrer os seus pesares ignorando suas origens. Se acaso você escolher batalhar dentro desses valores, tendo deles consciência, e fracassar, terá também a consciência de sua derrota: eu tentei, apostei em mim e fui derrotado, o que é preferível a perder ignorando a luta que empreendeu. Isso seria semelhante a um boxeador que apanhou e sequer sabia que estava no ringue. Saber viver de maneira prática e razoável no capitalismo, meu querido, é ter a sabedoria de achar a relação exata entre a satisfação proporcionada pelos seus bens e o trabalho necessário para consegui-los. Se a luta pelos bens começar a provocar exigências em demasia, exigir muita preocupação, ansiedade e sofrimento, está na hora de parar e optar por uma outra relação mais saudável ou uma outra razão mais adequada entre o ter e o prazer. Encontrar essa harmonia exige sabedoria, mas é a única saída. Contudo, repito, para encontrá-la, é preciso ter consciência plena de seus valores.

— Porém, querida — interrompeu-a João Antunes, com um sorriso irônico —, cada pessoa tem um julgamento próprio sobre qual é o mínimo necessário para se viver bem. Alguns acham que devem ter um apartamento na Avenida Atlântica, um iate, um apartamento em Paris e tantos milhões no banco, etc...

— Pois é o que estou lhe dizendo, querido! — replicou imediatamente Riete, avançando seu rosto em um gesto persuasivo. — É necessário encontrar uma boa adequação entre o ter e o prazer, proporcionado pela paz espiritual advinda, e nisto está a sabedoria: escolher o essencial. Se se sentir tranquilo e feliz ao adquirir um iate, pois lute para tê-lo, desde que não sofra por isso. É preciso sempre saber calcular o tamanho dos desejos, saber medi-los, antes de atirar-se a eles. Eu lhe garanto, por experiência própria, que, se esse mínimo for muito exigente, o sofrimento para adquiri-lo superará em muito o prazer proporcionado ou imaginado por ele. Além disso, a maioria absoluta dos que tentam enriquecer fracassará indubitavelmente e sofrerá mais ainda pela frustração de não o conseguir. Tornar-se muito rico exige vários talentos reunidos em um único, que pouquíssimas pessoas têm, incluindo a capacidade para lidar com a falta de escrúpulos, do contrário, o sujeito vai se dar mal. Por tudo isso, não vale muito a pena sofrer para realizar desejos materiais, que, aliás, são efêmeros. Foi isso que aprendi nesses anos e tenho a possibilidade de efetuar esse julgamento com base em minha própria experiência de vida, portanto, não estou aqui teorizando sobre o ser rico, pois eu o fui, e escolhi não mais sê-lo, preferi descer do patamar em que estava — disse Riete, demonstrando plena convicção em suas palavras.

— Mas continuando o que dizia — prosseguiu ela, com um sorriso mordaz —, existem também uma terceira e uma quarta opções de vida, sem dúvida as mais difíceis: lutar para mudar o sistema ou abdicar de todos os seus bens. Marx ou Cristo — sorriu Riete —, ambos judeus, e cada um na extremidade do mesmo espectro, como as luzes vermelha e violeta. Mas isso é para os heróis, para pouquíssima gente, pessoas de peso como Val de Lanna, Elisa ou os santos cristãos...

— E tu, meu amor, venceste ou perdeste? — indagou João Antunes, com um sorriso em que despontava uma pitada de ironia.

— Pois eu acho que obtive duas vitórias retumbantes e que em ambas eu venci de goleada: fiquei riquíssima, mas desprezei essa primeira vitória, e fiquei com a segunda, você, meu amor. Dei chute na antiga ambição, reneguei a vaidade e me sinto hoje verdadeiramente orgulhosa de mim mesma.

— Em parte. Não, amor? Pois ainda vivemos confortavelmente e temos um bom patrimônio...

— Mas claro, meu amor, eu adoro essa vidinha burguesa, ter apenas o essencial para me sentir confortável. Como lhe expliquei, encontrei a relação ideal, não sofreremos para manter o que já temos. Por isso, eu lhe disse para continuarmos apenas a vender os nossos novilhos. Já somos bons burgueses, como me disse Bertoldo certa vez. Podemos admirar a beleza da vida, filosofar sobre ela, como estamos fazendo agora, e desejar prazerosamente os ideais sociais. Os pobres, todavia, são quem sofrem, pois são humanos e não lhes restam muitas alternativas, além daquela única necessária para viver. Estes devem, sim, se preocupar com o dinheiro mínimo da sobrevivência. Como os empobrecidos vivem em uma sociedade de consumo e não têm a erudição necessária que lhes permita avaliá-la, sofrem duplamente seus efeitos, pois são fortemente induzidos a ser consumidores sem poder de compra. Não desejo ganhar um centavo a mais para ter o que já temos. A minha vitória foi retumbante porque eu fiz uma opção consciente, achei uma relação benéfica entre o ter e o sentir. O meu amor por você me propiciou isso — disse Riete, abrindo um sorriso lindo.

— Eu me lembro de papai e de Bertoldo, pobres coitados... — prosseguiu Riete, em um tom de repentina tristeza —, homens poderosíssimos, mas que terminaram suas vidas completamente infelizes porque não conseguiram o amor de mamãe. Compraram tudo, chegaram ao topo, mas não compraram o seu amor. Compraram, sim, a sua beleza deslumbrante, compraram o seu corpo, a sua vaidade, mas não compraram a sua alma, o seu bem mais valioso, e não compraram o seu amor, o único sentimento capaz de satisfazê-los plenamente. E ambos me confessaram, em momentos de profunda franqueza, que dariam a sua riqueza pelo sincero amor de mamãe. Ela não vendeu sua alma ao diabo, como pode parecer. A essência de sua vida mamãe a buscou em Jean-Jacques e em você, ela me transmitiu isso e assimilei essa lição antes de vir aqui.

João Antunes sorria, cada vez mais admirado. Riete abdicara de sua riqueza, mas mantinha a personalidade pujante e seu dinamismo, o que lhe dava um encanto e uma atração extraordinários. Com o decorrer do tempo, ele confirmava que Riete era muitíssimo inteligente e que sua riqueza viera de sua capacidade de visualizar as oportunidades e de empreendê-las no momento exato. Riete as percebia antes dos outros. Essas características deixavam-no fascinado e confirmavam a paixão de Riete por ele, pois ela renunciara ao seu imenso talento empresarial para viver ao seu lado. Ele a enchia de carinhos e de amor. Após dois anos, eles se casaram na igrejinha do Forte de Copacabana, ao lado de onde funcionara o Mère Louise, onde tudo começara, há quarenta anos. A cerimônia ocorrera durante um fim de tarde ensolarado, com a presença de Verônica e Elisa.

Aqueles anos tormentosos em que Verônica e Riete viviam às turras acabaram. Elas agora se amavam ternamente, e o amor de Verônica por João Antunes se transformou na felicidade de ver sua filha amando-o, como se Riete fosse ela. Em 1945, Elisa terminou seu bacharelado em direito e foi aprovada em um concurso para juíza em uma vara da capital. Com a anistia geral de abril daquele ano e a legalização do PCB, Elisa tornara-se um militante oficial do partido. Por intermédio dela, João Antunes sabia notícias de Val de Lanna, que trabalhava como professor em um colégio do Estado. Amandine, após dois anos, retornara ao Brasil, naturalizando-se brasileira, e estudava medicina na Universidade do Brasil. Desde que retornara, ela morava com Elisa e eram muito mais que ótimas amigas. Verônica, Amandine e Elisa, algumas vezes, durante as férias, reuniam-se em San Genaro. Era formidável constatar como aqueles momentos de intensa paixão entre eles, em que tudo fora vivido no limite, amainara-se e se transformara em relações tranquilas.

João Antunes e Riete gostavam de cavalgar até o topo daquela colina, como ele o fazia outrora. Em dias lindos de inverno, em que o sol brilhava intensamente, eles partiam felizes. Estendiam a colcha, sentavam-se para ouvir o suave murmúrio dos ventos impulsionar seus espíritos rumo ao infinito, enquanto suas emoções perdiam-se em regiões mágicas. Depois, deitavam-se sobre a colcha e punham-se a se amar, juntando o encanto ao redor em um único prazer. Sentiam a completa liberdade, integrados plenamente à alma do mundo. De lá, avistavam o horizonte longínquo e relembravam os tempos passados. João Antunes frequentemente relembrava Getúlio Vargas e sentia na memória aquela fumaça azul serpenteando no ar. Nesses momentos, a angústia que se iniciara naquela manhã em Santos Reis e que carregara ao longo da vida teimava em despontar, mas esvaecia imediatamente ao deparar-se com a presença poderosa de Riete ao seu lado. Ela, que lutara e sofrera tanto para conquistar o seu amor, tornara-se sua alma gêmea, sobretudo, o seu lado forte, capaz de compreender e absorver suas tristezas nos instantes em que o passado ameaçava recrudescer. Ela então o tranquilizava e criava um novo instante, em que tudo suavizava-se e desaparecia. João Antunes, ao longo dos anos, descobriu que aquela personalidade exuberante de Riete, que a permitira conviver em pé de igualdade com empresários poderosos e ser respeitada entre eles, e que aquele seu autoritarismo, sob o qual ele tanto sofrera, persistiam nela com a mesma exuberância, mas ternamente transformados em energia para si. Onde havia a prepotência impositiva, existia agora, com a mesma intensidade, um extremado carinho; onde existia o subterfúgio inteligente aplicado aos negócios, havia agora em sinceridade no seu relacionamento amoroso. As características marcantes de Riete insuflavam em João Antunes uma segurança que nunca tivera e um otimismo revigorado. Ele relembrava e refletia sobre aqueles espelhos existentes no banheiro de Marcus e concluía que, com os anos, as imagens que tinha de si se aproximaram, tornando-se mais nítidas. Os segredos escondidos naquele ponto no infinito, que por analogia Marcus lhe dissera ser o inconsciente, aproximaram-se e se revelavam mais esclarecedores. Compreendia por que seu amor por uma mulher lhe fugia sempre que ansiava amá-la definitivamente e por que agora tinha convicção de seu amor por Riete. Ela era tudo que procurara em vão durante anos, em caminhos e descaminhos, idas e voltas, até que finalmente achara nela sua certeza definitiva. Riete lhe permitia entender melhor a si mesmo.

Sentados sob a árvore costumeira, João Antunes e Riete conversavam sobre o passado, compreendiam, todavia, que seus dramas eram apenas uma parte ínfima do sofrimento do mundo, que tão mal distribui a felicidade. "Quantas pessoas estariam, naquele momento, perdidas na escuridão de suas vidas? Instantes em que os sonhos se despedaçam e torna-se quase impossível viver?", indagavam-se, mirando o horizonte.

25

Na época da guerra, que felizmente terminara ano passado, em 1945, João Antunes ouvia ou lia diariamente notícias sobre o presidente Vargas. Corria agora o mês de julho de 1946, um inverno agradável com temperaturas amenas na região do Triângulo. Em uma daquelas belíssimas manhãs ensolaradas, por volta das 10 horas de um sábado, João Antunes e Riete sentavam-se no alpendre bebericando cerveja, costume a que se habituaram durante os fins de semana, sempre ao redor da mesma mesa. Respiravam o ar aveludado pelos aromas florais vindos do roseiral, que Riete cultivara em frente ao alpendre. Estavam alegres e cheios de vida, o que lhes propiciava sensações agradabilíssimas. Eles conversavam a respeito da personalidade de Vargas e sobre o seu governo, recém-terminado. João Antunes transmitia a Riete suas opiniões e as análises que se faziam a respeito do presidente, repetindo o que todos tentavam: decifrar a esfinge dos pampas, como se referiam a Getúlio. Após o seu governo, Vargas se retirara sozinho para a sua estância, Itu, em São Borja.

Desde que o conhecera, ainda jovem em Santos Reis, João Antunes sentia-se impressionado com Vargas, não só ele, mas o mundo político e o público em geral. Todos eram unânimes em lhe reconhecer a sagacidade política e a capacidade de perscrutar as pessoas. Conforme revelado por Alzirinha, sua filha, Getúlio evitava usar o telefone para contatos importantes. Ela dizia que seu pai escutava pelos olhos, pois o essencial era perceber as reações de seus interlocutores. Vargas era esquivo, introspectivo e disfarçava suas emoções com um sorriso cordial. Essas e outras peculiaridades sobre sua personalidade eram conhecidas em todo o Brasil e, muitas vezes, tornaram-se lendas, pois era comum haver reportagens e comentários sobre o assunto, que, aos poucos, foram se consolidando no imaginário popular. Getúlio, diziam frequentemente, era mestre na arte política, costumava deixar os fatos acontecerem para só depois colocar-se à frente deles e dirigi-los. Fora assim na revolução que eclodira em 3 de outubro de 1930, época em que João Neves da Fontoura, Osvaldo Aranha e Virgílio de Melo Franco, os principais conspiradores civis e seus aliados para o tramado golpe contra Washington Luíz, irritaram-se com as hesitações de Getúlio para desencadear as ações. Diversas vezes ameaçaram abandoná-lo devido às dúvidas que frequentemente ele impunha. Contudo, não eram indecisões. Vargas era calculista. Ora postergava, ora concordava com seus aliados, depois retrocedia, analisava, tergiversava, mas, na hora em que julgou propício, desencadeou o golpe e colocou-se à frente das forças revolucionárias, liderando a todos eles. Chegou ao Catete e assumiu o governo, um mês após, em 3 de novembro de 1930. E Getúlio Vargas, muito sagaz, fora capaz de se manter no poder durante quinze anos, pois, durante esse período, homens ambiciosos, inteligentíssimos, maquiavélicos, intrigantes e violentos tentaram derrubá-lo várias vezes, mas não conseguiram, porque Vargas era mais inteligente e maquiavélico que todos eles. Getúlio sempre lhes dera uma rasteira. Assim o fez com Borges de Medeiros, seu antigo líder e mestre no Partido Republicano do Rio Grande do Sul, com Armando de Sales Oliveira, governador de São Paulo, com Flores da Cunha, com Plínio Salgado e com José Américo de Almeida, após o golpe do Estado Novo. Agiu assim com os tenentes do Clube 3 de Outubro, após a revolução constitucionalista de 1932, e com tantos outros homens notáveis pela capacidade e liderança política. Vargas conservava-se no poder como um equilibrista sobre a corda. Empurravam-no de um lado a outro, mas ele se mantinha caminhando, e quem caía eram eles.

— Getúlio mudou o Brasil — dizia João Antunes a Riete, que o ouvia atentamente. — Tirou o país daquele domínio oligárquico coronelesco agrário e atrasado e o colocou no caminho de um capitalismo moderno. Quais foram suas primeiras providências ao chegar ao poder, em 1930? Criou o Ministério do Trabalho e a justiça eleitoral, introduzindo o voto secreto, acabando com o corrupto sistema das eleições a bico de pena e das atas fraudulentas, cumprindo, assim, a sua promessa de campanha. Com a justiça eleitoral, Vargas introduziu o sufrágio feminino, à época uma lei tão inovadora que um país como a França não a havia ainda adotado, garantindo o direito de cidadania às mulheres, e o fez ainda nos primeiros anos do governo provisório[1]. Aos poucos, o Ministério do Trabalho foi introduzindo as leis sociais, garantindo aos trabalhadores seus direitos trabalhistas. Durante a República Velha, crianças

---

1   O governo provisório ocorreu de 3 de outubro de 1930, com a destituição de Washington Luís, até maio de 1934, com a eleição indireta de Getúlio, pela constituinte.

de dez, doze anos trabalhavam nas fábricas, a jornada de trabalho comumente alcançava 15 horas e não havia garantias e nem existia uma regulamentação para o trabalho feminino. Ora, o que significaram então essas leis introduzidas por Vargas? Qual foi a sua importância? Significaram civilizar um país atrasado, tornando-o mais humano e obrigando-o a respeitar o trabalhador e a tratá-lo com dignidade. O Brasil saiu de uma cultura escravocrata, herdada pelos coronéis da república velha, filhos e netos dos barões do império, e entrou na cultura do trabalho regulamentado, do direito às férias e da remuneração devida. É esse o significado relevante dessas transformações, e pode-se dizer, sem medo de errar, que Vargas introduziu a moderna legislação social no Brasil. Indubitavelmente, de modo geral, ele a fundou, e bastaria isso para enaltecer o seu governo. Foram com suas leis, inquestionavelmente, que pela primeira vez no Brasil o povo oprimido começou a ver uma luzinha de esperança. Foi Vargas o primeiro governante brasileiro que, de fato, deu voz ao povo.

— Após o golpe do Estado Novo, no início dos anos 1940, foi implantada a Consolidação das Leis do Trabalho, a CLT. O salário-mínimo foi instituído, e toda a legislação trabalhista foi finalmente bem definida e consolidada. Vargas deu, portanto, dignidade ao trabalhador, com direitos a serem respeitados — falava João Antunes, movido por um sentimento de admiração por Getúlio, de quem acompanhou toda a vida política, desde Santos Reis, passo a passo, época em que Vargas era deputado estadual na Assembleia dos Representantes do Rio Grande do Sul.

— A sua obra fundamental, querida, o seu legado imorredouro, em suma, foi esse. E hoje os trabalhadores adoram Vargas, reconhecem o seu esforço em prol da dignidade de suas vidas. Obviamente, quem não o aprecia são os patrões. Mas não foram somente no campo social as modificações introduzidas por ele. Vargas é um nacionalista sincero, convicto, preocupado com a modernização e a independência do Brasil. Preocupou-se efetivamente com o problema da energia e da produção de aço. Fundou em 1938 o Conselho Nacional do Petróleo com o objetivo de iniciar sua exploração no país, fundou a Companhia Siderúrgica Nacional a fim de tornar o Brasil produtor de aço, já que não o produzíamos, mesmo tendo as maiores reservas de ferro do mundo. Para isso, criou a Companhia Vale do Rio Doce, encarregada de explorar as jazidas de ferro de Minas Gerais. Fundou a Fábrica Nacional de Motores, a FNM, com o objetivo de criar uma indústria automobilística nacional, e hoje assistimos aos caminhões FNM trafegando pelas estradas brasileiras. Iniciou-se, em grande escala, a navegação de cabotagem. O Ministério da Educação, sob a direção de Gustavo Capanema, modernizou o sistema de ensino, e tantas outras coisas foram introduzidas. Vargas colocou efetivamente o Estado em benefício do Brasil e de seu povo. Porém, minha querida, e o que deve ser ressaltado, é que todo esse esforço de modernização foi feito sob a pressão de quem teve seus interesses contrariados. Esse foi outro grande mérito de Vargas. Como exemplo, lhe pergunto, por que eclodiu a Revolução Constitucionalista de 1932? Ela ocorreu porque a burguesia cafeeira paulista perdeu seu poder. Estava acostumada a tocar seus negócios com financiamentos e apoio das oligarquias políticas de São Paulo e Minas em conluio com poder federal, de acordo com a política dos governadores. Com Vargas, a política cafeeira foi centralizada, e com essa finalidade ele mais tarde criou o Conselho Nacional do Café. Portanto, alegando o pretexto de reconstitucionalizar o país, a burguesia paulista fez a revolução, quando o motivo real eram seus interesses. Desejavam suas regalias de volta. E o povo paulista, a reboque da oligarquia estadual e devidamente manipulado pela propaganda, acreditou no pretexto alegado, confiando na nobreza da causa que tão entusiasticamente abraçou. Os cidadãos paulistas doaram ingenuamente suas alianças de casamento e outras joias na campanha "Dê ouro para o bem de São Paulo", ignorando que as estavam doando para a causa dos ricaços, como se a alta burguesia de qualquer país se preocupasse com liberdade política. Se preocupam, sim, com qualquer sistema político que lhe dê lucro, mesmo sendo o mais corrupto, como o era a política dos governadores. A campanha constitucionalista foi então promovida pelos grandes meios de comunicação de São Paulo, porta-vozes dos poderosos. Um outro exemplo aconteceu com a criação da CSN, em Volta Redonda. Vargas conseguiu o financiamento americano à custa de um jogo político que somente os grandes estadistas são capazes. No auge da guerra e do poderio alemão, após a derrota da França, com a Alemanha dando a impressão de que venceria, Vargas iniciou uma tática para obtenção de financiamento envolvendo os Estados Unidos e a Alemanha em uma disputa. Ele ameaçava Roosevelt com a promessa de que a Alemanha financiaria a siderúrgica nacional, oferta que, de fato, foi oferecida ao Brasil pelo governo nazista. A gigante Krupp se encarregaria da construção da usina com financiamento do governo alemão. Em junho de 1941, logo após a derrota da França, Vargas pronunciou um discurso a bordo do encouraçado Minas Gerais que se tornou célebre, em que deixou explícito publicamente que aceitaria o financiamento nazista caso os americanos continuassem a postergar o empréstimo. Àquela época, Riete, a Alemanha estava mais forte que nunca, e o Brasil, pela sua riqueza e importância na América do Sul, jamais poderia cair sob a influência alemã. Foi um ato corajoso e não um blefe, pois era o que realmente acontecia. Além disso, os americanos sabiam que Góis Monteiro e Dutra eram reconhecidamente germanófilos. Foram os dois generais que garantiram o Estado Novo. Em vista desse discurso, Roosevelt cedeu e ordenou que se concedesse o financiamento para a construção da Usina de Volta Redonda, que foi então realizada. Foi um ato de engenharia política, digno de Vargas. Na inauguração da usina, já no governo Dutra, houve aquele fato lamentável. Dutra, além de não convidar Getúlio Vargas para a festa de inauguração, sequer mencionou seu nome durante o discurso de solenidade, sendo que Volta Redonda só foi possível única e exclusivamente graças ao sonho de Vargas. Foi um gesto desprezível e de ingratidão com aquele que a concebeu e lutou para concretizá-la. Volta Redonda, no campo do desenvolvimento econômico, possui o mesmo significado que as leis trabalhistas na área social. A partir daí, Roosevelt e Vargas tornaram-se bons amigos, e o Brasil colaborou muito para o esforço de guerra aliado. Em 22 de agosto de 1942, o país finalmente rompeu as relações com a Alemanha e lhe declarou guerra, devido aos afundamentos de navios brasileiros por submarinos alemães. Volto a enfatizar, querida, que o grande mérito de todo esse esforço desenvolvimentista foi enfrentar e vencer as enormes pressões contra ele, não só de ordem econômica como também de interesses pessoais, exercidas pelas ambições de inúmeros homens, inclusive de amigos pessoais. Poderia falar de muitas outras coisas, mas, sem dúvida, o legado de Vargas será imorredouro. Getúlio é um patriota sincero e exerceu o poder em benefício do Brasil — disse João Antunes, com um olhar pensativo, perdido em meio às roseiras.

— Esses méritos são reconhecidos até pelos seus oponentes, mas existem severas restrições aos seus métodos, principalmente os que dizem respeito ao Golpe de 1937 — contrapôs Riete, após um gole de cerveja. — Dizem os entendidos que Vargas atrelou os sindicatos ao Ministério do Trabalho como maneira de controlá-los. Além disso, houve os excessos praticados por Felinto Müller, o chefe da polícia política. Existiu muita tortura e arbitrariedade, muita censura, ninguém podia se manifestar contra o regime sob pena de ser preso. E Vargas, obviamente, tinha conhecimento disso e permitiu que ocorresse. Olga, por exemplo, foi deportada grávida para a Alemanha. Enfim, meu querido, foi uma ditadura. Vargas governou à revelia das leis, sob uma Constituição arbitrária elaborada pelo Chico Campos — opinou Riete, mirando também o roseiral, aspirando sua deliciosa fragrância.

— É verdade, Riete. Porém, esse era o contexto histórico do mundo, que deve ser analisado no tempo em que ocorreu. Havia governos ditatoriais em quase toda a Europa, países que alcançaram em pouco tempo grande desenvolvimento. Veja: Hitler na Alemanha, Mussolini na Itália, Franco na Espanha, Salazar em Portugal, Piłsudski na Polônia, Stálin na Rússia, enfim, enquanto regimes autoritários tinham sucesso, os governos liberais pareciam decadentes, principalmente após a vitória relâmpago da Alemanha sobre França. Além disso, os Estados Unidos só se recuperaram da grande depressão econômica graças à ação decisiva do Estado, sob o governo Roosevelt. Ele foi reeleito para quatro mandatos consecutivos por essa razão. Antes da eclosão da guerra, esses regimes totalitários já gozavam de grande popularidade, não só em seus países, mas em todo o mundo. Havia investimentos sociais e rápidos progressos materiais. Disseminou-se, então, no seio do exército brasileiro, na década de 1930, um forte estímulo para que o Brasil adotasse também um regime autoritário. Alegavam que somente assim as reformas poderiam ser feitas, como de fato o foram. É preciso reconhecer também que Getúlio teve a sua formação intelectual fundamentada no positivismo, que advogava um governo forte com objetivos cientificamente bem determinados, como o era no Rio Grande do Sul. Vargas formou-se política e intelectualmente sob a influência da Constituição positivista de Júlio de Castilho. Ele era, portanto, adepto dos princípios de Auguste Conte. Gostava de Darwin e Spencer, muito embora, ao contrário do que Spencer advogava, tenha colocado a primazia da liberdade individual sob o Estado. Havia, na época da sua juventude, aquele forte estímulo sociológico sob o viés positivista de desenvolver a sociedade e a economia sob a tutela do Estado, e Getúlio desejava agir assim no Brasil. Nele, Conte prevaleceu sobre Spencer. Getúlio, entretanto, jamais defendeu o darwinismo social, muito em moda naqueles tempos, pois foi imensamente sensível em relação aos oprimidos, aos negros e mulatos, trabalhadores brasileiros. Mas, voltando ao que lhe dizia, essa influência positivista ocorreu também no exército brasileiro, pois, desde o final do império, ele exerceu nas Forças Armadas uma enorme influência. Benjamin Constant, talvez o principal ideólogo e arquiteto da Proclamação da República, era um positivista convicto e advogava a implantação dos seus princípios. A frase, "Ordem e Progresso", inserida na bandeira brasileira após a instituição da república, é um lema positivista. Grosso modo, toda a geração que instituiu a república sofreu a sua influência determinante e tinha essa formação. De maneiras que Vargas, percebendo os novos ventos que sopravam na Europa e essa tendência totalitária no seio do exército brasileiro, assumiu o controle da situação e caminhou para o golpe, que jamais poderia ser dado sem o apoio da alta cúpula militar. Não se sabe bem se Getúlio induziu Góis Monteiro e Dutra ou se foi cooptado por eles, o certo é que havia um clima muito favorável para a implantação de um regime autoritário. Na década de 1930, principalmente na sua segunda metade, havia muitas incertezas no mundo, havia muito medo e pairava uma expectativa ansiosa, não existindo muito ambiente para liberdade. Eclodia-se o ovo da serpente, sabia-se que o mundo caminhava inevitavelmente para a guerra, portanto, a vigilância era necessária. Provavelmente, no golpe do Estado Novo, Getúlio usou sua tática costumeira, aguardou o momento oportuno para colocar-se à frente dos acontecimentos e comandá-los. Enfim, o mandato de Vargas, que já se encaminhava para o fim em 1937, foi esticado por mais oito anos.

Ao meu ver, querida — prosseguiu João Antunes, após bebericar a cerveja —, é também necessário ressaltar um aspecto que ocorre em quaisquer circunstâncias: há uma distância enorme entre a realidade de quem exerce o poder e as avaliações sobre o governante ou sobre as ações empreendidas pelo seu governo. Tais avaliações, quer sejam honestas e fundamentadas, ou mesmo feitas honestamente, mas baseadas em uma equivocada interpretação dos fatos, geralmente estarão longe de interpretar os reais sentimentos que impelem o governante a agir de uma determinada maneira. E não me refiro às críticas deliberadamente desonestas, feitas apenas por intriga e movidas pelo ódio político. Essa dificuldade de avaliação existe porque há uma enorme pressão, de origens diversas e de várias intensidades, atuando no espírito de um mandatário, que é ignorada pelos críticos, mesmo os mais bem informados. Ocorre principalmente quando o governante contraria interesses econômicos, mesmo que esteja agindo para o bem do país e de seu povo, pois os tubarões não fazem concessões. E o governante reage a essas críticas de acordo com sua personalidade, com o seu temperamento. A despeito desses julgamentos, o estadista é, portanto, aquele homem frio, calculista e equilibrado que consegue dominar essas pressões, manejá-las, superá-las, impor-se em meio às dificuldades e se agigantar diante delas. E isso é apanágio de pouquíssimos homens, pois ninguém aprende a ser um grande governante, porque essa qualidade é inata. Tais homens superam as dificuldades e, quanto maiores, mais eles atuam e se destacam. Tivemos na guerra alguns desses exemplos. Churchill, Roosevelt, Stálin e o próprio Vargas, o qual incontestavelmente conduziu o país muito bem durante uma conjuntura mundial dificílima. Ele soube tirar proveito disso em benefício do Brasil, deixando-nos um legado de grandes realizações. Vargas sempre se preocupou com o desenvolvimento brasileiro. Além disso, foi probo, pois não se enriqueceu no poder. Hoje tem apenas a estância de Itu, um pedaço de terra desintegrada de Santos Reis que comprou de seu irmão, onde mora atualmente, além de um apartamento no

Rio. E olhe que permaneceu quinze anos no poder com poderes absolutos. Concordo contigo, querida, que houve, sem dúvidas, excessos imperdoáveis, mas Vargas, a despeito de tudo, foi indubitavelmente grande. Quando afirmo isso, o faço sobre o balanço final de seu governo, pois qualquer que seja o homem público, haverão sempre, ao final de sua vida, atos e fatos bons e nefastos. E, quando o sujeito é muito importante, como o é um presidente, o rigor do julgamento será diretamente proporcional à sua importância — fez uma pausa e sorriu ironicamente pensativo, enquanto bebericava mais um gole, e prosseguiu.

— Mas voltando ao que te dizia em relação a Vargas, muitos dos que o criticam são homens poderosos que tiveram seus interesses prejudicados pela legislação trabalhista e têm voz nos meios de comunicação. É compreensível, portanto, que, por ter feito uma obra social relevante, grandes empresários se empenhem em desmerecê-lo. Um homem como Vargas tem a consciência e a dignidade de seu cargo, possui muita inteligência e a astúcia política necessária à sua função e jamais se submeterá a líderes inferiores a ele. Vargas enfrentou a ambição de inúmeros políticos poderosos e derrotou a todos. É amado pelo povo, que reconheceu o seu esforço em prol de sua melhor condição de vida, e será enaltecido pela História. Críticos contumazes avaliam seu governo como populista, demagógico, oportunista e paternalista, quando não inventam coisas piores, e apregoam que um governo preocupado com o povo deve implantar políticas sociais distintas daquelas implementadas por Vargas. Deixam subentendido nessas críticas, ou insinuam pernosticamente com a veleidade característica dos intelectuais representantes dessas elites, que só eles teriam o discernimento necessário para elaborar programas sociais. Nesse contexto, que julgam ideal, está, todavia, embutida aquela velha e reacionária ideologia de classe. Tais políticas sociais, dizem eles, não podem ser meramente assistencialistas, mas, sim, capazes de tornar as pessoas realmente independentes, como eles o são, porque foram privilegiados pela vida. De fato, é verdade que tais políticas devam ser assim, mas, saindo de suas bocas, são meras retóricas. Tais homens, formados no desprezo social, nunca ouviram ou compreenderam a voz do povo e jamais foram sensíveis às aspirações e ao sofrimento dos humildes. Para esses homens, tal discurso é um palavreado necessário, um libelo falsamente cristão que mencionam para satisfazer seus pruridos humanísticos, impregnados na cultura brasileira. As políticas sociais, boas ou más, elaborados por eles, serão secundárias e destinadas ao esquecimento, pois são idealizadas por pensadores ligados ou subordinados ao poder econômico. O governo a que se destinam não tem como prioridade o social, porque suas ações principais são direcionadas aos rendimentos econômicos, de quem são meros representantes. O requisito essencial de tais políticas, se existir, é que não venham a prejudicar seus lucros. Ambos, a elite e o próprio povo, sabem que, ditas por eles, nada significam. Quaisquer programas, mesmo o melhor, sofrerão críticas se não forem elaborados por essas elites. Enfim, querida, retóricas de quem não gosta do povão são apenas revestidas das digressões intelectuais costumeiras. Belas palavras, ricas perfumarias cujos aromas rapidamente se exalam. Perfumes finos para gente de segunda. Nunca imaginaram que existem pessoas que têm os mesmos sonhos, os mesmos anseios e desejos de uma vida melhor, mas que não têm a esperança de algum dia obtê-los devido às condições indignas a que estão submetidos. São homens que nunca conheceram a realidade de quem sofre. Entretanto, se julgam no direito de dizer como o Brasil deve ser governado. Evidentemente, à maneira deles, ao modo com o qual estão acostumados, usando aqueles velhos métodos que subordinam o Estado aos seus interesses. As propostas dessa gente, Riete, são sempre assertivas, se assemelham a uma tautologia lógica. Há trezentos anos governam o Brasil e pouco fizeram por ele. Gente importante que mandava e se acostumou a ser cegamente obedecida, não habituada a ser contrariada, afeita a amarrar um escravo desobediente no tronco e descer-lhe o chicote. São hoje os herdeiros do antigo autoritarismo dos barões imperiais, legado aos coronéis da República Velha, que, por sua vez, a partir de 1930, transmitiram essa cultura da prepotência aos políticos que se batem hoje contra Getúlio. É a antiga e retrógrada elite brasileira que se manifesta raivosamente contra Vargas. Riete, atente, porém, para um aspecto essencial, pois ele é significativo e passa despercebido, porque talvez não interessa ser enfatizado: o Brasil contemporâneo é consequência das ações, passadas e atuais, desses homens. Foram elas que instituíram os poderes republicanos e sempre governaram o Brasil e nos legaram suas mazelas, não é verdade? Não foram outros, senão elas, os agentes responsáveis pelo Brasil atual. A realidade brasileira de hoje não surgiu espontaneamente, foi gerada durante o nosso processo histórico. É obra deles. Há três séculos se encarregaram de construir o país e fizeram muito pouco para resolver os problemas sociais decorrentes. É, portanto, curioso que vivam proclamando nossas mazelas atuais como se o passado fosse imune ao que fizeram. É surpreendente como esse aspecto incorporou-se profundamente à cultura brasileira sem que ninguém se preocupasse em refletir sobre as origens e quem são os responsáveis pelos malefícios, como se tanta coisa negativa tivesse surgido repentinamente do nada. Trata-se de um capitalismo doentio, perverso, opressor e longevo, que foi implantado nesta terra durante séculos e cujas consequências estão aí. Um capitalismo de rapina. São, portanto, os filhos, netos e herdeiros dos coronéis, agora bacharéis da república, que eram os donos daquele Brasil arcaico em que tudo funcionava a seu favor, os responsáveis pelo presente. Foram suas ações ao longo de décadas, com o objetivo deliberado de se autofavoreceram, que forjaram e nos legaram essa realidade. Durante os trinta anos da República Velha, a tal república do café com leite, o que fizeram de notável foi se beneficiarem pela alternância no poder. Eram Minas e São Paulo se revezando no governo para manter o preço do café e os seus interesses. Todos os presidentes, de Prudente de Morais a Washington Luís, foram representantes da burguesia cafeeira. Vargas, sem dúvida, foi o primeiro que, de fato, se preocupou em grande escala com o problema social no Brasil e rompeu aquele ciclo vicioso. Por isso, os poderosos não gostam dele. E olhe que isso não significa que Vargas não tenha governado para a burguesia industrial, pois foi justamente o contrário, foi ele que modernizou economicamente o Brasil. Tanto o trabalhador como as classes enricadas foram beneficiados por ele. Getúlio governou para a burguesia industrial, pois desejava transformar o país, mas sabia que isso só seria possível se houvesse também o progresso social. Os dois deveriam andar juntos em um Estado moderno, mas essa gente tem verdadeira aversão ao ouvir discursos em que surge a palavra social, mesmo que seja justa. Têm alergia, espirram, retiram seus lenços e assoam o nariz.

Ao ouvir isso, Riete espantou-se tremendamente, caiu na gargalhada e comentou hilariante:

— Pois é verdade. Certa vez, estava em uma reunião de industriais em São Paulo e alguém falou qualquer coisa relativa ao social. Por coincidência, ao acabar de ouvi-lo, um industrial próximo a mim, que já estava com um lenço aberto nas mãos, assoou o nariz com tal violência que aquilo estrugiu comicamente como um som de um trombone soprado com força. As paredes do salão tremeram, e todos levaram um susto, pois foi, de fato, um barulho fortíssimo e cômico. Todos olharam-no com os olhos arregalados, interrompendo por alguns segundos a palestra — disse, e João Antunes também riu muito da observação.

— Pois, então, não é verdade? Talvez, por sequer saberem o que significa um Estado moderno, dão esses espirros poderosos. Certa vez, Getúlio pronunciou uma frase interessante, disse ele: "quero salvar estes burgueses, mas eles são burros e não entendem!". Minha querida, portanto, convença-se definitivamente: Vargas foi o único estadista que tivemos. Se não fosse ele, ainda estaríamos na república dos coronéis atrasados, nos conchavos interesseiros daquela politiquinha retrógrada, e olha que a política atual ainda é assim... — fez uma pausa e virou o restante da tulipa.

— É... — concordou Riete —, foi uma tarefa imensa para um único homem, que só poderia ser Vargas. Eu conheci por dentro a força que tinham nossos interesses, as nossas pressões sobre o seu governo. Mas não desejo conversar sobre isso e muito menos relembrar aquela época — comentou Riete, com uma expressão pensativa.

— Eu me lembro da visita que fiz ao presidente Vargas, no Catete, quando fui pedir a liberdade de Val de Lanna, acompanhado por Elisa. Senti que havia na alma daquele homem qualquer coisa de trágico, de inexoravelmente calamitoso e definitivo. Observei o enigma escondido em seu sorriso cordial, incapaz, entretanto, de dissimular qualquer coisa de misterioso que somente ele sabia. Senti, naquele gabinete austero, sombrio e depressivo, o peso insuportável da solidão. Havia nele algum mistério que subjugava as manifestações de outras emoções, que não fosse essa única que pressenti. Parecia-me que Vargas vivia naturalmente imerso na mesma angústia que eu experimentei em Santos Reis, quando fui me despedir de seu pai e me deparei com ele. Naqueles dias, em poucos segundos, senti-me esmagado por ela. Não sei como explicar tais pensamentos, mas foi o que intuí. De fato, ele é um homem complexo, como o são os grandes homens.

— Será que Getúlio volta a se candidatar em 1950? — indagou Riete, manifestando um ar de cogitação.

— Pois seria bom para o Brasil — respondeu João Antunes, com a mesma expressão pensativa.

Havia um clima psicológico recente e muito curioso que se criara entre João Antunes e Riete quando dialogavam sobre os problemas sociais brasileiros. Assim como nos velhos tempos de Cavalcante, quando os sonhos de riqueza os deixavam excitadíssimos para fazer amor, agora, quem exercia essa função eram as mazelas sociais. Suas vontades para que fosse minimizada a desigualdade entre as pessoas os deixavam em um estado de extrema excitação. Assim, após a conversa sobre Getúlio, Riete ergueu-se da cadeira e foi até João Antunes. Sentou-se no seu colo e o beijou com volúpia, cochichando-lhe palavras extremamente eróticas. Ele passou-lhe os braços sob as pernas e a levou para o quarto.

— As pessoas sofrem muito neste Brasil, minha querida... demais... — dizia João Antunes, enquanto beijava Riete sobre o leito.

— Sim, minha paixão... demais... muito mesmo... então me faça feliz. Enfia o meu gostoso e me faça esquecê-las... — dizia Riete, enquanto seus gritos e gemidos faziam os novilhos erguerem suas orelhas e olharem rumo a casa. Boccaccio havia morrido, mas João Antunes comprara outro papagaio, que se chamava Comunista, devido a um fato curioso.

26

26

No sábado seguinte, aguardando o almoço, João Antunes e Riete estavam novamente no alpendre conversando sobre política. Trocavam ideias a respeito do término do Estado Novo, que ocorrera com as eleições presidenciais de 2 de dezembro de 1945. A cerveja esquentara, e João Antunes foi à geladeira. Àquela época, era raríssimo haver uma geladeira em fazendas. Elas eram importadas e só poderiam geralmente ser compradas em algumas capitais. João Antunes comprara a sua no Rio, uma General Eletric. O Brasil só produziu sua primeira geladeira em 1947, em uma pequena oficina de Brusque, em Santa Catarina, mas movida a querosene. Naturalmente, coisa de alemão. O final do ano de 1945 fora conturbado politicamente, meses em que as paixões afloraram. Com a guerra caminhando para o final e com a derrota do eixo, não havia justificativa para continuação de um Estado totalitário. Vargas sabia disso, pois mudava novamente o contexto histórico mundial. Em abril de 1945, Vargas concedeu anistia geral aos presos políticos e logo marcou as eleições presidenciais para 2 de dezembro. Entretanto, Góis Monteiro e Dutra, os dois poderosos do Estado Novo, temendo que Getúlio desse um novo golpe, resolveram se antecipar e, em 29 de outubro de 1945, um mês antes das eleições, destituíram Getúlio. Não havia motivos para isso, pois Vargas, de fato, deixaria o cargo. José Linhares, presidente do Supremo, assumiu a presidência até a posse do eleito. Vargas retirou-se sozinho para a sua Estância de Itu, em São Borja. Dona Darcy, sua esposa, continuou a morar no Rio.

Com vistas às eleições presidenciais, no primeiro semestre de 1945, foram criados três grandes partidos para que lançassem seus candidatos: a UDN, o PSD e o PTB. O nanico PCB também se lançou com vários candidatos à Câmara e ao Senado e com Iêdo Fiúza como candidato a presidente. A UDN era apoiada pela elite econômica e pelos grandes meios de comunicação. Reunia aqueles intelectuais que se consideravam os paladinos da moralidade pública e da sabedoria política, homens cuja missão, diziam, seria remover os entulhos do Estado Novo. Durante o ano de 1945, os jornais deram voz a esse discurso. O PSD e o PTB foram criados com o apoio de Vargas. O PTB era o partido dos trabalhadores, pessoas que adoravam Getúlio. O PSD constituiu-se em um partido de classe média que reunia um espectro amplo, no qual se aninhavam as velhas raposas, os profissionais da política, tendo, como principal expoente, Benedito Valadares, chefe do PSD em Minas e seu interventor durante o Estado Novo. Políticos da estirpe de Valadares eram considerados mágicos, retiravam as meias sem descalçarem os sapatos. O candidato a presidente pela UDN seria o brigadeiro Eduardo Gomes, um dos dois sobreviventes dos 18 do Forte — o outro sobrevivente foi o tenente Siqueira Campos, morto em um acidente aéreo em 1930. Homem lendário, herói nacional, católico devoto, conservador e tido como honesto, o brigadeiro Eduardo Gomes encarnava os ideais moralistas da UDN. Quem era chique ou se julgava chique, íntegro e esclarecido estava com a UDN. Contudo, Eduardo Gomes, como militar, não tinha cacoete político. Tão logo foram marcadas as eleições, houve intensas manifestações dos trabalhadores, que queriam a constituinte com Getúlio, o chamado Movimento Queremista. Eduardo Gomes, em discurso público, denominou tal manifestação de movimento dos marmiteiros, em evidente manifestação de desprezo pela classe trabalhadora, pronunciamento que demonstrava sua falta de habilidade política. Do outro lado, como candidato do PSD, apresentou-se o marechal Dutra, ex-ministro da guerra de Getúlio. Pois Dutra era pior candidato que o brigadeiro. Além de militar sem traquejo político, Dutra tinha um defeito de dicção: trocava o "cê" e "esse" pelo "xis". Dizia xinco, em vez de cinco. Além disso, Dutra era fisicamente muito feio. Pescoço curto, baixinho, cabeça chata, boca sob um bigodinho fino, enfim, uma figura estética inexpressiva. O marechal Dutra não ficava atrás em falta de traquejo político. Se o brigadeiro chamara os trabalhadores de marmiteiros, Dutra, durante um comício em Goiás, afirmou que o brasileiro deveria aprender a fazer economia ao ingerir carne e, em vez de comer as partes mais nobres, deveria se habituar a comer o traseiro do boi. O brigadeiro, por sua vez, ao contrário de Dutra, era alto, bonito e solteiro. Um dos *slogans* de sucesso da campanha de Eduardo Gomes, divulgado pelas mulheres, era: "Vote no brigadeiro, é bonito e é solteiro". A culinária brasileira deve a ele um de seus doces mais saborosos e que perdura até hoje: a bolinha de chocolate coberta com granulado de chocolate, batizada de brigadeiro, criado nessa época para homenagear o candidato da UDN. Havia também o *slogan* inspirado nesse doce: "Vote no brigadeiro, é gostoso e é solteiro". A oposição retrucava, espalhando um comentário maledicente. Dizia que o brigadeiro era solteiro porque, durante a revolta do Forte de Copacabana, levara um tiro no saco e perdera uma das bolas, que se transformara na bolinha de brigadeiro. Nesse estilo, corria a campanha presidencial. Os meios de comunicação e todas as pesquisas indicavam uma vitória fácil de Eduardo Gomes. Dutra era muito fraco e tinha a desvantagem de ter pertencido ao Estado Novo, o que favorecia o discurso renovador apregoado pela UDN. A mensagem propagada diariamente pelos meios de comunicação era desmanchar a estrutura carcomida da ditadura, não deixar pedra sobre pedra e construir um novo Brasil — aliás, o país tem esta estranha mania: de tempos em tempos, depois de muita besteira, passa-se uma borracha no passado e se alardeia que agora tudo será diferente, e um novo ciclo de besteiras se repete. Durante a campanha eleitoral, os líderes do PSD corriam atrás de Getúlio pedindo-lhe uma palavra de apoio à candidatura fracassada de Dutra, porém Vargas relutava e tergiversava, desejando manter-se afastado das eleições. Finalmente, cerca de dez dias antes do pleito, Getúlio fora convencido a se manifestar, principalmente pelos apelos de Alzirinha, sua filha. Ela argumentou que seria melhor a vitória de Dutra que a do brigadeiro, ligado às elites e ao poder econômico. Evidentemente, Vargas sabia e já planejara seus movimentos, como em um tabuleiro de xadrez. Uma semana antes das eleições, um *slogan* começou a ecoar pelo Brasil: "Ele disse, votai em Dutra", referindo-se ao apoio de Vargas. Esse apelo mobilizou as massas trabalhadoras, e, contra todos os prognósticos, Dutra derrotou o brigadeiro Eduardo Gomes. É reconhecido unanimemente que, sem o apoio de Vargas, Dutra jamais venceria as eleições. Nesse episódio, todavia, Vargas certamente agira de acordo com sua velha estratégia: deixar os acontecimentos fluírem para, na hora H, assumir o controle. Entretanto, essa derrota da UDN assinalou o início de um ódio intenso e duradouro contra Vargas, que teria trágicas consequências na História do Brasil, na segunda metade do século XX.

Durante o governo Dutra, era comum no Brasil, como João Antunes e Riete haviam supostamente indagado no sábado anterior, especular se Getúlio seria candidato às eleições presidenciais de 1950. Vargas mantinha-se isolado em Itu, afastado da política. Parecia adotar a velha tática do desinteresse. Contudo, durante uma entrevista, um ano antes das eleições presidenciais, a serem realizadas em 3 de outubro 1950, Vargas pronunciou uma frase que deixou seus adversários de cabelo em pé. Ele disse: "Voltarei, não como líder de partido, mas como um líder de massas". Foi o suficiente para mobilizar o ódio, os velhos discursos e os argumentos moralistas. E tudo se repetiria. Em 1950, o brigadeiro Eduardo Gomes foi novamente o candidato da UDN, em torno do qual se mobilizaram as mesmas forças que o apoiaram em 1945. Diziam que, desta vez, a UDN ganharia, pois estavam arrefecidos na memória popular os efeitos populistas do Estado Novo. Getúlio concorreria pelo partido fundado por ele, o PTB, coligado com o PSP, de Ademar de Barros, governador de São Paulo. Mas o povão adorava Getúlio, sabia que ele estaria ao seu lado defendendo os interesses do Brasil. Realizadas as eleições, em 3 de outubro de 1950, Vargas infligiu nova derrota ao brigadeiro. Aí, sim, a vitória tornou-se terrivelmente indigesta, inaceitável! As elites brasileiras não poderiam acolher esse novo triunfo de Getúlio. Carlos Lacerda, um dos líderes da UDN, jornalista inteligente, porém tão reacionário quanto inescrupuloso, maníaco por golpes, antes do pleito, havia pronunciado literalmente o seguinte discurso: "Getúlio Vargas não poderá ser candidato, se for candidato, não poderá ser eleito, se eleito, não poderá tomar posse, se tomar posse, não poderá governar e, se governar, há que ser deposto". Pois eram essas as pessoas que encarnavam a ética e se consideravam moralmente íntegras. Pregavam o golpe. Tentaram evitar a posse de Vargas, alegando que ele não havia ganho por maioria absoluta. Vargas conseguira 49,3% dos votos e o brigadeiro 27%, e não havia na Constituição tal exigência. Pois bem, Vargas tomou posse em 31 de janeiro de 1951 nos braços do povo, que o carregou até o Catete. No dia da posse, fazia um calor infernal no Rio de Janeiro, mas GG estava de volta como líder popular, conforme prometera. Porém, essa vitória de Vargas, sem dúvida, inauguraria no Brasil o período mais triste de sua história. As tradicionais elites reacionárias brasileiras, lideradas politicamente pela UDN e inconformadas com a nova derrota, começaram, tão logo Getúlio tomou posse, a mais terrível e caluniosa campanha contra ele. Difamavam-no, odiavam-no porque o povo o amava e no voto não conseguiriam derrotá-lo. Carlos Lacerda seria o líder e porta-voz dessa campanha, o testa de ferro, o maestro da banda de música da UDN. Valeram-se de tudo para derrubar Getúlio. Tancredo Neves, jovem e corajoso ministro da justiça de Vargas, homem que lhe foi leal nos piores instantes, até o fim, diria posteriormente: "Não lhe faziam oposição, mas insultavam-no, caluniavam-no, na ânsia de derrubá-lo a qualquer custo". As elites brasileiras, formadas na escravidão, não poderiam suportar quaisquer indícios de ascensão popular, sequer farejar o cheiro do povo. Portanto, os homens da UDN, em simbiose com o poder econômico, começaram a tramar a deposição de um presidente legitimamente eleito pelo voto dos trabalhadores. Eles, para quem o povo era uma massa de marmiteiros, conforme o definira o impoluto Eduardo Gomes, começaram a trabalhar para romper as leis promulgadas pela Constituição de 1946. Em vista da vitória de Vargas, a partir de 1950, a vida política brasileira mergulhou em um curioso impasse, pois exigia-se democracia, falava-se em eleições livres, mas desde que fosse para as tais elites ganharem. Caso contrário, na melhor das hipóteses, o governo eleito não deveria contrariar seus interesses. Na pior das hipóteses, se perdessem e se sentissem insatisfeitos, começariam os velhos argumentos, as costumeiras arengas e justificativas, preparando a opinião pública para um golpe, atitude que se tornaria recorrente ao longo das décadas seguintes. Como se preparavam tais golpes? A estratégia seria simples. Bastariam instaurar a balbúrdia econômica, que, sabiam, causaria naturalmente a insatisfação popular, situação insuflada e reforçada pelos grandes meios de comunicação, e o cenário estaria maduro para os salvadores da pátria. Quais as consequências dessa sórdida atitude sobre o destino do Brasil? Pois o futuro mostraria os efeitos de tal desatino. Com sua nova vitória esmagadora, Getúlio passou a ser terrivelmente pressionado, odiado, cujas consequências Elisa e Val de Lanna sofreriam na pele.

27

Em algumas ocasiões, durante as férias, Elisa vinha à fazenda visitá-los. Ela se tornara uma moça séria e se afiliara oficialmente ao PCB. Durante as eleições para o Legislativo, ocorridas no final de 1945, o PCB elegera uma bancada de quinze deputados e um senador, Luís Carlos Prestes. Entre os deputados, estavam Jorge Amado, Carlos Marighella, Gregório Bezerra e outros que tiveram um trabalho relevante na constituinte de 1946. Durante muitos anos, até 1964, grandes intelectuais, artistas plásticos, atores, professores e cientistas renomados foram simpatizantes ou filiados ao PCB. Eram movidos pelos ideais de justiça social em um país profundamente desigual e injusto.

Quando Vargas tomou posse em seu segundo mandato, em 1951, época em que realizaria obras importantes, continuando o que já fizera no primeiro período de seu governo, vivia-se, no Brasil e no mundo, o início da guerra fria. Era um confronto ideológico intenso entre os Estados Unidos e a União Soviética. Elisa chegara a San Genaro em julho de 1947, após a cassação do registro do PCB pelo Tribunal Superior Eleitoral sob a alegação de que o partido era um representante da Internacional Comunista no Brasil. O PCB era denominado oficialmente Partido Comunista do Brasil e foi cassado tendo como justificativa a preposição "de" em seu nome, alegação que realmente prevaleceu. Preparava-se, naqueles dias, o próximo golpe: a iminente cassação de toda a bancada eleita do PCB. Desta vez, Elisa viera a San Genaro acompanhada por Amandine, que terminava o curso de medicina na Universidade do Brasil. Nunca mais João Antunes a vira depois que retornara à Europa. Ao chegarem à fazenda, João Antunes logo observou que Amandine carregava em seu olhar uma sombria tristeza. Em seus olhos carinhosos, pairava agora certa melancolia, e o seu semblante emanava uma misteriosa resignação. Aquela sua antiga suavidade estampava agora um profundo desgosto, que parecia incorporado ao seu viver. Era fácil averiguar que Amandine não era feliz. Ela guardava ainda resquícios de meiguice em seus gestos e suas palavras, mas fora endurecida pela vida. Estava bem diferente daquela moça ingênua que João Antunes conhecera em Petrópolis. Seu amor por ele se transformara em amor por Elisa. Elas viviam juntas. Amandine sofrera muito quando retornara à França. Sua paixão por João Antunes fora intensa. Ela então começou a se corresponder com mais frequência com sua querida amiga Elisa. Já no colégio, elas eram muito unidas, e algumas vezes mantiveram um relacionamento mais íntimo. Amandine não tinha a sua identidade sexual bem definida e procurava esclarecê-la. Na época em que conheceu João Antunes, ela desejava intensamente experimentar os prazeres de um homem. Ela permaneceu pouco mais de um ano na França, mas estreitou sua amizade com Elisa e acabou retornando ao Brasil. Amandine soubera que João Antunes, depois de muito sofrer, finalmente encontrara a felicidade junto a Riete. Lembrava-se do quanto ele estava angustiado no baile de formatura de Elisa, há seis anos. Achou-o animado e rejuvenescido e avaliou o quanto Riete contribuía para a sua felicidade. "Riete era cheia de vida, dinâmica, inteligente e sensual, o que, sem dúvida, deixava João Antunes no céu", concluíra ela. Amandine conhecia também a opção de vida que Riete fizera, por isso, admirava-a mais ainda. Trocara a sua riqueza pelo amor a João Antunes e por uma vida singela, conforme lhe dissera Elisa. Permaneceram uma semana na fazenda. Durante esses dias, os quatro conversaram liberalmente sobre o passado, inclusive sobre o amor entre João Antunes e Amandine, mesmo em presença de Riete.

— Você foi maravilhosa, Amandine. Muito me ajudou durante aqueles dias turbulentos — disse João Antunes.

— Pois o mesmo digo eu, meu querido. Existem momentos em nossas vidas que enfrentamos furacões e somos empurrados de um lado a outro sem controle sobre elas. Você foi meu furacão, pois em uma semana minha vida foi revirada. Lembra-se daqueles dias tumultuosos? Entretanto, eles me foram essenciais, pois mostraram-me um outro caminho que passei a trilhar e no qual me sinto feliz — disse Amandine, deixando emanar um ar de amargura que anulava o que dissera.

— Tens certeza de que estás mais feliz, Amandine? — indagou João Antunes, prestando atenção naquele semblante elucidativo de uma dor escondida.

— Nesses dias em que estou em sua presença, realmente eu não me sinto feliz, pois ainda o amo muitíssimo. Sinto-me confusa com meus sentimentos...

— respondeu Amandine, com um olhar deprimido. — Parece-me que transferi a paixão que tinha por você a Elisa... todavia, não tenho certeza de nada — acrescentou, manifestando certa angústia.

— Mas tu eras tão tranquila e parecia pessoalmente segura com seus conhecimentos sobre psicologia. Por que não os aplica em ti?

— Pois é... mergulhei profundamente no mundo... e ainda estou tentando compreendê-lo, contudo, é cada vez mais difícil. Desde que deixei o Sion, minha vida se tornou mais complexa...

— E tua fé religiosa?

— Pois é o que me sustenta... — respondeu, convicta.

— Então você ainda ama muito João Antunes, Amandine? — indagou Riete, penalizada com as reações dela.

— Sim, Riete, o seu marido é maravilhoso. Não foi bom para mim ter vindo aqui... — confirmou Amandine, abrindo um sorriso que indicava a felicidade de um amor e a impossibilidade de vivê-lo.

Por sua vez, o relacionamento entre João Antunes e sua filha Elisa nunca mais fora o mesmo. A cicatriz se fechara, entretanto, aquele encanto incondicional fora irreversivelmente quebrado. O carinho irrestrito e espontâneo se foi. Elisa amava seu pai, mas sem a pureza do passado, compungido pela vida.

Naqueles dias, Amandine e Elisa estavam preocupadas com os seus futuros porque o governo Dutra estava apertando o cerco contra os comunistas. Após o arbítrio da cassação dos mandatos, possivelmente haveria perseguições e outras consequências graves. Durante a estadia na fazenda, houve debates acirrados entre Elisa e seu pai a respeito de seus posicionamentos políticos. João Antunes sempre lhe repetia que ela saíra a seu avô, Antenor, devido às suas posições inflexíveis. Mas Elisa e Amandine eram inteligentes em suas argumentações, de tal maneira que João Antunes resolveu batizar seu papagaio, que chegara há dez dias, de Comunista. Ele prestava muita atenção ao que Amandine e Elisa falavam e vivia a repetir palavras como luta de classes, teoria da mais valia, Marx, Trótski, proletariado, comitê central, Prestes e coisas do tipo, o que muito divertia o grupo. Finalmente, Amandine e Elisa partiram, deixando um sentimento de tristeza em João Antunes e Riete, pois perceberam pesadas nuvens pairando sobre elas. Intuíam que Elisa e Amandine estavam acossadas, política e sentimentalmente, e que sofreriam.

Em maio de 1948, de fato, conforme as ameaças, os deputados comunistas eleitos e o senador Luís Carlos Prestes foram cassados e colocados fora da lei, sendo mais tarde expedidos mandados de prisão contra eles. Novamente, os homens do velho partidão precisaram se esconder. Elisa perdeu seu cargo de juíza e entrou na clandestinidade, bem como Amandine, que iria terminar seu curso de medicina no final do ano. Houve uma revolta justificada, pois não havia razão alguma para a cassação e muito menos para arbitrariedades. Os membros do PCB foram eleitos democraticamente e cumpriam normalmente os seus mandatos, sem infringirem as leis vigentes. Porém, o Brasil, sob o tacão americano e como bom vassalo, cumpriu o que dele se esperava. João Antunes e Riete ficaram amargurados, pois Elisa e Amandine só queriam o bem do país e eram coerentes e honestas com seus ideais. "Por que tantas pessoas abnegadas são perseguidas enquanto os canalhas andam à solta? Por que tanta hipocrisia e falta de personalidade de um governo? E, afinal, quando este país será dono de si?", questionava-se ingenuamente João Antunes, sem notícias de Elisa e Amandine.

— Reparou como essa arbitrariedade é quase ignorada? Os jornais justificam as medidas, o grosso da população, sem senso crítico, não se manifesta, e os reacionários acham tudo correto e normal, pois, afinal, dizem que lugar de comunista safado é mesmo na cadeia — retorquia Riete.

No ano seguinte, os jornais da capital deram uma pequena nota dizendo que o corpo de uma moça fora encontrado na Rua Conde do Bonfim, caído em frente a uma casa, com um tiro na cabeça. Uma vizinha o vira de manhã cedo e chamara a polícia. A vítima fora identificada pelo prenome Amandine, de nacionalidade francesa, segundo a identidade encontrada em sua bolsa. Dizia a nota que a polícia civil estava investigando o caso, mas por enquanto não havia nenhuma informação. João Antunes, ao ler a notícia, ficou em estado de choque.

— Meu Deus, como uma pessoa como Amandine pode terminar assim!? — repetia João Antunes, em prantos, desesperado, apertando o jornal entre as mãos, encharcando-o de lágrimas. Durante uma semana, ele chorava frequentemente e permaneceu muito tempo deprimido. Riete procurava ajudá-lo, mas não havia palavras capazes de amenizar o efeito que a terrível tragédia lhe causara. Além de Amandine, João Antunes pensava constantemente em Elisa, mas não sabia sequer onde ela se encontrava. Provavelmente estivera escondida junto com Amandine, concluiu aterrorizado, e agora estaria sozinha. João Antunes pensou em procurar Val de Lanna. Ele certamente ele lhe daria notícias, mas só sabia que ele era professor, porém desconhecia em que colégio, e provavelmente também estaria foragido. João Antunes e Riete sofreram durante meses um horrível tempo de incertezas.

Começaria uma época no Brasil em que terríveis forças de direita atuariam, de modo violento e arbitrário, contra qualquer tentativa de se implantar um governo voltado para as questões sociais. E o argumento seria sempre o mesmo que vigorava desde a década de 1930: o perigo vermelho.

28

28

No final da década de 1940, Verônica vivia o seu ocaso em Copacabana, onde seu tempo de esplendor começara. Passara a curtir suas velhas recordações de uma maneira diferente, com a experiência que a vida lhe dera. Relembrava aquela Copacabana do início de século, aquele imenso areal quase desabitado onde despontavam poucas casas. Em sua memória, apareciam frequentemente imagens daquela estrada de terra que margeava a praia, que percorrera tantas vezes em companhia de Jean-Jacques. Lembrava-se do restaurante de Herr Kaufmann e de seu violino lhes embalando os sonhos e vinham-lhe as recordações da Pensão do Pacheco e dos momentos de amor que ali vivera intensamente com Jean-Jacques, sob a luz bruxuleante de um velho lampião. Lembrava-se de Zulu e Negrinho, a parelha de Euzébio que os puxava pelo Rio de Janeiro afora, e das noites esfuziantes do Mère Louise. Desfilavam em sua memória aqueles homens que o frequentavam imersos naquele ambiente chique, enfumaçado, misturados à fragrância de perfumes e mergulhados no clima sensual que pairava no ar, impregnando a todos. Era esse o espírito daquelas noites esfuziantes que Verônica vivera tão intensamente e que permanecia grudado em sua memória, com a mesma força do passado. Recordava madame Louise, relembrava seu talento de proxeneta incomparável e de seus jeitos e trejeitos destinados a extrair segredos do coração. Com a idade, Verônica não entendia como se sujeitara aos sofrimentos vividos com Mendonça e de como seria tão fácil, com sua experiência atual, livrar-se do destino que a vida lhe impusera. Porém, ela reconhecia que se torna simples e fácil imaginar um outro passado ideal e revivê-lo diferente do que fora, pois a experiência que se ganha com os anos não se aplica aos anos que se foram. "Porventura, seria diferente se Mendonça estivesse agora ao seu lado, mesmo com o seu tirocínio atual e com os seus 18 anos de outrora, influenciando-a com sua personalidade poderosa e com a sua fortuna? E a mesma hipótese, caso se indagasse a respeito de Bertoldo? Conseguiria hoje se desvencilhar daquelas forças avassaladoras que a acorrentaram no passado? É difícil avaliar", refletia Verônica. Ambos lhe proporcionaram uma vida de exuberante luxo, e foi ela que a fez amar intensamente a Jean-Jacques e a João Antunes, fugindo de um sentimento vazio. A maturidade atual resumia-se a romantizar seu passado de sofrimentos e felicidades, as duas faces da vida que a sua beleza deslumbrante lhe permitira. Verônica adorava, no presente, sentar-se nos finais das tardes maravilhosas em um mesmo banco da Avenida Atlântica. Punha-se a mirar o azul do mar, imenso e inesgotável em sua capacidade de fazê-la sonhar e de induzi-la a recordar poeticamente o passado. Era essencialmente isto que os anos lhe trouxeram: amenizar as emoções que se foram com o olhar inspirador dessas tardes, em que havia uma condescendência mais generosa em seu espírito. Verônica deslizava seus olhos encantadores sobre o mar de Copacabana até a linha do horizonte e relembrava saudosa os momentos que marcaram sua vida de deusa e das emoções que vivera intensamente. Ao estrondejar das ondas, ela se acostumara a assistir distraída àqueles poucos rapazes que só saíam da praia junto com o sol. Aqueles jovens vespertinos tornaram-se seus amigos, vinham frequentemente conversar ou se despedir quando ela se ia ao anoitecer. Mas o que os atraía era aquela mesma força com que, ao longo da vida, Verônica subjugara os homens.

Foram poucos dias após a posse do presidente Vargas, ocorrida em 31 janeiro de 1951, que Verônica vivera um acontecimento extraordinário. Ela, como de hábito, sentava-se no banco costumeiro admirando o final da tarde, quase em frente à Rua Santa Clara. Pensativa, olhava o langoroso movimento das pessoas sobre a areia. Súbito, Verônica sentiu-se mal e foi tombando lateralmente sobre o assento. Ao lado dela, um casal, caminhando no calçadão, vendo o que acontecia, parou para atendê-la; logo, mais pessoas foram se juntando ao seu redor. Verônica distinguiu entre eles um casal que conhecera há anos: um senhor cego empunhando sua bengala engastada em prata e a sua esposa Zulmira. Eles olharam-na atentamente e reconheceram-na.

— Por favor, senhor, vá ali no prédio, na Rua Santa Clara, o segundo após a esquina com a avenida, e avise ao porteiro que estou passando mal. Meu nome é Verônica. Ele saberá o que fazer... já conversei com ele a respeito... — disse Verônica, que falava com a voz esvanecida, ofegando, pálida e suando frio.

— Corra até lá, Almeida, e procure o tal porteiro — disse aflita a esposa, que agora apoiava a cabeça de Verônica sobre o seu colo. Almeida, apesar de cego, utilizava sua bengala com uma habilidade incrível e rapidamente foi chamá-lo.

Verônica, então, submergiu na escuridão do tempo. Viu-se caminhando pelo calçadão em direção ao lugar onde localizava-se o Mère Louise. De repente, a Avenida Atlântica se transformara naquela estrada poeirenta do passado, e Verônica viu Jean-Jacques se aproximando, vindo ao seu encontro. Ela correu e jogou-se em seus braços, chorando emocionada.

— Eu sabia que algum dia o encontraria novamente! — exclamou ela, sentindo uma felicidade inaudita. — Vamos viver juntos agora, para sempre! Para sempre! — repetiu, chorando emocionada.

— Sim, meu amor, amanhã nos encontramos na Praça Mauá, às 9h30. O navio parte às 11 horas. Euzébio a apanha na Tijuca e a conduz ao porto.

No dia seguinte, às 9h30, conforme o combinado, Jean-Jacques aguardava ansioso a chegada de Verônica na Praça Mauá. Súbito, ele avistou o carro de Euzébio surgir na esquina e admirou a figura amada de Verônica, sentada atrás. O carro chegou, encostou junto ao meio-fio e Jean-Jacques subiu, sentando-se ao lado dela. Ele já havia desembarcado sua bagagem, trazida por Toniquinho, e viera com ele mais cedo. Trocavam beijos enquanto Euzébio os conduzia até a entrada do salão de embarque. Jean-Jacques conversou longamente com Euzébio, quando então lhe deu a escritura de seu terreno em Copacabana. Euzébio, sentindo-se emocionado, agradeceu muito a Jean-Jacques e o abraçou, observado por Verônica, que também tinha seus olhos marejados.

— Adeus, Euzébio, e dê-me notícias.

— Claro, meu grande amigo — abraçou-o novamente, chorando comovido.

Às 11 horas, Jean-Jacques e Verônica subiram a bordo, e logo o *Zeus* foi tracionado por um pequeno rebocador, que apontou sua proa para o interior da baía. Soou um longo apito, e a fumaça negra começou a evolar-se densamente, inclinada para trás. O *Zeus* ganhava potência rumo à França. Jean-Jacques e Verônica se debruçaram sobre a amurada do convés e passaram a admirar a paisagem se afastar. Despediam-se daquele cenário paradisíaco em que se conheceram e se amaram com paixão.

— Finalmente, meu amor, mal posso acreditar que me livrei de Mendonça e sou sua para sempre — disse Verônica, apoiando seus braços sobre o pescoço de Jean-Jacques, beijando-o carinhosamente.

— Tu não imaginas, querida, a angústia que passei ontem após nos despedirmos. Tu me deste este anel, e, quando parti, no carro de aluguel, virei-me e vi que tu choravas ao subir no carro de Euzébio. A sensação que tive era a de que não te veria mais. À noite, na pensão, não conseguia dormir e tinha pesadelos horríveis em que via Mendonça e você escarnecendo de mim, enquanto fugias com ele — disse Jean-Jacques, demonstrando um semblante angustiado.

— Ora, meu bobinho, você acha então que eu o abandonaria? — indagou Verônica, sob a luminosidade intensa da manhã radiosa, dando-lhe vários beijos carinhosos sobre a face. — Paremos de sofrer e vamos viver os nossos sonhos.

Logo, o *Zeus* navegava em mar aberto, em frente a Copacabana. Juntos, Jean-Jacques e Verônica se debruçavam sobre a amurada e miravam aquele cenário magnífico, palco da paixão que viveram e que agora se afastava ao longe. Jean-Jacques observou novamente uma senhora que portava um binóculo dependurado no pescoço, acompanhada por um senhor cego que utilizava uma bengala elegante, engastada em prata. Jean-Jacques aproximou-se e pediu-lhe emprestado o binóculo, por um instante.

— Pois não, senhor — respondeu ela, atenciosamente.

Jean-Jacques e Verônica subiram ao tombadilho e passaram a mirar aqueles lugares em que viveram tão intensamente. Ele olhava e cedia o binóculo a ela e vice-versa e comentavam felizes os momentos do passado.

— Muito obrigado, senhora... — agradeceu Jean-Jacques, devolvendo-lhe o binóculo e indagando-lhe o nome.

— Zulmira, senhor, Zulmira Costa Almeida Prado — respondeu a senhora, apresentando-se.

Jean-Jacques e Verônica olharam-na surpreendidos e agradeceram.

Em seguida, debruçaram-se sobre a amurada do tombadilho, e Jean-Jacques ouviu o anel em seu dedo chocar-se contra a ferragem.

— Não entendi, querida, por que tu me deste esse anel — comentou Jean-Jacques, com um sorriso.

— Ora, meu amor, é o anel do barão, meu avô, para ser usado pelo meu homem.

Jean-Jacques sentiu em seu bolso um papelinho. Tratava-se do bilhete que escrevera para madame Louise, despedindo-se dela. Esquecera-se de entregá-lo a Euzébio. Ele o tirou do bolso, amassou-o e o atirou ao mar. E permaneceram sorrindo, olhando aquela bolinha desaparecer na imensidão das águas.

— Vamos descer, meu querido, o sol está forte. E quero amá-lo, amá-lo sobre o Atlântico, sobre milhões de peixinhos... — e caminharam abraçados para o camarote. Ultrapassaram o senhor cego e a velhota, que andavam vagarosamente, enquanto Zulmira implicava com seu marido cego, dando-lhe uma bronca.

No final da tarde, Jean-Jacques e Verônica retornaram ao convés e deitaram-se em espreguiçadeiras, pondo-se a contemplar o pôr do sol. No horizonte, brilhavam timidamente as primeiras estrelas vespertinas, e comentaram que elas lhes saudavam o início de uma nova vida. Ambos sentiam uma felicidade imensa, sobretudo, pelo fim dos pesadelos que viveram no Brasil, quando a sombra de Mendonça pairava constantemente sobre eles. Estavam agora navegando para o futuro, a fim de realizar tudo que tanto imaginaram. Seus tormentos vividos no Rio de Janeiro se dissolviam ao longe, desaparecendo no passado.

— Como eu também sofri durante esta noite, meu amor... tive também pesadelos horríveis, me vi fugindo com mamãe rumo a Campinas e imaginei que o havia abandonado, deixando você embarcar sozinho para a França — disse Verônica, com o semblante atormentado.

— Ora, meu amor, foram apenas os últimos pesadelos que tivemos. Venha, deite-se aqui comigo — pediu Jean-Jacques, com a ternura que Verônica adorava. Ela ergueu-se e sentou-se no seu colo, e Jean-Jacques a cobriu de beijos e carinhos. Ele fitou-a com um amor infinito, e uniram os lábios em um beijo apaixonante.

— Somente quando duas almas gêmeas se encontram podem ser felizes — disse Verônica, abraçando Jean-Jacques fortemente.

— Sim, querida, agora somos uma só alma — concordou Jean-Jacques.

Mas tudo o que viviam sumiu de repente, e Verônica viu-se novamente sobre aquele banco da Avenida Atlântica. Havia agora ao redor dela várias pessoas. Verônica ainda ouviu um jovem recém-chegado comentar:

— Nossa, Deus! Que mulher maravilhosa! O que lhe aconteceu?

— Não sei... pena que está morrendo — contrapôs alguém.

— Não! — retrucou o jovem. — Ela não pode morrer! A beleza nunca morre! Nunca morre! — repetiu veementemente, olhando-a com o semblante estatelado.

Verônica ainda ouviu essa derradeira frase, e tudo se fez nada. Ela então acordou subitamente apavorada, sentou-se e recostou-se no espaldar da cama, em seu quarto no apartamento. "Meu Deus", refletia ela, "que sonho mais inesquecível, mas com um final tão assustador que se transformou num pesadelo!... assistir à minha própria morte após estar nos braços de Jean-Jacques!?", indagava-se, com o espírito perplexo, atônito mortificada e banhada em suor.

Eram 4h30 da madrugada. Verônica sentia-se intensamente perturbada, tal o realismo do seu sonho. Ela vestiu-se quase que automaticamente, pegou uma caneta e um bloco de cartas e sentou-se à mesa para redigir as impressões sobre o que vivera. Durante mais de uma hora, no silêncio da madrugada, redigiu um pequeno texto, imersa em uma solidão avassaladora. Experimentava um sofrimento profundo, contundente, inédito em sua vida. Uma tristeza corrosiva, pungente, dilacerava sua alma. Várias vezes, enquanto escrevia, interrompia-se pensativa durante longos segundos e enxugava as lágrimas. Quando terminou de redigi-lo, encheu um copo d'água, foi ao banheiro, demorou-se um pouco, pegou uma moeda em sua bolsa e, em seguida, desceu à portaria. Chegando ao *hall*, sorriu para o porteiro enquanto cruzava em sua frente. Ele a fitou com uma cara sonolenta, mas de repentina surpresa. O dia estava raiando e, dali a pouco, ele trocaria de turno.

— O que foi, dona Verônica? Posso ajudá-la em alguma coisa? — indagou, ajeitando-se na cadeira.

— Não, obrigada, Raimundo. Estava sem sono e vou dar uma chegada até a praia, assistir ao nascer do Sol. Ele permaneceu olhando-a, sem muito compreender, pois a achou um pouco sonolenta e fora de seus hábitos. Raimundo sabia que ela tinha o costume de acordar muito tarde.

Verônica atravessou a Avenida Atlântica, desceu até a praia e jogou ao mar a pequena moeda, sentindo seus pés mergulhados nas ondículas geladas. Enquanto retornava, sentia uma sonolência incrível e o seu corpo amolecendo, pesando em demasia. Ela subiu ao calçadão e sentou-se no mesmo banco em que vivenciara o sonho. Havia um grande silêncio, as águas do mar começavam lindamente a faiscar sob a luz do Sol, que despontava sobre os morros, próximos a Niterói. No início da década de 1950, o tráfego a essa hora era ainda incipiente. De vez em quando, um carrão americano cruzava a avenida, quebrando a calma matutina, talvez vindo das boates. Via-se ao longe, sentado sobre as areias, a silhueta de um casal, os dois tão unidos que pareciam uma só pessoa. Verônica estava muito sensibilizada, fragilizada, e olhava ao redor como que procurando aqueles que estiveram ao lado dela, socorrendo-a durante o pesadelo. Ela mirou as águas do mar enquanto ouvia o suave marulhar das ondas, mergulhada em um estranho silêncio. Durante anos, ela sempre procurara imaginar como se dera o embarque de Jean-Jacques após tê-lo abandonado. Lembrou-se então de que se sentara em um desses bancos, em frente ao Hotel Londres, em 1918, no dia em que lera aquela carta de Riete e que tivera aquela decepção imensa. Naquele entardecer longínquo, ela concluíra que jamais poderia sonhar outra vez, pois o passado se fora. Mas voltara a vivê-lo intensamente essa noite. Ao longo dos anos, Verônica sempre o relembrava. Durante a madrugada, aquele passado ressurgira tão vívido, tão encantador e da maneira como ela sempre desejara: ter embarcado com Jean-Jacques para a França. Verônica sentia uma solidão atroz, como se um peso insuportável lhe esmagasse a alma e renunciara irrevogavelmente à vontade de viver. Tudo agora lhe parecia confusamente longínquo, estranho, enroscado em um tempo que não mais compreendia. Ela foi rapidamente adormecendo, ansiosa por reencontrar Jean-Jacques e prosseguir a viagem ao lado dele, reintroduzindo-se naquele sonho que há pouco vivera. Não conseguia mais sequer permanecer sentada, sobrepujada por um sono poderoso. Antes que tombasse na calçada, deitou-se de costas sobre o banco e mirou as estrelas lentamente se apagando. Respirou fundo e as viu cintilando fracamente contra o azul esmaecido que renascia sobre si. Sorriu, ouvindo o marulhar das ondas, cada vez mais distante e esquisito, que parecia soar em sua mente de uma maneira estranha, nunca ouvida. Ela ingerira várias cápsulas de Nembutal e refletia vagamente que elas começavam a levá-la para os braços de Jean-Jacques, em um lugar longínquo e misterioso. Procurava ansiosamente seu rosto e seu sorriso imersos em uma escura eternidade. Algo muito espantoso, porém, começava a ocorrer. Ela viu muitos homens gargalhando, enquanto lhes sorria. Abriu seus olhos, assustada, porém seu espanto já não tinha a energia de um susto, e apenas fitou langorosamente o céu, sem ver ninguém ao seu lado. As estrelas sumiram, e uma sonolência incrível lhe fechava os olhos e não mais conseguia abri-los. Seus braços, já sem forças, penderam lateralmente sob o passeio; ela não podia mais reerguê-los. Somente as lágrimas, a sua última manifestação de vida, escorriam sobre as faces, como o secar de uma fonte sobre um rosto que durante anos alimentara a Terra com sua beleza inesquecível. Ela aspirou ainda a um derradeiro desejo, e seu espírito foi iluminado por uma réstia de luz e pelas reminiscências de sonhos que vivera intensamente em Copacabana. Ali, no palco encantado de sua vida, onde tudo acontecera, Verônica se despedia do Sol, que renascia. Procurava ansiosamente distinguir na sua claridade o semblante de Jean-Jacques e continuar na eternidade e na solidão em que partia os sonhos que com ele vivera em Copacabana.

29

A MENSAGEM QUE VERÔNICA ESCREVERA, DEIXADA SOBRE A MESA DA COZINHA SOB UMA XÍCARA, RIETE A GUARDARA E SE RELEMBRARIA SEMPRE DAS PALAVRAS QUE LERA. Ao longo dos anos, às vezes, ela as relia e relembrava sua querida mamãe, que aprendera tardiamente a amar e a compreender. Ali estavam estas palavras, escritas em um papel que já começava a amarelar, enrugado por algumas lágrimas, testemunhas daquele momento:

Queridos João Antunes e Riete,

Esta madrugada tive um sonho tão marcante que selou o meu destino. Não foi simplesmente um sonho, como tantos que já tive, mas um instante único e definitivo. O que sempre desejei realizou-se nitidamente através dele. Foi incrível experimentar o momento que durante a minha vida eu sempre imaginei e que se tornou a minha grande frustração: não ter embarcado com Jean-Jacques para França, naquela fatídica manhã. Entretanto, essa noite me proporcionou isso. Eu retornei àquele dia e tudo ocorreu conforme havíamos combinado. Embarcamos juntos.

Afinal, qual a diferença entre um sonho e a dita realidade? Não são ambos manifestações de um mesmo espírito? Não são os fatos que possibilitam os sonhos? E não é a imaginação que propicia, sem dúvida alguma, as mais belas realizações conscientes? Ao meu ver, são as faces de uma mesma moeda. Vocês contra-argumentariam dizendo que a realidade acontece, é palpável e ocorre conscientemente aos olhos de todos, e os sonhos são irreais ou inconscientes... Porém, estão enganados. Pois, em seus aspectos mais ricos e imaginativos, a realidade não é a mesma para os que a veem. Ela é unânime apenas em suas aparências superficiais, em suas manifestações mais ordinárias e banais, como aqueles que apenas comprovam, por exemplo, que um ipê está belamente florido de amarelo. Existe apenas essa unanimidade aparente. Mas, na emoção de admirá-lo, a realidade se transcende, se enriquece, se transforma e adquire aspectos subjetivos particulares que se distanciam da realidade comum, assumindo características espirituais próprias. As emoções que se processam ao contemplá-lo ocorrem conscientemente, mas os sentimentos resultantes são diversos e a realidade de um fato torna-se subjetivamente relativa, pessoal e abstrata. O que se passa diurnamente ocorre na mesma mente que a sente noturna, e as consequências são as mesmas. Portanto, apenas a visão concreta de um acontecimento presenciado por todos ocultará a maior parte do que dele advém, e são os sentimentos pessoais que o tornam imensamente mais rico, mais belo, mais instigante e particular. Só os sonhos proporcionam as mais belas realizações, e acaso as imagens que ocorrem durante o sono não se originam da necessidade intensa, incoercível, de um desejo reprimido? A exemplo do ipê florido, o mesmo acontece, por exemplo, com as pessoas que contemplam um mesmo belo pôr do sol. Qual parcela é mais autêntica e significativa? O que os olhos veem ou o que o espírito sente? E qual a diferença entre o espírito senti-lo consciente ou dormindo, se tudo acontece na mesma mente... O meu sonho foi uma realidade que eu desejaria que não terminasse nunca, mas foi tão fugaz como aquele que mantive durante anos, enquanto estive desperta e imersa na realidade convencional... Grandes filósofos idealistas, como Kant, Hegel, já se manifestaram sobre a realidade, e concordo com eles sobre o conceito vulgar do real.

Pois bem, meus queridos, o que insinuo nesse pequeno prelúdio é que tudo vai muito além de uma simples constatação a olhos abertos, e a que vivi com eles fechados foi maravilhosamente intensa. Esta noite corrigiu o meu destino proporcionado por uma realidade consciente, funesta e banal. Naquele dia fatídico, fiz a opção errada e abandonei Jean-Jacques. Pois esta noite eu embarquei com ele, na Praça Mauá, conforme havíamos combinado. E fiquei abismada porque vi como tudo transcorrera na primeira viagem, em que ele se foi sozinho. Os mínimos detalhes, desconhecidos por mim, se revelaram nitidamente. Até mesmo aquela velhota chamada Zulmira, o que tanto nos surpreendeu (Zulmira era o nome da mulher de Pacheco, o dono da pensão em que nos amávamos aqui em Copacabana. Em 1918, ela suicidou-se porque não conseguiu superar a sua repentina paixão por Jean-Jacques). Na época, eu, leviana e imatura, não compreendi esse fato que tanto o afetou, pois hoje o compreendi, tão intensamente que o repeti comigo mesma.

Portanto, queridos, quase ao final daquela tarde inesquecível, eu estava deitada em uma espreguiçadeira, sobre o deque do Zeus, abraçada a Jean-Jacques. Era o primeiro dia da viagem, e estávamos contemplando as estrelas vespertinas imersos numa paz absoluta. Vocês podem imaginar a minha felicidade, pois viveram a mesma paixão. Eu então deitei-me sobre ele e o abracei, e trocamos um longo e demorado beijo, de reencontro e de despedida, pois me vi subitamente sobre o banco em Copacabana, morrendo, cercada por pessoas que procuravam me ajudar. Acordei assustada, em meio à madrugada. Sentei-me na cama, com a alma mortificada, sentindo a mesma atroz solidão de Zulmira e de Marcus. Em vista disso, após viver uma felicidade tão incrível, tão intensa e encantadora, não posso mais experimentar a outra face da mesma moeda e resolvi jogá-la ao mar, ele que é tão belo, que sempre me fez sonhar e que sem dúvida entenderá esse gesto. Devolvi a ele as duas faces de minha vida. Durante anos, vivi essa frustração e já não tenho forças para revivê-la e seguir adiante. Vivia-a durante anos, acordada, e agora novamente a revivi dormindo. Ambas foram chocantes, frustrantes. Anulo a minha vida, pois, se não posso viver a felicidade de meu sonho, onde tudo foi possível e se realizou, prefiro partir, deixar esta outra realidade vazia e banal para me reencontrar com Jean-Jacques, em uma terceira. Creiam, queridos, não me é difícil fazer a travessia, a lucidez e a tranquilidade destas palavras o comprovam. Sou esmagada por uma solidão terrível, tão intensa quanto a felicidade que vivi há pouco. Sou humana, ultrapassei os limites do suportável e não aguentei, num simples abrir de olhos, passar do céu ao inferno, da realidade feliz à realidade de uma esperança inútil e morta. Foi muito cruel. Você, meu querido João Antunes, que tanto me falou de Marcus, lhe digo que ele tinha razão. É impossível chegar ao limite de uma paixão e vê-la bruscamente desaparecer, perdendo em definitivo a possibilidade de vivê-la. A paixão e a partilha ambas são inseparáveis, por isso, Zulmira, Ester, Marcus e eu nos fomos. Vocês, queridos João Antunes e Riete, que conseguiram a felicidade que não alcancei e vivem o sonho de um grande amor, aproveitem-no. Fui intensamente feliz esta noite, até o último segundo de um momento que se apagou de repente. Inspirem-se no desejo intenso manifestado nessas linhas, pois podem desfrutar o que para mim foi impossível, nesta madrugada que definitivamente termina. Não lamentem a minha ausência, hoje, ao despertar, a minha alma já estava morta.

Adeus, meus amores, aproveitem intensamente o que perdi.
Verônica Chermont Vernier

À época, João Antunes e Riete ficaram imensamente chocados ao receberem a notícia, mas, pelas próprias experiências, assimilaram o acontecimento. Compreenderam bem o que Verônica lhes dissera, pois ambos, pouco antes de viverem juntos definitivamente, estavam prestes a não suportar suas paixões. Sabiam que Verônica se sentia ultimamente muito solitária e deprimida. Às vezes, reliam aquela carta e, quando o faziam, pensavam em si e se emocionavam, colocando-se no lugar de Verônica, dando-lhe razão. Não suportariam viver se tudo se rompesse bruscamente entre eles, se seus desejos acalentados desaparecessem de repente. Então, beijavam-se ansiosamente e perpetuavam a união adjunta entre os sonhos e a realidade.

Com o correr dos anos, João Antunes e Riete refletiam sobre a vida de Verônica e a achavam muito semelhante à realidade brasileira. Um país lindíssimo, tão belo quanto ela, porém, desfrutado por uma pequena parte de seu povo, tais quais os encantos de Verônica foram restritos a dois homens. Mulher de beleza deslumbrante, Verônica vivera no limiar, quer em seus sofrimentos ou nos momentos de felicidade. Tudo nela foi intenso, pujante, palpitante, e os que com ela conviveram ou conheciam-na seguiam sempre em seu encalço, sugados pelo que dela emanava. Eram atraídos pelos seus caprichos de deusa ou pela naturalidade estonteante quando não tinha desígnios. Naquele seu rastro de sensualidade e beleza, homens e mulheres a seguiam sôfregos, tentando inutilmente alcançá-la. Aqueles que eram jovens no princípio do século e que a conheceram apenas de vista olhavam-na deslumbrados, mas sabiam que Verônica pertencia a homens poderosos e com eles convivia. Ao saberem de sua morte, seus corações sofreram um baque ao lembrarem que houve um tempo em suas vidas no qual se imaginavam junto a Verônica, quando a medíocre realidade de suas vidas era iluminada por ela, pela visão de sua beleza. Agora, estavam velhos, e seus olhos se encheram de lágrimas ao sentir que aquela plenitude se fora com Verônica.

30

Riete, várias vezes, conversara com João Antunes sobre a reviravolta em sua vida. Sentia-se intrigada como um ato tão cruel perpetrado por seu pai, revivido em um sonho, pudera fazê-la feliz e se transformar no ponto de partida para uma nova vida. João Antunes concordava e dizia que também sofria as consequências benéficas daquele ato, pois fora graças a ele que Riete se transformara em uma personalidade equilibrada e feliz.

— Que coisa, hein, querida? Como é estranha essa vida e como nela tudo vai se transformando inexplicavelmente. E o Enrico, como estão seus negócios? — indagou, mudando de assunto.

— Está cada vez mais rico. Herdou a capacidade e a falta de escrúpulos de Bertoldo e Mendonça e vai de vento em popa.

— Então ele está fazendo jus ao anel... — comentou João Antunes, com um sorriso.

— Sem dúvida... — concordou Riete, também abrindo o sorriso. — Principalmente, agora, com a ajuda de Amadeu, o genro do senador.

— Que genro? — indagou João Antunes, voltando-lhe a atenção.

— Casado com a filha mais velha de Mendonça. Quando era moço, Amadeu era considerado nas rodas de Campinas um completo idiota, tal a sua mania de sentar-se em uma roda de bar e contar suas proezas. Um falastrão incorrigível. Porém, com o tempo, aqueles que o criticavam começaram a perceber que ele não tinha nada de bobo. Afinal, diziam, casara-se com a filha do senador e tornara-se um grande amigo de Enrico, seu companheiro de farra. Então começaram a reavaliá-lo. Concluíram que Amadeu tinha, sim, muita esperteza e que essa esperteza consistia em se fazer de bobo para alcançar seus objetivos. Ele fazia isso muito bem, com incrível talento. Enrico, sabendo que Amadeu tinha popularidade e poder de comunicação, investiu dinheiro em sua candidatura a deputado estadual e o elegeu pelo partido do Ademar de Barros, o PSP. Aqueles seus críticos de outrora continuaram seus amigos, mas agora o respeitavam. É claro que Enrico o fez deputado porque sabe que Amadeu, com sua aptidão de se fazer de bobo, será como uma espécie de multiplicador de influências na assembleia. Qualquer necessidade que dependa de apoio político, Enrico as terá com a ajuda de Amadeu...

— Que coisa, hein, querida? — interrompeu João Antunes, voltando seu olhar para os novilhos no pasto. — E onde estarão agora minha filha Elisa e Val de Lanna? — indagou João Antunes, à guisa de desabafo e preocupação, pois não tinha ideia de onde estariam.

— Certamente estão lutando para mudar o que julgam injusto. São coerentes com o que pensam. Os meios que utilizam podem estar certos ou errados, mas é incontestável que pessoalmente estão corretos, pois estão lutando coerentemente pelos seus ideais de justiça. Além disso, agir nesse sentido antecede qualquer critério de julgamento. A retórica fica para depois, para os que não têm coragem de ousar e que sabem que terão tempo suficiente para justificar suas omissões. Como lhe disse Amandine, você deve se orgulhar de Elisa — disse Riete, exibindo repentinamente um insólito olhar ardente e apaixonado, que não admitia contestação.

João Antunes fixou seu olhar no roseiral que Riete formara, e sua alma estremeceu. Naquele momento, ele sentiu quão distante estava daquilo que um dia almejara e sentiu-se emocionado. Sim, Riete o fazia feliz, lhe dava um conforto espiritual que o ajudava a fazer a travessia, mas havia em si um sentimento de incompletude. Ele mirava intensamente aquelas pétalas vermelhas, as que mais amava, e as via espalhando gratuitamente uma beleza que poucos sentiam. João Antunes suspirou fundo e saltou categoricamente para um patamar superior espiritual em que oscilaria o restante de sua vida, aquele que Riete lhe dera. Nesse instante, João Antunes abdicou definitivamente de praticar seus ideais mais generosos e o fez comentando, circunstancialmente, a derradeira lembrança do passado.

— Verônica certa vez comentou comigo sobre as práticas masoquistas do senador Mendonça — disse João Antunes langorosamente, sem nenhuma intenção, dizendo-lhe por dizer, perdido em memórias.

— Como assim!? — exclamou Riete, espantada com o comentário. Ela nunca soubera nada sobre o assunto. Verônica, diversas vezes, quase as revelara a Riete, mas sempre omitira o prazeroso masoquismo sexual de Mendonça para não causar mais sofrimentos à filha. João Antunes julgava que Riete tinha conhecimento do fato e ficou constrangido ao ver a reação de Riete. Ela permaneceu pensativa, atônita, efetuando gestos negativos com a cabeça. Desejou saber mais detalhes sobre essas manias, no que consistiam, mas João Antunes desconversou, dizendo que Verônica lhe dissera vagamente, mas que eram costumes comuns nos relacionamentos sexuais. E tudo perdera a intensidade, como se as atribulações do passado se extinguissem para sempre e fossem incapazes de lhes causar outras inquietações. Readquiriam um novo olhar, e seus espíritos se cristalizaram nesse estágio, sepultando de vez o passado.

— Como são lindas essas rosas que tu plantaste. Adoro aquelas. Como são exuberantemente belas e como revigoram o nosso olhar...

— Sim, querido... e eu quase perdi a oportunidade de admirá-las.

E assim levavam tranquilamente suas vidas com os percalços naturais que as vidas nos impõem, sem mergulharem naqueles abismos do passado que tanto sofrimento lhes causavam. Somente Elisa preocupava muito a João Antunes, pois havia tempos que não tinha notícias suas.

31

É NECESSÁRIA UMA BREVE ANÁLISE A FIM DE COMPREENDER O CONTEXTO HISTÓRICO DA FASE DE TRANSIÇÃO DO BRASIL DURANTE OS DOIS GOVERNOS VARGAS, PERÍODO DETERMINANTE EM SUA HISTÓRIA. Entre os anos 1930 e 1954, o país passou por intensas turbulências devido à luta empreendida entre a necessidade de alcançar sua independência econômica por meio da industrialização (com a moderna inclusão do trabalhador nesse processo) e os obstáculos surgidos em decorrência disso. As dificuldades surgiram e perduram na atualidade porque o Brasil, nessa busca, passou a ser obstaculizado utilizando-se frequentemente o pretexto político de subversão da ordem. Quaisquer atitudes mais ousadas nos campos da independência econômica, da independência nas relações internacionais e principalmente das modernizações sociais passaram a ser dificultadas sob o ensejo de que constituíam ameaças subversivas, esquerdistas ou coisas similares. E tal pretexto, organizado e insuflado pelas elites brasileiras, passou a ser constantemente utilizado para barrar os desejos de avanço e de liberdade do país. Os obstáculos de modernização, que em si já eram grandes, tornaram-se então gigantescos porque, além das dificuldades intrínsecas ao processo de desenvolvimento, era necessário travar permanentemente uma luta política para vencer um suposto perigo comunista, sem nenhum discernimento crítico que justificasse tal pretexto. Em vista disso, o processo de desenvolvimento pretendido, que poderia ser alcançado, pois o Brasil tinha potenciais econômico e humano para esse objetivo, foi retardado, impedido ou deformado. Os obstáculos políticos tinham a finalidade de manter a tutela dos países desenvolvidos sobre o Brasil, notadamente os Estados Unidos, que dominavam o cenário mundial no agitado contexto ideológico da Guerra Fria, pois, no pós-guerra, a Europa e o Japão estavam destruídos. É conhecido o jargão de que a América Latina se tornou o quintal americano, principalmente a partir da segunda metade do século XX, quando, por diversas vezes, interviram com violência nos países da região. A luta pela erradicação da miséria, da autonomia tecnológica industrial e de uma cultura voltada aos problemas brasileiros foi, portanto, constante e severamente combatida por meio de campanhas em que tais anseios eram sempre apontados e propalados como perigosamente subversivos, quando tinham a finalidade de exercer domínio. Assim, a ideologia do perigo vermelho, forjada e manipulada, impregnou-se de tal maneira no imaginário nacional que perdura até os dias atuais, sendo frequentemente evocada como pretexto para novos golpes. Portanto, essa é uma realidade essencial, determinante, para que se entenda o contexto histórico brasileiro durante a segunda metade do século XX. Esse processo de influência abrangente e poderoso se dá modernamente pela atuação do sistema, e por ele torna-se possível entender alguns males, entre os quais as razões da baixa autoestima dos cidadãos brasileiros, como se o país estivesse inexoravelmente destinado ao fracasso.

O denominado sistema pode ser definido como a prática da ideologia capitalista pelos agentes economicamente mais poderosos, no âmbito global, e as consequências advindas dessa prática. Grandes bancos e conglomerados financeiros, poderosas empresas transnacionais, homens milionários, investidores globais e estados hegemônicos com seus arcabouços jurídicos--constitucionais-militares constituem os tais agentes. Devido ao conjunto de suas riquezas e, portanto, do poder acumulado, o sistema, por meio desses tentáculos, exerce o domínio não só sobre os negócios no mundo inteiro, mas também sobre a cultura de massa, sobretudo, sobre a capacidade de induzir pessoas a assumir seu pensamento único padronizado, a sua própria ideologia, sendo esse o objetivo primordial. Trata-se de induzir permanentemente o consumo a fim de que se aumentem as demandas por mais supostos prazeres, em uma espiral contínua e ascendente. Ele transmite, com letras invisíveis, apenas uma mensagem sub-repetícia: valorizem-se acumulando bens, tenham conforto material e sejam felizes. Como os grandes meios de comunicações são de propriedade de capitalistas e sobrevivem da propaganda de grandes empresas (têm, portanto, o mesmo viés ideológico), eles se tornaram a arma mais poderosa para a difusão dessa doutrina. Portanto, o objetivo pragmático do sistema, em si, reduz-se a se enriquecer na quantidade máxima possível, por todos os meios imagináveis, e, uma vez alcançado tal objetivo, imaginar que ainda é pouco e procurar novos máximos, repetindo-se esse ciclo indefinidamente. Essa é a lógica perversa que permite a agradável sensação psicológica de se exercer poder e a vaidade por exercê-lo e de desfrutar os prazeres proporcionados (ou imaginados) pela riqueza. Vive-se, portanto, no mundo moderno, sob uma ditadura invisível, definida como a necessidade de uma pretensa aquisição de bens materiais, que, se imaginariamente adquiridos, trarão mais felicidade, em um processo continuamente ascendente. A lógica é perversa porque tal desejo tornou-se inesgotável e se autoalimenta, sendo esse o seu aspecto vital ou a dinâmica necessária para a articulação do sistema. Devido à influência abrangente, ilimitada, essa atuação origina várias consequências, sendo a principal o próprio objetivo intrínseco, que se resume no fortalecimento gradativo da ideologia e a propagação de sua cultura hedonista, de maneira incoercível e global. Talvez, a decorrência mais nefasta, imposta de maneira ignorada, seja provocar nas pessoas o soberano desejo, a suprema angústia de se integrar cada vez mais profundamente ao sistema. Procura-se, desse modo, absorver a sensação de pertencimento, de vir a ser reconhecido como um de seus membros, se possível, como um membro importante e enricado, mesmo que seja apenas na imaginação da sua alma sofredora. Ou, ao contrário, o medo aterrorizante, mortal, a sensação paralisante e inaceitável de se ver excluído desse mundo. O indivíduo sabe que a sua exclusão significará o seu desprezo social, a insignificância pessoal, talvez até mesmo o autodesprezo. Portanto, esses são, grosso modo, os objetivos dessa identidade abstrata, invisivelmente poderosa, que, todavia, manifesta-se tão concretamente e pesa como chumbo no espírito do mundo moderno. Ela assume uma identidade estranhamente dual e exerce seu protagonismo inequívoco, de modo tão pragmático e evidente, que rege a vida contemporânea, sem ser percebida.

Em vista dessa unanimidade avassaladora, dessa necessidade que se tornou até natural, os jornalistas de assuntos econômicos ou economistas fazem unicamente um tipo de crítica ao sistema: quando julgam que correções devam ser feitas no seu próprio âmbito de atuação para que ele opere nas condições ideais e aufira maior lucro. As análises insistem apenas na necessidade de corrigir o rumo, ou o desempenho, quando o lucro não é o esperado — é evidente que o mal desempenho devido ao gerenciamento ineficiente ou a aplicação de técnicas econômicas equivocadas devam ser corrigidos, entretanto, essas não são as situações pertinentes ao que se trata. Trata-se, sim, da análise quanto ao âmbito de atuação do sistema, significando a abrangência dos seus métodos para se aferir lucros, e de suas consequências. Assim, jamais são feitas críticas negativas relativas à sua natureza intrínseca ou à sua própria estrutura, e essa atitude é compreensível e deve ser até perdoada, pois não passa naturalmente pela cabeça de tais críticos que isso possa ser feito, tal a rigidez da doutrina impregnada em suas mentes. Não questionam por que têm o espírito petrificado por supostas verdades. Embora ignorando, tais analistas político-econômicos constituem as engrenagens do sistema, são usados por ele, atuam mecanicamente como se fossem um pistão no motor do automóvel, sempre repetindo as mesmas ideias por meio dos mesmos palavreados econômicos, técnicos, chatos e exasperantes. Julgam, sem se dar conta, que a realidade vigente é única, definitiva e incontestável, exigindo apenas ocasionais correções técnicas de rumos. As críticas exercidas por eles isentam ou ignoram, portanto, o *modus operandi* do sistema, todas as suas distorções internas e os seus absurdos, e são feitas com a finalidade de maximizar lucros, mesmo em detrimento de países e de seus povos. Tais críticas referem-se à correção da performance pelas remoções de empecilhos de quaisquer natureza, que devem então ser modificados ou prescritos, também por quaisquer meios. Apesar dos malefícios historicamente conhecidos, as análises críticas permanecem excludentes, padronizadas, e eximem hipocritamente de comentários os seus métodos arbitrários com graves consequências para a vida de uma nação, sobretudo, aqueles relativos à prevalência da honestidade. Relegam, portanto, as suas aberrações, a sua hipocrisia impositiva usual, as suas atuações no que diz respeito aos seus aspectos nebulosos, as suas contradições discursivas, as consequências exploratórias extremamente danosas ao homem e ao meio ambiente ou os seus métodos de atuação aética. Nunca se atribui a ele a culpa pelas enormes desigualdades sociais e pelas brutais concentrações de renda. Jamais é mencionada a impostura entre o discurso e a prática quando os negócios ocorrem otimamente de acordo com o esperado, no âmbito desse vale-tudo. Ignoram-se as pressões e os boicotes de diversas naturezas e feitas de várias maneiras sobre países dependentes, relativas às aquisições forçadas de suas empresas e a apropriação de seus bens naturais — a totalidade dos grandes recursos minerais da Terra estão nas mãos de quem exerce esse domínio fabuloso. Engenheiros, técnicos e economistas honestos conhecem de sobejo como é a atuação do sistema sobre países dependentes, pois trabalham em setores vitais para o seu real desenvolvimento e são experientes sobre os obstáculos enfrentados. Os aspectos danosos são, portanto, analisados, não como falhas inerentes à estrutura do sistema ou à sua natureza intrínseca, mas como falhas dos seus agentes operantes, que não tiveram a competência para agir conforme o padrão exigido costumeiramente. Quando um golpe de estado é perpetrado contra um governo ou quando uma lei é vergonhosamente aprovada por motivos estritamente interesseiros, como é comum, os meios de comunicação justificam e divulgam tal atitude com vários argumentos, quando bastaria um só para esclarecer a verdade: tal fato ocorreu porque a situação precedente prejudicava os interesses econômicos, não importando se a situação vigente anterior era benéfica ao país e a seu povo. Mas não ousam dizê-lo porque tal denúncia é contundente, grave e fortemente prejudicial à imagem do sistema, que deve ser preservada ou suavizada com discursos manipuladores. Portanto, mesmo em se tratando de medidas extremas, arbitrárias, ilegais e violentas, elas serão justificadas devidamente pelo poder persuasivo, que fará com que sejam absorvidas com naturalidade e como inevitáveis. Corrigir rumos, que não sejam correções técnicas, significa, portanto, a remoção de injunções não técnicas que o sistema julga estar prejudicando-o, como acontece costumeiramente no Brasil com as mudanças ou aprovações de leis que favoreçam interesses circunstanciais, ou, em caso extremo, que deponham um presidente, como foi feito com João Goulart, substituindo-o por governantes servis — bons governantes em países dependentes são aqueles que governam de acordo com o que deles se espera e serão sempre enaltecidos pelo sistema. Tais métodos são utilizados costumeiramente mundo afora. Portanto, os aspectos prejudiciais e merecedores de uma crítica contundente e corajosa recebem apenas o aval silencioso ou a subserviência respeitosa. Na maioria das vezes, entretanto, as decisões intervencionistas são aparentemente corriqueiras, inócuas e adotadas na surdina, que o público ignora ou não sabe exatamente do que se trata, mas que terão consequências adversas. Como de costume, elas visam satisfazer aos interesses daqueles que têm realmente poder para exigi-las. O sistema, em questões essenciais e decisivas, atua nas sombras, em regiões inacessíveis às avaliações do cidadão comum, porque age acobertado. Enfim, o capitalismo contemporâneo é apresentado como se a natureza de seus processos de atuação fosse imune a defeitos e julgado granítico — ele deve ser apenas polido, lapidado, e a culpa pelos seus erros, quando os há, recai sobre a má operação de seus gestores. Com o correr dos anos, o exercício dessa ideologia da impostura foi adquirindo ares de preceitos inquestionáveis e passou a agir com uma naturalidade assombrosa, sem pudor, originando a cultura espiritual contemporânea e alguns de seus aspectos calamitosos. O seu efeito sobre as pessoas é semelhante a um anestésico, que as torna passivas, insensíveis às consequências, sendo esse, entretanto, o objetivo ideológico.

*

Getúlio Vargas fora empossado em 31 de janeiro de 1951. Continuaria, nesse seu segundo mandato, a obra desenvolvimentista que iniciara no período anterior. Seu objetivo persistia: modernizar o Brasil, industrializá-lo, torná-lo forte e independente. Vargas havia implantado a Companhia Siderúrgica Nacional, em Volta Redonda, inaugurando a produção de aço no Brasil. Havia também fundado a Companhia Vale do Rio Doce, encarregada de explorar as ricas jazidas de ferro em Minas Gerais para alimentá-la. Inaugurou, em 1942, a Fábrica Nacional de Motores, objetivando implantar uma indústria nacional de veículos — durante as próximas décadas, os brasileiros veriam os caminhões FNM rodando pelas estradas —, mas esse objetivo foi boicotado pelos fabricantes internacionais de peças, que atrasavam as entregas ou não as entregavam. O Centro Brasileiro de Pesquisas Físicas (CBPF), uma sociedade civil sem fins lucrativos, idealizada por César Lattes e José Leite Lopes, foi criado no final do Estado Novo, em janeiro de 1945. Para as ciências, nesse seu segundo governo, Vargas criaria o Conselho Nacional de Pesquisas, o atualíssimo e tradicional CNPq, que financiaria centenas de estudantes brasileiros mundo afora.

No final do século XIX, a Rússia, sob a direção do notável ministro Serguei Witte, já produzia aço e carvão quase na mesma velocidade alemã, enquanto a Inglaterra estava quase sendo ultrapassada pela própria Alemanha em toneladas produzidas. Pois o Brasil, possuidor das maiores reservas de ferro do mundo, não tinha sequer uma moderna siderúrgica até a década de 1940. Não havia como pensar em desenvolvimento econômico sem a produção de aço. Resolvida essa questão, com a construção de Volta Redonda, Vargas pretendia, nesse seu segundo governo, equacionar outro grande desafio: a produção de energia. Desejava implementar a eletrificação em grande escala e a produção de petróleo. Mas, subjacente aos seus planos, iria fundamentalmente imprimir ao governo a mesma orientação nacionalista e continuar seu programa de amparo ao trabalhador. Para a realização de seus planos de desenvolvimento, Getúlio, ao ser empossado, escolheu a dedo uma comissão de técnicos de altíssimo nível, comandada pelo economista Rômulo de Almeida. Essa comissão ficaria diretamente subordinada a ele, sem nenhum vínculo com ministérios, e trabalharia ali ao seu lado, no palácio do Catete. Vargas conhecia os problemas básicos do Brasil. Nenhum governo anterior fizera tanto pela emancipação econômica do país e pelos trabalhadores, e foram eles que o elegeram porque tinham certeza de que faria mais. Contudo, nesse início da década de 1950, Getúlio sabia que o contexto internacional era outro e tinha conhecimento das dificuldades que enfrentaria. Antes mesmo de sua posse, por diversas vezes, referiu-se a elas. Manifestou em certa ocasião durante a campanha: "não sei se permitirão que eu termine o meu mandato". Ele tinha profunda consciência do que estava na raiz de todos os problemas brasileiros e das dificuldades gigantescas para superá-los: o Brasil, país riquíssimo, tinha pouca autonomia para administrar o próprio destino, agravado pelo fato de que seu povo ignora as restrições que lhe são impostas. Esse desconhecimento ocorre porque as realidades histórica, política e econômica brasileiras são deturpadas, obscurecidas ou mesmo ocultadas pelos interesses que as subordinam.

Finalmente, uma palavra sobre Samuel Wainer e seu jornal *Última Hora*, pois sua existência é essencial ao último ato de uma tragédia. Ao ser eleito democraticamente, em 3 de outubro de 1950, contrariando fortemente a vontade do sistema, Vargas despertou contra si o ódio mortal das elites brasileiras. Em seu longo exílio, isolado na estância de Itu, Vargas amadureceu seus pensamentos, que se cristalizaram em um desejo: continuar seu projeto de modernização do Brasil e, mais que tudo, consolidar sua obra social. Desejava sinceramente ir ao encontro dos anseios populares, ajudar o povão e governar para mais pobres, ele, que já instituíra as leis sociais durante o Estado Novo. Vargas conhecia antecipadamente, de sobejo, o ambiente em que se movia, sabia de antemão que disparariam contra ele todas as armas disponíveis e que não haveria trégua nem compreensão. Havia muitos anos, conhecia aqueles seus oposicionistas, seus métodos de atuação e como tudo aquilo se voltaria contra ele, sobretudo, a arma mais poderosa de seus inimigos: a imprensa, porta-voz dessas elites.

Samuel Wainer, judeu, chegara ao Brasil ainda criança em companhia de seus pais, no início do século XX. Instalaram-se no bairro Bom Retiro em São Paulo, reduto tradicional da comunidade judaica. Vieram da Bessarábia, que depois faria parte da União Soviética, e imigraram para fugir dos *pogroms* que desde séculos imemoriais vitimavam os judeus. Wainer, portanto, logo viveria a saga de ser judeu. E, sendo assim, Samuel Wainer foi à luta. Amava o jornalismo. Ainda jovem, foi para o Rio de Janeiro para realizar o seu sonho. Depois de passar por inúmeras dificuldades, em 1938, fundou a revista *Diretrizes*, que se tornou um marco na história da imprensa brasileira. A redação situava-se em uma pequena sala na Rua Senador Dantas, na Cinelândia. O Bar Amarelinho, ainda existente no local, próximo ao Teatro Municipal, era o ponto dos encontros dos intelectuais boêmios que trabalhavam na revista. Samuel Wainer tornou-se amigo de grandes intelectuais da época, que escreviam na *Diretrizes* ou frequentavam a redação, inclusive Carlos Lacerda, que era intimamente ligado ao PCB. Seu irmão, Fernando de Lacerda, pertencia à Internacional Comunista e morara em Moscou. Foi Carlos Lacerda que, em março de 1935, no Teatro João Caetano, no Rio, fez o discurso de lançamento de Luís Carlos Prestes como presidente de honra da ANL, Aliança Nacional de Libertadora, criada naquele mês. À época da fundação da *Diretrizes*, Samuel Wainer e Carlos Lacerda eram amicíssimos, viviam juntos. Escreviam na *Diretrizes* Di Cavalcanti, Rubem Braga, Graciliano Ramos, José Lins do Rego, Jorge Amado, Moacir Werneck de Castro, Clarice Lispector, Otto Lara Rezende, Rachel de Queiróz, Otávio Malta, Érico Veríssimo, José Américo de Almeida, Dorival Caymmi e outros tantos intelectuais conhecidos que frequentavam a redação, à época jovens e talentosos, desejosos por ingressar no mundo jornalístico e intelectual brasileiro. Todos eles eram de esquerda, simpatizantes ou pertencentes ao velho partidão, e era isso o que os unia. Samuel Wainer dirigia a revista com enormes dificuldades e muito idealismo, ajudado pelo entusiasmo e pelo talento de seus colaboradores. Ali, naquele ambiente efervescente da *Diretrizes*, começava de forma incisiva a saga de Samuel Wainer na imprensa brasileira. Em meados de 1951, apoiado por Vargas, ele viria a fundar a *Última Hora*.

Assim como Wainer, Carlos Lacerda foi um outro elemento determinante naquele último ato. Em 1942, além da *Diretrizes*, Lacerda escrevia em uma revista chamada *Observador Econômico*, e a ele foi solicitado um artigo que narrasse a história do PCB no Brasil. Lacerda, como militante, conhecia todos os principais integrantes do partido comunista, inclusive Astrojildo Pereira, jornalista, intelectual fluminense e um dos seus fundadores, ocorrido em Niterói, em março de 1922. Os membros do PCB, em 1942, estavam na clandestinidade devido à intentona comunista de 1935, e os partidos políticos, proscritos. Ao escrever o tal artigo, Carlos Lacerda, como conhecia a organização, narrou suscintamente os bastidores do PCB, forneceu os nomes de seus integrantes e diversos outros detalhes significativos, o que possibilitou à polícia política comandada por Felinto Müller prender inúmeros militantes e desmantelar o que restava do PCB. Devido a isso, Lacerda ficou sem ambiente na redação da *Diretrizes*. Samuel Wainer ainda procurou perdoá--lo e o manteve, mas seus amigos não o aceitaram. Jorge Amado indagou a Wainer: "por que mantém ainda este crápula?". Finalmente, Wainer disse a Lacerda que não havia mais ambiente para que ele continuasse a trabalhar na revista. A partir daí, Samuel e Lacerda esfriaram suas relações de amizade. Aos poucos, esse incidente se transformou em inimizade. Só se encontravam casualmente. Samuel Wainer apoiou a eleição de Getúlio em 1950. Com a posse e a fundação do jornal *Última Hora*, por Samuel Wainer, graças ao apoio de Getúlio, aquela velha amizade fraternal desapareceu, e Lacerda passou a devotar um ódio mortal ao velho amigo, bem como a Getúlio. Carlos Lacerda, de comunista, transformou-se em um terrível reacionário de direita e passou a utilizar sem escrúpulos todas as armas para alcançar seus fins: destruir a *Última Hora* e depor Vargas.

    A era pós-moderna, no contexto brasileiro, analisada sucintamente, começou na época em que Getúlio Vargas iniciara o seu mandato presidencial no pós-guerra. Houve o trágico marco inaugural dessa era: a explosão da primeira bomba sobre Nagasaki, matando cem mil pessoas. A bomba atômica estabeleceu uma relação de poder inédita entre as nações, um novo paradigma, e quem detinha essa tecnologia sofisticadíssima se impunha pela capacidade destrutiva. Devido ao princípio mais antigo que rege as relações entre os homens, ninguém ousaria desafiar tal poder. Um novo padrão de relações internacionais estabeleceu-se. A partir dessa época, o desenvolvimento tecnológico ocorreu rapidamente, e a humanidade assistiu, em poucos anos, a um progresso vertiginoso, como jamais visto. Todo esse avanço, que se disseminou em todas as áreas e teve reflexos no comportamento humano, surgiu do espírito de físicos e matemáticos geniais, pouquíssimos homens, que fizeram a gigantesca diferença. Foi naquele início da década de 1950 que os Estados Unidos iniciaram sua hegemonia econômica incontestável e que os problemas começaram a se exacerbar com a mesma rapidez da tecnologia. Eles foram os únicos beneficiados pela guerra e dominavam a economia mundial. A Europa e o Japão estavam destruídos e não havia nenhuma concorrência para o dólar e para os negócios americanos. Começavam a crescer os arsenais nucleares das duas superpotências, o que mudaria os padrões históricos e produziria uma nova era. O poder econômico e o militar concentrados em uma única nação geravam a prepotência e a arrogância para o seu predomínio irrestrito. A América Latina estava sob o domínio americano, e nela os Estados Unidos reinavam absolutos e eram servilmente obedecidos. Mais que nunca, nos anos do pós-guerra, esses aspectos nebulosos assumiriam uma enorme relevância, pois era o início de uma época em que o confronto ideológico e a guerra fria iriam balizar a política internacional e dividiriam o mundo. Vargas, portanto, iniciaria o seu mandato nesse contexto conturbado, acirradíssimo, e enfrentaria os problemas de soberania, como ele pretendia, o que seria uma tarefa gigantesca. Quaisquer atitudes nacionalistas ou de independência externa em relação aos Estados Unidos seriam consideradas como afronta, denunciadas como comunistas, como atitude subversiva, e seriam combatidas tenazmente. As Forças Armadas brasileiras, que recentemente haviam lutado na Itália ao lado dos aliados, seriam cada vez mais cooptadas pelos americanos. Seus oficiais generais iriam estudar nos Estados Unidos, convidados a cursar a Escola Superior de Guerra, a War College, ou diversos cursos de aperfeiçoamento no exército americano, em que o objetivo principal seria a doutrinação ideológica que lhes seria transmitida. Quando retornassem ao Brasil, seriam os guardiães dos interesses do denominado mundo livre, duas palavras repetidas tantas vezes que se cristalizariam na mente das pessoas, até estarem convictas de que eram realmente livres. Os militares, com muitas e honrosas exceções, tornar-se-iam testas de ferro dos interesses econômicos americanos e atuariam, na maioria das vezes, contra o desenvolvimento do país e do povo brasileiro. Tornaram-se inocentes úteis, pois julgavam que, agindo assim, seriam patriotas, ignorando que foram induzidos a defender os interesses americanos. Eram treinados para pensar e agir conforme os métodos aprendidos com eles. Tais ideias impregnaram e doutrinaram a sociedade através dos meios de comunicação, os encarregados de dar voz e martelar a ideologia. Essa mentalidade opressora iria prevalecer e dominar a vida brasileira ao longo dos anos, e o seu emprego sofreria uma metamorfose ameaçadora, pois ela se tornou um pretexto coercitivo para tudo que prejudicasse os interesses econômicos. Quaisquer atitudes que julgassem prejudiciais seriam interpretadas e divulgadas como subversivas e como ameaças comunistas. Legítimas reinvindicações populares, ações político-econômicas em defesa dos interesses nacionais, indignações dos intelectuais diante da desigualdade social, oposição de oficiais militares patriotas, tentativas de se adotar políticas econômicas elaboradas por pensadores nacionais aplicadas à realidade brasileira e mesmo a adoção de uma educação mais crítica seriam tratados como ideias subversivas e obstadas. Homens honestos e de grande saber em diversas áreas seriam banidos e exilados porque eram acusados de ser comunistas. E ser de esquerda no Brasil, uma consequência de quem tem consciência social e que olha ao seu redor, virou atitude subversiva, coisa de comunista. Ter sensibilidade crítica e lutar para mudar essa realidade tornou-se arriscado. E o tal discurso do perigosamente subversivo, tal qual um mantra, seria repetido ao longo dos próximos anos, cada vez mais intensamente, e ganharia força até se converter em uma espécie de neurose das classes dominantes, em que esse argumento seria o pretexto para tudo que julgassem ameaçador aos seus interesses. As classes médias, acríticas, que seguem a reboque das ideias que vêm de cima, absorviam essa postura tal como a água é absorvida pela areia. Sempre fora assim, mas tudo se intensificava e seria exacerbado nessa nova conjuntura. Eram, pois, essas as ameaças terríveis que pairavam sobre Vargas, com as quais ele se deparava e conhecia muito bem. Era nesse ambiente politicamente opressivo que ele iniciaria o seu governo. Vargas, mais que ninguém, sabia disso, pois já enfrentara muitas dificuldades devido às políticas nacionalistas que adotara. Ele próprio utilizou-se do plano Cohen, o pretexto final para a implantação do Estado Novo. Esse plano fora escrito pelo capitão Olímpio Mourão Filho e revelava um tenebroso plano comunista para a tomada do poder, reafirmando a tentativa do levante comunista ocorrido em novembro de 1935. Vargas era maquiavélico e sempre navegava em um mar de contradições em que ia revelando seu gênio político, mas sempre agindo no sentido de desatar aquele nó górdio que atrapalhava o destino brasileiro. Sua vontade sincera de trabalhar realmente para o bem do Brasil sempre prevaleceu. Ele sabia que, se o Brasil se voltasse para si mesmo, para a sua autêntica soberania, para a exploração de suas riquezas em benefício próprio, como o fazem os países desenvolvidos, que agem de uma maneira e pregam outra, seu povo teria saúde, educação e se tornaria um grande país, não mais uma nação despersonalizada. Eram esses desafios que o esperavam. Malgrado os obstáculos, Vargas já os enfrentara e o faria novamente.

32

Nos primeiros dez dias de seu mandato, começo de fevereiro de 1951, Vargas recebeu um pedido de audiência de um alto dirigente da Standard Oil do Brasil, o que foi deferido. Calmamente, sentado em seu gabinete, Getúlio acendeu um havana e tragou fundo, imaginando os objetivos dessa audiência. Ajeitou-se na poltrona, inspirou a fragrância e ergueu seu rosto mirando a fumaça azulada se elevar, até desaparecer no ar parado de seu gabinete. O verão carioca estava no auge, o calor castigava, o suor marejava-lhe o rosto. Retirou os óculos, pressionou os dedos sobre os olhos e os ancorou no grosso mogno bem trabalhado da porta de entrada. Seus pensamentos se perdiam em suposições. Ele imaginava algumas hipóteses plausíveis para a finalidade dessa solicitação, revirava os pensamentos, até chegar a uma provável conclusão: "talvez já comecem a me pressionar", refletiu finalmente. Abriu uma gaveta e apanhou uma pasta de cartolina azul, que continha os planos preliminares da criação de uma companhia de petróleo, e passou a relê-los. Três dias após, o tal dirigente compareceu ao Catete e adentrou seu gabinete. Como todos sabiam da intenção de Getúlio de fundar uma empresa nacional de petróleo, prometida em campanha, ele viera propor a Vargas para que desistisse da ideia em troca do fornecimento de petróleo a preço abaixo do mercado, o que foi rechaçado pelo presidente. Vargas sentiu-se surpreso: "como é possível que a maior empresa petrolífera do mundo se preocupe com a criação de uma empresa nacional que está ainda no papel e que nem sei se terei força para criá-la? Até onde vai a pretensão dessa gente?", indagou-se, admirado com aquela oferta, que realmente aconteceu. Vargas, porém, entendeu o aviso, e certamente fora este o único objetivo daquela estranha proposta: adverti-lo de que as políticas nacionalistas na economia não seriam bem-vistas pelos Estados Unidos, nem mesmo toleradas. Sim,

Vargas aguardava o que viria, mas nunca imaginara que viesse tão cedo. Nesse dia, simbolicamente, iniciaria uma pressão crescente contra seu governo e que, durante três anos, sem tréguas, transformar-se-ia em uma sórdida campanha, em uma inescrupulosa oposição jamais vista no Brasil. À medida que os meses de seu mandato transcorriam, as ações coercitivas iam se acentuando. O marco inicial mais importante se dera ainda em 1952. A 22 de abril desse ano, o general Alcides Etchegoyen venceu as eleições para a presidência do Clube Militar, derrotando a chapa nacionalista do exército, apoiada pelo general Esttilac Leal, ex-ministro da guerra de Getúlio, que havia sido exonerado no mês anterior, já por razões políticas. O Clube Militar, cuja suntuosa sede situa-se na Cinelândia, era, àquela época, um importantíssimo centro de discussões políticas e de debates sobre os grandes temas nacionais. O que ali se discutia e se deliberava tinha imediata e importante repercussão nos meios políticos, mas, sobretudo, nos meios militares, porque suas diretrizes se disseminavam no seio das Forças Armadas. O general Alcides Etchegoyen e uma grande parte dos altos oficiais eram discípulos fiéis das doutrinas americanas. Com sua eleição, iniciou-se uma polarização destituída de critérios razoáveis e que teria consequências trágicas sobre vidas pessoais e a história política do país durante décadas. Militares honestos, nacionalistas, que desejavam apenas a soberania do Brasil e que foram derrotados nas referidas eleições passaram a ser considerados esquerdistas e a ser perseguidos. Após a posse do general Etchegoyen, começaram os boicotes e as pressões sobre eles. Os oficiais considerados suspeitos de não alinhamento ideológico com a chapa vencedora eram preteridos nas promoções, nomeados para cargos insignificantes, muito aquém de suas competências profissionais e de seu preparo intelectual, sendo transferidos para os confins do Brasil ou simplesmente reformados. Pouco a pouco, esse antagonismo foi deliberadamente sendo alimentado pelos jornais, ampliando sua repercussão e agregando a ele novos elementos. Concomitantemente, cada vez mais, as forças reacionárias, políticas e militares, contrárias à política nacionalista de Vargas, iam se aglutinando. Aos poucos, foi se incutindo na opinião pública a ideia de que ser nacionalista e apoiar políticas públicas de amparo ao trabalhador, objetivos de Vargas, eram subversivas e danosas ao país. Os grandes meios de comunicação da época aderiram à campanha, alimentando-a com notícias tendenciosas, mesmo falsas, e divulgando-as com espalhafato. Os pequenos fatos negativos que se relacionassem a Vargas eram ampliados com sensacionalismo, com o intuito de desmoralizá-lo, e o presidente passou a ser combatido com ferocidade crescente. Não davam tréguas. Getúlio sabia, de antemão, que atrairia o ódio das elites, e, devido a isso, mesmo antes de sua eleição, julgou necessário fundar um jornal que o apoiasse, pois quaisquer de seus atos que beneficiassem o país não seriam divulgados ou, se o fossem, seriam distorcidos pelas oposições. Durante a campanha eleitoral, desde o seu início, Samuel Wainer se tornara amigo de Vargas, que então convidou o habilidoso jornalista para fundá-lo. Foi Wainer o autor da célebre entrevista feita com Getúlio na estância de Itu, durante o carnaval de 1949, em que pela primeira vez foi cogitada a intenção de Vargas de concorrer às eleições presidenciais de 1950. Getúlio já o conhecia e provavelmente viu em Samuel Wainer alguém em quem pudesse confiar. Ao iniciar o mandato, Wainer atendeu ao apelo de Getúlio e criou o *Última Hora*, jornal que rapidamente conquistou leitores e começou a abocanhar fatias significativas de leitores da grande imprensa. Wainer contratou jornalistas talentosos, remunerou-os bem e fundou um grande jornal. O dramaturgo Nelson Rodrigues, por exemplo, escrevia um folhetim, *A Vida Como Ela É*, que marcou época e era lida avidamente. Foi buscar na Argentina o mais afamado artista gráfico do continente, o paraguaio Andrés Guevara, um diagramador talentosíssimo. Ele criou o logotipo do jornal, dando-lhe a cor azul, segundo Guevara, a cor dos olhos de Wainer. O estrondoso sucesso do jornal jogou mais lenha na fogueira e atiçou às alturas a sanha dos inimigos. Samuel Wainer e o *Última Hora* passaram também a ser ferozmente perseguidos. Diziam que o jornal só fora possível devido aos empréstimos do Banco do Brasil e das influências e facilidades obtidas junto ao governo. Abriu-se uma CPI, que funcionou com uma eficiência espantosa, tudo muito célere quando há o interesse em julgar e punir, como é comum no Brasil. Wainer foi culpado e permaneceu preso alguns dias. Samuel obtivera os empréstimos estimulados pelo governo, mas todos eles foram honrados e liquidados. Ademais, os veículos de comunicação dependiam do Banco do Brasil para importação de papel e tinham dívidas antigas, sempre postergadas devido às influências de seus donos. Viviam dependurados em bancos. Ter jornal no Brasil nas décadas iniciais do século XX significava exercer uma espécie de gangsterismo, pois a chantagem e, muitas vezes, a violência eram comuns. Há um fato curioso. Em 1928, Assis Chateaubriand e os seus Diários Associados começavam a crescer. Chateaubriand, tão inteligente quanto inescrupuloso, desejava fundar uma revista semanal, que viria a ser *O Cruzeiro*. Sem recursos para lançá-la, recorreu a Vargas, que na época era ministro da fazenda de Washington Luís, pouco antes de ele deixar o ministério e sair candidato ao governo do Rio Grande do Sul. Chatô necessitava de 250 mil contos e foi a Getúlio lhe solicitar o empréstimo. Getúlio sorriu e lhe respondeu: "Ora, doutor Assis, pois peça 500 para conseguir os 250, pois eles só concedem a metade". Vargas conseguiu levantar o recurso junto ao Banco Pelotense, no Rio Grande do Sul, cujos donos eram parentes de sua mãe. A revista saiu graças a Getúlio e teve um êxito tão extraordinário que nunca nenhuma publicação no Brasil viria a ter o sucesso semelhante a *O Cruzeiro*. Quando o país tinha seus cinquenta, sessenta milhões de habitantes, *O Cruzeiro* chegou a ter tiragens de um milhão de exemplares semanalmente. Era editado com altíssima qualidade para os padrões nacionais.

Naquela campanha insidiosa contra o governo, um jornaleco se destacava pelo ódio virulento contra Vargas: *A Tribuna da Imprensa*, do jornalista Carlos Lacerda, o maestro da UDN, o carro-chefe dos inimigos do presidente e velho conhecido de Wainer, que agora o hostilizava ferozmente. Homem inteligente, excelente orador, porém de ambição política ilimitada e sem escrúpulos para alcançar seus fins, Lacerda destilava seu ódio contra Vargas, valendo-se de tudo. Como era orador talentoso, na fase final da campanha, a Rádio Globo lhe franqueou diariamente seus microfones. Lacerda então vinha ao rádio e falava o que quisesse contra o presidente, sem ser juridicamente importunado. Havia um clima de ódio instaurado no país contra Vargas, que se manifestava em acusações, muitas vezes, caluniosas e às quais nenhuma voz publicamente se opunha ou era minimizada. No início dos anos 1950, havia somente dois canais de TV no Brasil, recém-inaugurados e pertencentes aos Associados: as TV TUPI do Rio e a TUPI de São Paulo. Naqueles meses finais da campanha contra Vargas, como fizera a Rádio Globo, Chatô disponibilizou também na televisão um horário à disposição de Lacerda. A audiência era ainda incipiente, havia pouquíssimos televisores residenciais, a maioria concentrada na capital, mas inaugurou-se no Brasil, ainda que rudimentar, a era da TV como arma política. A audiência aumentava, as pessoas juntavam-se nas vitrines das lojas para ver ao vivo Lacerda arengar. Vários fatos políticos aconteciam semanalmente, e cada um deles servia de estopim para outro, sendo explorados e repercutidos ao máximo no sentido de hostilizar Vargas. A carestia aumentava, subiam-se os preços, e os salários se achatavam. Com o objetivo de melhorar a relação com os trabalhadores, Getúlio convidou João Goulart para assumir o Ministério do Trabalho. Jango, como era conhecido, era amigo pessoal do presidente e chefe do PTB do Rio Grande do Sul. Ainda jovem, fazendeiro riquíssimo, político talentoso, Jango era, todavia, um homem simples e de imensa sensibilidade social. Ele assumiu em meados de 1952 e, devido à sua habilidade política, logo adquiriu um ótimo relacionamento nas negociações com os sindicatos. Porém, haveria problemas: qualquer aproximação do governo em direção ao trabalhador soava como inaceitável pelas elites, e Vargas sempre estaria ao lado dele. Os opositores, gente grã-fina, ricaços, intelectuais reacionários de direita não suportavam mais benefícios à gentalha e muito menos o cheiro popular. Havia duas décadas que Vargas os incomodava com as suas políticas trabalhistas. Todavia, como qualquer medida era um pretexto para se opor e instilar o ódio, viraram então suas baterias poderosas contra Jango. Chamavam-no de demagogo, populista, cafajeste e mulherengo — de fato, Jango era bonitão e comia um monte de mulheres lindas, dizem que as melhores vedetes do cassino da Urca fornicaram com ele. Isso era verdade, mas inaceitável para os moralistas da UDN, homens ilibados, íntegros, cuja única obsessão era dar um golpe e derrubar Vargas, a qualquer preço — estes tinham também suas amantes, mas nos limites da hipocrisia permitida. Jango, quando foi para o Rio, hospedava-se no Hotel Regina, em Copacabana. Depois, comprou um apartamento no edifício Chopin, ao lado do Copacabana Palace, na época, o endereço mais sofisticado do Brasil. Ali só moravam figurões, e, em seu apartamento, Jango recebia informalmente chefes sindicalistas de todo o Brasil. *Mesdames* e *messieurs,* seus vizinhos, sentiam-se escandalizados ao verem homens mal vestidos, com seus ternos *prêt-à-porter* entrarem portaria adentro e subirem até o seu apartamento para tratar de assuntos sindicais. Ele os recebia informalmente, pois era muito simples. Devido à carestia, Jango prometeu um aumento de 100% no salário-mínimo, que não sofria reajuste desde 1942, quando fora criado pelo próprio Vargas. Tal medida anunciada provocou naturalmente, naquele contexto perturbado, reações imediatas. Houve então o famoso manifesto dos coronéis, uma completa subversão hierárquica sem punição pelos superiores, em que os coronéis divulgaram uma carta com várias alegações contrárias ao aumento. Vargas sofreu tamanha pressão que achou mais conveniente demitir Jango, que desejou sair para não prejudicar o presidente. Ele permaneceu apenas cerca um ano no ministério. Entretanto, no dia seguinte à demissão, Vargas concedeu o reajuste de 100% proposto por Jango. Houve uma intensa reação. Esses e muitos acontecimentos só faziam aumentar a ira contra o presidente. Valiam-se de tudo para prejudicar Vargas, alimentar o ódio contra ele e depô-lo.

Não obstante, depois de uma obstinada batalha, em que, por meio de uma jogada de mestre sobre a oposição capitaneada pela UDN, Vargas conseguiu criar a Companhia de Petróleo do Brasil, a PETROBRAS, pelo Decreto nº 2004, de 3 de outubro de 1953, realizando, assim, o seu segundo grande sonho. O primeiro fora Volta Redonda. Nesse seu segundo governo, criou também o

BNDE, um banco pioneiro destinado a financiar o desenvolvimento. Também instituiu o Plano Nacional do Carvão, que se incluía no programa energético de campanha, e estava lutando para implantar a ELETROBRAS. O que mais incomodava, porém, era a tentativa da implantação da lei sobre remessas de lucros, um instrumento de expropriação vergonhoso, como era praticada. A essa altura, o presidente já suportava uma pressão intensa que, tal como um torniquete, o ia apertando cada vez mais. Tudo era pretexto para atingi-lo, principalmente a denúncia contra a imoralidade pública. Quando Jango era ministro, Lacerda forjou uma denúncia sobre um suposto plano peronista para se implantar uma política sindicalista no Brasil, o que se revelou falso, a famosa carta Brandi. Entretanto, a notícia rendeu dias e dias de reportagens e debates. Colocava-se lenha na fogueira, atiçava-se o ódio, criavam-se boatos que se tornavam fatos e pequenos fatos transformavam-se em grandes boatos, tudo era ensejo para um único fim: depor Vargas, a qualquer custo.

Finalmente, havia Gregório Fortunato, chefe da guarda pessoal do presidente. Ele era conhecido como o Anjo Negro, tal a fidelidade canina dedicada a Getúlio, e, por ironia do destino, tornar-se-ia o agente final para a deposição do presidente. A asneira perpetrada por ele fora enorme, e foi tudo o que a oposição desejava. Nero Mora, ministro da aeronáutica e vários outros, suspeitaram de um plano maquiavélico elaborado pelos inimigos do governo, tais as consequências advindas, porém nada foi provado. Gregório era negro, alto, fortíssimo e destemido, natural de São Borja. De origem humilde, filho de uma empregada da família Vargas, ele surgiu para república em 1938. Gregório integrou o 30º Corpo Provisório, arregimentado por Benjamim Vargas em São Borja para lutar ao lado do governo contra os paulistas, na revolução constitucionalista, em 1932 — era comum, durante os conflitos no Rio Grande do Sul, formarem-se os corpos provisórios para lutar ao lado do presidente estadual contra os caudilhos. Gregório, convocado por Bejo, participou das batalhas que se travaram no túnel da Mantiqueira, próximo a Passa Quatro, em Minas. Lá, ele conheceu Eurico Gaspar Dutra, à época capitão, servindo no regimento em Três Corações, onde comandava a Escola de Sargentos das Armas. Os paulistas tentavam invadir o Sul de Minas, mas foram barrados e rechaçados para Cruzeiro e Cachoeira Paulista. Terminado o confronto, no início de outubro, Gregório retornou a São Borja.

Em 11 de maio de 1938, os integralistas, de Plínio Salgado, em quem Getúlio dera uma rasteira durante a implantação do Estado Novo, tentaram, no início da madrugada, invadir o Palácio Guanabara e assassinar o presidente. Eram comandados por Severo Fournier. A guarda do palácio, mancomunada com os integralistas, permitiu que eles entrassem nos jardins e cortassem a linha telefônica. Entretanto, de modo primário, dispararam tiros e acordaram Getúlio, a família, alguns serviçais e poucos oficiais que estavam no palácio. Eles estavam sozinhos e seria facílimo, se tivessem agido com competência, realizar o que pretendiam. Algumas horas depois, Bejo conseguiu furtivamente furar o cerco e entrar no palácio, unindo-se à resistência. Alzirinha, o presidente e outros empunharam revólveres e revidaram o fogo. Lembraram que havia um segundo telefone em outro local, no primeiro andar, e resolveram testá-lo. Alzirinha, cautelosamente, desceu até lá e descobriu que a linha não fora interrompida. Por esse telefone, ela conseguiu se comunicar com Dutra, que, após uma demora que levantou suspeitas, chegou ao Guanabara para debelar o cerco. Houve a versão de que vários integralistas foram fuzilados nos fundos do palácio. Benjamin Vargas, em vista desse atentado, sugeriu ao presidente criar uma guarda para protegê-lo, constituída de alguns homens de sua confiança. E assim foi feito. Bejo chamou alguns de seus homens que atuaram no Corpo Provisório em 1932 e criou a guarda. Entre eles, estava Gregório Fortunato. Com o passar do tempo, Gregório passou a devotar uma fidelidade incondicional a Getúlio, tornando-se uma espécie de cão de guarda do presidente. Onde estivesse Getúlio, lá estaria Gregório, como uma sombra, velando pela sua segurança, a tal ponto que adquiriu a alcunha de Anjo Negro. Nesse segundo governo, Gregório, já experiente, retomou suas funções e foi elevado a chefe pessoal da guarda. Gregório sempre tivera a confiança irrestrita de Vargas e nunca, até então, fizera nada que o desabonasse. Era discreto, eficiente e leal, e Getúlio gostava dele. Porém, durante o Estado Novo, Gregório observara o comportamento e a maneira de agir dos poderosos, via como se enriqueciam facilmente à custa de influências. Pessoa muito simplória, Gregório confidenciou a amigos seus de São Borja que, durante o Estado Novo, não levara nada, mas que agora seria diferente. Portanto, iniciado o governo e sendo do conhecimento geral que Gregório era amigo do presidente, muita gente se aproximava dele por interesse, esperando obter vantagens em decorrência dessa amizade, embora Getúlio nunca lhe tivesse proporcionado nada, nem a ele e nem aos seus amigos. Gregório, entretanto, passou a conhecer muita gente e se aproveitava de seu cargo para realizar pequenos negócios. Com o transcorrer do mandato, assoberbado pelos problemas políticos e pela confiança que sempre tivera em Gregório, Getúlio desligou-se de sua guarda pessoal, e Gregório foi adquirindo autonomia. Ninguém prestava atenção a seus atos, pois nunca dera motivos para suspeitas, nada fizera anteriormente que o desabonasse, além disso, ele era amicíssimo de Bejo. Achavam ele uma pessoa simples e de devoção irrestrita ao presidente, o que era verdade. Gregório adquiria poder e passou a contratar muita gente para integrar a guarda pessoal. Fazia-o a fim de arranjar emprego para policiais amigos seus, ou mesmo bico para outras funções, e conseguir influência. Dos cerca de quinze homens iniciais, chegou-se a cerca de oitenta.

Corria meados de abril de 1954, e os ataques ao presidente feitos por Lacerda e seus confrades se intensificavam, tornando-se cada vez mais violentos e agressivos. Gregório não suportava mais ouvir diariamente aquelas agressões contra Vargas. Muito leal, assumia as dores do presidente e sentia-se igualmente agredido. Dizem que, instigado sutilmente pelos inimigos de Lacerda, que os tinha aos montes, como o General Ângelo de Morais, desafeto ferrenho, Gregório resolveu, segundo ele, "dar um basta naquele filho da puta do corvo", apelido de Lacerda, que realmente parecia um corvo. Então, nasceu-lhe a ideia de assassiná-lo. Convocou seus compadres da guarda, José Antônio Soares e Climério Euribes de Almeida, homens de sua estrita confiança, e tramaram o atentado. Climério entrou em contato com um assassino profissional que morava nos subúrbios do Rio, Alcino João do Nascimento, e o contratou para fazer o serviço. O planejamento das ações revelou-se, entretanto, de um primarismo incrível desde o início, pois eis que, para conduzi-los de automóvel, no dia do atentado, chamaram Nelson Raimundo de Souza, um motorista de táxi que fazia ponto na Rua Silveira Martins, ao lado do Palácio do Catete. Ora, o mínimo que se exigiria em uma ação desse tipo seria realizá-la com um veículo com chapa fria, a ser dirigido por eles mesmos, e depois dar fim definitivo ao veículo, já que tinham poder para isso. Passaram então a monitorar os movimentos de Lacerda, que eram sempre noticiados pela Tribuna da Imprensa: conferências, palestras, reuniões e eventos para os quais ele era muito solicitado. Com sua virulência contra Vargas, Lacerda passou a ser o personagem central da oposição, cada vez mais enaltecido pelos noticiários. Em algumas ocasiões, quando iam perpetrar o atentado, Climério e Alcino vacilaram ou cancelaram-no por alguma dificuldade circunstancial. Finalmente, souberam que Lacerda proferiria, na noite de 4 de agosto, às 20 horas, uma palestra no Colégio Marista São José, na Tijuca. Acharam a ocasião propícia e para lá se dirigiram. Pretendiam abordá-lo na saída. Porém, ao término da palestra, havia muita gente ao redor do jornalista, o que os fez novamente abortar o plano. Mas, nessa noite, estavam dispostos a ir até o fim e não mais aguardar outra ocasião. Resolveram então dirigir-se a Copacabana, até a Rua Toneleros, 180, Edifício Albervânia, onde Lacerda residia. Lá permaneceram algum tempo em campana, aguardando a sua volta.

Em torno das 23h40, viram um carro negro estacionar em frente ao edifício, à direita, no sentido da mão da rua. Lacerda e seu filho, Sérgio, ainda rapazote, saíram do automóvel, assim como o Major da Aeronáutica, Rubens Tolentino Vaz, que o guiava. Naqueles tempos de paixões políticas exacerbadas, alguns oficiais da FAB se ofereceram para proteger Lacerda, visto que o jornalista tinha muitos inimigos e poderia sofrer um atentado. O brigadeiro Eduardo Gomes, patrono da Força Aérea e visceralmente ligado ao pessoal da UDN, contribuiu para a atitude desses oficiais, todos eles radicalmente contra Getúlio. Estacionado o automóvel, o major Vaz saiu, contornou-o pela frente e passou a conversar com Lacerda, ambos de pé sobre o passeio, ao lado do veículo. Depois de alguns minutos, quando já se despediam, Lacerda notou que havia esquecido a chave da portaria do edifício e pediu ao filho que fosse avisar o porteiro para abri-la. Sérgio deveria entrar no prédio pelo portão da garagem, lateralmente próximo à portaria. Lacerda já observara que havia um homem alto, magro, pardo, parado, em pé, no passeio oposto, em frente ao edifício, mas não se importara com ele. Quando Sérgio se dirigiu à garagem, Lacerda viu aquele homem atravessando a rua e vindo em sua direção. O pistoleiro Alcino João do Nascimento se aproximava rumo à traseira do automóvel. Quando já se encontrava perto do carro, Lacerda teve a exata percepção de que ele iria sacar uma arma, pois o viu levar a mão à cintura e afastar lateralmente o paletó. Quando ele puxou a arma, Lacerda correu em direção ao filho, enquanto o homem atirava. Alcino utilizava um revólver de grosso calibre, 45, de uso exclusivo das Forças Armadas, com o qual não estava habituado (ele usava sempre o calibre 38), o que prejudicou o tiro, bem como a brusca corrida de Lacerda. O major Vaz, vendo a rápida reação do jornalista, correu em direção ao homem passando pela frente do automóvel, tentando abordá-lo lateralmente, e, logo após os dois primeiros disparos, atracou-se com ele. Durante a brevíssima luta, Alcino atirou à queima roupa, acertando o major Rubens Vaz no peito. Alcino imediatamente fugiu correndo rumo ao carro que o esperava, na esquina da rua Paula Freitas com a Toneleros, no sentido da Avenida Atlântica. Lacerda revidara aos tiros, abrigado junto à entrada da garagem. Após o assassino desaparecer, o jornalista subiu apavorado até o seu apartamento para avisar sobre o acontecido e retornou em seguida passando pela portaria. Deparou-se então com o major estirado, próximo ao meio-fio. Segundo Lacerda, enquanto ele descia os degraus que separavam a portaria do passeio, sentiu que havia sido ferido no pé ao ver o sangue escorrer entre o cadarço do sapato. Juntou gente, alguém lhe emprestou um carro e ele correu ao hospital Miguel Couto, levando o major no banco traseiro, com a cabeça apoiada em sua perna. Porém, logo se constatou que ele estava morto. Um guarda noturno, atraído pelo tiroteio, apareceu e trocou tiros com Alcino, enquanto este corria para o táxi que o aguardava. O guarda foi ferido levemente, mas conseguiu anotar o número da placa e ainda perfurou a mala do carro. Nélson Raimundo os levou até a Rua Santa Luzia, no centro, de onde desceram e desapareceram.

Com esse atentado, a flecha do destino deixara o arco e não haveria mais retorno. A sorte de Vargas estava selada. Nero Moura, ministro da aeronáutica e herói da FAB na Itália, disse que o atentado fora preparado para ser elucidado, tal o seu primarismo e as suas consequências. Naquela madrugada, a crise, tal como uma avalanche morro abaixo, avolumou-se de tal maneira que passou a levar de roldão quaisquer argumentos razoáveis para se defender o governo.

No dia seguinte, aconselhado por amigos, o motorista Nelson Raimundo se apresentou à polícia e inventou uma história ridícula. Ele foi preso, e rapidamente as investigações chegaram à guarda comandada por Gregório. Getúlio afirmou que aquele tiro o atingira pelas costas, pois era o que seus inimigos desejavam. Vargas franqueou o palácio às investigações e aceitou todas as medidas requeridas pelo inquérito. Ele, mais que ninguém, desejava que o crime fosse elucidado, pois era inocente. A FAB transferiu o inquérito da esfera civil para a área militar sob a alegação de que a arma utilizada no crime era um revólver calibre 45, de uso exclusivo das Forças Armadas. Eles passaram a ser os encarregados de comandar as investigações, instaladas na Base Aérea do Galeão. Ali ocorriam os interrogatórios dos depoentes, a cargo do major Adil de Olveira, local que ficou conhecido como a república do Galeão, como o denominara a imprensa. Prenderam Gregório e o levaram para lá. Interrogaram-no, torturaram-no na expectativa de chegar diretamente a Vargas, e também a Lutero e mesmo a Benjamim. Puseram-no em um avião, sobrevoaram a baía e o colocaram em frente à porta aberta, ameaçando jogá-lo lá embaixo. Mas Gregório nada tinha a revelar sobre a participação do presidente e suportou tudo calado. Ele era valente, corajoso e manteve a lealdade a Vargas. Chegaram a imprimir um exemplar falso da Tribuna da Imprensa com a manchete de que Gregório havia sido denunciado e abandonado por Bejo Vargas, enquanto este fugira para o Uruguai, e o mostraram a Gregório. Mas ele se manteve firme e não incriminou ninguém, e não obtiveram nenhuma prova da participação efetiva de alguém da família. No dia 15 de agosto, os oficiais da FAB foram ao Catete, franqueados por Getúlio, e entraram no quarto em que Gregório morava, nos fundos do palácio. Deram uma busca geral, arrombaram gavetas, armários e levaram tudo para o Galeão.

Alguns documentos encontrados provaram a participação de Gregório em negócios nos quais ele não teria renda suficiente para fazê-los. O mais grave foi encontrar um recibo de compra de um pedaço de terra desmembrada de Santos Reis, vendida por Maneco a Gregório, terra de propriedade de Getúlio, que estava à venda e que o presidente encarregara o filho de negociá-la. Maneco, filho de Getúlio, vendera a terra não revelando inicialmente ao pai a quem vendera — Getúlio o encarregara do negócio a fim de saldar dívidas de campanha. Gregório comprara a fazenda com financiamento do Banco do Brasil, empréstimo avalizado por Jango. Ao tomar conhecimento desse fato, Getúlio ficou perplexo, estarrecido e não acreditou. Queria ouvir a confirmação da boca do próprio filho. Maneco, que estava em lua de mel na Europa, foi imediatamente intimado a retornar ao Brasil e confirmar o negócio. Ele voltou ao Rio e revelou ao pai que vendera a fazenda a Gregório. A confirmação levou Vargas a pronunciar a frase que ficaria na história: "se é assim, existe um mar de lama sob o Catete". A partir dessa revelação, Getúlio ficou profundamente deprimido. No dia seguinte, Osvaldo Aranha, seu grande amigo, encontrou Getúlio debruçado em uma das janelas que se abriam para o jardim, situado atrás do palácio. Ele usava uns óculos escuros, mas Osvaldo viu as lágrimas escorrerem sobre as faces e o consolou: "O que é isso, Getúlio! Tu já passaste por inúmeras situações gravíssimas em tua vida, vamos lá! Tu vais superar facilmente mais esta!". Mas Vargas não admitia a atitude de Maneco, que nada lhe revelara sobre como fora efetivada a venda da fazenda. Com os papéis apreendidos, a crise se agravou ainda mais, caminhando para o seu desfecho. Os ministros militares perderam a autoridade sobre os subordinados, e a imprensa e os noticiários inflamavam os ânimos enquanto Lacerda vomitava ódio diariamente contra Vargas. Não só ele, mas os cardeais da UDN também faziam declarações violentas exigindo a imediata renúncia do presidente. O Brasil acompanhava aflito as chamas se elevarem cada vez mais altas, alimentadas pelos mais infundados boatos. No dia 12 de agosto, uma quinta-feira, atendendo a um convite do governador mineiro, Juscelino Kubitscheck, Vargas viajou a Belo Horizonte para a inauguração da Usina Siderúrgica da Mannesmann, construída com o seu apoio. A crise se intensificava. Getúlio foi carinhosamente recebido pelos trabalhadores mineiros e por Juscelino, o que muito o comoveu, pois teve uma pausa naqueles dias tumultuosos em que sofria a sórdida campanha. Seria essa a última aparição pública de Vargas, seu derradeiro ato público. O presidente aceitou a sugestão de Juscelino para que pernoitasse em Belo Horizonte e retornou ao Rio na manhã seguinte. Ao chegar, ainda no Aeroporto Santos Dumont, foi recebido pelo ministro Tancredo Neves, que lhe comunicou que a crise se agravara muito. Vargas, pensativo, disse ao seu ministro: "Tancredo, encaminhe a candidatura de Juscelino a presidente da república pelo PSD", o que foi realizado. JK seria eleito presidente da república no próximo ano, tendo Jango como seu vice. Getúlio retornava ao caldeirão fervente. No dia 15 de agosto, no próximo domingo, à tarde, houve uma reunião concorrida no Clube da Aeronáutica, com a presença do alto oficialato da FAB, ocasião em que foi lançado um manifesto exigindo a renúncia imediata de Vargas. Café Filho, o vice-presidente, já estava em conluio com Lacerda. O ministro da guerra, general Zenóbio da Costa, manifestava igualmente um comportamento dúbio. Durante a próxima semana, entre 15 e 22 de agosto, a crise se agravava cada vez mais. Os jornais inflamavam os ânimos, atiçavam fogo, havia já um ambiente de franca sublevação nas Forças Armadas. Na noite de domingo, 22 de agosto, Getúlio pediu a Bejo que entregasse a Samuel Wainer a manchete que deveria sair na manhã seguinte, segunda-feira: "Só morto sairei do Catete", publicada em letras garrafais na edição matutina do *Última Hora*, dia 23. Durante a noite desse domingo, os aviões da FAB davam rasantes intimidatórios sobre o Palácio do Catete, sugerindo um bombardeio. A despeito da situação dramática, Vargas trabalhou durante toda a segunda-feira, enquanto nos jardins do palácio eram erguidas trincheiras com sacos de areia e montavam-se ninhos de metralhadoras. Nero Moura, seu ministro da Aeronáutica, pedira demissão alguns dias antes, pois perdera o comando, e quem exercia de fato a liderança sobre a aeronáutica era o brigadeiro Eduardo Gomes — o brigadeiro Epaminondas dos Santos, sem nenhuma autoridade, substituíra Nero Moura. Havia inúmeros boatos sobre rebeliões na Vila Militar, sem a participação da qual seria difícil depor Vargas. A essa altura, a guerra de informações se intensificava e ninguém mais sabia o que era falso ou verdadeiro. Dia 23, segunda-feira à noite, a crise avolumou-se, começava a transbordar e não havia mais como contê-la. Nessa noite, reunidos no Ministério da Guerra, o alto comando do exército exigiu, no dia seguinte, a renúncia imediata de Vargas. O ministro da guerra, Zenóbio da Costa, de modo absurdo, pois os generais eram subordinados a ele, comunicou a Getúlio a intenção dos militares. Devido à gravidade da situação, Getúlio resolveu então convocar, para essa mesma noite de segunda-feira, o seu ministério para deliberar sobre o que fazer. Por volta das 23 horas, seus ajudantes telefonaram aos ministros solicitando suas presenças com urgência ao Catete. Enquanto aguardava a chegada dos ministros para dar início à reunião, Vargas, em seu gabinete de trabalho, no segundo andar, conversava sobre a crise com o ministro da justiça, Tancredo Neves, homem que demonstrava firmeza de caráter exemplar, coerência e coragem inabaláveis. Durante toda a crise, desde o assassinato do major Rubens Vaz, ele se comportou dignamente com lealdade irrestrita em defesa do presidente, em nenhum momento esmoreceu. Nessas horas, conhece-se um homem, e Vargas os conhecia profundamente. Depois de algum tempo trocando ideias, Vargas abriu a gaveta sob sua mesa, pegou sua caneta de ouro e entregou-a a Tancredo. "Guarde-a como lembrança desses dias tumultuados". Essas foram literalmente suas palavras, narradas posteriormente pelo ministro. Tancredo pegou-a, comovido com a demonstração de amizade do presidente. Em seguida, Vargas o convidou: "Vamos descer, já devem estar todos lá embaixo". Entraram no pequeno elevador e desceram ao primeiro andar. Aos poucos, os ministros remanescentes foram chegando. Em meio a muita tensão, a reunião teve início, em torno da 1 hora da madrugada, do dia 24 de agosto. Getúlio lhes explicou a situação e pediu a cada um deles que dessem suas opiniões sobre como deveriam agir. Todos se manifestaram, mas, durante a reunião, houve sérios entreveros. O almirante Guilhobel, ministro da Marinha, virou-se para Vargas e lhe disse: "Presidente, parece que o senhor está destinado a ser traído pelos seus ministros da guerra", insinuando que o general Zenóbio o estava traindo. Zenóbio revidou a ofensa e quis partir para a agressão física. Tiveram que contê-los. De fato, o ministro da guerra comportava-se de maneira ambígua e perdera totalmente a autoridade sobre o exército. Como os ânimos estavam exaltados, aos poucos, o protocolo fora quebrado e a sala foi enchendo-se de gente que não tinha nada a ver com o que estava acontecendo. A reunião tornou-se angustiosamente informal. As pessoas que trabalhavam no palácio, muito excitadas e preocupadas com o presidente, iam se acotovelando na porta de entrada. Em um certo momento, avisada da situação crítica, Alzira Vargas chegou apressada de Niterói, onde morava com seu marido, Amaral Peixoto, governador do Estado do Rio, e adentrou a sala, interrompeu bruscamente a reunião e também apontou para o marechal Zenóbio, dizendo-lhe que não havia nenhum manifesto de generais da ativa exigindo a renúncia, que a maioria se mantinha leal ao presidente, que os que assinaram eram apenas 32 generais, a maioria na reserva, e que a Vila Militar se mantinha fiel ao governo. Disse que falara há pouco com o comandante da Vila Militar a respeito. Diante daquelas palavras, Zenóbio levantou-se, esbravejou, dizendo que iria prender os revoltosos, a começar pelo brigadeiro, porém, retrocedeu e sentou-se novamente. Nenhum ministro aceitava a renúncia do presidente, mas também não conseguiam lhe sugerir uma solução. Os ânimos estavam exaltados, todos os presentes estavam extremamente tensos e ninguém se entendia. Finalmente, Osvaldo Aranha, que se sentava à direita de Vargas, sugeriu uma licença provisória até que terminasse o inquérito e os fatos fossem apurados. Continuaram a discutir a sugestão aconselhada. Novos tumultos surgiram, até Vargas encerrar a reunião e lhes dizer: "Já que vocês não decidem, eu delibero. Concordo então com a licença. Redijam uma nota a respeito. Mas se vierem me depor, encontrarão o meu cadáver". E retirou-se, subindo aos seus aposentos. Eram aproximadamente 3h30 da madrugada. Todos estavam exaustos, porém muito tensos. Tancredo Neves e Osvaldo Aranha permaneceram na sala e ambos redigiram o pedido de licença provisória. Apesar do cansaço, alguns dos ministros ficaram no palácio. Os familiares do presidente o acompanharam e permaneceram no terceiro andar, aguardando o desfecho da crise, que, sem dúvida, aconteceria naquela mesma manhã. Getúlio dirigiu-se ao seu quarto de dormir, local muito austero, sem nenhum luxo. Há muitos anos, ele dormia sozinho, pois tivera alguns casos de amor e dona Darcy se afastara.

Após a reunião, em plena madrugada, o general Zenóbio da Costa deixou o palácio e dirigiu-se diretamente ao Ministério da Guerra, na Avenida Presidente Vargas, o imponente edifício Duque de Caxias. Ali, os generais estavam de plantão aguardando o resultado da reunião, pois a nota de licença só seria divulgada mais tarde. Zenóbio lhes antecipou que o presidente solicitaria uma licença provisória até que o inquérito terminasse. Tal notícia, porém, acirrou os ânimos e provocou uma reação unânime de repúdio. Eles disseram ao ministro que não aceitariam a licença e que Vargas seria então deposto pela força, ao amanhecer, ao que Zenóbio retrucou: "Não se preocupem, essa licença é mera formalidade, Vargas não mais voltará", consubstanciando a sua traição. Os generais começaram então a entrar em contato com as guarnições do exército em todo o país, avisando-lhes da situação e de que, caso Vargas permanecesse irredutível, ele seria deposto dali a poucas horas.

Finda a reunião, Getúlio e a família subiram ao terceiro andar. Lutero deitou-se em um divã ao lado da porta do quarto de seu pai, a fim de cochilar. Todos que habitavam o palácio, especialmente a família, estavam exaustos, no limite de suas forças, tal a tensão que suportavam. Alzirinha, acompanhada pela mãe, dirigira-se ao quarto de dona Darcy. Dali a pouco, ao sair por acaso, Alzirinha deparou-se com Getúlio deixando seu quarto e dirigindo-se a um pequeno escritório, no lado oposto do corredor. Viu-o abrir o cofre e retornar carregando um envelope. Ela estranhou, pois Getúlio jamais se apresentava em trajes íntimos fora de seu quarto.

— O que foi, papai? — indagou Alzira.

— Nada, rapariguinha, vá dormir e descansar — respondeu Vargas, enquanto retornava ao quarto.

Havia anos que ele a chamava carinhosamente assim. No primeiro andar, havia ainda muita agitação. Alguns ministros mais fiéis permaneciam ali conversando, preocupados com a situação, enquanto garçons lhes serviam cafés e sanduíches. Procuravam imaginar os acontecimentos e discutiam várias hipóteses de como reagir. Os serviçais do palácio amavam Getúlio e estavam igualmente tensos. Ninguém arredava pé, aguardando o dia amanhecer. Alzirinha, que sabia que Zenóbio dirigira-se ao ministério, algum tempo depois, quase ao amanhecer, ligou para lá procurando saber a resposta do alto comando sobre a licença. Alguém lhe informou que os generais não a aceitaram. Alzirinha, muito preocupada, dirigiu-se ao quarto de seu pai para lhe comunicar a resolução e lhe mostrar a nota redigida sobre a licença. Ela entrou e lhe tocou no ombro.

— Papai!

— O que foi, minha filha? Deixe-me dormir, estou exausto — respondeu ele, aborrecido.

— Aqui está a nota da licença para o senhor ler e assinar... — disse, sem comentar com ele a reação negativa dos generais.

— Quem a redigiu? — indagou Vargas.

— O doutor Tancredo — respondeu-lhe a filha.

— Então não preciso lê-la, tu mesma a assina. Agora vá! Me deixe em paz, preciso descansar.

Alzirinha retirou-se do quarto, fechou a porta e retornou para junto de sua mãe. Dona Darcy, muito abalada com os acontecimentos, frequentemente chorava. Ela se casara com Getúlio em 1912, em São Borja, quando era ainda uma criança de 14 anos.

Mais tarde, lá pelas 7h30 da manhã, foi Bejo Vargas que se dirigiu ao quarto de Getúlio. Acordou-o para informá-lo que havia sido intimado a depor no Galeão. Getúlio pensou alguns segundos e lhe respondeu que, se eles quisessem colher seu depoimento, que viessem ao palácio. Em seguida, Bejo lhe comunicou que os generais haviam recusado sua licença.

— Quer dizer então que estou deposto? — retrucou Vargas, pensativamente. — Pois bem, agora não me incomodem mais! — completou Getúlio, depois de um breve silêncio.

Bejo permaneceu também um instante calado, indeciso, e se retirou. Dali a pouco, o barbeiro Barbosa, encarregado de fazer a barba do presidente, foi quem bateu à porta, como o fazia diariamente naquele mesmo horário. Vargas lhe respondeu que deixasse para mais tarde. Ele compreendeu, pois ninguém dormira durante a madrugada. Foi Barbosa a última pessoa a vê-lo com vida.

Eram 8h35 da manhã, do dia 24 de agosto de 1954. Vargas ergueu-se, sentou-se na lateral da cama, abriu a pequena gaveta da mesinha de cabeceira, retirou o envelope que trouxera havia poucas horas e o encostou ao pé do abajur. Em seguida, enfiou a mão na mesma gaveta e apanhou seu Colt-38, niquelado, com cabo de madrepérola. Naquele 5 de agosto, a flecha disparada na Toneleros atingiria o alvo. Dias atrás, Getúlio perguntara ao filho Lutero, que era médico renomado, qual era o lugar exato para se atingir o coração. "Dois dedos abaixo do mamelão esquerdo", respondeu Lutero. Ele achou estranha a preocupação, mas Getúlio lhe disse que era mera curiosidade. Nessa manhã, 24 de agosto, a capital federal recomeçava a sua agitação diária. Nos botequins, tomavam-se as médias matinais, e o povão se aglomerava nas lotações, rumo ao trabalho. Na estação da Central do Brasil, os trens já haviam despejado milhares de suburbanos, que acordavam de madrugada para ganhar a vida. Mas a expectativa e a tensão pairavam no ar, estampavam-se em cada rosto, e vislumbrava-se neles a certeza de uma iminência. A cada dia, o povo acompanhava com mais interesse o desenrolar da crise. Em torno das bancas de jornais, as pessoas se aglomeravam para ler as manchetes matutinas sobre a situação política. Havia também muita gente em frente ao Catete aguardando o desfecho da crise, pois, àquela hora, as rádios e os jornais já noticiavam com estardalhaço a nota da licença do presidente. Havia no rosto das pessoas uma crescente expectativa ansiosa. O sol já começava a brilhar forte sobre a capital, naquele finzinho de inverno. Vargas pressionou o cano do revólver sobre o pijama de listras brancas e amarronzadas no ponto indicado por Lutero, próximo ao monograma GV. Seu rosto não traía nenhuma emoção, mas ela se ocultava em sua alma atormentada, fortalecida pela resolução incontestável em defesa de sua honra. Ele tinha consciência de que era um grande líder e fora eleito democraticamente pelos trabalhadores para defendê-los, tinha a dimensão de sua grandeza histórica e de seu cargo. Jamais admitiria ser humilhado, ter sua dignidade enxovalhada e muito menos ser expulso do poder por uma elite reacionária e mesquinha. Em seus olhos sombrios, cristalizaram-se então aquelas emoções em súbita certeza. Cerrou-os e puxou o gatilho. Repentino silêncio para Getúlio. A sua vida se aglutinara em um último átimo de alívio, que já não lhe significava mais nada. Ele aguardava o que viria. Fazia rapidamente a travessia dolorosa que exprimia seu derradeiro gesto político, mas ignoraria eternamente as consequências de seu ato porque já não haveria a vaidade da vitória. Para Vargas, não mais existiria pessoalmente o significado de trocar sua vida pela glória, pela posteridade. Era um gesto puro, único e irrevogável, cuja finitude não lhe possibilitava nenhuma pretensão de assistir às suas consequências, de satisfazer sua vaidade política e de se regozijar com seu triunfo, definitivamente cravado na história. Instantâneo estupor, iminente expectativa. Houve um segundo de silêncio em que todos no palácio se entreolharam aflitos, como se temessem buscar nos outros a aquiescência de um único pensamento, que era o mesmo: o semelhante receio. O estampido fora ouvido em todo o palácio e ecoara tragicamente sobre as imensas paredes, ressoara pelos tetos grandiosos, até ser absorvido pelos presentes. Aquele estupor paralisante partira os corações dos que amavam Vargas. Enquanto Getúlio agonizava, houve ainda uma brevíssima dúvida alimentada pela esperança e depois a compreensão. Lutero, ali ao lado, pulou do divã, abriu a porta correndo e viu Getúlio caído sobre a lateral da cama com a perna esquerda pendente sobre o chão, o revólver sobre o assoalho e o sangue lhe empapando o peito. Getúlio ainda estertorava. Alzirinha e sua mãe haviam saído apavoradas do quarto. "Dona Alzira, seu pai...", exclamou atônito um serviçal em seu caminho. Ela então correu aos prantos para junto ao leito. Getúlio ainda circunvagou seu olhar entre os presentes, até reconhecer sua filha amada e lhe ensaiar um sorriso, já sem forças para abrir, e expirou em seguida. Ela se atirou sobre ele em lágrimas, sob o pranto de seus familiares. Logo em seguida, chegaram, apavorados, Tancredo e Osvaldo Aranha, seu grande amigo de lutas, ambos também choravam consternados. Inúmeros repórteres e radialistas que tinham ido muito cedo ao Catete cobrir o resultado da reunião ocorrida durante a madrugada encontravam-se no palácio, no primeiro andar. Eles divulgaram a notícia da licença do presidente e permaneceram no palácio aguardando o desenrolar da crise. Também ouviram o estampido e permaneceram preocupados, aguardando ansiosos a informação do que ocorrera. Quando alguém desceu e lhes deu a notícia, ficaram chocados, incrédulos, muitos deles choravam, mas passaram a correr ansiosamente para divulgar a notícia. O povo, concentrado em frente ao Catete, imediatamente percebeu que algo gravíssimo ocorrera no interior do palácio, pois aquele frêmito emocional, aquela repentina agitação das pessoas no *hall* de entrada fluiu tragicamente como uma descarga elétrica, tocando os seus corações. A intuição daquele frêmito cravou-se definitivamente na história política do Brasil como seu momento mais dramático. Tancredo desceu em seguida e mencionou com exclusividade ao radialista da Rádio Nacional a carta-testamento deixada por Vargas, entregando-a para ser lida, ao seu lado. O radialista ligou imediatamente para a rádio e dali a dois minutos soava em edição extraordinária, com excitação incomum, para todo o Brasil, o *jingle* do Repórter Esso. Eram 8h45 da manhã de 24 de agosto: "E atenção! Muita atenção! Informa o Repórter Esso em edição extraordinária! Acaba de falecer no Palácio do Catete o Exmo. senhor presidente Getúlio Vargas. O presidente cometeu suicídio por volta das 8h30 nesta manhã, atirando em seu peito. E atenção, muita atenção!", e repetiam a notícia incansavelmente várias e várias vezes, acrescentando mais detalhes, junto com inúmeras rádios em cadeia com a Nacional, que iam difundindo a notícia para os confins do Brasil. Em seguida, acrescentou: "O presidente deixou uma carta-testamento dirigida ao povo brasileiro. Com exclusividade, o Repórter Esso passa agora a divulgá-la para todo o Brasil!". E aquelas palavras, dramáticas e profundamente sinceras, porque ditadas por alguém na hora de sua verdade, começaram a emocionar milhões e milhões de brasileiros enfiados nos mais longínquos rincões do país. Todo aquele drama, que ocorria no Palácio do Catete, passou a ser vivenciado no interior dos lares e em todo o Brasil. Em Varginha, um menino prestes a fazer cinco anos, presenciou na Rua Delfin Moreira um homem desarvorado, caminhando aos prantos, no meio da rua, gritando: "Getúlio morreu! Getúlio morreu!", que lhe ficou gravado na memória.

Eram 6 horas dessa mesma manhã, em Copacabana. O bairro ainda dormia em silêncio, já sob a fraca sombra noturna. A claridade vespertina se firmava sobre as ruas, iluminava os primeiros sinais de vida de sua agitada rotina, iniciando o novo dia. Notívagos caminhavam sonolentos, vindos das boates, com seus ternos desconjuntados e caras amarrotadas, derrotados pelos uísques e pelo cansaço. As lotações já circulavam pela Avenida N.S de Copacabana soltando a fumaça negra de seus escapamentos, voltados para cima, como era comum na década de 1950. Os primeiros atletas, senhores aposentados com suas peles bronzeadas e prematuramente envelhecidas, dirigiam-se à praia para os exercícios matinais. No posto 6, pescadores puxavam suas redes e descarregavam as pescas noturnas. Ouvia-se o barulho das portas de padarias e dos açougues sendo erguidas, enquanto empregados desciam dos ônibus e caminhavam vagarosamente pensativos para seus trabalhos. Varredores cabisbaixos começavam a limpeza das ruas. Toda aquela atividade matutina e diária que se reiniciava era envolvida pelos aromas inconfundíveis do mar e do ar iodetado de Copacabana. Os apartamentos estavam ainda silenciosos, escuros, mas dali a pouco as pessoas começariam a despertar. Ao longo dos prédios, situados nas esquinas da Avenida N.S. de Copacabana com as ruas transversais, via-se de alto a baixo as janelas das salas frontais com suas luzes apagadas, sem vidas. Porém, chegando-se à esquina da República do Peru com a avenida, avistava-se, no sexto andar, um apartamento feericamente iluminado. Quem estivesse a um quarteirão de distância poderia ver, através das janelas da sala, inúmeros senhores conversando e, em frente ao prédio, vários carros estacionados. Uma cena inusual naquele horário. Tratava-se do apartamento do senhor Joaquim Nabuco, um dos cardeais da UDN, e nele havia uma comemoração. Quando fora anunciada pelas rádios a notícia da licença de Getúlio, lá pelas 5h30 da madrugada, Nabuco convocara seus amigos, que foram chegando liderados por Carlos Lacerda, vindo da casa de Café Filho, o vice-presidente da república. Naquela madrugada, nenhum deles dormira. Permaneceram ansiosamente em vigília com seus ouvidos colados aos rádios aguardando as notícias auspiciosas do Catete, o resultado final da intensa campanha. Agora, após a divulgação da nota, comemoravam, respiravam felizes e aliviados. Sabiam que Getúlio fora deposto e não mais voltaria, a despeito do pedido da licença provisória. Havia uma intensa alegria no apartamento, e o café da manhã se transformara em um espocar de champanhes e no tilintar das taças de cristais finos. Celebravam intensamente a deposição de Vargas. Sorriam e faziam planos para satisfazer às suas ambições. Havia muita gente na sala e até mesmo nos quartos. Havia uma espécie de frenesi, quase um êxtase. Após anos de oposição ininterrupta, aqueles representantes políticos das elites econômicas conseguiam remover aquele que tanto os incomodava. Lá pelas 8h45, já se encontravam meio embriagados quando, de repente, passaram a perceber que algo estranho ocorria lá fora. Parecia-lhes que o tempo parara e a manhã, que já readquirira o seu barulho diário, emudecera subitamente. Entreolharam-se espantados e foram para a sacada ver o que acontecera. Olharam lá embaixo e assistiram a pessoas apressadas, consternadas, dirigindo-se a outros grupos que já se acotovelavam nas portas de bares, padarias e onde houvesse um rádio ligado. Todos pareciam mudos, estupefatos, consternados, com os semblantes tensos, erguendo-se nas pontas dos pés sobre os ombros dos outros para ver o que só poderia ser ouvido. De repente, aqueles políticos passaram a assistir a muitas daquelas pessoas lá embaixo irem se afastando, aos prantos, sob uma tristeza profunda, imensa, enquanto Copacabana silenciava e também chorava.

— Aconteceu algo de muito grave — disse um dos cardeais, já correndo para ligar o rádio. Todos se precipitaram atrás dele e também se acotovelaram, passando a ouvir as chamadas quase ininterruptas do suicídio de Vargas.

Calaram-se atordoados e perceberam o significado daquele gesto. Vargas lhes puxara o tapete, lhes dera a última rasteira. Atônitos, bêbados, sem saber o que fazer, começaram a se retirar rapidamente em silêncio, deixando as taças com restos de champanhe sobre a mesa. Carlos Lacerda, com um filete de champanhe a escorrer sobre o queixo, preocupava-se em encontrar um refúgio seguro, pois sabia o que o esperava. Sua coragem sumira e permaneceria muito tempo escondido. Alguns transeuntes das proximidades olhavam aqueles homens saírem apressados do prédio, entrarem em seus automóveis e partirem depressa. Deduziam que aquela pressa estivesse relacionada aos acontecimentos, e os assistiram fugir assustados.

A faísca, que atingira aqueles que se encontravam em frente ao Catete, começava a incendiar o país. Iniciava-se rapidamente a contagiante descarga elétrica emocional de milhões de brasileiros em todo o Brasil, principalmente entre os trabalhadores. Eles absorviam o impacto do acontecimento e instantaneamente se davam conta da tragédia ocorrida. Durante quinze dias, acompanharam angustiados a evolução da crise, mas agora conferiam o seu desfecho de uma maneira dramática, inacreditável e irreversível e caíram em si profundamente emocionados, consternados e aos prantos. Tudo que Vargas fizera por eles adquiriu subitamente em seus espíritos uma dimensão imprevista. Era o reconhecimento ao homem que lhes dera dignidade com toda a legislação trabalhista, que lhes dera a carteira de trabalho, o direito às férias remuneradas e que os fizera respeitados. Em frente ao Palácio do Catete, já havia uma multidão, e a reação era a mesma no Rio e em todo o Brasil, que pranteava o presidente Vargas. Porém, da dor, irrompeu a revolta e dela brotou uma fúria incontida, que percorreu a capital como um rastilho de pólvora. Lá pelas 10 horas da manhã, milhares de pessoas começaram a destruir tudo aquilo que relacionavam às causas da morte de Vargas, demonstrando que o povo discernia as razões da tragédia. As sedes dos principais jornais foram depredadas, incendiadas, carros de distribuição do jornal *O Globo* foram virados e incendiados, bancas de jornais que os vendiam destruídas. A sede da Embaixada dos Estados Unidos foi atingida e teve que ser defendida pelo exército. Essa violência incontida se propagou pelas principais capitais do país. Em Porto Alegre, a sede dos *Diários Associados* foi invadida, os móveis atirados pela janela e o prédio incendiado. O povão chorava a morte de seu grande líder e reagia com violência contra aqueles que lhe causaram o infortúnio; manifestava seu amor a Getúlio, que tanto fizera por ele. Nesse dia 24 de agosto de 1954, somente um jornal circulou no Rio de Janeiro: a *Última Hora*, que estampava a manchete em letras garrafais: Ele Cumpriu Sua Promessa. As oposições sumiram, amedrontadas com a revolta e a emoção popular.

No meio da tarde, o corpo de Vargas foi exposto no *hall* de entrada do palácio para a visitação pública, e uma multidão gigantesca suportou a fila imensa durante o restante da tarde, durante toda a noite, até a hora da saída do féretro, às 10 horas do dia seguinte. Foram se despedir de Vargas. Passavam em frente ao caixão profundamente comovidos, em estado de choque, gente simples, que o amava. Instalou-se um posto médico no palácio para atender às inúmeras pessoas que passavam mal ao ver o presidente. Milhares conseguiram vê-lo, mas a maior parte da multidão não conseguiu porque era muita gente. No final da manhã, quando o esquife saiu, ocorreu a maior concentração popular silente jamais vista no Brasil e que nunca mais seria presenciada: do Palácio do Catete, passando por toda a extensão da orla da praia do Flamengo, até o Aeroporto Santos Dumont, cerca de quatro quilômetros, havia um mar compacto de gente que se mantinha triste, em um silêncio impressionante, sentimento que se espalhava pelos cafundós do Brasil. E o ataúde de Vargas passava literalmente erguido sobre a massa humana, movendo-se lentamente sobre ela carregado pelo povo, passando de mão em mão, que o conduzia ao aeroporto, onde seria embarcado para São Borja. A FAB ofereceu um avião, o que foi recusado pela família. No começo da tarde, um DC-3 da Cruzeiro do Sul taxiou até a pista e decolou, levando o corpo de Vargas, com a família, mais Osvaldo Aranha e Tancredo Neves. A multidão gigantesca permanecia ainda incrédula, atônita, com os olhos marejados e uma dor inconsolável no peito. O desfecho ocorrera muito rápido. Ali partia um homem que os compreendera e fora sensível aos sofrimentos dos humildes, e, se existe um sentimento inequívoco que pulsa em um coração singelo, é reconhecer a sinceridade de quem lhe estendeu as mãos. O DC-3 lentamente desaparecia no céu rumo ao Sul, voando para a posteridade, deixando um vazio na alma do povo, abatido por uma frustração imensa. Talvez, algum dia, surgisse novamente no Brasil um outro grande estadista que o compreendesse e se sensibilizasse com o seu sofrimento. Getúlio Vargas, aquele inesquecível gaúcho de São Borja, fincara raízes profundas no coração do povo brasileiro e na própria história. Cometeu o suicídio, foi morto pelas forças reacionárias que infelicitam o Brasil, àquela época submetido completamente à influência americana. Retornava a São Borja de onde saíra, em 1930, para mudar o Brasil. Durante a sua vida, colhera inúmeras vitórias, mas a maior delas fora conquistada naquela manhã de 24 de agosto, quando saíra da vida para entrar na história, conforme escrevera em sua carta-testamento: *"Eu vos dei a minha vida, agora ofereço-vos a minha morte, nada receio, serenamente, dou o primeiro passo no caminho da eternidade, e saio da vida para entrar na história".* Este foi o último parágrafo de sua carta-testamento. Sim, após a sua morte, não haveria um logradouro público em nenhuma cidade brasileira, grande, média ou pequena, seja ele praça, rua, viela, avenida ou parque, que não fosse denominado Getúlio Vargas. Era a justa homenagem ao homem que realmente lutou pela independência do Brasil.

Naquela manhã em que Vargas suicidou-se, Enrico acordara tarde em sua casa em Campinas. Tão logo soube do ocorrido, telefonou aos seus amigos para virem à sua casa a fim de comemorarem a morte do presidente. Abriram os champanhes e se embebedaram. Durante a reunião, frequentemente Enrico tocava aquele anel baronial no fino cristal da tulipa e ouvia aquele som de coisa chique, centenária, soar em seus ouvidos e lhe acariciar o espírito. O anel de seu bisavô, barão Gomes Carvalhosa, reproduzia uma sonoridade que o arremetia à consciência de que ele, Enrico, personificava o privilégio que lhe fora legado e que o mantinha no topo da pirâmide social, tal qual o seu antepassado.

Gregório Fortunato, como geralmente ocorre com os pretos e pobres no Brasil, sofreu os rigores das leis, aplicadas celeremente a eles quando se trata deles. Foi condenado a 30 anos e seria assassinado estranhamente dentro da prisão, um ano antes de cumprir a pena. O crime da Rua Toneleros não foi bem esclarecido. Pairam versões conflitantes sobre quem teria, de fato, manobrado para que Gregório resolvesse acabar com o corvo.

Era nessa conjuntura histórica que Elisa e Val de Lanna iriam iniciar suas lutas e aprenderiam, na própria carne, a História do Brasil. Os coronéis da República Velha eram os filhos e netos dos barões do império, herdaram no sangue e no espírito a cultura do mando irrestrito, de se considerarem mais importantes que os outros, de pessoas que se julgavam acima das leis. Herdaram a cultura imposta pela escravidão da autoridade incontestável. Aqueles políticos com quem Vargas se defrontara constituíam a terceira geração daqueles barões, tinham aquela mesma mentalidade elitista e reacionária. E essa cultura pretenciosa seria absorvida pelas classes médias, ao herdarem esse espírito conservador que perdura no Brasil.

Em San Genaro, João Antunes e Riete acompanharam o desenrolar da crise e conversavam muito a respeito da sórdida campanha que deflagraram contra Getúlio.

— Até quando, Riete, este país rico conviverá com a imensa desigualdade social, com o sofrimento dos humildes e com a prepotência dos poderosos? Até quando prevalecerá o espírito do relho nas costas dos negros, metáfora do que está introjetado no inconsciente da sociedade brasileira? Daqueles que se julgam brancos e branquinhos de cabelos bons? Quando essa gente pretenciosa perderá esse ranço e será menos ignorante e mais solidária? — indagava João Antunes, mirando, com um olhar perdido, os novilhos pastando ao longe.

— Talvez as coisas más perdurem, meu querido. Provavelmente o Brasil seja, de fato, um Macunaíma. Ainda teremos muitos golpes, pois, sempre que se sentirem prejudicados, eles darão um jeito de virar o jogo com as mesmas artimanhas. Além disso... — prosseguiria Riete, com um olhar dolorido, mas interrompeu-se, eximindo-se de prosseguir. Muito pensativa, fitava o belíssimo roseiral.

— Pois eu não concordo... — retrucou João Antunes. — Algum dia, seremos um país com personalidade — prosseguiu, apegando-se a uma pretensa esperança, como antídoto contra a descrença.

Houve um repentino silêncio, como se tudo que já disseram e viveram houvesse subitamente esgotado. João Antunes ainda se lembrou de Vargas e da época que saíra de Santos Reis, rumo a Cavalcante, quando fora despedir-se do general. Naqueles dias de muita angústia, Getúlio lhe dissera: "segue os caminhos do teu coração, guri". Depois, recordou a ocasião em que fora ao Catete pedir a libertação de Val de Lanna e fora tocado por aquele ambiente sombrio, carregado de maus presságios. Seus olhos e seu espírito perderam-se no passado. Voltou seu olhar para Henriette e o fixou naquela que conquistara seu coração.

— O que foi, querido? Por que essa súbita tristeza? Pare de pensar no Brasil e olhe as rosas vermelhas. Não são lindas? São as que mais gosto — disse Riete, pousando-lhe o braço sobre os ombros.

João Antunes olhou-as, retornando ao presente. Ele, mais uma vez, refletiu sobre aquilo que aspirava ser e que nunca fora. Sentia, depois de muito tempo, a sua antiga dualidade em relação a algo indefinido, a qualquer coisa que lhe arranhava o espírito e que o incomodava. Talvez sua tristeza se devesse a algum sonho, a algum projeto visceral que viesse a preencher o vazio que subitamente latejava em seu espírito. Apesar da realização amorosa, João Antunes sentia a necessidade de algo primordial, talvez aquilo que via claramente em Elisa e em Val de Lanna, os quais, apesar das imensas dificuldades que sem dúvida enfrentavam, mantinham a chama forte de um ideal imorredouro. Eles viviam uma expectativa de uma busca que provavelmente nunca se concretizasse, mas que nunca esgotaria seus ideais e os impelia a agir. Mas, novamente, rendeu-se a si mesmo e compreendeu que estava apenas destinado a admirar as rosas e a fruir seus perfumes. Mirou Riete, beijou-a ternamente, sentindo essa incompletude, e experimentou uma solidão aterradora. Nos próximos anos, no sossego de San Genaro, João Antunes e Riete acompanhariam Elisa e Val de Lanna e suas lutas, que, apesar de as compreenderem, achavam-nas quixotescas, pois era impossível vivê-las. Raramente recebiam notícias deles. Ambos desembainhavam suas espadas a favor de um país que parecia só existir para que seus ideais perdurassem, ou para o conforto condescendente de um falso humanismo, ou a comodidade espiritual de apenas senti-lo.

33

Juscelino, com o apoio do PTB e tendo Jango como vice, novamente derrotou a UDN nas eleições de 3 de outubro de 1955, um ano após a morte de Vargas. Dessa vez, o candidato derrotado foi o general Juarez Távora. Novamente, o famigerado Carlos Lacerda e a reacionária UDN tentaram um novo golpe para impedir a posse de JK. Não podiam ganhar no voto, pois não tinham apoio popular. Alegaram que Juscelino fora eleito com o apoio dos comunistas, partido que fora proscrito em 1948 e cujos membros estavam na clandestinidade. Uma alegação absurda, mas que os jornais apenas noticiavam, sem a contundência robusta da campanha contra Vargas. Lacerda, Café Filho, almirante Pena Boto e outros cardeais da UDN tomaram o contratorpedeiro Tamandaré e rumaram para o porto de Santos, desejando implantar em São Paulo um foco de resistência contra a posse de Juscelino, que, entretanto, não vingou. Tiveram que retornar ao Rio, e Lacerda exilou-se na embaixada cubana. O general Lott foi quem abortou o golpe e viria a ser o ministro da guerra de Juscelino. A UDN, sempre pregando cinicamente a moralidade pública, cogitara, mais uma vez, dar um golpe, infringir e violar pela força a Constituição brasileira.

Em 25 de agosto de 1961, sete anos após a morte de Vargas, Jânio Quadros, sucessor de JK, renunciou ao seu mandato presidencial. Seu vice, João Goulart, legalmente eleito, foi impedido pelos militares de assumir a presidência. Não o admitiam como presidente da república. Jango fora ministro de Vargas e vice-presidente de Juscelino, a quem muito ajudou nas relações trabalhistas — ele herdara o legado de Vargas e se elegera com uma votação enorme, maior que a de JK. Repetia-se a velha arenga: Jango não era aceito pelas elites reacionárias, visto por elas como comunista, esquerdista, nacionalista, paternalista, populista, enfim, os ridículos clichês habituais destinados a assustar e a convencer a classe média. Esta, devido à alienação conservadora e à ingênua ignorância, ignorava que era usada como bucha de canhão em defesa dos interesses econômicos. A tentativa de impedir a posse de Jango provava, mais uma vez, inequivocamente, a prepotência histórica dessas forças reacionárias, pois estavam ignorando o resultado da eleição e queriam atropelá-la por um capricho exclusivo de suas opiniões, como fizeram com Vargas e com JK. Estavam julgando Jango *a priori* por atos que supostamente viesse a cometer, o que seria o mesmo que olhar para uma pessoa e condená-la por julgar que ela cometerá posteriormente algum delito, o que é um falso juízo ou uma avaliação absurda. Ora, o único pressuposto alegado é que Jango havia sido ministro do trabalho de Vargas, seu amigo, e considerado, portanto, um homem de esquerda, ligado aos interesses nacionais e aos trabalhadores. Porém, não havia cometido nenhum crime, não existia nenhum processo judicial contra ele e, na pior das hipóteses, não havia nenhuma ditadura vigorando no Brasil em que houvesse leis estapafúrdias vigorando e que asseverasse: fica expressamente proibido o exercício de cargos públicos àqueles que julgamos que cometerão crimes, antes de cometê-los. Mas não era ainda esse o caso, pois não havia sido instaurada a ditadura. Tratava-se, sim, de atender aos caprichos do poder econômico em detrimento da vontade do povo, expressa nas urnas, e das leis que vigoravam no país, uma conclusão lógica e judicialmente inquestionável. Porém, tratava-se de Jango, o amigo de Vargas e querido pelo povo, o que incomodava os poderosos. Cintilava no espírito dessa gente a prepotência enrustida, a mentalidade do mando irrestrito. Tratava-se de uma nova caricata manifestação arrogante das elites econômicas brasileiras, obrigando que os generais, seus testas de ferro, agissem em seu nome.

Após a instauração de uma grave crise político-militar, que quase levou o país a uma guerra civil, o regime presidencialista foi mudado para parlamentarista, a fim de que Jango pudesse assumir a presidência, pois teria seus poderes limitados pelo primeiro ministro. Essa alteração na Constituição para atender circunstancialmente à imposição autoritária e ilegal demonstra o poder do sistema e sua impostura, ao criar leis momentâneas para que possa atuar legalmente. Tal conclusão é incontroversa. Mas a crise causada pela posse de Jango escancarava algo mais deprimente: a manifestação explícita e cínica daquela hipocrisia tradicional tripudiando sobre a ingenuidade de um povo, demonstrando o seu atraso político e a sua subordinação. Quem comandou as negociações para a posse de Jango foi Tancredo Neves, que voou a Montevidéu para se encontrar com o vice, que aguardava a solução do imbróglio. Goulart assumiu como presidente somente em 7 de setembro de 1961, após dezoito dias de ameaça de uma guerra civil, tal o tumulto instaurado pelos militares. Viviam-se tempos difíceis na América Latina.

Após muitos problemas com o sistema parlamentarista — durante o período de um ano, houve três primeiros-ministros —, resolveu-se convocar um plebiscito para consultar se o povo desejava a volta do sistema presidencialista puro — observa-se aqui o contexto felliniano da realidade política brasileira: propunha-se anular toda a confusão anterior, todo o desgaste político e econômico, e retornar ao que deveria ser, demonstrando a falta de responsabilidade, inequívoca, dessas elites. Portanto, no início de janeiro de 1963, realizou-se o tal plebiscito, e a vitória do antigo sistema de governo foi esmagadora. A vitória do sim contra o não, conforme as duas únicas opções escritas na cédula. Jango assumiu então como presidente da república com plenos poderes. Contudo, novamente, começaram a se repetir as mesmas intolerâncias e enfrentamentos: Jango desejava implantar as reformas de base para resolver os problemas sociais e agrários do Brasil, o que não seria aceito. Portanto, durante um ano e quatro meses, como fizeram contra Vargas, trataram de inviabilizar o seu governo sob os mesmos argumentos e justificativas infundadas. O sistema, com seus meios de comunicação, instalou o caos econômico e a balbúrdia social no Brasil. João Goulart passou a ser cada vez mais hostilizado, boicotado em tudo que planejava, batiam-lhe diariamente. O velho corvo, Carlos Lacerda, agora governador da Guanabara, era novamente um dos líderes da campanha — ele tinha uma vocação golpista que consistia em um paradoxo paranoico: para reinstaurar a lei e a ordem, ele procurava suprimi-las, para novamente instaurá-las, como ele as imaginava. Como mote tradicional, difundiam novamente no país o perigo do comunismo iminente. O discurso era o mesmo que vigorava desde a década de 1930, e outra vez as classes médias brasileiras eram manipuladas e induzidas a pensar conforme os interesses. Durante o ano de 1963, implantaram então no país um caos inédito, criaram mais "uma grave hora de nossa história...", urdida nos escurinhos de Copacabana. Para avalizar a atuação dos salvadores, os americanos, que comandavam os bastidores, jogaram dinheiro no Brasil. Criaram-se o Instituto de Pesquisas e Estudos Sociais (IPES), organizado e presidido por Golbery do Couto e Silva, e o Instituto Brasileiro de Ação Democrática (IBADE), com as finalidades exclusivas de promover ações de propaganda subversivas contra o governo e apoiar candidatos reacionários. Os grandes empresários, latifundiários e meios de comunicação propagaram e financiaram o boicote e as sabotagens. Atuavam organizados com o objetivo de depor Jango. Os Estados Unidos enviaram um padre com a finalidade de promover marchas com Deus, pela Família e Liberdade, que congregavam a nata do clero radical e conservador. Os empresários, reunidos em torno do IPES/IBADE, mobilizavam-se e fomentavam a bagunça. A CIA agia impunemente insuflando as desavenças. O embaixador americano no Brasil, Lincon Gordon, atuava descaradamente liderando o golpe. Infiltraram nos meios militares um personagem que se tornaria tristemente célebre: o cabo Anselmo, com a finalidade de subverter a hierarquia militar. Enfim, o Brasil chegava ao fundo do poço da desmoralização e da bagunça, tal o poder e a liberdade dos que promoviam a subversão, acusando-a, contrariamente, de ser promovida pelo governo. Essencialmente, como método prático para a eficácia do plano, aplicava-se a receita golpista habitual: os empresários provocam a carestia, gerando-se na população o descontentamento com a inflação, enquanto os meios de comunicação vão ampliando a campanha em uma crescente, agitando as massas, manipulando-as rumo ao ponto de ruptura. Um homem é sempre um homem. Não há ser humano que suporte todo um poder avassalador atuando constantemente contra ele, diariamente, valendo-se de todos os meios poderosos para denegri-lo, caluniá-lo e derrubá-lo. Jango sentiu-se acuado, e um homem acuado procura se defender, pois um dos objetivos de qualquer campanha contra alguém é fazê-lo perder a cabeça.

Finalmente, a 31 de março de 1964, o mesmo sistema que derrubou Vargas, as mesmas pessoas que lhe deram o golpe, destituíram Jango. Sempre perdedores, desistiram de ascender legalmente por eleições. Não mais as usariam para alcançar o poder, pois havia 20 anos que eram derrotados nas urnas. Resolveram então dar o golpe e suprimir a Constituição de 1946. Em 1954, no golpe contra Vargas, os que na época eram militares subalternos — como Castelo Branco, Golbery, Costa e Silva, Garrastazú Médici, Antônio Carlos Muricy, Ernesto Gaisel e muitos outros oficiais — agora eram os generais que lideraram o golpe contra Jango. Todos eles teriam papéis preponderantes na ditadura que se instalava. Sem dúvida, em 1964, inaugurava-se no Brasil o período mais negro de sua história republicana, uma época que comprovaria o seu caráter exclusivista e o desprezo tradicional pelo povo. Não se admitiam mudanças sociais que ameaçassem os privilégios. Grandes intelectuais brasileiros que pensavam o país para o seu povo foram perseguidos, exilados e afastados sob a acusação de comunistas. Artistas, professores, cientistas, educadores, sociólogos, religiosos, arquitetos e políticos respeitados mundo afora foram banidos e substituídos pela mediocridade subserviente. O Ministério da Educação sofreu profunda interferência americana em suas diretrizes. Reitores foram depostos e exilados. O bom ensino público que havia no Brasil foi sucateado. A UNB, Universidade de Brasília, fundada pelo professor Darcy Ribeiro, também exilado, foi invadida. O mesmo fim tiveram os militares nacionalistas, pois, a despeito do golpe, existiam muitos que mantiveram seu caráter e o respeito às leis. As universidades, lugares de questionamentos, foram devassadas e censuradas, e toda uma época vibrante de intenso desenvolvimento cultural, como nunca visto na história brasileira, submergiu nas trevas da ignorância. Com o decorrer dos anos, devido à reação ao golpe, foi instaurada pelos militares a tortura como forma de repressão. As classes médias foram manipuladas e utilizadas pelos poderosos, para que estes mantivessem e aumentassem seus poderes.

Jango, um homem de temperamento cordato, simples, preferiu evitar o derramamento de sangue a reagir com violência e partiu para o exílio no Uruguai. Leonel Brizola, homem corajoso, impulsivo, que já lhe garantira a posse por meio da Rede da Legalidade, em 1961, e que também era seu cunhado, queria que Jango resistisse ao golpe. Acusado de comunista, Jango era um comunista talentosíssimo para ganhar dinheiro, tão talentoso que no exílio transformou sua fazenda Maldonado na maior empresa de produção e comércio de carne do Uruguai. Mesmo no exterior, Jango era constantemente vigiado pelo SNI, que frequentemente emitia relatórios sobre suas atividades no exílio. Quando houve o golpe militar no Uruguai, em 1973, Jango começou a correr sério perigo de vida, época em que foi instituída pelas ditaduras a operação Condor, o pacto ABC, um acordo entre Brasil, Argentina e Chile destinado a dar fim aos líderes políticos latino-americanos. Ele então deixou o país, abandonando o que criara, e foi morar na Argentina, na época governada por Perón. Conforme era do conhecimento geral, não só no Brasil, ninguém entendia mais de negócios de gado que Jango, e ele foi então nomeado pelo governo argentino como o seu conselheiro principal para o comércio internacional de carne. Jango novamente comprou fazendas e se enriqueceu mais, pois era talentoso e amava a vida no campo, onde convivia em igualdade com seus peões. Com seu talento administrativo, fez elas prosperarem. Mas o cerco e o ódio aumentavam na América Latina. Houve também o golpe na Argentina, e Jango conseguiu um passaporte com Alfredo Strossener, ditador paraguaio — o governo brasileiro, em sua sanha contra ele, sempre lhe negara o passaporte —, e foi passar uns tempos na Europa. Muito doente do coração, Jango nunca dera muita bola às orientações médicas. Adorava seu uísque, o cigarro e os churrascos gordurosos, mas a tristeza o estava matando, conforme diziam seus amigos. Eles sabiam disso e viviam preocupados com sua saúde. Jango amava o Brasil e sofria por se ver impedido de retornar à pátria. Desejava muito voltar a viver em seu país, porém era considerado perigosíssimo pela ditadura. Se houvesse um mínimo de bom senso e tolerância, ele poderia retornar, criar gado e gerar riquezas para o Brasil. Porém, havia o povo, receio terrível para quem o repudia.

No dia 5 de dezembro de 1976, Jango e Maria Tereza, sua linda esposa, estavam sozinhos na estância La Villa, no município de Mercedes, na província argentina de Corrientes, no Nordeste do país, muito próxima à fronteira com o Brasil. Às 2h30 da madrugada, desse dia 5, Jango sofreu um infarte e veio a falecer. Seus amigos e a própria esposa já previam sua morte, tal o estado depressivo do ex-presidente. Rapidamente, durante a manhã, sua morte foi anunciada no Brasil. Seus amigos, muito comovidos, dirigiram-se a La Villa para cuidar do sepultamento. Jango desejava ser sepultado em São Borja, no mesmo cemitério em que Vargas o fora havia vinte e dois anos. Acompanhado pelos amigos, em torno das 10 horas da manhã, o cortejo deixou a cidade de Mercedes rumo a São Borja. Entretanto, tão logo ele chegou à fronteira, na cidade de Paso de los Libres, separada pelo Rio Uruguai do município brasileiro de Uruguaiana, surgiu um impasse: tiveram que parar o féretro e aguardar, na entrada da ponte que liga os dois países. O governo da ditadura, na época o general Geisel, reuniu-se com o alto comando para decidir se Jango poderia ou não ser sepultado no Brasil, pois, desde 1964, ele estava proibido de entrar no país. Convocados em Brasília ao raiar do dia, os generais passaram longas horas reunidos para deliberarem se, mesmo morto, Jango não seria capaz de provocar agitações populares. O general Sylvio Frota, um dos mais notórios reacionários do exército, bateu o pé e discordou: Jango não poderia ser enterrado no Brasil. Parado na entrada da ponte, em território argentino, o cortejo aguardava as deliberações do alto comando. Na margem oposta, no lado brasileiro, um coronel recebia pelo rádio as ordens diretamente de Brasília. Ao final da manhã, após longas discussões, o presidente Geisel resolveu permitir que Jango fosse sepultado em São Borja. Contudo, impôs uma série de restrições. Não seriam permitidas aglomerações, o cortejo deveria prosseguir rapidamente até São Borja e, uma vez na cidade, dirigir-se diretamente ao cemitério, sem acompanhamento e necrológios. Não poderia haver nenhuma atitude ou oportunidade que pudesse insuflar as massas. Guarnições do exército das imediações foram incumbidas de executar as ordens. Contudo, tais resoluções foram impossíveis de cumprir, pois o povo aguardava Jango. As pessoas aglomeravam-se nas laterais da estrada, até São Borja, e acenavam emocionadas enquanto o cortejo avançava, dando-lhe o último adeus. Em São Borja, os amigos de Jango tramaram um plano para ludibriar o coronel raivoso que comandava a tropa. Fecharam as portas da matriz da cidade, com o povo lá dentro — matriz inaugurada pelo próprio Jango quando era presidente —, quando o cortejo passava em frente a ela, abriram repentinamente as portas e depressa levaram o ataúde para o seu interior. O coronel, pego de surpresa, não pôde reagir. O corpo de Jango, vestido com o mesmo pijama com o qual morrera e calçando apenas meias, não fora preparado para permanecer um longo tempo insepulto e começou a exalar mau cheiro. Chamaram um médico e abriram o caixão para providências. Após a missa, o coronel insistiu que um caminhão do exército conduzisse o ataúde até o cemitério. Nova confusão e outra desobediência, pois o povo o levou, como levara Vargas. Até aquele momento, os generais em Brasília estavam tranquilos, estavam monitorando o país e não houvera notícias de nenhuma agitação comunista. O coronel ordenara, novamente em vão, que não houvesse pronunciamentos de despedidas, ordem expressa da ditadura. Porém, os velhos amigos, inicialmente Pedro Simon e finalmente Tancredo Neves, ignorando a ordem, pronunciaram emocionadas homilias. Ali estava novamente o grande homem público mineiro, que enfrentou o coronel raivoso e, tal como fizera com Vargas, no mesmo local, há vinte e dois anos, despediu-se de João Goulart. À tristeza pública causada pela morte de Jango, somava-se a deplorável insensibilidade protagonizada pelos que comandavam a ditadura. A atitude ridícula, insensível, mesquinha e descabida revelava o espírito odioso e revanchista daqueles homens que governavam o Brasil, que protagonizaram mais um capítulo grotesco da sua história e de suas biografias.

Encerrava-se, naquele começo de tarde ensolarada, no mesmo local, cemitério de São Borja, mais uma etapa do sombrio período histórico que se iniciara com a tentativa de golpe e o suicídio de Vargas, prosseguira com o golpe de 1964 e findara nesse ominoso 6 de dezembro de 1976. Os dois representantes do trabalhismo, homens públicos legitimamente eleitos pelo voto e que sempre se preocuparam com os trabalhadores e o progresso social do Brasil, estavam mortos. Todavia, Getúlio e Jango, indubitavelmente, iniciaram e aceleraram o processo dialético social brasileiro. Travaram um combate digno dos grandes homens, pois lutaram contra inimigos poderosos, encarnados na força opressora do poder econômico e na sua influência, capazes de manipular e de alterar a situação a seu favor, por quaisquer meios. Lutaram contra as verdadeiras causas que atravancam o progresso social brasileiro. Qual o motivo de tanto ódio devotado a Jango? Um homem cordial, amante da paz e um capitalista riquíssimo? Jango sempre evitara os confrontos, preferia negociar para resolver quaisquer impasses, por isso, fora escolhido por Vargas para ser seu ministro do trabalho. Ele era hábil negociador. Porém, tanto no governo Vargas como no seu próprio, as situações fugiram da normalidade, pois o objetivo não era negociar, mas sim depô-lo. Tanto foi assim que, de antemão, queriam, sem nenhuma justificativa, impedir a sua posse. Exigiam tudo dele, e sempre haveria mais a ser exigido, pois a intenção era criar uma situação insustentável e destitui-lo. Jango tinha aquele defeito inaceitável pelas elites brasileiras, que não toleram nenhuma concessão, nenhuma sensibilidade ou gesto de aproximação em direção ao povo, principalmente vindas de um homem que era tão ou mais rico que muito daqueles que o golpearam. Estava traindo a sua casta. Jango era riquíssimo, mas tinha um coração imenso, desejava realmente dar oportunidade aos de baixo. Foi criado compartilhando a cuia de chimarrão com seus peões, sempre fora amado por eles e pela gente simples. Todos os testemunhos, entre os que conviveram com ele, são unânimes em afirmá-lo. Contudo, no Brasil, gente simples sempre fora historicamente a pedrinha no sapato dos chiques, dos poderosos, dos intelectuais pernósticos que sempre tiveram espaços em jornais para criticá-lo. Quando presidente, Jango nunca deu bola para protocolos e mantinha uma relação informal com sindicalistas e quaisquer pessoas que dele se aproximassem, e seu pecado foi esse. Como foi mencionado, seu defeito foi violar as regras do edifício Chopin e permitir que sindicalistas caipiras subissem ao seu apartamento para conversar pessoalmente com ele. Jango os recebia cordialmente. Subiam engravatados, bem vestidos no que entendiam ser elegância, mas usavam ternos e gravatas comprados nos magazines paulistas, sem o apuro daqueles bem cortados pelos grandes alfaiates. Ademais, não sabiam dar o nó na gravata, e esse era o entrave essencial, imperdoável no Brasil. Mas o país era assim e assim permanece. Herdaram o fosso social que devia separá-los, e quem se atrevesse a construir uma ponte sobre ele seria obstaculizado, até o desespero, conforme disse Vargas a respeito da criação da Eletrobras — finalmente instituída por Jango em seu governo. O Brasil é o povão, o país do povo simples, honesto e trabalhador, mas dominado por uma elite mesquinha em cujo espírito prevalece a importância histórica preconceituosa.

 A despeito das últimas chuvas, a manhã estava ensolarada na fazenda San Genaro. João Antunes aprendera a amar aquele narigão de Minas, formado pelos Rios Grande e Paranaíba e voltado orgulhosamente para o interior do Brasil, parecendo desprezar o seu litoral. Porém, o mineiro apenas faz jus ao seu jeito misterioso, pois adora o mar. Com se habituaram a fazê-lo, enquanto aguardavam o almoço, João Antunes e Riete sentavam-se no alpendre e conversavam. Naquele dia, trocavam ideias sobre a vida e a morte de Jango, ocorrida na véspera. Ambos se acostumaram a conversar mantendo seus olhares perdidos sobre o jardim, admirando o roseiral. Entretanto, ele havia desaparecido. As roseiras foram acometidas por uma praga e estavam rapidamente morrendo. Riete já havia providenciado novas mudas e aguardava que chegassem.

Havia cinco anos que João Antunes não tinha notícias de Elisa e Val de Lanna. Estiveram metidos na luta armada contra a ditadura, e João Antunes não sabia se a filha estava viva ou morta, o que acontecia com vários pais brasileiros. Ele estava muito deprimido e prematuramente envelhecido. Já tentara todos os meios para obter informações, entretanto, a busca se transformara em um processo kafkiano que só o angustiava. Como de costume, ele fitava os novilhos pastando ao longe, o mesmo cenário que habitava sua memória desde a mais tenra infância.

— Jango não merecia esse destino. Ele caiu pelas suas qualidades e já estamos com doze anos de ditadura — comentou vagamente João Antunes.

— Sem dúvida, ele foi injustiçado. Um homem bonitão e que amava o Brasil e as mulheres, preocupado com o social. Dizem que vivia deprimido e ainda queriam impedir que fosse sepultado no Brasil. Meu Deus! Quanta sandice e estupidez reina neste país! Até quando essa história de comunismo prevalecerá e será pretexto para novos golpes? Quando deixaremos de ser um povo imaturo e ingênuo? — indagou Riete.

— E lhe pergunto mais, Riete: até quando perdurarão a esperança e a paciência para aguardar o país do futuro? Val de Lanna tinha razão quando criticava o ensino de História do Brasil. Pelos recentes acontecimentos, estou convicto que falseiam a nossa história ou escondem-na. Os professores deveriam ensinar a verdade. Por que tanto subterfúgio e receio de revelá-la? Nunca dizem a verdade, e os acontecimentos permanecem obscuros, dissimulados, ou no máximo insinuados. Parece existir certa barreira em esclarecê-la ou mesmo uma censura inconsciente de revelar a veracidade dos fatos. Eu suspeito que paira uma verdade perturbadora na mente dos brasileiros, que todos sentem, sabem, mas se recusam a admiti-la abertamente. Existe uma repressão em nossa historiografia que só gera incertezas, conjecturas, permanecendo aquele velho ensino alienante. Os acontecimentos históricos não são questões de opinião. A Revolução Francesa eclodiu, grosso modo, porque havia um absurdo e injusto sistema social em que a Igreja e a nobreza, que eram a minoria absoluta, exploravam o povo. Evidentemente, qualquer nobre ou bispo francês daquela época julgava que tinha a razão incontroversa, enquanto a burguesia e os *sans-culottes* afirmavam o contrário. Ora, a verdade e a justiça estavam com o terceiro estado, o povo, e assim foi consolidado o veredito histórico incontestável, que perdura, pois eram racionalmente inadmissíveis as injustas prerrogativas da realeza. Efetivou-se de uma verdadeira revolução e evolução social. O mesmo aconteceu em relação a Jango e a Vargas. Quem desejava impedir a posse de Jango e boicotou seu governo não tinha nenhum argumento lógico e muito menos jurídico que lhe desse o respaldo de uma justificativa favorável, a não ser baseada na própria opinião descabida, pois estavam infringindo as leis. E quem lutou para lhe garantir a posse tinha as razões que eram incontestavelmente corretas, porque estava ao lado das leis. Trata-se, portanto, de uma situação inequívoca. Assim, por que não esclarecer aos jovens a verdade histórica, em vez de continuamente enganá-los? Em razão dessas permanentes mentiras, o povo brasileiro permanece ingênuo, despolitizado e facilmente ludibriável. Falta-lhe conhecer a verdade sobre a própria história.

— Ora, querido, porque há interesse deliberado em não esclarecer, para que permaneça sempre enganado — interrompeu-o Riete.

— Eu sei. Estou só repetindo a velha conversa de quem apenas sabe e fala, mas não age. Val de Lanna dizia que as recomendações oficiais eram de que a escola não é lugar para pregações ideológicas ou incitações políticas. Ora, não se trata disso, mas sim de esclarecer as razões dos fatos. Observe, Riete, que essas instruções exercem o mesmo objetivo que dizem não ser a função da escola, pois censurar os fatos, distorcê-los ou omiti-los significa agir para manter a ideologia dominante ou exercer subjetivamente, pela supressão da verdade, a constante pregação de quem domina. A censura velada no ensino da História do Brasil significa ensinar oficialmente fatos distorcidos, desvinculados das suas origens e razões corretas. Significa ensinar uma história sob o viés de quem manda em tudo, até mesmo de como ensiná-la. A carta que Vargas deixou deveria ser impressa em todos os livros didáticos para que os meninos soubessem as razões pelas quais ele se matou. Deveria ser ensinado explicitamente que Vargas foi morto pela pressão das elites econômicas brasileiras lideradas pelos Estados Unidos, devido à sua política nacionalista, que contrariava aqueles interesses. Ele viveu na pele o que denunciou, e seu gesto derradeiro demonstra que ele o fez sem o intuito de obter ganho político, pois não poderia mais tê-lo. Precisaria ser esclarecido o motivo do Golpe de 1964, um golpe dado pelas mesmas razões que depuseram Vargas. Deveria ser ensinado que, desde 1949, as forças reacionárias tentavam inutilmente chegar ao poder legalmente pelo voto e sempre se frustraram. Resolveram, portanto, fazê-lo pelo golpe. Essa verdade é incontestável e não admite controvérsias. As elites são poderosas, inteligentes, e para alcançar seus objetivos utilizam-se de mil subterfúgios, de várias artimanhas e múltiplas ações diversionistas que posteriormente usarão como justificativas para corroborarem seus golpes. O objetivo é embaralhar, confundir, obscurecer os acontecimentos e criar várias versões que impeçam uma avaliação nítida e correta do que está realmente acontecendo. Assim como um jovem apaixonado utiliza vários floreios ou várias táticas de aproximação para o ataque final à donzela, ou vice-versa, as elites executam também vários movimentos dispersivos objetivando legitimar o argumento final, que não está entre as coxas, como na suposta donzela, mas dentro de seus bolsos. Trata-se de falsear a verdade e justificar o futuro. Não foi um golpe, dizem, foi um contragolpe para evitar que um golpe fosse dado, o que pode ser provado por isso e por aquilo e por vários outros pretextos. Tais justificativas são difundidas com a mesma força dos argumentos contrários, como se cada qual tivesse igualmente suas razões. Assim, uma mentira, consubstanciada em um golpe, passa então a ser meramente uma questão de opinião, e tem-se a verdade relativizada, o que é absurdo, pois a violação da Constituição e a infração das leis instauradas democraticamente passam a ser equiparadas a quem luta para sua manutenção. Devido a essa tática de embaralhamento, a situação torna-se difícil de ser claramente discernida, porque, nos instantes de crise política, em seus momentos decisivos, os grandes meios de comunicação, como integrantes do sistema, distorcem os fatos a seu favor. Portanto, os polarizam, manipulam a opinião pública, tornando-os meramente questões de opiniões pessoais. Enfim, uma grande hipocrisia perpassa tudo isso, Riete... — comentou João Antunes, sendo interrompido por Riete, antes mesmo que ele pudesse responder.

— Tudo é frágil porque pregam uma democracia teórica, uma democracia que só existe para ser escrita em jornais e falada nas rádios, uma retórica retumbante, mas distante da prática de uma verdadeira democracia, a qual eles mesmos impedirão de viger. Falam em escolha pelo voto desde que essa escolha não comece a perturbar seus interesses. A democracia real, que beneficiaria a todos, é apenas teoricamente manifestada para que intelectuais satisfaçam os seus anseios e pruridos eruditos, uma coisa oca, chata, vazia e repetitiva. Adoram dar lições teóricas de democracia, de moralidade pública, mas, na hora em que se ensaiam uma efetiva mudança social, no frigir dos ovos, eles mostrarão suas garras, provavelmente dirão que não é assim que se muda e virão com novas argumentações, as mesmas velhas ideias para manutenção do poder. Foi o que aconteceu com Jango e suas reformas de base. Além disso, a maioria desses intelectuais é moralmente medrosa, fisicamente medrosa. São poucos o que são dignos — completou Riete.

— Pois é. Em função disso tudo, esse capitalismo selvagem, tão excludente e exuberante, prevalecerá? Pois não aceitaram nem mesmo um homem como Jango, um empresário rico com ideias sociais... — comentou, pensativo, João Antunes, mantendo-se em silêncio.

O sol do meio-dia brilhava forte. Pairava no ar uma quietude melancólica, inquietante, qualquer coisa que parecia vir de muito longe e lhe cortava misteriosamente o coração. João Antunes mergulhava em um passado remoto, em um tempo envolto em brumas que ele jamais compreendera e que se perdia na memória de sua mais tenra infância. Sim, nunca entendera aquele caminho que estava dentro de si, que carregava no peito e que percorria sem, contudo, conhecê-lo. Algumas vezes, o silêncio era quebrado pelo trinado remoto de pássaros, vindo das cercanias. Ele ergueu suas vistas e admirou aquele solitário urubu, que parecia incorporado à sua vida e ao qual já vira várias vezes. Ele sempre traçava lentamente, em um céu muito alto, longos círculos, rabiscando na sua alma uma brutal solidão. Era o mesmo que presenciara em Cavalcante havia anos.

Elisa e Val de Lanna tinham razão em tudo que diziam... — comentou finalmente João Antunes, com os olhos lacrimosos, mirando agora a aridez, em busca das rosas vermelhas.

— Pois é, querido, não podemos sequer admirá-las... — indagou Riete, que conhecia até os pensamentos de João Antunes. Ele lhe sorriu, admirado.

— Não fique triste com este Brasil, meu amor, esqueça o anel do barão — disse Riete, erguendo-se da cadeira e vindo sentar-se no colo de João Antunes e enlaçar seu pescoço. — Venha me amar, meu querido, você sabe que esse tipo de conversa me causa tesão. Logo plantarei as mudas e poderemos admirar novamente as rosas.

Com os anos, João Antunes e Riete se acostumaram a passar longas temporadas no apartamento, na Avenida Atlântica. Em fins da década de 1970, João Antunes já beirava seus 80 anos, e Riete os 60. Gostavam de se debruçar no janelão, que se abria para a praia, e contemplar o cenário maravilhoso. Copacabana continuava linda, mas o olhar já não era o mesmo, pois a poesia e os sonhos começavam a morrer. Aquela imaginação romântica de Jean-Jacques acerca do Brasil já não seria mais possível. O elegante prédio de Riete, da década de 1940, estava decadente, envelhecido, assim como todo o bairro. Começava a crescer no país uma brutal desigualdade social, a pirâmide se afunilava no alto, e a violência e a miséria se espraiavam nas bases, frutos do Golpe de 1964, época em que os economistas tecnocratas começaram a influir. Os prédios em Copacabana começaram a ser gradeados, os mendigos proliferavam em quantidade, a violência crescia e a esperança desvanecia. O senador Mendonça e seus amigos, velhos frequentadores do Mère Louise no começo do século, Enrico e sua turma, com suas maneiras de pensar e de agir levavam vantagem. Como se dizia no futebol, ganhavam de goleada. Enrico adquiriu uma paixão doentia por si mesmo, adorava o espelho, mantinha um permanente sorriso satisfeito, tornara-se elegante, cheio de dignidade, e movia-se com um ar de soberana importância. Era o caráter desses homens que o país oficial assumia. Eles teriam sempre razões, justificativas e apoios, quaisquer que fossem, para se isentarem das responsabilidades pela tragédia social que implantavam no Brasil. A despeito das consequências nefastas de seus métodos, elas haveriam de ser normalizadas, banalizadas e finalmente encaradas e aceitas como realidades inevitáveis de um novo tempo. O sistema poderoso impunha sua ideologia e agia para que os homens se tornassem receptivos e acríticos. A cultura do lucro a qualquer preço e o consumismo desenfreado proporcionado pelo conforto e pelos bens materiais fantásticos, produzidos pelo capitalismo, geravam a violência generalizada, a desigualdade social e a crescente corrupção. Moralmente, os homens não estavam à altura dos bens maravilhosos que produziam. Aquelas centenas de bombas mantidas nos arsenais nucleares se tornariam obsoletas, inúteis, cobertas de teias de aranha, pois o verdadeiro poder tornara-se a sutil persuasão. Ademais, elas não poderiam ser usadas, pois dizimariam a finalidade pela qual existiam. Deveriam apenas incutir sua perigosa existência no espírito do mundo para coibir as ameaças aos seus donos.

Elisa fora presa, torturada e assassinada na casa do terror, existente em Petrópolis, próxima ao Sion, lugar em que ela desejava um Brasil diferente. Era ali que um dos DOI-CODI, pesadelo daquele Brasil tenebroso, mostrava a sua face e ocultava a dos seus responsáveis. Durante muitos anos, João Antunes sofreu intensamente aquela dor e, se não fossem o carinho e o conforto de Riete, teria sucumbido. Contudo, a maior parte de sua vida morrera com Elisa. Muitas vezes, permanecia melancólico e aniquilado pelo sofrimento. Ele sempre lamentava como uma menina tão coerente com seus ideais de justiça pudesse ser assassinada devido à sua consciência política. Riete procurava consolá--lo, argumentando que seria inevitável que uma jovem como Elisa, muito politizada e corajosa, não reagisse diante do arbítrio e lutasse contra ele com as próprias mãos. "Como contemporizar diante disso?", indagava-lhe Riete. Jovens semelhantes a Elisa, feitos do mesmo barro, não aceitariam a ditadura e jamais se submeteriam. Tornou-se comum nesses tempos, e mesmo na posteridade, julgá-los afirmando que travaram uma luta inútil, vã, impossível de ser vencida. É verdade, porém não era esse o fundamento da crítica a ser feita, porque havia nela um equívoco. A avaliação correta não era a possibilidade de vencer ou não a luta que empreendiam, pois eles triunfaram sobre algo muito mais valioso. Tais críticos não entendiam e, de fato, nem poderiam entender o que movia aqueles jovens abnegados porque lhes ignoravam a coragem e a consciência que os impeliam. E pode-se até absolvê-los por julgá-los assim, pois não as possuíam, portanto, não poderiam ter em elevado grau aquela atitude crítica capaz de torná-los intransigentes ao que acontecia no Brasil. Jamais poderiam entendê-los porque não tinham o mesmo denodo, a mesma bravura. Certamente, mesmo que os mais intelectualizados desses críticos achassem um absurdo a ditadura, entretanto, não possuíam a outra metade, a mais difícil: a coragem física para enfrentá-la. Eram apenas intelectuais de poltronas a conversarem inutilmente na surdina de bares e apartamentos, enquanto aqueles jovens eram torturados e morriam. Eram os revolucionários dos sofás confortáveis a curtir suas indignações em segurança. Tinham medo, não queriam atrapalhar a própria vida, e os militares sabiam disso. Em vez de julgarem os que lutavam contra a ditadura, uma necessidade íntima de tentar inutilmente uma justificativa moral comodista a si mesmos, deveriam eles, os juízes, efetuarem uma autocrítica e se calarem respeitosamente. Essa crítica só caberia entre os próprios combatentes, na época em que lutavam ou posteriormente, entre os que sobreviveram. Somente alguém que participara efetivamente da luta contra a ditadura poderia vir a autoquestionar suas ações, como o faria posteriormente Fernando Gabeira, indagando: "O que é isso, companheiro?". Ou como o fizera Carlos Marighella ao criticar e romper com o PCB e fundar a ALN, cansado da burocracia do partido. Marighella era famoso por sua extraordinária coragem. Todos que o conheceram, mesmo os policiais que o perseguiam, eram unânimes em atestar sua bravura. Os policiais temiam-no. Diziam que só havia um macho no PCB, ele, Carlos Marighella, tal a sua capacidade de suportar a dor sob tortura. Quando os policiais o emboscaram na Alameda Casa Branca, sentiam-se temerosos. Certa vez lhe perguntaram a respeito, e Marighella respondeu: "não tive tempo para ter medo", resposta que se tornou conhecida. E assim procederam vários outros jovens que divergiram por outros motivos e criaram novas organizações de luta. Quem os avaliava levianamente, dizia Riete, não tinha o mesmo arcabouço e, portanto, as condições de julgá-los, pois não eram da mesma cepa. É também desnecessário, acrescentaria ela posteriormente, sequer comentar sobre aqueles que não viveram aquele triste período e mesmo assim repetiriam críticas semelhantes.

Val de Lanna também fora morto durante as ações da ALN em São Paulo. E assim, centenas de jovens corajosos e idealistas sentiam no corpo e na alma os limites de seus ideais e os ultrapassaram com a própria morte ou com intenso sofrimento. Novamente, engana-se, porém, quem pensa que foram derrotados, pois deixaram ao país um legado vitorioso de coragem e consciência política. Devido à brutalidade do período, aos seus sofrimentos, à pureza de seus ideais e ao denodo com que se entregaram à luta, incutiram na consciência política brasileira a vontade de não mais permitir um erro como aquele. Esses jovens sofreram na carne e na alma o período deprimente da ditadura, por isso, o sistema tentaria sempre desqualificá-los, porque ousaram desafiá-lo. Na pós-modernidade, todavia, tornou-se desnecessária uma tirania encarnada em alguém, pois ela existe universalmente no espírito das pessoas. Mas, certamente, mesmo nessa conjuntura, mesmo disfarçada de liberdade, pois eles entenderiam facilmente esse disfarce, aqueles mesmos jovens, se vivos fossem, estariam lutando pacificamente para mudar o mundo.

— Tu não achas, querida, que esses valores em que acreditamos estão mortos? Pessoas rigorosas como papai provavelmente não mais existirão... muito menos gente como Elisa e Val de Lanna, ou mesmo Jean-Jacques? — questionou João Antunes, com uma expressão pensativa, procurando as respostas nas águas azuis de Copacabana.

— Sim, o espírito do mundo sempre muda, mas, atualmente, talvez signifique rejeitar o essencial... não existe o interesse em agregar valores que possam lhes perturbar o primordial. Parece que desejam destruir a riqueza única de se ser homem, matar sua alma, rejeitando suas coisas mais belas. É preciso repensar a vida... — concluiu Riete, dirigindo seu olhar a qualquer coisa que lhe corroborasse os pensamentos.

João Antunes e Riete faziam essas indagações perscrutando o mar, ansiosos por vislumbrar esperanças em suas águas azuis. Desalentados, recuavam seus olhares. Suas emoções emanavam algo de constante, de melancólico e perturbador. Aquela Copacabana, exuberante metáfora de um sonho, não mais existia. A alegoria de um futuro promissor tornara-se uma realidade frustrante. O Brasil lhes parecia uma usina de fazer e desfazer esperanças. Entretanto, João Antunes e Riete insistiam. Miravam aquela maravilhosa paisagem, mas sentiam nela qualquer coisa de inexplicável, de hesitante e de sarcástico a lhes impedir a plena emoção do belo. O sol e os sonhos em Copacabana já não eram aqueles que Jean-Jacques e Verônica imaginaram no passado, quando o bairro nascia. As esperanças lhes pareciam vãs, apenas o sol lhes sorria um débil brilho impotente para resgatar os antigos sonhos, vividos em Copacabana.

Belo Horizonte, setembro de 2021.

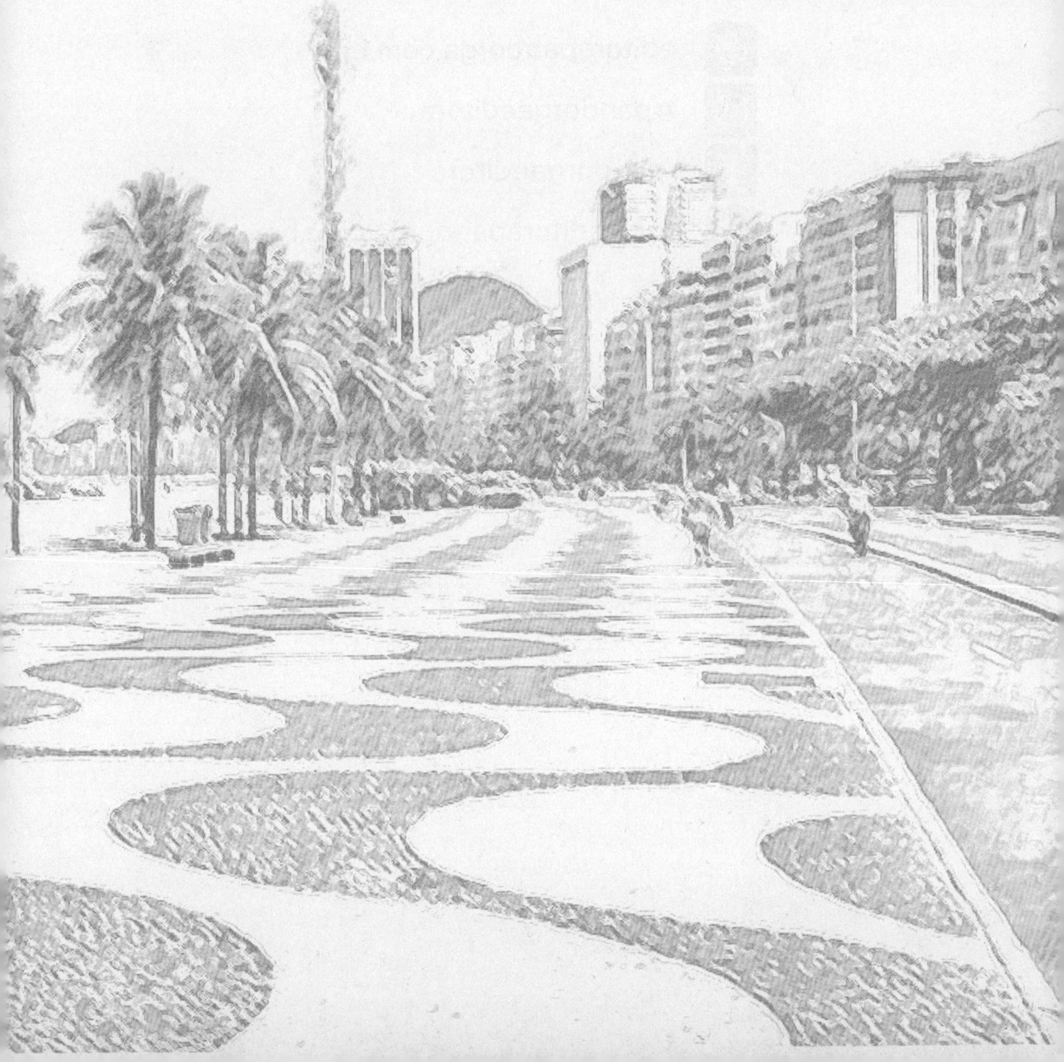

**Informações sobre nossas publicações
e nossos últimos lançamentos**

🌐 editorapandorga.com.br
📷 @pandorgaeditora
f /pandorgaeditora
✉ sac@editorapandorga.com.br

PandorgA